Contemporánea

Salman Rushdie nació en Bombay en 1947, estudió en Rugby y Cambridge y se licenció en historia. Trabajó como actor de teatro y escritor publicitario. A su primera novela, *Grimus* (1975), siguieron: *Hijos de la medianoche* (1981), con la que obtuvo los premios Booker y James Tait Black, que también fue designada en 1993 como el Booker of Bookers (la mejor novela entre las ganadoras de este premio en el último cuarto del siglo XX) y nuevamente premiada en 2008 con el Best of the Booker (la mejor novela en los cuarenta años del premio); *Vergüenza* (1983), galardonada en Francia con el Premio al Mejor Libro Extranjero; *Los versos satánicos* (1989), distinguida con el Premio Whitbread a la mejor novela; *El último suspiro del Moro* (1995); *El suelo bajo sus pies* (1999); *Furia* (2001); *Shalimar el payaso* (2005), y *La encantadora de Florencia* (2008). A ellas se unen la crónica *La sonrisa del jaguar* (1987), las colecciones de artículos *Imaginary Homelands* (1992) y *Pásate de la raya* (2002), los relatos de *Oriente, Occidente* (1997), los libros juveniles *Harún y el mar de las historias* (1990, Premio Writer's Guild) y *Luka y el fuego de la vida* (2010) y el libro de memorias *Joseph Anton* (2012), que recoge los años en los que Rushdie vivió bajo la fetua proclamada por el ayatolá Jomeini. En 1993 Rushdie obtuvo el Premio de Literatura Europea del Estado austríaco. Es profesor honorario de humanidades en el Massachusetts Institute of Technology y miembro de la Royal Society of Literature.

Salman Rushdie

Hijos de la medianoche

Traducción de
Miguel Sáenz

DEBOLS!LLO

Papel certificado por el Forest Stewardship Council®

MIXTO
Papel procedente de
fuentes responsables
FSC® C117695
www.fsc.org

Penguin
Random House
Grupo Editorial

Título original: *Midnight's Children*

Quinta edición con esta presentación: enero de 2016
Octava reimpresión: junio de 2023

Printed in Spain – Impreso en España

ISBN: 978-84-9793-432-9
Depósito legal: B-20.764-2012

Compuesto en Zero, S. L.

Impreso en Liberdúplex
Sant Llorenç d'Hortons (Barcelona)

P 8 3 4 3 2 D

para Zafar Rushdie
que, contra todo lo esperado,
nació por la tarde

LIBRO PRIMERO

LA SÁBANA PERFORADA

Nací en la ciudad de Bombay... hace mucho tiempo. No, no vale, no se puede esquivar la fecha: nací en la clínica particular del doctor Narlikar el 15 de agosto de 1947. ¿Y la hora? La hora es también importante. Bueno, pues de noche. No, hay que ser más... Al dar la medianoche, para ser exactos. Las manecillas del reloj juntaron sus palmas en respetuoso saludo cuando yo llegué. Vamos, explícate, explícate: en el momento mismo en que la India alcanzaba su independencia, yo entré dando tumbos en el mundo. Hubo boqueadas de asombro. Y, al otro lado de la ventana, cohetes y multitudes. Unos segundos más tarde, mi padre se rompió el dedo gordo del pie, pero su accidente fue una simple bagatela comparado con lo que había caído sobre mí en ese momento tenebroso, porque, gracias a la oculta tiranía de aquellos relojes que saludaban con suavidad, había quedado misteriosamente maniatado a la Historia, y mi destino indisolublemente encadenado al de mi país. Durante los tres decenios siguientes no habría escapatoria. Los adivinos me habían profetizado, los periódicos habían celebrado mi llegada y los politicastros ratificado mi autenticidad. A mí no me dejaron decir absolutamente nada. Yo, Saleem Sinai, diversamente llamado luego Mocoso, Carasucia, Calvorota, Huelecacas, Buda y hasta Cacho-de-Luna, había quedado estrechamente enredado con el Destino: en el mejor de los casos, una relación peligrosa. Y en aquella época ni siquiera sabía sonarme la nariz.

Ahora, sin embargo, el tiempo (que ya no tiene utilidad para mí) se me está acabando. Pronto tendré treinta años. Quizá. Si mi cuerpo ruinoso y gastado me lo permite. Pero no tengo esperanzas de salir con vida, ni puedo contar con disponer siquiera de mil y una noches. Tengo que trabajar deprisa, más deprisa que Scheherazada, si quiero terminar diciendo —sí, diciendo— algo. Lo reconozco: más que a cualquier otra cosa temo al absurdo.

¡Y hay tantas historias que contar, demasiadas, tal exceso de vidas acontecimientos milagros lugares rumores entrelazados, una mescolanza tan densa de lo improbable y lo mundano! He sido un devorador de vidas y, para conocerme, sólo para conocer la mía, tendréis que devorar también todo el resto. Multitudes engullidas se empujan y apretujan dentro de mí; y guiado sólo por el recuerdo de una gran sábana blanca con un agujero más o menos circular de unas siete pulgadas de diámetro en su centro, aferrándome al sueño de aquel rectángulo de tela blanca agujereado y mutilado, que es mi talismán y mi ábrete-sésamo, he de comenzar la tarea de rehacer mi vida a partir del punto en que realmente empezó, unos treinta y dos años antes de algo tan obvio, tan *actual*, como mi nacimiento marcado por el reloj y manchado por el delito.

(La sábana, por cierto, está también manchada, con tres gotas de algo rojo, viejo y desvaído. Como nos dice el Corán: *Recita, en el Nombre del Señor tu Creador, que creó al Hombre de coágulos de sangre.*)

Una mañana cachemira de principios de la primavera de 1915, mi abuelo Aadam Aziz se dio de narices contra un montículo endurecido por la escarcha, mientras intentaba rezar. Tres gotas de sangre cayeron de la ventanilla izquierda de su nariz haciendo plaf, se endurecieron instantáneamente en el aire quebradizo y quedaron ante sus ojos sobre la esterilla de rezar, transformadas en rubíes. Al retroceder tambaleándose hasta quedar de rodillas con la cabeza otra vez derecha, vio que las lágrimas que le habían subido a los ojos se habían solidificado también; y en aquel momento, mientras se sacudía desdeñosamente diamantes de las pestañas, resolvió no volver a besar la tierra ante ningún dios ni ningún hombre. Esa decisión, sin embargo, hizo un agujero en él, un vacío en una cámara interna vital, dejándolo vulnerable a las mujeres y a la Historia. Inconsciente de ello al principio, a pesar de su formación médica recientemente acabada, enrolló la esterilla en un grueso puro y, sujetándola bajo el brazo derecho, inspeccionó el valle con unos ojos claros y sin diamantes.

El mundo era nuevo otra vez. Después de una gestación de un invierno en su cáscara de hielo, el valle, húmedo y amarillo, se había abierto camino a picotazos hasta el aire libre. La hierba fresca aguardaba bajo tierra su momento; las montañas se retiraban a sus puestos de las alturas para la estación cálida. (En invierno, cuando el valle se encogía bajo el hielo, las montañas se acercaban y gruñían como fauces coléricas en torno a la ciudad del lago.)

En aquellos tiempos, la antena de radio no había sido construida y el templo de Sankara Acharya, una pequeña burbuja negra en una colina caqui, seguía dominando las calles y el lago de Srinagar. En aquellos tiempos no había campamento del ejército a orillas del lago, no había interminables culebras de camiones y *jeeps* camuflados que obstruyeran las estrechas carreteras de montaña, ni había soldados escondidos tras las crestas de las montañas, más allá de Baramulla y de Gulmarg. En aquellos tiempos no se fusilaba a los viajeros por espías si fotografiaban los puentes y, salvo en las casas flotantes de los ingleses en el lago, el valle apenas había cambiado desde el Imperio Mogol, a pesar de todas sus renovaciones primaverales; pero los ojos de mi abuelo —que, como el resto de su persona, tenían veinticinco años— veían las cosas de una forma distinta... y la nariz había empezado a picarle.

Para revelar el secreto de la alterada visión de mi abuelo: había pasado cinco años, cinco primaveras, lejos de casa. (El montículo, por crucial que fuera su presencia, agazapado bajo una arruga fortuita de la esterilla de rezos, no fue en el fondo más que un catalizador.) Ahora, al volver, mi abuelo miraba con ojos que habían viajado. En lugar de la belleza del valle diminuto rodeado de dientes gigantescos, se dio cuenta de la estrechez, la proximidad del horizonte; se sintió triste, de estar en casa y de sentirse tan absolutamente encerrado. Sintió también —inexplicablemente— como si al viejo hogar le pareciera mal su educado, estetoscopizado regreso. Bajo el hielo del invierno, había sido fríamente neutral, pero ahora no había duda: aquellos años en Alemania lo habían devuelto a un ambiente hostil. Muchos años más tarde, cuando el agujero que había en su interior se taponó de odio y él vino a sacrificarse en el santuario del dios de piedra negra del templo de la colina, intentaría recordar y recordaría las primaveras de su infancia en el Paraíso, tal como eran antes de que los viajes y los montículos y los tanques del ejército lo estropearan todo.

Aquella mañana en que el valle, utilizando como guante una esterilla, le dio un puñetazo en la nariz, había estado tratando de fingir, absurdamente, que nada había cambiado. De modo que se había levantado con el frío cruel de las cuatro y cuarto, se había lavado en la forma prescrita, se había vestido y se había puesto el gorro de astracán de su padre; después de lo cual había llevado el enrollado puro de la esterilla al jardincito del lago, delante de su vieja casa oscura, y lo había desenrollado sobre el matorral al acecho. El suelo estaba engañosamente blando bajo sus pies, haciéndolo sentirse simultáneamente inseguro y confiado. «En el Nombre de Dios, Clemente y Misericordioso...» —El exordio, dicho con las manos unidas delante como un libro, consoló a una parte de su ser, pero hizo que otra parte, mayor, se sintiera inquieta—. «... Alabado sea Alá, Señor de la Creación...» —pero Heidelberg invadió su cabeza; ahí estaba Ingrid, concisamente su Ingrid, con un rostro que se burlaba de su cotorreo mirando a la Meca; ahí sus amigos Oskar e Ilse Lubin, los anarquistas, ridiculizando su plegaria con sus antiideologías—. «... Compasivo, Misericordioso, Rey del Día del Juicio...» —Heidelberg, en donde, además de medicina y política, aprendió que la India (como el mineral de radio) había sido «descubierta» por los europeos; hasta Oskar estaba lleno de admiración por Vasco de Gama, y eso fue lo que, finalmente, separó a Aadam Aziz de sus amigos, esa creencia de ellos de que, de algún modo, él era un invento de sus antepasados—. «... A Ti sólo adoramos, y a Ti sólo imploramos ayuda...» —de modo que allí estaba, a pesar de la presencia de ellos en su cabeza, tratando de reunirse con un yo anterior que hacía caso omiso de su influencia pero sabía todo lo que tenía que saber, sobre la sumisión, por ejemplo, sobre lo que estaba haciendo ahora, mientras sus manos, guiadas por viejos recuerdos, se alzaban revoloteando, los pulgares apretaban sus oídos, sus dedos se extendían, mientras caía de rodillas—. «... Dirígenos por el sendero recto, por el sendero de los que has colmado de bienes...» —Pero no servía de nada, estaba cogido en una extraña zona intermedia, atrapado entre la fe y la falta de fe, y aquello, después de todo, era sólo una charada—. «... No por el de los que han merecido Tu cólera, No por el de los que se han extraviado.» Mi abuelo inclinó la frente hacia el suelo. Se inclinó hacia adelante, y el suelo, cubierto por la esterilla, se abombó hacia él. Había llegado el momento del montículo. Como un reproche de Ilse-Oskar-Ingrid-Heidelberg y del valle-y-Dios a un solo y mismo tiempo, le golpeó en la punta de la nariz. Cayeron tres gotas. Diamantes y rubíes. Y mi abuelo, enderezándose vacilante, tomó una resolución. Se puso en pie. Enrolló el puro. Miró al otro lado del lago. Y, como consecuencia del golpe, quedó en ese lugar intermedio, incapaz de adorar a un Dios en cuya existencia no podía dejar de creer por completo. Alteración permanente: un agujero.

El joven y recién graduado doctor Aadam Aziz estaba de pie mirando al lago primaveral, venteando los aires del cambio, mientras daba la espalda (que tenía derechísima) a más cambios aún. Su padre había tenido un ataque mientras él estaba en el extranjero, y su madre lo había mantenido en secreto. La voz de su madre, susurrando estoicamente: «... *Tus estudios eran demasiado importantes, hijo.*» Aquella madre, que se había pasado la vida atada a la casa, con su *purdah**, había encontrado de pronto unas fuerzas inmensas, pasando a dirigir el pequeño negocio de piedras preciosas (turquesas, rubíes, diamantes) que había llevado a Aadam a través de la facultad de medicina, con ayuda de una beca; de manera que él volvió para encontrar trastornado el orden aparentemente inmutable de su familia, a su madre yendo a trabajar mientras su padre se quedaba sentado tras el velo que el ataque había dejado caer so-

---

* Véase el glosario que aparece al final del libro. *(N. del T.)*

bre su cerebro... en una silla de madera, en un cuarto en penumbra, permanecía sentado haciendo ruidos de pájaros. Treinta especies de pájaros diferentes lo visitaban y se posaban en el alféizar, fuera de su ventana de postigos, conversando sobre esto y aquello. Parecía bastante feliz.

(... Y ya veo cómo empiezan las repeticiones; porque, ¿no encontró también mi abuela inmensas...? y tampoco ese ataque fue el único... y el Mono de Latón tenía sus pájaros... ya empieza la maldición, ¡y ni siquiera hemos llegado aún a las narices!)

El lago no estaba ya helado. El deshielo había llegado rápidamente, como siempre; a muchas de las pequeñas embarcaciones, las *shikaras*, las había cogido dormitando, lo que también era normal. Pero mientras esas holgazanas seguían durmiendo, en seco, roncando apaciblemente junto a sus propietarios, la barca más vieja se despertó al romper, como hacen a menudo los viejos, y fue por ello la primera embarcación que atravesó el lago deshelado. La *shikara* de Tai... también eso era lo acostumbrado.

¡Mirad cómo Tai, el viejo barquero, se apresura a través del agua brumosa, manteniéndose encorvado en la parte de atrás de su embarcación! ¡Cómo su remo, un corazón de madera en un palo amarillo, se abre paso a sacudidas entre las hierbas! En estos lugares a Tai se le considera muy raro porque rema de pie... y por otras razones. Tai, que trae un recado urgente para el doctor Aziz, está a punto de poner la Historia en movimiento... mientras Aadam, mirando al agua, recuerda lo que Tai le enseñó hace años: «El hielo está siempre al acecho, Aadam *baba*, debajo mismo de la superficie del agua.» Los ojos de Aadam son de un azul claro, el asombroso azul del cielo de las montañas, que tiene la costumbre de gotear en las pupilas de los hombres de Cachemira; no han olvidado cómo mirar. Y ven... ¡ahí! ¡como el esqueleto de un fantasma, inmediatamente bajo la superficie del lago Dal!: el delicado arabesco, el entrecruzamiento intrincado de líneas incoloras, las frías venas del futuro al acecho. Sus años alemanes, que han borrado tantas otras cosas, no lo han privado del don de ver. El don de Tai. Levanta los ojos, ve la V de la barca de Tai que se acerca, lo saluda con la mano. El brazo de Tai se levanta —pero es una orden. ¡Espera!—. Mi abuelo espera; y durante ese hiato, mientras disfruta de la última paz de su vida, una paz turbia, ominosa, lo mejor será que me ponga a describirlo.

Manteniendo mi voz libre de la natural envidia del hombre feo hacia el llamativamente impresionante, dejo constancia de que el doctor Aziz era un hombre alto. Aplastado contra el muro de su casa familiar, medía veinticinco ladrillos (un ladrillo por cada año de su vida), o sea, poco más de seis pies y dos pulgadas. Un hombre fuerte, pues. Tenía la barba espesa y roja, lo que molestaba a su madre, que decía que sólo los *hajis*, los hombres que habían hecho su peregrinaje a la Meca, debían llevar barbas rojas. Su pelo, sin embargo, era bastante más oscuro. Sobre sus ojos de cielo ya estáis informados. Ingrid había dicho: «Se volvieron locos con los colores al hacerte la cara.» Pero el rasgo fundamental de la anatomía de mi abuelo no era el color ni la altura, ni la fortaleza de su brazo ni la derechura de su espalda. Allí estaba, reflejada en el agua, ondulando como un plátano loco en el centro de su cara... Aadam Aziz, mientras espera a Tai, contempla su ondeante nariz. Una nariz que hubiera dominado fácilmente rostros menos espectaculares que el suyo; incluso en él, es lo primero que se ve y lo que más tiempo se recuerda. «Una ciranosis», decía Ilse Lubin, y Oskar añadía: «Un proboscissimus.» Ingrid declaraba: «Se podría atravesar un río sobre esas narices.» (Eran unas narices de puente ancho.)

La nariz de mi abuelo: unas aletas que se ensanchan, curvilíneas como bailarinas. Entre ellas se hincha el arco triunfal de la nariz, primero hacia arriba y hacia afuera, luego hacia abajo y hacia adentro, extendiéndose hasta el labio superior con un giro soberbio y, en estos momentos, rojo en la punta. Una nariz con la que es fácil tropezar con montículos. Quisiera dejar constancia en acta de mi gratitud hacia ese órgano poderoso —de no ser por él, ¿quién hubiera creído nunca que yo era realmente el hijo de mi madre, el nieto de mi abuelo?—, hacia ese aparato colosal que iba a ser también mi derecho de primogenitura. La nariz del doctor Aziz —comparable sólo a la trompa del dios Ganesh, de cabeza de elefante— demostraba de forma incontrovertible su derecho a ser un patriarca. Fue Tai quien le enseñó eso también. Cuando el joven Aadam había salido apenas de la pubertad, el deteriorado barquero le dijo: «Ésa es una nariz para fundar una familia, principito. No habría dudas sobre su progenie. Los emperadores mogoles hubieran dado la mano derecha por tener unas narices así. Hay dinastías aguardando ahí dentro —y aquí Tai cayó en la ordinariez— como mocos.»

En Aadam Aziz, la nariz adoptaba un aspecto patriarcal. En mi madre, parecía noble y un poco resignada; en mi tía Emerald, esnob; en mi tía Alia, intelectual; en mi tío Hanif era el órgano de un genio fracasado; mi tío Mustapha era un husmeador de segunda categoría; el Mono de Latón se libraba de ella por completo; pero en mí... en mí era otra vez algo distinto. Pero no debo revelar todos mis secretos enseguida.

(Tai se está acercando. Él, que reveló el poder de la nariz y que está trayendo ahora a mi abuelo el mensaje que lo catapultará hacia su futuro, rema con su *shikara* por el lago del amanecer...)

Nadie podía recordar la época en que Tai fue joven. Había estado bogando en esa misma embarcación, de pie en la misma posición encorvada, a través de los lagos Dal y Nageen... desde siempre. Desde hacía más tiempo que el que nadie recordaba. Vivía en algún lado, en las insalubres entrañas del barrio de viejas casas de madera, y su mujer cultivaba raíces de loto y otras verduras raras en uno de los muchos «jardines flotantes» que se mecían en la superficie de las aguas de primavera y verano. El propio Tai admitía alegremente que no tenía idea de su propia edad. Tampoco la tenía su mujer: ya estaba, decía ella, bastante correoso cuando se casaron. El rostro de Tai era una escultura del viento en el agua: ondas hechas de cuero. Tenía dos dientes de oro y ninguno más. En el pueblo, pocos amigos. Pocos barqueros o comerciantes lo invitaban a compartir un *hookah* cuando pasaba flotando ante los amarraderos de las *shikaras* o alguno de los muchos almacenes de provisiones y salones de té destartalados de la orilla.

La opinión general sobre Tai había sido expresada hacía tiempo por el padre de Aadam Aziz, el vendedor de piedras preciosas: «Se le cayeron los sesos al mismo tiempo que los dientes.» (Pero ahora el viejo Aziz sahib permanecía sentado, perdido en gorjeos de pájaros, mientras Tai continuaba sencilla, grandiosamente.) Era una impresión fomentada por su cháchara, que era fantástica, grandilocuente e incesante, y la mitad de las veces sólo tenía a él mismo por destinatario. El sonido se propaga sobre el agua, y la gente del lago se reía de sus monólogos, pero con murmullos de respeto, y hasta de miedo. Respeto, porque aquel viejo imbécil conocía los lagos y las colinas mejor que ninguno de sus detractores; miedo, por su derecho a reclamar una antigüedad tan inmensa que desafiaba las cifras y que, además, colgaba tan ligeramente de su cuello de pollo que no le había impedido conquistar a una esposa sumamente deseable ni engendrar en ella cuatro hijos... y algunos más, según se decía, en otras esposas de las orillas del lago. Los machos jóvenes de los amarraderos de las *shikaras* estaban convencidos de que tenía un montón de dinero escondido en algún lado... tal vez una colección de inestimables dientes de oro, que sonarían en una bolsa como nueces. Años después, cuando el tío Zaf trató de venderme una hija, ofreciéndome sacarle los dientes y ponérselos de oro, pensé en el tesoro olvidado de Tai... y, de niño, Aadam Aziz había adorado a Tai.

Tai se ganaba la vida como simple barquero, a pesar de todos los rumores sobre su riqueza, llevando heno y cabras y verduras y madera a través de los lagos, a cambio de un precio; y gentes también. Cuando funcionaba como taxi levantaba un pabellón en el centro de su *shikara*, una cosa alegre con cortinas de flores y baldaquín, y unos almohadones a juego; y desodorizaba la embarcación con incienso. La vista de la *shikara* de Tai acercándose, con las cortinas al viento, había sido siempre para el doctor Aziz una de las imágenes que definían la llegada de la primavera. Pronto vendrían los sahibs ingleses y Tai, parloteante y señalador y encorvado los llevaría a los jardines de Shalimar y a la fuente del Rey. Era la viva antítesis de la creencia de Oskar-Ilse-Ingrid en la inevitabilidad del cambio... un espíritu familiar del valle, singular y perdurable. Un Calibán acuático, un poco demasiado aficionado al coñac cachemiro.

Recuerdo de la pared azul de mi alcoba: en la que, junto al título de médico director, colgó muchos años el Niño Raleigh, mirando con arrobamiento a un viejo pescador que llevaba lo que parecía un *dhoti* rojo y se sentaba en... ¿en qué...? ¿en un madero flotante...? señalando hacia el mar mientras contaba sus historias de pesca... Y el Niño Aadam, que sería mi abuelo, quiso al barquero Tai precisamente por aquella verborrea interminable que hacía que los demás lo creyeran chiflado.

Era una charla mágica, las palabras le brotaban a raudales como brota el dinero de un necio, dejando atrás sus dos dientes de oro, adornadas con un encaje de hipidos y coñac, remontándose a los más remotos himalayas del pasado y picando luego bruscamente hacia algún detalle actual, por ejemplo la nariz de Aadam, para viviseccionar su sentido como si fuera un ratón. Aquella amistad había zambullido a Aadam en aguas procelosas, con gran regularidad. (En agua hirviendo. Literalmente. Mientras su madre le decía: «Acabaré con los bichos de ese barquero aunque tenga que acabar contigo.») Pero el viejo monologador seguía perdiendo el tiempo en su embarcación, al pie del talud del jardín hacia el lago, y Aziz seguía sentado a sus pies hasta que una voz lo llamaba a la casa para sermonearlo sobre la suciedad de Tai y ponerlo en guardia contra los devastadores ejércitos de gérmenes que su madre imaginaba saltando de aquel viejo cuerpo hospitalario al amplio pijama, almidonado y blanco, de su hijo. Pero Aadam volvía siempre a la orilla del agua para escudriñar la niebla en busca del cuerpo encorvado de aquel réprobo andrajoso que gobernaba su mágica embarcación a través de las aguas encantadas de la mañana.

—¿Cuántos años tienes en realidad, Tai*ji*? —(El doctor Aziz, adulto, con su barba roja, mirando al futuro, recuerda el día en que formuló la pregunta impreguntable.) Por un instante, silencio, más ruidoso que una catarata. El monólogo, interrumpido. Golpe de un remo en el agua. Mi abuelo iba flotando en la *shikara* con Tai, acurrucado entre las cabras, sobre un montón de paja, con plena conciencia del palo y la bañera que lo aguardaban en casa. Había venido en busca de cuentos... y con una sola pregunta había hecho enmudecer al cuentista.

—Dímelo, Tai, ¿cuántos años, *de verdad*? —Una botella de coñac se materializó entonces desde la nada:

un licor barato surgido de los pliegues de la amplia y abrigada *chugha*. Luego un estremecimiento, un regüeldo, una mirada furiosa. Destello de oro. Y —¡por fin!— palabras—. ¿Cuántos años? Me preguntas cuántos años, cabeza de chorlito, entrometido... —Tai, anunciando al pescador de mi pared, señaló las montañas:

—¡Los mismos que ésas, *nakkoo*! —Aadam, el *nakkoo*, el entrometido, siguió la dirección que el dedo señalaba—. Yo he visto nacer a las montañas; he visto morir a emperadores. Escúchame, *nakkoo*... —otra vez la botella de coñac, seguida por la voz acoñacada, y las palabras emborrachaban más que el alcohol— ... Yo vi a aquel Isa, a Cristo, cuando vino a Cachemira. Ríete, ríete, es tu historia la que guardo en mi cabeza. En otro tiempo la recogieron en viejos libros perdidos. En otro tiempo yo sabía dónde había una tumba con unos pies atravesados marcados en la losa, que sangraban todos los años. Hasta mi memoria se está yendo ahora; pero todavía sé, aunque no sepa leer. —El analfabetismo, desechado con una floritura, la literatura desmoronándose bajo la furia de su mano devastadora. Una mano que se mueve otra vez hacia el bolsillo de la *chugha*, hacia la botella de coñac, hacia unos labios agrietados por el frío. Tai tuvo siempre labios de mujer—. Escucha, escucha, *nakkoo*. He visto muchas cosas. *Yara*, tenías que haber visto a ese Isa cuando vino, con una barba que le llegaba a las pelotas, y calvo como un huevo. Era viejo y estaba baqueteado, pero tenía modales. «Usted primero, Tai», me decía, y «siéntese, por favor»; siempre un lenguaje respetuoso, nunca me llamó chiflado, y nunca me habló de *tu*. Siempre de *aap*. Un tipo educado, ¿comprendes? ¡Y qué apetito! Un hambre tan grande que yo me llevaba las manos a las orejas asustado. Santo o demonio, juro que era capaz de comerse un cabrito entero de una sentada.

23

¿Y qué? Yo le decía: come, llénate el bandullo, se viene a Cachemira para disfrutar de la vida, o para acabarla, o para ambas cosas. Su obra había terminado. Sólo vino aquí para pasarlo un poco bien.

Hipnotizado por aquel retrato acoñacado de un Cristo calvo y glotón, Aziz escuchaba, repitiéndolo luego palabra por palabra, con gran consternación de sus padres, que traficaban en piedras preciosas y no tenían tiempo para «chácharas».

—¿Así que no te lo crees? —lamiéndose con una mueca los labios doloridos y sabiendo que la verdad era exactamente lo contrario—. ¿Te distraes? —sabía también que Aziz estaba rabiosamente pendiente de sus palabras—. ¿Es que te pica esa paja en el culo? Siento mucho, *babaji*, no poder ofrecerte cojines de seda con brocado de oro... ¡como los cojines en que se sentaba el emperador Jehangir! Seguro que piensas que el emperador Jehangir era sólo un jardinero —acusó Tai a mi abuelo— porque construyó Shalimar. ¡Bobo! ¿Qué sabes tú? Su nombre quiere decir El que abarca la Tierra. ¿Te parece un nombre de jardinero? Dios sabe lo que os enseñan ahora a los chicos. Mientras que yo —hinchándose un poco al llegar aquí— ¡yo sabía su peso exacto, hasta la última *tola*! ¡Pregúntame cuántas *maunds*, cuántos *seers*! Cuando era feliz aumentaba de peso, y en Cachemira pesaba más que nunca. Yo solía llevar su litera... No, no, oye, tampoco te lo crees, ¡ese pepino grande que tienes en la cara se columpia como el pequeñito que tienes dentro del pijama! De manera que venga, venga, ¡pregúntame! ¡Examíname! Pregúntame cuántas vueltas daban las tiras de cuero a los palos de su litera: la respuesta es treinta y una. Pregúntame cuál fue la palabra que pronunció el emperador al morir: te diré que fue «Cachemira». Tenía mal aliento y buen corazón. ¿Qué te crees que soy? ¿Un vulgar perro sin dueño, ignorante y mentiroso? Vete, sal de mi barca, tu nariz pesa demasiado para remar; y además tu padre te está esperando para sacarte a estacazos mi cháchara, y tu madre para despellejarte con agua hirviendo.

En la botella de coñac del barquero Tai veo, anticipada, la posesión de mi padre por los *djinns*... y habrá otro extranjero calvo... y la cháchara de Tai profetiza otra charla, que fue el consuelo de mi abuela en su vejez y le enseñó historias también... y los perros sin dueño no andan muy lejos... Basta. Me estoy asustando yo mismo.

A pesar de palizas y ebulliciones, Aadam Aziz flotaba con Tai en su *shikara*, una y otra vez, en medio de cabras, heno, flores, muebles, raíces de loto, aunque nunca con los sahibs ingleses, y oía una y otra vez las respuestas milagrosas a aquella pregunta simple y aterradora:

—Taiji, ¿cuántos años tienes, *de verdad*?

Aadam aprendió de Tai los secretos del lago: dónde se podía nadar sin ser arrastrado al fondo por las hierbas; las once variedades de serpientes de agua; dónde frezaban las ranas; cómo cocinar una raíz de loto; y dónde se habían ahogado las tres inglesas unos años antes. —Hay una tribu de mujeres *feringhee* que vienen a estas aguas a ahogarse —decía Tai—. A veces lo saben, a veces no, pero yo lo sé en cuanto las huelo. Se esconden bajo el agua, de Dios sabe quién o qué... ¡pero no pueden esconderse de mí, *baba*! —La risa de Tai, surgiendo para contagiar a Aadam: una risa enorme y retumbante que parecía macabra cuando salía con un estallido de aquel cuerpo viejo y marchito, pero era tan natural en mi gigantesco abuelo que nadie sabía, más adelante, que no era realmente suya (mi tío Hanif heredó esa risa; por eso, hasta que murió, un pedazo de Tai habitó en Bombay). Y también a Tai le oyó hablar mi abuelo de narices.

Tai se daba golpecitos en la aleta izquierda de la nariz.

—¿Sabes qué es esto, *nakkoo*? Es el sitio donde el mundo exterior se encuentra con el que hay dentro de ti. Si no se llevan bien, aquí lo notas. Entonces te frotas la nariz desconcertado para que desaparezca el picor. Una nariz como ésa, pequeño idiota, es un gran don. Te lo digo yo: confía en ella. Cuando te avise, ten cuidado o estarás listo. Déjate llevar por tu nariz y llegarás lejos. —Carraspeó; sus ojos se volvieron hacia las montañas del pasado. Aziz se arrellanó en la paja—. Una vez conocí a un oficial... del ejército de Iskandar el Grande. No importa su nombre. Tenía una hortaliza como la tuya colgándole entre los ojos. Cuando el ejército se detuvo cerca de Gandhara, se enamoró de una furcia local. Enseguida empezó a picarle la nariz como una loca. Se la rascaba, pero era inútil. Inhalaba vapor de hojas de eucalipto hervidas y machacadas. ¡Tampoco servía de nada, *baba*! El picor lo ponía frenético; pero el pobre idiota se emperró y se quedó con aquella lagarta cuando el ejército volvió a casa. Se convirtió... ¿en qué...? en algo estúpido, ni una cosa ni otra, un mitad y mitad con una mujer regañona y un picor en la nariz, y acabó por meterse la espada en la tripa. ¿Qué te parece?

... El doctor Aziz, en 1915, cuando rubíes y diamantes lo han convertido en un mitad y mitad, recuerda esa historia al llegar Tai al alcance de su voz. La nariz le sigue picando. Se rasca, se encoge de hombros, sacude la cabeza; y entonces Tai le grita:

—¡Eh! ¡Doctor Sahib! La hija de Ghani el terrateniente está enferma.

El mensaje, brevemente comunicado, gritado sin ceremonias sobre la superficie del lago, aunque barquero y discípulo no se han visto desde hace un quinquenio, pronunciado por unos labios de mujer que no sonríen con un saludo de cuánto-tiempo-hace-que-no, hace que el tiempo entre en una acelerada, remolineante y confusa agitación excitada...

... —Date cuenta, hijo —dice la madre de Aadam mientras bebe a sorbitos agua de lima fresca, reclinada en un *takht* en actitud de agotamiento resignado—, las vueltas que da la vida. Durante muchos años, hasta mis tobillos eran un secreto, y ahora tengo que dejar que me miren extraños que ni siquiera son miembros de la familia.

... Mientras Ghani el terrateniente está de pie bajo un gran cuadro al óleo de Diana Cazadora, enmarcado en oro que culebrea. Lleva puestas unas gruesas gafas oscuras y su famosa sonrisa atravesada, y habla de arte. —Se lo compré a un inglés a quien le iban mal las cosas, doctor Sahib. Quinientas rupias tan sólo... y ni me molesté en regatearle. ¿Qué son quinientas del ala? Ya ve, yo soy amante de la cultura.

... —Ya ves, hijo —dice la madre de Aadam cuando empieza a examinarla—, qué no hará una madre. Mira cómo sufro. Tú eres médico... toca esos sarpullidos, esas ronchas, comprende que la cabeza me duela mañana-tarde-y-noche. Lléname otra vez el vaso, hijo.

... Pero el joven médico es presa de las angustias de una excitación muy poco hipocrática al oír la voz del barquero, y grita: —¡Voy enseguida! ¡Déjame coger mis cosas! —La proa de la *shikara* toca el borde del vestido del jardín. Aadam se precipita dentro de la casa con la esterilla de rezar enrollada como un puro bajo el brazo y los ojos azules parpadeantes en la súbita oscuridad interior; deja el puro en un estante elevado, encima de un montón de números de *Vorwärts*, y del *¿Qué hacer?* de Lenin y otros panfletos, ecos polvorientos de su semiborrada vida alemana; saca de debajo de la cama una cartera de cuero de segunda mano que su madre llama la «doctori-attaché» y, cuando la levanta y se levanta, para salir a toda prisa del cuarto, se ve fugazmente, pirograbada en la parte inferior del maletín, la palabra HEIDELBERG. La hija de un terrateniente es realmente una buena noticia para un médico que tiene que hacer carrera, aunque esté enferma. No: precisamente *porque* está enferma.

... Mientras estoy aquí como un tarro de encurtidos vacío en medio de un charco de luz angular, iluminado por esa visión de mi abuelo hace sesenta y tres años, que exige ser registrada, llenándome las narices con el hedor acre de la turbación de su madre, que la ha hecho reventar en furúnculos, con la fuerza avinagrada de la determinación de Aadam Aziz de poner una consulta de tanto éxito que ella no tenga que volver jamás a la tienda de piedras preciosas, con el oscuro olor a moho de una gran casa sombría en la que está el joven médico de pie, incómodo, ante un cuadro de una chica fea de ojos vivarachos y un venado atravesado detrás en el horizonte, traspasado por una saeta de su arco. La mayoría de las cosas que importan en nuestras vidas ocurren en nuestra ausencia, pero yo parezco haber encontrado en alguna parte el truco para colmar las lagunas de lo que sé, de forma que todo está en mi cabeza, hasta el último detalle, como el modo en que la niebla parecía desplazarse oblicuamente por el aire matutino... todo, y no sólo los escasos indicios con que uno se tropieza, por ejemplo al abrir un viejo baúl de lata que hubiera debido permanecer telarañado y cerrado.

... Aadam vuelve a llenar el vaso de su madre y continúa examinándola con preocupación. —Ponte un poco de crema en esas ronchas y sarpullidos, *Amma*. Para el dolor de cabeza, tabletas. Los diviesos habrá que sajarlos. Pero quizá si te pusieras el *purdah* cuando estás en la tienda... de forma que ninguna mirada irrespetuosa pudiera... esos males empiezan a menudo dentro de la cabeza...

... Golpe de un remo en el agua. Plaf de un escupitajo en el lago. Tai carraspea y rezonga airado.

28

—Muy bonito. Un niño *nakkoo* de cabeza de chorlito se marcha antes de haber aprendido un pepino y vuelve convertido en un gran doctor sahib con una gran cartera llena de chismes extranjeros, pero sigue siendo tan tonto como una lechuza. Palabra que es mala cosa.

... El doctor Aziz se mueve inquieto, cambiando el peso de pie, bajo el influjo de la sonrisa del terrateniente, en cuya presencia no puede relajarse; y espera algún tic como reacción ante su propia apariencia extraordinaria. Se ha acostumbrado a esas contracciones involuntarias de sorpresa ante su tamaño, su rostro multicolor, su nariz... pero Ghani no da reacción alguna y el joven médico resuelve, a su vez, no permitir que su inquietud se trasluzca. Deja de cambiar su peso de pie. Los dos se enfrentan, cada uno de ellos reprimiendo (o así parece) su visión del otro, sentando las bases de su relación futura. Y ahora Ghani cambia, pasando del amante-del-arte al tipo-duro-de-pelar. —Tiene una gran oportunidad, joven —dice. Los ojos de Aziz se han desviado hacia Diana. Grandes zonas de la manchada carne rosada de la diosa resultan visibles.

... Su madre gime, sacudiendo la cabeza. —No, qué sabes tú, niño, ahora eres un médico de campanillas, pero el negocio de las piedras preciosas es diferente. ¿Quién le compraría una turquesa a una mujer escondida bajo una capucha negra? Hay que infundir confianza. Por eso tienen que verme; y yo tengo que aguantar dolores y diviesos. Vete, vete, no te calientes los cascos por tu pobre madre.

... —Un pez gordo. —Tai escupe al lago—, cartera gorda, pez gordo. ¡Bah! ¿Es que no tenemos aquí suficientes carteras como para que tengas que traerte esa cosa de piel de cerdo a la que basta mirar para volverse impuro? Y dentro, Dios sabe qué. —El doctor Aziz, sentado en medio de las cortinas floreadas y del olor del incienso, nota que sus pensamientos son apartados a la fuerza de la paciente que lo espera al otro lado del lago. El amargo monólogo de Tai irrumpe en su conciencia, creando una sensación de choque amortiguado, mientras un olor como de sala de accidentados domina al del incienso... el viejo, evidentemente, está furioso por algo, poseído por una rabia incomprensible que parece dirigirse contra su acólito de otro tiempo o, más exacta y extrañamente, contra su cartera. El doctor Aziz intenta darle conversación... —¿Cómo está tu mujer? ¿Se sigue hablando de tu bolsa llena de dientes de oro? —... intenta rehacer una vieja amistad; pero Tai está lanzado ahora, y de él brota un chorro de invectivas. La cartera de Heidelberg tiembla bajo el torrente de insultos. —Una cartera de piel de cerdo follador de su hermana, traída del extranjero y llena de trucos extranjeros. Una cartera de pez gordo. Ahora, si un hombre se rompe un brazo, la cartera no dejará que el curandero se lo vende con hojas. Ahora, un hombre tendrá que permitir que su mujer esté echada junto a esa cartera y ver cómo vienen y la rajan con cuchillos. Muy bonito, lo que esos extranjeros meten en las cabezas de nuestros muchachos. Palabra que es mala cosa. Esa cartera debería tostarse en el Infierno con los testículos de los impíos.

... Ghani el terrateniente hace restallar sus tirantes con los pulgares. —Una gran oportunidad, sí señor. Hablan muy bien de usted en el pueblo. Una buena formación médica. Una buena... bastante buena... familia. Y ahora nuestra doctora se ha puesto enferma para que pueda usted tener su oportunidad. Esa mujer, siempre enferma en los últimos tiempos, demasiado vieja, pienso, y no está al tanto de los últimos descubrimientos, ¿eh-eh? Oiga: médico, cúrate a ti mismo. Y le diré una cosa: yo soy totalmente objetivo en mis relaciones comerciales. Los sentimientos, el amor, los guardo sólo para mi familia. Si alguien no me trabaja a la perfección, ¡adiós! ¿Me entiende? Así pues: mi hija Naseem no se encuentra bien. Usted la tratará de una forma insuperable. Recuerde que tengo amigos; y que la mala salud no perdona a altos ni a bajos.

... —¿Sigues adobando serpientes de agua en coñac para conservar la virilidad, Tai*ji*? ¿Tc gusta todavía comer raíces de loto sin ninguna clase de especias? —Preguntas vacilantes, apartadas por el torrente de la furia de Tai. El doctor Aziz empieza a hacer su diagnóstico. Para el barquero, la cartera representa el extranjero; es lo ajeno, el invasor, el progreso. Y es verdad, se ha apoderado realmente de la mente del joven médico; y es verdad, contiene bisturíes, y remedios para el cólera y el paludismo y la viruela; y es verdad, se interpone entre el médico y el barquero, y los ha convertido en antagonistas. El doctor Aziz empieza a luchar contra la tristeza y contra la cólera de Tai, que está empezando a contagiarlo, a convertirse en la suya, que sólo raras veces estalla, pero viene, cuando viene, sin ser anunciada y con un rugido que brota de lo más profundo, devastando cuanto encuentra; y luego se desvanece, y él se queda preguntándose por qué está todo el mundo tan nervioso... Se acercan a la casa de Ghani. Un criado aguarda a la *shikara*, de pie y con las manos juntas, en un pequeño espigón de madera. Aziz dirige su atención a la tarea que tiene entre manos.

... —¿Está de acuerdo con mi visita su médico habitual, Ghani Sahib? —... Otra vez es apartada despreocupadamente la pregunta vacilante. El terrateniente dice—: Oh, ella estará de acuerdo. Sígame, por favor.

... El criado espera en el espigón. Sujeta firmemente la *shikara* mientras Aadam Aziz sale, con la cartera en la mano. Y ahora, por fin, Tai le habla directamente a mi abuelo. Con el desprecio en el rostro, Tai le pregunta:

—Dime una cosa, doctor Sahib: ¿tienes en esa cartera hecha de cerdos muertos una de esas máquinas con las que los médicos extranjeros suelen oler? —Aadam mueve la cabeza, sin entenderlo. La voz de Tai acumula nuevas capas de repugnancia—. Ya sabes, señor, una cosa que parece la trompa de un elefante. —Aziz, comprendiendo lo que quiere decir, responde—. ¿Un estetoscopio? Naturalmente. —Tai empuja la *shikara*, apartándola del espigón. Escupe. Empieza a remar, alejándose—. Lo sabía —dice—, ahora utilizarás esa máquina en lugar de tu narizota.

Mi abuelo no se molesta en explicarle que un estetoscopio se parece más a un par de orejas que a una nariz. Está sofocando su propia irritación, la cólera resentida de un niño al que se rechaza; y además, hay una paciente que espera. El tiempo se serena, concentrándose en la importancia del momento.

La casa era opulenta pero estaba mal iluminada. Ghani era viudo y los criados, evidentemente, se aprovechaban. Había telarañas por los rincones y capas de polvo en los rebordes. Recorrieron un largo pasillo; una de las puertas estaba entreabierta y, por ella, Aziz vio una habitación en un estado de violento desorden. Esa ojeada, en conexión con un destello de las gafas oscuras de Ghani, informó de pronto a Aziz de que el terrateniente era ciego. Aquello aumentó su sensación de inquietud: ¿un ciego que pretendía apreciar la pintura europea? Le impresionaba también el que Ghani no hubiera tropezado con nada... Se detuvieron ante una gruesa puerta de teca. Ghani dijo: —Espere un par de minutos —y entró en la habitación que había tras la puerta.

En años posteriores, el doctor Aadam Aziz juraba que, en esos dos minutos de soledad en los pasillos tenebrosos y llenos de arañas de la mansión del terrateniente, se vio acometido por el deseo casi irrefrenable de dar la vuelta y salir corriendo a toda la velocidad de sus piernas. Desconcertado por el enigma del amante de las artes ciego, con las entrañas llenas de diminutos insectos que escarbaban como resultado del insidioso veneno de los refunfuños de Tai, con un picor en las narices que llegó a convencerlo de que, de algún modo, había contraído alguna enfermedad venérea, sintió que sus pies empezaban a girar lentamente, como embutidos en botas de plomo; sintió la sangre latiéndole fuertemente en las sienes; y fue dominado por una sensación tan fuerte de estar cerca de dar un paso irreversible, que estuvo a punto de mojar sus pantalones de lana alemanes. Sin darse cuenta, empezó a ruborizarse rabiosamente; y en ese momento se le apareció su madre, sentada en el suelo ante un mostrador bajo, con un sarpullido que se extendía por su cara como un rubor, mientras sostenía una turquesa contra la luz. El rostro de su madre había adquirido todo el desprecio del barquero Tai. «Vete, vete, corre», dijo ella con la voz de Tai, «no te preocupes de tu vieja madre necesitada». El doctor Aziz se descubrió a sí mismo tartamudeando: «Qué hijo más inútil tienes, Amma; ¿no ves que tengo un agujero en medio, del tamaño de un melón?» Su madre sonrió con sonrisa dolorida. «Siempre fuiste un chico sin corazón», suspiró, y se volvió hacia un lagarto que había en la pared del pasillo y le sacó la lengua. El doctor Aziz dejó de sentirse aturdido, no estuvo seguro de haber hablado realmente en voz alta, se preguntó qué había querido decir con aquella historia del agujero, se dio cuenta de que sus pies no trataban ya de escapar, y comprendió que lo estaban observando. Una mujer de bíceps de luchador lo miraba fijamente, haciéndole señas para que la siguiera a una habitación. El estado de su sari decía que era una criada; pero no tenía nada de servil. —Está usted tan pálido como un pez —dijo—. Estos médicos jóvenes. Vienen a

33

una casa extraña y se les hace el hígado gelatina. Venga, doctor Sahib, lo esperan. —Agarrando su cartera una pizca demasiado fuerte, él la siguió, atravesando la oscura puerta de teca.

... A una alcoba espaciosa que estaba tan mal iluminada como el resto de la casa; aunque aquí había haces de polvorienta luz del sol que se filtraban por un montante de abanico situado muy alto en la pared. Aquellos rayos mustios iluminaban una escena más notable que cualquier otra que el médico hubiera presenciado nunca: un cuadro de tan incomparable rareza que sus pies comenzaron a temblar otra vez hacia la puerta. Dos mujeres más, también con aspecto de luchadoras profesionales, estaban de pie, rígidas, en la luz, sosteniendo cada una una esquina de una enorme sábana blanca, con los brazos muy levantados sobre la cabeza, para que la sábana colgase entre ellas como un telón. El señor Ghani resurgió de la lobreguez que rodeaba a la sábana iluminada por el sol y dejó que el estupefacto Aadam contemplase estúpidamente aquel cuadro singular durante algo así como medio minuto, después de lo cual, y antes de que nadie dijera palabra, el médico hizo un descubrimiento:

En el centro mismo de la sábana había un agujero de unas siete pulgadas de diámetro.

—Cierra la puerta, *ayah* —ordenó Ghani a la primera de las luchadoras, y luego, volviéndose hacia Aziz, se puso confidencial—. En este pueblo hay muchos gandules que, en alguna ocasión, han tratado de trepar hasta la habitación de mi hija. Necesita —señaló con la cabeza a las tres agarrotadas mujeres— quien la proteja.

Aziz seguía mirando la sábana perforada. Ghani dijo: —Muy bien, vamos, examine ahora a mi Naseem. *Pronto.*

Mi abuelo contempló con curiosidad la habitación.

—Pero, ¿dónde está, Ghani Sahib? —soltó por fin. Las luchadoras adoptaron una expresión desdeñosa y, según le pareció, tensaron la musculatura, por si intentaba algo raro.

—Ah, comprendo su desconcierto —dijo Ghani, mientras su sonrisa torcida se ensanchaba—. Los mozalbetes que volvéis de Europa olvidáis algunas cosas. Doctor Sahib, mi hija es una muchacha decente, no hace falta decirlo. No exhibe su cuerpo ante las narices de extraños. Comprenderá que no se le puede permitir a usted que la vea, de ningún modo, en ninguna circunstancia; en consecuencia, le he pedido a ella que se ponga tras la sábana. Y ahí está, como una buena chica.

En la voz del doctor Aziz había aparecido una nota de desesperación: —Ghani Sahib, ¿cómo puedo examinarla sin verla? —Ghani siguió sonriendo.

—Usted especificará la parte de mi hija que sea necesario inspeccionar. Entonces, yo le daré a ella instrucciones para que sitúe el segmento necesario delante del agujero que ve. Y así, de ese modo, se podrá hacer.

—Pero, en fin de cuentas, ¿de qué se queja la señora? —... mi abuelo, desesperadamente. Y entonces el señor Ghani, revolviendo los ojos en sus cuencas y retorciendo su sonrisa en una mueca de pesar, contestó:— ¡Pobre niña! Le duele el vientre horrible, espantosamente.

—En ese caso —dijo el doctor Aziz con cierta compostura—, que me enseñe el vientre, por favor.

MERCUROCROMO

Padma —nuestra regordeta Padma— está espléndidamente enfurruñada. (No sabe leer y, como a todos
los aficionados al pescado, no le gusta que otros sepan
nada que ella no sabe. Padma: fuerte, divertida, un consuelo en mis últimos días. Pero, indudablemente, el perro del hortelano.) Intenta camelarme para que deje
el escritorio: —Come, *na*, la comida se estropea. —Yo
sigo tozudamente doblado sobre el papel—. Pero ¿qué
hay tan precioso —pregunta Padma, mientras su mano
derecha corta el aire arriba y abajo exasperada— que
necesite toda esa mierda de escritura? —Yo le contesto:
ahora que he prescindido de los detalles de mi nacimiento, ahora que la sábana perforada se alza entre médico y paciente, no puedo volverme atrás. Padma resopla. Una muñeca golpea contra una frente—. Está bien,
muérete de hambre, muérete, ¿a quién le importa dos
pice? —Otro resoplido más fuerte, concluyente... pero
no se lo tomo en cuenta. Durante todo el día revuelve
una cuba burbujeante para ganarse la vida; alguna cosa
caliente y avinagrada la ha atufado esta noche. Gruesa
de cintura, un tanto peluda de antebrazos, se contonea,
gesticula, sale. Pobre Padma. Las cosas la están fasti-
diando siempre. Quizá incluso su nombre: de forma
bastante comprensible, porque su madre le dijo, cuan-

do era aún pequeña, que le habían puesto el nombre de la diosa del loto, cuya denominación más corriente entre las gentes de la aldea es «La que posee el estiércol».

En el renovado silencio, vuelvo a las hojas de papel, que huelen sólo un poco a cúrcuma, pronto y dispuesto a librar de sus desdichas al relato que dejé ayer en el aire... ¡lo mismo que Scheherazada, cuya supervivencia dependía de dejar al príncipe Shahryar muerto de curiosidad, hacía noche tras noche! Empezaré enseguida: revelando que las premoniciones de mi abuelo en el pasillo no carecían de fundamento. En los meses y años que siguieron, cayó bajo lo que sólo puedo describir como el hechizo de aquella enorme —y todavía impoluta— tela perforada.

—¿Otra vez? —decía la madre de Aadam, poniendo los ojos en blanco—. Te aseguro, hijo mío, que esa chica sólo está tan enferma como consecuencia de un exceso de mimos. Demasiados dulces y caprichos, por falta de la mano firme de una madre. Pero vete, atiende a tu paciente invisible; tu madre está bien con su jaquequilla de nada.

En aquellos años, comprendéis, Naseem Ghani, la hija del terrateniente, contrajo un número bastante extraordinario de enfermedades sin importancia, y cada vez se enviaba a un *shikara wallah* para llamar al doctor Sahib alto y joven de la narizota, que se estaba labrando semejante reputación en el valle. Las visitas de Aadam Aziz a la alcoba del haz de luz y las tres luchadoras se convirtieron en sucesos casi semanales; y en cada ocasión se le concedía una visión fugaz, a través de la sábana mutilada, de un círculo de siete pulgadas diferente del cuerpo de la joven. Al dolor de vientre inicial le sucedió un tobillo derecho muy ligeramente torcido, un uñero en el dedo gordo del pie izquierdo, un corte diminuto en la parte inferior de la pantorrilla izquierda. («El tétanos es asesino, doctor Sahib», dijo el terrate-

niente, «mi Naseem, no debe morir de un rasguño».)
Estuvo el asunto de la rodilla derecha tiesa que el médico tuvo que manipular a través del agujero de la sábana... y algún tiempo después la enfermedad saltó hacia
arriba, evitando algunas zonas inmencionables, y comenzó a proliferar en torno a la mitad superior de la
chica. Padecía una cosa misteriosa que su padre llamaba
putrefacción de los dedos y que hacía descamarse la
piel de sus manos; debilidad en los huesos de las muñecas, para la que Aadam recetó comprimidos de calcio; y
ataques de estreñimiento, para los que le dio un plato
de caolín, porque no se podía ni pensar en que se le permitiera administrarle un enema. La chica tenía fiebres y
también temperaturas infranormales. En esas ocasiones, se le ponía el termómetro bajo el brazo y él solía
tartamudear algo sobre la relativa ineficacia del método. En la axila opuesta se le produjo una vez una ligera
tinea chloris y él se la espolvoreó con un polvo amarillo; después de ese tratamiento —que exigió que él fro-
tase el polvo suave pero firmemente para que penetrase, aunque aquel cuerpo blanco y secreto comenzó a
estremecerse y temblar y él oyó una risa incontenible
que venía de la sábana, porque Naseem Ghani era muy
cosquillosa— el picor desapareció, pero Naseem encontró pronto otra serie de males. Se ponía anémica en
verano y bronquítica en invierno. («Sus conductos son
sumamente delicados», explicaba Ghani, «como pequeñas flautas».) Lejos, la Gran Guerra iba de crisis en
crisis, mientras en aquella casa cubierta de telarañas el
doctor Aziz se encontraba también en guerra total contra los inagotables males de su compartimentada paciente. Y, en todos esos años de la guerra, Naseem jamás repitió una enfermedad. —Lo que sólo prueba —le
dijo Ghani— que es usted un buen médico. Cuando la
cura, la cura de veras. Pero ¡ay! —se golpeó la frente— languidece recordando a su difunta madre, pobre

criatura, y su cuerpo sufre. Es una hija demasiado afectuosa.

Así, gradualmente, el doctor Aziz llegó a tener en la mente una imagen de Naseem, un *collage* mal ensamblado de sus partes separadamente inspeccionadas. Ese fantasma de una mujer en porciones comenzó a perseguirlo, y no sólo en sueños. Encolada por su imaginación, ella lo acompañaba en todas sus visitas, se trasladaba a la sala de estar de su mente, de forma que, al despertarse y dormirse, podía sentir en la punta de los dedos la suavidad de su piel cosquillosa o sus muñecas diminutas y perfectas o la belleza de sus tobillos; podía oler su perfume de lavanda y *chambeli*; podía oír su voz y su risa involuntaria de niña; pero no tenía cabeza, porque él no le había visto nunca la cara.

La madre de Aadam estaba en cama, abierta de brazos y piernas y echada sobre el estómago. —Ven, ven y apriétame —dijo—, hijo y médico mío cuyos dedos pueden aliviar los músculos de su anciana madre. Aprieta, aprieta, hijo, que tienes aspecto de ganso estreñido. —Él le dio masaje en los hombros. Ella gruñó, se contrajo espasmódicamente, se relajó. —Más abajo ahora —dijo—, ahora más arriba. A la derecha. Está bien. Mi hijo genial que no se da cuenta de lo que está haciendo Ghani el terrateniente. Un hijo muy listo, pero que no adivina por qué esa muchacha está eternamente enferma con sus ridículos trastornos. Escucha, hijo mío, que no ves más allá de tus narices: ese Ghani piensa que eres un buen partido para ella. Educado en el extranjero y demás. ¡Y yo he tenido que trabajar en tiendas y ser desnudada por ojos extraños para que tú te cases con esa Naseem! Claro que tengo razón; si no fuera así, ¿por qué nos iba a hacer caso? —Aziz aprieta a su madre—. Ay Dios, para, no hace falta que me mates porque te diga la verdad.

En 1918 Aadam Aziz vivía ya de sus excursiones

regulares a través del lago. Y ahora su ansiedad se hizo más intensa porque era evidente que, después de tres años, el terrateniente y su hija estaban dispuestos a allanar ciertos obstáculos. Ahora, por primera vez, Ghani le dijo: —Un bulto en el pecho derecho preocupante. ¿Es grave, doctor? Mire. Mire bien. Y allí, enmarcado en el agujero, había, perfectamente formado y líricamente encantador, un... —Tengo que tocarlo —dijo Aziz luchando por recuperar la voz. Ghani le dio una palmada en la espalda—. ¡Toque, toque! —dijo gritando—. ¡La mano que cura! El toque salvador, ¿eh, doctor? —Y Aziz alargó la mano—... Perdón por la pregunta, pero, ¿la señora tiene sus días? —... Unas sonrisitas secretas aparecieron en los rostros de las luchadoras. Ghani, asintiendo afablemente—: Sí. No se avergüence, muchacho. Ahora somos una familia y su médico. —Y Aziz—: Entonces no se preocupen. Los bultos desaparecerán cuando pasen sus días —... Y a la siguiente vez—: Un tirón en la parte de atrás del muslo, doctor Sahib. ¡Un dolor muy fuerte! —Y allí, en la sábana, debilitando los ojos de Aadam Aziz, flotaba una nalga soberbiamente torneada e inverosímil... Y ahora Aziz—: Si me permiten... —Y entonces una palabra de Ghani; una respuesta obediente desde detrás de la sábana; alguien tira de una cinta; y el pijama cae de aquel trasero celestial, que se expande maravillosamente a través del agujero. Aadam Aziz se obliga a adoptar una actitud mental médica... alarga la mano... toca. Y se jura a sí mismo, asombrado, que ha visto cómo ese trasero se ruboriza, de una forma tímida pero complaciente.

Aquella noche, Aadam pensaba en el rubor. ¿Actuaba la magia de la sábana a ambos lados del agujero? Con excitación, se imaginaba a su Naseem sin cabeza estremeciéndose bajo el escrutinio de sus ojos, su termómetro, su estetoscopio, sus dedos, e intentando hacerse una idea *de él* en su mente. Ella estaba en desventaja, desde luego, al no haber visto más que sus manos... Aadam comenzó a esperar, con desesperación ilícita, que Naseem Ghani tuviera jaqueca o se hiciera un arañazo en la invisible barbilla, a fin de que pudieran verse cara a cara. Sabía que sus sentimientos eran muy poco profesionales; pero no hizo nada por sofocarlos. No podía hacer mucho. Habían cobrado vida propia. En pocas palabras: mi abuelo se había enamorado, y había llegado a considerar la sábana perforada como algo sagrado y mágico, porque a través de ella había visto cosas que habían llenado el agujero interior que se le produjo cuando fue golpeado en la nariz por un montículo e insultado por Tai el barquero.

El día que terminó la Guerra Mundial, Naseem tuvo el ansiado dolor de cabeza. Esas coincidencias históricas han plagado, y quizá manchado, la existencia de mi familia en el mundo.

Apenas se atrevía a mirar lo enmarcado por el agujero de la sábana. Quizá ella era espantosa; tal vez eso explicaba todo aquel teatro... y miró. Y vio un rostro suave que no era nada feo, un fondo acolchado para unos ojos resplandecientes, de piedra preciosa, que eran castaños con pintitas de oro: ojos de tigre. El enamoramiento del doctor Aziz fue completo. Y Naseem no pudo contenerse: —Dios santo, doctor, ¡qué *nariz*! —Ghani, colérico—: Hija, cuida tus... —Pero paciente y médico se reían juntos y Aziz dijo—: Sí, sí, es un ejemplar notable. Me dicen que hay dinastías aguardando dentro... —Y se mordió la lengua porque había estado a punto de añadir: «... como mocos».

Y Ghani, que había aguantado a ciegas junto a la sábana tres largos años, sonriendo y sonriendo y sonriendo, comenzó a sonreír una vez más con su sonrisa secreta, que se reflejaba en los labios de las luchadoras.

Entretanto, Tai el barquero había tomado la decisión no explicada de dejar de lavarse. En un valle inundado de lagos de agua dulce, donde hasta la gente más pobre podía enorgullecerse (y se enorgullecía) de su limpieza, Tai prefería apestar. Desde hacía tres años no se había bañado ni lavado después de atender a sus necesidades naturales. Llevaba la misma ropa, sin lavar, un año tras otro; su única concesión al invierno era ponerse su *chugha* sobre el putrefacto pijama. El cestito de brasas que llevaba dentro de la *chugha*, al estilo cachemiro, para mantenerse caliente en el intenso frío, sólo estimulaba y acentuaba sus malos olores. Cogió la costumbre de dejarse ir a la deriva lentamente por delante del hogar de Aziz, dejando que las horribles emanaciones de su cuerpo atravesaran el jardincito y penetraran en la casa. Las flores se marchitaban; los pájaros abandonaban el alféizar de la ventana del viejo Aziz padre. Naturalmente, Tai perdía trabajos; especialmente los ingleses se mostraban reacios a ser transportados por aquel pozo negro humano. En torno al lago se decía que la mujer de Tai, enloquecida por la repentina suciedad del viejo, le suplicó que le diera una razón. Él le había respondido: «Pregúntaselo a nuestro médico venido del extranjero, pregúntaselo a ese *nakkoo*, a ese Aziz alemán.» Así pues, ¿era un intento de ofender las hipersensibles narices del doctor (en las que el picor del peligro se había aplacado un tanto bajo las anestesiantes dosis del amor)? ¿O era un gesto de inmutabilidad como desafío a la invasión de la *doctori-attaché* de Heidelberg? Una vez, Aziz le preguntó al anciano, francamente, a qué venía todo aquello; pero Tai sólo le echó el aliento y se alejó remando. El flato casi derribó a Aziz; cortaba como un hacha.

En 1918, el padre del doctor Aziz, privado de sus pájaros, murió mientras dormía; y enseguida su madre, que había podido vender el negocio de piedras preciosas gracias al éxito de la consulta de Aziz y consideró ahora la muerte de su marido como una piadosa liberación de una vida llena de responsabilidades, se dirigió a su propio lecho mortuorio y siguió a su marido antes de que acabasen los cuarenta días de luto. Para cuando los regimientos indios regresaron, al terminar la guerra, el doctor Aziz era huérfano y libre... salvo por el hecho de que se le había caído el corazón por un agujero de unas siete pulgadas de diámetro.

Un efecto desolador de la conducta de Tai: echó a perder las buenas relaciones del doctor Aziz con la población flotante del lago. Él, que de niño había charlado francamente con pescaderas y vendedoras de flores, vio que lo miraban de reojo. «Pregúntaselo a ese *nakkoo*, a ese Aziz alemán.» Tai lo había marcado como forastero y, por consiguiente, como persona en la que no se podía fiar por completo. A ellos no les gustaba el barquero, pero encontraban más inquietante la transformación que, evidentemente, había obrado el médico en él. Aziz se encontró con que los pobres recelaban, incluso lo rechazaban; y le dolió mucho. Ahora entendía lo que pretendía Tai: aquel hombre estaba tratando de echarlo del valle.

También la historia de la sábana perforada salió a relucir. Las luchadoras, evidentemente, eran menos discretas de lo que parecían. Aziz comenzó a notar que la gente lo señalaba con el dedo. Las mujeres se reían tontamente tapándose la boca con la mano.

—He decidido que Tai se salga con la suya —dijo. Las tres luchadoras, dos de ellas sosteniendo la sábana y la tercera cirniéndose junto a la puerta, aguzaron el oído a través del algodón de sus orejas. («Le he obligado a mi padre a hacerlo», le había dicho Naseem. «Esas cotillas no podrán seguir cotorreando ahora.») Los ojos de Naseem, enmarcados por el agujero, se hicieron más grandes que nunca.

... Lo mismo que los del propio Aziz cuando, unos días antes, había estado dando vueltas por las calles de la ciudad, había visto llegar el último autobús del invierno, pintado con letreros de colores —delante, SI DIOS QUIERE, en verde sombreado de rojo; detrás, un amarillo sombreado de azul que decía ¡GRACIAS A DIOS! y, en un marrón estallante, ¡LO SIENTO Y ADIÓS!— y había reconocido, a través de una red de nuevas arrugas y ojeras en el rostro, a Ilse Lubin que bajaba...

Ahora, Ghani el terrateniente lo dejaba solo con las guardianas de taponadas orejas: —Para que puedan hablar un poco; la relación entre médico y paciente sólo puede hacerse más profunda en la más estricta intimidad. Ahora lo comprendo, Aziz Sahib... disculpe que antes me entrometiera. —Ahora, la lengua de Naseem se movía de una forma cada vez más libre—: ¿Cómo se puede hablar así? ¿Es usted un hombre o una gallina? ¡Irse de casa por culpa de un apestoso barquero!

—Oskar ha muerto —le dijo Ilse, sorbiendo agua de lima fresca, sentada en el *takht* de la madre de Aziz—. Como un comediante. Fue a hablarles a los soldados y a decirles que no fueran peones. El muy imbécil creyó realmente que la tropa tiraría los fusiles y se iría. Lo vimos desde una ventana y rezamos para que no lo pisotearan simplemente. Para entonces, el regimiento había aprendido a llevar el paso, no los reconocerías. Al llegar a la esquina de la calle, frente a la explanada del desfile, Oskar se tropezó con el cordón del zapato y se cayó en plena calle. Un coche del estado mayor lo atropelló y lo mató. Aquel memo ni siquiera era capaz de atarse bien los zapatos —... había diamantes congelándose en sus pestañas—... Era uno de esos que hacen que los anarquistas tengan mala reputación.

—Está bien —admitió Naseem—, de modo que tienes oportunidad de conseguir un buen puesto. La Universidad de Agra es un sitio famoso, no te creas que no lo sé. ¡Profesor de universidad...! suena bien. Si me dices que te vas por eso, la cosa cambia. —Las pestañas languidecieron en el agujero—. Te echaré de menos, claro...

—Estoy enamorado —le dijo Aadam Aziz a Ilse Lubin. Y más tarde—: ... O sea, que sólo la he visto por el agujero de la sábana, a pedazos; y puedo jurar que se le ruboriza el trasero.

—Deben de echar algo en el aire —dijo Ilse.

—Me han dado el puesto, Naseem —dijo Aadam excitado—. Hoy ha llegado la carta. Con efectos de abril de 1919. Tu padre dice que podrá encontrar comprador para mi casa y también para la tienda de piedras preciosas.

—Estupendo —dijo Naseem haciendo pucheros—. De manera que tendré que buscarme otro médico. O quizá recurrir otra vez a esa vieja bruja que no sabe nada de nada.

—Como soy huérfano —dijo el doctor Aziz—, tengo que venir yo mismo en lugar de los miembros de mi familia. Pero de todas formas he venido, Ghani Sahib, por primera vez sin ser llamado. Mi visita no es profesional.

—¡Querido muchacho! —Ghani, dándole palmadas a Aadam en la espalda—. Claro que te casarás con ella. ¡Con una dote de primera! ¡Sin reparar en gastos! ¡Será la boda del año, sin lugar a dudas, sí señor!

—No puedo dejarte aquí si me voy —le dijo Aziz a Naseem. Y Ghani dijo—: ¡Basta de *tamasha*! ¡No hace falta seguir con esa payasada de la sábana! ¡Dejadla caer, mujeres, ahora son dos enamorados!

—Por fin —dijo Aadam Aziz—, por fin te veo entera. Pero ahora tengo que irme. Tengo visitas que hacer... y una vieja amiga en casa; tengo que decírselo a ella, se alegrará mucho por los dos. Es una buena amiga de Alemania.

—No, Aadam *baba* —le dijo su criado—, desde esta mañana no he visto a Ilse Begum. Alquiló la *shikara* del viejo Tai para dar un paseo.

—¿Qué puedo decir, señor? —masculló humildemente Tai—. Me siento realmente muy honrado de que me llamen a casa de un personaje tan importante. Señor, la señora me contrató para una excursión a los Jardines Mogoles, quería hacerla antes de que el lago se helase. Una señora silenciosa, doctor Sahib, no dijo palabra en todo el tiempo. De modo que iba pensando en mis propios pensamientos indignos y privados, como hacen los viejos idiotas, y de repente, cuando miré, ya no estaba en su asiento. Sahib, juro por la cabeza de mi esposa que no es posible ver por encima del respaldo, de forma que ¿cómo iba a saberlo? Créeselo a un barquero viejo y pobre que fue amigo tuyo cuando eras joven...

—Aadam *baba* —interrumpió el viejo criado—, perdóname pero acabo de encontrar este papel en tu mesa.

—Sé dónde está ella —el doctor Aziz miró fijamente a Tai— No sé por qué sigues metiéndote en mi vida; pero una vez me enseñaste el lugar. Dijiste: algunas extranjeras vienen aquí para ahogarse.

—¿Yo, Sahib? —Tai ofendido, maloliente, inocente—. ¡El dolor hace que la cabeza te juegue malas pasadas! ¿Cómo iba a saber yo eso?

Y después de que un grupo de barqueros de rostro inexpresivo sacaron el cuerpo, hinchado y envuelto en hierbas flotantes, Tai fue al apeadero de las *shikaras* y les dijo a los hombres que estaban allí, mientras ellos reculaban ante su aliento de buey con disentería: —¡Y me echa la culpa a mí, figuraos! ¡Trae aquí a sus disolutas europeas y me dice que es culpa mía si se tiran al lago...! Y lo que yo digo: ¿cómo sabía él dónde había que mirar? Eso es, preguntádselo, ¡preguntádselo a ese *nakkoo* de Aziz!

Ella había dejado una nota. Decía así: «No hablaba en serio.»

No haré comentarios; esos acontecimientos, que han salido dando tumbos de mis labios de cualquier modo, mutilados por la prisa y la emoción, no debo juzgarlos yo. Permitidme ser ahora tajante, y decir que, durante el invierno largo y duro de 1918-1919, Tai se puso enfermo, contrayendo una aguda enfermedad de la piel, semejante al mal europeo llamado escrofulismo; pero se negó a ver al doctor Aziz, y fue tratado por un homeópata local. Y en marzo, cuando el lago se deshieló, se celebró una boda en una gran *marquee* levantada en los terrenos de la casa de Ghani el terrateniente. Las capitulaciones matrimoniales garantizaba a Aadam Aziz una suma respetable de dinero, que le ayudaría a construirse una casa en Agra, y la dote incluía, por petición expresa del doctor Aziz, cierta sábana mutilada. La joven pareja se sentaba en un estrado, enguirnaldada y distante, mientras los huéspedes desfilaban, dejando caer rupias en su regazo. Aquella noche, mi abuelo puso la sábana perforada debajo de su novia y de él, y por la mañana estaba adornada con tres gotas de sangre que formaban un pequeño triángulo. Por la mañana se exhibió la sábana y, después de la ceremonia de la consumación, llegó una *limousine* alquilada por el terrateniente para llevar a mis abuelos a Amritsar, en donde cogerían el Correo de la Frontera. Las montañas se agolparon a su alrededor, contemplando a mi abuelo que dejaba su hogar por última vez. (Volvería, una vez, pero no para volver a marcharse.) Aziz creyó haber visto a un anciano barquero de pie, en tierra, viéndolos pasar... pero probablemente se equivocaba, porque Tai estaba enfermo. La burbuja del templo situado en la cumbre del Sankara Acharya, que los musulmanes se habían acostumbrado a llamar *Takht-e-Sulaiman*, o Trono de Salomón, no les hizo caso. Los álamos desnudados por el invierno y los campos de azafrán cubiertos de nieve ondularon a su alrededor cuando el coche se dirigió hacia el sur con un viejo maletín que contenía, entre otras cosas, un estetoscopio y una sábana, metido en el portaequipajes. El doctor Aziz sintió, en la boca del estómago, una sensación parecida a la de ingravidez.

O a la de una caída en el vacío.

(... Y ahora hago el papel de fantasma. Tengo nueve años y toda la familia, mi padre, mi madre, el Mono de Latón y yo, estamos en casa de mis abuelos en Agra, y los nietos —yo entre ellos— representamos la habitual comedia de Año Nuevo; y a mí me han dado el papel de fantasma. En consecuencia —y de forma subrepticia, a fin de guardar los secretos de la próxima función— registro la casa en busca de un disfraz espectral. Mi abuelo está fuera, ocupado en sus visitas. Yo estoy en su habitación. Y aquí, encima de este armario, hay un viejo baúl, cubierto de polvo y de arañas, pero sin cerrar. Y aquí, dentro, está la respuesta a mis plegarias. ¡No sólo una sábana, sino una sábana que tiene ya hecho un agujero! Aquí está, dentro de este maletín de cuero que hay dentro del baúl, debajo de un viejo estetoscopio y de un mohoso inhalador Vick... La aparición de la sábana en nuestro espectáculo fue toda una sensación. Mi abuelo le echó una ojeada y se puso en pie rugiendo. Subió a zancadas al escenario y me desenfantasmó delante de todo el mundo. Los labios de mi abuela se fruncieron tanto que parecieron desaparecer. Entre los dos, el uno tronando contra mí con la voz de un barquero olvidado y la otra transmitiéndome su furia a través de unos labios desvanecidos, redujeron al pavoroso fantasma a una ruina lloriqueante. Yo huí, puse pies en polvorosa y corrí al pequeño trigal, sin saber qué había ocurrido. Estuve allí sentado —¡quizá en el mismo lugar en que se sentó Nadir Khan!— durante varias horas, jurándome una y otra vez no abrir más un baúl prohibido y sintiendo un vago resentimiento por el hecho de que, por de pronto, no hubiese estado cerrado. Pero sabía, juzgando por su rabia, que la sábana era algo realmente muy importante.)

Me ha interrumpido Padma, que me trajo la cena y se la llevó luego, chantajeándome: —Bueno, si te vas a pasar todo el tiempo haciéndote polvo la vista con esos garabatos, por lo menos léemelos. —Me cantaban las tripas reclamando la cena... pero quizá la buena de Padma resulte útil, porque no se le puede impedir que critique. La han puesto especialmente furiosa mis comentarios sobre su nombre—. ¿Qué sabes tú, chico de ciudad? —gritó, cortando el aire con la mano—. En mi aldea no es ninguna vergüenza llevar el nombre de la diosa del Estiércol. Escribe enseguida que estás totalmente equivocado. —De acuerdo con los deseos de mi flor de loto, a continuación inserto un breve panegírico del estiércol.

¡Estiércol que fertiliza y hace crecer los cultivos! ¡Estiércol, moldeado a palmaditas en tortas delgadas que parecen *chapati*, cuando todavía está fresco y húmedo, y vendido a los constructores de la aldea, que lo utilizan para afirmar y reforzar las paredes de las construcciones *kachka* de barro! ¡Estiércol, cuya llegada por el extremo posterior del ganado explica en gran parte su condición divina y sagrada! Sí, estaba equivocado, reconozco que tenía prejuicios, sin duda porque sus olores poco afortunados se las arreglan para ofender mis sensibles narices... ¡Qué maravilloso, qué inefablemente encantador debe de ser llevar el nombre de la Proveedora del Estiércol!

... El 6 de abril de 1919, la ciudad santa de Amritsar olía (gloriosamente, Padma, celestialmente) a excremento. Y quizá aquel (¡hermoso!) tufo no ofendía a la Nariz del rostro de mi abuelo... después de todo, los campesinos cachemiros lo utilizaban, como queda dicho, en calidad de mortero. Incluso en Srinagar, los buhoneros con carritos de tortas redondas de estiércol no eran un espectáculo raro. Pero allí la plasta se secaba, amortiguada y útil. El estiércol de Amritsar, en cambio, era fresco y (peor aún) redundante. No todo él era bovino. Brotaba de las ancas de los caballos entre las lanzas de las numerosas *tongas, ikkas* y *gharries*; y mulas, hombres y perros satisfacían sus necesidades naturales, confundiéndose en una fraternidad de mierda. Pero había también vacas: sagrados rumiantes que vagaban por las calles polvorientas, patrullando cada uno su propio territorio y marcando sus propiedades con excremento. ¡Y moscas! El Enemigo Público Número Uno, zumbando alegremente de cagajón en humeante cagajón, festejaba y practicaba la polinización cruzada de aquellas ofrendas espontáneas. La ciudad pululaba también, reflejando el movimiento de las moscas. El doctor Aziz miraba la escena desde la ventana de su hotel, mientras un *jain* con máscara pasaba, barriendo el suelo ante él con una escoba de ramas, para no pisar alguna hormiga o, incluso, alguna mosca. Un vaho dulcemente picante se elevaba de un carrito de comidas callejero. «¡*Pakoras* calientes, calientes *pakoras*!» Una mujer blanca compraba sedas en una tienda del otro lado de la calle y hombres con turbante la miraban con impertinencia. Naseem —ahora Naseem Aziz— tenía un fuerte dolor de cabeza; era la primera vez que repetía una dolencia, pero el vivir fuera de su valle tranquilo había sido una especie de choque para ella. Junto a su cama había una jarra de agua de lima fresca, que se vaciaba rápidamente. Aziz estaba en la ventana, inhalando la ciudad. La espira del Templo de Oro relucía al sol. Pero a él le picaba la nariz: allí había algo raro.

Primer plano de la mano derecha de mi abuelo: uñas nudillos dedos, todo de algún modo mayor de lo que cabría esperar. Mechones de pelo rojizo en los bordes externos. El pulgar y el índice juntos, separados sólo por el espesor de un papel. En pocas palabras: mi abuelo sostenía un panfleto. Se lo habían metido en la mano (corte a plano general: nadie de Bombay debería carecer de un vocabulario cinematográfico básico) cuando entró en el vestíbulo del hotel. Fuga precipitada del golfillo por la puerta giratoria, dejando una estela de octavillas que caen mientras el *chaprassi* lo persigue. Vueltas desenfrenadas en la entrada, una y otra vez, hasta que la mano del *chaprassi* reclama también un primer plano, porque aprieta pulgar e índice, separados sólo por el espesor de la oreja del golfillo. Expulsión del juvenil difusor de opúsculos de alcantarilla; pero mi abuelo seguía conservando el mensaje. Ahora, mirando por la ventana, lo ve reflejado en la pared de enfrente; y allí, en el minarete de una mezquita; y en los grandes caracteres negros del periódico que lleva el vendedor ambulante bajo el brazo. Octavilla periódico mezquita y pared gritan: ¡*Hartal*! Lo que quiere decir, literalmente, día de luto, de quietud, de silencio. Pero ésta es la India en el apogeo del *Mahatma*, cuando hasta el idioma sigue las instrucciones de Gandhi*ji* y la palabra ha adquirido, bajo su influencia, nuevas resonancias. *Hartal, 7 de abril*, dicen de común acuerdo mezquita periódico pared y panfleto, porque Gandhi ha decretado que toda la India, ese día, deberá detenerse. Para lamentar, en paz, la continuación de la presencia de los británicos.

—No entiendo ese *hartal* si no se ha muerto nadie —se lamenta Naseem suavemente—. ¿Por qué no funciona el tren? ¿Hasta cuándo vamos a estar aquí clavados?

El doctor Aziz observa a un joven marcial en la calle y piensa: los indios han luchado por los británicos; son tantos los que han visto mundo y han sido contaminados por el extranjero. No volverán fácilmente al viejo mundo Los británicos se equivocan al intentar dar marcha atrás al reloj. —Ha sido un error promulgar la Ley Rowlatt —murmura.

—¿Qué rowlatt? —gime Naseem—. ¡Para mí esto no tiene ningún sentido!

—Contra la agitación política —explica Aziz, volviendo a sus pensamientos. Tai dijo una vez: «Los cachemiros son diferentes. Cobardes, por ejemplo. Ponle un fusil a un cachemiro en la mano y tendrá que dispararse solo... No se atreverá jamás a apretar el gatillo. No somos como los indios, que siempre están luchando». —Aziz, pensando en Tai, no se siente indio. Cachemira, después de todo, no es en sentido estricto una parte del Imperio, sino un Estado principesco independiente. No está seguro de que el *hartal* del panfleto mezquita pared periódico sea su lucha, aunque ahora esté en territorio ocupado. Se aparta de la ventana...

... Y ve a Naseem llorando sobre la almohada. Ha estado llorando desde que él le pidió, en su segunda noche, que se moviera un poco. —¿Moverme a dónde? —preguntó ella—. ¿Moverme cómo? —Él se sintió incómodo y dijo—: Sólo moverte, quiero decir como una mujer... —Ella dio un grito de horror—. Dios mío, ¿con quién me he casado? Os conozco, hombres que volvéis de Europa. ¡Conocéis mujeres horribles e intentáis hacernos como ellas! Óyeme bien, doctor Sahib, seas o no mi marido, yo no soy ninguna... ninguna mujer-palabrota. —Fue una batalla que mi abuelo nunca ganó; y marcó el tono de su matrimonio, que se convirtió rápidamente en escenario de contiendas frecuentes y devastadoras, bajo cuyos estragos la joven de detrás de la sábana y el desmañado médico joven se volvieron rápidamente seres diferentes y extraños—... ¿Qué te pasa ahora, mujer? —pregunta Aziz. Naseem entierra el rostro en la almohada—. ¿Y qué más? —dice con voz sofocada—. ¿Eres tú o quién eres? Quieres que me pasee desnuda delante de extraños. (Él le ha dicho que se quite el *purdah*).

Aziz dice: —La camisa te tapa desde el cuello hasta las muñecas y las rodillas. Ese amplio pijama te cubre hasta los tobillos, incluyéndolos. Sólo te quedan los pies y la cara. Mujer, ¿son obscenos tus pies y tu cara? —Pero ella solloza—: ¡Verán algo más que eso! ¡Verán mi honda-hondísima vergüenza!

Y ahora un accidente, que nos arroja al mundo del mercurocromo. ... Aziz, que siente que la ecuanimidad lo abandona, saca todos los velos *purdah* de su mujer de la maleta de ella, los echa en una papelera de hojalata que tiene pintado un Guru Nanak en el costado, y les prende fuego. Las llamas se levantan, sorprendiéndolo, y lamen las cortinas. Aadam se precipita hacia la puerta y pide socorro a gritos mientras las baratas cortinas comienzan a arder... y criados, huéspedes, lavanderas afluyen a la habitación y sacuden la tela que se quema con trapos, toallas y ropa sucia de otros. Se traen cubos; se apaga el fuego; y Naseem se encoge en la cama mientras unos treinta y cinco *sikhs*, hindúes e intocables atestan la habitación llena de humo. Por fin se van, y Naseem suelta dos frases antes de atornillar sus labios obstinadamente.

—Estás loco. Quiero más agua de lima.

Mi abuelo abre la ventana, se vuelve hacia su desposada. —El humo tardará en desaparecer; voy a dar una vuelta. ¿Vienes?

Labios atornillados; ojos apretados; un solo No violento con la cabeza; y mi abuelo se va solo a la calle. Su dardo final: —Olvídate de que eres una buena chica cachemira. Empieza a pensar en ser una mujer india moderna.

... Mientras tanto, en la zona del Acuartelamiento, en el Cuartel General del Ejército Británico, cierto Brigadier R. E. Dyer se da cera al bigote.

Es 7 de abril de 1919, y en Amritsar el grandioso plan del *Mahatma* se está deformando. Las tiendas han cerrado; la estación de ferrocarril no funciona; pero ahora multitudes alborotadas las invaden. El doctor Aziz, con su cartera de cuero en la mano, está en la calle, prestando ayuda donde puede. Han dejado los cuerpos pisoteados donde cayeron. Él venda heridas, pintarrajeándolas liberalmente con mercurocromo, lo que las hace parecer más sangrientas que antes, pero por lo menos las desinfecta. Finalmente vuelve a su habitación del hotel, con la ropa empapada de manchas rojas, y Naseem entra en pánico. —Deja que te ayude, deja que te ayude. Por Alá, con qué hombre me he casado, que se mete en las hondonadas a pelear con *goondas*. —Se afana a su alrededor con agua y compresas de algodón—. No sé por qué no puedes ser un médico respetable como la gente corriente y limitarte a curar enfermedades importantes y demás. ¡Ay Dios, estás lleno de sangre! Siéntate, vamos, siéntate. ¡Deja por lo menos que te lave!

—No es sangre, mujer.

—¿Crees que no tengo ojos? ¿Por qué me tomas el pelo hasta cuando estás herido? ¿Es que tu mujer no puede siquiera cuidarte?

—Es mercurocromo, Naseem. Medicina roja.

Naseem —que se había convertido en un torbellino

de actividad, cogiendo trapos, abriendo grifos— se congela. —Lo has hecho adrede —dice— para que parezca estúpida. No soy estúpida. He leído varios libros.

Es 13 de abril, y todavía están en Amritsar. —Esto no se ha acabado —le dijo Aadam Aziz a Naseem—. No podemos irnos, compréndelo: quizá necesiten médicos otra vez.

—¿De modo que tendremos que quedarnos aquí, esperando hasta el fin del mundo?

Él se frotó la nariz. —No, me temo que no tanto.

Aquella tarde, las calles se llenan súbitamente de gente, que se mueve toda en la misma dirección, desafiando las nuevas disposiciones de la Ley Marcial de Dyer. Aadam le dice a Naseem: —Debe de haber prevista una concentración... Habrá jaleo con los soldados. Han prohibido las concentraciones.

—¿Por qué tienes que ir? ¿Por qué no esperas a que te llamen?

... Unos terrenos pueden ser cualquier cosa comprendida entre un descampado y un parque. Los mayores terrenos que hay en Amritsar se llaman Jallianwala Bagh. No están cubiertos de hierba. Por todas partes hay piedras, latas, cristales y otras cosas. Para entrar, hay que pasar por un callejón muy estrecho situado entre dos edificios. El 13 de abril, muchos miles de indios se amontonan en ese callejón. —Es una protesta pacífica —le dice alguien al doctor Aziz. Arrastrado por la multitud, él llega a la entrada del callejón. Lleva un maletín de Heidelberg en la mano derecha. (No hace falta un primer plano.) Se siente, lo sé, muy asustado, porque la nariz le pica más de lo que le ha picado nunca; pero es un médico experimentado, lo borra de su mente y entra en los terrenos. Alguien está pronunciando un discurso apasionado. Los vendedores ambulantes se mueven entre la multitud vendiendo *channa* y dulces. El aire está cargado de polvo. No parece haber *goondas*, alborotadores, por lo que mi abuelo puede ver. Un grupo de *sikhs* ha extendido un mantel en el suelo y come, sentado alrededor. Hay todavía un olor a basura en el aire. Aziz se mete en medio de la multitud, mientras el Brigadier R. E. Dyer llega a la entrada del callejón, seguido de cincuenta soldados blancos. Es el Comandante de Amritsar según la Ley Marcial: un hombre importante, después de todo; las puntas enceradas de su bigote están rígidas de importancia. Cuando los cincuenta y un hombres atraviesan el callejón, un hormigueo sustituye al picor en las narices de mi abuelo. Los cincuenta y un hombres penetran en los terrenos y toman posiciones, veinticinco a la derecha de Dyer y veinticinco a su izquierda; y Aadam Aziz deja de concentrarse en los acontecimientos que lo rodean cuando el hormigueo alcanza intensidades insoportables. Cuando el Brigadier Dyer da la orden, el estornudo da de lleno en el rostro de mi abuelo. «¡Yaaaaaj-*zuuú*!», estornuda y cae hacia adelante, perdiendo el equilibrio al seguir a su nariz y salvando así la vida. Su *doctori-attaché* se abre de golpe; frascos, ungüentos y jeringas se esparcen por el polvo. Él se arrastra furiosamente a los pies de la gente, tratando de salvar su equipo antes de que lo aplasten. Se oye un ruido como de dientes que castañetean en invierno y alguien cae sobre él. Algo rojo le mancha la camisa. Ahora hay gritos y sollozos y el extraño castañeteo continúa. Cada vez hay más gente que parece haber tropezado y caído sobre mi abuelo. Empieza a temer por sus espaldas. El cierre del maletín se le clava en el pecho, causándole una magulladura tan seria y misteriosa que no desaparecerá hasta después de su muerte; años más tarde, en la colina de Sankara Acharya o Takht-e-Sulaiman. Tiene la nariz aplastada contra un frasco de píldoras rojas. El castañeteo se interrumpe y es sustituido por ruidos de personas y de pájaros. Parece no haber ningún ruido de tráfico. Los cincuenta hombres del Brigadier Dyer desmontan sus ametralladoras y se van. Han disparado en total mil seiscientos cincuenta tiros contra la multitud desarmada. De ellos, quinientos dieciséis han dado en el blanco, matando o hiriendo a alguien. —Muy bien disparado —les dice Dyer a sus hombres—. Lo hemos hecho espléndidamente bien.

Cuando mi abuelo llegó a casa aquella noche, mi abuela estaba intentando seriamente ser una mujer moderna para complacerlo; de modo que no parpadeó al verlo. —Otra vez te has tirado encima el mercurocromo, torpón —le dijo conciliadoramente.
    —Es sangre —contestó él, y ella se desmayó. Cuando la reanimó con ayuda de un poco de sal volátil, Naseem dijo—: ¿Estás herido?
    —No —dijo él.
    —Pero, ¿*dónde* has *estado, Dios* mío?
    —En ningún sitio del mundo —dijo él, y comenzó a temblar en brazos de ella.

Mi propia mano, lo confieso, ha empezado a vacilar; no exclusivamente a causa del tema, sino porque he notado una grieta delgada, como un cabello, que ha aparecido en mi muñeca, bajo la piel... No importa. Todos le debemos una vida a la muerte. De modo que dejadme concluir con el rumor no confirmado de que el barquero Tai, que se recobró de su infección escrofulosa poco después de dejar mi abuelo Cachemira, no murió hasta 1947, cuando (según dicen) se enfureció porque la India y el Pakistán se disputaban su valle, y se fue a pie a Chhamb con la intención expresa de ponerse entre las dos fuerzas combatientes y decirles lo que pensaba. Cachemira para los cachemiros: ésa era su postura. Naturalmente, lo mataron. Oskar Lubin hubiera aprobado probablemente ese gesto retórico; R. E. Dyer habría elogiado quizá la puntería de sus asesinos.

Tengo que irme a la cama. Padma me espera; y yo necesito un poco de calor.

TIRO-A-LA-ESCUPIDERA

Creedme que me estoy cayendo a pedazos.

No hablo metafóricamente; tampoco es el gambito de apertura de ninguna melodramática, enigmática y mugrienta solicitud de compasión. Quiero decir simplemente que he empezado a agrietarme por todas partes como un viejo cántaro... que mi pobre cuerpo, singular, desgarbado, zarandeado por un exceso de Historia, vaciado por arriba y por abajo, mutilado por puertas y descalabrado por escupideras, ha empezado a reventar por las costuras. En pocas palabras, me estoy desintegrando literalmente, despacio por el momento, aunque hay signos de aceleración. Os pido sólo que aceptéis (como lo he aceptado yo) que en su día me desmenuzaré en (aproximadamente) seiscientos treinta millones de partículas de un polvo anónimo y necesariamente olvidadizo. Por eso he resuelto confiarme al papel, antes de olvidar. (Somos una nación con mala memoria.)

Hay momentos de terror, pero desaparecen. El pánico, como un monstruo marino burbujeante, sube a tomar aire, hierve en la superficie, pero acaba por volver a las profundidades. Es importante que conserve la calma. Mastico nuez de betel y expectoro en dirección al barato cuenco de latón, jugando al viejo juego del tiro-a-la-escupidera: el juego de Nadir Khan, que él aprendió de los viejos de Agra... y hoy en día puedes comprar «*paans*-cohete» en los que, además de la pasta de betel que enrojece las encías, encuentras, envuelto en una hoja, el consuelo de la cocaína. Pero eso sería hacer trampa.

... Brota de mis páginas la inconfundible vaharada del *chutney*. De modo que no quiero confundiros más: yo, Saleem Sinai, poseedor del órgano olfatorio más delicadamente dotado de la historia, he dedicado mis últimos días a la preparación en gran escala de condimentos. Y ahora: «¿Un cocinero?», decís boquiabiertos y horrorizados. «¿Sólo un *khansama*? ¿Cómo es posible?» Lo admito, semejante dominio de los múltiples dones de la cocina y del lenguaje es realmente raro; sin embargo, lo poseo. Estáis asombrados; pero no soy, comprendéis, uno de esos cocinerillos vuestros de 200 rupias al mes sino mi propio señor, y trabajo bajo los guiños de color azafrán y verde de mi diosa personal de neón. Y mis *chutneys* y *kasaundies* están relacionados, después de todo, con mis garrapateos nocturnos: de día entre mis cubas de encurtidos, de noche entre estas sábanas, me paso la vida dedicado a la gran obra de la conservación. El recuerdo, lo mismo que los frutos, debe ser salvado de la corrupción de los relojes.

Pero aquí está Padma junto a mi codo, forzándome a volver al mundo de la narrativa lineal, al universo del y-qué-pasó-entonces: —A ese ritmo —se queja Padma— tendrás doscientos años para cuando consigas contar tu nacimiento. —Afecta indiferencia, proyectando una cadera despreocupada en mi dirección general, pero no me engaña. Ahora sé que, a pesar de todas sus protestas, está atrapada. No hay duda: mi historia la tiene agarrada por el cuello, de forma que, de repente, ha dejado de importunarme para que me vaya a casa, me bañe más, me cambie la ropa manchada de vinagre, abandone aunque sea por un momento esta tenebrosa fábrica de encurtidos donde los olores de las especias espuman eternamente en el aire... ahora mi diosa del estiércol tiende sencillamente su colchoneta en el rincón de esta oficina y me prepara la comida en dos hornillos de gas ennegrecidos, interrumpiendo sólo mi escritura a la luz diagonal para recriminarme—: Más vale que le des un empujoncito o te morirás antes de conseguir nacer. —Reprimiendo mi legítimo orgullo del narrador con éxito, yo trato de educarla—: Las cosas —incluso la gente— se filtran unas en otras —le explico— como los sabores cuando cocinas. El suicidio de Ilse Lubin, por ejemplo, se filtró en el viejo Aadam y se quedó allí en un charco hasta que él vio a Dios. Del mismo modo —salmodio seriamente—, el pasado ha goteado en mí... de forma que no podemos prescindir de él. —Su encogimiento de hombros, que produce efectos agradablemente ondulados en su pecho, me interrumpe—. Para mí es una forma demencial de contar la historia de tu vida —exclama—, si no consigues siquiera hacer que tu padre conozca a tu madre.

... Y, sin duda alguna, Padma se está filtrando en mí. A medida que la historia sale a borbotones de mi cuerpo cuarteado, mi flor de loto va goteando sosegadamente en él, con su prosaicidad y su paradójica superstición, su contradictorio amor por lo fabuloso... por lo que resulta oportuno que esté a punto de contar la historia de la muerte de Mian Abdullah. El Colibrí predestinado: una leyenda contemporánea.

... Y Padma es una mujer generosa, porque se queda conmigo en estos últimos días, aunque no pueda hacer mucho por ella. Es verdad y, una vez más, resulta apropiado mencionarlo antes de acometer el cuento de Nadir Khan: estoy desvirilizado. A pesar de los muchos y variados dones y servicios de Padma, no puedo filtrarme en ella, ni siquiera cuando pone su pie izquierdo sobre mi pie derecho, enrosca su pierna derecha en mi cintura, inclina su cabeza hacia la mía y hace ruidos arrulladores; ni siquiera cuando me susurra al oído: —Ahora que has acabado con la escribanía, ¡a ver si conseguimos que trabaje tu otro lápiz! —a pesar de todo lo que intenta, no puedo acertar en su escupidera.

Basta de confesiones. Doblegándome ante las presiones ineluctables del y-qué-pasó-entoncesismo de Padma y recordando la cantidad limitada de tiempo de que dispongo, doy un salto hacia adelante desde el mercurocromo y aterrizo en 1942. (Estoy deseando también reunir a mis padres.)

Al parecer, a finales del verano de ese año, mi abuelo, el doctor Aadam Aziz, contrajo una forma de optimismo sumamente peligrosa. Dando vueltas en bicicleta alrededor de Agra, silbaba penetrantemente, mal, pero con mucha alegría. En modo alguno era el único porque, a pesar de los tenaces esfuerzos de las autoridades por erradicarla, aquella enfermedad virulenta se había estado extendiendo aquel año por toda la India, y hubo que tomar medidas drásticas para dominarla. Los viejos de la tienda de *paan* que había en la parte alta de Cornwallis Road masticaban betel y sospechaban alguna trampa. —He vivido dos veces más que vosotros —decía el más viejo, y su voz crepitaba como una radio vieja porque las décadas se restregaban en torno a sus cuerdas bucales— y nunca he visto a tanta gente tan animada en unos tiempos tan malos. Es cosa del diablo. —Era, en verdad, un virus resistente... ya el tiempo por sí solo hubiera tenido que disuadir a aquellos gérmenes de multiplicarse, porque resultaba evidente que las lluvias habían fallado. La tierra se agrietaba. El polvo se comía el borde de los caminos y, algunos días, enormes fisuras abiertas aparecían en medio de las intersecciones del macadán. Los masticadores de betel de la tienda de *paan* habían comenzado a hablar de presagios; tranquilizándose con su tiro-a-la-escupidera, especulaban acerca de los infinitos e innominados diossabequés que podían surgir ahora de la tierra que se agrietaba. Al parecer, un *sikh* de un taller de reparación de bicicletas había perdido el turbante en el calor de una tarde, cuando su cabello, sin razón alguna, se puso de pronto de punta. Y, más prosaicamente, la escasez de agua había llegado a tal grado que los lecheros no podían encontrar ya agua limpia para adulterar la leche... Muy lejos, se desarrollaba una vez más una Guerra Mundial. En Agra, el calor aumentaba. Pero mi abuelo seguía silbando. Los viejos de la tienda de *paan* encontraban su silbido de bastante mal gusto, dadas las circunstancias.

(Y yo, como ellos, expectoro y me alzo sobre las fisuras.)

A lomos de su bicicleta, con su *attaché* de cuero atachada al portabultos, mi abuelo silbaba. A pesar de la irritación de su nariz, tenía los labios fruncidos. A pesar de una magulladura en el pecho que se había negado a desaparecer durante veintitrés años, su buen humor se mantenía incólume. El aire pasaba por sus labios y se transmutaba en sonido. Silbaba una vieja melodía alemana: *Tannenbaum*.

La epidemia de optimismo había sido causada por un solo ser humano, cuyo nombre, Mian Abdullah, sólo lo utilizaban los periodistas. Para todos los demás, era el Colibrí, una criatura cuya inexistencia sería imposible. «Un mago convertido en conspirador», escribían los periodistas. «Mian Abdullah surgió del famoso gueto de los magos de Delhi para ser la esperanza de los cien millones de musulmanes de la India.» El Colibrí era el fundador, presidente, unificador y espíritu animador de la Asamblea del Islam Libre; y en 1942 se estaban levantando en el *maidan* de Agra tiendas y tribunas, donde se celebraría la segunda reunión anual de la Asamblea. Mi abuelo, con sus cincuenta y dos años y el pelo blanco por los años y otras aflicciones, había empezado a silbar al pasar por el *maidan*. Ahora se inclinaba al doblar las esquinas en su bicicleta, tomándolas con ángulo garboso, abriéndose paso entre niños y boñigas... y, en otro momento y otro lugar, le dijo a su amiga la Rani de Cooch Naheen: «Empecé como cachemiro y no era gran cosa como musulmán. Entonces me hicieron una magulladura en el pecho que me convirtió en indio. Todavía no soy gran cosa como musulmán, pero soy partidario incondicional de Abdullah. Su lucha es la mía.» Sus ojos eran aún del azul del cielo cachemiro... llegó a casa y, aunque sus ojos conservaron un destello de satisfacción, el silbido se detuvo; porque, esperándolo en el patio lleno de gansos malévolos, estaban las facciones desaprobadoras de mi abuela, Naseem Aziz, a quien había cometido el error de amar en fragmentos, y que ahora estaba unificada y trasmutada en el personaje formidable que sería siempre y que siempre sería conocido por el curioso título de Reverenda Madre.

Se había convertido en una mujer prematuramente vieja y ancha, con dos enormes lunares como pezones de bruja en el rostro; y vivía dentro de una fortaleza invisible de su propia creación, una ciudadela acorazada de tradiciones y certidumbres. A principios de aquel año, Aadam Aziz había encargado fotografías ampliadas, de tamaño natural, para colgarlas en la pared del salón; las tres chicas y los dos chicos habían posado como era debido, pero la Reverenda Madre se había rebelado cuando le llegó la vez. Finalmente, el fotógrafo había intentado cogerla desprevenida, pero ella le quitó la cámara y se la rompió en el cráneo. Afortunadamente, el fotógrafo sobrevivió; pero no hay fotografías de mi abuela en ningún lugar del mundo. No era una persona a la que se pudiera atrapar en la cajita negra de nadie. Ya era bastante que tuviera que vivir sin velo, con la cara desvergonzadamente desnuda... pero no iba a permitir que el hecho quedara registrado.

Quizá era la obligación de desnudez facial, unida a las constantes solicitudes de Aziz de que se moviera debajo de él, lo que la había empujado a las barricadas; y las normas domésticas que estableció eran un sistema tan inexpugnable que Aziz, tras muchos intentos fallidos, había renunciado más o menos a tratar de asaltar sus muchos revellines y bastiones, dejando que, como una gran araña presuntuosa, gobernase en su dominio elegido. (Quizá, también, no fuera ningún sistema de autodefensa, sino un medio de defenderse de sí misma.)

Entre las cosas a las que negaba la entrada estaban todas las cuestiones políticas. Cuando el doctor Aziz quería hablar de esas cosas, visitaba a su amiga la Rani, y la Reverenda Madre se enfurruñaba; pero no mucho, porque sabía que esas visitas representaban una victoria para ella.

Los dos corazones gemelos de su reino eran su cocina y su despensa. Nunca entré en la primera, pero recordaba cómo miraba yo a través de las cerraduras de las puertas de tela metálica de la despensa al enigmático mundo interior, un mundo de cestos de alambre que colgaban, cubiertos de lienzos para alejar a las moscas, de latas que yo sabía estaban llenas de *gur* y otros dulces, de cajas cerradas de pulcras etiquetas rectangulares, de nueces y nabos y sacos de cereales, de huevos de ganso y escobas de madera. Despensa y cocina eran su territorio inalienable; y las defendía ferozmente. Cuando estaba embarazada de su último hijo, mi tía Emerald, su marido le ofreció liberarla de la tarea de llevar la cocina. Ella no contestó; pero al día siguiente, cuando Aziz se acercó a la cocina surgió de ella con un puchero de metal en las manos y le cortó el paso. Estaba gorda y además embarazada, de manera que no quedaba mucho sitio para pasar. Aadam Aziz frunció el entrecejo: —¿Qué es esto, mujer? —A lo que mi abuela respondió—: Esto, comosellame, es un puchero que

pesa mucho; y si alguna vez te encuentro aquí, comosellame, te meteré la cabeza dentro, añadiré un poco de
dahi, y haré, comosellame, un *korma*. —No sé cómo
llegó mi abuela a adoptar el término *comosellame* como *leitmotiv*, pero a medida que pasaban los años invadía sus frases cada vez más. Me gusta pensar que era
un grito inconsciente de socorro... como una pregunta
hecha en serio. La Reverenda Madre nos estaba insinuando que, a pesar de toda su presencia y todo su
volumen, iba a la deriva por el universo. No sabía,
comprendéis, cómo se llamaba.

... Y a la hora de comer, imperiosamente, seguía gobernando. No se ponía comida en la mesa, no se colocaban platos. El *curry* y la loza formaban militarmente
en una mesita auxiliar situada a su derecha, y Aziz y los
niños comían lo que ella les servía. Prueba de la fuerza
de esa costumbre es que, incluso cuando su marido padecía estreñimiento, ni una sola vez le permitió ella elegir su comida, y no atendía solicitudes ni consejos. Una
fortaleza no se mueve. Ni siquiera cuando los movimientos de quienes de ella dependen se hacen irregulares.

Durante la larga ocultación de Nadir Khan, durante las visitas a la casa de Cornwallis Road del joven Zulkifar, que se enamoró de Emerald, y del próspero comerciante en hule-y-*skai* llamado Ahmed Sinai, que
tanto daño hizo a mi tía Alia que ella guardó su rencor
durante veinticinco años antes de descargarlo cruelmente sobre mi madre, el puño de hierro con que la Reverenda Madre llevaba la casa jamás vaciló; e incluso
antes de que la llegada de Nadir precipitara el gran silencio, Aadam Aziz había intentado quebrantar ese
puño y se había visto obligado a declararle la guerra a
su esposa. (Todo esto ayuda a mostrar lo sorprendente
que era en verdad su afección optimista.)

... En 1932, diez años antes, él se había hecho cargo

de la educación de sus hijos. La Reverenda Madre estaba consternada; pero era el papel tradicional de un padre, de manera que no podía oponerse. Alia tenía once años; la segunda, Mumtaz, casi nueve. Los dos chicos, Hanif y Mustapha, tenían ocho y seis, y la pequeña Emerald no había cumplido aún los cinco. La Reverenda Madre se acostumbró a confiar sus temores a Daoud, el cocinero de la familia. —Les llena la cabeza de no sé qué lenguas extranjeras, comosellame, y de otras bobadas también, por supuesto. —Daoud removía cacharros y la Reverenda Madre exclamaba—: ¿Te extraña, comosellame, que la pequeña se empeñe en llamarse Emerald? ¿En inglés, comosellame? Ese hombre me va a estropear a los hijos. No pongas tanto comino ahí, comosellame, tendrías que prestar más atención a la cocina y menos a los asuntos ajenos.

Sólo puso una condición educativa: la formación religiosa. A diferencia de Aziz, al que atormentaba la ambigüedad, ella había seguido siendo devota. —Tú tienes tu Colibrí —le decía ella—, pero yo, comosellame, tengo la Voz de Dios. Un sonido más agradable, comosellame, que el zumbido de ese pájaro. —Fue una de sus raras observaciones políticas... y entonces llegó el día en que Aziz echó al preceptor de religión. Su pulgar y su índice se cerraron sobre la oreja del *maulvi*. Naseem Aziz vio a su marido conduciendo a aquel desgraciado de barba rala hasta la puerta de la pared del jardín; se quedó boquiabierta; y gritó cuando el pie de su marido entró en contacto con las partes carnosas de aquel hombre santo. Lanzando venablos, la Reverenda Madre se dirigió a toda vela a la batalla.

—¡Hombre indigno! —le soltó a su marido, y —¡Hombre sin, comosellame, *vergüenza*! —Los niños lo miraban todo desde la seguridad de la galería de atrás. Y Aziz—: ¿Sabes lo que les estaba enseñando ese hombre a nuestros hijos? —Y la Reverenda Madre lanzando una pregunta tras otra—: ¿Qué no harás tú para atraer la desgracia, comosellame, sobre nuestras cabezas? —... Y ahora Aziz—: ¿Te creerás que era la escritura *nastaliq*? ¿Eh? —... a lo que su mujer, animándose—: ¿Serías capaz de comer cerdo? ¿Comosellame? ¿De escupir en el Corán? —Y, levantando la voz, el médico replica—: ¿O que eran unos versos de «La vaca»? ¿Te crees eso? —... Sin prestarle atención, la Reverenda Madre alcanza su clímax—: ¿¡Casarías a tus hijas con alemanes!? —Y se detiene, jadeando, de forma que deja que mi abuelo pueda revelarlo—: Les estaba enseñando a odiar, mujer. Les dice que tienen que odiar a los hindúes y a los budistas y a los *jains* y a los *sikhs* y a no sé qué otros vegetarianos. ¿Te gustaría tener hijos que odiaran, mujer? —¿Te gustaría a ti tener hijos impíos? —la Reverenda Madre se imagina las legiones del arcángel Gabriel descendiendo de noche para llevar a su pagana prole al infierno. Tiene una idea vívida del infierno. Hace tanto calor como en Rajputana en junio y obligan a todo el mundo a aprender siete idiomas extranjeros—... Lo juro, comosellame —dijo mi abuela—, ¡juro que no probarás un solo alimento de mi cocina! ¡No, ni un *chapati*, hasta que vuelvas a traer al *maulvi sahib* y le beses los, comosellame, pies!

La guerra de hambre que empezó aquel día se convirtió casi en un duelo a muerte. Fiel a su palabra, la Reverenda Madre no le daba a su marido, en las comidas, ni un plato vacío. El doctor Aziz tomó inmediatamente represalias, negándose a alimentarse cuando estaba fuera. Día tras día, los cinco niños contemplaban cómo su padre se iba desvaneciendo, mientras su madre custodiaba sombríamente los platos de comida. —¿Conseguirás desvanecerte por completo? —preguntó Emerald a su padre con interés, añadiendo solícitamente—: No lo hagas hasta que sepas cómo volver. —En el rostro de Aziz aparecieron cráteres; hasta su nariz parecía estar adelgazando. Su cuerpo se había convertido en un campo de batalla y cada día volaba por los aires un fragmento. Le dijo a Alia, la mayor, la niña juiciosa—: En toda guerra, el campo de batalla resulta más devastado que cualquiera de los ejércitos. Es lógico. —Empezó a coger *rickshaws* para hacer sus visitas. Hamdard, el *rickshaw-wallah*, comenzó a preocuparse.

La Rani de Cooch Naheen envió emisarios para interceder ante la Reverenda Madre. —¿Es que no hay ya bastantes personas que se mueran de hambre en la India? —le preguntaron los emisarios a Naseem, y ella les lanzó una mirada de basilisco que se estaba convirtiendo ya en leyenda. Con las manos cruzadas sobre el regazo y un *dupatta* musulmán a prueba de miserias enrollado en la cabeza, taladró a sus visitantes con sus ojos sin párpados, obligándolos a bajar los ojos. La voz se les hizo de piedra; el corazón se les heló; y, sola en una habitación con hombres extraños, mi abuela permaneció sentada triunfalmente, rodeada de ojos bajos—. ¿Bastantes, comosellame? —exultó—. Bueno, es posible. Pero también es posible que no.

Pero la verdad era que Naseem Aziz estaba muy inquieta; porque aunque la muerte de Aziz por inanición sería una demostración clara de la superioridad de la concepción del mundo de ella sobre la de él, se sentía poco inclinada a quedarse viuda por una simple cuestión de principio; sin embargo, no podía encontrar una salida para la situación que no la obligara a ceder y a que se le cayera la cara de vergüenza y, ahora que había aprendido a destaparse la cara, mi abuela se mostraba sumamente reacia a que se le cayera.

—Ponte mala, ¿por qué no te pones mala? —Alia, la niña sensata, encontró la solución. La Reverenda Madre inició una retirada táctica, anunció que sentía un dolor, un dolor absolutamente irresistible, comosellame, y se metió en la cama. En su ausencia, Alia le ofreció la rama de olivo a su padre, en forma de cuenco de caldo de gallina. Dos días más tarde, la Reverenda Madre se levantó (después de haberse negado, por primera vez en su vida, a que su marido la examinara), reasumió sus poderes y, con un encogimiento de hombros de aquiescencia ante la decisión de su hija, le pasó a Aziz su comida como si tal cosa.

Eso ocurrió diez años antes; pero, todavía en 1942, a los viejos de la tienda de *paan* la vista del silbante doctor les trae recuerdos jocosos de la época en que su mujer casi lo obligó a hacer un número de desaparición, aun sin saber cómo reaparecer. A última hora de la tarde se dan codazos diciendo: «Te acuerdas de cuando...» y «¡Seco como un esqueleto colgado en un tendedero! No podía ni montar en...» y «... Te digo, *baba*, que esa mujer hacía cosas horribles. ¡Me dijeron que hasta podía soñar los sueños de sus hijas, sólo para saber lo que tramaban!» Pero a medida que cae la noche los codazos se acaban, porque es la hora de la competición. Rítmicamente, en silencio, sus mandíbulas se mueven; entonces, de repente, sus labios se fruncen, pero lo que emerge no es un sonido-hecho-de-aire. No es un silbido sino un largo chorro rojo de jugo de betel lo que atraviesa los labios decrépitos, dirigiéndose con certera exactitud hacia una vieja escupidera de latón. Hay muchas palmadas en los muslos y exclamaciones autoadmirativas como «¡Vaya, vaya, señor mío!» y «¡Un disparo absolutamente magistral!»... En torno a los vejetes, la ciudad se disuelve en vagos pasatiempos nocturnos. Los niños juegan al aro y a *kabaddi* y pintan barbas a los carteles de Mian Abdullah. Y ahora los viejos ponen la escupidera en la calle, cada vez más lejos del sitio donde se acuclillan, y le disparan chorros cada vez más largos. El fluido sigue volando con exactitud. «¡Increíble, *yara*!» Los golfillos de la calle juegan a saltar entre los rojos chorros, esquivándolos y superponiendo ese juego de gallina-tú al serio arte del tiro-a-la-escupidera... Pero ahí llega un coche del Estado Mayor del ejército, dispersando golfillos a medida que se acerca... ahí llega el Brigadier Dodson, Comandante militar de la plaza, asfixiado de calor... y ahí su A.D.C., el Mayor Zulfikar, que le está dando una toalla. Dodson se seca la cara; los golfillos se dispersan; el coche choca con la escupidera. Un fluido rojo oscuro con coágulos que parecen sangre se congela en el polvo de la calle como una mano roja, señalando acusadoramente al poder en retirada del *Raj*.

Recuerdo de una fotografía mohosa (quizá obra del mismo fotógrafo de poco seso cuyas ampliaciones de tamaño natural casi le costaron la vida): Aadam Aziz, radiante de fiebre optimista, estrechando la mano de un hombre de unos sesenta, un tipo impaciente y vivo con un mechón de pelo blanco cayéndole sobre la ceja como una cicatriz natural. Es Mian Abdullah, el Colibrí. («Sabe, doctor Sahib, es que me mantengo en forma. Deme un puñetazo en el estómago. Pruebe, pruebe. Estoy en plena forma.» ... En la fotografía, los pliegues de una blanca camisa suelta le tapan el estómago, y el puño de mi abuelo no está cerrado sino engullido por la mano del ex conspirador.) Y detrás de ellos, mirándolos benévolamente, la Rani de Cooch Naheen, que se iba volviendo blanca a manchas, una enfermedad que goteó en la Historia y estalló en enorme escala poco después de la Independencia... «Yo soy la víctima», susurra la Rani a través de unos labios fotografiados que jamás se mueven, «la desventurada víctima de mis preocupaciones interculturales. Mi piel es la expresión externa del internacionalismo de mi espíritu». Sí, en esa fotografía se desarrolla una conversación, mientras, como expertos ventrílocuos, los optimistas saludan a su líder. Junto a la

Rani —escuchad ahora atentamente: ¡la Historia y la alcurnia están a punto de encontrarse!— hay un tipo extraño, blando y barrigón, con los ojos como charcos estancados y el cabello largo como el de un poeta. Nadir Khan, el secretario personal del Colibrí. Sus pies, si no estuvieran congelados por la instantánea, se estarían agitando con desconcierto. Masculla a través de su sonrisa necia y rígida: «Es verdad; he escrito versos...» Y entonces Mian Abdullah lo interrumpe, retumbando a través de su boca abierta, con destellos de dientes afilados: «¡Y qué versos! ¡Ni una rima en páginas y más páginas...!» Y la Rani, amablemente: «¿Modernista?» Y Nadir, tímidamente: «Sí.» ¡Qué tensiones hay ahora en esa escena quieta e inmóvil! Qué burla más aguda cuando habla el Colibrí: «No importa; el arte debe elevarse; ¡debe recordarnos nuestro glorioso patrimonio literario...!» ¿Es una sombra o una arruga lo que hay en el entrecejo de su secretario...? La voz de Nadir, brotando bajamuybaja de la imagen descolorida: «Yo no creo en el gran arte, Mian Sahib. El arte tiene que estar hoy por encima de las categorías; mi poesía y —bueno— el juego del tiro-a-la-escupidera son iguales» ... y la Rani, como mujer amable que es, bromea: «Está bien, quizá haga reservar una habitación; para masticar *paan* y tirar a la escupidera. Tengo una magnífica escupidera de plata, incrustada de lapislázuli, y todos vendréis a practicar. ¡Que las paredes se llenen de las salpicaduras de nuestras expectoraciones fallidas! Por lo menos serán manchas honradas.» Y ahora la fotografía se ha quedado sin palabras; ahora noto, con el ojo de mi mente, que el Colibrí ha estado todo el tiempo mirando fijamente a la puerta, que está detrás del hombro de mi abuelo, en el borde mismo de la foto. Tras esa puerta, la Historia llama. El Colibrí está impaciente por salir... pero ha estado con nosotros, y su presencia nos ha traído dos hilos que me perseguirán toda la vida: el hilo que conduce al gueto de los magos y el hilo que cuenta la historia de Nadir, el poeta sin rimas ni verbo, y de una inestimable escupidera de plata.

—Qué disparate —dice nuestra Padma—. ¿Cómo puede hablar una foto? Párate ahora; debes de estar cansado de pensar. —Pero le digo que Mian Abdullah tenía la extraña cualidad de zumbar sin pausa, de zumbar de una forma extraña, ni musical ni amusical pero un tanto mecánica, el zumbido de un motor o de una dinamo, se lo traga bastante fácilmente, diciendo con sensatez—: Bueno, si era un hombre tan enérgico, no me sorprende. —Es toda oídos de nuevo; de modo que me crezco en el tema y le informo de que el zumbido de Mian Abdullah subía y bajaba en relación directa con su ritmo de trabajo. Era un zumbido que podía descender tanto que diera dentera y que, cuando ascendía a su tono más alto, más febril, tenía la cualidad de producir erecciones en todo el que se encontraba en sus proximidades. (—*Arré baap* —se ríe Padma— ¡no me extraña que tuviera tanto éxito con los hombres!) Nadir Kham, en tanto que secretario suyo, se veía constantemente atacado por esa peculiaridad vibratoria de su señor, y sus orejas mandíbula pene se comportaban siempre según los dictados del Colibrí. Entonces, ¿por qué seguía Nadir con él, a pesar de unas erecciones que lo avergonzaban cuando estaba con extraños, a pesar de que le dolían las muelas y de un horario de trabajo que a menudo consistía en veinticuatro horas al día? No —creo— porque considerase que era su deber poético acercarse al centro de los acontecimientos para trasmutarlos en literatura. No porque quisiera ser famoso. No: Nadir tenía una cosa en común con mi abuelo, y eso bastaba. También él padecía la enfermedad del optimismo.

Lo mismo que Aadam Aziz, lo mismo que la Rani de Cooch Naheen, Nadir Khan odiaba a la Liga Musulmana (—¡Ese hatajo de pelotilleros! —gritaba la Rani con su voz de plata, descendiendo en picado por las octavas como un esquiador—. ¡Terratenientes con intereses creados que proteger! ¿Qué tienen que ver con los musulmanes? Van a los británicos como estúpidos y forman gobiernos para ellos, ¡ahora que el Congreso se niega a hacerlo! —Era el año de la resolución «Dejad la India»—. Y es más —decía la Rani con determinación—, están locos. Si no, ¿por qué habrían de querer la partición de la India?)

Mian Abdullah, el Colibrí, había creado la Asamblea Islámica Libre casi sin ayuda de nadie. Invitó a los dirigentes de docenas de grupos disidentes musulmanes a formar una alternativa vagamente federada frente al dogmatismo y los intereses creados de los hombres de la Liga. Fue un gran número de prestidigitación, porque vinieron todos. Ésa fue la primera Asamblea, en Lahore; Agra sería la segunda. Las *marquees* estaban llenas de miembros de movimientos agrarios, sindicatos urbanos de trabajadores, hombres santos y agrupaciones locales. En ella se confirmaría lo que la primera asamblea había anunciado: que la Liga, con su deseo de una India dividida, sólo hablaba en su propio nombre. «Nos han vuelto la espalda», decían los carteles de la Asamblea, «¡y ahora pretenden que los seguimos!» Mian Abdullah era opuesto a la partición.

En las angustias de la epidemia de optimismo, la patrocinadora del Colibrí, la Rani de Cooch Naheen, nunca mencionaba las nubes que había en el horizonte. Nunca señaló que Agra era un baluarte de la Liga Musulmana, limitándose a decir: —Aadam, muchacho, si el Colibrí quiere celebrar su Asamblea aquí, no voy a sugerirle yo que se vaya a Allahabad. —Costeaba todos los gastos del acontecimiento sin quejas ni intromisiones;

pero no, todo hay que decirlo, sin crearse enemigos en la ciudad. La Rani no vivía como otros príncipes indios. En lugar de cacerías bamboleantes, creaba becas. En lugar de escándalos de hotel, seguía una política. Y por eso empezaron los rumores. «Esos becarios suyos, tú, todo el mundo sabe que tienen que cumplir otros deberes no académicos. Van a su dormitorio a oscuras, y ella no deja que vean nunca su cara manchada, ¡pero los atrae al lecho con su voz de bruja cantarina!» Aadam Aziz no había creído nunca en las brujas. Disfrutaba con el brillante círculo de amigos de la Rani, que hablaban con tanta facilidad el persa como el alemán. Sin embargo, Naseem Aziz, que se creía a medias las historias sobre la Rani, no lo acompañaba nunca a casa de la princesa—. Si Dios hubiera querido que la gente hablase muchas lenguas —aducía—, ¿por qué habría puesto una sola en nuestras cabezas?

Y así fue como ninguno de los optimistas del Colibrí estaba preparado para lo que ocurrió. Jugaban al tiro-a-la-escupidera y hacían caso omiso de las grietas del suelo.

Las leyendas crean a veces la realidad, y resultan más útiles que los hechos. Según la leyenda, pues —y según el pulido cotilleo de los ancianos de la tienda de *paan*—, la perdición de Mian Abdullah se debió a haber comprado, en la estación de ferrocarril de Agra, un abanico de plumas de pavo real, a pesar de la advertencia de Nadir Khan de que traían mala suerte. Más aún: aquella noche de medias lunas, Abdullah estuvo trabajando con Nadir, de forma que, cuando la luna nueva salió, los dos la vieron a través del cristal. «Esas cosas son importantes», dicen los masticadores de betel. «Hemos vivido mucho y lo sabemos.» (Padma mueve la cabeza, asintiendo.)

Las oficinas de la Asamblea estaban en la planta baja del histórico edificio de la facultad, en los terrenos de la universidad. Abdullah y Nadir estaban terminando su trabajo de la noche; el zumbido del Colibrí era grave y los dientes de Nadir tenían los nervios al descubierto. En la pared de la oficina había un cartel, que expresaba el sentimiento favorito de Abdullah, contrario a la partición, una cita del poeta Iqbal: «¿Dónde encontraríamos un país que no conociera a Dios?» Y entonces los asesinos llegaron al recinto universitario.

Hechos: Abdullah tenía enemigos en abundancia. La actitud británica hacia él fue siempre ambigua. El Brigadier Dodson no lo quería en la ciudad. Llamaron a la puerta y Nadir contestó. Seis lunas nuevas entraron en el cuarto, seis cuchillos de media luna esgrimidos por hombres totalmente vestidos de negro, con el rostro tapado. Dos hombres sujetaron a Nadir mientras los otros avanzaban hacia el Colibrí.

«En ese momento», dicen los masticadores de betel, «el zumbido del Colibrí se hizo más agudo. Más y más agudo, *yara*, y los ojos de los asesinos se abrieron mientras sus miembros formaban tiendas de campaña bajo sus ropas. Y entonces —¡entonces, por Alá!— los cuchillos comenzaron a cantar y Abdullah cantó más fuerte, zumbando alto-muy alto como nunca había zumbado. Su cuerpo era recio, y las largas hojas curvadas tuvieron dificultades para matarlo; una se rompió contra una costilla, pero las otras se tiñeron rápidamente de rojo. Pero entonces —¡escuchad!— el zumbido de Abdullah subió más allá del alcance de nuestros oídos humanos, y fue oído por los perros de la ciudad. En Agra habrá unos ocho mil cuatrocientos veinte perros sin dueño. Esa noche, es seguro que algunos estaban comiendo, otros muriéndose; algunos fornicaban y otros no oyeron la llamada. Pongamos unos dos mil de ellos; quedan seis mil cuatrocientos veinte chuchos, y todos ellos dieron la vuelta y corrieron hacia la universidad, muchos de ellos cruzando los raíles del ferrocarril desde el lado malo de la ciudad. Sabido es que esto es cierto. Todo el mundo lo vio en la ciudad, salvo los que estaban durmiendo. Avanzaron ruidosamente, como un ejército, y su rastro quedó después sembrado de huesos y excrementos y pelos... y Abdullah*ji* no dejaba de zumbar, zumbarzumbar, y los cuchillos cantaban. Y sabed esto: de pronto, el ojo de uno de los asesinos se quebró y cayó de su cuenca. ¡Más tarde se encontraron los fragmentos de cristal, triturados en la alfombra!»

Dicen: «Cuando llegaron los perros, Abdullah estaba casi muerto y los cuchillos embotados... llegaron como salvajes, saltando por la ventana, que no tenía cristal porque el zumbido de Abdullah lo había hecho añicos... se lanzaron pesadamente contra la puerta hasta que la madera se rompió... ¡y entonces estuvieron en todas partes, *haba*! ... a algunos les faltaban patas, a otros el pelo, pero la mayoría de ellos tenían algunos dientes al menos, y algunos de esos dientes eran afilados... Y ahora mirad: los asesinos no temían ser interrumpidos, porque no habían puesto centinelas; de modo que los perros los cogieron por sorpresa... los dos hombres que sujetaban a Nadir Khan, aquel hombre sin carácter, cayeron al suelo bajo el peso de las bestias, quizá con sesenta y ocho perros al cuello... los asesinos estaban después tan destrozados que nadie pudo decir quiénes eran.»

«En algún momento», dicen, «Nadir se tiró por la ventana y huyó. Los perros y los asesinos estaban demasiado ocupados para seguirlo».

¿Perros? ¿Asesinos...? Si no me creéis, comprobadlo. Investigad lo que pasó con Mian Abdullah y sus asambleas. Descubrid cómo barrimos su historia metiéndola bajo la alfombra... y dejadme contar luego cómo Nadir Khan, su lugarteniente, se pasó tres años bajo las esteras de mi familia.

De joven, él había compartido una habitación con un pintor cuyas pinturas se habían ido haciendo cada vez mayores, a medida que trataba de meter la vida entera en su arte. «Ya veis», dijo el pintor antes de matarse, «¡quise ser miniaturista y, en cambio, he cogido una elefantiasis!» Los abultados acontecimientos de la noche de los cuchillos de media luna le recordaron a Nadir Khan a su compañero de habitación, porque, una vez más, la vida, perversamente, se negaba a ser de tamaño natural. Se había vuelto melodramática: y eso lo desconcertaba.

¿Cómo pudo correr Nadir Khan por la ciudad de noche sin que lo vieran? Yo lo atribuyo a que era un mal poeta y, como tal, un superviviente nato. Mientras corría había algo de cohibido en él, y su cuerpo parecía pedir disculpas por comportarse como si se tratase de una novela policíaca barata, de esas que los vendedores ambulantes venden en las estaciones de ferrocarril o regalan con botellas de medicina verde que cura los resfriados, las tifoideas, la impotencia, la nostalgia y la pobreza... En Cornwallis Road, la noche era cálida. Había un brasero de carbón junto a la desierta parada de *rickshaws*. La tienda de *paan* estaba cerrada y los viejos dormían sobre su techo, soñando con el juego de mañana. Una vaca insomne, masticando distraídamente un paquete de cigarrillos Red and White, pasó junto a alguien que dormía en la calle hecho un fardo, lo que significaba que él se despertaría por la mañana, porque las vacas hacen caso omiso de los durmientes a no ser que estén a punto de morir. Entonces los hocican pensativamente. Las vacas sagradas comen cualquier cosa.

La casa de piedra de mi abuelo, grande y vieja,

comprada con el producto de las tiendas de piedras preciosas y con la dote fijada por el ciego Ghani, se alzaba en la oscuridad, a una noble distancia de la carretera. Tenía un jardín cercado en la parte de atrás y, junto a la puerta del jardín, estaba la dependencia de escasa altura alquilada por poco precio a la familia del viejo Hamdard y a su hijo Rashid, el chico de la *rickshaw*. Delante de la dependencia estaba el pozo, con su noria movida por vacas, de la que bajaban acequias al pequeño trigal que bordeaba toda la casa hasta la puerta del muro exterior, a lo largo de Cornwallis Road. Entre la casa y el campo había una pequeña hondonada para peatones y *rickshaws*. En Agra, la *rickshaw* de pedales había sustituido recientemente a la *rickshaw* del hombre entre dos varas de madera. Todavía había mercado para las *tongas* tiradas por caballos, pero estaba disminuyendo... Nadir Khan se zambulló por la puerta, y se acuclilló un momento con la espalda contra el muro exterior, enrojeciendo mientras hacía aguas menores. Luego, al parecer trastornado por la vulgaridad de su decisión, huyó al trigal y se sumergió en él. Parcialmente oculto por los tallos agostados por el sol, permaneció echado en posición fetal.

Rashid, el chico de la *rickshaw*, tenía diecisiete años y ganas de llegar a casa después de salir del cine. Aquella mañana había visto a dos hombres que empujaban un carrito en el que habían instalado dos enormes carteles, uno contra otro, que anunciaban la nueva película *Gai-Wallah*, con Dev, el actor favorito de Rashid, en el papel estelar. ¡RECIÉN LLEGADA TRAS CINCUENTA TUMULTUOSAS SEMANAS EN DELHI! ¡DIRECTAMENTE DESPUÉS DE SESENTA Y TRES SEMANAS CERTERAS EN BOMBAY! gritaban los carteles. ¡SEGUNDO AÑO CLAMOROSO! La película era una del Oeste hecha en el Este. Su héroe, Dev, que no tenía nada de enjuto, cabalgaba solo por el rancho. El rancho se parecía mucho a la planicie indogangética. *Gai-Wallah* significa chico de las vacas y Dev hacía el papel de una especie de grupo de «vigilantes», de un solo hombre, cuya misión era proteger a las vacas. ¡SIN AYUDA! y ¡CON SUS REVÓLVERES! acechaba los numerosos rebaños de vacas que eran conducidos a través del rancho hasta el matadero, vencía a los ganaderos y liberaba a los sagrados animales. (La película había sido hecha para públicos hindúes; en Delhi había provocado disturbios. Miembros de la Liga Musulmana habían pasado por delante de los cines, llevando vacas al matadero, y habían sido arrollados por la multitud.) Las canciones y los bailes estaban bien y había una preciosa muchacha que bailaba *nautch* y hubiera parecido mucho más graciosa si no la hubieran obligado a hacerlo con un sombrero de *cowboy* de diez galones de capacidad. Rashid se sentó en un banco, en las filas delanteras, y se unió a los silbidos y las ovaciones. Se comió dos *samosas*, gastándose demasiado dinero; su madre lo lamentaría pero él lo había pasado muy bien. Mientras pedaleaba en su *rickshaw* hacia casa, ensayó algunos de los números ecuestres de fantasía que había visto en la película, dejándose colgar hasta el suelo por un lado, bajando a piñón libre una pequeña pendiente, y utilizando la *rickshaw* del modo en que utilizaba Gai-Wallah su caballo para esconderse de sus enemigos. Finalmente se enderezó, giró el manillar y, con gran deleite por su parte, la *rickshaw* atravesó suavemente la puerta y se metió por la hondonada, junto al trigal. Gai-Wallah había usado ese truco para acercarse furtivamente a una cuadrilla de ganaderos que se sentaban entre los matorrales, bebiendo y jugando. Rashid apretó los frenos y se lanzó al trigal, cayendo —¡A TODA MECHA!— sobre los confiados ganaderos, con las pistolas amartilladas y dispuestas. Mientras se aproximaba a la hoguera, lanzó su «grito de odio» para asustarlos. ¡YAAAAAAAA! Evidentemente, no gritó de verdad tan

82

cerca de la casa del doctor Sahib, pero abrió la boca mientras corría, gritando en silencio. ¡BLAMM! Nadir Khan había tenido dificultades para dormirse y ahora abrió los ojos. Vio —¡IIIYAAH!— a una extraña figura flacucha que venía hacia él como un tren correo, aullando a todo pulmón —¡pero quizá se había vuelto sordo, porque no oía ningún *ruido*!— y se estaba poniendo en pie, y un chillido acababa de atravesar sus labios demasiado regordetes, cuando Rashid lo vio y recuperó también la voz. Pitando a un unísono aterrorizado, los dos pusieron pies en polvorosa. Luego se detuvieron, al notar cada uno de ellos la huida del otro, y se miraron de hito en hito por encima del marchito trigo. Rashid reconoció a Nadir Khan, vio sus ropas desgarradas y se inquietó vivamente.

—Soy un amigo —dijo Nadir tontamente—. Tengo que ver al doctor Aziz.

—El doctor está durmiendo y no está en el trigal —¡Cálmate, se dijo Rashid a sí mismo, y deja de decir idioteces! ¡Es el amigo de Mian Abdullah...! Pero Nadir no parecía haber notado nada; contraía el rostro violentamente, tratando de pronunciar unas palabras que se le habían quedado pegadas entre los dientes como filamentos de pollo. —... Mi vida —por fin lo logró— corre peligro.

Y entonces Rashid, todavía lleno del espíritu de Gai-Wallah, acudió a salvarlo. Llevó a Nadir hasta la puerta del costado de la casa. Estaba cerrada y tenía el cerrojo echado; pero Rashid tiró y la cerradura se le quedó en la mano. —Fabricación india —susurró, como si eso lo explicara todo. Y, mientras Nadir entraba, Rashid silbó—: Puedes confiar en mí por completo, sahib. ¡No diré palabra! Lo juro por las canas de mi madre.

Volvió a poner el candado en el exterior. ¡Realmente había salvado a la mano derecha del Colibrí...! Pero,

¿de qué? ¿de quién...? Bueno, la vida real era, a veces, mejor que las películas.

—¿Es ése? —pregunta Padma, un poco confusa—. ¿Ese gordito cobarde grasiento blando? ¿Va a ser ése tu padre?

BAJO LA ALFOMBRA

Ése fue el fin de la epidemia de optimismo. Por la mañana, una mujer de la limpieza entró en las oficinas de la Asamblea del Islam Libre y encontró al Colibrí, reducido al silencio, en el suelo, rodeado de huellas de zarpas y de jirones de sus asesinos. Dio un alarido; pero luego, cuando las autoridades vinieron y se marcharon, se le dijo que limpiara la habitación. Después de eliminar innumerables pelos de perro, aplastar incontables pulgas y extraer de la alfombra los restos de un ojo de cristal hecho pedazos, protestó ante el inspector de servicios de la universidad, en el sentido de que, si iban a pasar esas cosas, se merecía un pequeño aumento de salario. Posiblemente fue la última víctima del microbio del optimismo, pero en su caso la enfermedad no duró mucho, porque el inspector era un hombre duro y la puso de patitas en la calle.

No se identificó nunca a los asesinos, ni se supo quiénes los pagaron. El Mayor Zulfikar, ayudante de campo del Brigadier Dodson, llamó a mi abuelo al recinto universitario para que extendiera el certificado de defunción de su amigo. El Mayor Zulfikar prometió hacer una visita al doctor Aziz para atar algunos cabos sueltos; mi abuelo se sonó la nariz y se fue. En el *maidan*, las tiendas se venían abajo como esperanzas pinchadas; la Asamblea no se celebraría nunca más. La Rani de Cooch Naheen se metió en cama. Después de haberse pasado la vida sin hacer caso de sus enfermedades, dejó que la reclamaran y permaneció inmóvil durante años, viendo cómo ella misma iba tomando el color de las sábanas. Entretanto, en la vieja casa de Cornwallis Road, los días estaban llenos de madres potenciales y de posibles padres. Ya ves, Padma: lo vas a saber ahora.

Utilizando mi nariz (porque, aunque ha perdido las facultades que le permitieron, tan recientemente, hacer historia, ha adquirido otros dones compensatorios), volviéndola hacia dentro, he estado husmeando la atmósfera de la casa de mi abuelo en los días que siguieron a la muerte de la esperanza zumbadora de la India; y, flotando hacia mí a través de los años, me llega una curiosa mezcla de olores, llena de inquietud, el olorcillo de cosas ocultas se mezcla con los olores de una historia de amor que florece y con el acre hedor de la curiosidad y la fortaleza de mi abuela... Mientras la Liga Musulmana se alegraba, en secreto desde luego, de la caída de su adversario, se podía ver a mi abuelo (mi nariz lo localiza), sentado todas las mañanas en lo que llamaba su «caja de truenos», con lágrimas en los ojos. Pero no son lágrimas de pesar; Aadam Aziz, sencillamente, ha tenido que pagar por su indianización, y padece un estreñimiento feroz. Tétricamente, contempla el artilugio para enemas que cuelga de la pared del retrete.

¿Por qué he violado la intimidad de mi abuelo? ¿Por qué, cuando podía haber descrito cómo, después de la muerte de Mian Abdullah, Aadam se sumergió en su trabajo, dedicándose a cuidar a los enfermos de las chabolas que había junto a las vías del ferrocarril —salvándolos de los curanderos que les inyectaban agua con pimentón y creían que las arañas fritas podían curar la ceguera—, mientras seguía cumpliendo sus obligaciones de médico de la universidad; cuando podía haberme extendido sobre el gran amor que había empezado a crecer entre mi abuelo y su segunda hija, Mumtaz, cuya piel oscura se interponía entre ella y el afecto de su madre, pero cuyos dones de bondad, afecto y fragilidad le granjeaban el amor de su padre, cuyos tormentos interiores reclamaban aquella forma de ternura incondicional; por qué, cuando podría haber decidido describir el picor, ahora constante, de su nariz, prefiero revolcarme en excrementos? Porque ahí era donde estaba Aadam Aziz, la tarde siguiente a haber firmado un certificado de defunción, cuando de pronto una voz —blanda, cobarde, avergonzada, la voz de un poeta sin rimas— le habló desde las profundidades de una gran cesta de ropa sucia, grande y vieja, que había en un rincón del cuarto, dándole un susto tan grande que resultó laxativo, y no hubo necesidad de descolgar de la percha el artilugio para enemas. Rashid, el chico de la *rickshaw*, había dejado entrar a Nadir Khan en el cuarto de la caja de truenos por la entrada de las limpiadoras, y Nadir se había refugiado en la cesta de la colada. Mientras el asombrado esfínter de mi abuelo se relajaba, a los oídos de éste llegó una demanda de asilo, una demanda sofocada por sábanas, ropa interior sucia, camisas viejas y la turbación del que hablaba. Y así fue como Aadam Aziz decidió esconder a Nadir Khan.

Ahora me llega el perfume de una pelea, porque la Reverenda Madre Naseem piensa en sus hijas: Alia, de veintiún años, la negra Mumtaz, que tiene diecinueve, y la bonita y frívola Emerald, que no ha cumplido aún los quince pero tiene una mirada en los ojos más antigua que nada que tengan sus hermanas. En la ciudad, lo mismo entre los tiradores de escupidera que entre los *rickshaw-wallahs*, entre los que empujan carritos con carteles de cine que entre los estudiantes de la universidad, las tres hermanas son conocidas por las «*Teen Batti*», las tres luces radiantes... y ¿cómo podría permitir la Reverenda Madre que un extraño viviera bajo el mismo techo que la seriedad de Alia, la piel negra y luminosa de Mumtaz y los ojos de Emerald...? —Estás loco, esposo; esa muerte te ha dañado el cerebro —Aziz, sin embargo, con decisión—: Se quedará con nosotros. —En los sótanos... porque la ocultación ha sido siempre una consideración arquitectónica decisiva en la India, de modo que la casa de Aziz tiene amplias cámaras subterráneas a las que sólo se puede llegar por trampas en el suelo, cubiertas por alfombras y esteras... Nadir Khan oye el apagado rumor de la pelea y teme por su suerte. Dios santo (huelo los pensamientos de ese poeta de manos pegajosas), el mundo está perdiendo el juicio... ¿somos hombres en este país? ¿Somos bestias? Y, si tengo que irme, ¿cuándo vendrán a buscarme los cuchillos...? Y por su mente cruzan imágenes de abanicos de plumas de pavo real y de la luna nueva vista a través del cristal y transformada en una hoja apuñaladora, teñida de rojo... Arriba, la Reverenda Madre dice—: La casa está llena de chicas jóvenes solteras, comosellame; ¿es así como respetas a tus hijas? —Y, ahora, el aroma de alguien que pierde los estribos; la gran furia destructora de Aadam Aziz se desata y, en lugar de observar que Nadir Khan estará bajo tierra, barrido bajo la alfombra, donde difícilmente podrá deshonrar hijas; en lugar de dar lo que es debido al sentido de la propiedad del poco verboso bardo, un sentido tan desarrollado que él ni soñaría en hacer insinuaciones indecorosas sin ruborizarse hasta dormido; en lugar de seguir esos caminos razonables, mi abuelo brama—: ¡Calla, mujer! Ese hombre necesita nuestra protección; se quedará. —Después de lo cual, un perfume implacable, una densa nube de determinación se posa sobre mi abuela, que dice—: Muy bien. Me dices, comosellame, que me calle.

Pues desde ahora, comosellame, mis labios no pronunciarán palabra. —Y Aziz, gruñendo—: Maldita sea, mujer, ¡podrías ahorrarnos tus absurdos juramentos!

Pero los labios de la Reverenda Madre quedaron sellados y el silencio se instaló. El olor del silencio, como un huevo de ganso podrido, me llena las narices; dominando cualquier otra cosa, posee la Tierra... Mientras Nadir Khan se escondía en su submundo en penumbra, su anfitriona se escondió también tras un ensordecedor muro de silencio. Al principio, mi abuelo tanteó ese muro, buscando fisuras; no las encontró. Finalmente renunció, esperando que las frases de ella volvieran a ofrecer vislumbres de su personalidad, lo mismo que en otro tiempo había codiciado los breves fragmentos de su cuerpo vistos a través de una sábana perforada; y el silencio llenó la casa, de pared a pared, desde el suelo hasta el techo, de forma que las moscas parecieron renunciar a su bordoneo y los mosquitos se abstuvieron de zumbar antes de picar; el silencio acallaba el siseo de los gansos en el patio. Las niñas hablaron al principio en susurros y luego se quedaron calladas; mientras tanto, en el trigal, Rashid, el chico de la *rickshaw*, lanzaba su silencioso «grito de odio» y observaba su propio voto de silencio, que había hecho por los cabellos de su madre.

A esa ciénaga de mutismo llegó una tarde un hombre pequeño cuya cabeza era tan plana como el bonete que la cubría; cuyas piernas estaban tan curvadas como los juncos en el viento; cuya nariz rozaba casi su barbilla, curvada hacia arriba; y cuya voz, como consecuencia, era delgada y cortante... tenía que serlo para colarse por la estrecha abertura que había entre su aparato respiratorio y sus mandíbulas... un hombre cuya miopía lo obligaba a tomarse la vida paso a paso, lo que le granjeó una reputación de minuciosidad y pesadez, y lo hizo agradable a sus superiores al permitirles sentirse bien servidos sin sentirse amenazados; un hombre cuyo uniforme almidonado y planchado atufaba a blanco de España y rectitud, y en torno al cual, a pesar de su aspecto de personaje de teatro de marionetas, flotaba el aroma inconfundible del éxito: el Mayor Zulfikar, un hombre con futuro, vino de visita, como había prometido, para atar algunos cabos sueltos. El asesinato de Abdullah y la sospechosa desaparición de Nadir Khan le rondaban por la cabeza y, como sabía que Aadam Aziz había sido infectado por el microbio del optimismo, confundió el silencio de la casa con la quietud del luto, y no se quedó mucho tiempo. (En el sótano, Nadir se acurrucaba entre cucarachas.) Apaciblemente sentado en el salón con los cinco hijos, con el sombrero y el bastón al lado sobre la radiogramola Telefunken y las imágenes de tamaño natural de los jóvenes Azizes mirándolo desde las paredes, el Mayor Zulfikar se enamoró. Era miope, pero no ciego, y en la mirada inverosímilmente adulta de la joven Emerald, la más radiante de «las tres luces radiantes», vio que ella había comprendido su futuro y que le había perdonado, por ese futuro, su apariencia; y, antes de marcharse, había decidido casarse con ella tras un intervalo decente. («¿Con ella?», adivina Padma. «¿Esa tunanta es tu madre?» Pero hay otras madres-en-potencia, otros futuros padres, flotando de aquí para allá en el silencio.)

En aquel tiempo cenagoso sin palabras, la vida sentimental de la seria Alia, la mayor, se estaba desarrollando también; y la Reverenda Madre, encerrada en su despensa y su cocina, precintada tras sus propios labios, no podía —a causa de su voto— expresar su desconfianza hacia el joven comerciante en hule y *skai* que venía a visitar a su hija. (Aadam Aziz había insistido siempre en que se permitiera a sus hijas tener amigos.) Ahmed Sinai —«¡Ajá!», aúlla Padma reconociéndolo, triunfante— había conocido a Alia en la universidad, y parecía suficientemente inteligente para aquella muchacha leída, lista, en cuyo rostro la nariz de mi abuelo había adquirido un aire de pesada sabiduría; pero a Naseem Aziz le preocupaba, porque él se había divorciado a los veinte años. («Todo el mundo puede equivocarse», le dijo Aadam, y aquello casi inició una pelea, porque ella creyó por un momento que había algo excesivamente personal en el tono de su voz. Pero entonces Aadam añadió: «Sólo hay que dejar que ese divorcio se olvide uno o dos años; y entonces daremos a esta casa su primera boda, con una gran *marquee* en el jardín, y cantantes y dulces y todo eso.» Lo que, a pesar de todo, fue una idea que atrajo a Naseem.) Ahora, deambulando por los amurallados jardines del silencio, Ahmed Sinai y Alia se comunicaban sin hablar; pero, aunque todo el mundo esperaba que él pidiese su mano, el silencio parecía habérsele contagiado también, y la pregunta quedó sin formular. El rostro de Alia adquirió en esa época una pesadez, una cualidad pesimista en la papada que jamás perdería por completo. («Vamos», me riñe Padma, «ésa no es forma de describir a tu respetada madre*ji*».)

Una cosa más: Alia había heredado la tendencia de su madre a engordar. Con el paso de los años, se expandiría hacia los lados.

¿Y Mumtaz, que había salido del vientre de su madre negra como la medianoche? Mumtaz no fue nunca brillante; ni tan bella como Emerald; pero era buena, y sumisa, y solitaria. Pasaba más tiempo con su padre que ninguna de sus hermanas, fortificándolo contra el mal humor, que exageraba ahora el constante picor de su nariz; y se encargó de atender a las necesidades de Nadir Khan, bajando diariamente a su inframundo con bandejas de comida y escobas, y vaciando incluso la caja de truenos personal de él, para que ni siquiera un limpiador de letrinas pudiera adivinar su presencia.

Cuando ella descendía, él bajaba los ojos; y, en aquella casa muda, no cambiaban palabra.

¿Qué decían los tiradores de escupidera de Naseem Aziz? «Escucha los sueños de sus hijas, sólo para saber lo que traman.» Sí, no hay otra explicación, se sabe que en este país nuestro ocurren cosas extrañas, basta coger cualquier periódico y leer los chismes locales que cuentan milagros ocurridos en este pueblo o aquél... la Reverenda Madre comenzó a soñar los sueños de sus hijas. (Padma lo acepta sin parpadear; pero lo que otros se tragarían con tan poco esfuerzo como un *laddoo*, Padma podría rechazarlo con la misma facilidad. Todo público tiene sus idiosincrasias en lo que a credulidad se refiere.) Así pues: dormida en su cama por la noche, la Reverenda Madre visitó los sueños de Emerald, y encontró otro sueño dentro de ellos... la fantasía personal del Mayor Zulfikar de tener una gran casa moderna con un baño junto a la cama. Ése era el cenit de las ambiciones del Mayor; y, de esa forma, la Reverenda Madre descubrió, no sólo que su hija había estado viendo a su Zulfy en secreto, en lugares donde se podía hablar, sino también que las ambiciones de Emerald eran mayores que las de su hombre. Y (¿por qué no?) en los sueños de Aadam Aziz vio a su marido subiendo lúgubremente a una montaña en Cachemira, con un agujero en el estómago del tamaño de un puño, y adivinó que él estaba dejando de quererla, y previó también la muerte de él; por eso, años más tarde, cuando se la contaron, sólo dijo: «Después de todo, lo sabía.»

... No pasará mucho tiempo, pensó la Reverenda Madre, sin que Emerald le hable al Mayor de nuestro huésped del sótano; y entonces podré hablar otra vez. Pero entonces, una noche, penetró en los sueños de su hija Mumtaz, la negrita a la que nunca había podido querer a causa de su piel de pescadera del sur de la India, y comprendió que los problemas no acabarían entonces; porque Mumtaz Aziz —como su admirador de debajo de las alfombras— se estaba enamorando también.

No había pruebas. El invadir sueños —o la sabiduría de una madre, o la intuición de una mujer, llamadlo como queráis— no es algo que pueda alegarse ante un tribunal, y la Reverenda Madre sabía que era muy grave acusar a una hija de andarse con tapujos bajo el techo paterno. Además de lo cual, algo acerado había penetrado en la Reverenda Madre; y resolvió no hacer nada, mantener intacto su silencio, y dejar que Aadam Aziz descubriera lo mucho que sus ideas modernas estaban estropeando a sus hijos... que se diera cuenta por sí mismo, después de haberse pasado la vida diciéndole a ella que se callara con sus anticuadas ideas de decencia.
—Una mujer amargada —dice Padma; y yo estoy de acuerdo.
—¿Y qué? —pregunta Padma—. ¿Era cierto?
Sí; en cierto modo: cierto.
—¿Había tapas y pujos? ¿En los sótanos? ¿Sin una carabina siquiera?
Hay que tener en cuenta las circunstancias... atenuantes donde las haya. Hay cosas que parecen permisibles bajo tierra y que parecerían absurdas o incluso malas a la clara luz del día.
—¿Pero ese poeta gordo lo hacía con la pobre negrita? ¿Lo *hacía*?
Él llevaba allí abajo mucho tiempo también... el suficiente para empezar a hablar con las cucarachas voladoras y tener miedo de que un día alguien le dijera que se fuese y soñar con hojas de media luna y perros aulladores y no hacer más que desear que el Colibrí estuviera vivo para que le dijera lo que tenía que hacer, y para descubrir que no se puede escribir poemas bajo tierra;

y entonces llega esa chica con comida y no le importa limpiar tus orinales y bajas los ojos pero ves un tobillo que parece resplandecer lleno de gracia, un tobillo negro como el negro de las noches del subsuelo...

—Nunca hubiera creído que fuera capaz —la voz de Padma suena admirativa—. ¡Ese inútil viejo y gordo!

Y, con el tiempo, en esa casa en que todos, hasta el fugitivo que se esconde en el sótano de sus enemigos sin rostro, tienen la lengua secamente pegada al paladar, donde hasta los hijos de la casa tienen que ir al trigal con el chico de la *rickshaw* para contarse chistes de putas y comparar la longitud de sus miembros y susurrar furtivamente sus sueños de ser directores de cine (el sueño de Hanif, que horroriza a su madre invasora-de-sueños, porque cree que el cine es una derivación del negocio de los burdeles), donde la vida se ha trasmutado en algo grotesco por la irrupción en ella de la Historia, con el tiempo, en la lobreguez del inframundo, él no puede contenerse, y ve cómo se le van los ojos hacia arriba, subiendo por las delicadas sandalias y el holgado pijama y más allá de la floja *kurta* y por encima de la *dupatta*, el vestido de la modestia, hasta que sus ojos encuentran unos ojos, y entonces.

—¿Y entonces? Vamos, *baba*, ¿qué pasa entonces?

Tímidamente ella le sonríe.

—¿Qué?

Y, después de eso, hay sonrisas en el inframundo, y algo ha comenzado.

—Bueno, ¿y qué? ¿No me irás a decir que eso es *todo*?

Eso es todo: hasta el día en que Nadir Khan pidió ver a mi abuelo —sus frases apenas se oían en medio de la niebla de silencio— y le pidió la mano de su hija.

—Pobre chica —deduce Padma—, las chicas cachemiras son normalmente rubias como la nieve de las montañas, pero ella resultó negra. Bueno, bueno, su piel le habría impedido encontrar un buen partido, probablemente; y ese Nadir no tiene nada de tonto. Ahora tendrán que dejar que se quede, y alimentarlo, y darle cobijo, y lo único que tendrá que hacer es quedarse escondido como una lombriz gorda bajo el suelo. Sí, quizá no sea tan tonto.

Mi abuelo trató de persuadir a Nadir Khan, por todos los medios, de que ya no estaba en peligro; los asesinos habían muerto y Mian Abdullah había sido su verdadero objetivo; pero Nadir Khan seguía soñando con los cuchillos que cantaban y le rogaba: «Todavía no, doctor Sahib; por favor, deme algún tiempo más.» De forma que, una noche, a finales del verano de 1943 —las lluvias habían brillado por su ausencia otra vez—, mi abuelo, con una voz que sonaba distante y misteriosa en aquella casa en que se decían tan pocas palabras, reunió a sus hijos en el salón donde colgaban los retratos. Cuando entraron, descubrieron que su madre no estaba porque había preferido permanecer encerrada en su habitación con su telaraña de silencio; pero estaban presentes un abogado y (a pesar de su resistencia, Aziz había accedido a los deseos de Mumtaz) un *mullah*, los dos proporcionados por la doliente Rani de Cooch Naheen, y los dos «absolutamente discretos». Y su hermana Mumtaz estaba allí con sus galas de novia, y junto a ella, en una silla colocada delante de la radiogramola, estaba la figura de pelo lacio, obesa y avergonzada de Nadir Khan. Y así fue cómo la primera boda de la casa fue una boda en la que no hubo tiendas, ni cantantes, ni dulces y sólo un mínimo de invitados; y, cuando terminaron las ceremonias y Nadir Khan levantó el velo de su esposa —dándole a Aziz un sobresalto, haciéndolo joven por un momento y devolviéndolo a Cachemira, cuando se sentaba en un estrado mientras la gente le iba dejando rupias en el regazo— mi abuelo les hizo jurar a todos que no revelarían la presencia en el sótano de su nuevo cuñado. Emerald, a regañadientes, lo prometió la última.

Después de eso, Aadam Aziz hizo que sus hijos lo ayudaran a bajar por la trampilla del suelo del salón toda clase de accesorios: cortinajes y cojines y lámparas y una cama grande y cómoda. Y, finalmente, Nadir y Mumtaz se metieron en la cripta; se cerró la trampa y se puso en su sitio la alfombra, y Nadir Khan, que amaba a su esposa tan delicadamente como ningún hombre la amó jamás, se la llevó a su inframundo.

Mumtaz Aziz comenzó a llevar una doble vida. De día era una chica soltera, que vivía castamente con sus padres, estudiaba mediocremente en la universidad y cultivaba las dotes de diligencia, nobleza y paciencia que la distinguirían durante toda su vida, hasta el momento (incluido) en que fue asaltada por las cestas de colada parlantes de su pasado y aplastada como una tortita de arroz; pero de noche, bajando por una trampilla, penetraba en una apartada cámara nupcial, iluminada por lámparas, que su secreto marido había empezado a llamar su Taj Mahal, porque Taj Bibi era el nombre que la gente había dado a otra Mumtaz anterior: Mumtaz Mahal, la esposa del Emperador Shah Jehan, cuyo nombre significaba «rey del mundo». Cuando ella murió, él le construyó ese mausoleo que ha quedado inmortalizado en postales y cajas de bombones y cuyos pasillos exteriores apestan a orina y cuyas paredes están cubiertas de pintadas y cuyos ecos son puestos a prueba por los guías, en beneficio de los visitantes, aunque hay letreros en tres idiomas que ruegan silencio. Como el Shah Jehan y su Mumtaz, Nadir y su dama oscura yacían juntos, acompañados por incrustaciones de lapislázuli, porque la Rani de Cooch Naheen, postrada en cama y agonizante, les había enviado, como regalo de boda, una escupidera de plata maravillosamente cincelada, incrustada de lapislázuli y cubierta de piedras preciosas. En su confortable retiro alumbrado por lámparas, marido y mujer jugaban al viejo juego de los hombres.

Mumtaz le hacía a Nadir los *paans*, pero a ella no le agradaba su gusto. Ella, en cambio escupía chorros de *nibu-pani*. Los surtidores de él eran rojos y los de ella de color de lima. Fue la época más feliz de su vida. Y más adelante dijo, después de un largo período de silencio: «Hubiéramos acabado por tener hijos; sólo que entonces no podía ser, eso es todo.» Mumtaz Aziz quiso a los niños toda su vida.

Entretanto, la Reverenda Madre se movía perezosamente a través de los meses, presa de un silencio que se había hecho tan absoluto que hasta los criados recibían sus instrucciones en el lenguaje de los signos, y una vez Daoud, el cocinero, estaba mirándola fijamente, tratando de comprender sus señas somnolientamente frenéticas y, como consecuencia, no miró al cacharro de salsa hirviente, que se le cayó en un pie, friéndoselo como si fuera un huevo de cinco dedos; abrió la boca para gritar pero no salió sonido alguno, y después de aquello se quedó convencido de que la vieja arpía tenía poderes de bruja, y se asustó demasiado para dejar su servicio. Se quedó hasta que murió, renqueando por el patio y siendo atacado por los gansos.

No fueron años fáciles. La sequía trajo el racionamiento, y con la proliferación de días sin carne y días sin arroz resultaba difícil alimentar una boca suplementaria y escondida. La Reverenda Madre se vio obligada a escarbar profundamente en su despensa, lo que espesaba su rabia como el calor una salsa. Empezaron a crecerle pelos en los lunares de la cara. Mumtaz se dio cuenta con preocupación de que su madre se iba hinchando, de mes en mes. Las palabras no pronunciadas que tenía dentro la inflaban... Mumtaz tuvo la impresión de que la piel de su madre se estiraba peligrosamente.

Y el doctor Aziz se pasaba el día fuera de casa, lejos de aquel silencio aislante, de forma que Mumtaz, que se pasaba las noches bajo tierra, veía muy poco en aquellos tiempos al padre que amaba; y Emerald cumplió su promesa y no le dijo nada al Mayor del secreto de la familia, pero, a la inversa, tampoco le dijo nada a la familia de su relación con él, lo que consideró justo; y en el trigal, a Mustapha y Hanif y Rashid, el chico de la *rickshaw*, les entró la apatía de los tiempos; y finalmente la casa de Cornwallis Road llegó a la deriva hasta el 9 de agosto de 1945, en que las cosas cambiaron.

La historia familiar, desde luego, tiene sus propias reglas dietéticas. Se supone que hay que tragar y digerir sólo las partes permitidas, las porciones *halal* del pasado, despojadas de su rojez, de su sangre. Desgraciadamente, eso hace las historias menos jugosas; por ello, estoy a punto de convertirme en el primero y único miembro de mi familia que desprecia las reglas del *halal*. Sin dejar que una sola gota de sangre escape del cuerpo de mi narración, llego a la parte que no puede mencionarse; y, sin arredrarme, sigo adelante.

¿Qué ocurrió en agosto de 1945? La Rani de Cooch Naheen murió, pero no es eso lo que me interesa, aunque cuando se fue se había vuelto tan sabanalmente pálida que era difícil distinguirla de las ropas de su cama; una vez cumplida su función, al legar a mi historia una escupidera de plata, tuvo la delicadeza de salir de escena rápidamente... también en 1945, los monzones no faltaron a la cita. En la jungla de Birmania, Orde Wingate y sus chindits, así como el ejército de Subhas Chandra Bose, que luchaba del lado japonés, fueron empapados por las lluvias que volvían. Los manifestantes *satyagraha* de Jullundur, tendidos no violentamente en las vías del tren, se vieron remojados hasta la medula. Las grietas de la tierra tanto tiempo reseca comenzaron a cerrarse; había toallas remetidas en las puertas y ventanas de la casa de Cornwallis Road, y había que retorcerlas y volver a colocarlas constantemente. Los mosquitos brotaban en los charcos de agua que había a cada lado de las carreteras. Y el sótano —el Taj Mahal de Mumtaz— se hizo cada vez más húmedo, hasta que, finalmente, ella cayó enferma. Durante unos días no se lo dijo a nadie pero, cuando los ojos se le ribetearon de rojo y empezó a temblar de fiebre, Nadir, temiendo una pulmonía, le suplicó que fuera a su padre para que la tratase. Ella pasó muchas semanas en su cama de soltera otra vez, y Aadam Aziz se sentaba a su cabecera, poniéndole paños frescos en la frente mientras ella temblaba. El 6 de agosto la enfermedad hizo crisis. En la mañana del 9, Mumtaz estaba suficientemente bien para tomar algo de alimento sólido.

Y entonces mi padre cogió un viejo maletín de cuero con la palabra HEIDELBERG pirograbada en su base, porque había decidido que, como ella estaba muy agotada, sería mejor que le hiciera un reconocimiento médico detenido. Mientras abría el maletín, su hija empezó a llorar.

(Y así estamos. Padma: ha llegado el momento.)

Diez minutos más tarde, la larga temporada de silencio acabó para siempre cuando mi abuelo salió rugiendo del cuarto de la enferma. Vociferó llamando a su esposa, a sus hijas, a sus hijos. Tenía buenos pulmones y el ruido llegó hasta Nadir Khan en el sótano. No le debió de ser difícil adivinar a qué se debía el alboroto.

La familia se congregó en el salón en torno a la radiogramola, debajo de las fotografías eternas. Aziz llevó a Mumtaz a la habitación y la dejó en un sofá. Tenía una expresión terrible en el rostro. ¿Podéis imaginaros cómo debían de estar sus narices por dentro? Porque tenía que soltar una bomba: su hija, después de dos años de matrimonio, era todavía virgen.

Habían pasado tres años desde que la Reverenda Madre habló por última vez. —Hija, ¿es cierto eso? —El silencio, que había colgado por los rincones de la casa como una telaraña desgarrada, se disipó por fin; pero Mumtaz se limitó a asentir: sí. Cierto.

Entonces habló. Dijo que amaba a su esposo y que la otra cosa terminaría por llegar. Él era un hombre bueno y, cuando pudieran tener hijos, seguro que podría hacer la cosa. Dijo que un matrimonio no debía depender de la cosa, eso era lo que ella había pensado, y por eso no había querido mencionarlo, y que su padre no hacía bien al decírselo a gritos a todo el mundo, como había hecho. Hubiera dicho más cosas; pero entonces la Reverenda Madre estalló.

Tres años de palabras salieron de ella a borbotones (aunque su cuerpo, dilatado por la exigencia de almacenarlas, no se redujo). Mi abuelo permaneció muy quieto junto a la Telefunken, mientras la tormenta descargaba sobre él. ¿De quién había sido la idea? ¿De quién el estúpido plan disparatado, comosellame, de admitir en la casa a aquel cobarde que no era siquiera un hombre? ¿De que se quedara aquí, comosellame, libre como un pájaro, con alimento y cobijo durante tres años, qué te importaban los días sin carne, comosellame, qué sabías tú del costo del arroz? ¿Quién era el inútil, comosellame, sí, el inútil de pelo blanco que había permitido aquel matrimonio inicuo? ¿Quién había metido a su hija en la, comosellame, *cama* de aquel bergante? ¿Quién tenía la cabeza llena de toda clase de puñeteras cosas, incomprensibles y estúpidas, comosellame, quién tenía el cerebro tan reblandecido por estrafalarias ideas extranjeras que era capaz de inducir a su hija a un matrimonio tan antinatural? ¿Quién se había pasado la vida ofendiendo a Dios, comosellame, y sobre qué cabeza caía ahora el castigo? ¿Quién había traído la desgracia sobre la casa...? estuvo metiéndose con mi abuelo durante una hora y diecinueve minutos y, para cuando acabó, las nubes se habían quedado sin agua y la casa estaba llena de charcos. Y, antes de que la Reverenda Madre terminase, su hija menor Emerald hizo algo muy extraño.

Las manos de Emerald se alzaron a ambos lados de su cara, cerradas en puños, pero con los índices extendidos. Los índices penetraron en sus orejas y parecieron levantar a Emerald de su silla, hasta que se puso a correr, con los dedos taponándole los oídos, a correr —¡A TODA MECHA!— sin su *dupatta*, por las calles, atravesando los charcos de agua, pasando por delante de la parada de *rickshaws*, de la tienda de *paan* donde los viejos acababan de salir, cautelosamente, al aire fresco, limpio, de-después-de-la-lluvia, y su velocidad asombró a los golfillos, que estaban a punto de tomar la salida, esperando para comenzar su juego de esquivar los chorros de betel, porque nadie estaba acostumbrado a ver a una señorita, y mucho menos a una de las Teen Batti, corriendo sola y enloquecida por las calles empapadas de lluvia, con los dedos en los oídos y sin *dupatta* por los hombros. Hoy en día, las ciudades están llenas de señoritas sin *dupatta*, modernas y a la moda; pero entonces los viejos chasquearon la lengua apesadumbrados, porque una mujer sin *dupatta* era una mujer sin honor y ¿por qué había decidido Emerald Bibi dejarse el honor en casa? Los viejos estaban desconcertados, pero Emerald lo sabía. Había visto, clara y frescamente en el aire de después de la lluvia, que la fuente de los problemas de su familia era aquel gordito cobarde (sí, Padma) que vivía bajo tierra. Si pudiera deshacerse de él, todo el mundo volvería a ser feliz... Emerald corrió

101

sin detenerse hasta el distrito del Acantonamiento. El Cantt, donde estaba estacionado el ejército; ¡donde estaría el Mayor Zulfikar! Quebrantando su juramento, mi tía llegó a la oficina del Mayor.

Zulfikar es un nombre famoso entre los musulmanes. Era el nombre de la espada de dos puntas que llevaba Alí, el sobrino del profeta Mahoma. Un arma como el mundo no había conocido jamás.

Ah, sí: algo más estaba sucediendo ese día en el mundo. Estaban dejando caer sobre gentes amarillas en el Japón un arma como el mundo no había conocido jamás. Sin embargo, en Agra, Emerald utilizó su propia arma secreta. Era un arma patizamba, pequeña, de cabeza plana; la nariz casi le tropezaba con la barbilla; soñaba con una gran casa moderna y un baño con fontanería empotrada, al lado mismo de la cama.

El Mayor Zulfikar no había estado nunca absolutamente seguro de si creía o no que Nadir Khan había tenido algo que ver con el asesinato del Colibrí; pero estaba impaciente por tener la oportunidad de averiguarlo. Cuando Emerald le habló del Taj subterráneo de Agra, se excitó tanto que se le olvidó enfurecerse, y acudió precipitadamente a Cornwallis Road con un contingente de quince hombres. Llegaron al salón con Emerald a la cabeza. Mi tía: la traición de rostro bello, sin *dupatta* y con un amplio pijama rosa. Aziz se limitó a mirar en silencio mientras los soldados enrollaban la alfombra del salón y abrían la gran trampa, en tanto que mi abuela trataba de consolar a Mumtaz. —Una mujer tiene que casarse con un hombre —dijo—. ¡No con un ratón, comosellame! No es ninguna vergüenza dejar a ese, comosellame, gusano. —Pero su hija siguió llorando.

¡Nadir se había ausentado de su inframundo! Advertido por el primer rugido de Aziz, agobiado por una vergüenza que lo inundaba con más facilidad que las lluvias del monzón, se esfumó. Una trampa se abría a uno de los retretes... sí, el mismo, por qué no, en el que habló al doctor Aziz desde el refugio de una cesta de colada. Una «caja de truenos» de madera —un «trono»— yacía a un lado, y un orinal de esmalte, vacío, había rodado por la estera de bonote. El retrete tenía una puerta exterior que daba a la hondonada que había junto al trigal; la puerta estaba abierta. Había estado cerrada por fuera, pero sólo con un candado de fabricación india, de modo que había sido fácil de forzar... y en el retiro del Taj Mahal, suavemente alumbrado por las lámparas, una escupidera reluciente y una nota, dirigida a Mumtaz y firmada por su esposo, con tres palabras, seis sílabas y tres signos de exclamación:

Talaaq! Talaaq! Talaaq!

El inglés carece de los sonidos atronadores del urdu y, de todas formas, sabéis lo que significa. Me divorcio de ti. Me divorcio de ti. Me divorcio de ti.

Nadir Khan había hecho lo decoroso.

¡Qué impresionante fue la rabia del Mayor Zulfy cuando vio que el pájaro había volado! Todo lo veía de un solo color: rojo. ¡Qué cólera, plenamente comparable con la furia de mi abuelo, aunque ésta se expresara en gestos insignificantes! El Mayor Zulfy, al principio, dio saltos de un lado a otro con ataques de furia impotente; finalmente se dominó; y se precipitó a través del cuarto de baño, pasando por delante del trono, a lo largo del trigal, y cruzando la puerta exterior. No había ni rastro de ningún poeta en fuga, regordete, de cabello largo y sin rimas. Vista a la izquierda: nada. A la derecha: cero. El enfurecido Zulfy se decidió, y se lanzó por delante de la fila de *rickshaws* ciclistas. Los viejos estaban jugando al tiro-a-la-escupidera, y la escupidera estaba en la calle. Los golfillos esquivaban los torrentes de jugo de betel. El Mayor Zulfy corría, cada vez másmásmás. Entre los viejos y su blanco, pero le faltaba la habilidad de los golfillos. Qué momento más infortunado: un chorro fuerte y bajo de fluido rojo le acertó de lleno en la entrepierna. Una mancha como una mano agarrada a la ingle de su uniforme de campaña; estrujado; detenido en su avance. El Mayor Zulfy se paró, con una cólera bíblica. Todavía resultó más infortunado, porque un segundo jugador, suponiendo que aquel soldado loco seguiría corriendo, había soltado un segundo chorro. Otra mano roja estrechó la primera, completando el día del Mayor Zulfy... lentamente, con deliberación, Zulfy se dirigió a la escupidera y le dio una patada, volcándola en el polvo. Saltó sobre ella —¡una vez! ¡dos! ¡otra más!— aplastándola y negándose a mostrar que se había hecho polvo el pie. Entonces, con cierta dignidad, se fue cojeando, volviendo al coche estacionado frente a la casa de mi abuelo. Los viejos recuperaron su brutalmente tratado receptáculo y comenzaron a darle golpes para devolverle la forma.

—Ahora que me voy a casar —le dijo Emerald a Mumtaz—, sería una grosería por tu parte que no intentaras siquiera divertirte. Y deberías darme consejos y todo eso. —En ese momento, Mumtaz, aunque le sonrió a su hermana menor, pensó que Emerald tenía mucha caradura al decirlo; y, quizá involuntariamente, aumentó la presión del lápiz con que estaba dibujando un arabesco de *henna* en las plantas de los pies de su hermana—. ¡Eh! —protestó Emerald—. ¡No te sulfures! Sólo pensaba que deberíamos tratar de ser amigas.

Las relaciones entre las hermanas habían sido un tanto tirantes desde la desaparición de Nadir Khan; y a Mumtaz no le había gustado que el Mayor Zulfikar (que había decidido no acusar a mi abuelo de encubrir a un hombre buscado y lo había arreglado todo con el Brigadier Dodson) pidiera, y recibiera, autorización para casarse con Emerald. «Es un chantaje», pensaba. «Y además, ¿qué pasa con Alia? La mayor no debe casarse la última, y hay que ver lo paciente que ha sido con su comerciante.» Pero no dijo nada, sonriendo con la sonrisa de sus antepasados, y dedicó su don de diligencia a los preparativos de la boda y se avino a tratar de divertirse; mientras tanto Alia seguía esperando a Ahmed Sinai. («Ya puede esperar sentada», adivina Padma: y acierta.)

Enero de 1946. *Marquees*, dulces, invitados, canciones, novia que se desmaya, novio en-posición-de-firmes: una hermosa boda... en la que el comerciante en *skai*, Ahmed Sinai, se encontró profundamente sumergido en una conversación con la recientemente divorciada Mumtaz. —¿Le gustan los niños...? qué coincidencia, a mí también... —¿Y no tuvo ninguno, pobrecita? Bueno, en realidad, mi esposa no podía... —Oh, no; qué triste para usted; ¡y ella debía de tener muy mal genio! —... De mil pares de puñetas... oh, perdone. Me dejé llevar por el impulso. —No tiene importancia; olvídelo. ¿Y rompía platos y todo eso? —¿Que si rompía? ¡En un mes estábamos comiendo en periódicos! —No, santo cielo, ¡qué exageraciones me cuenta! —No serviría de nada, es usted demasiado lista para mí. Pero de todos modos rompía platos. —Pobre, pobre hombre. —No... usted. Pobre, pobre de usted. —Y pensaban: «Qué chico más encantador, con Alia parecía siempre tan aburrido...» Y «... Esta chica, nunca la había mirado, pero por Dios que...» Y «... Se nota que le gustan los niños; y por eso yo sería capaz de...» Y «... Bueno, la piel no tiene ninguna importancia...» Pudo verse que, cuando llegó el momento de cantar, Mumtaz estaba de humor para participar en todas las canciones; en cambio Alia guardó silencio. Había quedado más magullada aún que su padre en Jallianwala Bagh; y no se le veía ni una señal.

—De modo, hermanita triste, que te divertiste por fin.

En junio de aquel año, Mumtaz se volvió a casar. Su hermana —siguiendo el ejemplo de su madre— no volvió a hablarle hasta que, poco antes de que las dos murieran, vio la oportunidad de vengarse. Aadam Aziz y la Reverenda Madre intentaron persuadir a Alia, sin éxito, de que son cosas que pasan, de que era mejor descubrirlo ahora que luego, y de que Mumtaz había resultado muy lastimada y necesitaba un hombre que la ayudara a recuperarse... Además, Alia tenía talento, y se repondría.

—Sí, pero —dijo Alia— nadie se casa con un diccionario.

—Cámbiate de nombre —le dijo Ahmed Sinai a mi madre—. Ha llegado el momento de empezar de nuevo. Manda al diablo a Mumtaz y su Nadir Khan, te buscaré un nombre nuevo. Amina. Amina Sinai: ¿te gustaría?

—Lo que tú digas, esposo —dijo mi madre.

«Después de todo», escribió en su diario Alia, la niña juiciosa, «¿quién quiere meterse en esos jaleos matrimoniales? Yo, desde luego, no; jamás; de ningún modo».

Mian Abdullah fue una salida en falso para un montón de personas optimistas; su ayudante (cuyo nombre no podía pronunciarse en casa de mi padre) fue la metedura de pata de mi madre. Pero aquéllos fueron los años de la sequía; muchas cosechas sembradas en aquella época acabaron en nada.

—¿Y qué le pasó al gordito? —pregunta Padma, malhumorada—. ¿No me irás a decir que no lo vas a *contar*?

DECLARACIÓN PÚBLICA

Siguió un enero ilusionista, una época tan tranquila en la superficie que parecía que 1947 no hubiera comenzado siquiera. (Mientras que, naturalmente, la realidad es que...) En la que la Misión del Gabinete —el viejo Pethick-Lawrence, el inteligente Cripps, el militarote A. V. Alexander— vieron cómo fracasaba su plan para la transmisión de poderes. (Sin embargo, naturalmente, sólo faltaban seis meses para que...) En la que el virrey, Wavell, comprendió que estaba acabado, liquidado o, por utilizar nuestra expresiva expresión, *funtoosh*. (Lo que naturalmente, sólo aceleró en realidad las cosas, porque dio entrada al último de los virreyes, que...) En la que el señor Attlee parecía demasiado ocupado decidiendo el futuro de Birmania con el señor Aung Sam. (Mientras que, naturalmente, estaba dando instrucciones al último virrey, antes de anunciar su nombramiento; el último-futuro-virrey tenía audiencia con el Rey y estaba recibiendo plenos poderes; de forma que pronto, muy pronto...) En la que la Asamblea Constituyente se levantó, autoaplazándose, sin haberse puesto de acuerdo sobre una Constitución. (Pero, naturalmente, en realidad el Conde Mountbatten, el último virrey, estaría con nosotros cualquier día, con su tictac inexorable, su espada de soldado capaz de cortar subcontinentes en tres y una esposa que comía en secreto pechugas de pollo tras la puerta atrancada del cuarto de baño.) Y, en medio de esa tranquilidad de espejo, a través de la cual era imposible ver como trituraban las grandes maquinarias, mi madre, la flamante Amina Sinai, que parecía también tranquila e inalterada aunque bajo su piel estaban ocurriendo grandes cosas, se despertó una mañana con la cabeza zumbando de insomnio y la lengua cubierta de una espesa capa de sueño sin dormir, y se encontró diciendo en voz alta, sin quererlo en absoluto: ¿Qué hace el sol ahí, por Alá? Ha salido por donde no debe.

... Tengo que interrumpirme. No pensaba hacerlo hoy, porque Padma ha empezado a irritarse siempre que mi narración se hace poco natural, siempre que, como un titiritero incompetente, muestro las manos con que sujeto los hilos; pero, sencillamente, tengo que hacer constar mi protesta. De modo que, irrumpiendo en un capítulo que, por una feliz casualidad, he titulado «Declaración pública», lanzo (en los términos más duros posibles) la siguiente alerta médica general: «Cierto doctor N. Q. Baligga», ¡quiero proclamar... desde las azoteas! ¡Por los megáfonos de los minaretes...! «es un matasanos. Habría que encerrarlo, eliminarlo, defenestrarlo. O algo peor: hacerle tragar su propia medicina, producirle furúnculos leprosos mediante alguna píldora mal recetada. El muy imbécil», deseo subrayar, «¡es incapaz de ver lo que tiene delante de las narices!».

Después de haberme desahogado, tengo que dejar que mi madre se siga preocupando un minuto más por la curiosa conducta del sol, para explicar que nuestra Padma, alarmada por mis referencias a estarme agrietando, se confió furtivamente a ese Baligga —¡a ese hechicero! ¡a ese *wallah* de medicina verde!— y, como consecuencia, el muy charlatán, al que no me dignaré glorificar con una descripción, vino a visitarme. Yo, con toda inocencia y por amor a Padma, le dejé que me reconociera. Hubiera debido temerme lo peor; porque fue lo peor lo que hizo. Creedlo si podéis: ¡el muy embaucador me dijo que yo estaba entero! «No veo ninguna grieta», salmodió lúgubremente, distinguiéndose del Nelson de Copenhague en que no tenía ningún ojo sano: ¡su ceguera no era la elección de un genio testarudo sino la inevitable maldición de su locura! Ciegamente, impugnó mi estado mental, arrojó dudas sobre mi veracidad como testigo y Diossabequemás: «No veo ninguna grieta.»

Al final fue Padma la que lo ahuyentó. —No se preocupe, doctor Sahib —le dijo—, lo cuidaremos nosotras mismas. —Vi en su cara una especie de oscura aceptación de su propia culpa... Mutis de Baligga para no volver más a estas páginas. Pero ¡cielo santo! ¿Es que la profesión médica —la vocación de Aadam Aziz— ha caído tan bajo? ¿Hasta esa cloaca de los Baliggas? Al final, si esto sigue así, todo el mundo se las arreglará sin médicos... lo que me lleva otra vez a la razón de que Amina Sinai se despertase una mañana con el sol en los labios.

—¡Ha salido por donde no debe! —gritó accidentalmente; y luego, a través del zumbido en extinción del sueño de su mala noche, comprendió que, en ese mes de ilusiones, había sido víctima de un engaño, porque lo único que había pasado era que se había despertado en Delhi, en casa de su nuevo esposo, que daba por oriente hacia el sol; de forma que la verdad del caso era que el sol estaba donde debía y era la posición de ella la que había cambiado... pero incluso después de haber comprendido esa idea elemental y haberla almacenado con los muchos errores parecidos que había cometido desde que estaba allí (porque su confusión en lo relativo al sol se había producido regularmente, como si su mente se negase a aceptar la alteración de sus circunstancias, la nueva posición, sobre el suelo, de su cama), algo de su influjo embarullador se le quedó, impidiéndole sentirse totalmente a sus anchas.

—Al final, todo el mundo puede arreglárselas sin padres —le dijo el doctor Aziz al despedirse; y la Reverenda Madre añadió—: Otro huérfano en la familia, comosellame, pero no importa, también Mahoma era huérfano; y una cosa se puede decir a favor de tu Ahmed Sinai, comosellame: por lo menos es medio cachemiro. —Entonces, con sus propias manos, el doctor Aziz metió un baúl verde de lata en el compartimiento de ferrocarril donde Ahmed Sinai aguardaba a su esposa—. La dote no es ni pequeña ni enorme, para como están las cosas —dijo mi abuelo—. No somos *crorepatis*, comprendes. Pero os hemos dado lo suficiente; Amina te dará más. —Dentro del verde baúl de lata: samovares de plata, saris de brocado, monedas de oro regaladas al doctor Aziz por pacientes agradecidos, un museo en el que los objetos expuestos representaban enfermedades vencidas y vidas salvadas. Y entonces Aadam Aziz levantó a su hija (con sus propios brazos), y la puso, después de la dote, en manos de aquel hombre que la había rebautizado y reinventado, convirtiéndose así, en cierto modo, en su padre además de en su esposo... y anduvo (con sus propios pies) por el andén mientras el tren empezaba a moverse. Como un corredor de relevos al terminar su etapa, se quedó enguirnaldado de humo y vendedores de historietas y de la confusión de los abanicos de plumas de pavo real y los tentempiés calientes y todo el letárgico barullo de los maleteros acurrucados y los animales de yeso en carritos, mientras el tren cogía velocidad y se dirigía a la capital, acelerando en la siguiente etapa de la carrera. En el compartimiento, la nueva Amina Sinai se sentaba (como nueva) con los pies sobre el baúl de lata verde, que era una pulgada demasiado alto para caber bajo el asiento. Con las sandalias apoyadas en el cerrado museo de los éxitos de su padre, entró aceleradamente en su nueva vida, dejando atrás a Aadam Aziz para que se dedicara a tratar de fusionar los conocimientos del Occidente con la medicina *hakimi*, un intento que lo agotaría gradualmente, convenciéndolo de que la hegemonía de la superstición, el abracadabra y todas las cosas mágicas no se quebraría jamás en la India, porque los *hakims* se negaban a cooperar; y, a medida que se hizo viejo y el mundo se volvió menos real, comenzó a dudar de sus propias creencias, de forma que, para cuando vio al Dios en el que nunca había podido creer ni descreer, probablemente lo estaba esperando ya.

Cuando el tren salió de la estación, Ahmed Sinai se puso en pie de un salto y corrió el cerrojo de la puerta del compartimiento y bajó las cortinillas, con gran asombro de Amina; pero entonces, de repente, se oyeron golpes fuera y manos que movían pomos de puertas y voces que decían: «¡Déjanos entrar, *maharaj*! *Maharajin*, estás ahí, pídele a tu esposo que nos abra.» Y siempre, en todos los trenes de esta historia, hubo esas voces y puños que golpeaban y suplicaban; en el Correo de la Frontera hacia Bombay y en todos los expresos de los años; y era siempre aterrador, hasta que finalmente fui yo uno de los de fuera, desesperadamente agarrado y suplicando: «¡Eh, *maharaj*! Déjame entrar, gran señor.»

—Tunantes que viajan sin pagar —dijo Ahmed Sinai, pero eran algo más que eso. Eran una profecía. Pronto habría otras.

... Y ahora el sol estaba donde no debía. Ella, mi madre, estaba echada en la cama y se sentía inquieta; pero también excitada por lo que había ocurrido dentro de ella y que, de momento, era un secreto. A su lado, Ahmed Sinai roncaba generosamente. No conocía el insomnio; jamás, a pesar de las complicaciones que le habían hecho traerse una bolsa gris llena de dine-

111

ro y esconderla bajo la cama cuando creía que Amina no miraba. Mi padre dormía profundamente, envuelto en la calmante envoltura del mayor don de mi madre, que resultó valer muchísimo más que el contenido del verde baúl de lata: Amina Sinai le dio a Ahmed el don de su diligencia inagotable.

Nadie se esforzó nunca tanto como Amina. Oscura de piel, ardiente de ojos, mi madre era por naturaleza la persona más meticulosa del mundo. Diligentemente, ponía flores en los pasillos y las habitaciones de la casa de la Vieja Delhi; elegía las alfombras con infinito cuidado. Podía pasarse veinticinco minutos preocupándose de la posición de una silla. Cuando terminó de arreglar su hogar, añadiendo diminutos toques aquí, haciendo alteraciones mínimas allá, Ahmed Sinai encontró su vivienda de huérfano transformada en algo amable y encantador. Amina se levantaba antes que él, y su diligencia la impulsaba a quitar el polvo a todo, incluso a las persianas *chick* de caña (hasta que él accedió a emplear un *hamal* con ese fin); pero lo que Ahmed nunca supo es que los talentos de su esposa se aplicaban con la mayor devoción, con la mayor decisión, no a los aspectos externos de sus vidas sino al propio Ahmed Sinai.

¿Por qué se había casado con él...? Para consolarse, para tener hijos. Pero, al principio, el insomnio que le recubría el cerebro se interpuso entre ella y su primer objetivo; y los hijos no llegan siempre enseguida. De forma que Amina se encontró soñando con un insoñable rostro de poeta y despertándose con un nombre impronunciable en los labios. Me preguntaréis: ¿y qué hizo? Y yo os responderé: apretó los dientes y se esforzó por enmendarse. Esto es lo que se dijo a sí misma: «Boba más que boba y desagradecida, ¿no sabes quién es ahora tu marido? ¿No sabes lo que un marido se merece?» Para evitar estériles controversias sobre las respuestas correctas a esas preguntas, permítaseme decir que, en opinión de mi madre, un marido merecía una lealtad incondicional y un amor total y sin reservas. Pero había una dificultad: Amina, con la mente obstruida por Nadir Khan y el insomnio, descubrió que no podía proporcionar a Ahmed Sinai, de forma natural, esas cosas. Y por ello, poniendo a contribución su don de diligencia, comenzó a entrenarse para amarlo. Para ello, lo dividió, mentalmente, en cada una de sus partes componentes, tanto físicas como de conducta, compartimentándolo en labios y tics verbales y prejuicios y gustos... en pocas palabras, quedó bajo el embrujo de la sábana perforada de sus propios padres, porque resolvió enamorarse de su marido pedazo a pedazo.

Cada día elegía un fragmento de Ahmed Sinai, y concentraba todo su ser en él hasta que le resultaba totalmente familiar; hasta que sentía que el cariño crecía en ella convirtiéndose en afecto y, finalmente, en amor. De esa forma, llegó a adorar su voz superpotente y la forma en que le atacaba los tímpanos haciéndola temblar; y su peculiaridad de estar siempre de buen humor hasta después de afeitarse... después de lo cual, cada mañana, sus modales se hacían severos, bruscos, serios y distantes; y sus ojos encapuchados de buitre, que ocultaban lo que ella estaba segura era su bondad interior tras una mirada fríamente ambigua; y la forma en que su labio inferior sobresalía más que el superior; y su pequeña estatura, que lo indujo a prohibirle a ella llevar tacones... «Dios santo», se decía a sí misma, «¡parece haber un millón de cosas diferentes que amar en un hombre!». Pero no se desanimaba. «Después de todo», razonaba en privado, «¿quién conoce nunca de verdad a otro ser humano?», y seguía aprendiendo a amar y admirar el apetito de él por las cosas fritas, su talento para citar poesía persa, el surco de cólera que había entre sus cejas... «A este paso», pensaba, «siempre habrá en él algo nuevo que amar: de modo que nuestro matrimonio no podrá ponerse rancio». De esa forma, diligentemente, mi madre se acostumbró a la vida en la ciudad vieja. El baúl de lata permaneció sin abrir en un viejo *almirah*.

Y Ahmed, sin saberlo ni sospecharlo, se encontró con que él y su vida eran trabajados por su esposa hasta que, poco a poco, llegó a parecerse —y a vivir en un lugar que se parecía— a un hombre que no había conocido, y a una habitación subterránea que jamás había visto. Bajo el influjo de una magia esmerada tan oscura que, probablemente, Amina no tenía conciencia de estar realizándola, Ahmed Sinai vio que su propio cabello se despoblaba y que lo que le quedaba se le volvía lacio y grasiento; descubrió que estaba dispuesto a dejárselo crecer hasta que empezó a asomarle por las orejas. Además, su estómago comenzó a expandirse, hasta que se convirtió en el vientre blando y fofo en el que con tanta frecuencia sería yo mimado y que ninguno de nosotros, por lo menos conscientemente, comparaba con la gordura de Nadir Khan. Zohra, una prima distante, le dijo con coquetería: —Tienes que ponerte a dieta, primo*ji*, ¡o no llegaremos para darte un beso! —Pero no sirvió de nada... y, poco a poco, la pequeña Amina edificó en la Vieja Delhi un mundo de almohadones blandos y cortinajes en las ventanas que dejaban pasar la menor luz posible... forró las persianas *chick* de tela negra; y todas esas transformaciones minuciosas la ayudaron en su hercúlea tarea: la de aceptar, pedazo a pedazo, que tenía que amar a otro hombre. (Pero siguió siendo propensa a las prohibidas imágenes soñadas de... y siempre la atrajeron los hombres de estómago blando y pelo largo y lacio.)

No era posible ver la ciudad nueva desde la vieja. En la ciudad nueva, una raza de conquistadores rosados había edificado palacios de piedra rosa; pero las casas de las estrechas callejuelas de la ciudad vieja se inclinaban, se empujaban, se mezclaban, se tapaban unas a otras la vista de los rosáceos edificios del poder. Y, de todos modos, nadie miraba nunca en aquella dirección. En las *muhallas* o barrios que se arracimaban en torno a Chandni Chowk, la gente se contentaba con mirar en su interior los patios aislados de sus vidas; con bajar las persianas *chick* de sus ventanas y miradores. En las estrechas callejuelas, jóvenes haraganes se cogían de la mano y se daban el brazo y se besaban al encontrarse, y se quedaban en círculos de caderas descoyuntadas mirando hacia su interior. No había nada verde y las vacas se mantenían alejadas, sabiendo que allí no eran sagradas. Los timbres de las bicicletas sonaban constantemente. Y, por encima de su cacofonía, se oían los gritos de los vendedores de fruta ambulantes: *¡Venid, grandes señores-Oh, no hay dátiles mejores-Oh!*

A todo lo cual se añadía, en aquella mañana de enero en que mi madre y mi padre estaban ocultándose mutuamente secretos, el nervioso estrépito de las pisadas del señor Mustapha Kemal y el señor S. P. Butt; y también el insistente redoble del tambor *dugdug* de Lifafa Das.

Cuando se oyeron por vez primera las estrepitosas pisadas en los callejones de la *muhalla*, Lifafa Das y su titilimundi y su tambor estaban todavía a cierta distancia. Unos pies estrepitosos bajaron de un taxi y se precipitaron por las estrechas callejuelas; entretanto, en la casa de la esquina, mi madre estaba en la cocina revolviendo un *khichri* para el desayuno mientras oía sin querer la conversación de mi padre con Zohra, su lejana prima. Los pies resonaron por delante de los vendedores de fruta y de los vagos cogidos de la mano; mi madre oyó sin querer: «... Recién casados, no puedo evitar venir, ¡es *tan mono*, te lo juro!» Mientras los pies se acercaban, mi padre se sonrojó realmente. En aquellos días estaba en la temporada alta de su atractivo; su labio inferior no sobresalía verdaderamente tanto, la arruga que tenía entre las cejas era todavía débil... y Amina, mientras revolvía su *khichri*, oyó chillar a Zohra: «¡Oh mira, rosa! ¡Pero es que tú eres tan rubio, primo*ji*...!» Y a ella le dejaba oír All-India Radio en la mesa, lo que a Amina no le permitía; Lata Mangeshkar estaba cantando una canción sollozante, «Tal como yo, ¿no-crees-tú?» y Zohra continuó: «Tendremos unos niños rosados encantadores, harán una pareja perfecta, ¿no, primo*ji*, unas parejitas blancas?» Y el estrépito de los pies y el remover de la sartén y mientras: «Qué horror ser negro, primo*ji*, despertarse cada mañana y ver cómo te mira, ¡encontrarte en el espejo la prueba de tu inferioridad! Claro que lo saben; hasta los negritos saben que lo blanco es más bonito, ¿no-crees-tú-que-sí?» Los pies muy cerca ahora y Amina que entra en el comedor pisando fuerte, con el cacharro en la mano, concentrándose mucho y conteniéndose, mientras piensa por qué habrá tenido que venir hoy cuando tengo noticias que darle, y además tendré que pedirle dinero delante de ella. A Ahmed Sinai le gustaba que le pidieran dinero amablemente, que se lo sacaran con caricias y dulces palabras hasta que la servilleta empezaba a levantársele en el regazo mientras algo se le movía dentro del pijama; y a ella no le importaba, con su diligencia aprendió a amar eso también, y cuando necesitaba dinero había caricias y «*Janum*, vida mía, por favor...» y «... Sólo un poco para que pueda prepararte una buena comida y pagar las facturas...» y «Eres tan generoso, dame lo que tú quieras, sé que será bastante»... las técnicas de los mendigos callejeros, y tendría que hacerlo delante de aquella de los ojos de plato y la voz con risitas tontas y la cháchara ruidosa sobre los negritos. Los pies casi en la puerta y Amina en el comedor con el *khichri* caliente dispuesto, tan cerca de la estúpida cabeza de Zohra, y entonces Zohra que va y grita: «¡Oh, mejorando lo presente, *claro*!», por si acaso, sin estar segura de si la han oído o no, y: «¡Oh, Ahmed, primo*ji*, eres verdaderamente muy malo al pensar que me refería a nuestra encantadora Amina, que en realidad no es tan negra sino sólo como una mujer blanca a la sombra!» Entretanto, Amina, con el cacharro en la mano, contempla aquella bonita cabeza y piensa ¿Lo hago o no lo hago? y, ¿Me atrevo no me atrevo? Y se calma con un: «Es un gran día para mí; y, por lo menos, ha planteado el tema de los niños; de modo que ahora me será fácil...» Pero es demasiado tarde, los gemidos de Lata en la radio han ahogado el sonido de la campanilla de la puerta, de forma que no han oído cómo el viejo Musa, el criado, iba a abrir la puerta; Lata ha oscurecido el sonido de los pies ansiosos que suben las escaleras con estrépito; pero de pronto están aquí, los pies del señor Mustapha Kemal y el señor S. P. Butt, que se detienen con un último arrastre.

—¡Los muy bribones han perpetrado un desafuero! —el señor Kemal, que es el hombre más delgado que Amina Sinai ha visto nunca, inicia con su curiosa fraseología arcaica (derivada de su afición a los litigios, como consecuencia de la cual se ha contagiado de las cadencias de los tribunales), una especie de reacción en cadena de pánico ridículo, a la que el pequeño, chillón e invertebrado S. P. Butt, que tiene algo de loco que le baila como un mono en los ojos, contribuye considerablemente, pronunciando estas tres palabras—: ¡Sí, los incendiarios! —Y entonces Zohra, con un extraño reflejo, estrecha la radio contra su seno, sofocando a Lata entre sus pechos, y grita—: Dios mío, Dios mío, ¿qué incendiarios, dónde? ¿En esta casa? ¡Dios mío, ya siento el calor! —Amina se ha quedado paralizada, *khichri-en-mano*, mirando asombrada a los dos hombres en traje de calle, mientras su marido, lanzado ya el secreto a los cuatro vientos, se pone en pie, afeitado pero todavía-no-trajeado, y pregunta—: ¿El almacén?

Almacén, *gudam*, depósito, llamadlo como queráis; pero apenas había formulado Ahmed Sinai su pregunta cuando el silencio cayó en el cuarto, salvo, desde luego, por el hecho de que la voz de Lata Mangeshkar seguía saliendo del escote de Zohra; porque los tres hombres compartían un gran edificio de ésos, situado en un complejo industrial en las afueras de la ciudad. «Que no sea el almacén, no lo quiera Dios», rezó en silencio Amina, porque el negocio de hule y *skai* iba muy bien —por mediación del Mayor Zulfikar, que era ahora ayudante del Cuartel General del Ejército en Delhi, Ahmed Sinai había conseguido un contrato para suministrar chaquetas de *skai* y manteles impermeables al propio Ejército— y en ese almacén había almacenadas grandes existencias del material del que dependían sus vidas. —Pero ¿quién sería capaz de hacer una cosa así? —gimió Zohra en armonía con sus pechos cantores—. ¿Qué clase de locos andan sueltos hoy por el mundo? —... y así fue como Amina oyó, por primera vez, el nombre que su esposo le había ocultado y que, en aquellos tiempos, llenaba de terror muchos corazones—. Es el Ravana —dijo S. P. Butt... pero Ravana es el nombre de un demonio de muchas cabezas; entonces, ¿había demonios por ahí?—. ¿Qué sandeces son ésas? —Amina, que hablaba con el odio de su padre hacia las supersticiones, exigía una respuesta; y el señor Kemal se la dio—: Es el nombre de un atajo de cobardes, señora; una banda de sinvergüenzas incendiarios. Vivimos tiempos revueltos; tiempos revueltos.

En el almacén: rollos y rollos de *skai*; y los productos con que comercia el señor Kemal, arroz té lentejas... los acapara por todo el país en enormes cantidades, como forma de protección contra ese monstruo rapaz de muchas cabezas y muchas bocas que es el pueblo, el

118

cual, si se le dejara hacer su antojo, haría bajar tanto los precios en las épocas de abundancia que los empresarios temerosos de Dios se morirían de hambre mientras el monstruo engordaba... «Economía significa escasez», aduce el señor Kemal, «por consiguiente, mis acaparamientos no sólo mantienen los precios a un nivel decoroso sino que apuntalan la estructura misma de la economía»... Y luego, en el almacén, están las reservas del señor Butt, metidas en cajas de cartón con las palabras MARCA AAG. No hace falta que os diga que *aag* significa fuego. S. P. Butt era fabricante de fósforos.

—Nuestras informaciones —dice el señor Kemal— revelan sólo el hecho de que hay un incendio en el complejo. No especifican de qué almacén se trata.

—Pero, ¿por qué iba a ser el nuestro? —pregunta Ahmed Sinai—. ¿Por qué, si todavía tenemos tiempo para pagar?

—¿Pagar? —le interrumpe Amina—. ¿Pagar a quién? ¿Pagar qué? Esposo, *janum*, vida mía, ¿qué pasa aquí? —... Pero— Tenemos que irnos —dice S. P. Butt, y Ahmed Sinai se va, con su arrugado pijama de dormir y todo, sale apresuradamente de casa con pies estrepitosos, acompañado del flaco y del invertebrado, y dejando atrás su *khichri* sin comer, unas mujeres de ojos muy abiertos, una Lata sofocada y, suspendido en el aire, el nombre del Ravana... «una cuadrilla que-no-tiene-idea-buena, señora; ¡todos ellos sanguinarios y rufianes sin escrúpulos!»

Y las últimas palabras trémulas de S. P. Butt: —Imbéciles pirómanos hindúes, Begum Sahiba. Pero ¿qué podemos hacer los musulmanes?

¿Qué se sabe de la cuadrilla del Ravana? Que se las daba de movimiento fanático antimusulmán, lo que, en aquellos días anteriores a los disturbios de la Partición, en aquellos días en que se podía dejar impunemente cabezas de cerdo en los patios de las mezquitas del viernes, no era nada insólito. Que enviaba hombres, en plena noche, para pintar consignas en las paredes de las ciudades viejas y nuevas: ¡PARTICIÓN SIGNIFICA PERDICIÓN! ¡LOS MUSULMANES SON LOS JUDÍOS DE ASIA! y cosas así. Y que incendiaba fábricas, tiendas y almacenes propiedad de musulmanes. Pero había más, y esto no se sabe por lo común: tras su fachada de odio racial, la pandilla del Ravana era una empresa comercial brillantemente concebida. Llamadas telefónicas anónimas, cartas escritas con palabras recortadas de periódicos a los hombres de negocios musulmanes, a los que se daba a elegir entre pagar una suma de dinero, sólo-por-una-vez, y ver incendiado su universo. De forma interesante, la pandilla demostró tener su ética. No había segundas peticiones. Y no se andaban con chiquitas: si no había sacos grises llenos de dinero contante, el fuego lamía los escaparates fábricas almacenes. La mayoría pagaba, prefiriendo eso a la arriesgada posibilidad de confiar en la policía. La policía, en 1947, no era algo en que pudieran confiar los musulmanes. Y se dice (aunque no puedo asegurarlo) que, cuando llegaban las cartas chantajeadoras, contenían una lista de «clientes satisfechos» que habían pagado y conservado su negocio. La pandilla del Ravana —como todos los profesionales— daba referencias.

Dos hombres en traje de calle y uno en pijama corrían por los estrechos callejones de la *muhalla* musulmana hacia el taxi que esperaba en Chandni Chowk. Atraían miradas de curiosidad: no sólo por la variedad de su atuendo sino porque trataban de no correr. «No deis señales de pánico», decía el señor Kemal. «Dad una sensación de tranquilidad.» Pero los pies se les seguían descontrolando y aceleraban. A sacudidas, con pequeñas arrancadas veloces seguidas de unos cuantos pasos mal disciplinados a un ritmo normal, dejaron la *muha-*

lla; y, en su camino, pasaron por delante de un joven con una caja titilimundi de metal negro, sobre ruedas, un hombre que sostenía un tambor *dugdug*: Lifafa Das, en camino hacia el escenario del importante anuncio que da nombre a este episodio. Lifafa Das hacía sonar su tambor y gritaba: —Venid ver todo, venid ver todo, ¡venid ver! ¡Venid ver Delhi, venid ver India, venid ver! ¡Venid ver, venid ver!

Pero Ahmed Sinai tenía otras cosas que mirar.

Los niños de la *muhalla* tenían sus propios nombres para la mayoría de los habitantes de la localidad. Un grupo de tres vecinos era conocido por «los gallos de pelea», porque se componía de un propietario sindhi y de uno bengalí, cuyas casas estaban separadas por una de las pocas viviendas hindúes de la *muhalla*. El sindhi y el bengalí tenían muy poco en común: no hablaban el mismo idioma ni cocinaban los mismos alimentos; pero los dos eran musulmanes y los dos detestaban al hindú interpuesto. Tiraban basura a su casa desde sus terrazas. Le lanzaban insultos multilingües desde sus ventanas. Arrojaban piltrafas de carne ante su puerta... mientras él, a su vez, pagaba a golfillos para que les tirasen piedras a las ventanas, piedras envueltas en mensajes: «Ya veréis», decían esos mensajes, «Ya os llegará la vez»... los niños de la *muhalla* no llamaban a mi padre por su verdadero nombre. Para ellos era «el hombre que no es capaz de seguir a sus propias narices».

Ahmed Sinai poseía un sentido de la orientación tan inadecuado que, abandonado a sus propios medios, era capaz de perderse incluso en los tortuosos callejones de su propio barrio. Muchas veces, los árabes de las callejuelas se lo habían tropezado mientras vagaba desesperadamente, y les había ofrecido una moneda *chavanni* de cuatro *anna* para que lo acompañaran a casa.

Lo digo porque creo que la capacidad de mi padre para equivocarse de camino no sólo lo afligió toda su vida, fue también la causa de su atracción por Amina Sinai (ya que, gracias a Nadir Khan, ella había demostrado que era también capaz de tomar senderos equivocados); y, lo que es más, su incapacidad para seguir a sus propias narices goteó hasta mí, oscureciendo hasta cierto punto la herencia nasal que recibí de otros lugares y haciéndome, año tras año, incapaz de olfatear mi propio camino verdadero... Pero basta por ahora, porque les he dado a los tres hombres de negocios tiempo suficiente para llegar al complejo industrial. Sólo añadiré que (en mi opinión, como consecuencia directa de su falta de sentido de la orientación) mi padre era un hombre sobre el que, hasta en sus momentos de triunfo, flotaba el hedor del fracaso futuro, el olor de un camino equivocado que estaba ahí mismo, a la vuelta de la esquina, un aroma que no podían eliminar sus frecuentes baños. El señor Kemal, que lo olía, le decía en privado a S. P. Butt: «Estos tipos cachemiros, chico: sabido es que no se lavan.» Esta calumnia relaciona a mi padre con el barquero Tai... con el Tai poseído por la furia autodestructora que lo hizo renunciar a la limpieza.

En el complejo industrial, los vigilantes nocturnos dormían apaciblemente en medio del ruido de los coches de bomberos. ¿Por qué? ¿Cómo? Porque habían hecho un trato con la chusma del Ravana y, cuando les llegaba el soplo de la inminente llegada de la pandilla, tomaban pócimas para dormir y apartaban sus *charpoys* de los edificios del complejo. De esa forma, la pandilla evitaba la violencia y los vigilantes nocturnos aumentaban sus exiguos salarios. Era un acuerdo amistoso y no carente de inteligencia.

Entre vigilantes nocturnos dormidos, el señor Kemal, mi padre y S. P. Butt miraron cómo las bicicletas incineradas se elevaban al cielo en espesas nubes negras.

Butt padre Kemal permanecieron junto a los coches de bomberos, mientras el alivio los inundaba, porque era el almacén de la Arjuna Indiabike el que ardía... La marca de fábrica Arjuna, tomada de un héroe de la mitología hindú, no había podido disimular el hecho de que la compañía era propiedad de un musulmán. Inundados de alivio padre Kemal Butt respiraban un aire lleno de bicicletas incendiadas, tosiendo y farfullando mientras los humos de las ruedas incineradas, los fantasmas vaporizados de cadenas timbres carteras manillares, los cuadros transustanciados de las bicicletas indias Arjuna entraban y salían de sus pulmones. Alguien había clavado una máscara de cartón basto a un poste de telégrafos, delante del almacén en llamas —una máscara de muchas caras—, una máscara diabólica de rostros gruñones con gruesos labios torcidos y narices rojas y brillantes. Los rostros del monstruo policéfalo, Ravana, el rey de los demonios, que miraban coléricamente los cuerpos de los vigilantes nocturnos, tan profundamente dormidos que nadie, ni los bomberos, ni Kemal, ni Butt, ni mi padre, tenía valor para molestarlos; mientras tanto, las cenizas de los pedales y de las cámaras caían sobre ellos desde el cielo.

—Un negocio feo —dijo el señor Kemal. No era compasión. Estaba criticando a los propietarios de la Arjuna Indiabike Company.

Mirad: la nube del desastre (que es también un alivio) se levanta y se espesa como una pelota en el cielo descolorido de la mañana. Ved cómo se abre paso hacia el oeste, hasta el corazón de la ciudad vieja; ¡cómo señala, santo dios, como un dedo, cómo señala a la *muhalla* musulmana que hay junto a Chandni Chowk...! En la que ahora, Lifafa Das está pregonando su mercancía en el callejón mismo de los Sinais.

—¡Venid ver todo, ver el mundo entero, venid ver!

Casi ha llegado el momento de la declaración pública. No puedo negar que estoy excitado: he estado esperando demasiado tiempo en el segundo plano de mi propia historia, y aunque todavía falta un poco para que pueda hacerme cargo de ella, no está mal echarle una ojeada. Por eso, con un sentimiento de gran expectación, sigo la dirección que señala el dedo del cielo y contemplo el barrio de mis padres, las bicicletas, los vendedores callejeros que ofrecen garbanzos tostados en cucuruchos de papel, los vagos de la calle, de cadera dislocada y manos enlazadas, los pedazos volantes de papel y los pequeños y arracimados remolinos de moscas en torno a los puestos de dulces... todo ello en escorzo a causa de mi posición a-vista-de-pájaro. Y hay niños, enjambres de ellos también, atraídos a la calle por el redoble mágico del tambor *dugdug* de Lifafa Das y por su voz. —*¡Dunya dekho!* —¡Ved el mundo entero! Niños sin pantalones, niñas sin chaquetillas, y otros chicos pequeños, más elegantes, con sus trajes blancos escolares y los pantalones sujetos por cinturones elásticos de hebilla de serpiente en forma de S, niños gordos de dedos regordetes; todos ellos acudiendo en tropel a la caja negra sobre ruedas, incluida esa chica determinada, una chica con una sola ceja continua, larga y poblada, que le sombrea ambos ojos, la hija de ocho años de ese mismo sindhi descortés que, incluso ahora, iza la bandera del, todavía ficticio, Pakistán en su tejado; que, incluso ahora, lanza insultos contra su vecino, mientras su hija se precipita en la calle con su *chavanni* en la mano, su expresión de reina enana y el asesinato acechando tras sus labios. ¿Cómo se llama? No lo sé; pero conozco esas cejas.

Lifafa Das: que, por una casualidad desafortunada, ha montado su titilimundi negro contra una pared en la que alguien ha pintarrajeado una esvástica (en aquellos tiempos se veían por todas partes; el partido extremista

R.S.S.S.* las ponía por todas las paredes; no la esvástica nazi, que estaba dibujada al revés, sino el antiguo símbolo hindú del poder. *Svasti* significa en sánscrito bueno)... ese Lifafa Das cuya llegada ha estado anunciando a bombo y platillo era un tipo joven que era invisible hasta que sonreía, y entonces se volvía hermoso, o hasta que tocaba el tambor, con lo que resultaba irresistible para los niños. Los hombres del *dugdug*: por toda la India, gritan «*Dilli dekho*», «¡venid ver Delhi!» Pero esto era Delhi, y Lifafa Das había cambiado su grito en consecuencia. «¡Ved el mundo entero, venid ver todo!» Aquella fórmula hiperbólica comenzó, después de cierto tiempo, a atacarle la cabeza; cada vez había más postales en su titilimundi mientras intentaba, desesperadamente, dar lo que prometía, meterlo todo en su caja. (De pronto me acuerdo del pintor amigo de Nadir Khan: ¿será una enfermedad india, ese deseo de meter en una cápsula la realidad entera? Lo que es peor: ¿me habré contagiado yo también?)

Dentro del titilimundi de Lifafa Das había fotos del Taj Mahal, y del templo de Meenakshi, y del sagrado Ganges; pero, además de esas vistas famosas, el hombre del titilimundi había sentido el irresistible deseo de incluir imágenes más contemporáneas: Stafford Crips saliendo de la residencia de Nehru; intocables siendo tocados; personas cultivadas durmiendo en gran número en las vías del tren; una foto publicitaria de una actriz europea con un montón de fruta en la cabeza... Lifafa la llamaba Carmen Verandah; hasta una fotografía de periódico, montada sobre cartón, de un incendio en el complejo industrial. Lifafa Das no creía que fuera conveniente proteger a su público de los aspectos no-siempre-agradables de los tiempos... y a menudo, cuando llegaba a esos callejones, tanto los mayores como los

* Rashtriya Swayam Sevak Sangh. *(N. del T.)*

125

niños venían a ver lo que había de nuevo dentro de su caja sobre ruedas, y entre sus clientes más asiduos se encontraba Begum Amina Sinai.

Sin embargo, hoy hay algo de histerismo en el aire, algo quebradizo y amenazador se ha instalado en la *muhalla* mientras la nube de bicicletas indias cremadas flota sobre ella... y ahora se suelta de la traílla, cuando esa chica con su única ceja continua grita, con una voz que cecea con una inocencia que no posee: —¡Yo zola! Quitaroz de ahí... ¡dejazme ver! *¡Dejazme!* —Porque hay ya ojos en los agujeros de la caja, hay ya niños absortos en la secuencia de las postales, y Lifafa Das dice, sin interrumpir su trabajo: sigue dando vueltas al mando que hace que las postales se muevan dentro de la caja—: Un minuto, *bibi*; a todos les llega la vez; sólo hay que esperar. —A lo que la monocejijunta reina enana responde—: ¡No! ¡No! ¡Yo zola! —Lifafa deja de sonreír... se vuelve invisible... se encoge de hombros. Una furia desenfrenada aparece en el rostro de la reina enana. Y entonces surge el insulto; un dardo mortal le tiembla en los labios—. Tienez mucha *caradura*, al venir a ezta *muhalla*! Zé quién erez: mi padre zabe quién erez: ¡todo el mundo zabe que erez hindú!

Lifafa Das sigue silencioso, manipulando los mandos de su caja; pero ahora la valkiria monocejijunta de cola de caballo canta, señalando con sus dedos regordetes, y los muchachos de trajes blancos escolares y hebillas de serpiente se le unen: —¡Hindú! ¡Hindú! ¡Hindú! —Y hay persianas *chick* que suben; y desde su ventana el padre de la chica se asoma y participa también, lanzando insultos contra el nuevo objetivo, y el bengalí interviene en bengalí... —¡Forzador de tu madre! ¡Violador de nuestras hijas! —... y recordad que los periódicos han estado hablando de ultrajes a niños musulmanes, así que, de repente, una voz da un alarido... una voz de mujer, quizá, incluso, la de la tonta Zohra:— ¡Violador!

¡*Arré* por Dios que han encontrado al *badmaash*! ¡*Ahí* está! —Y ahora la locura de la nube como un dedo acusador y toda la realidad inconexa de los tiempos se apoderan de la *muhalla*, y resuenan gritos en todas las ventanas, y los colegiales empiezan a cantar—: ¡Violador! ¡Viola-dor! ¡Viola-viola-viola-*dor*! —sin saber en realidad lo que dicen; los niños se han ido alejando de Lifafa Das, y él también se ha puesto en movimiento, arrastrando su caja con ruedas, tratando de escapar, pero ahora lo rodean voces llenas de sangre, y los vagos de la calle avanzan hacia él, hay hombres que bajan de sus bicicletas, una maceta vuela por los aires y se estrella en la pared a su lado; tiene la espalda contra un portal cuando un tipo con un mechón de pelo aceitoso le hace una mueca amable diciéndole: —¿De modo que es usted, caballero? ¿El Caballero Hindú que deshonra a nuestras hijas? ¿El caballero idólatra follador de su hermana? —Y Lifafa Das—: No, por amor de... —sonriendo como un imbécil... y entonces la puerta que tiene a sus espaldas se abre y él cae hacia atrás, aterrizando en un pasillo fresco y oscuro junto a mi madre Amina Sinai.

Ella se había pasado la mañana sola con Zohra y sus risitas y los ecos del nombre del Ravana, sin saber lo que estaba ocurriendo allí, en el complejo industrial, dejando que su mente se ocupase de la forma en que el mundo entero parecía estar volviéndose loco; y cuando comenzó el griterío y Zohra —antes de que pudiera detenerla— se unió a él, algo se endureció dentro de ella, cierta comprensión de que era la hija de su padre, cierto recuerdo fantasma de Nadir Khan escondiéndose en el trigal de los cuchillos de media luna, cierta irritación en sus conductos nasales, y bajó las escaleras para prestar auxilio, aunque Zohra le chillara: —¿Qué haces, herma*ji*?, esa bestia rabiosa, por Dios, no lo dejes entrar, ¿has perdido el seso?... —Mi madre abrió la puerta y Lifafa Das cayó dentro.

Retrátala esa mañana, una sombra oscura entre el populacho y su presa, con el vientre reventando con su secreto invisible y no revelado: —*Wah, wah* —aplaudió a la multitud—. ¡Qué héroes sois! ¡Auténticos héroes, os lo juro, sin duda alguna! ¡Sólo cincuenta contra este monstruo horrible! Por Alá, que los ojos se me llenan de orgullo.

... Y Zohra: —¡Ven aquí, herman*aji*! —Y el mechón aceitoso—: ¿Por qué defiendes a ese *goonda*, Begum Sahiba? Eso no está bien. —Y Amina—: Conozco a ese hombre. Es un tipo honrado. Marchaos, fuera, ¿es que no tenéis nada que hacer? ¿Queréis hacer pedazos a un hombre en una *muhalla* musulmana? Vamos, marchaos. —Pero el populacho ya no está sorprendido y avanza otra vez... y ahora. Ahora viene.

—*Escuchad* —gritó mi madre—, *escuchadme bien. Estoy esperando un hijo. Soy una madre que va a tener un hijo, y voy a proteger a este hombre. Así que venga, si queréis matar, matad también a una madre y demostrad al mundo quiénes sois.*

Así fue cómo mi llegada —la venida de Saleem Sinai— fue anunciada a las masas populares reunidas antes de que mi padre supiera nada de ella. Al parecer, desde el momento de mi concepción he sido del dominio público.

Pero aunque mi madre tenía razón al hacer su declaración pública, se equivocaba también. Ésta es la razón: el niño que llevaba en su seno no fue luego su hijo.

Mi madre vino a Delhi; se esforzó diligentemente en amar a su esposo; no pudo, a causa de Zohra y del *khichri* y de los pies estrepitosos, darle a su esposo la noticia; oyó gritos; hizo una declaración pública. Y dio resultado. Mi anunciación salvó una vida.

Cuando la multitud se dispersó, el viejo Musa, el criado, bajó a la calle y rescató el titilimundi de Lifafa Das mientras Amina le daba al joven, con su hermosa sonrisa, un vaso tras otro de agua fresca de lima. Al parecer, la experiencia no sólo había dejado a Lifafa Das sin líquido sino también sin dulzura, porque echaba cuatro cucharadas de azúcar puro en cada vaso, mientras Zohra se encogía, totalmente aterrorizada, en un sofá. Y, finalmente, Lifafa Das (rehidratado por el agua de lima y endulzado por el azúcar) dijo: —Begum Sahiba, eres una gran señora. Si me lo permites, bendeciré tu casa; y también a tu niño que va a nacer. Pero además —por favor, permítemelo— quiero hacer otra cosa por ti.

—Gracias —dijo mi madre—, pero no tienes que hacer nada.

Pero él siguió (con la dulzura del azúcar recubriéndole la lengua). —Mi primo, Shri Ramram Seth, es un gran vidente, Begum Sahiba. Quiromántico, astrólogo, adivino. Si vas a verlo te revelará el futuro de tu hijo.

Los augures me profetizaron... En enero de 1947, a mi madre Amina Sinai le ofrecieron como regalo una profecía a cambio del regalo de una vida. Y a pesar del «Es una locura que vayas con ése, Amina, hermana, ni se te ocurra, en estos tiempos hay que tener cuidado» de Zohra; a pesar del recuerdo del escepticismo de su padre y de la forma en que él había pellizcado la oreja de un *maulvi* entre su pulgar y su índice, el ofrecimiento conmovió a mi madre en un punto que respondió Sí. Atrapada en el asombro ilógico de su maternidad recién estrenada de la que acababa apenas de estar segura: —Sí —dijo—, Lifafa Das, espérame dentro de unos días en la puerta grande del Fuerte Rojo. Y entonces me llevarás a tu primo.

—El tiempo se me hará largo —juntó las palmas; y se fue.

Zohra estaba tan aturdida que, cuando Ahmed Sinai volvió a casa, sólo pudo sacudir la cabeza y decir: —Recién casados; locos como lechuzas; ¡tengo que dejaros solos!

Musa, el viejo criado, mantuvo también la boca cerrada. Siempre se mantuvo en segundo plano en nuestras vidas, excepto en dos ocasiones... una, cuando nos dejó; y otra, cuando volvió para destruir nuestro mundo accidentalmente.

MONSTRUOS POLICÉFALOS

A menos que, naturalmente, no exista la suerte; en cuyo caso Musa —a pesar de toda su edad y de todo su servilismo— sería nada menos que una bomba de relojería que hacía tictac suavemente en espera de su momento; en cuyo caso, tendríamos que —optimistamente— ponernos de pie y dar vivas, porque todo está planificado de antemano, y entonces todos tenemos un sentido y se nos evita el terror de saber que somos aleatorios, sin un *porqué*; o bien, naturalmente, podríamos —en calidad de pesimistas— renunciar aquí y ahora, comprendiendo la futilidad de pensamientos decisiones acciones, porque nada de lo que pensemos importará de todos modos; las cosas serán como sean. ¿Dónde está, pues, el optimismo? ¿En el destino o en el caos? ¿Fue mi padre opti- o pesimista cuando mi madre le dio la noticia (después de saberla toda la vecindad), y él respondió con un: «Te lo dije; sólo era cuestión de tiempo»? El embarazo de mi madre, al parecer, estaba predestinado; mi nacimiento, sin embargo, se debió en gran parte a un accidente.

«Sólo era cuestión de tiempo», dijo mi padre, con toda clase de signos de satisfacción; pero el tiempo ha sido asunto poco seguro, según mi experiencia, nada en lo que pueda confiarse. Hasta podía ser objeto de parti-

131

ción: los relojes del Pakistán iban a adelantar media hora con respecto a sus homólogos indios... Al señor Kemal, que no quería saber nada de la Partición, le gustaba decir: —¡Eso prueba lo disparatado del plan! ¡Esos miembros de la Liga tienen la intención de fugarse nada menos que con treinta minutos! Un Tiempo Sin Particiones —exclamaba el señor Kemal—, ¡eso es lo que hace falta! —Y S. P. Butt dijo—: Si pueden cambiar el tiempo así como así, ¿qué hay real todavía? ¿Me lo queréis decir? ¿Qué es lo cierto?

Parece un día apropiado para preguntas importantes. A través de esos años poco fiables, respondo a S. P. Butt, a quien le cortaron el cuello en los tumultos de la Partición y perdió su interés por el tiempo: —Lo real y lo cierto no son necesariamente una misma cosa. —Lo *cierto*, para mí, fue desde mis primeros tiempos algo que había escondido en las historias que Mary Pereira me contaba: Mary, mi *ayah*, era a la vez más y menos que una madre; Mary, que lo sabía todo sobre nosotros. *Cierto* era lo que había escondido justo más allá de aquel horizonte hacia el que apuntaba el dedo del pescador en el cuadro de mi pared, mientras el joven Raleigh escuchaba sus relatos. Ahora, al escribir esto en mi charco de luz angular, contrasto mi verdad con aquellas primeras cosas: ¿es así como Mary lo hubiera contado? Me lo pregunto. ¿Es esto lo que el pescador hubiera dicho...? Y con arreglo a esos criterios es innegablemente cierto que, un día de enero de 1947, mi madre lo supo todo sobre mí, seis meses antes de que yo apareciera, mientras mi padre se enfrentaba con un rey demonio.

Amina Sinai había estado esperando un momento propicio para aceptar el ofrecimiento de Lifafa Das; pero durante dos días después de la quema de la fábrica de bicicletas indias, Ahmed Sinai se quedó en casa, sin ir a su oficina de Connaught Place, como si estuviera fortaleciéndose para algún encuentro desagradable. Durante dos días, la bolsa gris de dinero permaneció, supuestamente en secreto, en el lugar que ocupaba bajo su lado de la cama. Mi padre no mostró deseos de hablar de las razones de la presencia de la bolsa gris; de forma que Amina se dijo: «Que haga lo que quiera; ¿qué me importa?», porque ella tenía también su secreto, que la esperaba pacientemente junto a las puertas del Fuerte Rojo, en la parte superior de Chandni Chowk. Poniendo mala cara, con secreto mal humor, mi madre se guardó para sí a su Lifafa Das. «Hasta-que-y-mientras-no-me-diga qué trama, ¿por qué tengo que decírselo?», adujo.

Y entonces vino una fría tarde de enero, en la que:
—Tengo que salir esta noche —dijo Ahmed Sinai; y a pesar de los ruegos de ella—. Hace frío... te pondrás malo... —él se puso su traje de calle y su abrigo, bajo el que la misteriosa bolsa gris hacía un bulto ridículamente obvio; así que, finalmente, ella le dijo—: Abrígate bien —y lo despidió para que se fuera adonde quisiese, preguntándole—: ¿Volverás tarde? —A lo que él contestó—: Sí, seguro. —Cinco minutos después de haber salido él, Amina se puso en camino hacia el Fuerte Rojo, hacia el corazón de su aventura.

Uno de los viajes comenzó en un fuerte; el otro debía haber terminado en un fuerte, pero no lo hizo. Uno predijo el futuro; el otro determinó su posición geográfica. Durante uno de los viajes, los monos bailaron de una forma divertida; mientras que, en el otro lugar, también bailó un mono, pero con resultados desastrosos. En ambas aventuras, los buitres desempeñaron un papel. Y monstruos policéfalos acechaban al final de ambos caminos.

Así pues, cada uno a su tiempo... y ahí está Amina

Sinai bajo los altos muros del Fuerte Rojo, donde reinaron los mogoles, desde cuyas alturas se proclamará la nueva nación... sin ser monarca ni heraldo, mi madre es saludada con calor (a pesar del tiempo que hace). Con la última luz del día, Lifafa Das exclama: —¡Begum Sahiba! ¡Es maravilloso que hayas venido! —Con su piel oscura dentro del blanco sari, ella le hace señas de que suba al taxi; él trata de abrir la puerta de atrás pero el chófer le espeta—: ¿Qué te has creído? ¿Quién te crees que eres? ¡Vamos, siéntate delante a toda velocidad, y deja a la señora detrás! —De forma que Amina comparte el asiento con un titilimundi negro sobre ruedas, mientras Lifafa Das se disculpa—: Lo siento, ¿eh, Begum Sahiba? Mi intención era buena.

Pero ahora, negándose a esperar su vez, hay otro taxi, que se detiene en el exterior de otro fuerte y descarga su cargamento de tres hombres en traje de calle, cada uno de ellos con un abultado saco gris bajo el abrigo... un hombre largo como la vida y delgado como una mentira, otro que parece carecer de espina dorsal, y un tercero con un labio inferior protuberante, una barriga que tiende a lo fofo, un pelo que clarea y es aceitoso y le asoma por encima de las orejas, y unas cejas entre las que hay un surco revelador que, a medida que él envejezca, se hará más profundo, convirtiéndose en la cicatriz de un hombre amargado y colérico. El chófer del taxi está exuberante, a pesar del frío. —¡Purana Qila! —grita—. ¡Hagan el favor de bajar! ¡Fuerte Viejo, ya hemos llegado! —... Ha habido muchas, muchas ciudades de Delhi, y el Fuerte Viejo, esa ruina ennegrecida, es un Delhi tan antiguo que, a su lado, nuestra Ciudad Vieja no es más que un niño de pecho. A esa ruina de antigüedad inverosímil han llegado Kemal, Butt y Ahmed Sinai, como consecuencia de una llamada telefónica anónima que les ha ordenado: «Esta noche. Fuerte Viejo. Inmediatamente después de la puesta

de sol. Pero nada de policía... ¡o el almacén, *funtoosh*!»
Agarrados a sus sacos grises, entran en aquel viejo
mundo que se desmorona.

... Agarrada a su bolso, mi madre está sentada junto
a un titilimundi, mientras Lifafa Das va delante con el
perplejo e irascible chófer, dirigiendo el coche por las
calles del lado malo de la Oficina General de Correos; y
cuando ella entra en esas callejas donde la pobreza co-
rroe el alquitrán como una sequía, donde la gente vive
sus vidas invisibles (porque comparten con Lifafa Das
la maldición de la invisibilidad, y no todos tienen sonrisas hermosas), algo nuevo empieza a invadirla. Bajo la
presión de esas calles que se hacen más estrechas a cada
minuto, más abarrotadas a cada pulgada, pierde sus
«ojos de ciudad». Cuando se tienen ojos de ciudad no
se ve a la gente invisible, no os chocan los hombres con
elefantiasis en los huevos ni los mendigos en carritos de
inválido, y los tramos de hormigón de futuras alcantarillas no os parecen dormitorios. Mi madre perdió sus
ojos de ciudad y la novedad de lo que veía la hizo enro-
jecer, mientras la novedad le pinchaba en las mejillas
como una tormenta de granizo. Mirad, Dios santo,
¡esos chicos tan guapos tienen los dientes negros! ¡No
es posible... niñas que llevan al aire los pezones! ¡Realmente, qué horror! Y, *Allah-tobah*, no lo quiera el Cielo, barrenderas con —¡no! ¡qué *espanto*!— la columna
dorsal rota, y manojos de ramas y sin marcas de casta;
¡intocables, Alá bienamado...! y tullidos por todas partes, mutilados por padres amorosos para garantizarles
unos ingresos vitalicios de la mendicidad... sí, mendigos en carritos, hombres adultos con piernas de niño,
en cajones sobre ruedas, hechos de patines desechados
y viejas cajas de mango; mi madre exclama: —¡Vamos a
volver, Lifafa Das! —... pero él sonríe con su sonrisa
hermosa, y dice—: Desde aquí tenemos que andar.
—Viendo que no puede echarse atrás ella le dice al taxi

que espere, y el malhumorado chófer contesta—: ¡Claro, naturalmente, a una gran señora hay que esperarla, y cuando vuelva tendré que conducir el coche marcha atrás hasta la carretera principal, porque no hay sitio para dar la vuelta! —... Los niños le tiran a ella del *pallu* del sari, y por todas partes hay cabezas que miran fijamente a mi madre, que piensa, Es como estar rodeada por algún monstruo horrible, una criatura con cabezas, cabezas y más cabezas; pero se corrige a sí misma, no, claro que no es un monstruo, toda esa gente pobre pobrísima... ¿entonces qué? Un poder de alguna clase, una fuerza que no conoce su fortaleza, que quizá ha degenerado en impotencia por no haber sido nunca utilizada... No, no es gente degenerada, a pesar de todo. «Estoy asustada», se sorprende mi madre pensando, precisamente en el momento en que una mano le toca el brazo. Volviéndose, se encuentra ante el rostro de —¡imposible!— un hombre blanco, que alarga una mano andrajosa y le dice con voz de aguda canción extranjera: —Dame algo, Begum Sahiba... —y no hace más que repetirlo como un disco rayado, mientras ella contempla turbada aquel rostro blanco de largas pestañas y corva nariz patricia... turbada, porque él es blanco y los blancos no mendigan—. ... Vengo desde Calcuta a pie —dice él— y cubierto de ceniza como ves, Begum Sahiba, porque me avergüenzo de haber estado allí cuando la Matanza... el pasado agosto, recuerdas, Begum Sahiba, miles de personas acuchilladas en cuatro días de alaridos... —Lifafa Das está a un lado, impotente, sin saber cómo comportarse con un hombre blanco, aunque sea un mendigo, y— ... ¿Oíste hablar del europeo? —pregunta el mendigo—, ... Sí, entre los asesinos, Begum Sahiba, caminando de noche por la ciudad con la camisa manchada de sangre, un hombre blanco trastornado por la inminente futilidad de su especie; ¿oíste hablar? —... Y ahora hay una pausa en esa sorprendente voz de canción, y luego—: Era mi marido. —Sólo entonces vio mi madre sus pechos oprimidos bajo los harapos...— Dame algo por mi vergüenza. —Le tira del brazo. Lifafa Das le tira del otro, susurrando *hijra*, travestido, vámonos, Begum Sahiba; y Amina, inmóvil mientras tiran de ella en direcciones opuestas, quiere decirle Espera, mujer blanca, déjame acabar lo que tengo que hacer, te llevaré a casa, te daré de comer, te vestiré, te devolveré a tu mundo; pero precisamente entonces la mujer se encoge de hombros y se va con las manos vacías por la calle que se estrecha, disminuyendo hasta desvanecerse —¡ahora!— en la distante medianía del callejón. Y ahora Lifafa Das, con una curiosa expresión en el rostro, dice: —¡Están *funtoosh*! ¡acabados! Pronto se irán; ¡y entonces podremos matarnos a gusto mutuamente! —Tocándose el vientre con mano leve, ella lo sigue a un portal oscurecido, mientras el rostro se le enciende.

... Mientras tanto, en el Fuerte Viejo, Ahmed Sinai espera al Ravana. Mi padre en el crepúsculo: de pie en el portal oscurecido de lo que en otro tiempo fue una estancia de los ruinosos muros del fuerte, con el labio inferior sobresaliéndole sensualmente, las manos cruzadas a la espalda y la cabeza llena de preocupaciones financieras. Nunca fue un hombre feliz. Olía débilmente a fracasos futuros; trataba mal a sus criados; quizá hubiera querido, en lugar de heredar de su padre el negocio del hule, tener la fuerza de voluntad necesaria para seguir su vocación original: reordenar el Corán por su orden cronológico exacto. (Una vez me dijo: «Cuando Mahoma profetizaba, escribían lo que decía en hojas de palmera, que guardaban de cualquier modo en un cajón. Cuando murió, Abubakr y los otros trataron de recordar el orden correcto; pero no tenían muy buena memoria.» Otro camino equivocado: en lugar de reescribir un libro sagrado, mi padre rondaba por unas

137

ruinas, esperando a los demonios. No es de extrañar que no fuera feliz; y yo no serviría de nada. Cuando nací, le rompí el dedo gordo del pie.) ... Mi desgraciado padre, lo repito, piensa malhumorado en dinero. En su mujer, que le saca rupias con halagos y le limpia los bolsillos por la noche. Y en su ex mujer (que con el tiempo murió en un accidente, al tener una disputa con un conductor de un carro tirado por un camello y resultar mordida en el cuello por el camello), que le escribe cartas interminablemente mendicantes, a pesar del acuerdo de divorcio. Y en Zohra, su prima lejana, que quiere de él el dinero de su dote, a fin de poder criar hijos que se casen con los de él y, de esa forma, poner sus zarpas en más dinero suyo aún. Y luego están las promesas de dinero del Mayor Zulfikar (en esa etapa, el Mayor Zulfy y mi padre se llevaban muy bien). El Mayor había estado escribiendo cartas que decían: «Cuando llegue el momento, como no dejará de llegar, debe decidirse usted por el Pakistán. Es indudable que será una mina de oro para hombres como nosotros. Permítame presentarle al propio M. A. J...», pero Ahmed Sinai desconfiaba de Muhammad Ali Jinnah, y nunca aceptó el ofrecimiento de Zulfy; de modo que cuando Jinnah se convirtió en Presidente del Pakistán, mi padre tuvo otro camino equivocado en que pensar. Y, por último, estaban las cartas del viejo amigo de mi padre, el doctor Narlikar, ginecólogo, desde Bombay. «Los británicos se marchan en manadas, Sinai *bhai*. ¡Los inmuebles están tirados! Vende; vente aquí; compra; ¡vive rodeado de lujo el resto de tu vida!» Los versículos del Corán nada tienen que hacer en una cabeza tan llena de dinero... y, entretanto, ahí está, junto a S. P. Butt, que morirá en un tren rumbo al Pakistán, y Mustapha Kemal, que será asesinado por *goondas* en su espléndida casa de Flagstaff Road, con las palabras «Hijoputa acaparador» escritas en el pecho con su propia sangre...

junto a esos dos hombres predestinados, esperando en la sombra secreta de una ruina para espiar a un chantajista que viene a buscar su dinero. «Esquina del sudoeste», dijo la llamada telefónica. «Torreón. Dentro, una escalera de piedra. Suban. Rellano superior. Dejen el dinero allí. Vayan. ¿Entendido?» Desafiando las órdenes, se esconden en la habitación en ruinas; en algún sitio sobre ellos, en el rellano superior de la torre del torreón, tres sacos grises aguardan en la oscuridad creciente.

... En la oscuridad creciente de un pozo de escalera mal ventilado, Amina Sinai sube hacia una profecía. Lifafa Das le da ánimos; porque, ahora que ella ha llegado en taxi hasta el estrecho embotellamiento de su buena voluntad, ha notado un cambio en ella, un arrepentimiento en su decisión; la tranquiliza mientras suben. El oscurecido pozo de la escalera está lleno de ojos, ojos que centellean a través de puertas con postigos ante el espectáculo de la dama oscura que sube, ojos que la lamen como lenguas de gato brillantes y ásperas; y mientras Lifafa habla, tranquilizadoramente, mi madre siente que su voluntad disminuye, Que pase lo que pase, mientras la fortaleza de su mente y sus puntos de apoyo en el mundo rezuman en la esponja oscura del aire del pozo de la escalera. Perezosamente, sus pies siguen a los de él, hasta los tramos superiores del *chawl* enorme y tenebroso, de la destrozada casa de vecindad en que Lifafa Das y sus primos tienen su pequeño rincón, en lo más alto... aquí, cerca de lo alto, ve una luz oscura que se filtra sobre las cabezas de los tullidos que hacen cola. —Mi primo número dos —dice Lifafa Das—, es curandero. —Ella sube, pasando por delante de hombres con brazos rotos, mujeres con los pies retorcidos hacia atrás en ángulos inverosímiles, por delante de limpiacristales caídos y albañiles entablillados, la hija de un médico penetra en un mundo más antiguo que las jeringuillas y los hospitales; hasta que, por fin, Lifafa Das le dice—: Ya estamos, Begum —y la guía a través de un cuarto en donde el curandero está sujetando ramas y hojas a miembros destrozados, envolviendo cabezas abiertas con hojas de palma, hasta que sus pacientes empiezan a parecer árboles artificiales a los que les brotara vegetación de las lesiones... y luego hasta una extensión plana del techo de cemento. Amina, parpadeando en la oscuridad por el brillo de las linternas, distingue en el tejado formas disparatadas: monos que bailan, mangostas que dan saltos; serpientes que se balancean en cestos; y, en un pretil, las siluetas de grandes aves cuyos cuerpos son tan curvos y crueles como sus picos: buitres.

—*Arré baap* —grita—, ¿adónde me traes?

—No te preocupes, Begum, por favor —dice Lifafa Das—. Éstos son mis primos. Mis primos números tres y cuatro. Éste hace bailar a los monos...

—¡Sólo estoy ensayando, Begum! —dice una voz—. Mira: ¡un mono que va a la guerra y muere por la Patria!

—... y ahí, el hombre de las serpientes y las mangostas.

—¡Mira cómo saltan las mangostas, Sahiba! ¡Mira el baile de la cobra!

—... ¿Y esos pajarracos?

—No es nada, señora: es que aquí cerca está la Torre del Silencio de los parsis; y cuando no hay muertos allí, los buitres vienen. Ahora están dormidos; durante el día, creo, les gusta ver cómo se entrenan mis primos.

Un pequeño cuarto, en el lugar más alejado de la azotea. La luz penetra a raudales por la puerta cuando Amina entra... y encuentra, allí dentro, a un hombre de la misma edad de su marido, un hombre grueso, de varias barbillas, que lleva unos pantalones blancos manchados y una camisa roja a cuadros pero no zapatos, mastica anises y bebe de una botella de Vimto, sentado, con las piernas cruzadas, en una habitación en cuyas paredes hay cuadros de Vishnu en cada uno de sus avatares, y letreros que dicen: SE ENSEÑA A ESCRIBIR, y ESCUPIR DURANTE LAS VISITAS ES UNA MALA COSTUMBRE. No hay muebles... y Shri Seth se sienta en el aire, con las piernas cruzadas, a seis pulgadas del suelo.

Tengo que admitirlo: para vergüenza suya, mi madre gritó...

... Mientras tanto, en el Fuerte Viejo, los monos gritan entre las murallas. La ciudad en ruinas, abandonada por los hombres, es ahora residencia de langures. Con sus colas largas y sus caras negras, los monos están poseídos de un sentido absoluto de su misión. Gatean hacia arribarribarriba, saltando hasta las máximas alturas de las ruinas, delimitando territorios y dedicándose luego a desmembrar, piedra a piedra, la fortaleza entera. Es verdad, Padma: nunca has estado allí, nunca estuviste en el crepúsculo mirando a unas criaturas laboriosas, resueltas y peludas trabajando en las piedras, tirando y moviendo, moviendo y tirando, soltando las piedras una a una... todos los días los monos hacen rodar piedras por los muros, piedras que rebotan en las esquinas y salientes, estrellándose en los fosos de abajo. Un día no habrá Fuerte Viejo, al final, nada más que un montón de cascotes coronado por monos que gritarán triunfalmente... y ahí va un mono, escabulléndose por las murallas... Lo llamaré Hanuman, como el dios mono que ayudó al Príncipe Rama a derrotar al Ravana original, Hanuman el de los carros volantes... Miradlo cómo llega a su torreón... su territorio; cómo brinca parlotea corre de una esquina a otra de su reino, restregándose el trasero en las piedras; y luego se detiene, olfatea algo que no debería estar allí... Hanuman corre al hueco que hay aquí, en el rellano superior, en el que los tres hombres han dejado tres cosas blandas grises extrañas. Y, mientras los monos bailan en una azotea situada detrás de la oficina de correos, el mono Hanuman baila de rabia. Salta sobre las cosas grises. Sí, están bastante sueltas, no hará falta moverlas ni tirar de ellas mucho, tirar de ellas y moverlas... mirad ahora a Hanuman, que arrastra las piedras blandas y grises hasta el borde del gran desnivel del muro exterior del Fuerte. Mirad cómo las desgarra: ¡rip! ¡rap! ¡rop...! Mirad con qué habilidad extrae papel del interior de las cosas grises, ¡y lo lanza como una lluvia flotante para que bañe las piedras caídas del foso...! Papeles que descienden con una gracia perezosa y reticente, hundiéndose como un recuerdo hermoso en las fauces de la oscuridad; y ahora, ¡pum! ¡paf! y otra vez ¡pum!, las tres piedras blandas y grises caen por el borde, bajandobajando hacia la oscuridad, y finalmente se oye un plop blando y desconsolado. Hanuman, una vez hecho su trabajo, pierde interés, se escabulle hacia alguna cumbre distante de su reino, comienza a balancearse sobre una piedra.

... Mientras tanto, abajo, mi padre ha visto una figura grotesca que salía de la penumbra. Sin saber nada del desastre ocurrido arriba, observa al monstruo desde la sombra de su habitación en ruinas: una criatura de pijama andrajoso con un tocado de demonio, una cabeza de diablo de cartón-piedra con rostros que hacen muecas en todos sus lados... el representante oficial de la banda del Ravana. El recaudador. Con el corazón latiéndoles fuertemente, los tres hombres de negocios ven cómo ese espectro surgido de la pesadilla de un campesino desaparece en el pozo de la escalera que conduce al rellano; y, un momento después, en la calma de la noche vacía, oyen los juramentos totalmente humanos del diablo. «¡Fornicadores de sus madres! ¡Eunucos del infierno!» ... Sin comprender, ven cómo su estrafalario atormentador surge, se precipita en la oscuridad, desaparece. Sus imprecaciones ... «¡Sodomizadores de asnos! ¡Hijos de cerdos! ¡Comedores de su propia mierda!» ... flotan en la brisa. Y allá van los tres subiendo, con la confusión pudriéndoles el ánimo; Butt encuentra un pedazo desgarrado de tela gris; Mustapha Kemal se inclina y recoge una rupia arrugada; y quizá, sí, por qué no, mi padre ve una ráfaga de mono oscura con el rabillo del ojo... y adivinan.

Y ahora vienen sus gruñidos y las chillonas maldiciones del señor Butt, como ecos de los juramentos del diablo; y se desata una batalla, sin palabras, en todas sus cabezas: ¿dinero o almacén o almacén o dinero? Unos hombres de negocios sopesan, con pánico mudo, ese acertijo esencial... pero, si abandonan el dinero contante a las depredaciones de perros y humanos que se buscan en la basura, ¿cómo detener a los incendiarios? ... y finalmente, sin haber dicho palabra, la ley inexorable del dinero-en-mano los convence; se apresuran bajando las escaleras de piedra, recorriendo las extensiones de hierba, atravesando las puertas en ruinas y llegan —¡EN MONTÓN!— al foso, empezando a meterse rupias en los bolsillos, hurgando agarrando escarbando, haciendo caso omiso de los charcos de orina y de las frutas podridas, y confiando, contra toda verosimilitud, en que esa noche —por la gracia de— sólo esa noche, por una vez, la banda no se tomará la anunciada venganza. Pero, naturalmente...

... Pero, naturalmente, Ramram el adivino no flotaba de verdad en el aire, a seis pulgadas del suelo. El grito de mi madre se apagó; sus ojos se centraron; y se dio cuenta de la pequeña plataforma que salía del muro. «Un truco barato», se dijo, y «¿Qué hago en este lugar olvidado de Dios, lleno de buitres dormidos y de domadores de monos, para que me diga qué sé yo qué idioteces un *guru* que levita sentado en una plataforma?»

Lo que no sabía Amina Sinai era que, por segunda

143

vez en la Historia, yo estaba a punto de hacer sentir mi presencia. (No: no aquel fraudulento renacuajo de su estómago: quiero decir yo mismo, en mi papel histórico, sobre el que han escrito primeros ministros: «... será, en cierto modo, el espejo de la nuestra.» Había grandes fuerzas en acción aquella noche; y todos los presentes estaban a punto de sentir su poder, y de tener miedo.)

Los primos —números uno a cuatro— que se congregaron en la puerta por la que había pasado la dama oscura, atraídos como polillas por la llama de su chillido... que la miraron en silencio mientras se adelantaba, guiada por Lifafa Das, hacia aquel adivino improbable, eran curanderos, *wallah* de las cobras y hombre de los monos. Susurros de aliento ahora (¿no había también risitas tras unas manos ásperas?): «¡Oh, te dirá un porvenir tan buenísimo, Sahiba!» y «¡Vamos, primo*ji*, la señora espera!» ... Pero, ¿quién era ese Ramram? ¿Un mercachifle, un quiromántico de tres al cuarto, un fabricante de bonitos porvenires para mujeres bobas... o bien alguien auténtico, el poseedor de las llaves? Y Lifafa Das: ¿vio en mi madre a una mujer a la que se podía contentar con un timo de un par de rupias, o vio en ella más profundamente, en el corazón subterráneo de su debilidad...? Y, cuando llegó la profecía, ¿se asombraron también los primos...? ¿Y la espuma de la boca? ¿Qué hay de eso? ¿Y es verdad que mi madre, bajo el influjo trastornador de aquella velada histérica, renunció al dominio sobre su yo habitual —que había sentido escapar hacia la esponja absorbente del aire sin luz del pozo de la escalera— y entró en un estado mental en el que todo podía ocurrir y ser creído? Y hay otra posibilidad también, más horrible; pero antes de expresar mi sospecha, tengo que describir, tan exactamente como sea posible a pesar de esta turbia cortina de ambigüedades, lo que realmente ocurrió: tengo que describir a mi madre, con la palma de la mano tendida hacia el quiromántico que se adelanta con los ojos muy abiertos y sin parpadear, como los de una japuta... y los primos (¿riéndose?): «¡Qué porvenir te van a leer, Sahiba!», y «¡Habla, primo*ji*, habla!»... pero la cortina desciende otra vez, de forma que no puedo estar seguro... ¿comenzó como un vulgar hombre de carpa de circo, pasando por las combinaciones triviales de línea de vida, línea de corazón y niños que serán multimillonarios, mientras sus primos lo animaban: *«Wah wah!»* y «¡Una buenaventura absolutamente magistral, *yara!*»? ... y luego, ¿cambió? ¿se quedó Ramram rígido... revolviendo los ojos hasta que se le pusieron blancos como huevos... preguntó, con una voz extraña como un espejo: «¿Me permites, señora, que toque el sitio? ... mientras sus primos se quedaban tan silenciosos como buitres dormidos... y respondió mi madre, de forma igualmente extraña: «Sí, te lo permito», de modo que el vidente se convirtió en el tercer hombre que la tocó en su vida, aparte de los miembros de su familia? ... ¿y fue entonces, en ese instante, cuando una breve y brusca sacudida eléctrica pasó entre aquellos dedos regordetes y aquella piel maternal? Y el rostro de mi madre, asustada como un conejo, mirando al profeta de la camisa a cuadros mientras él comenzaba a dar vueltas, con los ojos todavía como huevos en la blandura de su cara; y de repente lo recorrió un estremecimiento y otra vez surgió la extraña voz aguda mientras las palabras salían de sus labios (tengo que describir también esos labios... pero más adelante, porque ahora...): —Un hijo.

Primos silenciosos —monos con correas, que dejaron su parloteo, cobras enroscadas dentro de cestos— y el adivino que daba vueltas, descubriendo que la Historia hablaba por su boca. (¿Fue así como ocurrió?) Él empieza: —¡Un hijo... y qué hijo! —Y luego sigue—: Un hijo, Sahiba, que no será nunca más viejo que su patria... ni más viejo ni más joven. —Y ahora hay miedo auténtico entre los encantadores de serpientes-domadores de mangostas-curanderos y *wallahs* de titilimundi, porque nunca han visto a Ramram así, mientras él continúa, con sonsonete, en un tono agudo—: Habrá dos cabezas... pero sólo verás una... habrá rodillas y una nariz, una nariz y rodillas. —Nariz y rodillas y rodillas y nariz... escucha con atención, Padma; ¡a ése no se le escapaba nada!—. ¡Los periódicos lo alabarán, dos madres lo criarán! Los ciclistas lo querrán pero ¡las multitudes lo empujarán! Las hermanas llorarán; la cobra se arrastrará... —Ramram, dando vueltas másaprisamásaprisa, mientras sus cuatro primos murmuran—: ¿Qué es esto, *baba*? —y— ¡Deo, Shiva, protégenos! —Mientras Ramram—: ¡La ropa blanca lo esconderá... las voces lo guiarán! ¡Los amigos lo mutilarán... la sangre lo traicionará! —Y Amina Sinai—: ¿Qué quiere decir? No lo entiendo... Lifafa Das... ¿qué le pasa? —Pero, inexorablemente, con sus ojos como huevos que dan vueltas, Ramram Seth describe círculos en torno a ella que está inmóvil-como-una-estatua—: ¡Las escupideras lo descalabrarán... los médicos lo vaciarán... la jungla lo reclamará... los brujos lo reivindicarán! ¡Los soldados lo juzgarán... los tiranos lo freirán...! —Mientras Amina suplica una explicación y los primos caen en un frenesí manoteante de impotente alarma porque algo se ha impuesto y nadie se atreve a tocar a Ramram Seth mientras da vueltas hacia su clímax—: ¡Tendrá hijos sin tener hijos! ¡Será viejo antes de ser viejo! *Y morirá... antes de morir.*

¿Fue así como ocurrió? ¿Fue entonces cuando Ramram Seth, aniquilado por el paso a través de él de un poder mayor que el suyo, cayó al suelo de pronto echando espuma por la boca? ¿Le insertaron el palo del hombre de las mangostas entre los dientes crispados? ¿Dijo Lifafa Das: «Begum Sahiba, tienes que irte, por favor: nuestro primo*ji* se ha puesto malo»?

146

Y finalmente el *wallah* de las cobras —o el hombre de los monos, o el curandero, o incluso Lifafa Das, el del titilimundi sobre ruedas— dijo: —Demasiadas profecías, tú. Nuestro Ramram ha hecho demasiadas profecías puñeteras esta noche.

Muchos años más tarde, en la época de su chochez prematura, cuando toda clase de fantasmas brotaban de su pasado para bailar ante sus ojos, mi madre vio una vez más al hombre del titilimundi al que salvó anunciando mi venida y que la recompensó llevándola a demasiadas profecías, y le habló de una forma imparcial, sin rencores: —De modo que has vuelto —dijo—. Bueno, pues te voy a decir una cosa: ojalá hubiera entendido lo que quiso decir tu primo*ji*... sobre la sangre, sobre las rodillas y las narices. Porque ¿quién sabe? Quizá hubiera tenido un hijo diferente.

Como mi abuelo al principio, en un pasillo con telarañas en casa de un hombre ciego, y otra vez al final; como Mary Pereira después de haber perdido a su Joseph, y como yo, mi madre era experta en ver fantasmas.

... Pero ahora, como todavía hay más preguntas y ambigüedades, tengo que expresar ciertas sospechas. La sospecha es también un monstruo con demasiadas cabezas; ¿por qué, entonces, no puedo dejar de azuzarlo contra mi propia madre...? ¿Cuál, me pregunto, sería una descripción apropiada de la tripa del vidente? Y la memoria... mi memoria nueva, omnisciente, que abarca la mayor parte de las vidas de madre padre abuelo abuela y todos los demás... me responde: blanda; fofa como pudín de harina de maíz. Otra vez, de mala gana, pregunto: ¿y cómo eran sus labios? Y la respuesta inevitable: llenos; supercarnosos; poéticos. Por tercera vez interrogo a esta memoria mía: ¿y qué hay de su pelo? La respuesta: le clareaba; oscuro; lacio; le asomaba por encima de las orejas. Y ahora mis sospechas irracionales

147

formulan la pregunta suprema... ¿Amina, pura-entre-las-puras, realmente... a causa de su debilidad por los hombres que se parecían a Nadir Khan, no pudo... en su extraña disposición mental, y movida por la indisposición del vidente, no pudo quizá...? —¡No! —grita Padma, furiosa—. ¿Cómo te atreves a insinuarlo? ¿De esa buena mujer... de tu propia madre? ¿Que pudiera...? ¿No lo sabes y, sin embargo, lo dices? —Y naturalmente tiene razón, como siempre. Si ella lo supiera, diría que sólo me estaba vengando por lo que realmente vi hacer a Amina, años más tarde, a través de las sucias ventanas del Pioneer Café; y quizá fue allí donde nació mi idea irracional, la de crecer ilógicamente hacia atrás en el tiempo y llegar plenamente maduro a esa aventura anterior... y sí, casi con seguridad inocente. Sí, eso debe de ser. Pero el monstruo no reposa... «Ah», dice, «¿y qué hay de su rabieta... la que tuvo el día en que Ahmed anunció que nos íbamos a Bombay?». Ahora la imita: «Tú... siempre eres tú quien decide. ¿Y yo qué? ¿Y si yo no quisiera...? ¡Acabo de poner esta casa en orden y ya...!» Así pues, Padma: ¿era su celo de ama de casa... o era una farsa?

Sí... queda una duda. El monstruo pregunta: «¿Por qué, de un modo o de otro, no le habló a su marido de la visita?» Respuesta de la acusada (articulada por Padma en ausencia de mi madre): —¡Piensa en cómo se habría indignado, santo cielo! ¡Aunque no le hubiera preocupado todo ese asunto de los incendiarios! Unos hombres extraños; una mujer sola; ¡se hubiera puesto furioso! ¡completamente furioso!

Sospechas indignas... Tengo que desecharlas; tengo que reservar mis críticas para más adelante, cuando, a falta de ambigüedades, sin la cortina oscurecedora, ella me dio pruebas innegables, claras e irrefutables.

... Pero, naturalmente, cuando mi padre volvió a casa tarde aquella noche, con un olor a foso que dominaba su tufo habitual a fracaso futuro, tenía los ojos y las mejillas veteados de lágrimas cenicientas; tenía azufre en las narices y el polvo gris del hule ahumado en la cabeza... porque, naturalmente, habían quemado el almacén.

—Pero, ¿y los vigilantes nocturnos? —dormidos, Padma, dormidos. Avisados de antemano para que tomaran, por si acaso, sus pócimas somníferas... Aquellos valerosos *lalas*, guerreros pathanes que, nacidos en la ciudad, nunca habían visto el Khyber, deshicieron sus papelillos, echaron unos polvos del color de la herrumbre en el caldero hirviente de su té. Arrastraron sus *charpoys* a buena distancia del almacén de mi padre para evitar caídas de vigas y lluvias de chispas; y, echados en sus camas de cuerda, sorbieron su té y se internaron por las agridulces pendientes de la droga. Al principio se pusieron roncos, alabando a gritos, en pushtu, a sus putas favoritas; luego cayeron en risas desenfrenadas cuando los dedos suaves y revoloteantes de la droga les cosquillearon las costillas... hasta que las risas dejaron paso a los sueños y ellos vagaron por los pasos fronterizos de la droga, montando los caballos de la droga, y alcanzando finalmente un olvido sin sueños del que nada en el mundo podría despertarlos hasta que la droga hubiera acabado su curso.

Ahmed, Butt y Kemal llegaron en taxi... el chófer del taxi, desconcertado por aquellos tres hombres que agarraban fajos de billetes de banco arrugados que olían infernalmente a causa de las desagradables sustancias con que se habían tropezado en el foso, no hubiera aguardado, pero ellos se negaron a pagarle. —Dejadme ir, grandes señores —suplicaba—, soy un pobre hombre; no me retengáis aquí... —pero para entonces las espaldas de ellos se estaban ya alejando, dirigiéndose hacia el incendio. Los miró correr, agarrando sus rupias manchadas de tomate y caca de perro; con la boca abierta, miró fijamente el almacén que ardía y las nubes en el cielo nocturno y, como todos los que había allí, tuvo que respirar un aire lleno de hule y fósforos y arroz quemado. Con las manos en los ojos, mirando a través de sus dedos, el pequeño chófer de taxi de bigote incompetente vio al señor Kemal, delgado como un lápiz demente, sacudiendo y dando patadas a los cuerpos dormidos de los vigilantes nocturnos; y casi renunció al precio del recorrido y se marchó aterrorizado cuando mi padre gritó: «¡Cuidado!», pero, quedándose a pesar de todo, vio estallar el almacén por la fuerza de las lenguas rojas que lo lamían, vio cómo salía a borbotones de él una improbable corriente de lava hecha de arroz descascarado lentejas garbanzos impermeables cajas de cerillas y encurtidos, y vio las flores rojas y ardientes del incendio estallar hacia el cielo cuando el contenido del depósito se derramó por la tierra amarilla y dura, como un racimo de desesperación negro y chamuscado. Sí, el almacén se quemó, naturalmente, cayó desde el cielo en cenizas, sobre sus cabezas, se metió por las bocas abiertas de los vigilantes magullados, pero todavía roncantes... —Dios nos proteja —dijo el señor Butt, pero Mustapha Kemal, más pragmáticamente, le contestó—: Gracias a Dios, todos estamos bien asegurados.

—Fue entonces precisamente —le dijo más tarde Ahmed Sinai a su mujer—, precisamente en ese momento cuando decidí dejar el negocio del hule. Vender la oficina, el almacén, y olvidarme de todo lo que sabía sobre el comercio del *skai*. Entonces —no antes ni después— decidí también no pensar más en esa música celestial del Pakistán del Zulfy de tu Emerald. En el ardor de aquel incendio —reveló mi padre... dando rienda suelta a una rabieta femenina— decidí ir a Bombay y meterme en el negocio de las inmobiliarias. Los inmuebles están allí tirados —dijo mi padre antes de que pudieran empezar las protestas de ella—, Narlikar lo sabe.

(Sin embargo, con el tiempo, llamaría traidor a Narlikar.)

En mi familia nos vamos siempre cuando nos empujan... la única excepción a la regla es la congelación del 48. El barquero Tai hizo que mi abuelo se fuera de Cachemira; el mercurocromo lo echó de Amritsar; el derrumbamiento de su vida bajo las alfombras fue causa directa de la marcha de mi madre de Agra; y los monstruos policéfalos enviaron a mi padre a Bombay, para que yo pudiera nacer allí. A finales de ese mes de enero, la Historia, mediante una serie de empujones, había llegado finalmente al punto en que casi estaba dispuesta para que yo hiciera mi aparición. Había misterios que no podían aclararse hasta que yo entrase en escena... por ejemplo, el de la observación más enigmática de Shri Ramram: —Habrá una nariz y rodillas; rodillas y una nariz.

Llegó el dinero del seguro: acabó enero; y durante el tiempo que hizo falta para terminar sus asuntos en Delhi y trasladarse a la ciudad en que —como sabía el ginecólogo doctor Narlikar— los inmuebles estaban temporalmente por los suelos, mi madre se concentró en su plan segmentado para aprender a amar a su esposo. Llegó a sentir un profundo afecto por los signos de interrogación de las orejas de él; por la notable profundidad de su ombligo, en el que el dedo de ella podía penetrar hasta la primera articulación, sin empujar siquiera; llegó a amar la nudosidad de sus rodillas; pero, por mucho que lo intentara (y, como le estoy concediendo el beneficio de la duda, no sugeriré aquí posibles razones), había una parte en él que nunca consiguió amar,

151

aunque era la única cosa que poseía, en perfecto estado de funcionamiento, de la que Nadir Khan había indudablemente carecido; en aquellas noches en que él se izaba sobre ella —cuando el niño de su vientre no era mayor que una rana— nunca resultaba bien.

... —No, no tan rápido, *janum*, vida mía, un poco más, por favor —le dice ella, y Ahmed, para estirar la cosa, trata de volver a pensar en el incendio, en lo último que ocurrió aquella noche ardiente, cuando, en el momento mismo en que se volvía para irse, oyó un chillido obsceno en el cielo y, al mirar hacia arriba, tuvo tiempo de divisar un buitre —¡de noche!—, un buitre de la Torre del Silencio que volaba sobre su cabeza, y que dejaba caer una mano parsi apenas masticada, una mano derecha, la misma mano que —¡ahora!— lo abofeteaba de lleno al caer; mientras tanto Amina, debajo de él en la cama, se hacía a sí misma reproches: ¿Por qué no puedes disfrutar, so estúpida? A partir de hoy tienes que *intentarlo* de veras.

El 4 de junio, mis mal emparejados padres se fueron a Bombay en el Correo de la Frontera. (Hubo golpes, voces que se aferraban desesperadamente, puños que gritaban: «¡*Maharaj*! ¡Abre, sólo un momento! ¡Ohé, tú que eres la amabilidad personificada, gran señor, haznos ese favor!» Y había también —escondida bajo la dote en un baúl de lata verde— una escupidera prohibida, con incrustaciones de lapislázuli, de plata delicadamente cincelada.) Ese mismo día, el Conde Mountbatten de Birmania dio una conferencia de prensa en la que anunció la Partición de la India, y colgó en la pared su calendario con la cuenta atrás: faltaban setenta días para la transmisión de poderes... sesenta y nueve... sesenta y ocho... tic, tac.

METHWOLD

Los pescadores llegaron primero. Antes del tictac
de Mountbatten, antes de los monstruos y de las declaraciones públicas, cuando los matrimonios en las clases
bajas eran aún impensables y las escupideras desconocidas; antes del mercurocromo, mucho antes de las luchadoras que sostenían sábanas perforadas; y más y
más atrás, más allá de Dalhousie y Elphinstone, antes
de que la East India Company construyera su fuerte,
antes del primer William Methwold; en la aurora de los
tiempos, cuando Bombay era una isla de forma de pesa
gimnástica que se adelgazaba en su centro para convertirse en una estrecha playa deslumbrante, allende la
cual podía verse el más hermoso y mayor puerto natural de Asia, cuando Mazagaon y Worli, Matunga y Mahim, Salsette y Colaba eran también islas... en pocas palabras, antes de la recuperación de tierras, antes de que
los tetrápodos y pilotes hundidos convirtieran las Siete
Islas en una larga península, como una mano extendida
y codiciosa que llegara por el oeste hasta el mar Arábigo; en ese mundo primitivo anterior a las torres de reloj, los pescadores —llamados kolis— navegaban en
dhows árabes que desplegaban sus velas rojas contra el
sol poniente. Cogían japuta y cangrejos, e hicieron de
todos nosotros aficionados al pescado. (O de casi to-

dos. Padma ha sucumbido a sus hechicerías de piscina, pero en nuestra casa estábamos infectados por la extrañeza de la sangre cachemira, por la reserva helada del cielo de Cachemira, y seguimos siendo carnívoros hasta el último hombre.)

Había también cocos y arroz. Y, sobre todo ello, la benigna influencia presidencial de la diosa Mumbadevi, cuyo nombre —Mumbadevi, Membabai, Mumbai— se convirtió quizá en el de la ciudad. Pero sin embargo, los portugueses llamaron al lugar Bom Bahia por su puerto, y no por la diosa del pueblo de la japuta... los portugueses fueron los primeros invasores, que utilizaron el puerto para guarecer sus barcos mercantes y sus buques de guerra; pero, sin embargo, un día de 1633, un funcionario de East India Company llamado Methwold tuvo una visión. Esa visión —el sueño de un Bombay británico, fortificado, que defendiera el occidente de la India contra todos los que llegaran— era una idea con tanta fuerza que puso el tiempo en movimiento. La Historia se agitó; Methwold murió; y, en 1660, Carlos II de Inglaterra se desposó con Catalina, de la portuguesa casa de Braganza... la misma Catalina que, durante toda su vida, actuaría de comparsa de Nell, la vendedora de naranjas. Pero tuvo ese consuelo: que fue su dote matrimonial la que puso Bombay en manos británicas, quizá en un baúl de lata verde, y acercó un paso más a la realidad la visión de Methwold. Después de aquello, no pasó mucho tiempo hasta el 21 de septiembre de 1668, en que la compañía puso por fin sus manos en la isla... y allá fueron, con su Fuerte y su recuperación de tierras, y en un abrir y cerrar de ojos había allí una ciudad, Bombay, de la que decía la vieja canción:

Prima in Indis,
Puerta de la India,

Estrella de Oriente
Con el rostro hacia Occidente.

¡Nuestro Bombay, Padma! Era muy diferente entonces, no había salas de fiestas ni fábricas de encurtidos ni
hoteles Oberoi-Sheraton ni estudios de cine; pero la
ciudad creció a velocidad vertiginosa, adquiriendo una
catedral y una estatua ecuestre del rey-guerrero mah-
ratta Sivaji, la cual (creíamos) revivía por la noche y
galopaba pavorosamente por las calles de la ciudad...
¡por toda Marine Drive! ¡Sobre las arenas de Chowpatty! ¡Por delante de las grandes mansiones de Malabar Hill, doblando Kemp's Corner, atolondradamente
a lo largo del mar hasta Scandal Point! Y, sí, por qué no,
más y más lejos, bajando por mi misma Warden Road,
pasando junto a las piscinas con segregación racial de
Breach Candy, hasta llegar al enorme templo de Mahalaxmi y el viejo Willingdon Club... Durante toda mi infancia, siempre que venían malos tiempos a Bombay,
algún insomne caminante nocturno diría que había
visto a la estatua en movimiento, los desastres, en la
ciudad de mi juventud, bailaban a la música oculta de
los cascos grises de piedra de un caballo.

   ¿Y dónde están ahora aquellos primeros habitantes? A los cocos es a los que mejor les ha ido. Los cocos
son todavía decapitados diariamente en la playa de
Chowpatty; mientras que en la playa de Juhu, bajo la
mirada lánguida de las estrellas de cine del hotel
Sun'n'Sand, los chiquillos siguen trepando a los coco-
teros y bajando el barbudo fruto. Los cocos tienen hasta su propio festival, el Día del Coco, que se celebraba
unos días antes de mi nacimiento sincrónico. Podéis estar tranquilos en lo que a los cocos se refiere. El arroz
no ha tenido tanta suerte; los arrozales yacen ahora
bajo el hormigón; las casas de apartamentos se alzan

155

donde, en otros tiempos, el arroz se arremolinaba a la vista del mar. Pero todavía, en la ciudad, somos grandes comedores de arroz. El arroz patna, el arroz basmati, cachemiro llegan a la metrópoli diariamente; de esa forma, el arroz original, el *ur*-arroz, ha dejado su huella en todos nosotros, y no puede decirse que haya muerto en vano. En cuanto a Mumbadevi... no es tan popular en estos tiempos, al haber sido reemplazada por el Ganesh de cabeza de elefante en el afecto del pueblo. El calendario de festivales revela su decadencia: Ganesh —«Ganpati Baba»— tiene su día de Ganesh Chaturthi en el que «sacan» enormes procesiones que se dirigen a Chowpatty llevando imágenes de yeso del dios, que arrojan al mar. El día de Ganesh es una ceremonia para hacer llover, hace posible el monzón, y se celebraba también en los días anteriores a mi llegada al final de la cuenta atrás del tictac... pero, ¿dónde está el día de Mumbadevi? No figura en el calendario. ¿Dónde están las plegarias del pueblo de la japuta, las devociones de los cazadores de cangrejos...? De todos los primeros habitantes, a los pescadores koli es a los que peor les ha ido. Apretujados ahora en una diminuta aldea, en el pulgar de la península de forma de mano, hay que reconocer que han dado su nombre a un distrito: Colaba. Pero seguid Colaba Causeway hasta el final —dejando atrás las tiendas de ropas baratas y los restaurantes iraníes y los apartamentos de segunda clase para maestros, periodistas y empleados—, y los encontraréis atrapados entre la base naval y el mar. Y a veces las mujeres koli, con las manos apestando a tripas de japuta y carne de cangrejo, se abren paso a codazos arrogantemente hasta la cabeza de la cola de un autobús de Colaba, con sus saris carmesí (o púrpura) descaradamente recogidos entre las piernas, y un destello punzante de viejas derrotas y desahucios en sus ojos saltones y un tanto de pez. Un fuerte, y después una ciudad, les quitaron su

tierra. Los martinetes de pilotes les robaron (y los tetrápodos les robarían) pedazos de su mar. Pero todavía
hay *dhows* árabes, cada atardecer, que despliegan sus
velas contra el crepúsculo... en agosto de 1947, los británicos, después de haber puesto fin al dominio de las
redes de pescar, los cocos, el arroz y Mumbadevi, estaban a punto de marcharse también; ningún dominio es
eterno.

Y el 19 de junio, dos semanas después de haber llegado en el Correo de la Frontera, mis padres hicieron
un curioso trato con uno de esos ingleses que se iban.
Se llamaba William Methwold.

La carretera de la Hacienda de Methwold (ahora estamos entrando en mi reino, llegando al corazón de mi infancia; se me ha hecho un pequeño nudo en la garganta)
se aparta de Warden Road entre una parada de autobús
y una pequeña hilera de tiendas. La tienda de juguetes
de Chimalker; el Paraíso del Lector; la joyería de Chi-
manbhoy Fatbhoy; y, sobre todo, ¡Bombelli's, confite-
ros, con su pastel Marqués y Una Yarda de Bombones!
Nombres que habría que invocar; pero no hay tiempo
ahora. Pasando por delante del botones de cartón que
saluda en la lavandería Band Box, la carretera nos lleva
a casa. En aquellos tiempos, ni siquiera se había pensado aún en el rascacielos rosa de las mujeres de Narlikar
(¡espantosa réplica del mástil de la radio de Srinagar!);
la carretera subía un pequeño altozano, no mayor que
un edificio de dos pisos; torcía para dar frente al mar,
para mirar allí abajo al Breach Candy Swimming Club,
en donde gentes rosadas podían bañarse en una piscina
que tenía la forma de la India británica sin temor a ro-
zarse con pieles negras; y allí, noblemente ordenados
en torno a una glorieta, estaban los palacios de William
Methwold, en los que colgaban carteles que —gracias a

157

mí— volverían a aparecer muchos años más tarde, carteles con dos palabras; sólo dos, pero que hicieron entrar a mis inconscientes padres en el peculiar juego de Methwold: SE VENDE.

La Hacienda de Methwold: cuatro casas idénticas construidas en un estilo apropiado para sus residentes originales (¡casas de conquistadores! mansiones romanas; hogares de tres pisos para dioses, sobre un Olimpo de dos pisos, ¡un Kailash canijo!)... mansiones grandes, duraderas, con tejados rojos de dos aguas y torreones en cada esquina, torres blancas como el marfil con remates de tejas rojas (¡torres apropiadas para encerrar en ellas princesas!)... casas con miradores, con habitaciones para la servidumbre a las que se llegaba por escaleras de caracol de hierro escondidas en la parte trasera... casas a las que su propietario, William Methwold, había dado, majestuosamente, el nombre de palacios europeos: Versailles Villa, Buckingham Villa, Escorial Villa y Sans Souci. Las buganvillas trepaban por ellas; los peces de colores nadaban en pálidos estanques azules; los cactus crecían en jardines de rocas; diminutas plantas no-me-toques se apretujaban bajo los tamarindos; en los prados había mariposas y rosas y sillas de mimbre. Y ese día de mediados de junio el señor Methwold vendió sus palacios vacíos por una cantidad ridículamente exigua... pero con condiciones. De forma que ahora, sin más ceremonias, os lo presento, completo con su raya en mitad del pelo... un titán de seis pies, este Methwold, con la cara del color rosa de las rosas y de la eterna juventud. Tenía una cabeza de pelo espeso y negro untado de brillantina, con raya en medio. Volveremos a hablar de esa raya en medio, cuya precisión de baqueta hacía a Methwold irresistible para las mujeres, que se sentían incapaces de no querer despeinarlo... El pelo de Methwold, con su raya en medio, tiene mucho que ver con mis comienzos. Era una de esas rayas de pelo a lo largo de las cuales se mueven la Historia y la sexualidad. Como equilibristas. (Pero, a pesar de todo, ni siquiera yo, que nunca lo vi, que nunca puse los ojos en sus lánguidos dientes brillantes ni en su cabello devastadoramente peinado, puedo guardarle ningún rencor.)

¿Y su nariz? ¿Qué aspecto tenía? ¿Prominente? Sí, debía de serlo, como legado de una patricia abuela francesa —¡de Bergerac!— cuya sangre corría aguamarinamente por las venas de él, oscureciendo su encanto cortesano con algo más cruel, con cierto matiz dulce y asesino de ajenjo.

La Hacienda de Methwold se vendió con dos condiciones: que las casas se comprarían en su totalidad con absolutamente todo lo que había en ellas, y los nuevos propietarios conservaran todo lo que contenían; y que el traspaso en sí no se realizaría hasta la medianoche del 15 de agosto.

—¿Todo? —preguntó Amina Sinai—. ¿No puedo tirar ni una cuchara? Por Alá, esa pantalla... ¿No me puedo deshacer ni de un *peine*?

—Con toda la pesca —dijo Methwold—. Ésas son mis condiciones. Un capricho, señor Sinai... ¿permitirá que un colonialista que se va juegue un poco? No nos queda mucho que hacer a los británicos, salvo jugar.

—Escúchame bien, escucha, Amina —dice Ahmed más tarde—. ¿Quieres quedarte para siempre en esta habitación de hotel? Es un precio fantástico; fantástico, sin lugar a dudas. ¿Y qué puede hacer él una vez formalizada la escritura? Entonces podrás tirar todas las pantallas que quieras. Faltan menos de dos meses...

—¿Tomarán el cóctel en el jardín? —dice Methwold—. A las seis todas las tardes. La hora del cóctel. No ha cambiado en veinte años.

—Pero, Dios santo, la pintura... y los armarios es-

159

tán llenos de ropa, *janum*... tendremos que vivir a base de maletas, ¡no hay ningún sitio donde colgar un traje!

—Un mal negocio, señor Sinai —Methwold sorbe su *scotch* entre cactus y rosas—. Nunca he visto nada igual. Cientos de años de gobierno decente, y entonces, de pronto, a la calle. Reconocerá que no éramos tan malos: les hicimos carreteras. Escuelas, trenes, un sistema parlamentario, todo cosas que valen la pena. El Taj Mahal se estaba cayendo a pedazos hasta que un inglés se molestó en ocuparse de él. Y ahora, de pronto, la independencia. Setenta días para largarse. Por mi parte, estoy totalmente en contra, pero ¿qué se puede hacer?

—... Y mira las manchas de las alfombras, *janum*; ¿tendremos que vivir dos meses como esos británicos? ¿Has visto los cuartos de baño? No hay agua junto al retrete. ¡Nunca quise creerlo, Dios santo, pero es verdad, se limpian el trasero sólo con papel...!

—Dígame, señor Methwold —la voz de Ahmed Sinai ha cambiado, en presencia de un inglés se ha convertido en una horrible imitación del moroso acento de Oxford—, ¿por qué insiste en ese plazo? El mejor negocio, después de todo, es una venta rápida. Liquide el asunto.

—... ¡Y retratos de inglesas por todas partes, *baba*! ¡No tengo sitio para colgar de la pared el retrato de mi padre...!

—Al parecer, señor Sinai —el señor Methwold llena otra vez los vasos mientras el sol se hunde hacia el mar Arábigo, tras la piscina del Breach Candy—, bajo ese severo exterior inglés acecha una mente con una pasión muy india por la alegoría.

—Y tanta bebida, *janum*... eso no es bueno.

—No estoy seguro... señor Methwold, ah... de lo que quiere decir exactamente con...

—... Bueno, ya sabe: en cierto modo, yo también estoy transmitiendo poderes. Tengo el prurito de hacerlo al mismo tiempo que el *Raj*. Como le decía: un juego. Sígame la corriente, ¿lo hará, Sinai? Después de todo: el precio, como ha reconocido, no está nada mal.

—¿Se le habrán reblandecido los sesos, *janum*? ¿Qué crees: será seguro hacer tratos con él si está chiflado?

—Escúchame, mujer —dice Ahmed Sinai—, ya esta bien. El señor Methwold es un hombre excelente; una persona educada; un hombre de honor; no dejaré que su nombre... Y, además, los otros compradores no arman tanto jaleo, estoy seguro... En cualquier caso, le he dicho que sí, de manera que no hay más que hablar.

—Una galleta —dice el señor Methwold, ofreciéndole un plato—. Vamos, señor S., por favor. Sí, es un asunto curioso. Nunca he visto nada parecido. Mis antiguos inquilinos —viejos veteranos de la India todos ellos—, se largaron de repente. Un espectáculo lamentable. Perdieron su afición a la India. De la noche a la mañana. Dejando desconcertado a un hombre sencillo como yo. Fue como si se lavaran las manos... no quisieron llevarse ni un palillo. «Ahí te quedas», me dijeron. Empezaremos de nuevo en casa. No les faltaba el dinero a ninguno, compréndalo, pero de todos modos. Extraño. Me dejaron con el niño en brazos. Y entonces se me ocurrió la idea.

—... Sí, decide tú, decide —dice Amina fogosamente—, yo estoy aquí como si fuera un bulto con un niño y ¿qué me importa a mí? Tengo que vivir en casa de un extraño, con este niño que crece, ¿y qué...? Ay, qué cosas me haces hacer...

—No llores —dice ahora Ahmed, aleteando por la habitación del hotel—, es una buena casa. Sabes que la casa te gusta. Y dos meses... menos de dos... ¿qué pasa, te da pataditas? Déjame tocar... ¿Dónde? ¿Aquí?

—Ahí —dice Amina, limpiándose la nariz—. Qué patadón más bueno.

—Mi idea —explica el señor Methwold, mirando con fijeza al sol poniente— es escenificar mi propia transferencia de bienes. Dejarlo todo atrás, ¿comprende? Elegir a personas apropiadas —¡como usted, señor Sinai!— y entregárselo absolutamente intacto: en buen estado de funcionamiento. Mire a su alrededor: todo está en buenas condiciones, ¿no cree? En perfecto estado de revista, solíamos decir. O, como dicen ustedes en indostaní: *Sabkuch ticktock hai*. Todo perfecto.

—Las casas las está comprando gente muy simpática —Ahmed le ofrece a Amina su pañuelo—, unos nuevos vecinos muy simpáticos... ese señor Homi Catrack de Versailles Villa, un tipo parsi, pero propietario de caballos de carreras. Produce películas y todo eso. Y los Ibrahims de Sans Souci. Nussie Ibrahim va a tener también un niño, de forma que podréis haceros amigas... y el viejo Ibrahim, con sus inmensas granjas de sisal en África. De buena familia.

—... Y después, ¿podré hacer lo que quiera con la casa...?

—Sí, después, naturalmente, se habrá ido...

—... Todo está excelentemente hecho —dice William Methwold—. ¿Sabía usted que un antepasado mío fue el tipo que tuvo la idea de construir toda esta ciudad? Una especie de Raffles de Bombay. Como descendiente suyo, en esta importante coyuntura, me siento obligado, no sé, a desempeñar mi papel. Sí, estupendamente... ¿cuándo se mudarán? No tienen más que decírmelo y me trasladaré al Taj Hotel. ¿Mañana? Estupendo. *Sabkuch ticktock hai*.

Ésas fueron las gentes entre las que pasé mi infancia: el señor Homi Catrack, magnate del cine y propietario de caballos de carreras, con Toxy, su hija idiota, a la que había que encerrar con su niñera, Bi-Appah, la mujer más temible que he conocido jamás; y también los Ibrahims de Sans Souci, el viejo Ibrahim Ibrahim, con su barbita de chivo y su sisal, sus hijos Ismail e Ishaq, y Nussie, la mujer diminuta, nerviosa y desventurada de Ismail, a la que siempre llamamos la-pata-Nussie, por sus andares contoneantes, y en cuyo vientre crecía mi amigo Sonny, incluso ahora, acercándose cada vez más a su desgracia con un par de fórceps ginecológicos... Escorial Villa estaba dividida en apartamentos. En la planta baja vivían los Dubashes, él, un físico que se convertiría en una lumbrera en la base de investigaciones nucleares de Trombay, ella, un arcano bajo cuya inexpresividad se ocultaba un auténtico fanatismo religioso... pero lo dejaré estar, diciendo sólo que eran los padres de Cyrus (que no sería concebido hasta unos meses después), mi primer mentor, que hacía papeles de chica en las comedias del colegio y al que llamaban Cyrus-el-grande. Encima de ellos vivía el amigo de mi padre, el doctor Narlikar, que había comprado un piso aquí también... era tan negro como mi madre; tenía la facultad de ponerse incandescente siempre que se animaba o se excitaba; odiaba a los niños, aunque nos trajo al mundo; y, cuando murió, dejó suelta en la ciudad a aquella tribu de mujeres que no sabían hacer nada pero en cuyo camino no podía alzarse ningún obstáculo. Y finalmente, en el piso superior, vivían el Comandante Sabarmati y Lila... Sabarmati era uno de los que volaban más alto en la Marina, y su mujer tenía gustos costosos; él no acababa de creerse la suerte que había tenido al conseguir para ella una vivienda tan barata. Tenían dos hijos, de dieciocho y cuatro meses, que crecerían volviéndose lentos y ruidosos y siendo apodados Raja-de-Ojo y Brillantina; y no sabían (¿cómo iban a saberlo?) que yo destruiría sus vidas... Elegidas por William Methwold, esas personas que formarían el centro de mi mundo se mudaron a la Hacienda y toleraron los curiosos caprichos del inglés... porque el precio, después de todo, estaba muy bien.

... Faltan treinta días para la transmisión de poderes y Lila Sabarmati está al teléfono: —¿Cómo puedes soportarlo, Nussie? ¡En todas las habitaciones hay periquitos parlantes, y en los *almirahs* he encontrado vestidos apolillados y sostenes usados! —... Y Nussie le dice a Amina—: Peces de colores, por Alá, no puedo soportar a esos bichos, pero Methwold sahib viene a darles de comer personalmente... y hay tarros medio vacíos de Bovril que dice que no puedo tirar... es demencial, Amina, hermana, ¿qué estamos haciendo aquí? —... Y el viejo Ibrahim se niega a hacer funcionar el ventilador del techo de su alcoba, refunfuñando—: Ese trasto se caerá... me rebanará la cabeza cualquier noche... ¿cuánto tiempo puede aguantar en el techo algo tan pesado? —y Homi Catrack, que es un tanto asceta, se ve obligado a dormir en un gran colchón blando, padece dolores de espalda y falta de sueño y los oscuros círculos de la endogamia que hay en torno a sus ojos se van rodeando de espirales de insomnio, y su criado le dice—: No me extraña que los sahibs extranjeros se hayan ido todos, deben de estar deseando dormir un poco. —Pero todos se obstinan; y hay ventajas además de problemas. Escuchad a Lila Sabarmati («Ésa... es demasiado bella para ser buena», decía mi madre)—... ¡Una pianola, Amina, hermana! ¡Y funciona! ¡Me paso el día sentada, tocando Dios sabe qué! «Amé unas manos pálidas junto al Shalimar»... es divertidísimo, increíble, ¡sólo tienes que darle a los pedales! —... Y Ahmed Sinai encuentra un mueble-bar en Buckingham Villa (que era la casa del propio Methwold antes de ser la nuestra); está descubriendo las delicias del buen whisky escocés y exclama—: ¿Y qué? El señor Methwold es un poco excéntrico, eso es todo: ¿no podemos seguirle la corriente? Con nuestra antigua civilización, ¿no podemos ser tan civilizados como él...? —Y vacía su vaso de un trago. Ventajas y desventajas—: Todos esos perros que cuidar, Nussie, hermana —se lamenta Lila Sabarmati—. Aborrezco los perros, por completo. Y mi gatita *choochie*, chuchita mía, te lo juro, ¡está totalmente aterrorizada...! —Y el doctor Narlikar, rojo de resentimiento—: ¡Sobre mi cama! ¡Retratos de niños, Sinai, hermano! Te lo aseguro: ¡gordos! ¡Rosados! ¡Tres! ¿Se puede aguantar?—... Pero ahora faltan veinte días, las cosas se van calmando, los nítidos contornos de las cosas se van borrando, de forma que ninguno de ellos se ha dado cuenta de lo que está ocurriendo: la Hacienda, la Hacienda de Methwold, los está haciendo cambiar. Todas las tardes, a las seis, están fuera, en sus jardines, celebrando la hora del cóctel, y cuando William Methwold viene de visita pasan sin esfuerzo a sus acentos de Oxford de imitación; y están aprendiendo cosas sobre ventiladores de techo y cocinas de gas y la dieta apropiada para los periquitos, y Methwold, que vigila su transformación, masculla para sí. Escuchadlo atentamente: ¿qué dice? Sí, eso es—: *Sabkuch ticktock hai* —masculla William Methwold. Todo va bien.

Cuando la edición de Bombay del *Times of India*, buscando un ángulo seductor y de interés humano para las próximas fiestas de la Independencia, anunció que concedería un premio a toda madre de Bombay que consiguiera dar a luz un niño en el preciso instante del nacimiento de la nueva nación, Amina Sinai, que acababa de despertarse de un misterioso sueño de papel matamoscas, se quedó pegada al periódico. El periódico fue metido bajo las narices de Ahmed Sinai; y el dedo de Amina, pinchando triunfalmente la página, puntuó la absoluta certidumbre de su voz.

—¿Lo ves, *janum*? —anunció Amina—. Ésa seré yo.

Ante los ojos de ambos surgió una visión de grandes titulares que decían: «Una actitud encantadora del bebé Sinai... ¡El hijo de esta Hora Gloriosa!»... una visión de fotos de niño de tamaño gigante primera página máxima calidad; pero Ahmed empezó a discutir: —Piensa en las probabilidades que hay en contra, Begum —hasta que ella se puso en la boca una mordaza de obstinación y reiteró—: No hay pero que perorar; seré yo sin duda alguna; lo sé totalmente seguro. No me preguntes cómo.

Y aunque Ahmed le repitió la profecía de su mujer a William Methwold, como una broma de hora del cóctel, Amina siguió impertérrita, incluso cuando Methwold se rió: —La intuición femenina... ¡algo espléndido, señora S.! Pero la verdad es que no puede esperar que creamos... —Incluso ante la presión de la mirada irritada de su vecina la-pata-Nussie, que estaba también embarazada y había leído igualmente el *Times of India*, Amina se mantuvo en sus trece, porque la predicción de Ramram se le había metido muy adentro.

A decir verdad, a medida que el embarazo de Amina avanzaba, ella vio que las palabras del adivino pesaban cada vez más sobre sus espaldas, su cabeza, su bombo cada vez más hinchado, de forma que, como se encontró atrapada en una red de preocupaciones, pensando que podía dar a luz un niño de dos cabezas, escapó en cierto modo a la magia sutil de la Hacienda de Methwold, sin contagiarse por las horas del cóctel, los periquitos, las pianolas y los acentos ingleses... Al principio, pues, hubo algo de equívoco en su certeza de que ganaría el premio del *Times*, porque se convenció de que, si se cumplía esa parte de los pronósticos del adivino, ello demostraría que el resto sería igualmente exacto, cualquiera que fuese su significado. De modo que no fue con un tono de orgullo y expectación no adulterados con el que dijo mi madre: —No tiene nada que ver con la intuición, señor Methwold. Es un hecho garantizado.

Y para sí misma añadió: —Y esto también es un hecho: será un niño. Pero habrá que cuidarlo mucho, porque sino...

Me parece que, corriendo profundamente por las venas de mi madre, quizá más profundamente de lo que ella sabía, las ideas sobrenaturales de Naseem Aziz habían comenzado a influir en sus pensamientos y en su conducta... aquellas ideas que convencieron a la Reverenda Madre de que los aeroplanos eran inventos del diablo, y de que las cámaras fotográficas podían robarte el alma, y de que los fantasmas eran una parte de la realidad tan evidente como el Paraíso, y de que era un gran pecado pellizcar orejas santificadas con el pulgar y el índice susurraban ahora en la oscura cabeza de su hija. «Aunque estemos en medio de toda esta basura inglesa», estaba empezando a pensar mi madre, «esto sigue siendo la India, y gente como Ramram Seth sabe lo que sabe». De esa forma, el escepticismo de su amado padre fue sustituido por la credulidad de mi abuela; y, al mismo tiempo, la chispa aventurera que Amina había heredado del doctor Aziz fue apagada por otro peso, igualmente pesado.

Para cuando llegaron las lluvias a finales de junio, el feto estaba totalmente formado en sus entrañas. Las rodillas y las narices estaban allí; y ocupaban ya su puesto tantas cabezas como habría luego. Lo que (al principio) no había sido mayor que un punto se había convertido en una coma, una palabra, una oración, un párrafo, un capítulo; ahora estaba rompiendo en evoluciones más complejas, convirtiéndose, se podría decir, en un libro —quizá en una enciclopedia— incluso en todo un lenguaje... lo que quiere decir que el bulto que había en el centro de mi madre se hizo tan grande y se volvió tan pesado que, cuando Warden Road, al pie de nuestro altozano de dos pisos, se inundó de agua de lluvia amarilla y sucia, y los autobuses encallados comenzaron a oxidarse y los niños se bañaban en aquella carretera líquida y los periódicos se hundían pesadamente bajo la superficie, Amina se encontró en una habitación circular de la torre del primer piso, sin poderse mover apenas bajo el peso de su bombo de plomo.

Una lluvia interminable. El agua se filtraba por las ventanas, en las que tulipanes de vidrios de colores bailaban en paneles emplomados. Las toallas, remetidas en los marcos de las ventanas, se empapaban hasta volverse pesadas, saturadas, inútiles. El mar: gris y pesado y extendiéndose hasta reunirse con las nubes de lluvia en un horizonte estrechado. La lluvia tamborileaba en los oídos de mi madre, aumentando la confusión del adivino y la credulidad materna y la presencia perturbadora de las posesiones de extraños, y haciéndola imaginar toda clase de cosas raras. Atrapada bajo aquel hijo que crecía, Amina se imaginaba a sí misma como un asesino convicto de la época de los mogoles, en que la muerte por aplastamiento bajo una piedra había sido castigo corriente... y en los años que vendrían, siempre que recordaba esa época que fue el final de la época anterior a convertirse en madre, esa época en la que el tictac de los calendarios de la cuenta atrás empujaba a todos hacia el 15 de agosto, decía: —No sé nada de todo eso. Para mí, fue como si el tiempo se hubiera detenido por completo. El bebé de mi estómago detuvo los relojes. Estoy segura de ello. No os riáis. ¿Os acordáis de la torre del reloj que hay al final de la colina? Os lo aseguro, después de aquel monzón no volvió a funcionar.

... Y Musa, el viejo criado de mi padre, que había acompañado al matrimonio a Bombay, se fue a decírselo a los otros criados, en las cocinas de los palacios de tejas rojas, en las habitaciones de la servidumbre de la parte trasera de Versailles y El Escorial y Sans Souci:

—Va a ser un auténtico bebé de diez rupias; ¡sí señor! ¡Una japuta gigante, ya veréis! —Los criados estaban encantados; porque un nacimiento es una buena cosa y un niño bien grande es lo mejor de todo...

... Y Amina, cuyo vientre había detenido los relojes, estaba inmovilizada en una habitación de la torre, diciéndole a su marido: —Pon ahí la mano y tócalo... ahí, ¿lo notas...? un chico tan grande y tan fuerte; nuestro cachito-de-luna.

Hasta que las lluvias no cesaron, y Amina se puso tan pesada que dos criados tenían que llevarla en la sillita de la reina, Wee Willie Winkie no volvió a cantar en la glorieta que había entre las cuatro casas; y sólo entonces comprendió Amina que no tenía uno, sino dos serios rivales (dos que ella supiera) para el premio del *Times of India*, y que, con profecía o sin ella, iba a ser un final muy reñido.

—Wee Willie Winkie me llamo; ¡mi estómago es mi único amo!

Ex prestidigitadores y titilimunderos y cantantes... incluso antes de nacer yo, el molde estaba ya hecho. Los artistas orquestarían mi vida.

—¡Espero que estén cómo-dos! ... ¿O quizá como-tres? ¡Era-un-chiste, señoras y señoros, a ver si se ríen!

Altomorenohermoso, un payaso con un acordeón, estaba de pie en la glorieta. En los jardines de Buckingham Villa, el dedo gordo del pie de mi padre paseaba (con sus nueve colegas) a un lado y por debajo de la raya en medio de William Methwold... ensandaliado, bulboso, un dedo ignorante de su próxima perdición. Y Wee Willie Winkie (cuyo verdadero nombre no supe nunca) contaba chistes y cantaba. Desde un mirador del primer piso, Amina miraba y escuchaba; y desde el mirador vecino, sentía el alfilerazo de la envidiosa mirada competidora de la-pata-Nussie.

... Mientras tanto yo, en mi mesa, siento el aguijón de la impaciencia de Padma. (En ocasiones me gustaría tener un público más perspicaz, alguien que comprendiera la necesidad del ritmo, la medida, la introducción sutil de acordes menores que luego crecerán, se hincharán, se apoderarán de la melodía; que supiera, por ejemplo, que, aunque el peso del bebé y los monzones han silenciado el reloj de la torre del reloj de la Hacienda, el ritmo sostenido del tictac de Mountbatten sigue ahí, suave pero inexorable, y que sólo es cuestión de tiempo el que llene nuestros oídos con su música metronómica y redoblante.) Padma dice: —No quiero saber nada de ese Winkie ahora; ¡llevo días y noches esperando y sigues sin haber nacido! —Pero yo le aconsejo paciencia; cada cosa en su sitio, le exhorto a mi loto del estiércol, porque también Winkie tiene su finalidad y su sitio, ahora está metiéndose con las señoras embarazadas de los miradores, y deja de cantar para decir—: ¿Han oído hablar del premio, señoras? Yo también. A mi Vanita le llegará pronto la hora, pronto-muy pronto; ¡a lo mejor es su retrato y no el de ustedes el que aparece en los diarios!—... y Amina frunce el entrecejo, y Methwold sonríe (¿con sonrisa forzada? ¿Por qué?) bajo su raya en medio, y el labio de mi padre sobresale juiciosamente mientras su dedo gordo pasea y él dice—: Ese tipo es un descarado; se pasa. —Pero ahora, Methwold, con lo que se parece mucho al desconcierto —¡incluso a la culpabilidad!— reconviene a Ahmed Sinai—: Tonterías, chico. Es la tradición del bufón, ya sabe. Con permiso para provocar e importunar. Una importante válvula de seguridad social. —Y mi padre, encogiéndose de hombros—: Hum. —Pero es un sujeto listo, este Winkie, porque ahora está echando aceite en las aguas, al decir—: Un nacimiento es una cosa muy buena; ¡dos nacimientos son dos muy buenas! Adiós muy buenas, señoras, era un chiste, ¿lo cogen? —Y hay un cambio de tono cuando introduce una idea dramática, un pensamiento irresistible, decisivo—: Señoras, caballeros, ¿cómo pueden sentirse cómodos aquí, en medio del largo pasado del señor Methwold sahib? Se lo aseguro: debe de ser raro; irreal; pero se trata de un lugar nuevo, señoras, señores, y ningún lugar nuevo es real hasta que ha presenciado un nacimiento. Ese primer nacimiento los hará sentirse en casa. —Después de eso, una canción—: Daisy, Daisy... —Y el señor Methwold se le une, pero sigue habiendo algo oscuro que mancha su frente...

... Y ésta es la razón; sí, es la culpa, porque nuestro Winkie puede ser listo y divertido, pero no es lo suficientemente listo, y ha llegado el momento de revelar el primer secreto de la raya en medio de William Methwold, porque es un secreto que ha goteado, manchándole la cara; un día, mucho antes del tictac y de las ventas absolutas, el señor Methwold invitó a Winkie y a su Vanita a que cantaran para él, en privado, en lo que es ahora el salón principal de mis padres; y al cabo de un rato dijo: «Mira, Wee Willie, hazme un favor, hombre: necesito lo de esta receta, unos dolores de cabeza horribles, llévatela a Kemp's Corner y que el farmacéutico te dé las pastillas, los criados están todos resfriados.» Winkie, que era un pobre hombre, dijo Sí sahib enseguida sahib y se fue; y entonces Vanita se quedó sola con la raya en medio, sintiendo cómo tiraba de sus dedos de una forma imposible de resistir y, mientras Methwold permanecía inmóvil en su silla de mimbre, con su traje de verano de color crema y una rosa en la solapa, ella se encontró acercándose a él, con los dedos extendidos, sintió cómo sus dedos le tocaban el pelo; encontró la raya en medio; y comenzó a deshacerla.

De forma que ahora, nueve meses más tarde, Wee

Willie Winkie hizo una broma sobre el inminente bebé de su esposa y una mancha apareció en la frente de un inglés.

—¿Y qué? —dice Padma—. ¿Qué me importan ese Winkie y su mujer, de los que ni siquiera me has hablado?

Hay gente que no está nunca contenta; pero Padma lo estará pronto.

Y ahora está a punto de quedarse aún más frustrada; porque, apartándome en una larga espiral ascendente de los acontecimientos de la Hacienda de Methwold —de los peces de colores y los perros y los concursos de niños y las rayas en medio, de los dedos gordos de pie y de los tejados de dos aguas—, vuelo a través de la ciudad, que está fresca y limpia después de las lluvias; dejando a Ahmed y a Amina con las canciones de Wee Willie Winkie, muevo las alas hacia el distrito del Fuerte Viejo, dejando atrás la fuente de Flora, y llego a un gran edificio lleno de una luz pomposa y difusa y del perfume de oscilantes incensarios... porque aquí, en la catedral de Santo Tomás, la señorita Mary Pereira está enterándose de cuál es el color de Dios.

—Azul —dijo seriamente el joven sacerdote—. Todas las pruebas existentes, hija mía, indican que Nuestro Señor Jesucristo era del más bello tono cristalino de un pálido azul celeste.

La mujercita que se encontraba tras la ventana con rejilla de madera del confesionario se quedó callada un momento. Un silencio inquieto, meditabundo. Y luego: —Pero ¿cómo es posible, padre? La gente no es *azul*. ¡No hay nadie azul en todo el ancho mundo!

El desconcierto de la mujercita es igualado por la perplejidad del sacerdote... porque no es así como se supone que debiera reaccionar ella. El obispo había dicho: «Hay problemas con los conversos recientes... cuando preguntan por el color casi siempre lo son... es importante tender puentes, hijo mío. Recuérdalo», y dijo así el obispo: «Dios es amor; y a Krishna, el dios hindú del amor, se le representa siempre con la piel azul. Diles que azul; será una especie de puente entre las dos confesiones; con amabilidad se consigue todo, me sigues; y además el azul es un color neutral, evita los problemas habituales del color, lo libra a uno del blanco y el negro: sí, en resumidas cuentas, estoy seguro de que es el color que hay que elegir.» Hasta los obispos pueden equivocarse, piensa el joven padre, pero entretanto está en un buen apuro, porque la mujercita, evidentemente, se está poniendo nerviosa, y ha empezado a lanzar su severa reprimenda a través de la reja de madera:— ¿Qué clase de respuesta es ésa, padre, azul? ¿Cómo voy a creerme una cosa así? Debería escribir al Santo Padre Papa de Roma y estoy segura de que le rectificaría; ¡pero no hace falta ser Papa para saber que los hombres no son azules! —El joven padre cierra los ojos; respira profundamente; contraataca—. Hay gente que se tiñe la piel de azul —balbucea—. Los pictos, los nómadas árabes azules; si contaras con los beneficios de la educación, hija mía, verías que... —Pero ahora un violento resoplido resuena en el confesionario.— ¿Cómo, padre? ¿Vas a comparar a Nuestro Señor con los salvajes de la jungla? ¡Ay Dios, tengo que taparme los oídos de vergüenza! —... Y luego viene más, mucho más, mientras el joven padre, al que el estómago se las está haciendo pasar moradas, tiene de pronto la inspiración de que hay algo más importante escondido tras ese asunto del azul, y le hace la pregunta; con lo que la diatriba deja paso a las lágrimas, y el joven padre dice presa del pánico—: Vamos, vamos, ¿no creerás que el Divino Resplandor de Nuestro Señor es sólo cuestión de pigmentación? —... Y una voz, a través del torrente de agua salada—: Sí, padre, no es usted tan malo después de todo; yo le dije eso precisamente, exactamente eso, solamente, pero él soltó muchas palabrotas y no quiso escucharme... —De manera que ahí está, él ha entrado en la historia, y ahora todo sale a trompicones, y la señorita Mary Pereira, diminuta virginal aturdida, hace una confesión que nos da una clave esencial sobre sus motivos cuando, la noche de mi nacimiento, hizo la última y más importante contribución a toda la historia de la India del siglo xx desde la época del porrazo en la nariz de mi abuelo hasta la época de mi edad adulta.

La confesión de Mary Pereira: como toda María, ella tenía su José. Joseph D'Costa, un enfermero de la clínica de la Pedder Road, llamada Clínica Privada del doctor Narlikar («¡Andá!», Padma ve por fin la relación), donde ella trabajaba como comadrona. Las cosas fueron muy bien al principio; él la invitaba a tomar té o *lassi* o *falooda* y le decía cosas bonitas. Tenía unos ojos como perforadoras, duros y llenos de ratatat, pero hablaba suavemente y bien. Mary, diminuta, regordeta, virginal, se había deleitado con sus atenciones; pero ahora todo había cambiado.

—De pronto de pronto se pasa el tiempo husmeando el aire. De una forma extraña, con la nariz levantada. Yo le pregunto: «¿Te has enfriado o qué, Joe?» Pero él dice que no; no, dice, está husmeando el viento del norte. Pero yo le digo, Joe, en Bombay el viento viene del mar, del oeste, Joe... —Con voz frágil, Mary Pereira describe la ulterior furia de Joseph D'Costa, que le dijo—: Tú no sabes nada, Mary, el aire viene ahora del norte, y está lleno de muertes. Esta independencia es sólo para los ricos; a los pobres los hace matarse entre sí como moscas. En el Punjab, en Bengala. Disturbios disturbios, pobres contra pobres. Lo trae el viento.

Y Mary: —Estás disparatando, Joe, ¿por qué te preocupas de esas cosas tan malas? Podemos vivir tranquilamente en paz, ¿no?

—No te preocupes, tú no sabes nada de nada.

—Pero, Joseph, aunque sea cierto lo de las matanzas, se trata sólo de hindúes y musulmanes; ¿por qué mezclar en su lucha a las buenas gentes cristianas? Ésos llevan matándose desde siempre jamás.

—No me vengas con tu Cristo. ¿No puedes meterte en la cabeza que ésa es la religión de los blancos? Deja los dioses blancos para los blancos. Ahora mismo nuestro pueblo está muriendo. Tenemos que defendernos; decirle a la gente contra quién tiene que luchar en lugar de luchar entre sí, ¿comprendes?

Y Mary: —Por eso le pregunté lo del color, padre...y se lo dije a Joseph, se lo dije y se lo dije, el pelear es malo, deja esas ideas insensatas; pero entonces él deja de hablarme, y empieza a ir por ahí con tipos peligrosos, y empieza a haber rumores sobre él, padre, de que, al parecer, está tirando ladrillos contra los coches grandes, y quemando botellas también, se está volviendo loco, padre, dicen que ayuda a incendiar autobuses y volar tranvías, y no sé qué más. Qué puedo hacer, padre, se lo cuento todo a mi hermana. Mi hermana Alice, realmente una buena chica, padre. Le dije: «Ese Joe vive cerca de un matadero, quizá sea el olor que se le ha metido en las narices y lo ha dejado hecho un lío.» De forma que Alice fue a buscarlo: «Le hablaré en tu nombre», me dice; pero entonces, Dios santo, lo que está ocurriendo en el mundo... Se lo digo de veras, padre... Oh, *baba*... —Y los torrentes ahogan sus palabras, los secretos le rezuman saladamente de los ojos, porque Alice volvió y dijo que, en su opinión, la culpa la tenía Mary, por sermonear a Joseph hasta que él se hartaba, en lugar de apoyarlo en su causa patriótica para despertar al pueblo. Alice era más joven que Mary; y más bonita; y después de aquello hubo más rumores, cuentos sobre Alice-y-Joseph, y Mary no podía más.

—Ésa —dijo Mary—, ¿qué sabe ella de toda esa política-política? Sólo para echarle las zarpas a mi Joseph repetirá cualquier sandez que él diga, como un *mynah* estúpido. Se lo juro, padre...

—Cuidado, hija. Estás próxima a la blasfemia...

—No, padre, se lo juro por Dios, sería capaz de hacer cualquier cosa para recuperar a ese hombre. Sí: a pesar de... no importa que... ¡ai-o-ai-uuu!

El agua salada lava el suelo del confesionario... y ahora, ¿se presenta un nuevo dilema al joven padre? A pesar de los dolores de su estómago trastornado, ¿está sopesando en balanzas invisibles la santidad del confesionario y el peligro que supone para la sociedad civilizada un hombre como Joseph D'Costa? ¿Le preguntará realmente a Mary la dirección de Joseph, para revelarla luego...? En pocas palabras, ¿se portaría ese joven padre, abrumado por el obispo y agitado por su estómago, de una forma semejante, o no semejante, a la de Montgomery Clift en *Yo confieso*? (Viendo la película hace algunos años en el cine New Empire, no pude decidirlo)... Pero no; una vez más, debo sofocar mis sospechas sin fundamento. Lo que le ocurrió a Joseph le habría ocurrido probablemente de todas formas. Y, con toda probabilidad, la única relación del padre con mi historia es que fue el primer extraño que supo del virulento odio de Joseph D'Costa hacia los ricos, y del desesperado dolor de Mary Pereira.

Mañana me daré un baño y me afeitaré; me pondré una *kurta* flamante, reluciente y almidonada, y un pijama a juego. Llevaré zapatillas con espejitos, curvadas hacia arriba en los dedos, me habré cepillado el pelo con esmero (aunque no con raya en medio), tendré los dientes centelleantes... en una sola frase: tendré mi mejor aspecto. (Un «gracias a Dios» procedente de la enfurruñada Padma.)

Mañana, por fin, terminarán las historias que (al no haber estado presente en su nacimiento) tengo que sacar de los huecos revoloteantes de mi mente; porque la música metronómica del calendario cuenta atrás de Mountbatten no se puede ya pasar por alto. En la Hacienda de Methwold, el viejo Musa sigue haciendo tic-tac como una bomba de relojería; pero no se le puede oír, porque ahora está creciendo otro sonido, ensordecedor, insistente; el sonido de los segundos que pasan, el de una medianoche inevitable que se aproxima.

TIC, TAC

Padma puede oírlo: nada como una cuenta atrás para crear un *suspense*. Hoy he mirado trabajar a mi flor del estiércol, que revolvía cubas como un torbellino, como si eso pudiera acelerar el tiempo. (Y es posible que pudiera; el tiempo, según mi experiencia, ha sido tan variable e inconstante como el suministro de energía eléctrica de Bombay. No tenéis más que telefonear a la señal horaria si no me creéis: como depende de la electricidad, normalmente está equivocada en unas cuantas horas. A menos que seamos nosotros los que estamos equivocados... no se puede pedir de nadie cuya palabra para «ayer» es la misma que para «mañana» que tenga una noción firme del tiempo.)*

Pero hoy Padma ha oído el tictac de Mountbatten... Siendo de fabricación inglesa, lleva el ritmo con exactitud implacable. Y ahora la fábrica está vacía; los vapores persisten, pero las cubas están tranquilas; y he cumplido mi palabra. Vestido de punta en blanco, saludo a Padma cuando se precipita a mi mesa, se echa en el suelo a mi lado y me ordena: —Empieza. —Yo esbozo una sonrisita satisfecha; noto cómo los hijos de la mediano-

---

* La palabra hindi *kal* significa tanto «ayer» como «mañana». (*N. del T.*)

che hacen cola en mi cabeza, empujándose y dándose codazos como pescaderas koli; les digo que esperen, ya no falta mucho; carraspeo, sacudo ligeramente la pluma; y empiezo.

Treinta y dos años antes de la transmisión de poderes, mi abuelo se dio de narices con la tierra cachemira.. Hubo rubíes y diamantes. Hubo el hielo del futuro, aguardando bajo la superficie del agua. Hubo un juramento: no inclinarse ante ningún dios ni hombre. El juramento hizo un agujero, que fue llenado temporalmente por una mujer situada tras una sábana perforada. Un pescador que en otro tiempo había profetizado que había dinastías escondidas en las narices de mi abuelo lo transportó coléricamente a través de un lago. Hubo terratenientes ciegos y luchadoras. Y hubo una sábana en una habitación lóbrega. Ese día comenzó a formarse mi herencia: el azul del cielo de Cachemira que goteó en los ojos de mi abuelo; los largos sufrimientos de mi abuela que se convertirían en la paciencia de mi madre y la ulterior dureza de Naseem Aziz; el don de mi abuelo para conversar con los pájaros, que descendería por líneas de sangre serpenteantes hasta las venas de mi hermana, el Mono de Latón; el conflicto entre el escepticismo del abuelo y la credulidad de la abuela; y, sobre todo, toda la esencia fantasmal de aquella sábana perforada, que predestinó a mi madre a aprender a amar a un hombre en segmentos, y me condenó a ver mi propia vida —su significado, sus estructuras— también en fragmentos; de forma que, para cuando la comprendí, era ya demasiado tarde.

Años que pasan haciendo tictac... y mi herencia crece, porque ahora tengo los míticos dientes de oro del barquero Tai, y su botella de aguardiente que anticipó los *djinns* alcohólicos de mi padre; tengo a Ilse Lubin en cuestión de suicidios y serpientes en vinagre en cuestión de virilidad; tengo a Tai-en-pro-de-la-inmutabilidad en contraposición a Aadam-en-pro-del-progre-so; y tengo también los olores del pescador sin lavar que empujaron a mis abuelos hacia el sur, e hicieron de Bombay una posibilidad.

... Y ahora, empujado por Padma y el tictac, sigo adelante, adquiriendo al Mahatma Gandhi y su *hartal*, ingiriendo pulgar-e-índice, tragándome el momento en que Aadam Aziz no supo si era cachemiro o indio; aho-ra bebo mercurocromo y manchas en forma de mano que volverán a aparecer en el jugo de betel derramado, y me echo al coleto a Dyer, con bigote y todo; a mi abuelo lo salvan sus narices y aparece una magulladura en su pecho, que nunca desaparecerá, de forma que él y yo encontraremos en sus incesantes punzadas la res-puesta a la pregunta: ¿indio o cachemiro? Manchados por la magulladura del asa del maletín de Heidelberg, compartimos nuestra suerte con la India; pero la extra-ñeza de los ojos azules permanece. Tai muere, pero su magia sigue flotando sobre nosotros, haciéndonos algo aparte.

... Apresurándome, me detengo para recoger el jue-go del tiro-a-la-escupidera. Cinco años antes del naci-miento de la nación, mi herencia aumenta, para incluir una enfermedad del optimismo que se desataría de nue-vo en mi propia época, y grietas en el suelo que volve-rán-han-vuelto a renacer cn mi piel, y ex prestidigita-dores Colibríes que iniciaron la larga serie de artistas callejeros que ha ido paralela a mi vida, y los lunares de mi abuela como pezones de bruja y su odio a las foto-grafías, y comosellame, y las guerras de inanición y de silencio, y la sabiduría de mi tía Alia, que se convirtió en soltería y amargura y estalló por fin en una venganza terrible, y el amor de Emerald y Zulfikar, que me per-mitiría comenzar una revolución, y los cuchillos de media luna, lunas fatales repetidas en el nombre cariño-so que me daba mi madre, en su inocente *chand-ka-*

tukra, su afectuoso cachito-de... que se hacen ahora mayores, flotando en el fluido amniótico del pasado, me alimento de un zumbido que subió másaltomásalto hasta que los perros acudieron en su auxilio, de una huida a un trigal y un salvamento por Rashid, el *rickshaw-wallah*, con sus payasadas de Gai-Wallah, mientras corría —¡A TODA MECHA!— gritando silenciosamente, mientras revelaba los secretos de los cerrojos de fabricación india y llevaba a Nadir Khan a un retrete en el que había una cesta de colada, sí, estoy aumentando de peso por segundos, cebándome con cestas de colada y con el amor bajo-la-alfombra de Mumtaz y el bardo sin rimas, engordando al tragarme el sueño de Zulfikar de un baño junto a la cama y un Taj Majal subterráneo y una escupidera de plata incrustada de lapislázuli; un matrimonio se desintegra, y me alimenta; una tía corre traicioneramente por las calles de Agra, sin su honor, y eso me alimenta también; y ahora han terminado las salidas en falso, y Amina ha dejado de ser Mumtaz, y Ahmed Sinai se ha convertido, en cierto sentido, en su padre además de en su esposo... mi herencia incluye ese don, el de inventarme nuevos padres siempre que hace falta. El poder de dar a luz padres y madres: lo que quería Ahmed y no tuvo nunca.

A través de mi cordón umbilical, absorbo tunantes que viajan sin pagar y los peligros de comprar abanicos de plumas de pavo real; la diligencia de Amina se filtra en mí, y también cosas más siniestras... pasos estrepitosos, la necesidad de mi madre de suplicar dinero hasta que la servilleta del regazo de mi padre comenzaba a estremecerse y a formar una pequeña tienda... y las cenizas cremadas de las bicicletas indias Arjuna, y un titilimundi en el que Lifafa Das intentaba meter todo lo que había en el universo, y bribones perpetrando desafueros; dentro de mí se hinchan monstruos policéfalos: Ravanas enmascarados, niñas de ocho años con ceceo y una sola ceja corrida, turbas que gritan Violador. Las declaraciones públicas me nutren mientras crezco hacia mi momento, y sólo quedan ya siete meses.

¡Cuántas cosas gentes ideas traemos con nosotros al mundo, cuántas posibilidades y también limitaciones de posibilidades...! Porque todos ésos fueron los padres del niño nacido aquella medianoche, y cada uno de los hijos de la medianoche tenía otros tantos. Entre los padres de la medianoche: el fracaso del plan de la Misión del Gabinete; la determinación de M. A. Jinnah, que se estaba muriendo y quería ver creado el Pakistán antes de morirse, y hubiera hecho cualquier cosa para conseguirlo... ese mismo Jinnah a quien mi padre, equivocándose de camino como de costumbre, no quiso ser presentado; y Mountbatten con su prisa extraordinaria y su esposa comedora-de-pechugas-de-pollo; y más y más... el Fuerte Rojo y el Fuerte Viejo, los monos y los buitres dejando caer manos, y travestidos blancos, y curanderos y domadores de mangostas y Shrı Ramram Seth, que profetizó demasiado. Y el sueño de mi padre de reordenar el Corán tiene su sitio; y la quema de un almacén que lo convirtió en un hombre con propiedades en lugar de con telas impermeables, y el pedazo de Ahmed que Amina no podía amar. Para comprender una sola vida, tenéis que tragaros el mundo. Ya os lo había dicho.

Y los pescadores, y Catalina de Braganza, y Mumbadevi cocos arroz; la estatua de Sivaji y la Hacienda de Methwold; una piscina con forma de India británica y un altozano de dos pisos; una raya en medio y una nariz de Bergerac; un reloj de torre que no funcionaba y una pequeña glorieta; la pasión de un inglés por la alegoría india y la seducción de la mujer de un acordeonista. Periquitos, ventiladores de techo y el *Times of India* son todos parte del bagaje que traje al mundo... ¿os puede asombrar que fuera un niño de mucho peso? Un

Jesús azul se había filtrado en mí; y la desesperación de Mary, y la locura revolucionaria de Joseph, y la frivolidad de Alice Pereira... todo eso me hizo también.

Si parezco un poco estrafalario, recordad la delirante profusión de mi herencia... quizá, para seguir siendo un individuo en medio de multitudes hormigueantes, haya que hacerse grotesco.

—Por fin —dice Padma con satisfacción—, has aprendido a contar las cosas realmente deprisa.

13 de agosto de 1947: descontento en los cielos. Júpiter, Saturno y Venus andan peleones; además, las tres estrellas cruzadas se están moviendo hacia la posición menos favorable de todas. Los astrólogos benarsi lo dicen con temor: —¡Karamstan! ¡Están entrando en Karamstan!

Mientras los astrólogos hacen protestas frenéticas a los capitostes del Partido del Congreso, mi madre está echando su siesta. Mientras el Conde Mountbatten lamenta la falta de ocultistas capacitados en su Estado Mayor, las sombras de un ventilador de techo, girando lentamente, acarician a Amina en su sueño. Mientras M. A. Jinnah, tranquilo al saber que su Pakistán nacerá dentro de sólo once horas, un día entero antes de la India independiente, para la que faltan aún treinta y cinco horas, se burla de las protestas de los traficantes de horóscopos, sacudiendo divertido la cabeza, la cabeza de Amina se mueve también de un lado a otro.

Pero está dormida. Y en esos días de su embarazo de piedra, un enigmático sueño de papel matamoscas ha estado atormentando sus horas de descanso... en el que vaga ahora, lo mismo que antes, por una esfera de cristal llena de tiras colgantes del pegajoso material pardo, que se le adhieren a la ropa y se la arrancan mientras ella da traspiés por la impenetrable selva de papel; y ahora se debate, rompe el papel, pero éste se le agarra, hasta que se queda desnuda, con el niño dando patadas dentro de ella, y largos zarcillos de papel matamoscas brotan en tropel para sujetarla por su vientre ondulante, el papel se le pega al cabello nariz dientes pechos muslos, y cuando abre la boca para gritar una mordaza adhesiva de color pardo cae sobre sus labios abiertos...

—¡Amina Begum! —dice Musa—. ¡Despierta! ¡Un mal sueño, Begum Sahiba!

Incidentes de esas últimas horas... los últimos restos de mi herencia: cuando faltaban treinta y cinco horas, mi madre soñó que se quedaba pegada a un papel pardo, como una mosca. Y a la hora del cóctel (faltaban treinta horas) William Methwold visitó a mi padre en el jardín de Buckingham Villa. Con su raya en medio paseando a un lado y por encima del dedo gordo del pie de mi padre, el señor Methwold rememoraba. Relatos del primer Methwold, que soñó la ciudad para que existiera, llenaron el aire del atardecer en aquel penúltimo crepúsculo. Y mi padre —imitando el moroso acento de Oxford, deseoso de impresionar al inglés que se iba— respondió con un: —La realidad, chico, es que también nuestra familia es un rato distinguida—. Methwold oía: con la cabeza levantada, una rosa roja en la solapa de color crema, un sombrero de ala ancha que le tapaba el pelo peinado con raya, una velada sombra de regocijo en los ojos... Ahmed Sinai, lubricado por el whisky, empujado por la presunción, se crece—: Sangre mogol, para ser exactos. —A lo que Methwold—: ¡No! ¿De veras? Me está tomando el pelo. —Y Ahmed, que no puede ya volverse atrás, se ve obligado a insistir—. Por el revés de la manta, desde luego; pero mogol, sin duda alguna.

Así fue cómo, treinta horas antes de mi nacimiento, mi padre demostró que también él suspiraba por unos antepasados ficticios... cómo se inventó un árbol genealógico que, en años posteriores, cuando el whisky le había desdibujado los contornos de la memoria y las botellas con *djinns* lo confundían, borraría todo rastro de realidad... y cómo, para remachar su tesis, introdujo en nuestras vidas la idea de la maldición familiar.

—Oh sí —dijo mi padre mientras Methwold levantaba una cabeza seria y nada sonriente—, en muchas antiguas familias había esas maldiciones. En nuestra rama, pasaba de primogénito en primogénito... sólo por escrito, porque simplemente nombrarla significa desatar su poder, comprende. —Ahora Methwold—: ¡Sorprendente! ¿Y usted conoce las palabras? —Mi padre asiente, con el labio salido, el dedo gordo del pie inmóvil, mientras se golpea la frente para subrayar lo que dice—: Está todo aquí; todo en mi memoria. No se ha utilizado desde que un antepasado mío riñó con el emperador Babar y lanzó la maldición contra su hijo Humayun... una historia terrible, que... hasta los chicos de las escuelas conocen.

Y llegaría el día en que mi padre, en las angustias de su total apartamiento de la realidad, se encerraría en una estancia azul e intentaría recordar una maldición que había soñado una tarde en los jardines de su casa, mientras, de pie, se daba golpecitos en la sien junto al descendiente de William Methwold.

Cargado ahora de sueños de papel matamoscas y antepasados imaginarios, todavía me falta más de un día para nacer... pero ahora el tictac implacable se hace sentir con más fuerza: faltan veintinueve horas, veintiocho, veintisiete...

¿Qué otros sueños se soñaron esa última noche? ¿Fue entonces —sí, por qué no— cuando el doctor Narlikar, ignorante del drama que estaba a punto de desarrollarse en su Clínica Privada, soñó por primera vez con tetrápodos? ¿Fue en esa última noche —mientras el Pakistán nacía al norte y al oeste de Bombay—

cuando mi tío Hanif, que había venido (como su hermana) a Bombay, y se había enamorado de una actriz, la divina Pia («¡Su rostro es su fortuna!», dijo una vez el *Illustrated Weekly*), imaginó por primera vez el truco cinemático que pronto le aportaría el primero de sus tres éxitos cinematográficos...? Parece probable; había mitos, pesadillas, fantasías en el aire. Una cosa es cierta: esa última noche, mi abuelo Aadam Aziz solo ahora en la casa grande y vieja de Cornwallis Road —salvo por una esposa, cuya fuerza de voluntad parecía aumentar a medida que los años iban acabando con Aziz, y por una hija, Alia, cuya virginidad amargada perduraría hasta que una bomba la partió en dos unos dieciocho años más tarde— se vio repentinamente aprisionado por grandes flejes metálicos de nostalgia, y permaneció echado, despierto, mientras le oprimían el pecho; hasta que finalmente, a las cinco de la mañana del 14 de agosto —faltaban diecinueve horas— fue sacado de la cama por una fuerza invisible y empujado hacia un viejo baúl de hojalata. Al abrirlo encontró: viejas revistas alemanas; el *¿Qué hacer?* de Lenin; una esterilla de rezar plegada; y, por último, la cosa que había sentido un deseo irresistible de ver una vez más —blanca y plegada y brillando apagadamente en el amanecer—, mi abuelo extrajo, del baúl de hojalata de su pasado, una sábana manchada y perforada, y descubrió que el agujero había crecido; que había otros agujeros más pequeños en la tela de alrededor; y, presa de una furia nostálgica violenta, sacudió a su esposa, despertándola, y la dejó pasmada gritándole, mientras agitaba ante sus narices la historia de ella:

—¡Apolillada! ¡Mira, Begum: apolillada! ¡Te olvidaste de ponerle bolas de naftalina!

Pero ahora no se rechazará la cuenta atrás... dieciocho horas; diecisiete; dieciséis... y ya, en la Clínica Privada del doctor Narlikar, se pueden oír los gritos de una mujer de parto. Wee Willie Winkie está aquí; y su mujer Vanita; ella lleva ahora ocho horas de dolores prolongados e improductivos. Las primeras punzadas la acometieron precisamente cuando, a centenares de millas de distancia, M. A. Jinnah anunciaba el nacimiento de medianoche de una nación musulmana... pero ella sigue todavía retorciéndose en una cama de la «sala de caridad» (reservada para los hijos de los pobres) de la Clínica de Narlikar... tiene los ojos medio salidos del cráneo; el cuerpo le reluce de sudor, pero el niño no da señales de venir, y tampoco está su padre presente; son las ocho de la mañana, pero todavía existe la posibilidad de que, dadas las circunstancias, el niño pueda esperar hasta medianoche.

Rumores en la ciudad: «¡La estatua galopó la noche pasada!»... «¡Y las estrellas son desfavorables!»... Pero, a pesar de esos signos de mal agüero, la ciudad estaba serena, con un nuevo mito centelleándole en el rabillo del ojo. Agosto en Bombay: un mes de festivales, el mes del nacimiento de Krishna y el Día del Coco; y este año —faltaban catorce horas, trece, doce— había un festival más en el calendario, un nuevo mito que celebrar, porque una nación que no había existido nunca anteriormente estaba a punto de conquistar su libertad, catapultándose en un mundo que, aunque tenía cinco mil años de historia, aunque había inventado el ajedrez y comerciado con el Egipto del Reino Medio, era sin embargo, completamente imaginario; en una tierra mítica, un país que no existiría nunca, a no ser por los esfuerzos de una fenomenal voluntad colectiva... a no ser en un sueño que todos habíamos convenido en soñar; era una fantasía de masas compartida, en grados diversos, por bengalíes y punjabíes, madrasíes y jats, y necesitaría periódicamente la santificación y renovación que sólo pueden dar los rituales de sangre. La India, el nuevo mito: una ficción colectiva en la que todo era posible, una fábula con la que sólo podían competir las otras dos fantasías poderosas: el dinero y Dios.

Yo he sido, en mi época, la prueba viviente de la naturaleza fabulosa de ese sueño colectivo; pero, de momento, me apartaré de esas ideas generalizadas y macrocósmicas para concentrarme en un ritual más privado: no describiré los masivos derramamientos de sangre que se están produciendo en las fronteras del dividido Punjab (en donde cada una de las naciones objeto de partición se están bañando en la sangre de la otra, y cierto Mayor Zulfikar de cara de polichinela está comprando bienes a los refugiados por precios ridículamente bajos, sentando así los cimientos de una fortuna que rivalizará con la del Nizam de Hyderabad); desviaré los ojos de la violencia de Bengala y de la larga marcha pacificadora del Mahatma Gandhi. ¿Egoísmo? ¿Estrechez de miras? Bueno, quizá; pero resulta excusable, en mi opinión. Después de todo, no se nace todos los días.

Faltan doce horas. Amina Sinai, una vez despertada de su pesadilla de papel matamoscas, no se dormirá otra vez hasta después de... Ramram Seth le llena la cabeza, ella va a la deriva por un mar turbulento en el que oleadas de excitación alternan con vacíos profundos, vertiginosos, oscuros y acuosos de miedo. Pero algo más está actuando también. Mirad sus manos... que, sin instrucciones conscientes, aprietan hacia abajo, fuerte, sobre su vientre; mirad sus labios, que murmuran sin que ella lo sepa: —Vamos, pelmazo, ¡no irás a llegar demasiado tarde para los periódicos!

Faltan ocho horas... a las cuatro de esa tarde, William Methwold sube por el altozano de dos pisos en su Rover 1946 negro. Estaciona en la glorieta que hay entre las cuatro nobles quintas; pero hoy no visita el estanque de los peces de colores ni el jardín de cactus; no saluda a Lila Sabarmati con su acostumbrado «¿Cómo

va la pianola? ¿Todo en perfecto estado de revista?»...
ni tampoco dirige un saludo al viejo Ibrahim, que se
sienta a la sombra de un mirador de la planta baja, me-
ciéndose en una mecedora y meditando en su sisal; sin
mirar a Catrack ni a Sinai, toma posición en el centro
exacto de la glorieta. Con la rosa en la solapa, el sombrero de color crema rígidamente apretado contra el
pecho y la raya en medio centelleando a la luz de la tarde, William Methwold mira fijamente al frente, más allá
de la torre del reloj y de Warden Road, más allá de la
piscina en forma de mapa del Breach Candy, a través de
las olas doradas de las cuatro, y saluda; mientras allí,
por encima del horizonte, el sol inicia su larga zambullida hacia el mar.

Faltan seis horas. La hora del cóctel. Los sucesores
de William Methwold están en los jardines... salvo que
Amina está en su habitación de la torre, evitando las
miradas ligeramente competitivas que lanza en su dirección la Nussie-de-al-lado, que está también, quizá,
exhortando a su Sonny a que descienda y salga afuera
entre sus piernas; contemplan con curiosidad al inglés,
que está tan inmóvil y rígido como la baqueta a la que
hemos comparado anteriormente su raya en medio;
hasta que los distrae una nueva llegada. Un hombre
alto, enjuto, con tres hileras de cuentas alrededor del
cuello y un cinturón de huesos de pollo en torno a la
cintura; con la oscura piel manchada por la ceniza,
el cabello suelto y largo... desnudo salvo las cuentas y
las cenizas, el *sadhu* sube a grandes zancadas entre las
mansiones de tejas rojas. Musa, el viejo criado, cae sobre él para ahuyentarlo; pero vacila, al no saber cómo
manejar a un hombre santo. Abriéndose paso a través
de los velos de la indecisión de Musa, el *sadhu* penetra
en el jardín de Buckingham Villa; pasa en línea recta
por delante de mi asombrado padre; y se sienta, con las
piernas cruzadas, bajo el grifo del jardín que gotea.

—¿Qué buscas, *sadhuji*? —Musa, incapaz de evitar la deferencia; a lo que el *sadhu*, tranquilo como un lago—: He venido a esperar la llegada de Él. El *Mubarak*... El Bienaventurado. Ocurrirá muy pronto.

Creedlo o no: ¡me profetizaron dos veces! Y ese día, en el que todo estaba tan notablemente bien calculado, el sentido de la oportunidad de mi madre no le falló; apenas habían dejado las últimas palabras del *sadhu* sus labios, de la habitación del torreón del primer piso en que los tulipanes bailaban en las ventanas salió un grito penetrante, un cóctel que contenía a partes iguales pánico, excitación y triunfo... —¡*Arré* Ahmed! —gritó Amina Sinai—. ¡*Janum*, el niño! ¡Ya viene... justo a tiempo!

Ondas eléctricas por toda la Hacienda de Methwold... y ahí llega Homi Catrack, con un vivo trote demacrado y de ojos hundidos, ofreciéndose: —Tiene mi Studebaker a su disposición, Sinai Sahib; cójalo... ¡vaya enseguida! —... y cuando todavía quedan cinco horas y treinta minutos, los Sinais, marido y mujer, descienden alejándose del altozano de dos pisos en el coche prestado; ahí va el dedo gordo de mi padre apretando el acelerador; ahí van las manos de mi madre apretando su vientre de luna; y ahora se han perdido de vista, doblando el recodo, dejando atrás la lavandería Band Box y el Paraíso del Lector, dejando atrás las joyas de Fatbhoy y los juguetes de Chimalker, dejando atrás las puertas de Una Yarda de Bombones y del Breach Candy, dirigiéndose hacia la Clínica Privada del doctor Narlikar, en donde, en una sala de caridad, la Vanita de Wee Willie sigue jadeando y esforzándose, arqueando el espinazo, con los ojos salidos, y una comadrona llamada Mary Pereira espera también su momento... de forma que ni Ahmed el del labio saliente y la tripa fofa y los antepasados ficticios, ni la Amina de piel oscura y agobiada por las profecías estaban presentes cuando el sol se puso por fin en la Hacienda de Methwold y, en el preciso instante de su última desaparición —faltaban cinco horas y dos minutos—, William Methwold levantó un largo brazo blanco sobre su cabeza. Una mano blanca se columpió por encima del pelo negro con brillantina; unos dedos blancos, largos y afilados, se crisparon hacia la raya en medio, y el segundo y último secreto fue revelado, porque los dedos se curvaron y agarraron el pelo; se separaron de la cabeza sin soltar su presa; y, en el momento que siguió a la desaparición del sol, el señor Methwold se quedó de pie, en el resplandor crepuscular de su Hacienda, con el peluquín en la mano.

—¡Calvorota! —exclama Padma—. Ese pelo suyo tan acicalado... Lo sabía; ¡demasiado hermoso para ser verdad!

¡Calvo, calvo; bola de billar! Revelado: el engaño que embaucó a la mujer de un acordeonista. Como en Sansón, la fuerza de William Methwold estaba en su cabello; pero ahora, con la calva reluciente en el crepúsculo, echa su mata de pelo por la ventana del coche; distribuye, con lo que parece indiferencia, las escrituras firmadas de sus palacios; y se va. Nadie lo vio más en la Hacienda de Methwold; pero yo, que ni siquiera lo vi una vez, lo encuentro imposible de olvidar.

De pronto todo es azafrán y verde. Amina Sinai, en una habitación de paredes color de azafrán y maderamen verde. En una sala contigua, la Vanita de Wee Willie Winkie, con la piel verde y el blanco de los ojos inyectado en azafrán, mientras el niño comienza por fin su descenso por pasajes interiores que están también, sin duda alguna, igualmente llenos de color. Minutos azafrán y segundos verdes pasan por los relojes de las paredes. En el exterior de la Clínica Privada del doctor

Narlikar hay fuegos artificiales y multitudes, que se ajustan también a los colores de la noche: cohetes aza-franados, lluvia de chispas verde; los hombres con camisas de tinte azafranado, las mujeres con saris color de lima. Sobre una alfombra azafrán-y-verde, el doctor Narlikar habla con Ahmed Sinai. —Me ocuparé personalmente de su Begum —dice con tonos amables del color de esa noche—. No hay por qué preocuparse. Usted espere aquí; hay mucho sitio para pasear de un lado a otro. —El doctor Narlikar, a quien no le gustan los niños, es sin embargo un ginecólogo experto. En sus ratos libres da conferencias escribe folletos amonesta a la nación sobre el tema de la anticoncepción—. El Control de la Natalidad —dice— es la Primera Prioridad Pública. Llegará el día en que se lo meteré en la cabezota a la gente y entonces me quedaré sin trabajo. —Ahmed Sinai sonríe, incómodo, nervioso—. Esta noche —dice mi padre— olvídese de las conferencias... y haga nacer a mi hijo.

Faltan veinte minutos para la medianoche. La Clínica Privada del doctor Narlikar está funcionando con un personal muy reducido; hay mucho absentista, muchos empleados que han preferido celebrar el nacimiento inminente de la nación y no ayudarán esta noche a que nazcan niños. Con camisas azafranadas, con faldas verdes, hormiguean en las calles iluminadas, bajo los infinitos balcones de la ciudad, en los que pequeñas lamparillas de barro han sido llenadas con aceites misteriosos; las mechas flotan en las lámparas que ribetean todos los balcones y terrazas, y también esas mechas se ajustan a nuestro sistema bicolor: la mitad de las lámparas arden azafranadamente y las otras con llama verde.

Abriéndose paso por el monstruo policéfalo de la muchedumbre va un coche de policía, con el amarillo y azul de los uniformes de sus ocupantes transformado, por la luz sobrenatural de las lámparas, en azafrán y verde. (Estamos ahora en Colaba Causeway, sólo por un momento, para revelar que, cuando faltan veintisiete minutos para la medianoche, la policía está dando caza a un peligroso delincuente. Su nombre: Joseph D'Costa. El enfermero está ausente, se ha ausentado desde hace varios días de su trabajo en la Clínica Privada, de su habitación próxima al matadero, y de la vida de la aturdida y virginal Mary.)

Pasan veinte minutos, con aaahs de Amina Sinai que llegan más fuertes y rápidos a cada minuto, y aahs débiles y cansados de Vanita en la habitación de al lado. El monstruo de las calles ha empezado ya a divertirse; el nuevo mito corre por sus venas, sustituyendo su sangre por corpúsculos de azafrán y verde. Y en Delhi, un hombre nervudo y serio se sienta en el Salón de Sesiones, preparándose para pronunciar un discurso. En la Hacienda de Methwold los peces de colores flotan silenciosamente en los estanques mientras los residentes van de casa en casa llevando dulces de pistacho, y se abrazan y besan unos a otros... se comen pistachos verdes y bolas de *laddoo* de color azafrán. Dos niños descienden por pasajes secretos mientras en Agra un médico envejecido está con su mujer, que tiene dos lunares en el rostro que parecen pezones de bruja y, en medio de gansos dormidos y recuerdos apolillados, se quedan de pronto silenciosos por alguna razón, sin encontrar nada que decirse. Y en todas las ciudades todos los pueblos todas las aldeas las pequeñas lamparillas arden en alféizares porches miradores, mientras se queman trenes en el Punjab, con las llamas verdes de la pintura abrasada y el azafrán deslumbrante del combustible incendiado, como si fueran las mayores lamparillas del mundo.

Y también la ciudad de Lahore está ardiendo.

El hombre nervudo y serio se pone en pie. Ungido con agua sagrada del río Tanjore, se levanta; con la fren-

194

te manchada de cenizas santificadas, carraspea. Sin tener a mano un discurso escrito, sin haberse aprendido de memoria palabras preparadas, Jawaharlal Nehru comienza: «... Hace muchos años concertamos una cita con el destino; y ha llegado el momento de cumplir nuestro compromiso: no totalmente ni de forma completa, pero sí en muy gran medida...»

Faltan dos minutos para las doce. En la Clínica Privada del doctor Narlikar, el médico oscuro y reluciente, acompañado de una comadrona llamada Flory, una señora delgada y amable sin importancia, anima a Amina Sinai: —¡Empuje! ¡Más fuerte...! ¡Ya puedo ver la cabeza...! —mientras en la habitación de al lado un tal doctor Bose, con la señorita Mary Pereira a su lado, preside las etapas finales del parto de veinticuatro horas de Vanita—... Sí; ahora; sólo un esfuerzo más; vamos; por fin, ¡y todo habrá acabado...! —Las mujeres gimen y gritan mientras, en otra habitación, los hombres están callados. Wee Willie Winkie —incapaz de una canción— se sienta en cuclillas en una esquina, balanceándose de un lado a otro, de un lado a otro... y Ahmed Sinai está buscando una silla. Pero no hay sillas en esta habitación; es una habitación destinada a ir y venir; de forma que abre una puerta, encuentra una silla junto a una mesa de recepcionista abandonada, la levanta, se la lleva al cuarto de ir y venir, donde Wee Willie Winkie se balancea, se balancea, con ojos tan vacíos como los de un ciego... ¿vivirá? ¿no vivirá...? y ahora, por fin, es medianoche.

El monstruo de las calles ha empezado a rugir, mientras en Delhi un hombre nervudo dice: «... Al dar la medianoche, mientras el mundo duerme, la India se despierta a la vida y la libertad...» Y por debajo del rugido del monstruo se oyen dos gritos, llantos, bramidos más, los berridos de niños que vienen al mundo y cuyas inútiles protestas se mezclan con el alboroto de la independencia que flota, azafrán-y-verde, en el cielo de la noche: «Hay un momento, que sólo raras veces llega en la Historia, en que pasamos de lo viejo a lo nuevo; en que termina una era; y en que el alma de una nación, mucho tiempo reprimida, se manifiesta...», mientras en una habitación de alfombra azafrán-y-verde, Ahmed Sinai está todavía aferrado a su silla cuando entra el doctor Narlikar para informarle: —Al dar la medianoche, Sinai, hermano, tu Begum Sahiba ha dado a luz a un niño grande y sano: ¡un hijo! —Entonces mi padre empezó a pensar en mí (sin saber que...); con la imagen de mi rostro llenando sus pensamientos, se olvidó de la silla; poseído por su amor hacia mí (aun cuando...), lleno de él desde la coronilla hasta la punta de los dedos, dejó caer la silla.

Sí, fue culpa mía (a pesar de todo)... fue el poder de mi rostro, del mío y del de nadie más, el que hizo que las manos de Ahmed Sinai soltaran la silla; el que hizo que la silla cayera, con movimiento uniformemente acelerado a treinta y dos pies por segundo y, mientras Jawaharlal Nehru decía en el Salón de Sesiones: «Hoy ponemos fin a un período infortunado», mientras las caracolas pregonaban la noticia de la libertad, mi padre lloró también por mí, porque la silla, al caer, le había hecho polvo el dedo gordo del pie.

Y ahora llegamos a ello: el ruido hizo que todo el mundo acudiera a la carrera; mi padre y su lesión desplazaron por un momento los focos de las dos madres dolientes, de los dos nacimientos sincrónicos de la medianoche... porque Vanita había dado a luz por fin un niño de tamaño considerable: —Era increíble —decía el doctor Bose—, no hacía más que salir, más y más niño abriéndose paso, ¡es un auténtico gigante de diez rupias! —Y Narlikar, mientras se lavaba—: El mío también. —Pero eso fue un poco más tarde... en ese momento Narlikar y Bose estaban atendiendo al dedo gordo de Ahmed Sinai; las comadronas habían recibido órdenes de lavar y fajar a la pareja de recién nacidos; y entonces la señorita Mary Pereira hizo su contribución.

—Vete, vete —le dijo a la pobre Flory—, mira si puedes echar una mano. Yo me las puedo arreglar aquí.

Y cuando estuvo sola —con dos niños en las manos... con dos vidas en su poder—, lo hizo por Joseph, su propio acto revolucionario privado, pensando Él me querrá por esto, mientras cambiaba las etiquetas con los nombres de los dos niños enormes, dándole al niño pobre una vida de privilegios y condenando al niño nacido rico a los acordeones y la pobreza... «¡Quiéreme, Joseph!», tenía Mary Pereira en su cabeza, y ya estaba. En el tobillo de un gigante de diez rupias de ojos tan azules como el cielo de Cachemira —que eran también unos ojos tan azules como los de Methwold— y una nariz tan espectacular como la de un abuelo cachemiro —que era también la nariz de una abuela francesa—, puso un nombre: *Sinai*.

Me pusieron pañales de azafrán cuando, gracias al delito de Mary Pereira, me convertí en el hijo elegido de la medianoche, cuyos padres no eran sus padres, y cuyo hijo no sería el suyo... Mary cogió al niño del vientre de mi madre, que no sería su hijo, otra japuta de diez rupias, pero con unos ojos que se estaban volviendo ya castaños y unas rodillas tan nudosas como las de Ahmed Sinai, lo envolvió en verde y se lo llevó a Wee Willie Winkie... que la miraba ciego, que apenas vio a su nuevo hijo, que nunca supo nada de rayas en medio... a Wee Willie Winkie que acababa de saber que Vanita no había podido sobrevivir a su maternidad. Tres minutos después de la medianoche, mientras los médicos se preocupaban de un dedo gordo de pie roto, Vanita había tenido una hemorragia y había muerto.

De forma que me llevaron a mi madre, y ella no dudó de mi autenticidad un solo instante. Ahmed Sinai, con el dedo gordo del pie entablillado, se sentó en su cama mientras ella decía: —Mira, *janum*, qué pobre, tiene la nariz de su abuelo. —Él la miró desconcertado mientras ella comprobaba que el niño sólo tenía una cabeza; y entonces mi madre descansó por completo, comprendiendo que hasta los adivinos tienen sólo unas dotes limitadas.

—*Janum* —dijo mi madre excitada—, tienes que llamar a los periódicos. Llama a los del *Times of India*. ¿Qué te había dicho? He ganado.

«... No es éste el momento de hacer críticas mezquinas ni destructivas», decía Jawaharlal Nehru a la Asamblea. «No es momento para la mala voluntad. Tenemos que construir la noble mansión de una India libre, donde puedan habitar todos sus hijos.» Se despliega una bandera: es azafrán, blanca y verde.

—¿Un anglo? —exclama Padma horrorizada—. ¿Qué me dices? ¿Eres angloindio? ¿No te llamas como te llamas?

—Soy Saleem Sinai —le dije—, Mocoso, Carasucia, Huelecacas, Calvorota, Cachito-de-Luna. ¿Qué quieres decir con eso de que no me llamo como me llamo?

—Todo el tiempo —se lamenta Padma airadamente— me has estado engañando. Tu madre, la has llamado; tu padre, tu abuelo, tus tías. ¿Qué clase de ser eres que ni siquiera te molestas en decir la verdad sobre tus padres? ¿No te importa que tu madre muriera al darte la vida? ¿Que tu padre quizá esté vivo todavía en algún lado, sin un céntimo, pobre? ¿Eres un monstruo o qué?

No: no soy un monstruo. Ni tampoco soy culpable de engaños. He ido dando pistas... pero hay algo más importante que eso. Y es esto: cuando, con el tiempo, descubrimos el delito de Mary Pereira, ¡todos nos dimos cuenta de que *daba igual*! Seguía siendo su hijo: todavía eran mis padres. En una especie de falta colectiva de imaginación, supimos que, sencillamente, no podíamos imaginar un camino para escapar del pasado... si le hubieras preguntado a mi padre (¡incluso a él, a pesar de todo lo que ocurrió!) quién era su hijo, por nada del mundo hubiera señalado en dirección del chico patizambo y sucio del acordeonista. Aunque crecería, ese Shiva, para ser una especie de héroe.

O sea que: hubo rodillas y una nariz, una nariz y rodillas. De hecho, por toda la nueva India, ese sueño que todos compartíamos, estaban naciendo niños que sólo parcialmente eran hijos de sus padres, los hijos de la medianoche eran también hijos *de su tiempo*: engendrados, comprendéis, por la Historia. Puede ocurrir. Especialmente en un país que es por sí mismo una especie de sueño.

—Basta —se enfurruña Padma—. No quiero escucharte. —Como esperaba algún tipo de niño de dos cabezas, está enfadada porque le ofrecen otro. No obstante, me escuche o no, tengo cosas que anotar.

Tres días después de mi nacimiento, Mary Pereira se moría de remordimientos. Joseph D'Costa, huyendo de los coches de policía que lo buscaban, había abandonado evidentemente a su hermana Alice además de a Mary; y la mujercita regordeta —incapaz, en su espanto, de confesar su delito— comprendió que había sido una tonta. «¡Burra, más que burra!», se maldijo a sí misma; pero guardó su secreto. Decidió, sin embargo, repararlo de algún modo. Renunció a su empleo en la Clínica Privada y abordó a Amina Sinai con un: —Señora, sólo he visto a su niño una vez y me he quedado prendada. ¡No necesita un *ayah*? —Y Amina, con los ojos brillantes de maternidad—: Sí. —Mary Pereira

(«Podrías llamarla madre *a ella*» —intercala Padma, demostrando que sigue interesada—, «fue ella quien te hizo, ¿sabes?»), a partir de ese momento, dedicó su vida a criarme, uniendo así el resto de sus días al recuerdo de su delito.

El 20 de agosto, Nussie Ibrahim siguió a mi madre en la clínica de Pedder Road, y el pequeño Sonny me siguió al mundo... pero se mostró reacio a salir; los fórceps tuvieron que intervenir y extraerlo; el doctor Bose, en el ardor del momento, apretó demasiado, y Sonny llegó con pequeñas abolladuras en ambas sienes, huellas de fórceps poco profundas que lo harían tan irresistiblemente atractivo como el peluquín de William Methwold había hecho al inglés. Las chicas (Evie, el Mono de Latón, otras) alargarían sus manos para acariciar aquellas pequeñas depresiones... eso plantearía dificultades entre nosotros.

Pero he reservado el fragmento más interesante para el final. De modo que permitidme revelar ahora que, al día siguiente al de mi nacimiento, mi madre y yo recibimos, en un dormitorio azafrán y verde, la visita de dos personas del *Times of India* (edición de Bombay). Yo estaba echado en una cuna verde, con mis pañales de azafrán, y levanté la vista. Eran un reportero, que se pasó el tiempo entrevistando a mi madre, y un fotógrafo alto y aquilino, que me dedicó sus atenciones. Al día siguiente, tanto las palabras como las imágenes aparecieron en el periódico...

Hace muy poco, visité un jardín de cactus en donde una vez, hace muchos años, enterré una esfera de lata de juguete, muy abollada y reparada con cinta adhesiva transparente; y extraje de su interior las cosas que puse allí hace todos esos años. Sosteniéndolas ahora con la mano izquierda, mientras escribo, puedo ver aún —a pesar de su tono amarillento y del moho— que una es una carta, una carta personal dirigida a mí y firmada por el Primer Ministro de la India; pero la otra es un recorte de periódico.

Lleva un titular: HIJO DE LA MEDIANOCHE.

Y un texto: «Una actitud encantadora del bebé Saleem Sinai, que nació la pasada noche en el momento mismo de la independencia de nuestra Nación... ¡El hijo feliz de esa Hora gloriosa!»

Y una gran fotografía: una foto de niño, de tamaño gigante primera página máxima calidad, en la que todavía es posible distinguir a un niño con marcas de nacimiento que le manchan las mejillas y una nariz goteante y reluciente. (La fotografía lleva el pie: *Foto de Kalidas Gupta*.)

A pesar del titular, el texto y la fotografía, tengo que acusar a nuestros visitantes del delito de trivialización; simples periodistas, que no veían más allá del periódico del día siguiente, no tenían idea de la importancia del acontecimiento sobre el que estaban informando. Para ellos, no era más que un conmovedor suceso de interés humano.

¿Que cómo lo sé? Porque, al terminar la entrevista, el fotógrafo le entregó a mi madre un cheque... de cien rupias.

¡Cien rupias! ¿Es posible imaginar una suma más insignificante e irrisoria? Es una suma con la que uno, si estuviera dispuesto a ello, debería sentirse insultado. Sin embargo, me limitaré a darles las gracias por festejar mi llegada, perdonándoles su falta de auténtico sentido histórico.

—No seas fatuo —me dice Padma malhumorada—. Cien rupias no están nada mal; después de todo, todo el mundo nace, no es una cosa tan importante.

LIBRO SEGUNDO

EL DEDO INDICADOR DEL PESCADOR

¿Se puede estar celoso de la palabra escrita? ¿Guardar rencor a unos garrapateos nocturnos como si fueran, en carne y sangre vivas, una rival del mismo sexo? No puedo imaginar otra razón para el extraño comportamiento de Padma; y esa explicación, por lo menos, tiene la ventaja de ser tan extravagante como la furia que la ha acometido cuando, esta noche, he cometido el error de escribir (y de leer en voz alta) una palabra que no hubiera debido ser pronunciada... desde el episodio de la visita del matasanos, olfateo en Padma un extraño descontento, que exuda un rastro enigmático desde sus glándulas eccrinas (o apocrinas). Afligida, quizá, por la futilidad de sus intentos de medianoche para resucitar a mi «otro lápiz», al inútil pepino escondido en mis pantalones, se ha ido volviendo cascarrabias. (Y luego, su brusca reacción, la pasada noche, ante mi revelación de los secretos de mi nacimiento, y su irritación por mi pobre opinión sobre la suma de un centenar de rupias.) La culpa es mía: enfrascado en mi empresa autobiográfica, no he tenido en cuenta sus sentimientos, y esta noche he comenzado por la más desafortunada de las notas desafinadas.

«Condenado por una sábana perforada a una vida de fragmentos», he escrito y leído en voz alta, «las cosas me han ido, sin embargo, mejor que a mi abuelo;

porque mientras Aadam Aziz siguió siendo víctima de
la sábana, yo me he convertido en su dueño... y Padma
es la que está ahora bajo su hechizo. Sentada en mis
sombras embrujadas, le concedo diarias ojeadas de mí
mismo... mientras ella, mi ojeadora en cuclillas, se ve
cautivada, indefensa como una mangosta congelada en
la inmovilidad por los ojos balanceantes y sin parpa-
deos de una serpiente de capucha, paralizada —¡sí!—
por el amor».

Ésa ha sido la palabra: amor. Escrita-y-pronuncia-
da, ha hecho que la voz de Padma se elevase hasta un
tono insólitamente estridente; ha desatado de sus labios
una violencia que me hubiera herido, si todavía fuera
vulnerable a las palabras. —¿Amarte *a ti*? —ha chillado
desdeñosamente nuestra Padma—. ¿Para qué, Dios
santo? ¿De qué me sirves tú, principito —y entonces ha
venido su intento de *coup de grâce*— como *amante*?
—Con el brazo extendido, de vello reluciente a la luz
de la lámpara, ha señalado con un despreciativo dedo
índice en dirección de mis riñones, reconocidamente
poco funcionales; un dedo largo y grueso, rígido de celos, que por desgracia sólo ha servido para recordarme
otro dedo, hace tiempo desaparecido... de forma que
ella, viendo que su flecha no daba en el blanco, me ha
gritado—: ¡Loco del diablo! ¡El médico tenía razón! —y
se ha precipitado enloquecida fuera del cuarto. He oído
sus pisadas que descendían estrepitosamente las escaleras de metal que llevan al piso de la fábrica; unos pies
que se abrían paso apresuradamente entre las cubas de
encurtidos envueltas en la oscuridad; y una puerta, primero desatrancada y luego cerrada de un portazo.

Así abandonado, he vuelto, al no tener otra opción,
a mi trabajo.

El dedo indicador del pescador*: punto focal inol-

***

* El cuadro descrito es de John Everett Millais. *(N. del T.)*

vidable del cuadro que colgaba en una pared azul celeste de Buckingham Villa, exactamente encima de la cuna
azul celeste en que, en calidad de bebé Saleem, hijo de la
medianoche, pasé mi más tierna infancia. El joven Raleigh —¿y quién más?— se sentaba, enmarcado en teca,
a los pies de un marinero viejo, nudoso y remendador
de redes —¿con bigote de morsa?— cuyo brazo derecho, totalmente extendido, se estiraba hacia un horizonte acuoso, mientras sus líquidos cuentos ondulaban
en torno a los oídos fascinados de Raleigh... ¿y quién
más? Porque desde luego había otro muchacho en el
cuadro, sentado con las piernas cruzadas, cuello rizado
y túnica abotonada... y ahora me viene un recuerdo: de
una fiesta de cumpleaños en la que una madre orgullosa
y una igualmente orgullosa *ayah* vistieron a un niño de
nariz tremenda con ese mismo cuello, con esa misma
túnica. Había un sastre en una habitación azul celeste,
bajo el dedo indicador, copiando el atuendo de los mi-
lores ingleses... —¡Ay, qué *mono* es! —exclamó Lila Sabarmati para mi mortificación eterna—. ¡Como si se
hubiera escapado del *cuadro*!

En un cuadro que colgaba en una pared de alcoba,
yo estaba junto a Walter Raleigh y seguía con los ojos el
dedo indicador de un pescador; mis ojos se esforzaban
por ver el horizonte, más allá del cual estaba —¿qué?—
mi futuro quizá; mi perdición particular, de la que tuve
conciencia desde el comienzo, como una trémula presencia gris en aquella habitación azul celeste, indistinta
al principio, pero de la que era imposible hacer caso
omiso... porque el dedo indicador señalaba incluso más
allá de ese horizonte trémulo, señalaba más allá del
marco de teca, a través de una corta extensión de pared
azul celeste, llevando mis ojos hacia otro marco, en el
que colgaba mi destino ineludible, fijado para siempre
bajo el cristal; en él había una foto de bebé de tamaño
gigante con su pie profético, y allí, a su lado, una carta

en papel vitela de gran calidad, con el sello en relieve del Estado: los leones de Sarnath, de pie sobre el *dharma-chakra* de la misiva del Primer Ministro que llegó, por medio de Vishwanath, el cartero, una semana después de que mi fotografía apareciera en la primera página del *Times of India*.

Los periódicos me celebraron; los políticos ratificaron mi posición. Jawaharlal Nehru me escribió: «Querido bebé Saleem: ¡Mi tardía felicitación por la feliz casualidad del momento de tu nacimiento! Eres el más reciente portador de ese antiguo rostro de la India que es también eternamente joven. Seguiremos tu vida con la mayor atención; será, en cierto modo, el espejo de la nuestra.»

Y Mary Pereira, atemorizada: —¿El Gobierno, señora? ¿Que va a vigilar al chico? ¿Pero por qué señora? ¿Qué pasa con él? —... y Amina, sin comprender la nota de pánico que había en la voz de su *ayah*—: Es sólo una forma de hablar, Mary; no se puede tomar al pie de la letra. —Pero Mary no se tranquiliza; y siempre, cada vez que entra en la habitación del bebé, sus ojos se mueven alocadamente hacia la carta enmarcada; sus ojos miran a su alrededor, tratando de ver si el Gobierno vigila; unos ojos que se preguntan: ¿qué es lo que ellos saben? ¿Pudo ver alguien...? En cuanto a mí, al crecer, tampoco acepté por completo la explicación de mi madre, pero me calmaba dándome una sensación de falsa seguridad; de forma que, aunque una parte de las sospechas de Mary se habían filtrado en mí, me cogió de sorpresa el que...

Quizá el dedo del pescador no señalaba la carta del marco; porque, si se seguía más lejos aún, le llevaba a uno a través de la ventana, descendiendo del altozano de dos pisos, a través de Warden Road, más allá de las piscinas de Breach Candy, y hacia otro mar que no era el mar del cuadro; un mar en el que las velas de los *dhows* koli refulgían escarlatas al sol poniente... un dedo acusador, pues, que nos forzaba a contemplar a los desheredados de la ciudad.

O tal vez —y esta idea me hace estremecerme ligeramente a pesar del calor— era un dedo de advertencia, cuya finalidad era llamar la atención *sobre sí mismo*; sí, podía ser, por qué no, una profecía de otro dedo, un dedo no distinto de sí mismo, cuya entrada en mi historia liberaría la lógica espantosa del Alfa y el Omega... ¡Dios santo, qué idea! ¿Hasta qué punto mi futuro colgaba sobre mi cuna, esperando sólo que yo lo entendiera? ¿Cuántos avisos recibí... cuántos desatendí...? Pero no. No seré un «loco del demonio», por usar la elocuente frase de Padma. No sucumbiré a digresiones propias de una mente agrietada; no mientras tenga fuerzas para resistir a las grietas.

Cuando Amina Sinai y el bebé Saleem llegaron a casa en un Studebaker prestado, Ahmed Sinai trajo consigo en el viaje un sobre de papel manila. Dentro del sobre: un tarro de encurtidos, vaciado de su *kasaundy* de lima, lavado, hervido, purificado... y, ahora, rellenado. Un tarro bien sellado, con un diafragma de goma estirado sobre su tapa de lata y sujeto por una banda de goma retorcida. ¿Qué era lo que había sellado bajo la goma, conservado en el vidrio, oculto en el papel manila? Esto: en camino hacia casa con padre, madre y niño iba cierta cantidad de agua salobre en la que, flotando suavemente, había un cordón umbilical. (Pero, ¿era mío o del Otro? Eso es algo que no puedo deciros.) Mientras el *ayah* recién contratada, Mary Pereira, se dirigía a la Hacienda de Methwold en autobús, un cordón umbilical viajaba, de cuerpo presente, en la guantera del Studey de un magnate del cine. Mientras el bebé Saleem iba creciendo hacia la edad viril, un tejido umbilical flotaba inalterado en salmuera embotellada, en la parte de atrás de un *almirah* de teca. Y cuando, años más tarde, nuestra familia entró en el exilio en el País de los Puros, cuando yo luchaba por alcanzar la pureza, los cordones umbilicales tuvieron brevemente su día.

Nada se tiró; niño y placenta fueron conservados; los dos llegaron a la Hacienda de Methwold; los dos aguardaron su momento.

Yo no era un bebé precioso. Mis fotos de bebé revelan que mi amplia cara de luna era demasiado amplia; demasiado perfectamente redonda. Algo faltaba en la región de la barbilla. Una piel clara se curvaba sobre mis rasgos... pero las marcas de nacimiento la afeaban; unas manchas oscuras descendían por el nacimiento occidental de mi pelo, un parche oscuro coloreaba mi oreja oriental: Y mis sienes: demasiado prominentes: bulbosas cúpulas bizantinas. (Sonny Ibrahim y yo nacimos para ser amigos: cuando nos dábamos con la frente, las abolladuras de fórceps de Sonny permitían que mis sienes bulbosas encajasen en ellas, tan perfectamente como ensambladuras de carpintero.) Amina Sinai, inconmensurablemente aliviada por mi única cabeza, la miraba con cariño maternal redoblado, viéndola a través de una niebla embellecedora y pasando por alto la excentricidad helada de mis ojos azul celeste, mis sienes como cuernos atrofiados y hasta el rampante pepino de mi nariz.

La nariz del bebé Saleem: era monstruosa; y moqueaba.

Rasgos intrigantes de mi temprana infancia: aunque era grande y poco favorecido, al parecer no estaba satisfecho. Ya desde mis primerísimos días emprendí un programa radical de autoampliación. (Como si supiera que, para llevar la carga de mi vida futura, tendría que ser bien grande.) Para mediados de septiembre había vaciado de leche los pechos nada insignificantes de mi madre. Se contrató por breve tiempo a una nodriza, pero ella se retiró, seca como un desierto después de sólo una quincena, acusando al bebé Saleem de tratar de morderle los pezones con sus encías sin dientes. Me pasé al biberón y tragué inmensas cantidades de mezcla: también las tetinas del biberón sufrieron, rehabilitando a la quejosa nodriza. Se llevaban meticulosamente diarios con los datos del bebé; esos diarios revelan que me desarrollaba casi visiblemente, aumentando de día en día; pero, por desgracia, no se tomaban medidas nasales y no puedo decir si mi aparato respiratorio crecía en proporción estricta o más deprisa que el resto. Tengo que decir que tenía un sano metabolismo. Mis materiales de desecho eran evacuados copiosamente por los orificios apropiados; de mi nariz brotaba una brillante cascada de sustancia mucilaginosa. Ejércitos de pañuelos, regimientos de pañales se abrían paso hasta la gran cesta de colada del cuarto de baño de mi madre... derramando porquería por diversas aberturas, mantenía mis ojos bastante secos. —Qué niño más bueno, señora —decía Mary Pereira—. No derrama ni una lágrima.

El bueno del bebé Saleem era un niño tranquilo; me reía a menudo, pero sin ruido. (Como mi propio hijo, comencé por hacerme cargo de la situación, escuchando antes de meterme en gorgoritos y, más tarde, en palabras.) Durante algún tiempo, Amina y Mary tuvieron miedo de que el chico fuera mudo; pero, precisamente cuando estaban a punto de decírselo a su padre (al que habían callado sus preocupaciones... a ningún padre le gusta un hijo deteriorado), rompió en sonidos y, al menos a ese respecto, se volvió totalmente normal. —Es —le susurró Amina a Mary— como si hubiera decidido tranquilizarnos.

Había un problema más grave. Amina y Mary tardaron algunos días en darse cuenta. Ocupadas por los

procesos extraordinarios y complejos de convertirse en una madre de dos cabezas, con la visión enturbiada por una niebla de ropa interior pestilente, no notaron la inmovilidad de mis párpados. Amina, recordando cómo, durante su embarazo, el peso de su hijo aún no nacido había mantenido el tiempo tan inmóvil como una charca verde estancada, comenzó a preguntarse si no estaría ocurriendo ahora lo contrario... si no tendría el bebé algún poder mágico sobre todo el tiempo que se encontraba en su proximidad inmediata, y estaría acelerándolo, de forma que madre-y-*ayah* nunca tuvieran tiempo de hacer todo lo que había que hacer, y de forma que el bebé pudiera crecer a una velocidad aparentemente fantástica; absorta en esos ensueños cronológicos, no se dio cuenta de mi problema. Sólo cuando desechó la idea y se dijo que yo era sólo un bebé bueno y robusto con un gran apetito, un niño de desarrollo precoz, los velos del amor materno se abrieron lo suficiente para que ella y Mary gritaran al unísono:
—¡Mira, *baap-re-baap*! ¡Mira, señora! ¡Mira, Mary! ¡Este chico no parpadea nunca!

Los ojos eran demasiado azules: azul cachemiro, azul de niño cambiado, azul con el peso de las lágrimas no derramadas, demasiado azules para parpadear. Cuando me daban de comer, mis ojos no parpadeaban; cuando la virginal Mary me colocaba atravesado en su hombro, exclamando: —¡Uf, qué pesado eres, Jesús! —yo eructaba sin pestañear. Cuando Ahmed Sinai cojeaba con su dedo del pie entablillado hasta mi cuna, yo me sometía a sus labios salientes con una mirada penetrante y sin aleteos... —Quizá sea un error, señora —sugirió Mary—. Quizá el pequeño sahib nos imita... y parpadea cuando nosotras parpadeamos. —Y Amina—: Parpadearemos por turno y veremos. —Abriendo-y-cerrando los párpados alternativamente, observaron mi azulez helada; pero no hubo ni el más ligero

212

temblor; hasta que Amina tomó cartas en el asunto y se inclinó sobre la cuna para bajarme los párpados. Éstos se cerraron: mi respiración cambió, instantáneamente, para tomar los ritmos satisfechos del sueño. Después de aquello, durante varios meses, madre y *ayah* se turnaron para abrirme y cerrarme los ojos—. Aprenderá, señora —le consolaba Mary a Amina—. Es un niño bueno y obediente y le cogerá el tranquillo. —Aprendí: la primera lección de mi vida: que nadie puede mirar al mundo con los ojos todo el tiempo abiertos.

Ahora, mirando atrás con ojos de bebé, lo puedo ver todo perfectamente: es asombroso cuántas cosas pueden recordarse si se intenta. Lo que puedo ver: la ciudad, tomando el sol como un lagarto chupasangres en el calor del verano. Nuestro Bombay: parece una mano pero es en realidad una boca, siempre abierta, siempre hambrienta, tragando comida y talentos de todas las demás partes de la India. Una atractiva sanguijuela, que no produce nada salvo películas prendas coloniales pescado... a raíz de la Partición, veo a Vishwanath, el cartero, dirigiéndose en bicicleta hacia nuestro altozano de dos pisos, con un sobre de papel vitela en la cartera, montado en su envejecida bicicleta india Arjuna y pasando por delante de un autobús que se pudre... abandonado aunque no es la estación de los monzones, porque su conductor decidió de pronto marcharse al Pakistán, apagó el motor y se fue, dejando a un autobús entero de pasajeros abandonados, colgados de las ventanas, aferrados a la baca del techo, asomando por la puerta... Puedo oír sus juramentos, hijo-de-cerdo, hermano-de-burro; pero se agarraron a sus plazas duramente conquistadas durante dos horas, antes de abandonar el autobús a su suerte. Y, y: ahí está el primer nadador indio que atravesó el canal de la Mancha, el señor Pushpa Roy, llegando a las puertas de las piscinas de Breach Candy. Con un gorro azafranado en la cabeza y unos pantalones de baño verdes envueltos en una toalla con los colores de la bandera, este Pushpa ha declarado la guerra a la política de sólo-para-blancos de las piscinas. Lleva una pastilla de jabón de sándalo de Mysore; se yergue; atraviesa la puerta... y pathanes pagados lo cogen, como de costumbre, los indios salvan a los europeos de una rebelión india, y allá va él debatiéndose valientemente, lo llevan como un saco de patatas a Warden Road y lo arrojan en el polvo. El nadador del Canal se zambulle en la calle, esquivando por un pelo camellos taxis bicicletas (Vishwanath da un regate para evitar la pastilla de jabón)... pero no se arredra; se levanta; se sacude el polvo; y promete volver al día siguiente. Durante todos los años de mi infancia, los días estuvieron puntuados por la vista de Pushpa el nadador, con su gorro azafranado y su toalla teñida de bandera, zambulléndose involuntariamente en Warden Road. Y, finalmente, su indomable campaña logró una victoria, porque hoy las piscinas permiten que algunos indios —«los mejores»— se metan en sus aguas de forma de mapa. Pero Pushpa no forma parte de los mejores; viejo y ahora olvidado, contempla desde lejos las piscinas... y ahora hay cada vez más multitudes que entran en mí a raudales: como Bano Devi, la famosa luchadora de aquellos tiempos, que sólo luchaba con hombres y amenazaba casarse con cualquiera que la derrotase, como resultado de lo cual jamás perdió un combate; y (más cerca de casa ahora), el *sadhu* de debajo del grifo de nuestro jardín, que se llamaba Purushottam y al que nosotros (Sonny, Raja de Ojo, Brillantina, Cyrus y yo) llamaríamos siempre el-guru-Puru; el cual, creyéndome el *Mubarak*, el Bienaventurado, dedicó su vida a cuidarme, y se pasaba el tiempo enseñando quiromancia a mi padre y exorcizando las verrugas de mi madre; y luego está la rivalidad entre Musa, el viejo criado, y Mary, la nueva *ayah*, que irá creciendo hasta explotar; en pocas palabras, a finales de 1947, la vida en Bombay era tan hormigueante, tan variada, tan multitudinariamente informe como siempre... salvo por el hecho de que yo había llegado; yo estaba empezando ya a ocupar mi puesto en el centro del universo; y, para cuando acabé, había dado un sentido a todo. ¿No me creéis? Escuchad: junto a mi cuna, Mary Pereira canta una cancioncilla:

> *Todo lo que quieras ser, lo serás.*
> *Podrás ser todo lo que quieras ser.*

En la época de mi circuncisión por un barbero de paladar hendido de la Royal Barber House de Gowalia Tank Road (yo tenía poco más de dos meses), ya estaba muy solicitado en la Hacienda de Methwold. (A propósito, sobre el tema de la circuncisión: todavía juro que puedo recordar a aquel barbero socarrón, que me sostenía por el prepucio mientras mi miembro se agitaba frenéticamente como una serpiente resbaladiza; y la navaja que descendía, y el dolor; pero me dicen que, en aquel momento, ni siquiera parpadeé.)

Sí, yo era un tipejo popular: mis dos madres, Amina y Mary, nunca se cansaban de mí. A todos los efectos prácticos, eran las más íntimas aliadas. Después de mi circuncisión, me bañaron juntas; y se rieron juntas mientras mi mutilado órgano se agitaba airadamente en el agua del baño. —Habrá que vigilar a este chico, señora —dijo Mary traviesamente—. ¡Tiene una cosa con vida propia! —Y Amina—: Ch, ch, Mary eres terrible, francamente... —Pero, entre sollozos de risa incontenible—: ¡Mira, señora, su pobrecito pi-pi! —Porque la cosa estaba culebreando otra vez, revolviéndose de un lado a otro, como una gallina con el gaznate rebanado...

Juntas, me cuidaban maravillosamente; pero, en cuestión de sentimientos eran rivales mortales. Una vez, cuando me llevaban de paseo en el cochecito por los Jardines Colgantes de Malabar Hill, Amina oyó que Mary les decía a las otras *ayahs*: —Mirad: éste es mi niño grande —y se sintió extrañamente amenazada. El bebé Saleem se convirtió, después de aquello, en el campo de batalla de sus amores; se esforzaban por superarse mutuamente en demostraciones de afecto; mientras él, ahora parpadeante, haciendo gorgoritos en voz alta, se alimentaba de sus sentimientos, utilizándolos para acelerar su crecimiento, desarrollándose y engullendo infinitos besos abrazos golpecitos en la barbilla, avanzando a paso de carga hacia el momento en que adquiriría las características esenciales de los seres humanos: todos los días, y sólo en los raros momentos en que me dejaban solo con el dedo indicador del pescador, intentaba ponerme de pie en la cuna.

Y mientras yo hacía esfuerzos infructuosos por ponerme de pie, también Amina se enfrentaba con una resolución inútil: estaba tratando de expulsar de su mente el sueño de su marido sin nombre, que había reemplazado al sueño del papel matamoscas la noche que siguió mi nacimiento; un sueño de tan abrumadora realidad que permanecía con ella mientras estaba despierta. En él, Nadir Khan se acercaba a su cama y la fecundaba; era tan grande la dañina perversidad del sueño, que confundió a Amina sobre la paternidad del niño, dándome a mí, el hijo de la medianoche, un cuarto padre que acomodar junto a Winkie y Methwold y Ahmed Sinai. Agitada, pero impotente en las garras de ese sueño, mi madre Amina comenzó en esa época a formar la niebla de culpabilidad que, en años posteriores, le rodearía la cabeza como una guirnalda negra y oscura.

Nunca oí a Wee Willie Winkie en su mejor momento. Después de su luto cegador, recobró gradualmente la vista; pero algo áspero y amargo había aparecido en su voz. Nos dijo que era el asma, y siguió viniendo a la Hacienda de Methwold una vez por semana para cantar canciones que, como él, eran una reliquia de la era Methwold. Cantaba «Buenas noches, señoras»; y, manteniéndose al día, añadió a su repertorio «Pronto pasarán las nubes» y, un poco más tarde, «¿Qué vale el perrito del escaparate?» Colocando a un niño de tamaño considerable y rodillas amenazadoramente contundentes junto a él, sobre una pequeña esterilla, en la glorieta, cantaba canciones llenas de nostalgia, y nadie tenía valor para echarlo. Winkie y el dedo del pescador fueron dos de los escasos supervivientes de los días de William Methwold, porque, después de la desaparición del inglés, sus sucesores vaciaron los palacios de su abandonado contenido. Lila Sabarmati conservó su pianola; Ahmed Sinai se quedó con su mueble-bar; el viejo Ibrahim llegó a un acuerdo con los ventiladores de techo; pero los peces de colores murieron, unos de hambre y otros como resultado de haber sido tan colosalmente sobrealimentados que explotaron en nubecitas de escamas y alimento para peces sin digerir; los perros se volvieron salvajes y, con el tiempo, dejaron de vagar por la Hacienda; y las ropas descoloridas de los viejos *almirahs* fueron distribuidas a las barrenderas y otros sirvientes de la Hacienda, de forma que, durante muchos años después, los herederos de William Methwold fueron servidos por hombres y mujeres que llevaban las camisas y los vestidos estampados de algodón, cada vez más harapientos, de sus amos de antaño. Pero Winkie y el cuadro de mi pared sobrevivieron; cantor y pescador se convirtieron en instituciones de nuestra vida, como la hora del cóctel, que era ya una costumbre demasiado fuerte para poder romperla. «Cada lágrima y cada pena», cantaba Winkie, «te acercan aún más a mí...». Y su voz se hizo cada vez peor, hasta que sonó como una *sitar* cuya caja de resonancia, hecha de calabaza laqueada, hubiera sido roída por los ratones; —Es el asma —insistía tozudamente. Antes de morir, perdió la voz por completo; los médicos cambiaron su diagnóstico por el de cáncer de garganta; pero se equivocaron también, porque Winkie no murió de ninguna enfermedad sino por la amargura de perder a una mujer cuya infidelidad nunca sospechó. Su hijo, llamado Shiva, por el dios de la procreación y de la destrucción, se sentaba a sus pies en aquellos primeros tiempos, soportando silenciosamente la carga de ser la causa (o así lo creía él) de la lenta decadencia de su padre; y gradualmente, a lo largo de los años, vimos cómo sus ojos se llenaban de una cólera que no podía expresar; vimos cómo sus puños se cerraban sobre piedras y las lanzaban, ineficazmente al principio, más peligrosamente a medida que iba creciendo, al vacío que lo rodeaba. Cuando el mayor de los hijos de Lila Sabarmati tenía ocho años, se dedicó a tomarle el pelo al joven Shiva por su hosquedad, sus pantalones cortos sin almidonar y sus rodillas nudosas; y el muchacho al que el delito de Mary había condenado a la pobreza y los acordeones le tiró una piedra plana y afilada, con un filo como el de una navaja, cegando el ojo derecho de su atormentador. Después del accidente de Raja de Ojo, Wee Willie Winkie venía solo a la Hacienda de Methwold, dejando que su hijo penetrara en los oscuros laberintos de los que sólo una guerra lo salvaría.

Por qué siguió tolerando la Hacienda de Methwold a Wee Willie Winkie a pesar de la decadencia de su voz y de la violencia de su hijo: en otro tiempo, les había dado una pista importante sobre sus propias vidas. «El primer nacimiento», había dicho, «los hará reales».

Como resultado directo de la pista de Winkie, en

mis primeros tiempos estuve muy solicitado. Amina y Mary se disputaban mis atenciones; pero en todas las casas de la Hacienda había gente que quería conocerme; y, con el tiempo, Amina, dejando que su orgullo por mi popularidad predominase sobre su resistencia a perderme de vista, accedió a prestarme, en una especie de turno rotatorio, a las distintas familias de la colina. Empujado por Mary Pereira en un cochecito azul celeste, comencé una marcha triunfal por los palacios de tejas rojas, honrándolos sucesivamente con mi presencia y haciendo que parecieran reales a sus propietarios. Y por eso, mirando ahora hacia atrás con los ojos del bebé Saleem, puedo revelar la mayor parte de los secretos de mi vecindad, porque los adultos vivían su vida en mi presencia sin temor a ser observados, sin saber que, años más tarde, alguien volvería a mirar con sus ojos de bebé y decidiría descubrir los pasteles.

De modo que aquí está el viejo Ibrahim, muriéndose de preocupaciones porque, allá en África, los gobiernos están nacionalizando sus plantaciones de sisal; aquí está su hijo mayor Ishaq, atormentándose por su negocio hotelero, que está teniendo pérdidas, por lo que se ve obligado a tomar dinero a préstamo de los gángsters locales; aquí están los ojos de Ishaq, que codician la mujer de su hermano, aunque cómo podía despertar la pata-Nussie el interés sexual de nadie sea un misterio para mí; y aquí está el marido de Nussie, Ismail el abogado, que ha aprendido una importante lección del nacimiento con fórceps de su hijo: —Nada surge a la vida por las buenas —le dice al pato de su mujer—, a menos que se le obligue. —Aplicando esa teoría a su carrera jurídica, emprende una carrera de sobornos de jueces y manipulaciones de jurados; todos los hijos pueden cambiar a sus padres, y Sonny convirtió a su padre en un sinvergüenza de mucho éxito. Y, cruzando hasta Versailles Villa, aquí está la señora Dubash con su altar al dios Ganesh, situado en un rincón de un apartamento de un desorden tan sobrenatural que, en nuestra casa, la palabra «dubash» se convirtió en un verbo que significaba «desordenarlo todo»—... Ay, Saleem, ¡otra vez has dubasheado tu cuarto, malo! —exclamaría Mary. Y, ahora, la causa del desorden, inclinándose sobre la capota de mi cochecito para darme un golpecito en la barbilla: Adi Dubash, el físico, genio de los átomos y de la basura. Su mujer, que está ya embarazada de Cyrus-el-grande, se retiene, criando a su hijo, con un chisporroteo fanático en el ángulo interior de sus ojos, esperando su momento; no se presentará hasta que el señor Dubash, que se pasó la vida trabajando con las sustancias más peligrosas del mundo, muera ahogado por una naranja a la que su mujer olvidó quitar las pepitas. Nunca me invitaron al piso del doctor Narlikar, el ginecólogo que odiaba a los niños; pero en las casas de Lila Sabarmati y de Homi Catrack me convertí en *voyeur*, una parte diminuta de las mil y una infidelidades de Lila y, con el tiempo, en testigo de los comienzos de una aventura entre la mujer del oficial de marina y el magnate-del-cine-y-propietario-de-caballos-de-carreras; lo que, todo a su debido tiempo, me serviría de mucho al planear cierta venganza.

Hasta un bebé se enfrenta con el problema de definirse a sí mismo; y tengo que decir que mi popularidad temprana tenía sus aspectos problemáticos, porque me veía bombardeado por una desconcertante multiplicidad de puntos de vista sobre el tema, al ser un Bienaventurado para un guru de debajo del grifo, un *voyeur* para Lila Sabarmati; a los ojos de la-pata-Nussie era un rival, y un rival de más éxito, de su propio Sonny (aunque, en honor suyo, nunca mostró su resentimiento, y me pedía prestado como todos los demás); y para mi madre bicéfala era toda clase de cosas infantiles: me llamaban yunu-munu, y pach-pach, y cachito-de-luna.

Pero, después de todo, ¿qué puede hacer un bebé, salvo tragárselo todo y confiar en encontrarle algún sentido más tarde? Pacientemente, con los ojos secos, me empapaba de la carta de Nehru y de la profecía de Winkie; pero la impresión más profunda de todas se produjo el día en que la hija idiota de Homi Catrack envió sus pensamientos a través de la glorieta a mi cabeza de niño.

Toxy Catrack, la de la cabeza demasiado grande y la boca babeante; Toxy, que se situaba en una ventana enrejada del piso superior, totalmente desnuda, masturbándose con movimientos de consumada repugnancia hacia sí misma; que escupía fuertemente y a menudo a través de sus barrotes, y a veces nos acertaba en la cabeza... tenía veintiún años, una imbécil farfullante, el producto de años de endogamia; pero dentro de mi cabeza era hermosa, porque no había perdido las cualidades con que nace todo niño y que la vida se encarga de erosionar. No puedo recordar nada de lo que decía Toxy cuando enviaba sus pensamientos para que me susurraran; probablemente no eran más que gorgoritos y salivajos; pero dio un empujoncito a una puerta de mi mente, de forma que, cuando se produjo un accidente en una cesta de colada, probablemente fue Toxy quien lo hizo posible.

De momento ya basta acerca de los primeros días del bebé Saleem: mi simple presencia está teniendo ya un efecto en la Historia; el bebé Saleem está produciendo ya cambios en la gente que lo rodea; y, en el caso de mi padre, estoy convencido de que fui yo quien lo empujó a los excesos que lo llevaron, quizá inevitablemente, a la época aterradora de la congelación.

Ahmed Sinai nunca perdonó a su hijo que le hubiera roto el dedo gordo del pie. Aun después de quitarle la tablilla, le quedó una cojera minúscula. Mi padre se inclinaba sobre mi cuna y decía: —Muy bien, hijo mío: has empezado como tienes la intención de seguir. ¡Empezaste por darle un porrazo a tu anciano padre! —En mi opinión, sólo se trataba de una broma a medias. Porque, con mi nacimiento, todo cambió para Ahmed Sinai. Su posición en la casa se vio socavada por mi llegada. De pronto, la diligencia de Amina se había fijado objetivos diferentes; nunca lo engatusaba ahora para sacarle dinero, y la servilleta del regazo de él, en la mesa del desayuno, sentía tristes punzadas de nostalgia de los viejos tiempos. Ahora todo era: «Tu hijo necesita esto-o-aquello», o «*Janum*, tienes que darme dinero para aquello-o-lo-de-más-allá». Un mal asunto, pensaba Ahmed Sinai. Mi padre era un hombre vanidoso.

Y así, fue mi forma de obrar la que hizo que Ahmed Sinai cayera, en los días que siguieron a mi nacimiento, en las fantasías gemelas que lo harían zozobrar, en los mundos irreales de los *djinns* y de la tierra situada bajo el mar.

Un recuerdo de mi padre, una noche de la estación fría, sentado en mi cama (yo tenía siete años) y contándome, con voz ligeramente pastosa, la historia del pescador que encontró al *djinn* en una botella arrojada a la playa... —¡Nunca creas en las promesas de un *djinn*, hijo mío! Si los dejas salir de la botella, ¡se te comerán! —Y yo, tímidamente... porque podía oler el peligro en el aliento de mi padre—: Pero, *abba*, ¿puede vivir de verdad un *djinn* dentro de una botella? —A lo que mi padre, con un cambio súbito de humor, se rió a carcajadas y salió de la habitación, volviendo luego con una botella de color verde oscuro que llevaba una etiqueta blanca—. Mira —dijo sonoramente—: ¿Quieres ver al *djinn* que hay aquí? —¡No! —chillé yo asustado; pero— ¡Sí! —vociferó mi hermana, el Mono de Latón, desde la cama de al lado... y, encogiéndonos los dos, con un terror excitado, lo vimos desenroscar la tapa y, espectacularmente, tapar el cuello de la botella con la palma de la mano; y entonces, en la otra mano, se materializó un encendedor—. ¡Que perezcan todos los *djinns* malignos! —gritó mi padre; y, quitando la mano, aplicó la llama al cuello de la botella. Atemorizados, el Mono y yo vimos una llama misteriosa, azul-verde-amarilla, que descendía girando lentamente por las paredes interiores de la botella; hasta que, al llegar al fondo, se agitó brevemente y murió. Al día siguiente provoqué enormes carcajadas cuando les dije a Sonny, Raja de Ojo y Brillantina—: Mi padre lucha con los *djinns*; les gana; ¡de verdad! —... Y era verdad. Ahmed Sinai, privado de engatusamientos y atenciones, comenzó, poco después de mi nacimiento, una lucha con los *djinns* de las botellas que duraría toda su vida. Pero yo me equivoqué en una cosa: mi padre no les ganó.

Los muebles-bar le habían abierto el apetito; pero fue mi llegada la que lo empujó a ello... En aquellos tiempos, Bombay había sido declarado Estado «seco». La única forma de obtener un trago era conseguir un certificado de alcohólico; y, de esa forma, surgió una nueva especie de médicos, los médicos de *djinns*, uno de los cuales, el doctor Sharabi, fue presentado a mi padre por Homi Catrack, el vecino de al lado. Después de eso, los días primeros de mes, mi padre y el señor Catrack y muchos de los hombres más respetables de la ciudad hacían cola ante la puerta de cristal jaspeado del consultorio del doctor Sharabi, entraban, y volvían a salir con sus papelitos rosa de alcohólicos. Pero la ración autorizada era demasiado pequeña para las necesidades de mi padre; y por eso empezó a mandar también a sus sirvientes, y jardineros, criados y chóferes (ahora teníamos un coche, un Rover 1946 con estribos, exactamente como el de William Methwold), hasta el viejo Musa y Mary Pereira, le traían a mi padre cada vez más papelitos rosa, que él llevaba a los almacenes Vijay, frente a la circuncidante barbería de Gowalia Tank Road, y cambiaba por las bolsas de papel de estraza del alcoholismo, dentro de las cuales estaban las tintineantes botellas verdes, llenas de *djinns*. Y de whisky también: Ahmed Sinai borraba sus propios contornos bebiéndose las botellas verdes y etiquetas rojas de sus criados. Los pobres, que tenían poco más que ofrecer, vendían sus identidades por pedacitos de papel rosa; y mi padre los transformaba en líquido y se los bebía.

Todas las tardes, a las seis, Ahmed Sinai penetraba en el mundo de los *djinns*; y todas las mañanas, con los ojos rojos y la cabeza palpitante por la fatiga del combate de toda la noche, aparecía sin afeitar en la mesa del desayuno; y, con el paso de los años, el buen humor del rato de antes de afeitarse fue sustituido por el agotamiento irritado de su guerra con los espíritus embotellados.

Después del desayuno, bajaba las escaleras. Había reservado dos habitaciones de la planta baja como oficina, porque su sentido de orientación seguía siendo tan malo como siempre y no le hacía gracia la idea de perderse en Bombay yendo al trabajo; hasta él era capaz de encontrar su camino bajando un tramo de escaleras. Borroso en sus contornos, mi padre hacía sus negocios de propiedades; y su creciente indignación por la preocupación de mi madre por su hijo encontró un nuevo desahogo tras las puertas de su oficina: Ahmed Sinai comenzó a coquetear con sus secretarias. Después de noches en que su pelea con las botellas estallaba a veces en un lenguaje muy duro —«¡Vaya una esposa que me he buscado! Hubiera podido comprarme un hijo y contratar a una niñera: ¡sería lo mismo!» Y luego lágrimas, y Amina: «¡Ay, *janum*... no me tortures!», lo que, a su vez, provocaba un «¡Torturar, un cuerno! ¿Es una tortura que un hombre le pida a su mujer un poco de atención? ¡Dios nos guarde de las mujeres estúpi-

224

das!»—, mi padre bajaba las escaleras cojeando para mirar con ojos desorbitados a las chicas de Colaba. Y, al cabo de algún tiempo, Amina empezó a darse cuenta de que las secretarias de mi padre nunca duraban mucho, y de cómo se marchaban de pronto, bajando furiosas la cuesta de nuestra casa sin aviso previo; y tenéis que decidir si prefirió ser ciega o si lo consideró como un castigo, pero no hizo nada, y siguió dedicándome su tiempo; su único acto de reconocimiento fue dar a todas las chicas un nombre colectivo. —Esas anglos —le decía a Mary, revelando un toque de esnobismo— de nombres raros: Fernanda y Alonso y todo eso, ¡y qué apellidos, Dios santo! Sulaca y Colaco y qué sé yo qué. ¿Por qué iban a preocuparme? Son mujeres de baja estofa. Para mí son todas sus chicas Coca-Cola... así es como suenan todas.

Mientras Ahmed pellizcaba traseros, Amina se resignaba; pero quizá él hubiera estado contento si a ella hubiera parecido importarle.

Mary Pereira dijo: —No son nombres tan raros, señora; perdóneme, pero son palabras muy cristianas. —Y Amina se acordó de Zohra, la prima de Ahmed, burlándose de las pieles oscuras... y, desviviéndose por disculparse, cayó en el mismo error de Zohra—: Oh, *tú* no, Mary, ¿cómo puedes creer que me burlaba de ti?

Con mis sienes abultadas y mi nariz de pepino, yo estaba echado en mi cuna, escuchando; y todo lo que ocurría, ocurría por mi causa... Un día de enero de 1948, a las cinco de la tarde, mi padre recibió la visita del doctor Narlikar. Hubo abrazos como siempre, y palmadas en la espalda. —¿Una partidita de ajedrez? —preguntó mi padre, ritualmente, porque esas visitas se estaban convirtiendo en costumbre. Jugaban al ajedrez al antiguo estilo indio, al juego del *shatranj*, y, liberado por la simplicidad del tablero de las circunvoluciones de su vida, Ahmed soñaba despierto durante una hora en reorganizar el Corán; y entonces eran ya las seis, la hora del cóctel, el momento de los *djinns*... pero aquella tarde Narlikar dijo—: No. —Y Ahmed—: ¿No? ¿Qué significa *no*? Vamos, siéntate, juega, cuéntame chismes... —Narlikar, interrumpiéndolo—: Esta noche, hermano Sinai, tengo que enseñarte algo. —Ahora están en un Rover 1946, Narlikar le da a la manivela y salta adentro; se dirigen hacia el norte, por Warden Road, pasando por delante del templo de Mahalaxmi, a la izquierda, y de los terrenos de golf del Willingdon Club, a la derecha, dejando atrás el hipódromo, yendo por Hornby Vellard, junto al rompeolas; queda a la vista el estadio de Vallabhbhai Patel, con sus siluetas de cartón gigantes de luchadores, Bano Devi, la Mujer Invencible, y Dara Singh, el más fuerte de todos... hay vendedores de *channa* y paseantes de perros que deambulan a orillas del mar—. Para —ordena Narlikar, y los dos salen. Se quedan mirando al mar; la brisa marina les refresca la cara; y allí, al final de un estrecho sendero de cemento en mitad de las olas, está la isla en donde se alza la tumba del Haji Ali, el místico. Hay peregrinos que vagan entre Vellard y la tumba.

—Mira —señala Narlikar—. ¿Qué ves? —Y Ahmed, desconcertado—: Nada. La tumba. Gente. ¿A qué viene esto, chico? —Y Narlikar—: Nada de eso. *¡Allí!* —Y ahora Ahmed ve que el dedo indicador de Narlikar apunta al sendero de cemento...— ¿El paseo? —pregunta—. ¿Qué ves en él? Dentro de unos minutos subirá la marea y lo cubrirá; todo el mundo lo sabe... —Narlikar, con la piel encendida como un faro, se pone filosófico—: Así es, hermano Ahmed; así es. La tierra y el mar; el mar y la tierra; la eterna lucha, ¿no? —Ahmed, perplejo, no dice nada—. En otro tiempo había siete islas. —Le recuerda Narlikar—: Worli, Mahim, Salsette, Matunga, Colaba, Mazagaon, Bombay. Los británicos las unieron. El mar, hermano Ahmed, se convirtió en tierra. La tierra se levantó, ¡y no se hundió bajo las olas! —Ahmed está ansioso por su whisky; empieza a sobresalirle el labio mientras los peregrinos se escabullen por el sendero que se va estrechando—. Y qué pasa —pregunta. Y Narlikar, deslumbrante de refulgencia—: Lo que pasa Ahmed *bhai*, ¡es *esto*!

Se lo saca del bolsillo: un pequeño modelo de escayola de dos pulgadas de alto: ¡el tetrápodo! Como un anuncio en tres dimensiones de la Mercedes-Benz, con tres patas sobre la palma de su mano y una cuarta erguida como un *lingam* en el aire del atardecer, deja paralizado a mi padre. —¿Qué es? —pregunta; y Narlikar se lo dice ahora—: ¡Es el bebé que nos hará más ricos que Hyderabad, *bhai*! ¡El pequeño artilugio que te hará, que nos hará a ti y a mí, dueños de *eso*! —Señala hacia donde el mar se precipita sobre el sendero de cemento abandonado...— ¡La tierra que hay bajo el mar, amigo mío! ¡Tendremos que fabricarlos a millares... a decenas de millares! ¡Tendremos que licitar en las contratas de recuperación de tierras; nos espera una fortuna; ¡no podemos perderla, hermano, es la ocasión de nuestra vida!

¿Por qué consintió mi padre en soñar el sueño empresarial de un ginecólogo? ¿Por qué, poco a poco, la visión de unos tetrápodos de hormigón de tamaño natural que avanzaban por el rompeolas, de unos conquistadores de cuatro patas que triunfaban sobre el mar, se apoderó de él con tanta firmeza como se había apoderado del reluciente médico? ¿Por qué, en los años que siguieron, se entregó Ahmed a la fantasía de todo habitante de isla: el mito de conquistar las olas? Quizá porque tenía miedo de equivocar otra vez el camino; quizá por la camaradería de las partidas de *shatranj*; o quizá fue la plausibilidad de Narlikar: —Con tu capital y mis relaciones, Ahmed *bhai*, ¿qué problema puede haber? Todos los hombres importantes de la ciudad tie-

227

nen algún hijo que yo he traído al mundo; no se nos cerrará ninguna puerta. Tú fabricarás; ¡y yo conseguiré las contratas! Iremos a partes iguales; ¡lo que es justo es justo! —Pero, en mi opinión, hay una explicación más sencilla. Mi padre, privado de las atenciones de su mujer, suplantado por su hijo, confundido por el whisky y por los *djinns*, trataba de restablecer su posición en el mundo; y el sueño de los tetrápodos le ofreció la oportunidad. De todo corazón, se entregó al gran desatino; se escribieron cartas; se llamó a puertas; un dinero dudoso cambió de manos; todo lo cual sirvió para que Ahmed Sinai fuera un nombre conocido en los pasillos de la Sachivalaya... a los corredores de la Secretaría de Estado llegó el soplo de que había un musulmán que estaba derrochando rupias como agua. Y Ahmed Sinai, que bebía para poder dormir, no se dio cuenta del peligro que corría.

Nuestras vidas, en ese período, estuvieron determinadas por la correspondencia. El Primer Ministro me escribió cuando yo tenía sólo siete días de edad... antes incluso de que supiera sonarme las narices, recibía cartas de admiradores, procedentes de lectores del *Times of India*; y una mañana de enero también Ahmed Sinai recibió una carta que no olvidaría.

Los ojos enrojecidos del desayuno fueron seguidos por la barbilla afeitada de un día laborable; unos pies bajaron las escaleras; las risitas alarmadas de la chica Coca-Cola. El chirrido de una silla acercada a una mesa cubierta de *skai* verde. El ruido metálico de un cortapapeles de metal que es levantado, chocando momentáneamente con el teléfono. El ruido breve del metal rasgando el sobre; y, un minuto más tarde, Ahmed volvía a subir corriendo las escaleras, llamando a mi madre a gritos, vociferando:

—¡Amina! ¡Ven aquí, mujer! ¡Esos cabrones me han metido las pelotas en un cubo de hielo!

En los días que siguieron a la recepción por Ahmed de una carta oficial en que le informaban de la congelación de todos sus bienes, todo el mundo hablaba a la vez... —¡Por amor del cielo, *janum*, qué lenguaje! —dice Amina... y, ¿es imaginación mía, o se ruboriza un bebé en una cuna azul celeste?

Y Narlikar, llegando envuelto en espuma de sudor: —La culpa es totalmente mía; nos hemos prodigado demasiado. Éstos son malos tiempos, Sinai *bhai*: no hay más que congelar los bienes de un musulmán, se dicen, y se irá corriendo al Pakistán, dejando toda su riqueza aquí. ¡Coge al lagarto por la cola y él se la cortará! Este supuesto Estado secular tiene algunas ideas puñeteramente ingeniosas.

—Todo —dice Ahmed Sinai—: la cuenta bancaria; los depósitos de ahorro; las rentas de los bienes de Kurla... todo bloqueado, congelado. Por mandato judicial, dice la carta. Por mandato judicial no me dejan ni cuatro *annas*, esposa... ¡ni un *chavanni* para ver el titilimundi!

—Es por esas fotografías del periódico —decide Amina—. De otro modo, ¿cómo podrían saber esos astutos polizontes advenedizos contra quién ir? Dios santo, *janum*, es culpa mía...

—Ni diez *pice* para un cucurucho de *channa* —añade Ahmed Sinai—, ni un *anna* para dar limosna a un pobre. Congelado... ¡como en un refrigerador!

—Es culpa mía —dice Ismail Ibrahim—. Hubiera tenido que advertirte, Sinai *bhai*. He oído hablar de esas congelaciones... sólo eligen musulmanes ricos, naturalmente. Tienes que luchar...

—... ¡Con uñas y dientes! —insiste Homi Catrack—. ¡Como un león! Como Aurangzeb... su antecesor, ¿no...? ¡como la Rani de Jhansi! ¡Entonces veremos a qué país hemos venido a parar!

—Hay tribunales en este Estado —añade Ismail Ibrahim; la-pata-Nussie sonríe con sonrisa bovina mientras da de mamar a Sonny; sus dedos se mueven, acariciando distraídamente las oquedades de él, arriba y a un lado, abajo y al otro, con un ritmo constante, inalterado...— Tiene que aceptar mis servicios jurídicos —le dice Ismail a Ahmed—. Totalmente gratuitos, mi buen amigo. No, ni hablar de eso. ¿Cómo podría hacerlo? Somos vecinos.

—Arruinado —dice Ahmed—. Congelado, como el agua.

—Vamos —le interrumpe Amina; alcanzando nuevas alturas en su devoción se lo lleva a su alcoba...— *Janum*, tienes que echarte un rato. —Y Ahmed—: ¿Qué es esto, esposa? En un momento así... liquidado; acabado; aplastado como el hielo... y tú piensas en... —Pero ella ha cerrado la puerta; se ha sacudido las zapatillas; unos brazos se tienden hacia él; y unos minutos más tarde las manos de ella se dirigen hacia abajo-abajo-abajo; y entonces—: ¡Dios mío, *janum*, creía que sólo estabas diciendo palabrotas, pero es verdad! ¡Tan fríos, por Alá, tan fríííos, como cubitos redondos de hielo!

Esas cosas pasan; después de haber congelado el Estado los bienes de mi padre, mi madre empezó a notar que a él se le ponían cada vez más fríos. El primer día fue concebido el Mono de Latón... muy a tiempo porque, después de eso, aunque Amina se acostaba todas las noches con su marido para calentarlo, aunque se apretaba mucho contra él cuando lo sentía estremecerse a medida que los dedos helados de la rabia y la impotencia le subían desde los riñones, no podía soportar ya el alargar la mano y tocarlos, porque los cubitos de hielo de él se habían vuelto demasiado glaciales para agarrarlos.

Debían —debíamos— haber sabido que algo malo ocurriría. Aquel mes de enero, Chowpatty Beach, y también Juhu y Trombay, se cubrieron de inquietantes cadáveres de japuta, que flotaban hacia la playa, sin sombra de explicación, panza arriba, como dedos escamosos.

SERPIENTES Y ESCALAS

Y otros presagios: se vieron cometas que explotaban sobre Back Bay; se dijo que se habían visto flores desangrándose con sangre de veras; y, en febrero, las serpientes se escaparon del Schaapsteker Institute. Se extendió el rumor de que un encantador de serpientes bengalí loco, un *Tubriwallah*, recorría el país, encantando a los reptiles en cautividad y sacándolos de los serpentarios (como el Schaapsteker, donde se estudiaban los usos medicinales del veneno de serpiente y se inventaban contravenenos) con la fascinación hameliniana de su flauta, en castigo por la partición de su amada Bengala dorada. Al cabo de algún tiempo, los rumores añadieron que el *Tubriwallah* tenía siete pies de altura y la piel de un azul brillante. Era Krishna que había venido a castigar a su pueblo; era el Jesús de tinte celeste de los misioneros.

Parece ser que, a raíz de mi nacimiento con cambiazo, mientras yo me desarrollaba a una velocidad suicida, todo lo que podía ir mal comenzó a ir mal. En el invierno de las serpientes de principios de 1948, y en las estaciones calurosa y lluviosa que siguieron, los acontecimientos se acumularon, de forma que, para cuando el Mono de Latón nació en septiembre, todos estábamos exhaustos y necesitábamos unos cuantos años de reposo.

Las cobras escapadas se desvanecieron en las alcantarillas de la ciudad; se vieron *kraits* listadas en los autobuses. Los dirigentes religiosos describieron la fuga de las serpientes como una advertencia; el dios Naga se había desatado, entonaron, como castigo por la renuncia oficial de la nación a sus deidades. «Somos un Estado secular», anunció Nehru, y Morarji y Patel y Menon estuvieron todos de acuerdo; pero Ahmed Sinai seguía estremeciéndose como consecuencia de la congelación. Y, un día, en que Mary había estado preguntando: —¿Y cómo vamos a vivir ahora, señora? —Homi Catrack nos presentó al doctor Schaapsteker en persona. Tenía ochenta y un años; su lengua se agitaba constantemente, entrando y saliendo entre sus labios de papel; y estaba dispuesto a pagar un alquiler en efectivo por un apartamento de un piso superior con vistas sobre el mar Arábigo. Ahmed Sinai, en aquellos días, se había metido en la cama; el frío helado de la congelación impregnaba sus sábanas; tragaba enormes cantidades de whisky con fines medicinales, pero el whisky no conseguía hacerlo entrar en calor... de forma que fue Amina la que accedió a alquilar el piso superior de Buckingham Villa al viejo médico de serpientes. A finales de febrero, el veneno de serpiente penetró en nuestras vidas.

El doctor Schaapsteker* era un hombre que engendraba historias delirantes. Los enfermeros más supersticiosos de su Instituto juraban que tenía la facultad de soñar todas las noches que le mordían las serpientes, y de esa forma permanecía inmune a sus mordeduras. Otros susurraban que era medio serpiente él mismo, hijo de la unión antinatural de una mujer y una cobra. Su obsesión por el veneno de la *krait* listada —*bungarus fasciatus*— se estaba haciendo legendaria.

---

* *Schaapsteker* es el nombre de varias serpientes inofensivas del género «Trimerorhinus». *(N. del T.)*

No hay contraveneno conocido para la mordedura del *bungarus*; pero Schaapsteker había dedicado su vida a encontrarlo. Compraba caballos decrépitos de las cuadras de Catrack (entre otras) y les inyectaba pequeñas dosis de veneno; pero los caballos, poco serviciales, rehusaban fabricar anticuerpos, echaban espumarajos por la boca y se morían de pie, y tenían que ser transformados en cola de pegar. Se decía que el doctor Schaapsteker —«*Sharpsticker sahib*», el sahib matarife— había adquirido ahora el poder de matar a los caballos simplemente acercándose a ellos con una jeringuilla hipodérmica... pero Amina no hizo caso de esas historias increíbles. —Es un anciano caballero —le dijo a Mary Pereira—; ¿qué nos importa que la gente lo ponga verde? Paga su alquiler y nos permite vivir. —Amina estaba agradecida al médico de serpientes europeo, especialmente en aquellos días de la congelación, en que Ahmed no parecía tener valor para luchar.

«Queridos padre y madre», escribió Amina, «juro por mis ojos y mi cabeza que no sé por qué nos pasan estas cosas... Ahmed es un hombre bueno, pero este asunto lo ha afectado profundamente. Si podéis aconsejar a vuestra hija, lo necesita mucho». Tres días después de recibir esa carta, Aadam Aziz y la Reverenda Madre llegaron a la estación central de Bombay en el Correo de la Frontera; y Amina, al llevarlos a casa en nuestro Rover 1946, miró por una de las ventanillas laterales y vio el hipódromo de Mahalaxmi; y tuvo el primer germen de su temeraria idea.

—Esta decoración moderna está muy bien para vosotros los jóvenes, comosellame —dijo la Reverenda Madre—. Pero dame un *takht* anticuado para sentarme. Esas sillas son tan blandas, comosellame, que me parece que me caigo.

—¿Está enfermo? —preguntó Aadam Aziz—. ¿Quieres que lo reconozca y le recete?

—Éste no es el momento de refugiarse en la cama —sentenció la Reverenda Madre—. Tiene que ser un hombre, comosellame, y hacer un trabajo de hombre.

—Qué buen aspecto tenéis los dos, padres —exclamó Amina, pensando que su padre se estaba convirtiendo en un anciano que parecía achicarse con el paso de los años; en tanto que la Reverenda Madre se había vuelto tan ancha que los sillones, aunque blandos, gruñían bajo su peso... y a veces, por algún efecto óptico, Amina creía ver, en mitad del cuerpo de su padre, una sombra oscura como un agujero.

—¿Qué nos queda en esta India? —preguntó la Reverenda Madre, cortando el aire con la mano—. Vete, déjalo todo, vete al Pakistán. Mira qué bien le van las cosas a Zulkifar... él te ayudará al principio. Sé hombre, hijo mío: ¡levántate y empieza de nuevo!

—Ahora no tiene ganas de hablar —dijo Amina—, tiene que descansar.

—¿Descansar? —rugió Aadam Aziz—. ¡Es un pelele!

—Hasta Alia, comosellame —dijo la Reverenda Madre—, ella solita, se ha ido al Pakistán... hasta ella se está ganando bien la vida, enseñando en un buen colegio. Dicen que pronto será directora.

—Chis, madre, quiere dormir... vamos al cuarto de al lado...

—¡Hay momentos para dormir, comosellame, y momentos para estar despierto! Oye: Mustapha gana muchos cientos de rupias al mes, comosellame, como funcionario. ¿Qué le pasa a tu marido? ¿Es que no puede trabajar?

—Madre, está trastornado. Tiene la temperatura tan baja...

—¿Qué le das de comer? Desde hoy, comosellame, me encargaré de la cocina. Los jóvenes de hoy... ¡son como niños, comosellame!

—Como tú quieras, madre.

—Te digo, comosellame, que son esas fotos del periódico. Te lo escribí —¿no te lo escribí?— que de eso no saldría nada bueno. Las fotos te arrancan pedazos. Dios santo, comosellame, cuando vi tu fotografía, ¡estabas tan trasparente que podía ver las letras del otro lado a través de tu cara!

—Pero eso es sólo...

—¡No me vengas con cuentos, comosellame! ¡Doy gracias al cielo de que te hayas repuesto de aquella fotografía!

A partir de ese día, Amina se vio liberada de las exigencias de la administración de su casa. La Reverenda Madre se sentaba a la cabecera de la mesa, distribuyendo la comida (Amina le llevaba los platos a Ahmed, que seguía en cama, gimiendo de cuando en cuando: «¡Destrozado, esposa! ¡Partido... como un carámbano!»); mientras que, en la cocina, Mary Pereira se tomaba el tiempo necesario para preparar, en honor de sus visitantes, algunos de los mejores y más delicados encurtidos de mango, *ckutneys* de lima y *kasaundies* de pepino del mundo. Y ahora, devuelta a la condición de hija en su propia casa, Amina empezó a notar cómo los sentimientos de la comida de otros rezumaban en ella... porque la Reverenda Madre repartía los *curries* y las albóndigas de la intransigencia, platos empapados de la personalidad de su creadora, Amina comió los *salans* de pescado de la terquedad y los *birianis* de la determinación. Y, aunque los encurtidos de Mary tenían un efecto parcialmente contrario —porque mezclaba en ellos la culpabilidad de su corazón y el temor de que la descubrieran, de forma que, aunque sabían bien, tenían la facultad de someter a los que los comían a incertidumbres indecibles y sueños de dedos acusadores—, la dieta suministrada por la Reverenda Madre llenaba a Amina de una especie de rabia, y hasta producía ligeros signos de mejora en su derrotado marido. De forma que, finalmente, llegó el día en que Amina, que me había estado mirando jugar incompetentemente con caballitos de madera de sándalo en el baño, al inhalar los dulces olores del sándalo que exhalaba el agua volvió a descubrir de pronto en sí misma la vena aventurera que había heredado de su descolorido padre, la vena que había hecho bajar a Aadam Aziz de su valle de las montañas; Amina se volvió a Mary Pereira y le dijo:

—Estoy harta. Si no hay nadie en esta casa que arregle las cosas, ¡tendré que ser yo!

Había caballos de juguete galopando tras los ojos de Amina cuando dejó que Mary me secara y se fue a su alcoba. Visiones recordadas del hipódromo de Mahalaxmi recorrían a medio galope su cabeza mientras apartaba saris y enaguas. La fiebre de un plan temerario sonrojaba sus mejillas cuando abrió la tapa de un viejo baúl de hojalata... después de llenarse el bolso con las monedas y los billetes de rupia de los pacientes agradecidos y los invitados de la boda, mi madre se fue a las carreras.

Con el Mono de Latón creciendo dentro de ella, mi madre recorrió majestuosamente los *paddocks* del hipódromo llamado como la diosa de la riqueza; desafiando las náuseas matutinas y las venas varicosas, se puso en la cola de la ventanilla de apuestas mutuas, jugándose el dinero en triples y caballos sin ninguna probabilidad. Ignorándolo todo en materia de caballos, apostó por yeguas sin resistencia en carreras largas; se jugó dinero en *jockeys* porque le gustaba su sonrisa. Apretando un bolso con la dote que había permanecido intacta en su baúl desde que su propia madre la apartó, siguió locas corazonadas en favor de garañones que parecían dignos del Schaapsteker Institute... y ganó, y ganó, y ganó.

—Buenas noticias —dice Ismail Ibrahim—. Siempre creí que había que luchar con esos cabrones. Empezaré enseguida a actuar... pero hará falta dinero efectivo, Amina. ¿Tiene dinero efectivo?

—El dinero no faltará.

—No es para mí —explica Ismail—. Mis servicios, como dije, son gratuitos, absolutamente gratis. Pero, perdone, ya sabe lo que pasa, hay que hacer regalitos a la gente para facilitar las cosas...

—Tenga —Amina le da un sobre—. ¿Bastará de momento?

—Dios santo —Ismail Ibrahim deja caer el paquete sorprendido y billetes en rupias, de gran valor, se esparcen por el suelo de su sala de estar—. ¿De dónde ha sacado...? —Y Amina—: No me pregunte... y yo no le preguntaré en qué lo gasta.

El dinero de Schaapsteker pagaba nuestras facturas de comida; pero los caballos dieron nuestra guerra. La racha de suerte de mi madre en el hipódromo fue tan larga, una veta tan rica que, si no hubiera ocurrido, no hubiera sido creíble... un mes tras otro, se jugaba el dinero a favor del bonito y arreglado corte de pelo de un *jockey* o del hermoso pelaje pío de un caballo; y nunca salía del hipódromo sin su gran sobre lleno de billetes.

—Las cosas van bien —le dijo Ismail Ibrahim—. Pero Amina, hermana, Dios sabe en qué estás metida. ¿Es decente? ¿Es legal? —Y Amina—: No te quiebres la cabeza. Hay que soportar lo que no se puede remediar. Estoy haciendo lo que hay que hacer.

Ni una vez, en todo ese tiempo, disfrutó mi madre con sus tremendas victorias; porque la abrumaba algo más que el peso de un niño: al comer los *curries* de la Reverenda Madre, llenos de antiguos prejuicios, se había convencido de que el juego era la segunda cosa peor del mundo, después del alcohol; de forma que, aunque no era delincuente, se sentía consumida por el pecado.

Tenía los pies llenos de verrugas, aunque Purushottan el *sadhu*, que se quedó sentado bajo el grifo de nuestro jardín hasta que el agua que goteaba le hizo una calva en medio del lujurioso pelo enmarañado de la cabeza, era una maravilla haciéndolas desaparecer por ensalmo; pero, durante el invierno de las serpientes y la estación calurosa, mi madre luchó la lucha de su marido.

Os preguntaréis: ¿cómo fue posible? ¿Cómo podía un ama de casa, por diligente que fuera, por decidida que fuera, ganar fortunas en los caballos, un día de carreras después de otro día, un mes tras otro? Pensaréis por dentro: ajá, ese Homi Catrack es propietario de caballos; y todo el mundo sabe que la mayoría de las carreras están amañadas; ¡Amina le pedía a su vecino informaciones directas! La idea es plausible; pero el propio Mr. Catrack perdía tanto como ganaba; vio a mi madre en el hipódromo y le asombró su éxito. («Por favor», le pidió Amina, «Catrack Sahib, que esto quede entre nosotros. El juego es una cosa horrible; sería tan vergonzoso que mi madre lo descubriera». Y Catrack, asintiendo atolondradamente, dijo: «Como usted quiera.») De forma que no era el parsi el que estaba detrás de ello... pero quizá pueda ofrecer yo otra explicación. Aquí está, en una cuna azul celeste en una habitación azul celeste con el dedo indicador de un pescador en la pared: aquí, siempre que su madre sale agarrando un bolso lleno de secretos, está el bebé Saleem, que ha adquirido una expresión de la más intensa concentración, cuyos ojos han sido invadidos por una determinación de tan enorme fuerza que los ha oscurecido haciéndolos de un profundo azul marino, y cuya nariz aletea extrañamente mientras parece contemplar algún acontecimiento lejano, guiarlo a distancia, como la luna gobierna las mareas.

—Pronto será el juicio —dijo Ismail Ibrahim—, y creo que puede tener bastante confianza... Dios santo, Amina, ¿ha encontrado las minas del Rey Salomón?

En cuanto fui suficientemente mayor para jugar a juegos de tablero, me enamoré del de «serpientes y escalas». ¡Qué equilibrio más perfecto de premios y castigos! ¡Qué elecciones más aparentemente fortuitas hacían los dados al caer! Trepando por escalas y deslizándome por serpientes, pasé algunos de los días más felices de mi vida. Cuando, en mi época de prueba, mi padre me desafió en el dominio del juego del *shatranj*, yo lo exasperé al invitarlo en cambio a probar su suerte entre las escalas y las mordisqueantes serpientes.

Todos los juegos tienen su moraleja; y el juego de «serpientes y escalas» encierra, como ninguna otra actividad podría hacerlo, la verdad eterna de que, por cada escala que se trepe, hay una serpiente acechando tras la esquina... y por cada serpiente, una escala que compensa. Pero es más que eso; no sólo cuestión de zanahoria-y-palo; porque el juego lleva implícita la inalterable duplicidad de las cosas, la dualidad del arriba y abajo, del bien contra el mal; la sólida racionalidad de las escalas equilibra las ocultas sinuosidades de la serpiente; en la oposición entre escala y cobra podemos ver, metafóricamente, todas las oposiciones imaginables: Alfa contra Omega, padre contra madre; ahí están la guerra de Mary y de Musa, y las polaridades de rodillas y narices... pero, muy pronto en mi vida, vi que el juego carecía de una dimensión decisiva: la de la ambigüedad... porque, como están a punto de mostrar los acontecimientos, también es posible resbalar por una escala y trepar hasta el triunfo en el veneno de una serpiente... Sin embargo, conservando de momento la simplicidad, hago constar que, apenas había descubierto mi madre la escala hacia la victoria que representaba su suerte en las carreras, tuvo que recordar que en las cloacas del país seguían pululando las serpientes.

Hanif, el hermano de Amina, no se había ido al Pakistán. Obedeciendo al sueño de su infancia que había susurrado a Rashid, el chico de la *rickshaw* del trigal de Agra, había llegado a Bombay y buscado trabajo en los grandes estudios de cine. Precozmente confiado, no sólo había logrado ser el hombre más joven a quien se encomendó jamás la dirección de una película en la historia del cine indio; también había cortejado y se había casado con una de las estrellas más rutilantes de aquel cielo de celuloide, la divina Pia, cuyo rostro era su fortuna, y cuyos saris estaban hechos de telas cuyos diseñadores se habían propuesto claramente demostrar que era posible combinar todos los colores conocidos en un solo dibujo. A la Reverenda Madre no le gustaba la divina Pia, pero Hanif era, de toda mi familia, el único que estaba libre de su influencia limitadora. Hombre jovial, fornido, con la risa retumbante del barquero Tai y la cólera explosiva e inocente de su padre, Aadam Aziz, se llevó a la divina Pia a vivir sencillamente en un apartamento pequeño y muy poco cinematográfico de Marine Drive, diciéndole: «Ya tendremos tiempo de vivir como emperadores cuando me haya hecho un nombre.» Ella se conformó; fue la estrella de su primera película, financiada en parte por Homi Catrack y en parte por D. W. Rama Studios (Pvt.) Ltd... se llamó *Los amantes de Cachemira*, y una noche, en medio de sus días de carreras, Amina Sinai fue a la *première*. Sus padres no fueron, gracias a la aversión de la Reverenda Madre por el cine, contra la que Aadam Aziz no tenía ya fuerzas para luchar... lo mismo que, él, que había combatido con Mian Abdullah contra el Pakistán, no discutía ya con ella cuando elogiaba a ese país, conservando sólo las fuerzas necesarias para tirarse al suelo y negarse a emigrar; sin embargo, Ahmed Sinai, a quien revivía la cocina de su suegra pero molestaba su continua presencia, se movilizó y acompañó a su esposa.

Ocuparon sus asientos, junto a Hanif y Pia y la estrella masculina de la película, I. S. Nayyar, uno de los «galanes» de más éxito de la India. Y, aunque no lo sabían, había una serpiente acechando en los laterales... pero, entretanto, dejemos que Hanif Aziz tenga su momento de gloria; porque *Los amantes de Cachemira* contenían una idea que iba a dar a mi tío un período de triunfo espectacular, aunque breve. En aquella época no se permitía que los galanes y sus primeras actrices se tocasen en la pantalla, por temor a que sus ósculos pudieran corromper a la juventud del país... pero, treinta y tres minutos después de empezar *Los amantes*, el público de la *première* comenzó a emitir un profundo zumbido de emoción, porque Pia y Nayyar habían empezado —no a besarse sino— a besar *cosas*.

Pia besaba una manzana, sensualmente, con toda la rica plenitud de sus pintados labios, luego se la pasaba a Nayyar, el cual le plantaba, en la cara opuesta, su boca virilmente apasionada. Ése fue el nacimiento de lo que luego se conoció por beso indirecto... ¡y cuánto más sofisticado era que todo lo que hay en nuestro cine actual! ¡qué lleno estaba de nostalgia y erotismo! El público de la sala (que, hoy en día, jalearía roncamente el espectáculo de una joven pareja zambulléndose tras un arbusto, que empezaría luego a agitarse ridículamente... tan bajos hemos caído en nuestra capacidad de sugerir) contemplaba, clavado a la pantalla, cómo el amor de Pia y Nayyar, contra el fondo del lago Dal y el cielo azul helado de Cachemira, se expresaba en besos aplicados a tazas de rosado té cachemiro; junto a las fuentes de Shalimar, Pia y Nayyar apretaron sus labios contra una espada... pero entonces, en la cumbre del triunfo de Hanif Aziz, la serpiente se negó a esperar; bajo su influjo, las luces de la sala se encendieron. Contra las figuras de Pia y Nayyar, de tamaño mayor que el natural, que besaban mangos mientras vocalizaban la música del *play-back*, se vio la figura de un hombre tímido, de barba insuficiente, que subía al escenario, bajo la pantalla, con un micrófono en la mano. La serpiente puede adoptar las formas más inesperadas; ahora, bajo la apariencia de aquel ineficaz administrador de cine, soltó su veneno. Pia y Nayyar se borraron y murieron, y la voz amplificada del hombre de la barba dijo: «Señoras y caballeros, ustedes perdonen, pero hay noticias terribles.» Su voz se quebró —¡un sollozo de la Serpiente, para dar fuerza a sus colmillos!— y continuó luego: «Esta tarde, en la Birla House de Delhi, nuestro querido *Mahatma* ha sido asesinado. Un loco le disparó en el estómago, señoras y señores... ¡nuestro *Bapu* ya no existe!»

El público había empezado a gritar antes de que acabase; el veneno de sus palabras penetró en sus venas... había hombres adultos que se revolcaban en los pasillos agarrándose el vientre, no de risa sino de dolor: *¡Hai Ram! ¡Hai Ram...!* y mujeres que se arrancaban el pelo: los más bellos peinados de la ciudad se deshacían en torno a las orejas de las damas envenenadas... había estrellas de cine que vociferaban como pescaderas y se olía algo terrible en el aire... y Hanif susurró: —Vámonos de aquí, hermana mayor... si lo ha hecho un musulmán lo pagaremos muy caro.

Por cada escala hay una serpiente... y por un plazo de cuarenta y ocho horas después del abortado final de *Los amantes de Cachemira*, nuestra familia permaneció dentro de los muros de Buckingham Villa («¡Poned muebles contra las puertas, comosellame!», ordenó la Reverenda Madre. «¡Si hay criados hindúes, que se vayan a casa!»); y Amina no se atrevió a ir a las carreras.

Pero por cada serpiente hay una escala; y finalmente la radio nos dio un nombre. Nathuram Godse. —Gracias a Dios —estalló Amina—, ¡no es un nombre musulmán!

Y Aadam, al que la noticia de la muerte de Gandhi había echado encima más años: —¡No hay nada que agradecer por ese Godse!

Amina, sin embargo, se sentía llena de la ligereza del alivio, y trepaba vertiginosamente por la larga escalera del descanso... —¿Por qué no, después de todo? ¡Al llamarse Godse nos ha salvado la vida!

Ahmed Sinai, después de levantarse de su supuesto lecho del dolor, siguió portándose como un inválido. Con una voz de cristal empañado le dijo a Amina: —Así que le has dicho a Ismail que acuda a los tribunales; muy bien, bueno; pero perderemos. En esos tribunales hay que comprar a los jueces... —Y Amina, acudiendo apresuradamente a Ismail—: Nunca —por nada del mundo— debe hablarle a Ahmed del dinero. Un hombre tiene que tener su orgullo. —Y, más tarde—: No, *janum*, no voy a ningún lado; no, el niño no me cansa en absoluto; tú descansa, tengo que ir de tiendas... quizá le haga una visita a Hanif... ¡las mujeres, ya sabes, tenemos que entretenernos con algo!

Y, al llegar a casa con sobres rebosantes de rupias... —Tome, Ismail, ¡ahora que está levantado tenemos que ser rápidos y cuidadosos! —Y, sentada obedientemente junto a su madre por la noche—: Sí, claro que tienes razón, y Ahmed se hará pronto rico, ¡ya verás!

Y dilaciones interminables en el tribunal; y los sobres que se vaciaban; y el niño que va creciendo, acercándose al punto en que Amina no podrá insertarse ya tras el volante del Rover 1946; y, ¿continuará su suerte?; y Musa y Mary, peleándose como tigres viejos.

¿Qué es lo que inicia una pelea?

¿Qué restos de culpa temor vergüenza, adobados en los intestinos de Mary, la inducían —¿voluntaria? ¿involuntariamente?— a provocar al viejo criado de una docena de formas diferentes: mediante una elevación de nariz para indicar su condición superior; mediante el paso agresivo de las cuentas del rosario ante las narices del devoto musulmán; aceptando el título de *mausi*, madrecita, que le conferían los otros criados de la Hacienda, y que Musa consideraba una amenaza para su posición; mediante una familiaridad excesiva con la Begum Sahiba... risitas-susurros por los rincones, sólo lo suficientemente fuertes para que el ceremonioso, tieso y correcto Musa los oyera y se sintiera un poco estafado?

¿Qué diminuto grano de arena, en el mar de la vejez que ahora bañaba al viejo criado, se metió entre sus labios para engordar convirtiéndose en la oscura perla del odio... en qué insólitos entumecimientos cayó Musa, lastrándose de pies y manos, de forma que los jarrones se le rompían, los ceniceros se le volcaban, y una velada insinuación de despido inminente —¿de los labios conscientes o inconscientes de Mary?— creció para convertirse en un miedo obsesivo, que rebotó contra la persona que lo había iniciado?

Y (para no omitir los factores sociales), ¿cuál fue el efecto embrutecedor de la posición del criado, de una habitación para la servidumbre situada tras una cocina de horno negro, en la que Musa tenía que dormir con el jardinero, el chico para todo y el *hamal*... mientras Mary dormía lujosamente en una esterilla de junco junto al recién nacido?

Y, ¿era Mary culpable o no? Su incapacidad para ir a la iglesia —porque en las iglesias hay confesionarios, y en los confesionarios no se podía guardar secretos—, ¿se agrió dentro de ella haciéndola un poco mordaz, un poco hiriente?

¿O tenemos que ir más allá de la psicología... buscando la respuesta en declaraciones como la de que había una serpiente acechando a Mary, y Musa estaba condenado a conocer la ambigüedad de las escalas? O, más lejos aún, más allá de serpientes-y-escalas, ¿debemos ver la Mano del Destino en la pelea... y decir que, para que Musa volviera como un fantasma explosivo, para que aceptara su papel de Bomba-en-Bombay, era necesario escenificar una partida...? o, descendiendo desde esas sublimidades hasta lo ridículo, ¿podría ser que Ahmed Sinai —al que el whisky provocaba, al que los *djinns* incitaban a excesos de grosería— hubiera encolerizado tanto al viejo criado que su delito, con el que igualó la marca de Mary, fuera cometido como consecuencia del orgullo herido de un viejo servidor maltratado... y no tuviera en absoluto nada que ver con Mary?

Poniendo fin a las preguntas, me limitaré a los hechos: Musa y Mary estaban continuamente con las espadas desenvainadas. Y sí: Ahmed lo insultaba, y los esfuerzos pacificadores de Amina quizá no tuvieran éxito; y sí: las engañadoras sombras de la edad lo habían convencido de que lo echarían, sin previo aviso, en cualquier momento; y así fue como Amina descubrió, una mañana de agosto, que habían robado en la casa.

Vino la policía. Amina le comunicó lo que faltaba: una escupidera de plata incrustada de lapislázuli; monedas de oro; samovares enjoyados y servicios de té de plata; el contenido de un baúl de hojalata verde. Los criados fueron colocados en fila en el vestíbulo y sometidos a las amenazas del inspector Johnny Vakeel. —Vamos, ahora confesad —golpeándoles en la pierna con su *lathi*— o veréis lo que vamos a hacer con vosotros. ¿Queréis pasaros un día y una noche sobre una pierna? ¿Queréis que os arrojen agua, unas veces hirviendo y otras helada? En la Policía tenemos muchos métodos... —Y entonces una cacofonía de ruidos procedentes de los criados—: Yo no, Inspector Sahib, soy un chico honrado; ¡por el amor del cielo, registra mis cosas, sahib! —Y Amina—: Ya está bien, señor, va usted demasiado lejos. De todas formas, a mi Mary la conozco, y es inocente. No dejaré que la interroguen. —Irritación contenida del funcionario de policía. Se inicia un registro de pertenencias—: Sólo por si acaso, señora. Esos tipos tienen una inteligencia limitada... ¡y quizá descubrió usted el robo demasiado pronto para que el criminal huyera con su botín!

El registro tiene éxito. En el lecho arrollado de Musa, el viejo criado: una escupidera de plata. Envueltos en su escuchimizado fardo de ropa: monedas de oro, un samovar de plata. Escondido bajo su *charpoy*: un servicio de té perdido. Y ahora Musa se arroja a los pies de Ahmed Sinai; Musa suplica: —¡Perdóname, sahib! ¡Estaba loco; creía que me ibas a echar a la calle! —pero Ahmed Sinai no quiere escuchar; está congelado—; me siento tan débil —dice, y sale de la habitación; y Amina, horrorizada, pregunta—: Pero, Musa, ¿por qué hiciste ese juramento tan horrible?

... Porque en el intervalo entre la alineación en el corredor y los descubrimientos en las habitaciones de la servidumbre, Musa le había dicho a su amo: —No he sido yo, sahib. ¡Si te he robado, que me vuelva leproso! ¡Que mi vieja piel se cubra de pústulas!

Amina, con el horror en el rostro, aguarda la respuesta de Musa. El viejo rostro del criado se contrae en una máscara de cólera; escupe las palabras. —Begum Sahiba, yo sólo os he quitado vuestras preciosas posesiones, pero tú, y tu sahib, y su padre, me habéis quitado toda mi vida; y en mi vejez me habéis humillado con *ayahs* cristianas.

Reina el silencio en Buckingham Villa... Amina se ha negado a formular una denuncia, pero Musa se marcha. Lecho enrollado a la espalda, desciende por la escalera de caracol de hierro, descubriendo que las escaleras sirven tanto para bajar como para subir; se va, bajando por el altozano y dejando una maldición sobre la casa.

Y (¿fue la maldición?) Mary Pereira está a punto de descubrir que, aunque se gane una batalla, aunque las escaleras jueguen a favor, no se puede evitar una serpiente.

Amina dice: —No puedo darle más dinero, Ismail; ¿tiene bastante? —E Ismail—: Espero que sí... pero nunca se sabe... ¿hay alguna probabilidad de...? —Pero Amina—: El problema es que me he puesto tan gorda y todo eso, que no puedo entrar ya en el coche. Tendrá que bastar.

... El tiempo está aminorando su paso para Amina, una vez más; otra vez de nuevo, sus ojos miran a través de vidrios emplomados, en los que tulipanes rojos, de tallo verde, bailan al unísono; por segunda vez, su mirada se detiene en una torre de reloj que no ha funcionado desde las lluvias de 1947; una vez más, llueve. Ha acabado la temporada de las carreras de caballos.

Una torre de reloj de color azul pálido: achaparrada, desconchada, fuera de uso. Se alzaba sobre hormigón cubierto de alquitrán negro al final de la glorieta: el techo plano del piso superior de los edificios de Warden Road, que lindaban con nuestro altozano de dos pisos, de forma que, si se trepaba a la pared divisoria de Buckingham Villa, se tenía bajo los pies un alquitrán negro y plano. Y, bajo ese alquitrán negro, el jardín de infancia de Breach Candy, del que, todas las tardes del curso, subía la música tintineante del piano de la señorita Harrison tocando las melodías inalterables de la infancia; y debajo de eso, las tiendas, el Paraíso del Lector, la joyería Fatbhoy, los juguetes de Chimalker, y Bombelli's, con sus escaparates llenos de Una Yarda de Bombones. La puerta de la torre del reloj debía estar cerrada, pero era una cerradura barata del tipo que Nadir Khan hubiera reconocido: fabricación india. Y, por tres noches sucesivas inmediatamente antes de mi primer cumpleaños, Mary Pereira, de pie junto a mi ventana en la noche, observó una figura oscura que flotaba sobre el techo, con las manos llenas de objetos sin forma, una sombra que la llenó de un espanto no identificable. Después de la tercera noche, se lo dijo a mi madre; se llamó a la policía; el inspector Vakeel volvió a la Hacienda de Methwold, acompañado por una brigada especial de policías escogidos —«todos tiradores de primera, Begum Sahiba; ¡confíe en nosotros!»—, los cuales, disfrazados de barrenderos, con las pistolas escondidas bajo los andrajos, se dedicaron a vigilar la torre del reloj mientras barrían el polvo de la glorieta.

Cayó la noche. Tras las cortinas y las persianas *chick*, los habitantes de la Hacienda de Methwold miraban temerosamente en dirección a la torre del reloj. Los barrenderos, absurdamente, seguían cumpliendo sus obligaciones en la oscuridad. Johnny Vakeel se situó en nuestro mirador, con el rifle apenas escondido... y, a medianoche, una sombra pasó sobre la pared lateral de la escuela de Breach Candy y se dirigió a la torre, con un saco colgado al hombro... «Dejaremos que entre», le había dicho Vakeel a Amina; «tenemos que estar seguros de que es el sujeto». El sujeto, andando silenciosamente por el techo alquitranado y plano, llegó a la torre; entró.

—Inspector Sahib, ¿a qué espera?

—Chisss, Begum, esto es asunto de la policía; por favor, ocúltese un poco. Lo atraparemos cuando salga; fíjese en lo que le digo. Está atrapado —dijo Vakeel con satisfacción— como un ratón en la ratonera.

—Pero, ¿quién es?

—¡Cualquiera sabe! —Vakeel se encogió de hombros—. Sin duda algún *badmaash*. En estos tiempos hay gentuza por todas partes.

... Y entonces el silencio de la noche se corta como

la leche por un solo grito recortado; alguien se tambalea contra el interior de la puerta de la torre del reloj; ésta se abre violentamente; se oye un estrépito; y algo vetea hacia el alquitrán negro. El inspector Vakeel entra en acción, levantando su rifle, disparando desde la cadera como John Wayne; los barrenderos extraen sus armas de campeón de sus matorrales y siguen disparando... chillidos de mujeres excitadas, voces de criados... silencio.

¿Qué es lo que yace, castaño y negro, listado y serpentino sobre el alquitrán negro? ¿Qué es lo que, goteando una sangre negra, hace que el doctor Schaapsteker dé gritos desde su posición aventajada del piso superior?: —¡Sois totalmente imbéciles! ¡Hermanos de cucarachas! ¡Hijos de travestidos...! —¿qué es lo que, con una lengua revoloteante, agoniza mientras Vakeel se dirige corriendo al techo de alquitrán?

¿Y al otro lado de la puerta de la torre del reloj? ¿Qué peso, al caer, ha producido ese estrépito imponente? ¿Qué mano ha abierto con violencia la puerta; una mano en cuya parte inferior se ven dos agujeros rojos que manan, llenos de un veneno para el que no hay antídoto conocido, un veneno que ha matado cuadras enteras de caballos agotados? ¿Qué cuerpo es el que sacan de la torre unos hombres de paisano, en marcha fúnebre, sin ataúd, con unos barrenderos de imitación en calidad de portadores? ¿Por qué, cuando la luz de la luna cae sobre el rostro muerto, Mary Pereira se desploma como un saco de patatas, con los ojos en blanco, en un desvanecimiento repentino y espectacular?

Y, recubriendo las paredes interiores de la torre del reloj: ¿qué son esos extraños mecanismos, unidos a relojes baratos... por qué hay tantas botellas con trapos metidos en el cuello?

—Una suerte del demonio que llamara usted a mis muchachos, Begum Sahiba —dice el inspector Vakeel—. Ése era Joseph D'Costa: de nuestra lista de Más Buscados. Llevamos tras él un año o cosa así. Un *badmaash* absolutamente desalmado. ¡Tendría que ver las paredes de la torre del reloj! Estantes llenos hasta el techo de bombas de fabricación casera. ¡Suficientes explosivos para hacer volar esta colina hasta el mar!

Los melodramas se acumulan; la vida adquiere la tonalidad de una peliculilla de Bombay; las serpientes siguen a las escalas, las escalas suceden a las serpientes; en medio de tantos episodios, el bebé Saleem cayó enfermo. Como si fuera incapaz de asimilar tanto tejemaneje, cerró los ojos y se puso rojo y congestionado. Mientras Amina aguardaba los resultados del pleito de Ismail contra las autoridades del Estado; mientras el Mono de Latón crecía en sus entrañas; mientras Mary caía en un estado de conmoción del que sólo saldría por completo cuando el fantasma de Joseph volviera para perseguirla; mientras un cordón umbilical flotaba en un tarro de conservas y los *chutneys* de Mary llenaban nuestros sueños de dedos indicadores; mientras la Reverenda Madre se ocupaba de la cocina, mi abuelo me examinó y dijo: —Me temo que no hay duda; el pobre chaval tiene tifoideas.

—Ay, Dios del cielo —exclamó la Reverenda Madre—, ¿qué demonio siniestro, comosellame, ha caído sobre esta casa?

Así es como escuché la historia de la enfermedad que casi me interrumpió antes de haber comenzado: día y noche, a finales de agosto de 1948, mi madre y mi abuelo me cuidaron; Mary, forzándose a sí misma a olvidar su culpa, apretaba trapos frescos contra mi frente; la Reverenda Madre me cantaba canciones de cuna y me metía cucharadas de comida en la boca; hasta mi padre, olvidando momentáneamente sus propios trastornos, aleteaba impotente en la puerta. Pero llegó la noche en que el doctor Aziz, con un aspecto tan derrotado como el de un jamelgo, dijo: —No puedo hacer más. Antes de mañana habrá muerto. —Y, en medio de mujeres que gemían y del parto incipiente de mi madre, a la que el dolor había empujado a ello, y del arrancarse los cabellos de Mary Pereira, se oyó un golpecito; un criado anunció al doctor Schaapsteker; el cual le dio a mi padre una botellita, diciendo—: No voy a andarme con rodeos: o mata o cura. Dos gotas exactamente; y a ver qué pasa.

Mi abuelo, sentado con la cabeza entre las manos en medio de las ruinas de su ciencia médica, le preguntó: —¿Qué es? —Y el doctor Schaapsteker, con sus casi ochenta y dos años, y la lengua revoloteándole en las comisuras de la boca—: Veneno de cobra real diluido. A veces surte efecto.

Las serpientes pueden llevar al triunfo, lo mismo que se puede bajar por las escalas: mi abuelo, sabiendo que yo moriría de todas formas me administró el veneno de cobra. La familia se quedó allí, viendo cómo el veneno se extendía por mi cuerpo de niño... y seis horas más tarde mi temperatura había vuelto a ser normal. Después de aquello, mi ritmo de crecimiento perdió sus aspectos fenomenales; pero recibí algo a cambio de lo que perdía: la vida, y una precoz conciencia de la ambigüedad de las serpientes.

Mientras mi temperatura bajaba, mi hermana nacía en la Clínica Privada de Narlikar. Era el 1.º de septiembre; y el nacimiento fue tan sin incidentes, tan sin esfuerzo, que pasó casi inadvertido en la Hacienda de Methwold; porque ese mismo día Ismail Ibrahim fue a ver a mis padres a la clínica y anunció que se había ganado el pleito... Mientras Ismail lo celebraba, yo estaba agarrado a los barrotes de mi cama; mientras él exclamaba: «¡Se acabaron las congelaciones! ¡Sus posesiones

son suyas de nuevo! ¡Por mandato del Alto Tribunal!»,
yo me levantaba, con la cara roja, desafiando la ley de la
gravedad; y mientras Ismail anunciaba, con el rostro
serio: «Sinai *bhai*, el imperio de la ley ha logrado una
gran victoria», evitando los ojos encantados y triunfan-
tes de mi madre, yo, el bebé Saleem, exactamente de un
año, dos semanas y un día de edad, logré ponerme de
pie en la cuna.

Los efectos de los acontecimientos de ese día fueron dobles: crecí con las piernas irremediablemente
torcidas, por haberme puesto de pie demasiado pronto;
y el Mono de Latón (así llamada por un espeso mechón
de pelo dorado rojizo, que no se oscurecería hasta que
tuvo nueve años) aprendió que, si quería que le hicieran
caso en la vida, tendría que hacer muchísimo ruido.

ACCIDENTE EN UNA CESTA DE COLADA

Han pasado dos días enteros desde que Padma salió de mi vida a paso de carga. Desde hace dos días, su puesto en la tina de *kasaundy* de mango ha sido ocupado por otra mujer —también gruesa de cintura, peluda también de antebrazo; pero, a mis ojos, ¡no la ha sustituido!—, mientras mi loto del estiércol ha desaparecido no sé dónde. Un equilibrio ha sido alterado; siento que las grietas se ensanchan por todo mi cuerpo; porque de pronto estoy solo, sin el oído que necesito, y no me basta. Me acomete un súbito ataque de rabia: ¿por qué tiene que tratarme tan poco razonablemente mi propia discípula? Otros hombres han contado historias antes que yo; otros hombres no se vieron tan impetuosamente abandonados. Cuando Valmiki el autor del *Ramayana*, dictó su obra maestra al Ganesh de cabeza de elefante, ¿lo dejó plantado el dios a la mitad? Desde luego que no. (Obsérvese cómo, a pesar de mi formación musulmana, soy suficientemente bombayense para conocer bien las historias hindúes, ¡y la verdad es que me gusta mucho la imagen del Ganesh de nariz de trompa y orejas de soplillo, escribiendo solemnemente al dictado!)

¿Cómo prescindir de Padma? ¿Cómo renunciar a su ignorancia y su superstición, contrapesos necesarios para mi omnisciencia milagrera? ¿Cómo arreglármelas sin su espíritu paradójicamente práctico, que me hace —¿me hacía?— poner los pies en el suelo? Me he convertido, creo, en el ápice de un triángulo isósceles apoyado por igual en dos deidades gemelas: el loco dios de la memoria y la diosa de loto del presente... pero, ¿tendré que conformarme ahora con la estrecha unidimensionalidad de la línea recta?

Quizá me estoy escondiendo detrás de todas esas preguntas. Sí, quizá sea así. Debería hablar sencillamente, sin el disimulo de los signos de interrogación: nuestra Padma se ha ido, y la echo de menos. Sí, eso es.

Pero todavía queda trabajo por hacer: por ejemplo:

En el verano de 1956, cuando la mayoría de las cosas del mundo eran todavía mayores que yo, mi hermana, el Mono de Latón, adquirió la curiosa costumbre de prender fuego a los zapatos. Mientras Nasser hundía barcos en Suez, retardando así los movimientos del mundo al obligarlo a dar la vuelta por el Cabo de Buena Esperanza, mi hermana trataba también de impedir nuestro progreso. Obligada a luchar para que le prestaran atención, poseída por su necesidad de situarse en el centro de la actualidad incluso de la desagradable (después de todo, era mi hermana; pero ningún primer ministro le escribía cartas, ningún *sadhu* la vigilaba desde su puesto bajo el grifo del jardín; sin profecías, sin fotografías, su vida fue una lucha desde el principio), llevó su guerra al mundo de los zapatos, confiando, tal vez, en que, quemando nuestros zapatos, nos obligaría a quedarnos quietos el tiempo suficiente para darnos cuenta de que ella estaba allí... no intentaba ocultar sus delitos. Cuando mi padre entraba en su habitación y encontraba un par de zapatos negros de estilo Oxford en llamas, el Mono de Latón estaba al lado con una cerilla en la mano. Si sus narices se veían asaltadas por el olor sin precedentes del cuero de botas quemado, mezclado con el del betún Flor de Cerezo y el de un poco de aceite Tres-en-Uno... —¡Mira, *abba*! —decía el Mono encantadoramente—. ¡Mira qué bonito: el mismo color de mi pelo!

A pesar de todas las precauciones, las alegres flores rojas de la obsesión de mi hermana florecieron por toda la Hacienda aquel verano, resplandeciendo en las sandalias de la-pata-Nussie y en los zapatos del magnate del cine Homi Catrack; llamas del color de su pelo lamieron los zapatos de ante de tacón bajo del señor Dubash y los tacones de aguja de Lila Sabarmati. A pesar de esconder las cerillas y de la vigilancia de los criados, el Mono de Latón se salía con la suya, sin dejarse intimidar por castigos ni amenazas. Durante un año, de cuando en cuando, la Hacienda de Methwold se vio acometida por el humo de los zapatos incendiados; hasta que el pelo de mi hermana se oscureció convirtiéndose en un castaño anónimo, y ella pareció perder su interés por las cerillas.

Amina Sinai, que aborrecía la idea de pegar a sus hijos y era incapaz por temperamento de levantar la voz, no sabía qué hacer; y el Mono era condenada, un día tras otro, al silencio. Ése era el método disciplinario elegido por mi madre: al no ser capaz de pegarnos, nos ordenaba cerrar la boca. Sin duda alguna, algún eco del gran silencio con que su propia madre había atormentado a Aadam Aziz perduraba en sus oídos —porque también el silencio tiene un eco, más hueco y duradero que las reverberaciones de ningún sonido— y, con un «*¡Chup!*» enfático, se llevaba un dedo a los labios y nos ordenaba tener quieta la lengua. Era un castigo que nunca dejaba de intimidarme, haciendo que me sometiera; el Mono de Latón, sin embargo, estaba hecha de un material menos dócil. Silenciosamente, tras unos labios cerrados tan apretadamente como los de su abuela, maquinaba la incineración de algún cuero... lo mismo que en otro tiempo, hacía mucho, otro mono de otra ciudad había hecho algo que hizo inevitable la quema de un almacén de *skai*...

Era tan hermosa (aunque un tanto flacucha) como yo feo; pero fue, desde el principio, traviesa como un torbellino y ruidosa como una multitud. ¡Contad las ventanas y los jarrones, rotos accidentalmente-adrede; enumerad, si podéis, las comidas que, de algún modo, salieron volando de sus traicioneros platos, para manchar valiosas alfombras persas! El silencio era, realmente, el peor castigo que podía imponérsele; pero lo soportaba con alegría, de pie, inocentemente, entre ruinas de sillas rotas y objetos de adorno hechos trizas.

Mary Pereira decía: —¡Menuda es ésa! ¡Ese Mono! ¡Debería haber nacido con cuatro patas! —Pero Amina, en cuya cabeza el recuerdo de haber escapado por poco de dar a luz un hijo con dos cabezas se negaba obstinadamente a desaparecer, exclamaba—: ¡Mary! ¿Qué dices? ¡Eso no se puede ni pensar! —... A pesar de las protestas de mi madre, era verdad que el Mono de Latón era tan animal como humana; y, como sabían todos los criados y los niños de la Hacienda de Methwold, tenía el don de hablar con los pájaros, con los gatos. Con los perros también: pero, después de ser mordida, a los seis años, por un perro callejero supuestamente rabioso y ser arrastrada al hospital de Breach Candy, dando patadas y chillando, todas las tardes durante tres semanas, para recibir una inyección en la tripa, se olvidó al parecer de su lenguaje, o bien se negó a tener más tratos con ellos. De los pájaros aprendió a cantar; de los gatos, cierta forma de peligrosa independencia. El Mono de Latón nunca se ponía tan furiosa como cuando alguien le hablaba palabras de amor; desesperadamente necesitada de afecto, privada de él por mi sombra abrumadora, tenía tendencia a revolverse contra cualquiera que le diera lo que necesitaba, como

si se defendiera contra la posibilidad de que la enga-
ñaran.

... Como cuando Sonny Ibrahim hizo acopio de valor para decirle: —Oye, escucha, hermana de Saleem...
eres una chica como es debido. Me, um, sabes, me gus-
tas un rato largo... —E, inmediatamente, ella se fue a
donde el padre y la madre de él estaban sorbiendo su
lassi en los jardines de Sans Souci, y les dijo—: Tía Nussie, no sé lo que está tramando tu Sonny. ¡Acabo de
verlos a él y a Cyrus detrás de un arbusto, frotándose
de una forma extraña sus pi-pis...!

El Mono de Latón tenía malos modales en la mesa;
pisoteaba los arriates; le pusieron la etiqueta de niña-
difícil; pero ella y yo éramos uña y carne, a pesar de las
cartas enmarcadas de Delhi y del *sadhu*-de-debajo-del-
grifo. Desde el principio, decidí tratarla como aliada y
no como rival; y, como resultado, ni una sola vez me
echó la culpa de mi preeminencia en nuestra casa, y
me decía: —¿Quién tiene la culpa? ¿Es culpa tuya que
crean que eres tan maravilloso? —(Pero cuando, años
más tarde, cometí el mismo error que Sonny, me trató
exactamente lo mismo.)

Y fue el Mono quien, al responder a cierta llamada
telefónica equivocada, inició el proceso de acontecimientos que conduciría a mi accidente en una cesta de
colada hecha de listones de madera.

A la edad de casinueve, yo sabía ya una cosa: que
todo el mundo esperaba algo de mí. La medianoche y
las fotos de bebé, los profetas y los primeros ministros
habían creado a mi alrededor una niebla de expectación
refulgente e ineludible... en la que mi padre me atraía
hacia su fofa barriga, en el fresco de la hora del cóctel,
diciéndome: —¡Grandes cosas! Hijo mío: ¿qué no te
reservará el futuro? ¡Grandes hazañas, una gran vida!
—Mientras yo, retorciéndome entre su labio protuberante y su dedo gordo del pie, mojándole la camisa con

mis mocos eternamente goteantes, me ponía escarlata y chillaba—: ¡Suéltame, *abba*! ¡Todo el mundo nos va a ver! —Y él, avergonzándome de una forma increíble, bramaba—: ¡Déjalos que miren! ¡Que todo el mundo vea que quiero a mi hijo! —... y mi abuela, que nos visitó un invierno, me daba también consejos—: ¡Sólo tienes que subirte los pantalones, comosellame, y serás más que nadie en el mundo entero! —... A la deriva en esa neblina de anticipación, había sentido ya en mí mismo los primeros movimientos de ese animal informe que todavía, en estas noches sin Padma, mordisquea y rasca dentro de mi estómago: llevando la maldición de una multitud de esperanzas y de apodos (había adquirido ya los de Huelecacas y Mocoso), tenía miedo de que todo el mundo se equivocase... de que mi tan-cacareada existencia resultase ser totalmente inútil, vacía y sin chispa de sentido. Y, para escapar de esa bestia, comencé a esconderme, desde una edad temprana, en la gran cesta blanca de colada de mi madre; porque, aunque el animal estaba dentro de mí, la presencia consoladora de una ropa sucia envolvente parecía adormecerlo.

Fuera de la cesta de colada, rodeado de personas que parecían tener un devastador sentido de la finalidad de las cosas, me sumergía en los cuentos fantásticos. Hatim Tai y Batman, Superman y Simbad me ayudaron a pasar mis casinueve años. Cuando iba a la compra con Mary Pereira —impresionado por su capacidad para determinar la edad de un pollo mirándole el cuello, por la absoluta decisión con que miraba a los ojos a las japutas muertas— me convertía en Aladino, viajando por una gruta fabulosa; observando cómo los criados les quitaban el polvo a los jarrones con una dedicación tan majestuosa como oscura, me imaginaba a los cuarenta ladrones de Alí Babá escondidos en los odres llenos de polvo; en el jardín, mirando fijamente cómo Purushottam, el *sadhu*, era erosionado por el agua, me convertía en el genio de la lámpara, evitando así, en su mayor parte, el pensamiento de que era el único en el universo que no tenía la menor idea de lo que debía ser ni de cómo comportarme. Finalidad: se acercaba sigilosamente a mis espaldas cuando miraba desde mi ventana a las chicas europeas que retozaban en la piscina de forma de mapa de la orilla del mar. —¿Dónde se encuentra? —aullé a gritos; el Mono de Latón, que compartía mi habitación azul celeste, se llevó un susto del demonio. Yo tenía entonces casiocho; ella casisiete. Era una edad muy temprana para sentirse perplejo por el significado de las cosas.

Pero los criados no son admitidos en las cestas de colada; y también los autobuses escolares brillan por su ausencia. En mi casinoveno año había empezado a ir al instituto masculino Cathedral and John Connon, de Outram Road, en el distrito del Fuerte Viejo; lavado y cepillado todas las mañanas, esperaba al pie de nuestro altozano de dos pisos, con mis pantalones cortos blancos, llevando un cinturón elástico a rayas azules con una hebilla de serpiente, la cartera a la espalda y mi poderosa nariz de pepino, que goteaba como de costumbre; Raja de Ojo y Brillantina, Sonny Ibrahim y el precoz Cyrus-el-grande esperaban también. Y en el autobús, entre traqueteantes asientos y las grietas nostálgicas de los cristales de las ventanas, ¡qué certidumbres! ¡Qué certidumbres de casinueve años sobre el futuro! Una jactancia de Sonny: —¡Seré torero; España! ¡Chiquitas! ¡Eh, toro, toro! —Con la cartera por delante, sostenida como la muleta de Manolete, interpretaba su futuro mientras el autobús traqueteaba, doblando Kemp's Corner, por delante de Thomas Kemp and Co. (Farmacéuticos), por debajo del cartel del rajá de la Air-India («¡Adiós, caimán! ¡Me voy a Londres con Air-India!») y las demás vallas publicitarias en las que, durante toda mi infancia, el Chico de Kolynos, un

261

duendecillo de dientes relucientes con un sombrero verde, mágico y clorofílico, proclamaba las virtudes de la pasta de dientes Kolynos: «¡Conserva los dientes limpios, conserva los dientes brillantes! ¡Kolynos blanquea tus dientes muchísimo antes!» El chico de la valla y los chicos del autobús: unidimensionales, aplanados por la certidumbre, sabían para qué estaban allí. Ahí va Glandulitas Keith Colaco, un globo tiroideo de niño al que le brotan ya mechones de pelo en el belfo: —Dirigiré los cines de mi padre; y vosotros, cabrones, si queréis ver películas, ¡tendréis que mendigarme las entradas! —... Y el Gordo Perce Fishwala, cuya obesidad se debe sólo a que come demasiado y que, junto con Glandulitas Keith, ocupa la posición privilegiada de matón de la clase—: ¡Bah! ¡Eso no es nada! ¡Yo tendré diamantes y esmeraldas y piedras de la luna! ¡Perlas del tamaño de mis pelotas! —El padre del Gordo Perce dirige la otra joyería de la ciudad; su gran enemigo es el hijo del señor Fatbhoy, que, por ser pequeño e intelectual, no sale bien parado en la guerra de los niños de testículos de perlas... Y Raja de Ojo, que anuncia su futuro como jugador de críquet del Test, con una hermosa indiferencia hacia la vacía cuenca de su ojo; y Brillantina, que es tan acicalado y pulcro como su hermano crespo y despeinado, y dice: —¡Sois unos vagos egoístas! Yo seguiré a mi padre en la Marina; ¡defenderé a mi patria! —lo que hace que sea acribillado con reglas, compases, bolitas empapadas en tinta... en el autobús del colegio, mientras traqueteaba por delante de Chowpatty Beach, mientras torcía a la izquierda a la altura de Marine Drive, junto al apartamento de Hanif, mi tío favorito, y se dirigía por delante de Victoria Terminus hacia la fuente de Flora, por delante de la estación de Churchgate y del mercado de Crawford, yo guardaba silencio; era un Clark Kent de modales suaves que protegía mi identidad secreta; pero, ¿cuál diablos era?— ¡Eh,

Mocoso! —vociferaba Glandulitas Keith—. ¡Eh!, ¿qué creéis que será nuestro Huelecacas de mayor? —Y el alarido de respuesta del Gordo Perce Fishwala—: ¡Pinocho! —Y el resto, uniéndose a ellos, canta el estridente coro de «¡No tengo hilos!»... mientras Cyrus-el-grande se sienta silencioso como un genio, proyectando el primer instituto de investigaciones nucleares del país.

Y, en casa, estaba el Mono de Latón con su quema de zapatos; y mi padre, que había emergido de las profundidades de su postración para caer, una vez más, en la locura de los tetrápodos... «¿Dónde se encuentra?», imploraba yo desde mi ventana; el dedo del pescador, engañosamente, señalaba hacia el mar.

Prohibidos en las cestas de colada: los gritos de «¡Pinocho! ¡Nariz de pepino! ¡Cara de moco!» Oculto en mi escondrijo, estaba a salvo del recuerdo de la señorita Kapadia, la maestra del jardín de infancia de Breach Candy, que, en mi primer día de clase, se volvió en la pizarra para recibirme, vio mi nariz, y dejó caer el cepillo asustada, machacándose la uña del dedo gordo del pie, en un eco chillón pero menor del famoso contratiempo de mi padre; enterrado en moqueros sucios y pijamas arrugados, yo podía olvidar, por algún tiempo, mi fealdad.

Las tifoideas me atacaron; el veneno de la *krait* me curó; y mi ritmo de crecimiento temprano y recalentado se enfrió. En la época en que tenía casinueve, Sonny Ibrahim era una pulgada y media más alto que yo. Pero había un pedazo del bebé Saleem que parecía inmune a la enfermedad y al extracto-de-serpientes. Entre mis ojos, proliferaba rápidamente hacia afuera y hacia abajo, como si todas mis fuerzas expansionistas, expulsadas del resto de mi cuerpo, hubieran decidido concentrarse en ese único empuje incomparable... entre mis ojos y sobre mis labios, mi nariz florecía como un calabacín de concurso. (Pero, sin embargo, no tuve que sufrir muelas del juicio; habría que tratar de tener en cuenta los favores recibidos.)

¿Qué hay en una nariz? La respuesta habitual: «Eso es fácil. Un aparato respiratorio; órganos olfatorios; pelos.» Pero, en mi caso, la respuesta era todavía más fácil, aunque, tengo que admitirlo, un tanto repulsiva: lo que había en mi nariz eran mocos. Pidiendo disculpas, tengo que insistir, desgraciadamente, en los detalles: la congestión nasal me obligaba a respirar por la boca, dándome el aspecto de un pececito de colores dando boqueadas; sus bloqueos perennes me condenaron a una infancia sin perfumes, a días en que desconocí los olores del almizcle y el *chambeli* y el *kasaundy* de mango y el helado de fabricación casera: y también de la ropa sucia. Una incapacidad en el mundo situado fuera de las cestas de colada puede ser una auténtica ventaja cuando se está dentro. Pero sólo durante la estancia.

Obsesionado por las finalidades, mi nariz me preocupaba. Vestido con las agrias prendas que llegaban regularmente de mi tía Alia, la directora, iba al colegio, jugaba al críquet francés, me peleaba, me metía en cuentos fantásticos... y me preocupaba. (En aquellos días, mi tía Alia había empezado a enviarnos una serie interminable de ropas de niño, cuyas costuras había cosido con su bilis de solterona; el Mono de Latón y yo nos vestíamos con sus regalos, llevando al principio las cositas de bebé de la amargura y luego los peleles del resentimiento; crecí con pantalones cortos blancos almidonados con el almidón de los celos, mientras que el Mono se ponía las bonitas faldas floreadas de la envidia no amortiguada de Alia... ignorantes de que nuestro guardarropa nos envolvía en las telarañas de su venganza, vivíamos nuestras vidas bien vestidas.) Mi nariz: elefantina como la trompa de Ganesh, hubiera debido ser, pensaba, un respiradero superlativo; un elemento olfateador sin contestación posible, como decimos nosotros; en lugar de ello, estaba permanentemente taponada, y era tan inútil como un *sikh-kabab* de madera.

Basta. Me metía en la cesta de colada y me olvidaba de mi nariz; me olvidaba de la ascensión al Everest en 1953... cuando el mugriento Raja de Ojo soltó una risita: —¡Eh, chicos! ¿Creéis que Tenzing podría escalar la cara de Huelecacas? —... y de las peleas entre mis padres por culpa de mi nariz, de la que Ahmed Sinai no se cansaba de culpar al padre de Amina—: ¡En mi familia nunca ha habido narices así! ¡Tenemos narices espléndidas; narices orgullosas; narices reales, esposa! —Ahmed Sinai había empezado ya, en aquella época, a creer en la ascendencia ficticia que se había inventado en beneficio de William Methwold; embrutecido por los *djinns*, veía sangre mogol corriendo por sus venas... Olvidaba también la noche, cuando yo tenía ocho años y medio, en que mi padre, con *djinns* en el aliento, entró en mi alcoba y me arrancó las sábanas, gritando—: ¿Qué estás haciendo? ¡Cerdo! ¡Cerdo más que cerdo! —Yo tenía un aspecto soñoliento; inocente; perplejo. Él siguió bramando—: *¡Chhi-chhi!* ¡Asqueroso! ¡Dios castiga a los niños que hacen eso! Ya te ha hecho la nariz tan grande como un álamo. ¡No dejará que crezcas; hará que se te encoja el pi-pi! —Y mi madre, que llega en camisón a la habitación sobresaltada—: *Janum*, por amor del Cielo; el chico estaba durmiendo. —El *djinn* rugió por boca de mi padre, poseyéndolo por completo—: ¡Mira esa cara! ¿Cómo se puede tener una nariz así de dormir?

No hay espejos en una cesta de colada; no penetran en él las bromas groseras, ni los dedos indicadores. La furia de los padres se ve amortiguada por las sábanas usadas y los sostenes desechados. Una cesta de colada es un agujero en el mundo, un lugar que la civilización ha situado fuera de sí misma, al margen de ella; eso la convierte en el mejor de los escondites. En la cesta de colada, yo era como Nadir Khan en su mundo subterráneo, estaba libre de toda presión, oculto a las exigencias de los padres y de la Historia...

... Mi padre, apretándome contra su fofa barriga, hablando con la voz ahogada por una emoción momentánea: —Está bien, está bien, vamos, vamos, eres un chico; serás todo lo que quieras ser; ¡sólo tienes que quererlo de veras! Y ahora duerme... —Y Mary Pereira, haciéndole eco con su pequeña rima—: Todo lo que quieras ser, lo serás; ¡podrás ser todo lo que quieras ser! —Se me había ocurrido ya que nuestra familia creía implícitamente en los sanos principios financieros; esperaban obtener un bonito rendimiento de su inversión en mí. Los niños reciben comida alojamiento dinero de bolsillo largas vacaciones y amor, todo aparentemente gratuito gratis, y la mayoría de ellos, los muy tontos, creen que es una especie de compensación por haberlos hecho nacer. «¡No tengo hilos!», cantan; pero yo, Pinocho, veía los hilos. Los padres obran impulsados por el ánimo de lucro... ni más ni menos. A cambio de sus atenciones, esperaban de mí el inmenso dividendo de la grandeza. No me entendáis mal. No me importaba. Yo era, en aquella época, un niño obediente. Deseaba ardientemente darles lo que querían, lo que adivinos y cartas enmarcadas les habían prometido; pero, sencillamente, no sabía cómo. ¿De dónde venía la grandeza? ¿Cómo se conseguía un poco? ¿*Cuándo*...? Cuando yo tenía siete años, Aadam Aziz y la Reverenda Madre vinieron de visita. En mi séptimo cumpleaños, obedientemente, dejé que me vistieran como los niños del cuadro del pescador; con calor y oprimido por el extravagante atuendo, no hacía más que sonreír. —¡Mirad mi Cachito-de-luna! —exclamó Amina cortando una tarta cubierta con animales domésticos de azúcar—. ¡Qué *monada*! ¡Y nunca llora! —Conteniendo con sacos de arena las cataratas de lágrimas que acechaban detrás mismo de mis ojos, las lágrimas del calor incomodidad y de la ausencia de Una Yarda de Bombones en el montón de mis regalos, le llevé un pedazo de tarta a la Reverenda Madre, que estaba enferma en cama. Me habían regalado un estetoscopio de médico; lo llevaba colgado del cuello. Ella me dio permiso para reconocerla; le receté más ejercicio—. Tienes que cruzar el cuarto, hasta el *almirah* y volver, una vez al día. Puedes apoyarte en mí; soy el médico. —Un milord inglés con estetoscopio guiaba a una abuela con lunares de bruja a través del cuarto; cojeando, crujiendo, ella obedeció. Después de tres meses de ese tratamiento, se recuperó por completo. Los vecinos vinieron trayendo *rasgullas* y *gulab-jamans* y otros dulces. La Reverenda Madre, regiamente sentada en un *takht* en el cuarto de estar, anunció—: ¿Veis a mi nieto? Él me ha curado, comosellame. ¡Un genio! Un genio, comosellame: es un don de Dios. —Entonces, ¿era eso? ¿Podía dejar de preocuparme? ¿Era el genio algo totalmente sin relación con el querer, el aprender, el saber o el poder? ¿Algo que, a la hora fijada, flotaría en torno a mis hombros como un chal de *pashmina* inmaculado y delicadamente bordado? La grandeza como un manto sobre los hombros: que nunca había que mandar al *dhobi*. No se golpea al genio contra unas piedras... Esa clave, la frase afortunada de mi abuela, era mi única esperanza; y, como más adelante se vio, no estaba muy equivocada. (El accidente me está llegando casi; y los hijos de la medianoche aguardan.)

Años más tarde, en el Pakistán, la misma noche en que el techo se le derrumbó encima, dejándola más plana que una tortita de arroz, Amina Sinai vio, en una visión, la vieja cesta de colada. Cuando brotó dentro de sus párpados la saludó como a una prima no-especial-mente-bienvenida. —De modo que eres tú otra vez —le dijo—. Bueno, ¿por qué no? Las cosas vuelven continuamente a mí en estos días. Al parecer, no se puede dejar nada atrás. —Había envejecido prematuramente como todas las mujeres de nuestra familia; la cesta le recordó el año en que la vejez comenzó a arrastrarse sigilosamente hacia ella. El gran calor de 1956— que Mary Pereira me dijo era causado por pequeños insectos relucientes e invisibles —zumbaba otra vez en sus oídos—. Los callos empezaron entonces a acabar conmigo —dijo en voz alta, y el funcionario de la Defensa Civil que había venido para hacer cumplir el apagón sonrió tristemente para sí y pensó: Los viejos se envuelven en su pasado durante una guerra; de esa forma, están dispuestos a morir cuando haga falta. Se fue silenciosamente pasando por delante de las montañas de toallas de felpa defectuosas que llenaban la mayor parte de nuestra casa, y dejó que Amina lavara su ropa sucia en privado... Nussie Ibrahim —la-pata-Nussie— solía admirar a Amina—: ¡Esa *postura*, querida, que tú tienes! ¡Ese *tono*! Te juro que me deja asombrada: ¡te deslizas como si fueras en un *carrito* invisible! —Pero en el verano de los insectos del calor, mi elegante madre perdió por fin su batalla contra las verrugas, porque el *sadhu* Purushottam perdió de pronto su poder mágico. El agua le había desgastado el pelo, haciéndole una calva; y el constante goteo de los años lo había desgastado a él. ¿Se había desilusionado de su niño bendito, de su *Mubarak*? ¿Fue culpa mía que sus mantras perdieran su poder? Con aire de gran preocupación, le dijo a mi madre—: No te preocupes; sólo tienes que esperar; te arreglaré los pies sin falta. —Pero los callos de Amina empeoraron; fue a médicos que se los congelaron con bióxido de carbono y ceros absolutos; pero eso sólo los revivió con redoblado vigor, de forma que empezó a renquear: sus días de deslizarse habían acabado; y reconoció el saludo inconfundible de la vejez. (Rebosante de fantasía, yo la transformaba en una *silkie* —«*Amma*, quizá seas de verdad una sirena, que ha tomado forma humana por amor a un hombre... ¡y cada paso tuyo sea como un andar sobre cuchillas!». Mi madre sonreía, pero no se reía.)

1956. Ahmed Sinai y el doctor Narlikar jugaban al ajedrez y discutían: mi padre era un acérrimo adversario de Nasser, mientras que Narlikar lo admiraba abiertamente. —Ese hombre es malo para los negocios —decía Ahmed—; Pero tiene estilo —respondía Narlikar, refulgiendo apasionadamente—. No se deja avasallar por nadie. —En esos momentos, Jawaharlal Nehru consultaba a los astrólogos sobre el Plan Quinquenal del país, a fin de evitar otro Karamstan; y mientras el mundo combinaba agresión y ocultismo, yo permanecía escondido en una cesta de colada que, en realidad, no era suficientemente grande para resultar ya cómoda; y Amina Sinai se sentía culpable.

Estaba intentando ya borrar de su mente su aventura en las carreras; pero el sentido del pecado que la cocina de su madre le dio no podía ser esquivado; de forma que no le fue difícil considerar sus verrugas como un castigo... no sólo por la escapada de unos años antes a Mahalaxmi, sino por no haber salvado a su marido de los papelitos rosas del alcoholismo; por los modales indómitos y poco femeninos del Mono de Latón; y por el tamaño de la nariz de su único hijo. Mirándola ahora desde aquí, me parece que una niebla de culpabilidad había empezado a formársele en torno a la cabeza... su piel negra exudaba una nube negra que flotaba ante sus ojos. (Padma lo creería; ¡Padma comprendería lo que quiero decir!) Y, a medida que su culpa crecía, la niebla se espesaba —sí, ¿por qué no?—, ¡había días en que apenas se le veía la cabeza por encima del cuello...!

Amina se había convertido en una de esas raras personas que se echan a la espalda las responsabilidades del mundo; comenzó a exudar el magnetismo de los voluntariamente culpables; y, desde entonces, todo el que entraba en contacto con ella sentía el más poderoso de los deseos de confesar sus propias culpas privadas. Cuando sucumbían a los poderes de mi madre, ella les sonreía con una sonrisa triste y brumosa, y ellos se iban, aligerados, dejando su carga sobre los hombros de ella; y la niebla de culpabilidad se espesaba. Amina supo de criados apaleados y funcionarios sobornados; cuando mi tío Hanif y su mujer, la divina Pia, venían de visita, le contaban sus peleas con todo detalle; Lila Sabarmati confiaba sus infidelidades al oído amable, predispuesto y paciente de mi madre; y Mary Pereira tenía que luchar constantemente con la tentación casi irresistible de confesar su delito.

Enfrentada con las culpas del mundo, mi madre sonreía brumosamente y cerraba con fuerza los ojos; y para cuando el techo se derrumbó sobre su cabeza, tenía la vista muy dañada; pero todavía podía ver la cesta de colada.

¿Qué había realmente en el fondo de la culpabilidad de mi madre? Quiero decir realmente, por debajo de las verrugas y de los *djinns* y de las confesiones. Era un malestar indecible, una aflicción que ni siquiera podía nombrarse y que no se limitaba ya a soñar con un marido subterráneo... mi madre había caído (como caería pronto mi padre) bajo el embrujo del teléfono.

En las tardes de aquel verano, tardes calientes como toallas, el teléfono sonaba. Mientras Ahmed Sinai estaba dormido en su cuarto, con las llaves bajo la almohada y los cordones umbilicales en su *almirah*, un estridente ruido telefónico penetraba en el zumbido de los insectos del calor; y mi madre, renqueante de verrugas, iba al vestíbulo para responder. Y ahora, ¿qué expresión es ésta, qué mancha su cara con el color de la sangre seca...? Sin saber que la observan, ¿qué temblores de labios como de pez son ésos, qué murmullos estrangulados...? ¿Y por qué, después de escuchar durante sus buenos cinco minutos, mi madre dice, con una voz de cristal roto: «Lo siento; se ha equivocado»? ¿Por qué brillan diamantes en sus párpados...? El Mono de Latón me susurró: —La próxima vez que llamen lo averiguaremos.

Cinco días después. Una vez más es por la tarde; pero hoy Amina está fuera, visitando a la-pata-Nussie, cuando el teléfono reclama atención. —¡Rápido! ¡Rápido o se despertará! —El Mono, ágil como su nombre, coge el teléfono antes de que Ahmed Sinai haya cambiado siquiera el ritmo de sus ronquidos... «¿Dígame? ¿Sí? Éste es el siete-cero-cinco-seis-uno; ¿dígame?» Escuchamos, con todos los nervios de punta; pero durante un momento no se oye nada. Luego, cuando estamos a punto de colgar, llega la voz. «... Ah ... sí ... oiga...» Y el Mono, casi a gritos: «¿Dígame? ¿Quién es, por favor?» Otra vez silencio; la voz, que no ha podido dejar de hablar, medita la respuesta; y entonces: «... Oiga ... ¿Es la compañía de alquiler de camiones Shanti Prasad, por favor...?» Y el Mono, rápida como el relámpago: «Sí, ¿qué desea?» Otra pausa; la voz, que suena desconcertada, casi apologética, dice: «Quisiera alquilar un camión.»

¡Qué excusa más débil la de la voz telefónica! ¡Qué farsa más transparente la de los fantasmas! La voz del teléfono no era una voz de arrendador de camiones; era suave, un poco sensual, la voz de un poeta... pero, después de eso, el teléfono sonó regularmente; a veces contestaba mi madre, escuchaba en silencio mientras su boca se movía como la de un pez, y finalmente, demasiado tarde, decía: «Lo siento, se ha equivocado»; y otras veces el Mono y yo nos apiñábamos en torno al teléfono, con dos orejas en el auricular, mientras el Mono tomaba pedidos de camiones. Yo me extrañaba: —Oye, Mono, ¿qué crees tú? ¿No se preguntará nunca ese tipo por qué no *llegan* los camiones? —Y ella, con los ojos muy abiertos y la voz temblorosa—: Hombre, tú crees que... ¡a lo mejor *llegan*!

Pero yo no podía entender cómo; y una diminuta simiente de sospecha quedó plantada en mí; un vislumbre diminuto de la idea de que nuestra madre podía tener un secreto... ¡nuestra *amma*! La que siempre decía: «Si guardas secretos se pudrirán dentro de ti; ¡si te callas las cosas, te darán dolor de tripas!»... una chispa minúscula que mi experiencia en la cesta de colada aviaría hasta convertir en incendio forestal. (Porque esta vez, comprendéis, tuve la prueba.)

Y ahora, por fin, ha llegado el momento de la ropa sucia. A Mary Pereira le gustaba decirme: —Si quieres ser un gran hombre, *baba*, debes ser muy limpio. Cámbiate de ropa —me aconsejaba—, báñate con regularidad. Vamos, *baba*, o te mandaré al lavandero para que te golpee contra la piedra. —Me amenazaba también con bichos—: Está bien, si eres un guarro, nadie te querrá salvo las moscas. Se posarán en ti cuando estés dormido; ¡te pondrán huevos bajo la piel! —En parte, mi elección del escondite era un acto de desafío. Arrostrando *dhobis* y moscas, me escondía en el sucio lugar; las sábanas y las toallas me daban fuerza y consuelo; la nariz me moqueaba abundantemente en aquella ropa blanca condenada a la piedra; y siempre, cuando volvía a salir al mundo desde mi ballena de madera, la sabiduría madura y triste de la ropa sucia persistía en mí enseñándome su filosofía de frialdad y dignidad-a-pesar-de-todo y la horrible inevitabilidad del jabón.

Una tarde de junio, anduve de puntillas por los pasillos de la casa dormida hacia mi refugio preferido; pasé furtivamente por delante de mi madre dormida y entré en el silencio de baldosas blancas de su cuarto de baño; levanté la tapa de mi objetivo; y me zambullí en su blanda masa de tejidos (predominantemente blancos), cuyos únicos recuerdos eran los de mis visitas anteriores. Suspirando suavemente, bajé la tapa, y dejé que bragas y camisetas me masajearan los dolores de estar vivo, sin una finalidad y con casi nueve años de edad.

Electricidad en el aire. El calor, zumbando como las abejas. Un manto, que flotaba en algún sitio del cielo, esperaba para descender suavemente sobre mis hombros... en algún lado, un dedo se dirige hacia un disco; un disco zumba dando vueltas y más vueltas, unos impulsos eléctricos vuelan por un cable, siete, cero, cinco, seis, uno. Suena el teléfono. El sonido estridente y amortiguado de un timbre penetra en la cesta de colada, en la que un niño de casinueveaños se encuentra incómodamente escondido... Yo, Saleem, me quedo rígido por el temor de ser descubierto, porque ahora hay más ruidos que penetran en la cesta: el crujido de los muelles de una cama; el chacoloteo suave de unas zapatillas por el pasillo; el teléfono, silenciado a mitad de su estridencia; y —¿o es imaginación? ¿Era su voz demasiado suave para poder oírla?— las palabras, dichas, como siempre, demasiado tarde: «Lo siento. Se ha equivocado.»

Y ahora, unas pisadas renqueantes que vuelven al dormitorio; y los peores temores del chico escondido que se confirman. Los pomos de puerta, al girar, le gritan advertencias; unos pasos afilados como navajas lo cortan profundamente al moverse por las baldosas frías y blancas. Un cordón de pijama —¡heraldo en forma de serpiente del destino!— se le mete en el agujero izquierdo de la nariz. Respirar significaría morir; se niega a pensar en ello.

... Firmemente sujeto por las garras del terror, se da cuenta de que su ojo mira por un resquicio de la ropa sucia... y ve a una mujer que llora en un cuarto de baño. Lluvia que cae de una nube negra y espesa. Y ahora hay más sonidos, más movimientos; la voz de su madre ha empezado a hablar, dos sílabas, una y otra vez; y sus manos han comenzado a moverse. Los oídos, sofocados por la ropa interior, se esfuerzan por captar los sonidos: uno: ¿*dir*? ¿*Bir*? ¿*Dil*...? y el otro: ¿*Ha*? ¿*Ra*? No... Na. Ha y Ra quedan desterrados; Dil y Bir desaparecen para siempre; y el chico escucha, con sus oídos, un nombre que no se ha pronunciado desde que Mumtaz Aziz se convirtió en Amina Sinai: Nadir. Nadir. Na. Dir. Na.

Y las manos de ella se mueven. Perdidas en el recuerdo de otros tiempos, de lo que ocurría después de los juegos del tiro-a-la-escupidera en un sótano de Agra, revolotean alegremente en torno a sus mejillas; oprimen su pecho más firmemente que ningún sujetador; y ahora acarician su talle desnudo, se pierden en las profundidades... sí, eso es lo que hacíamos, amor mío, y bastaba, me bastaba aunque mi padre hiciera que, y tú huyeras, y ahora el teléfono, Nadirnadirnadirnadirnadirnadir... unas manos que tocaban un teléfono tocan ahora carne, mientras que, en otro lugar, ¿qué hace otra mano? ¿A dónde se dirige otra mano, después de dejar el teléfono?... No importa; porque aquí, en su intimidad espiada, Amina Sinai repite un antiguo nombre, una y otra vez, hasta que, finalmente, prorrumpe en un: —*Arré* Nadir Khan, ¿qué ha sido de ti?

Secretos. Un nombre de hombre. Movimientos de manos nunca-antes-vistos. La mente de un niño llena de pensamientos que no tienen forma, atormentada por ideas que se niegan a fijarse en palabras; y, en una ventanilla izquierda de nariz, un cordón de pijama que sube-sube-sube serpenteando, y se niega a pasar inadvertido...

Y ahora —¡oh madre desvergonzada! Reveladora de duplicidades, de sentimientos que no tienen cabida en la vida familiar; y más aún: ¡Oh desveladora descocada del Mango Negro!— Amina Sinai, secándose los ojos, es requerida por una necesidad más trivial; y, mientras el ojo derecho de su hijo mira a través de los listones de madera de la parte superior de la cesta de colada, ¡mi madre desata su sari! Mientras yo, silenciosamente, en la cesta de colada: «¡No lo hagas no lo hagas no!»... pero no puedo cerrar el ojo. Una pupila que no parpadea absorbe la imagen cabeza abajo de un sari que cae al suelo, una imagen que, como siempre, es invertida por el cerebro; a través de unos ojos de azul helado veo cómo un *slip* sigue al sari; y entonces —¡horror!— mi madre, enmarcada por ropa sucia y listones de madera, ¡se inclina para recoger sus ropas! Y allí está, abrasándome la retina; ¡la visión del trasero de mi madre, negro como la noche, redondo y curvo, pareciéndose más que a nada en el mundo a un mango Alfonso, gigantesco y negro! En la cesta de colada, turbado por la visión, lucho conmigo mismo... mi autodominio se hace a la vez imperativo e imposible... bajo el influjo atronador del Mango Negro, mi valor se quiebra; el cordón del pijama alcanza la victoria; y, mientras Amina Sinai se sienta ante una cómoda, yo... ¿qué? No estornudo; fue menos que un estornudo. No, tampoco una contracción nerviosa; fue más que eso. Ha llegado el momento de hablar claramente: destrozada por la voz bisilábica y las manos revoloteantes, devastada por el Mango Negro, la nariz de Saleem Sinai, respondiendo a la evidencia de la duplicidad materna, temblorosa ante le presencia del maternal trasero, cedió ante un cordón de pijama y fue poseída por una *aspiración* cataclísmica... irreversible... que cambió el mundo. El cordón del pijama asciende dolorosamente media pulgada por la nariz. Pero otras cosas ascienden

275

también: arrastrados por esa febril inhalación, los líquidos nasales son absorbidos sin cesar cada vez más más más arriba, el mucílago nasal fluye hacia lo alto, en contra de la gravedad, en contra de la naturaleza. Los senos frontales se ven sometidos a una presión insoportable... hasta que, dentro de la cabeza de casinueve años, algo estalla. Los mocos suben vertiginosamente, a través de una presa rota, hacia canales nuevos y oscuros. Las mucosidades ascienden más alto de lo que ninguna mucosidad debió ascender jamás. Los fluidos residuales llegan, quizá, hasta las fronteras del cerebro... y hay una conmoción. Algo eléctrico se ha humedecido.

Dolor.

Y luego el ruido, ensordecedor, aterrador de muchas lenguas, *¡dentro de su cabeza...!* Dentro de una cesta de colada de madera blanca, en el interior de la sala a oscuras de mi cráneo, mi nariz comenzó a cantar.

Pero ahora no hay tiempo de escucharla, porque hay una voz que está muy cerca. Amina Sinai ha abierto la puertecilla inferior de la cesta de colada, yo caigo caigo dando tumbos, con ropa sucia envolviéndome la cabeza como un amnios. Un cordón de pijama es expulsado de mi nariz; y ahora hay un relámpago que atraviesa las oscuras nubes que rodean a mi madre... y un refugio se pierde para siempre.

—¡No he mirado! —chillé entre calcetines y sábanas—. No he visto nada, *ammi*, ¡te lo juro!

Y años más tarde, en una silla de mimbre entre toallas desechadas y una radio que anunciaba exageradas victorias bélicas, Amina recordaría que, con el pulgar y el índice pellizcando la oreja del embustero de su hijo, se lo llevó a Mary Pereira, que estaba durmiendo, como siempre, en su esterilla de mimbre, en una habitación azul celeste; y le dijo: —Este pollino; este inútil del diablo no debe hablar en todo el día. —... Y, poco antes de que el techo se le derrumbara encima, dijo en voz alta—:

Tuve yo la culpa. Lo eduqué muy mal. —Mientras la explosión de la bomba atronaba el aire, añadió suave pero firmemente, dirigiendo sus últimas palabras en el mundo al fantasma de una cesta de colada—: Y ahora vete. Estoy harta de ti.

En el monte Sinaí, el profeta Musa o Moisés escuchó mandamientos incorpóreos; en el monte Hira, el profeta Muhammad (conocido también por Mohammed, Mahoma, el Penúltimo y Mahound) le habló el Arcángel (Gabriel o Jibreel, como queráis). Y en el escenario de la Cathedral and John Connon Boy's High School, «con el patrocinio» de la Anglo-Scottish Education Society, mi amigo Cyrus-el-grande, que interpretaba como siempre un papel de mujer, oyó las voces de Santa Juana diciendo frases de Bernard Shaw. Pero Cyrus es el excéntrico: a diferencia de Juana, que oía sus voces en el campo, pero a semejanza de Musa o Moisés, y de Muhammad el Penúltimo, yo escuché mis voces en una colina.

Muhammad (la paz sea en su nombre, quisiera añadir; no pretendo ofender a nadie) escuchó una voz que decía: «¡Recita!», y creyó que se estaba volviendo loco; yo escuché, al principio, con la cabeza llena de lenguas atropelladas, como si fuera una radio mal sintonizada; y, con los labios sellados por la orden maternal, no pude pedir consuelo. Muhammad, a los cuarenta, pidió y obtuvo seguridades de su mujer y sus amigos: «En verdad», le dijeron, «que eres el Mensajero de Dios»; yo, padeciendo mi castigo a los casinueve, no podía ni buscar el apoyo del Mono de Latón ni pedir palabras apaciguadoras a Mary Pereira. Enmudecido por una tarde y una noche y una mañana, luché, solo, por comprender lo que me había ocurrido; hasta que por fin vi el chal del genio que bajaba revoloteando, como una mariposa bordada, el manto de la grandeza que se posaba en mis hombros.

En el calor de aquella noche silenciosa (yo estaba en silencio; fuera de mí, el mar crujía como un papel distante; los cuervos graznaban en las angustias de sus pesadillas de plumas; los ruidos golpeteantes de los taxis tardíos llegaban por el aire desde Warden Road; el Mono de Latón, antes de quedarse dormida, con el rostro congelado en una máscara de curiosidad, me suplicó: «Vamos, Saleem; no nos oye nadie; ¿qué has hecho? ¡Cuéntame cuéntame cuéntame!»... mientras, dentro de mí, las voces rebotaban contra las paredes de mi cráneo), me vi sujeto por los dedos ardientes de la excitación —los agitados insectos de la excitación me bailaban en el estómago— porque, finalmente, de algún modo que no podía entender por completo, la puerta que había empujado una vez en mi cabeza Toxy Catrack había sido forzada; y a través de ella podía entrever —todavía oscura, indefinida, enigmática— mi razón de haber nacido.

Gabriel o Jibreel le dijo a Muhammad: «¡Recita!» Y él comenzó la Recitación, llamada en árabe el Corán: «Recita: En el Nombre del Señor tu Creador, que creó al Hombre de coágulos de sangre...» Eso ocurrió en el monte Hira, en las afueras de Mecca Sharif; en un altozano de dos pisos situado frente a las piscinas de Breach Candy, unas voces me ordenaron también recitar: «¡Mañana!» Y yo pensé con entusiasmo: «¡Mañana!»

Para cuando amaneció, había descubierto que podía controlar las voces: yo era un aparato de radio, y podía bajar o subir el volumen; podía seleccionar voces determinadas; incluso podía, mediante un esfuerzo de voluntad, apagar mi oído interno recién descubierto. Es asombroso lo pronto que me abandonó el miedo; antes de llegar la mañana, pensaba: «¡Oye, esto es mejor que All-India Radio, oye; mejor que Radio Ceylan!»

Lo que prueba la lealtad de las hermanas: cuando pasaron las veinticuatro horas, en punto, el Mono de Latón corrió al dormitorio de mi madre. (Era, creo, domingo: no había colegio. O quizá no: era el verano de las marchas por los idiomas, y los colegios cerraban a menudo, por el peligro de violencias en las rutas de los autobuses.)

—¡Ha pasado el tiempo! —exclamó, sacudiendo a mi madre para despertarla—. Despierta, *amma*: es la hora; ¿puede hablar ya?

—Está bien —dijo mi madre, entrando en el cuarto azul celeste para abrazarme—, estás perdonado. Pero no te escondas nunca más ahí...

—*Amma* —le dije yo ansiosamente— *ammi* mía, escucha, por favor. Tengo que decirte algo. Algo importante. Pero, por favor, antes que nada, por favor, despierta a *abba*.

Después de un rato de «¿Cómo?», «¿Qué?» y «Ni lo pienses», mi madre vio que había algo extraordinario en mis ojos y fue inquieta a despertar a Ahmed Sinai, con un: «*Janum*, por favor, ven. No sé qué le pasa a Saleem.»

La familia y el *ayah* congregadas en el cuarto de estar. Entre jarrones de cristal tallado y cojines regordetes, de pie en una alfombra persa bajo las sombras giratorias de los ventiladores del techo, yo sonreía ante sus ojos inquietos, preparando mi revelación. Esto era; el comienzo de mi reembolso de sus inversiones; mi primer dividendo: el primero, estaba seguro, de muchos otros... mi negra madre, mi padre con su labio protuberante, el Mono de mi hermana y el *ayah* encubridora de delitos aguardaban en un mar de confusiones.

Suéltalo. Claramente, sin adornos. —Tenéis que ser los primeros en saberlo —dije, tratando de dar a mi discurso las cadencias de la edad adulta. Y entonces se lo dije—. Ayer escuché voces. Tengo voces que me hablan

dentro de la cabeza. Creo —*ammi, abboo*, lo creo realmente— que los arcángeles han comenzado a hablarme.

¡Ya está!, pensé. ¡Ya está! ¡Ya lo he dicho! Ahora
habrá palmaditas en la espalda, dulces, declaraciones
públicas, quizá más fotografías; ahora se les hinchará el
pecho de orgullo. ¡Oh inocencia ciega de la infancia!
A causa de mi honradez —de mi sincera desesperación
por agradar— me atacaron por todas partes. Hasta el
Mono: —Oh *Dios*, Saleem, toda esa *tamasha*, toda esa
farsa, ¿era sólo una de tus *bromas* estúpidas? —Y peor
que el Mono fue Mary Pereira—: ¡Ay Jesús! ¡Dios nos
asista! ¡Santo Padre de Roma, qué blasfemia he escu-
chado hoy! —Y peor que Mary Pereira fue mi madre
Amina Sinai: con el Mango Negro oculto ahora, con
sus propios nombres innombrables todavía calientes en
los labios, exclamó—: ¡No lo quiera el Cielo! ¡Este crío
hará que se nos derrumbe el techo sobre la cabeza!
—(¿Tuve yo también la culpa de eso?) Y Amina continuó—: ¡Malo!, ¡*Goonda!* Ay, Saleem, ¿se te han reblandecido los sesos? ¿Qué ha sido de mi niñito querido...
te estarás convirtiendo en un loco, en un *torturador*?
—Y peor que los gritos de Amina fue el silencio de mi
padre; peor que el miedo de ella era la furia desatada
que había en la frente de él; y lo peor de todo fue la mano de mi padre, que se disparó de pronto, con sus dedos gruesos, con sus nudillos pesados, fuerte como un
toro, asestándome un golpe tremendo en un lado de la
cabeza, de forma que, desde aquel día, nunca pude oír
bien con el oído izquierdo; de forma que me caí de
lado, cruzando la habitación asustada por el aire escandalizado, y rompí la superficie verde de una mesa, de
vidrio opaco; de forma que, después de haber estado
seguro de mí mismo por primera vez en mi vida, me vi
zambullido en un mundo verde, turbio de cristales y
lleno de filos cortantes, un mundo en el que no podía

decirle ya a la gente que más me importaba lo que pasaba dentro de mi cabeza; unos añicos verdes me laceraron las manos al penetrar yo en ese universo giratorio en el que estaría condenado, hasta que fuera demasiado tarde, a verme atormentado por dudas constantes sobre *para qué* existía yo.

En un cuarto de baño de baldosas blancas, junto a una cesta de colada, mi madre me pintarrajeó con mercurocromo; la gasa cubrió mis cortes, mientras, a través de la puerta, la voz de mi padre ordenaba: —Esposa, que nadie le dé de comer hoy. ¿Me oyes? ¡Que disfrute de su broma con el estómago vacío!

Aquella noche, Amina Sinai soñó con Ramram Seth que flotaba a seis pulgadas del suelo, con las cuencas de los ojos llenas de claras de huevo y entonando: «La ropa blanca lo esconderá... las voces lo guiarán»... pero cuando, después de varios días en que el sueño le pesaba dondequiera que fuese tuvo el valor de preguntarle a su hijo en desgracia algo más acerca de su extravagante pretensión, él contestó con una voz tan contenida como las lágrimas no derramadas de su infancia: —No fue más que una idiotez, *amma*. Una broma estúpida, como tú dijiste.

Ella murió, nueve años más tarde, sin descubrir la verdad.

ALL-INDIA RADIO

La realidad es una cuestión de perspectiva, cuanto más se aleja uno del pasado, tanto más concreto y plausible parece... pero, a medida que uno se acerca al presente, parece, inevitablemente, cada vez más increíble. Imaginaos que estáis en un gran cine, sentados al principio en la última fila, y que os vais acercando gradualmente, fila a fila, hasta quedar con la nariz casi metida en la pantalla. Gradualmente, los rostros de las estrellas se descomponen en un grano que baila; los detalles diminutos cobran proporciones grotescas; la ilusión se desvanece... o, mejor, resulta evidente que la ilusión misma *es* realidad... hemos pasado de 1915 a 1956, de forma que estamos muchísimo más cerca de la pantalla... abandonando mi metáfora, pues, reitero, sin ninguna sensación de vergüenza, mi increíble pretensión: tras un curioso accidente en una cesta de colada, me convertí en una especie de radio.

... Pero hoy me siento desconcertado. Padma no ha vuelto —¿tendría que avisar a la policía? ¿Es un Desaparecido?— y, en su ausencia, mis certidumbres se están haciendo trizas. Hasta mi nariz me ha estado jugando malas pasadas: durante el día, mientras vago entre las tinas de encurtidos atendidas por nuestro ejército de mujeres fuertes, de brazos peludos y formidablemente competentes, me he dado cuenta de que no podía distinguir los olores del limón de los de la lima. La mano de obra se ríe disimuladamente tapándose con la mano: al pobre *sahib* lo han engañado en —¿en qué?— ¿con seguridad no en el *amor...*? Padma, y las grietas que se extienden por todo mi cuerpo, saliéndome como una tela de araña del ombligo; y el calor... sin duda, un poco de desconcierto resulta permisible en estas circunstancias. Releyendo mi obra, he descubierto un error en la cronología. El asesinato del Mahatma Gandhi ocurre, en estas páginas, en una fecha equivocada. Pero no puedo decir ahora cuál pudo ser la secuencia real de los acontecimientos; en mi India, Gandhi seguirá muriendo en un momento erróneo.

¿Invalida un error el edificio entero? ¿He ido tan lejos, en mi desesperada necesidad de significado, que estoy dispuesto a deformarlo todo... a reescribir la historia entera de mi época simplemente para situarme en un papel central? Hoy, en mi desconcierto, no puedo juzgarlo. Tendré que dejárselo a otros. Para mí no puede haber retroceso; tengo que terminar lo que he comenzado, aunque, inevitablemente, lo que termine no sea lo que comencé...

Yé Akashvani hai. Aquí, All-India Radio.

Después de salir a las calles en ebullición para comer algo rápidamente en un café iraní próximo, he vuelto a sentarme en mi charco nocturno de luz diagonal, con la única compañía de un transistor barato. Una noche cálida; un aire que burbujeaba lleno de los olores persistentes de las tinas de encurtidos silenciosas; voces en la oscuridad. Los vapores de los encurtidos, sumamente opresivos con el calor, estimulan los jugos del recuerdo, acentuando las similitudes y las diferencias entre ahora y entonces... hacía calor entonces; hace (inapropiadamente para la estación) calor ahora. Lo mismo entonces que ahora, alguien está despierto en la os-

curidad, oyendo voces incorpóreas. Lo mismo entonces que ahora, un oído ensordecido. Y el miedo, medrando en la oscuridad... no eran las voces (ni entonces
ni ahora) lo que me asustaba. Él, el joven-Saleem-de-
entonces, tenía miedo de una idea: la idea de que el
agravio a sus padres pudiera hacer que le retirasen su
amor; de que, aunque empezaran a creerle, considerasen su don como una especie de deformidad vergonzosa... mientras que yo, ahora, sin Padma, envío estas palabras a la oscuridad y tengo miedo de no ser creído. Él
y yo, y él... Ya no tengo su don; él nunca tuvo el mío.
Hay momentos en que me parece un extraño, casi... él
no tenía fisuras. No había telas de araña que se extendiedieran por él en el calor.

Padma me creería; pero ya no hay Padma. Lo mismo entonces que ahora, hay hambre. Pero de distinta
clase: no es, ahora, el hambre-de-entonces porque me
habían dejado sin cena, sino el de haber perdido a mi
cocinera.

Y otra diferencia, más evidente: entonces, las voces
no me llegaban a través de las válvulas oscilantes de un
transistor (que, en nuestra parte del mundo, nunca dejará de simbolizar la impotencia... siempre, desde el
famoso soborno de la esterilización a cambio de un
transistor gratis, esa máquina graznadora ha representado lo que los hombres podían hacer antes de que las
tijeras tijereteasen y se anudasen los nudos) ... entonces,
el casinueve en su cama de la medianoche no tenía necesidad de máquinas.

Diferentes y similares, nos une el calor. Una trémula neblina de calor, entonces y ahora, desdibuja el
tiempo-de-entonces en el mío... mi desconcierto, viajando a través de las olas de calor, es también el suyo.

Lo que se da mejor en el calor: la caña de azúcar; el
cocotero; algunos mijos, como el *bajra*, el *ragi* y el *jowar*; la linaza, y (si hay agua) el té y el arroz. Nuestra

tierra cálida es también la segunda productora del mundo de algodón... por lo menos, lo era cuando aprendí geografía bajo los ojos de loco del señor Emil Zagallo, y la mirada, más acerada, de un conquistador español enmarcado. Pero el verano tropical produce también frutos más extraños: florecen las exóticas flores de la imaginación, para llenar las noches de bochorno y sudorosas de olores tan densos como el almizcle, que dan a los hombres oscuros sueños de descontento... lo mismo entonces que ahora, había inquietud en el aire. Los que se manifestaban por el idioma pedían la partición del Estado de Bombay siguiendo fronteras lingüísticas: el sueño de Maharashtra encabezaba algunas procesiones, el espejismo de Gujarat empujaba a otras. El calor, royendo las divisiones de la mente entre fantasía y realidad, hacía que todo pareciera posible; el caos semidespierto de las siestas de la tarde nublaba los cerebros humanos, y el aire se llenaba de la humedad pegajosa de los deseos despiertos.

Lo que se da mejor en el calor: la fantasía; la insensatez; la lujuria.

En 1956, los idiomas marchaban militantemente por las calles durante el día; de noche, se amotinaban en mi cabeza. *Seguiremos tu vida con la mayor atención; será, en cierto modo, el espejo de la nuestra.*

Ya es hora de hablar de las voces.

Si, por lo menos, estuviera aquí nuestra Padma...

Me equivocaba sobre los arcángeles, claro. La mano de mi padre —al golpearme fuertemente en la oreja, en una imitación (¿consciente? ¿involuntaria?) de otra mano sin cuerpo que una vez le dio en pleno rostro— tuvo al menos un efecto saludable: me obligó a reconsiderar y, finalmente, abandonar mi posición original, imitadora del Profeta. En la cama, la misma noche de mi desgracia, me retiré a las profundidades de mí mismo, a pesar del Mono de Latón, que llenaba nuestro cuarto azul con sus acosos: —Pero, *¿para qué* lo hiciste, Saleem? ¿Tú que eres siempre tan bueno y todo eso?—... hasta que cayó en un sueño insatisfecho, con la boca moviéndosele todavía silenciosamente, y yo me quedé solo con los ecos de la violencia de mi padre, que me zumbaban en el oído izquierdo y susurraban: «Ni Miguel ni Anael; nada de Gabriel; ¡olvídate de Casiel, Saquiel y Samuel! Los arcángeles no hablan ya a los mortales; la Recitación terminó en Arabia hace mucho tiempo; el último profeta vendrá sólo para anunciar el Fin.» Esa noche, comprendiendo que las voces de mi cabeza eran mucho más numerosas que las cohortes de ángeles, decidí, no sin alivio, que, después de todo, no había sido elegido para presidir el fin del mundo. Mis voces, lejos de ser sagradas, resultaron ser tan profanas y tan multitudinarias como el polvo.

Telepatía, pues; esa clase de cosas que siempre se leen en las revistas sensacionalistas. Pero os pido paciencia: esperad. Esperad un poco. Era telepatía; pero también algo más que telepatía. No me eliminéis tan fácilmente.

Telepatía, pues: los monólogos interiores de los llamados millones pululantes, de masas y de clases por igual, se disputaban el espacio que había dentro de mi cabeza. Al principio, cuando me contentaba con ser audiencia —antes de empezar a *actuar*— hubo un problema de idioma. Las voces parloteaban en cualquier cosa, desde el dialecto de Malayalam hasta el de Naga, desde la pureza del urdu de Lucknow hasta las oscuridades meridionales del tamil. Yo entendía sólo una pequeña parte de las cosas que se decían dentro de las paredes de mi cráneo. Sólo más tarde, cuando empecé a investigar, aprendí que, por debajo de las transmisiones superficiales —el material de la parte-delantera-del-cerebro,

287

que era lo que había estado recibiendo originariamente— el lenguaje se desvanecía, siendo sustituido por formas de pensamiento universalmente inteligibles que iban mucho más allá de las palabras... pero eso fue después de haber oído, por debajo del frenesí políglota de mi cabeza, esas otras señales preciosas, totalmente diferentes de cualquier otra, en su mayoría débiles y distantes, como tambores lejanos cuyo insistente batir llegaba a abrirse paso entre la cacofonía de mercado del pescado de mis voces... esas llamadas secretas y nocturnas, de iguales que llamaban a sus iguales... los radiofaros inconscientes de los hijos de la medianoche, que sólo señalaban su existencia, transmitiendo simplemente: «Yo.» Desde muy al norte: «Yo.» Y desde el sur este oeste: «Yo.» «Yo.» «Y yo.»

Pero no debo adelantarme a mí mismo. Al principio, antes de abrirme paso hasta ese algo-más-que-telepatía, me contenté con escuchar; y pronto pude «sintonizar» mi oído interno con aquellas voces que podía entender; y no pasó mucho tiempo antes de que pudiera distinguir, entre la multitud, las voces de mi propia familia; y la de Mary Pereira; y las de amigos, compañeros de colegio, maestros. En la calle, aprendí a identificar la corriente de conciencia de los extraños que pasaban: las leyes del efecto Doppler siguen actuando en esas esferas paranormales, y las voces subían y bajaban al pasar los extraños.

Todo lo cual, por alguna razón, me lo guardé para mí. Como recordaba a diario (por el zumbido de mi oído izquierdo, o siniestro) la ira de mi padre, y estaba deseoso de mantener mi oído derecho en buen estado de funcionamiento, mantuve la boca cerrada. Para un niño de nueve años, las dificultades de ocultar lo que sabe son casi insuperables; pero, por fortuna, mis seres más próximos y queridos estaban tan deseosos de olvidar mi arrebato como yo de ocultar la verdad.

—¡Ay Saleem! ¡Qué cosas dijiste ayer! Avergüénzate, chico: ¡será mejor que te laves la boca con jabón!
—... A la mañana siguiente de mi desgracia, Mary Pereira, temblando de indignación como una de sus jaleas, sugirió el medio perfecto para rehabilitarme. Bajando la cabeza contritamente, me fui, sin decir palabra, al cuarto de baño, y allí, ante las miradas asombradas del *ayah* y el Mono, me froté dientes lengua paladar encías con un cepillo cubierto por la espuma fétida y acre del Jabón de Alquitrán. La noticia de mi espectacular expiación recorrió rápidamente la casa, llevada por Mary y el Mono; y mi madre me abrazó—: Eres un buen chico; lo pasado, pasado —y Ahmed Sinai asintió bruscamente en la mesa del desayuno—: Por lo menos, el chico tiene la delicadeza de reconocer cuándo ha ido demasiado lejos.

A medida que desaparecían los cortes causados por el cristal, fue como si se borrase también mi declaración; y para cuando cumplí los nueve años, nadie más que yo recordaba nada del día en que tomé el nombre de los arcángeles en vano. El gusto del detergente se me quedó en la lengua muchas semanas, recordándome la necesidad de la discreción.

Hasta el Mono de Latón estaba satisfecha con mi acto de penitencia; a sus ojos, yo había vuelto a respetar las formas, y era otra vez el buenecito de la familia. Para demostrar su deseo de restablecer el orden antiguo, prendió fuego a las zapatillas favoritas de mi madre, recobrando así el lugar que le correspondía en la perrera familiar. Es más, entre extraños —demostrando un conservadurismo insospechado en semejante marimacho—, hizo causa común con mis padres, y mantuvo en secreto, para sus amigos y los míos, mi única aberración.

En un país donde toda peculiaridad física o mental en un niño es fuente de profunda vergüenza familiar,

mis padres, que se habían acostumbrado a marcas faciales de nacimiento, narices de pepino y piernas torcidas,
se negaron sencillamente a ver más cosas embarazosas
en mí; por mi parte, no mencioné ni una sola vez los
zumbidos de mi oído, las campanillas ocasionales de mi
sordera, el dolor intermitente. Había aprendido que los
secretos no son siempre malos.

¡Pero imaginaos la confusión de mi cabeza! En donde,
detrás de aquel rostro horroroso, encima de la lengua
con gusto a jabón, sorda por el tímpano perforado, acechaba una mente no-muy-ordenada, tan llena de baratijas como los bolsillos de un niño de nueve años... imaginaos de algún modo dentro de mí, mirando con mis
ojos, oyendo el ruido, las voces, y ahora la obligación
de no dejar que la gente lo sepa; la parte más difícil era
fingir sorpresa, como cuando mi madre decía Eh Saleem adivina qué cosa vamos de excursión a la Aarey
Milk Colony y yo tenía que decir ¡Oh, qué estupendo!,
cuando lo había sabido todo el tiempo porque había
oído su voz interior no exteriorizada, Y en mi cumpleaños viendo todos los regalos en las mentes de los
que los hacían, antes de desenvolverlos siquiera Y la
búsqueda del tesoro estropeada porque en la cabeza de
mi padre estaba la situación de cada pista cada premio
Y cosas mucho más duras como ir a ver a mi padre a su
oficina de la planta baja, aquí estamos, y en el momento
en que estoy allí se me llena la cabeza de diossabequé
basura porque él está pensando en su secretaria, Alice o
Fernanda, su última chica Coca-Cola, la está desnu-
dando lentamente en su cabeza y ocurre también en mi
cabeza, ella se sienta en cueros vivos en una silla de
asiento de mimbre y ahora se pone de pie, con marcas
entrecruzadas por todo el trasero, eso es lo que piensa
mi padre, MI PADRE, ahora me mira de una forma muy

extraña Qué te pasa hijo no te sientes bien Sí muy bien *abba* muy bien, tengo que irme ahora TENGO QUE SALIR DE AQUÍ tengo tareas que hacer, *abba*, y afuera, corre antes de que vea la pista en tu frente (mi padre decía siempre que, cuando yo mentía, una luz roja me centelleaba en la frente)... Ya veis qué duro es, mi tío Hanif viene para llevarme a la lucha libre, y antes incluso de llegar al estadio Vallabhbhai Patel en Horney Vellard estoy triste Caminamos con la multitud pasando por delante de gigantescas siluetas de cartón de Dara Singh y Tagra Baba y los demás y la tristeza de él, la tristeza de mi tío favorito, se derrama en mí, vive como un lagarto bajo el seto de su jovialidad, escondida por su risa retumbante que fue en otro tiempo la risa del barquero Tai, estamos sentados en unas localidades excelentes mientras los focos bailan sobre las espaldas de los luchadores entrelazados y me veo cogido en la presa de hierro del dolor de mi tío, el dolor de su frustrada carrera cinematográfica, un fracaso tras otro, probablemente nunca hará otra película Pero no puedo dejar que la tristeza se me salga por los ojos Él se está metiendo en mis pensamientos, eh *phaelwan*, eh pequeño luchador, ¿por qué pones esa cara, más larga que una película mala, quieres *channa*? ¿*pakoras*? ¿qué? Y yo sacudo la cabeza, No, nada, Hanif *mamu*, de modo que se relaja, se vuelve, comienza a vociferar ¡*Ohé* vamos Dara, así se hace, que vea lo que es bueno, Dara, *yara*! y en casa, mi madre en cuclillas en el pasillo con el cacharro del helado, diciendo con su verdadera voz exterior Quieres ayudarme a hacerlo, hijo, es pistacho, tu gusto favorito, y yo doy vueltas al manubrio, pero la voz interior de ella rebota en el interior de mi cabeza, puedo ver que ella está tratando de llenar todos los escondrijos y grietas de sus pensamientos con cosas corrientes, el precio de la japuta, la lista de faenas caseras, hay que llamar al electricista para que arregle el ventilador del techo del comedor, que se concentra desesperadamente en partes de su marido que amar, pero la palabra inmencionable sigue encontrando acomodo, las dos sílabas que se filtraron de ella en el baño aquel día, Na Dir Na Dir Na, para ella es cada vez más difícil soltar el teléfono cuando hay llamadas equivocadas MI MADRE Os lo aseguro, cuando un chico se mete en los pensamientos de los mayores pueden confundirlo por completo Y ni siquiera de noche hay respiro, me despierto al dar la medianoche con los sueños de Mary Pereira en mi cabeza Noche tras noche Siempre a mi hora de las brujas personal, que tiene también un significado para ella En sueños la atormenta la imagen de un hombre que lleva muerto muchos años, Joseph D'Costa, el sueño me dice ese nombre, está cubierto de una culpa que no puedo entender, la misma culpa que penetra en nosotros cada vez que comemos los *chutneys* de ella, hay un misterio aquí, pero como el secreto no está en la parte delantera de su mente no puedo averiguarlo, y entretanto Joseph está ahí, todas las noches, a veces en figura humana, pero no siempre, a veces es un lobo, o un caracol, una vez una escoba, pero nosotros (ella-soñando, yo-mirando) sabemos que es él, funesto implacable acusador, maldiciéndola en el idioma de sus encarnaciones, aullándole cuando es Joseph-lobo, cubriéndola con las huellas babosas de Joseph-el-caracol; apaleándola con el extremo eficaz de su encarnación en la escoba... y por la mañana, cuando me dice que me bañe arregle prepare para el colegio, tengo que tragarme las preguntas, tengo nueve años y estoy perdido en la confusión de las vidas de otros que se mezclan en el calor.

Para terminar este relato de los primeros días de mi vida transformada, tengo que añadir una dolorosa confesión: se me ocurrió que podía mejorar la opinión que tenían mis padres de mí utilizando mi nueva facultad para ayudarme en las tareas del colegio... en pocas palabras: empecé a hacer trampas en clase. Es decir, sintonizaba con las voces interiores de mis maestros y también de mis compañeros más listos, y les sacaba información del cerebro. Descubrí que muy pocos de mis profesores podían poner un examen sin ensayar las respuestas ideales en su cabeza... y sabía también que, en las raras ocasiones en que el maestro estaba preocupado por otras cosas, su vida amorosa privada o dificultades financieras, las soluciones podía encontrarlas siempre en la mente precoz y prodigiosa del genio de nuestra clase, Cyrus-el-grande. Mis notas empezaron a mejorar espectacularmente... pero no demasiado, porque me cuidaba de hacer mis versiones diferentes de los originales robados; incluso cuando copiaba telepáticamente todo un ejercicio de inglés de Cyrus, añadía cierto número de toques mediocres de mi cosecha. Mi finalidad era evitar las sospechas; no lo conseguí, pero no fui descubierto. Ante los ojos furiosos, interrogadores, de Emil Zagallo, permanecía inocentemente seráfico; ante la perplejidad absorta y dubitativa del señor Tandon, el profesor de inglés, perpetraba mi traición en silencio... sabiendo que no creerían la verdad aunque, por casualidad o por tontería, yo descubriese el pastel.

Dejadme resumir: en un momento decisivo de la historia de nuestra nación-niña, en una época en que se estaban elaborando planes quinquenales y las elecciones se acercaban y los manifestantes del idioma se disputaban Bombay, un muchacho de nueve años llamado Saleem Sinaí adquirió un don milagroso. A pesar de los muchos usos vitales a los que podía haber destinado aquellas habilidades su país empobrecido y subdesarrollado, prefirió ocultar sus talentos, malgastándolos en un voyeurismo intrascendente y en engaños de poca monta. Tal conducta —no, lo confieso, una conducta propia de un héroe— fue resultado directo de la confusión de su mente, que invariablemente confundía la moralidad —el deseo de hacer lo que estaba bien— con la popularidad: el deseo, bastante más dudoso, de hacer lo que merecía aprobación. Temiendo el ostracismo paterno, ocultó la noticia de su transformación; buscando las felicitaciones paternas, utilizó mal sus talentos en el colegio. Esa imperfección de su carácter puede excusarse parcialmente por razón de sus pocos años; pero sólo parcialmente. Un pensar confuso estropearía una gran parte de su carrera.

Puedo ser muy duro en la autocrítica cuando quiero.

¿Qué era lo que había en el techo plano del jardín de infancia de Breach Candy: un techo al que, recordaréis, se podía llegar desde el jardín de Buckingham Villa, simplemente gateando por una pared limítrofe? ¿Qué era lo que, incapaz ya de cumplir la función para la que fue proyectada, nos vigilaba aquel año en que hasta el invierno se olvidó de refrescar... qué era lo que observaba a Sonny Ibrahim, Raja de Ojo, Brillantina, y a mí mismo, mientras jugábamos a *kabaddi*, y al críquet francés y a siete-tejas, con la participación ocasional de Cyrus-el-grande y de otros, amigos de visita: el Gordo Perce Fishwala y Glandulitas Keith Colaco? ¿Qué era lo que estaba presente en las ocasiones frecuentes en que Bi-Appah, la niñera de Toxy Catrack, aullaba desde el piso superior de la casa de Homi: —¡Mocosos! ¡Gandules alborotadores! ¡A ver si os calláis! —... de forma que todos nos escapábamos, volviendo (cuando había desaparecido de nuestra vista) para hacer muecas en silencio hacia la ventana a la que se había asomado? En pocas palabras, ¿qué era lo que, alta y azul y desconchada, vigilaba nuestras vidas, lo que parecía, por algún tiempo, señalar la hora, aguardando no sólo el momento ya próximo en que nos pondríamos pantalones largos, sino también, quizá, la llegada de Evie Burns? Tal vez os gustaría tener pistas: ¿dónde hubo en otro tiempo bombas escondidas? ¿En dónde murió Joseph D'Costa de la mordedura de una serpiente...? Cuando, después de algunos meses de tormento interior, busqué refugio por fin de las voces de los adultos, lo encontré en la vieja torre del reloj, que nadie se molestaba en cerrar con llave; y aquí, en la soledad del tiempo oxidado, di, paradójicamente, mis primeros pasos vacilantes hacia esa participación en los acontecimientos extraordinarios y las vidas públicas de la que nunca me libraría ya... nunca, hasta que la Viuda...

Desterrado de las cestas de colada, comencé, siempre que me era posible, a deslizarme sin ser observado hasta la torre de las horas tullidas. Cuando la glorieta se vaciaba por el calor o la casualidad o los ojos entrometidos; cuando Ahmed y Amina se iban al Willingdom Club para una velada de canasta; cuando el Mono de Latón estaba fuera, rondando a sus nuevas heroínas, el equipo de natación y saltos de la Walsingham School for Girls... es decir, cuando las circunstancias lo permitían, yo penetraba en mi escondite secreto, me estiraba en la esterilla de paja que había robado en las habitaciones de los criados, cerraba los ojos, y dejaba que mi oído interno recién despierto (conectado, como todos los oídos, con mi nariz) vagase libremente por la ciudad —y más lejos, hacia el norte y el sur, el este y el oeste—, escuchando toda clase de cosas. Para escapar a la presión intolerable de la escucha indiscreta de las personas que conocía, practicaba mi arte con extraños. Así, mi entrada en los asuntos públicos de la India se produjo por razones totalmente innobles: trastornado por tanta intimidad, utilicé el mundo situado fuera de nuestro altozano para conseguir un ligero alivio.

El mundo, descubierto desde una torre de reloj derruida: al principio, yo no era más que un turista, un niño que miraba por las mirillas milagrosas de un «Dillidekho» privado. Tambores *dugdug* redoblaron en mi oído izquierdo (dañado) cuando eché la primera ojeada al Taj Mahal a través de los ojos de una inglesa gorda con tripotera; después de lo cual, para equilibrar norte y sur, di un salto hasta el templo Meenakshi de Madurai y me acurruqué en las percepciones místicas y algodonosas de un sacerdote que cantaba. Di la vuelta a Connaught Place en Nueva Delhi, disfrazado de conductor de una *rickshaw* motorizada, quejándome amargamente a mis clientes del aumento del precio de la gasolina; en Calcuta dormí en el suelo, en un tramo de tubería. Totalmente enviciado ya por los viajes, bajé como una bala al cabo Comorín y me convertí en una pescadera de sari tan estrecho como amplia moralidad... de pie en las arenas rojas bañadas por tres mares, coqueteé con los vagabundos drávidas de la playa en un idioma que no podía entender; y luego subí al Himalaya, a la cabaña neanderthálica cubierta de musgo de un miembro de la tribu Goojar, bajo el esplendor de un arco iris completamente circular y de la morrena que bajaba dando tumbos del glaciar de Kolahoi. En la fortaleza dorada de Jaisalmer, probé la vida interior de una mujer que hacía vestidos con bordados de espejuelos, y en Khajuraho fui un muchacho adolescente de aldea, profundamente turbado por las esculturas eróticas y tántricas de los templos chandela que se alzaban en los campos, pero incapaz de apartar los ojos de ellas... en las simplicidades exóticas de los viajes pude encontrar una chispa de paz. Pero, al final, el turismo dejó de ser satisfactorio; la curiosidad comenzó a importunarme: «Vamos a ver», me dije a mí mismo, «qué es lo que realmente pasa aquí».

Con el espíritu ecléctico de mis nueve años espoleándome, salté dentro de las cabezas de estrellas de cine y de jugadores de críquet: supe lo que había de verdad en los chismorreos de *Filmfare* sobre el bailarín Vyjayantimala, y estuve en la línea de base con Polly Umrigar en el estadio de Brabourne; fui Lata Mangeshkar, la cantante de *playback*, y Bubu el payaso, en el circo situado tras las Líneas Civiles... y, de forma inevitable, por medio de los procesos casuales de mis saltos de mente en mente, descubrí la política.

Y una vez fui terrateniente en Uttar Pradesh, con la barriga desbordándoseme sobre el cordón del pijama mientras ordenaba a los siervos que quemaran mis excedentes de cereales... y en otro momento me morí de hambre en Orissa, donde había escasez de alimentos, como de costumbre; tenía dos meses, y a mi madre se le había acabado la leche. Ocupé, brevemente, la mente de un trabajador del Partido del Congreso; que sobornaba a un maestro de aldea para que apoyara al partido de Gandhi y Nehru en la próxima campaña electoral; y también los pensamientos de un campesino de Kerala que había decidido votar comunista. Mi atrevimiento aumentó: una tarde invadí deliberadamente la cabeza de nuestro Jefe de Ministros del Estado, y así fue como descubrí, más de veinte años antes de que se convirtiera en chiste nacional, que Morarji Desai, diariamente, «tomaba sus propias aguas»... Estuve en su interior sintiendo el calorcito mientras se tragaba un espumoso vaso de orina. Y finalmente alcancé mi marca más alta: me convertí en Jawaharlal Nehru, Primer Ministro y autor de cartas enmarcadas: me senté con el gran hombre en medio de una cuadrilla de astrólogos de dientes ausentes y barbas dispersas, y ajusté el Plan Quinquenal para ponerlo en concordancia armónica con la música de las esferas... la alta sociedad es algo embriagador. «¡Fijaos!», exultaba en silencio. «¡Puedo ir a donde quiera!» En aquella torre, en otro tiempo llena hasta el techo de los mecanismos explosivos del odio de Joseph D'Costa, la siguiente frase (acompañada por los apropiados efectos sonoros de tictac) cayó con un plaf, plenamente formada, en mis pensamientos: «Soy la bomba de Bombay... ¡mirad cómo exploto!»

Porque ahora tenía la sensación de que, de algún modo, estaba creando un mundo; de que los pensamientos a los que saltaba eran *míos*, de que los cuerpos que ocupaba actuaban a mis órdenes; de que, a medida que las actualidades, artes, deportes, toda la gran variedad de una emisora de radio de primera entraban en mí a raudales, yo, de algún modo, estaba *haciendo que ocurrieran*... lo que significa que había caído en la ilusión del artista, y consideraba las multitudinarias realidades del país como el material bruto y sin forma de mi don. «¡Puedo descubrir lo que sea!», me decía triunfante. «¡No hay nada que no pueda saber!»

Hoy, con la visión retrospectiva de los años perdidos, malgastados, puedo decir que el espíritu de autoengrandecimiento que se apoderó de mí era un reflejo, nacido del instinto de conservación. Si no hubiera creído que dominaba a las desbordantes multitudes, sus identidades en masa hubieran aniquilado la mía... pero allí en mi torre del reloj, con toda la impertinencia de mi júbilo, me convertí en Sin, el viejo dios de la luna (no, no es indio: lo he importado de Hadhramaut hace tiempo), capaz de actuar-a-distancia y de cambiar los rumbos del mundo.

Pero la muerte, cuando visitaba la Hacienda de Methwold, todavía conseguía cogerme por sorpresa.

Aunque la congelación de sus posesiones había terminado muchos años antes, la zona situada por debajo de la cintura de Ahmed Sinai había permanecido fría como el hielo. Desde el día en que exclamó: «¡Esos cabrones me han metido las pelotas en un cubo de hielo!» y Amina las había tomado en sus manos para calentarlas, quedándosele los dedos pegados a ellas a causa del frío, el sexo de mi padre había permanecido en estado letárgico, un elefante lanudo en un iceberg, como el que encontraron en Rusia en el 56. Mi madre Amina, que se había casado para tener hijos, sentía cómo las vidas no creadas se le pudrían en las entrañas, y se culpaba a sí misma de volverse poco atractiva para él, con sus callos y demás. Discutió su infelicidad con Mary Pereira, pero el *ayah* sólo le dijo que de «los hombres», no se podía conseguir la felicidad; las dos preparaban encurtidos mientras hablaban, y Amina mezclaba sus decepciones con *chutney* picante de lima que nunca dejaba de hacer que se le llenasen los ojos de lágrimas.

Aunque las horas de oficina de Ahmed Sinai estaban llenas de fantasías de secretarias escribiendo al dictado desnudas, de visiones de Fernandas o de Poppys paseándose por la habitación con el traje en que vinieron al mundo y marcas de enrejado de mimbre en el trasero, su aparato se negaba a responder; y un día, cuando las auténticas Fernanda o Poppy se habían ido a casa, estaba jugando al ajedrez con el doctor Narlikar, con la lengua (lo mismo que el juego) un tanto desatada por los *djinns*, y le confió torpemente: —Narlikar, me parece que he perdido el interés por ya-sabes-qué.

Un destello de placer brotó del luminoso ginecólogo; el fanático de la regulación de nacimientos que había en el oscuro y refulgente médico le salió por los ojos, y soltó el siguiente discurso: —¡Bravo! —exclamó—. Hermano Sinai, *¡muy bien hecho!* Usted —y, quisiera añadir, yo mismo—, sí usted y yo, Sinai *bhai*, ¡somos personas de un raro valor espiritual! Las jadeantes humillaciones de la carne no se han hecho para nosotros... ¿no es mejor, pregunto, evitar la procreación, evitar añadir una miserable vida humana más a las inmensas multitudes que empobrecen actualmente nuestro país y, en lugar de ello, dedicar nuestras energías a la tarea de darles *más tierra para vivir*? Se lo aseguro, amigo mío: usted y yo y nuestros tetrápodos: ¡alumbraremos tierra en los mismos océanos! —Para solemnizar su oración, Ahmed Sinai sirvió bebidas; mi padre y el doctor Narlikar brindaron por su sueño de hormigón de cuatro patas.

—¡Tierra, sí! ¡Amor, no! —dijo el doctor Narlikar, un poco vacilante; mi padre volvió a llenarle el vaso.

En los últimos días de 1956, el sueño de recuperar tierra del mar con ayuda de miles y miles de grandes tetrápodos de hormigón —el mismo sueño que había sido la causa de la congelación y que era ahora, para mi padre, una especie de sustitutivo de la actividad sexual que las secuelas de la congelación le negaban— parecía estar realmente a punto de dar fruto. Esta vez, sin embargo, Ahmed Sinai gastaba su dinero cautelosamente; esta vez había permanecido oculto en segundo plano, y su nombre no aparecía en ningún documento; esta vez, había aprendido las lecciones de la congelación y estaba decidido a atraer sobre sí tan escasa atención como fuera posible; de forma que cuando el doctor Narlikar lo traicionó muriéndose, sin dejar tras él ninguna constancia de la participación de mi padre en el proyecto de los tetrápodos, Ahmed Sinai (que tenía tendencia, como hemos visto, a reaccionar mal ante los desastres) se vio tragado por la boca de una decadencia larga y serpenteante, de la que no volvería a salir hasta que, al final mismo de sus días, se enamoró por fin de su mujer.

Ésta es la historia que se supo en la Hacienda de Methwold: el doctor Narlikar había estado visitando a unos amigos cerca de Marine Drive; al terminar su visita, había decidido bajar paseando hasta Chowpatty Beach y comprarse unos *bhel-puri* y un poco de leche de coco. Cuando caminaba con paso vivo por la acera, junto al rompeolas, adelantó a la cola de una manifestación en favor del idioma, que se movía lentamente, cantando en forma pacífica. El doctor Narlikar se acercó al lugar donde, con permiso del ayuntamiento, había hecho que colocaran sobre el rompeolas un solo tetrápodo simbólico, como una especie de icono que señalaba el camino del futuro; y allí vio algo que lo sacó de sus casillas. Un grupo de mendigas se había congregado en torno al tetrápodo y estaba realizando la ceremonia de la *puja*. Habían encendido lámparas de aceite en la base del objeto; una de ellas había pintado el símbolo OM en su extremo levantado; y estaban cantando plegarias mientras le daban al tetrápodo un lavado concienzudo y devoto. El milagro tecnológico se había transformado en el *lingam* de Shiva; el doctor Narlikar, el adversario de la fecundidad, se puso hecho una fiera ante aquella visión, en la que le pareció que todas las viejas y oscuras fuerzas priápicas de la India antigua y procreadora se habían desatado contra la belleza del estéril hormigón del siglo XX... corriendo a toda velocidad, gritó insultos a las adoradoras, lanzando furiosos destellos en su rabia; llegando a donde estaban, quitó a patadas las lamparillas; se dice que hasta trató de empujar a las mujeres. Y entonces lo vieron los ojos de los manifestantes en favor del idioma.

Los oídos de los manifestantes oyeron la rudeza de su lengua; los pies de los manifestantes se detuvieron, sus voces se alzaron con reproche. Se agitaron puños; se juraron juramentos. Y entonces el bueno del médico, al que la cólera hacía imprudente, se volvió contra la multitud y denigró su causa, a su descendencia y a sus hermanas. El silencio guió los pies de los manifestantes hasta el reluciente ginecólogo, que estaba entre el tetrápodo y las gimientes mujeres. En silencio, las manos de los manifestantes se tendieron hacia Narlikar y, en medio de una profunda quietud, él se agarró al hormigón de cuatro patas mientras intentaban arrastrarlo. En medio de una calma absoluta, el miedo dio al doctor Narlikar la fuerza de una lapa; sus brazos se aferraron al tetrápodo sin que pudieran separarlos. Los manifestantes se volvieron entonces contra el tetrápodo... silenciosamente empezaron a balancearlo; mudos, la fuerza de su número pudo más que el peso. En un atardecer dominado por un sosiego demoníaco, el tetrápodo osciló, preparándose para ser el primero de su especie que penetrase en las aguas, comenzando así la gran tarea de la recuperación de tierras. El doctor Suresh Narlikar, con la boca abierta en una A sorda, se agarraba a él como un molusco fosforescente... hombre y hormigón de cuatro patas cayeron sin que se oyera ningún sonido. Las aguas, al salpicar rompieron el hechizo.

Se dijo que, cuando el doctor Narlikar cayó y fue aplastado, muriendo por el peso de su obsesión amada, no hubo dificultades para localizar su cuerpo, porque de él surgía un resplandor, a través de las aguas, como el de una hoguera.

—¿Sabéis qué pasa? Eh, tú, ¿qué ocurre...? Los niños, yo incluido, se apiñaban en torno al seto del jardín de Escorial Villa, en la que el doctor Narlikar tenía su apartamento de soltero; y un *hamal* de Lila Sabarmati, adoptando aires de gran dignidad, nos informó: —Han traído su muerte a casa, envuelta en seda.

No se me permitió ver la muerte del doctor Narlikar, cuando estaba enguirnaldado con flores de azafrán, en su cama dura y sencilla; pero resulta que lo sé todo de todas formas, porque la noticia se extendió mucho más allá de los confines de su habitación. La mayor parte, la oí de los criados de la Hacienda, que encontraban muy natural hablar francamente de una muerte, aunque rara vez decían mucho sobre la vida, porque en la vida todo era evidente. Del propio criado del doctor Narlikar supe que la muerte, al tragar grandes cantidades de mar, había adquirido las cualidades del agua: se había convertido en algo fluido, y parecía feliz, triste o indiferente según cómo le daba la luz. El jardinero de Homi Catrack intercaló: —Es peligroso mirar demasiado tiempo a la muerte; si se hace, se va uno con algo de ella dentro, y eso tiene sus efectos. —Nosotros preguntamos: ¿efectos? ¿qué clase de efectos? ¿qué efectos? ¿cómo? Y Purushottam, el *sadhu*, que había abandonado su puesto de debajo del grifo del jardín de Buckingham Villa por primera vez desde hacía años, dijo—: Una muerte hace que los vivos se vean a sí mismos con demasiada claridad; después de haber estado en su presencia, resultan exagerados. —Esa extraordinaria afirmación fue de hecho, confirmada por los acontecimientos, porque, después, Bi-Appah, la niñera de Toxy Catrack, que había ayudado a lavar el cuerpo, se volvió más estridente, más regañona, más aterradora que nunca; y, al parecer, todos los que vieron la muerte del doctor Narlikar mientras estaba de cuerpo presente se vieron afectados: Nussie Ibrahim se volvió todavía más tonta y más pata, y Lila Sabarmati, que vivía encima de la muerte y había ayudado a arreglar la habitación, cayó después en una promiscuidad que había estado siempre escondida en ella, y tomó un camino al final del cual habría tiros, y un marido, el Comandante Sabarmati, que dirigiría el tráfico de Colaba con una porra sumamente insólita...

Nuestra familia, sin embargo, se mantuvo alejada de la muerte. Mi padre se negó a ir a presentar sus condolencias, y nunca llamó a su difunto amigo por su nombre, refiriéndose a él simplemente como: «ese traidor».

Dos días más tarde, cuando la noticia se había publicado en los periódicos, el doctor Narlikar adquirió de pronto una enorme familia de miembros femeninos. Después de haber sido soltero y misógino toda su vida, se vio sumergido, a su muerte, por un mar de mujeres gigantes, ruidosas y omnicompetentes, que llegaron saliendo de extraños rincones de la ciudad, de ordeñar vacas en las lecherías Amul y de taquillas de cines, de puestos de refrescos callejeros y de matrimonios desgraciados; en un año de procesiones, las mujeres de Narlikar organizaron su propio desfile, una enorme corriente de femineidad de gran tamaño, que subió por nuestro altozano de dos pisos para llenar el apartamento del doctor Narlikar hasta tal punto que, desde la carretera de abajo, se veían sus codos saliendo por las ventanas y sus traseros desbordándose por el mirador. Durante una semana, nadie pudo pegar ojo porque las lamentaciones de las mujeres de Narlikar llenaban el aire; pero, por debajo de sus alaridos, aquellas mujeres resultaron ser tan competentes como parecían. Se hicieron cargo de la dirección de la Clínica Privada, investigaron todos los negocios de Narlikar; y eliminaron a mi padre del negocio de los tetrápodos de la forma más fría del mundo. Después de todos aquellos años, mi padre se quedó con una mano delante y otra detrás, mientras las mujeres llevaban el cuerpo de Narlikar a Benarés para que lo incinerasen, y los criados de la Hacienda me dijeron en voz baja que habían oído que las cenizas del doctor fueron esparcidas en las aguas del Sagrado Ganges, en el *ghat* de Manikarnika, a la hora del crepúsculo, pero no se hundieron sino que flotaron en la superficie del agua como diminutas luciérnagas resplandecientes, siendo arrastradas al mar, donde su extraña luminosidad debió de asustar a los capitanes de los buques.

En cuanto a Ahmed Sinai: juro que fue después de la muerte de Narlikar y la llegada de las mujeres cuando empezó, literalmente, a decolorarse... gradualmente su piel palideció y su pelo perdió color, hasta que, en pocos meses, estuvo enteramente blanco, salvo por la oscuridad de sus ojos. (Mary Pereira le dijo a Amina: «Ese hombre tiene la sangre fría; por eso ahora su piel ha formado hielo, hielo blanco como el de un refrigerador.») Debo decir, con toda sinceridad, que, aunque él pretendía preocuparse por su transformación en hombre blanco y fue a los médicos y demás, se sintió en secreto bastante contento cuando no pudieron explicarse el problema ni mandarle un tratamiento, porque hacía mucho que envidiaba a los europeos su pigmentación. Un día, cuando se podía hacer chistes otra vez (había transcurrido un intervalo decoroso desde la muerte del doctor Narlikar), le dijo a Lila Sabarmati a la hora del cóctel: —Los mejores son siempre blancos bajo la piel; yo, sencillamente, he dejado de fingir. —Sus vecinos, que eran todos más morenos que él, se rieron educadamente, sintiéndose curiosamente avergonzados.

Las pruebas circunstanciales indican que el choque de la muerte de Narlikar me dio un padre blanco como la nieve para colocarlo junto a mi madre de ébano; pero (aunque no sé cuánto estáis dispuestos a tragar), me aventuraré a dar otra explicación posible, una teoría elaborada en la abstracta intimidad de mi torre del reloj... porque durante mis frecuentes viajes psíquicos descubrí algo bastante extraño: en los nueve primeros años después de la Independencia, un trastorno de pigmentación análogo (cuya primera víctima conocida fue quizá la Rani de Cooch Naheen) afectó a gran número de miembros de los círculos empresariales del país. Por toda la India, me tropecé con honestos hombres de negocios indios, cuyas fortunas prosperaban gracias al primer Plan Quinquenal y que se habían dedicado a desarrollar el comercio... hombres de negocios que se habían vuelto o se estaban volviendo muy, ¡realmente

305

muy pálidos! Al parecer, el tremendo (casi heroico) esfuerzo de sustituir a los británicos y convertirse en dueños de su propio destino había vaciado de color sus mejillas... en cuyo caso, tal vez, mi padre fue víctima tardía de un fenómeno extenso aunque generalmente inadvertido. Los hombres de negocios de la India se estaban volviendo blancos.

Ya hay bastante que rumiar para un día. Pero Evelyn Lilith Burns está llegando; el Pioneer Café se acerca dolorosamente; y —lo que es más decisivo— los demás hijos de la medianoche, incluido Shiva, mi otro yo, el de las rodillas letales, empujan con toda su fuerza. Pronto mis grietas serán suficientemente anchas para que se escapen...

Por cierto: en algún momento, hacia finales de 1956, con toda probabilidad, el cantor y cornudo Wee Willie Winkie encontró también la muerte.

AMOR EN BOMBAY

Durante el Ramadán, el mes del ayuno, íbamos al cine todo lo que podíamos. Después de ser despertados a las cinco de la mañana por las sacudidas de la mano diligente de mi madre, después de los desayunos de antes del amanecer a base de melón y de agua de lima azucarada, y especialmente los domingos por la mañana, el Mono de Latón y yo nos turnábamos (o, a veces, gritábamos al unísono) para recordarle a Amina: «¡La función de las diez de la mañana! ¡Es el día del Club de Cachorros de la Metro, *amma*, por favooor!» Y entonces íbamos en el Rover al cine, donde no podíamos probar la coca-cola ni las patatas fritas, ni el helado Kwality ni las *samosas* de papel grasiento; pero por lo menos había aire acondicionado, e insignias del Club pinchadas en nuestras ropas, y concursos, y anuncios de cumpleaños hechos por un presentador de bigote insuficiente; y finalmente, la película, después de los avances con sus títulos introductorios: «Próximo programa» y «Muy pronto», y la película de dibujos («Dentro de Unos Momentos, la Película; ¡Pero Antes...!»): quizá *Quentin Durward*, o *Scaramouche*. «¡De capa y espada!», nos decíamos mutuamente después, como los críticos de cine; y «¡Un entretenimiento bullicioso y obsceno!»... aunque nada sabíamos de espadachines ni de obscenidades. No se rezaba mucho en nuestra familia (salvo en Eid-ul-Fitr, en que mi padre me llevaba a la mezquita del viernes para celebrar la fiesta atándome un pañuelo a la cabeza y dando con la frente en el suelo)... pero siempre estábamos dispuestos a ayunar, porque nos gustaba el cine.

Evie Burns y yo estábamos de acuerdo: el mejor actor de cine del mundo era Robert Taylor. A mí me gustaba también Jay Silverheels haciendo de Tonto; pero su *kemo-sabay*, Clayton Moore, estaba, en mi opinión, demasiado gordo para ser el Llanero Solitario.

Evelyn Lilith Burns llegó el Día de Año Nuevo de 1957, para instalarse, con su padre viudo, en un apartamento de uno de los dos bloques de cemento feos y achaparrados que habían crecido, casi sin que nos diéramos cuenta, en las partes inferiores de nuestro altozano, y que eran objeto de una extraña segregación: los americanos y otros extranjeros vivían (como Evie) en Noor Ville; y las vidas de éxito de los indios arribistas terminaban en Laxmi Vilas. Desde las alturas de la Hacienda de Methwold, nosotros los mirábamos a todos, tanto blancos como castaños, de arriba a abajo; pero nadie miró nunca de arriba a abajo a Evie Burns... salvo una vez. Sólo una vez consiguió alguien subírsele encima.

Antes de meterme en mi primer par de pantalones largos, me enamoré de Evie; pero aquel año el amor era algo curioso, de reacción en cadena. Para ahorrar tiempo nos colocaré a todos en la misma fila del Metro cinema; Robert Taylor se refleja en nuestros ojos mientras estamos en un estado de éxtasis parpadeante... y también en un orden simbólico: Saleem Sinai se sienta-junto-a-y-enamorado-de Evie Burns, que se sienta-junto-a-y-enamorada-de Sonny Ibrahim, que se sienta-junto-a-y-enamorado-del Mono de Latón, que se sienta junto al pasillo y está muerta de hambre... Amé a Evie quizá durante seis meses de mi vida; dos años más tarde, ella volvió a América, apuñaló a una vieja y fue enviada a un reformatorio.

Al llegar a este punto, procede que exprese brevemente mi gratitud: si Evie no hubiera venido a vivir con nosotros, quizá mi historia no hubiera ido nunca más allá del turismo-en-una-torre-de-reloj y de las trampas en clase... y no hubiera habido ninguna culminación en un albergue para viudas, ni una prueba clara de mi sentido, ni una coda en una fábrica humeante sobre la cual preside la centelleante figura bailarina, azafrán y verde, de la diosa de neón Mumbadevi. Pero Evie Burns (¿serpiente o escala? La respuesta es evidente: *ambas* cosas) vino, con su bicicleta plateada que me permitió, no sólo descubrir a los hijos de la medianoche, sino también garantizar la partición del Estado de Bombay.

Para empezar por el principio: ella tenía el pelo de paja de espantapájaros, la piel salpimentada de pecas y los dientes encerrados en una jaula de metal. Esos dientes eran, al parecer, la única cosa en el mundo sobre la que no tenía poder: crecían desordenadamente, en malévolas superposiciones de loca pavimentación, y le daban horribles punzadas cuando comía helado. (Me permitiré esta generalización: los americanos se han hecho los amos del universo, pero no tienen dominio sobre sus bocas; por el contrario, la India es impotente, pero sus hijos suelen tener una excelente dentadura.)

Atormentada por los dolores de muelas, mi Evie se crecía espléndidamente ante el dolor. Negándose a ser gobernada por huesos y encías, comía pasteles y bebía coca siempre que los tenía a mano; y nunca se quejaba. Evie Burns: una chica dura de pelar: su conquista del dolor confirmaba su soberanía sobre todos nosotros. Se ha observado que todos los americanos necesitan una frontera: el dolor era la suya, y estaba decidida a conquistarla.

Una vez, le di tímidamente un collar de flores (reinas-de-la-noche para mi lirio-de-la-tarde), comprado con mi propio dinero a una vendedora ambulante de Scandal Point. —Yo no llevo flores —dijo Evelyn Lilith, y tiró el collar no solicitado al aire, perforándolo antes de que cayera con un perdigón de su certera pistola de aire comprimido Daisy. Al destruir flores con una Daisy, hacía saber que no se la podía encadenar, ni siquiera con un collar de flores: era nuestra caprichosa, voluble Flor-del-Alcor. Y también Eva. La niña de mis ojos.

Cómo llegó: Sonny Ibrahim, Raja de Ojo y Brillantina Sabarmati, Cyrus Dubash, el Mono y yo estábamos jugando al críquet francés en la glorieta que había entre los cuatro palacios de Methwold. Un partido de Día de Año Nuevo: Toxy palmoteaba en su ventana de barrotes; hasta Bi-Appah estaba de buen humor y, por una vez, no nos insultaba. El críquet —incluso el críquet francés, e incluso jugado por niños— es un juego tranquilo: paz ungida con aceite de linaza. El roce de cuero y bate; unos aplausos dispersos; algún grito ocasional: «¡Tire! ¡Tire, señor mío!»... «¿¿Qué *parece*??», pero Evie y su bicicleta no estaban dispuestas a ello.

—¡Eh, vosotros! ¡Todos vosotros! Eh, ¿quépassa? ¿Estáis todos sordos o qué?

Yo estaba bateando (elegantemente como Ranji, poderosamente como Vinoo Mankad), cuando ella cargó colina arriba en su biciclo, con el pelo de paja al aire, las pecas en llamas, el metal de su boca lanzando mensajes a la luz del sol: un espantapájaros a horcajadas sobre una bala de plata... —¡Eh, tú, el d'la nariz que hace agua! ¡Deja de mirar a esa escúúpida pelota, pelanas! ¡Vais a ver lo que es bueno!

Imposible describir a Evie Burn sin evocar también una bicicleta; y no cualquier biciclo, sino uno de los últimos grandes veteranos, una bicicleta india Arjuna flamante, con su manillar de carreras envuelto en cinta adhesiva y cinco piñones y un sillín hecho de piel de leopardo de imitación. Y un cuadro de plata (el color, no hace falta que os lo diga, del caballo del Llanero Solitario)... el baboso Raja de Ojo y el pulcro Brillantina, Cyrus el genio y el Mono, y Sonny Ibrahim y yo... los mejores amigos del mundo, los auténticos hijos de la Hacienda, sus herederos por nacimiento... Sonny con la inocencia lenta que siempre tuvo desde que los fórceps le mellaron el cerebro y yo con mis peligrosos conocimientos secretos... sí, todos nosotros, futuros toreros y jefes de la Marina y demás, nos quedamos paralizados en actitudes boquiabiertas cuando Evie Burns comenzó a pedalear en su bicicleta, másdeprisa-másdeprisamásdeprisa, dando vueltas y más vueltas por los bordes de la glorieta. —¡Mirad ahora: mirad lo que hago, bobos!

En el sillín de leopardo y fuera de él, Evie actuaba. Con un pie en el sillín y otra pierna estirada tras ella, daba vueltas a nuestro alrededor; luego cogió velocidad, ¡y se puso de cabeza en el sillín! Era capaz de sentarse en la rueda delantera, mirando hacia atrás y dando a los pedales al revés... la gravedad era su esclava, la velocidad su elemento, y nos dimos cuenta de que una Potencia había venido a nosotros, una bruja sobre ruedas, y las flores del seto le arrojaron pétalos y el polvo de la glorieta se elevó en nubes de ovación, porque aquella glorieta había encontrado también su dueña: era un lienzo bajo el pincel de las ruedas giratorias.

Fue entonces cuando notamos que nuestra heroína llevaba una pistola de aire comprimido Daisy en la cadera derecha... —¡Y ahora más, inútiles! —gritó, sacando su arma. Sus perdigones daban a las piedras la facultad de volar; tiramos *annas* al aire y ella las abatió, totalmente fritas—. ¡Blancos! ¡Más blancos! —... y Raja de Ojo entregó su amada baraja de cartas de rami, sin un murmullo, para que ella pudiera dispararles a los reyes a la cabeza. Annie Oakley con aparato de corrección dental... nadie se atrevió a discutir su puntería, salvo una vez, y eso fue al final de su reinado, durante la gran invasión de los gatos; y había circunstancias atenuantes.

Sofocada, sudando, Evie Burns desmontó y anunció: —Desde ahora, hay un nuevo gran jefe. ¿De acuerdo, indios? ¿Algo que objetar?

No había nada que objetar; y entonces supe que me había enamorado.

En la playa de Juhu con Evie: ella ganaba en las carreras de camellos, podía beber más leche de coco que cualquiera de nosotros, podía abrir los ojos bajo la acre agua salada del mar Arábigo.

¿Eran seis meses una diferencia tan grande? (Evie era medio año mayor que yo.) ¿La autorizaba eso a hablar a los adultos como un igual? Se vio a Evie chismorreando con el viejo Ibrahim Ibrahim; pretendió que Lila Sabarmati le estaba enseñando a maquillarse; visitaba a Homi Catrack para charlar de armas de fuego. (Fue una ironía trágica en la vida de Homi Catrack que él, contra el que apuntaría un día una pistola, fuese un auténtico *fan* de las armas de fuego... en Evie encontró a una criatura gemela, una hija sin madre que, a diferencia de su propia Toxy, era tan afilada como un cuchillo y tan brillante como una botella. Dicho sea de paso, Evie Burns no malgastaba su compasión con la pobre Toxy Catrack. —Está mal de la cabeza —opinó despreocupadamente ante todos nosotros—. Habría que eliminarla como a las ratas. —Sin embargo, Evie, ¡las ratas no son débiles! Había más de roedor en tu rostro que en todo el cuerpo de tu despreciada Tox.)

Ésa era Evelyn Lilith; y, a las pocas semanas de su llegada, yo había iniciado la reacción en cadena de cuyos efectos no me recuperaría nunca por completo.

Comenzó con Sonny Ibrahim, Sonny-el-chico-de-al-lado, Sonny el de los huecos de fórceps, que ha estado sentado pacientemente en los laterales de mi historia, aguardando que le den la entrada. En aquellos tiempos, Sonny era un tipo muy magullado: algo más que los fórceps le había hecho mella. Amar al Mono de Latón (incluso en el sentido que tiene a los nueve años esa palabra) no era cosa fácil.

Como ya he dicho, mi hermana, nacida la segunda y sin anunciar, había empezado a reaccionar violentamente ante cualquier declaración de afecto. Aunque se creía que hablaba el lenguaje de los pájaros y de los gatos, las dulces palabras de los amantes suscitaban en ella una furia casi animal; pero Sonny era demasiado simple para darse por enterado. Desde hacía meses, había estado importunándola con manifestaciones como «Hermana de Saleem, ¡eres una chica como se debe ser!», o bien: «Oye, ¿quieres ser mi novia? Podríamos ir al cine con tu *ayah*...» y, por un número igual de meses, ella le había estado haciendo pagar su amor: contándole cuentos a la madre de él; empujándolo a charcos de barro casualmente-adrede; una vez, atacándolo incluso físicamente y dejándole largas señales de garras como rastrillos en el rostro y una expresión de perro triste herido en los ojos; pero él no aprendía. Y así, por fin, ella planeó su venganza más terrible.

El Mono iba al colegio femenino Walsingham de Nepean Sea Road; un colegio lleno de europeas altas y magníficamente musculadas, que nadaban como peces y buceaban como submarinos. En su tiempo libre, se las podía ver desde la ventana de nuestro dormitorio, retozando en la piscina de forma de mapa del Breach Candy Club, de la cual nosotros, desde luego, estábamos excluidos... y cuando descubrí que el Mono se había unido de algún modo a aquellas nadadoras racialmente segregadas, como una especie de mascota, me sentí realmente ofendido con ella, quizá por primera vez... pero con ella no se podía discutir; hacía lo que le daba la gana. Fornidas chicas blancas de quince años le dejaban sentarse con ellas en el autobús del colegio Walsingham. Tres de esas hembras la esperaban todas las mañanas en el mismo lugar en que Sonny, Raja de Ojo, Brillantina, Cyrus-el-grande y yo esperábamos el autobús del Cathedral.

Una mañana, por alguna razón olvidada, Sonny y yo éramos los únicos chicos en la parada. Quizá había algún microbio rondando o algo así. El Mono esperó a que Mary Pereira nos dejara solos, al cuidado de las fornidas nadadoras; y entonces, de pronto, la certeza de lo que ella estaba planeando relampagueó en mi cerebro cuando, sin ninguna razón especial, sintonicé con sus pensamientos; y grité: —¡Eh! —... pero demasiado tarde. El Mono chilló—: ¡No te metas en esto! —y entonces ella y las tres fornidas nadadoras cayeron sobre Sonny Ibrahim, y los que dormían en la calle y los mendigos y los empleados en bicicleta las miraron con franco regocijo, porque le estaban quitando hasta la última prenda de ropa del cuerpo...— Maldita sea, tú, ¿te vas a quedar ahí sin hacer nada...? —Sonny me pedía ayuda, pero yo estaba inmovilizado, ¿cómo podía tomar partido entre mi hermana y mi mejor amigo? y él—: ¡Le diré a mi padre que has sido tú! —lloroso ahora, mientras el Mono—: ¡Eso para que aprendas a decir gilipolleces... y eso para que aprendas! —fuera los zapatos; ya no tenía camisa; la camiseta, arrancada por una especialista en saltos de palanca—. Y eso para que aprendas a escribir cartas de amor de marica —ahora sin calcetines, y con muchas lágrimas, y— ¡Ya está! —gritó el Mono; llegó el autobús del Walsingham y las asaltantes y mi hermana saltaron adentro y se fueron a toda velocidad—: ¡Ta-ta-ba-ta, galán! —le gritaron, y Sonny se quedó en la calle, en la acera opuesta a la tienda de Chimalker y el Paraíso del Lector, desnudo como el día en que nació; sus huecos de fórceps relucían como charcos entre las rocas, porque le había goteado en ellos vaselina del pelo; y sus ojos estaban también húmedos, mientras él—: ¿Por qué lo ha hecho, tú? ¿Por qué, si yo sólo le dije que me gustaba...?

—Que me registren —dije, sin saber a donde mirar—. Hace cosas así, y eso es todo. —Sin saber tampoco que llegaría el día en que me haría a mí algo peor.

Pero eso fue nueve años más tarde... mientras tanto, a principios de 1957, habían empezado las campañas electorales: el Jan Sangh luchaba por conseguir casas de reposo para las vacas sagradas de cierta edad; en Kerala, E. M. S. Namboodiripad prometía que el comunismo daría a todo el mundo comida y trabajo; en Madrás, el partido Anna-D. M. K.* de C. N. Annadurai avivaba las llamas del regionalismo; el partido del Congreso replicaba con reformas como la Ley Hindú de Sucesiones, que concedía a la mujer hindú los mismos derechos hereditarios... en pocas palabras, todo el mundo estaba ocupado abogando por su propia causa; a mí, sin embargo, se me trababa la lengua ante Evie Burns, y acudí a Sonny Ibrahim para pedirle que abogase por mí.

En la India hemos sido siempre vulnerables a los europeos... Evie llevaba con nosotros sólo unas semanas, y yo me veía arrastrado ya a una grotesca imitación de la literatura europea. (Habíamos representado *Cirano*, en versión simplificada, en el colegio; también me había leído el libro de historietas de los Clásicos Ilustrados.) Quizá sería honrado decir que Europa se repite, en la India, como farsa... Evie era americana. Da igual.

---

* Dravida Mummetra Kazhagam, partido «cultural nacionalista». (N. del T.)

—Pero eh, tú, eso no está bien, tú, ¿por qué no lo haces tú mismo?

—Oye Sonny —le supliqué—: ¿eres mi amigo, no?

—Sí, pero ni siquiera me ayudaste cuando...

—Era mi hermana, Sonny, ¿qué podía hacer?

—No, tendrás que sacarte tus propias castañas...

—Eh Sonny, tú, piensa. Piensa un poco. A esas chicas hay que tratarlas con cuidado, tú. ¡Mira cómo se pone el Mono! Tú tienes experiencia, *yaar*, tú lo has pasado. Esta vez sabrás cómo actuar con suavidad. ¿Qué sé yo, tú? A lo mejor ni siquiera le gusto. ¿Quieres que me desnuden también por la fuerza? ¿Te sentirías mejor así?

Y el inocente, bondadoso Sonny: —... Bueno, no...

—Entonces, de acuerdo. Vete. Háblale bien de mí. Dile que mi nariz no importa. Que lo que vale es el temple. ¿Sabrás hacerlo?

—... Bueeeeno... Yo... está bien, pero tú le hablarás también a tu hermanita, ¿eh?

—Le hablaré, Sonny. No puedo prometerte nada. Ya sabes cómo es. Pero le hablaré sin falta.

Podéis trazar vuestras estrategias tan cuidadosamente como queráis: las mujeres las desbaratarán de un manotazo. Por cada campaña electoral victoriosa, hay por lo menos dos que fracasan... desde el mirador de Buckingham Villa, a través de los listones de la persiana *chick*, espié a Sonny Ibrahim mientras pedía votos en el distrito electoral que yo había elegido... y oí la voz del electorado, la creciente gangosidad de Evie Burns, que cortaba el aire con su desprecio: —¿Quién? ¿*Ése*? ¿Por qué nol'dices que se suene? ¿Ese huelecacas? ¡Ni siquiera sabe montar en *bicicleta*!

Lo que era cierto.

Y todavía vendría algo peor; porque ahora (aunque una persiana *chick* dividía la escena en estrechas rajas), ¿no vi cómo la expresión del rostro de Evie empezaba a suavizarse y a cambiar...? ¿no se tendió la mano de Evie (cortada longitudinalmente por la persiana) hacia mi agente electoral...? ¿y no estaban tocando los dedos de Evie (de uñas mordidas hasta la medula) las depresiones de las sienes de Sonny, manchándose las yemas de vaselina chorreada...? ¿y dijo Evie o no dijo: —En cambio tú, pr'ejemplo: ¡eres muy *majo*!? —Permitidme afirmar tristemente que lo vi; que se tendió; que las tocaron y que lo dijo.

Saleem Sinai quiere a Evie Burns; Evie quiere a Sonny Ibrahim; Sonny está chiflado por el Mono de Latón; pero ¿qué dice el Mono?

—Me pones mala, por Alá —dijo mi hermana cuando intenté —bastante noblemente, teniendo en cuenta que él me había fallado— hablar en favor de Sonny. Los votantes nos habían vuelto la espalda a los dos.

Pero no iba a darme por vencido aún. Las tentaciones de sirena de Evie Burns —a la que nunca le importé un bledo, tengo que admitirlo— me empujaban inexorablemente hacia mi caída. (Pero no le guardo rencor; porque aquella caída me llevó a una ascensión.)

Privadamente, en mi torre del reloj, sacrifiqué parte del tiempo de mis vagabundeos trans-subcontinentales para estudiar el cortejo de mi pecosa Evie. «Nada de intermediarios», me aconsejé a mí mismo. «Eso tienes que hacerlo personalmente.» Por último, tracé mi plan: tendría que compartir sus intereses, hacer mías sus pasiones... las armas nunca me habían atraído. Resolví aprender a montar en bicicleta.

Evie, en aquellos días, había cedido a las muchas demandas de los chicos de la parte superior del altozano para que les enseñara sus artes ciclistas; de forma que me fue sencillo incorporarme a la cola de los alumnos. Estábamos reunidos en la glorieta; Evie, reina suprema de la pista, estaba de pie en medio de cinco zigzagueantes ciclistas, furiosamente concentrados... y yo estaba a su lado, sin bicicleta. Hasta la llegada de Evie, no había mostrado ningún interés por las ruedas, de forma que nunca me habían regalado una bicicleta... humildemente, sufrí el látigo de la lengua de Evie.

—¿Dónd'has estado *metido*, narizotas? ¿Te crees que t'voy a dejar la mía?

—No —mentí penitentemente, y ella se ablandó—. Está bien, está bien —se encogió de hombros—. Súbet'al sillín y vamos'ver si sirves p'algo.

Permitidme revelar enseguida que, cuando me subí a la plateada bicicleta india Arjuna, me sentí lleno del más puro júbilo; que, mientras Evie daba vueltas y más vueltas, sosteniendo la bicicleta por el manillar, y diciendo: —¿T'aguantas ya? ¿*No*? ¡Jolín, no tenemos todo'el año! —... mientras Evie y yo deambulábamos, me sentía... ¿cuál es la palabra...? feliz.

Vueltasyvueltasy... Finalmente, para agradarla, tartamudeé: —Está bien... Creo que... déjame —y al instante estuve solo, ella me había dado un empujón de despedida y aquel ser plateado volaba fulgurante e incontrolable a través de la glorieta... La oí gritar: —¡El freno! ¡Frena de una puñetera vez, imbécil! —... pero no podía mover las manos, me había quedado rígido como una tabla, y allí CUIDADO delante de mí estaba el biciclo azul de Sonny Ibrahim, rumbo de colisión, QUÍTATE D'EN MEDIO LOCO, Sonny en el sillín, tratando de virar y esquivar, pero el azul seguía yendo como un rayo hacia la plata, Sonny torció a la derecha pero yo hice lo mismo AYAY MI BICICLETA y la rueda de plata tocó la azul, un cuadro rozó con otro cuadro, yo volé hacia arriba y por encima del manillar hacia Sonny, que había iniciado una parábola idéntica hacia mí CRASH las bicicletas cayeron al suelo bajo nosotros, unidas en íntimo abrazo CRASH suspendidos en el aire, Sonny y yo nos encontramos, la cabeza de Sonny saludó a la mía... Más de nueve años antes, yo había nacido con sienes abultadas, y a Sonny los fórceps le habían hecho huecos; todo tiene una razón, al parecer, porque ahora mis sienes abultadas coincidieron con los huecos de Sonny. Un ajuste perfecto. Con las cabezas encajadas, comenzamos nuestro descenso hacia tierra, sin caer encima de las bicicletas, afortunadamente, WAMMP y, por un momento, el mundo desapareció.

Entonces Evie, con las pecas echando fuego: —Desgraciado, montón de mocos, me has destrozado la... —Pero yo no la oía, porque el accidente de la glorieta había completado lo que inició la calamidad de la cesta de colada, y ahora estaban en mi cabeza, en la parte delantera, y no eran ya un ruido de fondo amortiguado que nunca había notado, sino todos ellos, transmitiendo sus señales de aquí-estoy, desde el norte sur este oeste... los demás niños nacidos en la hora de la medianoche, que decían «yo», «yo» y «yo».

—¡Eh! ¡Eh, mocoso! ¿Estás bien...? Eh, ¿dónde está su *madre*?

¡Interrupciones, nada más que interrupciones! Las distintas partes de mi vida, un tanto complicada, se niegan, con una obstinación absolutamente irrazonable, a quedarse ordenadamente en sus compartimientos estancos. Las voces desbordan su torre del reloj para invadir la glorieta, que se supone es el dominio de Evie... y ahora, en el preciso momento en que debería estar describiendo a los hijos fabulosos del tictac, me veo arrebatado por el Correo de la Frontera... llevado secretamente al decadente mundo de mis abuelos, de forma que Aadam Aziz está estorbando el desarrollo natural de mi cuento. Bueno. *Hay que soportar lo que no se puede remediar.*

Aquel mes de enero, durante mi convalecencia de la grave conmoción que recibí en mi accidente de bicicleta, mis padres nos llevaron a Agra para una reunión familiar que resultó peor que el famoso (y se podría discutir si ficticio) Agujero Negro de Calcuta. Durante dos semanas tuvimos que escuchar a Emerald y Zulfikar (que era ahora General de División e insistía en que lo llamaran General), hablando de gente importante y haciendo alusiones a su fabulosa riqueza, que se había convertido ya en la séptima fortuna privada del Pakistán; su hijo Zafar intentó (¡sólo una vez!) tirarle de las descoloridas coletas al Mono. Y tuvimos que contemplar con silencioso horror cómo mi tío Mustapha, el funcionario, y su mujer Sonia, medio iraní, pegaban y aporreaban a su camada de mocosos sin nombre ni sexo, reduciéndolos a un anonimato absoluto; y el aroma amargo de la soltería de Alia llenaba el aire, estropeándonos las comidas; y mi padre se recogía pronto para iniciar su guerra secreta de todas las noches con los *djinns*; y cosas peores, y cosas peores, y cosas peores.

Una noche me desperté al dar las doce y encontré el sueño de mi abuelo dentro de mi cabeza, y no pude evitar verlo como él se veía a sí mismo: como un anciano que se desmoronaba, en cuyo centro, cuando había luz apropiada, se podía discernir una sombra gigantesca. A medida que las convicciones que habían dado fuerza a su juventud se marchitaban por la influencia combinada de la edad, la Reverenda Madre y la falta de amigos de mentalidad afín, el antiguo agujero iba reapareciendo en el centro de su cuerpo, convirtiéndolo en otro anciano más apergaminado y vacío, en el que Dios (y otras supersticiones), contra el que había luchado tanto tiempo comenzaba a reafirmar su dominio... entretanto, la Reverenda Madre se pasó toda la quincena encontrando pequeñas maneras de insultar a la despreciada actriz de cine esposa de mi tío Hani. Y fue también la época en que me dieron el papel de espectro en una comedia infantil, y encontré, en una vieja cartera de *attaché* de cuero, sobre el *almirah* de mi abuelo, una sábana comida por la polilla, pero cuyo mayor agujero era artificial: descubrimiento por el que fui recompensado (como recordaréis) con rugidos de rabia de mis abuelos.

Pero hubo algo positivo. Me hice amigo de Rashid, el *rickshaw-wallah* (el mismo que, en su juventud, gritaba silenciosamente en el trigal y ayudó a Nadir Khan a entrar en el retrete de Aadam Aziz): tomándome bajo su protección —y sin decírselo a mis padres, que me lo hubieran prohibido tan poco tiempo después del accidente— me enseñó a montar en bicicleta. Para cuando nos marchamos, yo tenía ese secreto escondido con todos los demás: sólo que no tenía la intención de que permaneciese secreto mucho tiempo.

... Y en el tren de regreso, había voces que flotaban fuera del compartimiento: «¡*Ohé, maharaj!* ¡Ábrenos, gran señor!»... voces de tunantes que viajaban sin pagar, que luchaban con las que yo quería oír, las voces nuevas de dentro de mi cabeza... y luego otra vez Bombay Central Station, y el recorrido hasta casa, por delante del hipódromo y del templo, y ahora Evelyn Lilith Burns está pidiendo que termine su parte antes de concentrarme en asuntos más elevados.

—¡Otra vez en casa! —grita el Mono—. ¡Hurra... A-la-bim, a-la-bam, a-la-bim-Bom-bay! (Ha caído en desgracia. En Agra, incineró las botas del General.)

Es un hecho histórico que la Comisión de Reorganización de los Estados presentó su informe al señor Nehru ya en octubre de 1955; un año más tarde, sus recomendaciones se habían ejecutado. La India había sido nuevamente dividida, en catorce Estados y seis «territorios» de administración centralizada. Pero las fronteras de esos Estados no estaban formadas por ríos, ni montañas ni otros accidentes naturales del terreno; eran, en lugar de ello, muros de palabras. El lenguaje nos dividía: Kerala era para los que hablaban malayalam, la única lengua de nombre palíndromo del mundo; en Karnataka había que hablar kanarés: y el amputado Estado de Madrás —hoy llamado Tamil Nadu— encerraba a los *fans* del tamil. Por algún descuido, sin embargo, nada se hizo con el Estado de Bombay; y, en la ciudad de Mumbadevi, las marchas por el idioma se hicieron cada vez más largas y ruidosas, y finalmente se metamorfosearon en partidos políticos: el Samyukta Maharashtra Samiti («Partido Maharashtra Unido»), que era partidario del idioma marathi y pedía la creación del Estado de Maharashtra en el Deccan, y el Maha Gujarat Parishad («Gran Partido de Gujarat») que marchaba bajo la bandera del idioma gujarati y soñaba con un Estado al norte de la ciudad de Bombay, que se extendiera hasta la península de Kathiawar y el Rann de Kutch... Estoy recalentando toda esta Historia fría, esas viejas luchas muertas entre la seca angulosidad del marathi, que nació en el calor árido del Deccan, y la suavidad del gujarati de Kathiawar, para explicar por qué, el día de febrero de 1957 que siguió a nuestro regreso de Agra, la Hacienda de Methwold se vio cortada de la ciudad por una corriente de humanidad cantante que inundó Warden Road más que el agua del monzón, un desfile tan largo que tardó dos días en pasar, y del cual se dijo que a su cabeza cabalgaba, pétreamente, la estatua de Sivaji rediviva. Los manifestantes llevaban banderas negras, muchos de ellos eran tenderos en *hartal*; muchos, obreros textiles en huelga de Mazagaon y Matunga; pero en nuestro altozano no sabíamos nada de su trabajo; para nosotros, los niños, la interminable fila de hormigas del idioma en Warden Road resultaba tan magnéticamente fascinante como una bombilla para una mariposa. Era una manifestación tan inmensa, tan intensa en sus pasiones, que hacía que todas las marchas anteriores se borraran de la mente como si nunca hubieran ocurrido... y a todos se nos había prohibido bajar de la colina para echar la más mínima mirada. Pero, ¿quién era la más intrépida de todos? ¿Quién nos insistió para que nos deslizáramos por lo menos hasta la mitad, hasta el punto en que la carretera del altozano torcía para dar frente a Warden Road en una cerrada curva en U? ¿Quién dijo: «¿De qué tenéis miedo? Sólo vamos hasta la mitad para echar una *ojeada*»...? Unos indios desobedientes y de ojos muy abiertos siguieron a su pecosa jefa americana. («Mataron al doctor Narlikar... lo mataron los manifestantes», nos advirtió Brillantina con voz estremecida. Evie le escupió en los zapatos.)

Pero yo, Saleem Sinai, tenía cosas más importantes que hacer. —Evie —le dije con tranquila desenvoltura—, ¿te gustaría ver cómo monto en bicicleta? —No hubo respuesta, Evie estaba absorta en el espectáculo... y, ¿era la huella de su dedo lo que podía ver todo el mundo en el hueco izquierdo de la frente de Sonny Ibrahim, impresa en la vaselina? Por segunda vez, y con algo más de insistencia, le dije—: Sé montar, Evie. Montaré en la bicicleta del Mono. ¿Quieres verme? —Y entonces Evie, con crueldad—: Estoy viendo esto. Vale la pena. ¿Por qué tengo que vert'a ti? —Y yo, un poco quejumbroso ahora—: Es que he *aprendido*, Evie, *tienes* que... —Unos rugidos que venían de Warden Road, debajo de nosotros, ahogaron mis palabras. Veo la espalda de ella; y la espalda de Sonny, las espaldas de Raja de Ojo y Brillantina, la intelectual parte trasera de Cyrus-el-grande... mi hermana, que ha visto también la huella dactilar y parece disgustada, me incita—: Vamos. Vamos, demuéstraselo. ¿Quién se cree

que es? —Y allá voy en la bicicleta...— ¡Estoy montando, Evie, mira! —Describiendo círculos con la bicicleta, dando vueltas y más vueltas en torno al grupito de niños—: ¿Ves? ¿Me *ves*? —Un momento de exultación; y entonces Evie, reventadora impaciente me importa un pito—: ¿Te quiés quitar d'en medio, por tos los diablos? ¡Quiero ver *eso*! —Con el dedo, con su uña mordida y todo, señala en dirección de la marcha del idioma; ¡me veo desplazado por el desfile del Samyukta Maharashtra Samiti! Y, a pesar del Mono que, lealmente—: ¡Eso no es justo! ¡Lo está haciendo realmente *muy bien*! —y a pesar del efecto estimulante de la cosa-en-sí, algo se rompe en mi interior; y doy vueltas alrededor de Evie, másaprisamásaprisamásaprisa, gritando sorbiendo por la nariz sin control—: Pero ¿qué te pasa? ¿Qué tengo que hacer para que...? —Y entonces otra cosa se apodera de mí, porque comprendo que no tengo que preguntárselo, sólo tengo que meterme dentro de esa cabeza pecosa de boca metalizada y verlo, por una vez puedo saber realmente lo que está pasando... y allá voy, sin dejar de pedalear, pero la parte delantera de su mente está toda llena de manifestantes en favor del idioma marathi, y hay canciones *pop* americanas por los rincones de sus pensamientos, pero nada que me interese; y ahora, sólo ahora, ahora por primerísima vez, ahora, empujado por las lágrimas de un amor no correspondido, empiezo a tantear... Me encuentro empujando, zambulléndome, abriéndome camino tras sus defensas... hasta el lugar secreto en que hay un retrato de su madre con una bata rosa y un pececito cogido por la cola, y hurgo máshondomáshondomáshondo, dónde está, qué es lo que la hace vibrar, y entonces ella tiene una especie de sacudida y gira sobre sus talones para mirarme fijamente mientras yo pedaleo dando vueltasyvueltasyvueltasyvueltasy...
   —¡Fuera! —chilla Evie Burns. Se ha llevado las ma-

nos a la frente. Yo pedaleo, con los ojos humedecidos profundizando másmásmás: hasta donde está Evie en la puerta de un dormitorio de paredes de madera, sosteniendo un sosteniendo algo afilado y centelleante de donde gotea algo rojo, en la puerta de un, Dios santo y en la cama una mujer, que, de rosa, Dios santo, y Evie con el, y lo rojo manchando lo rosa, y un hombre que entra, Dios santo, y no no no no no...

—¡FUERA FUERA FUERA! —Unos niños asombrados miran cómo chilla Evie, olvidando la marcha del idioma, pero de pronto la recuerdan de nuevo, porque Evie ha agarrado la parte de atrás de la bici del Mono QUÉ HACES EVIE mientras me empuja ¡FUERA DE AHÍ ZÁNGANO! ¡VETE AL INFIERNO...! Me empuja con-todas-sus-fuerzas, y yo pierdo el control me precipito pendiente abajo dando la curva en U bajandobajando DIOS SANTO LA MARCHA por delante de la lavandería Band Box, por delante de Noor Ville y de Laxmi Vilas, AAAAY y cayendo en las fauces de la marcha, cabezas pies cuerpos, las olas de la marcha abriéndose cuando yo llego, poniendo el grito en el cielo, estrellándome contra la Historia en una bicicleta de niña desbocada.

Hay manos que agarran el manillar mientras yo me detengo en medio de la multitud apasionada. Sonrisas llenas de dientes de oro me rodean. No son sonrisas amistosas. —Mirad, mirad, ¡un pequeño *laad-sahib* que baja de la gran colina de los ricos para unirse a nosotros! —En marathi, que apenas entiendo, es lo que peor se me da en el colegio, y las sonrisas preguntan—: ¿Quieres entrar en el S. M. S., principito? —Y yo, sabiendo apenas lo que dicen, pero lo suficientemente aturdido para decir la verdad, sacudo la cabeza: No. Y las sonrisas—: ¡Ajá! ¡Al joven *nawab* no le gusta nuestra lengua! ¿Cuál le gusta? —Y otra sonrisa—: ¡Quizá el gujarati! ¿Hablas gujarati, mi señor? —Pero mi gujarati era tan malo como mi marathi; y sólo sabía una cosa en la cenagosa lengua de Kathiawar; y las sonrisas me apremian, y los dedos me pinchan—: ¡Habla, amito! ¡Dinos algo en gujarati! —... de modo que les dije lo que sabía, unos versos aprendidos de Glandulitas Keith Colaco en el colegio, que él utilizaba para meterse con los chicos gujaratis, unos versos que hacían burla de los ritmos vocales del idioma:

> Soo ché? Saru ché!
> Danda lé ké maru ché

¿Cómo estás tú? —¡Yo muy bien!— ¡Si cojo un palo te daré cien! Una tontería; nada; nueve palabras sin sentido... pero cuando las recité las sonrisas empezaron a reírse; y entonces las voces que tenía cerca y luego las que estaban cada vez más lejos comenzaron a repetir mi canto: ¿CÓMO ESTÁS TÚ? ¡YO MUY BIEN! y perdieron interés por mí: —Vete vete con tu bicicleta, amo —se burlaron, ¡SI COJO UN PALO TE DARÉ CIEN!, Yo huí altozano arriba, mientras mi canto se movía hacia atrás y hacia adelante, hasta el frente y la cola de la procesión de dos días de larga, convirtiéndose, en lo que cabía, en un canto guerrero.

Aquella tarde, la cabeza de la procesión del Samyukta Maharashtra Samiti chocó en Kemp's Corner con la cabeza de una manifestación del Maha Gujarat Parishad; las voces del S. M. S. cantaron «*Soo ché? Saru ché!*» y las gargantas del M. G. P. se desataron furiosas; bajo los anuncios del rajá de la Air India y del Chico de Kolynos, los dos partidos se enzarzaron con no escaso fervor y, con la musiquilla de mis versitos, se inició el primero de los disturbios lingüísticos, quince muertos y más de trescientos heridos.

De esa forma fui directamente responsable del desencadenamiento de la violencia que terminó con la partición del Estado de Bombay, como resultado de la cual la ciudad se convirtió en capital de Maharashtra... de modo que, por lo menos, estuve con los ganadores.

¿Qué había en la cabeza de Evie? ¿Un crimen o un sueño? Nunca lo supe; pero aprendí otra cosa: si te introduces profundamente en la cabeza de alguien, *se da cuenta de que estás allí.*

Evelyn Lilith Burns no quiso saber mucho de mí después de aquel día; pero, por extraño que parezca, me había curado de ella. (Siempre han sido las mujeres las que cambiaron mi vida: Mary Pereira, Evie Burns, la cantante Jamila, la-bruja-Parvati son responsables de lo que soy; y la Viuda, que guardo para el final, y, después del final, Padma, mi diosa del estiércol. Las mujeres me han condicionado, es verdad, pero quizá nunca ocuparon un lugar central... quizá el lugar que debían haber llenado, el agujero en el centro que heredé de mi abuelo Aadam Aziz, estuvo lleno demasiado tiempo por mis voces. O quizá —hay que tener en cuenta todas las posibilidades— siempre me dieron un poco de miedo.)

MI DÉCIMO CUMPLEAÑOS

—Ay, señor, ¿qué puedo decir? ¡Todo es nada más que culpa mía!

Padma ha vuelto. Y, ahora que me he recuperado del veneno y estoy otra vez en mi escritorio, está demasiado excitada para callarse. Una y otra vez, mi loto pródigo se castiga, se golpea los pesados pechos, se lamenta a voz en grito. (En mi frágil estado, resulta bastante angustioso; pero no la culpo de nada.)

—¡Créeme, señor, lo mucho que me importa tu bienestar! Qué clase de seres somos las mujeres, que no descansamos ni un momento cuando nuestros hombres están enfermos y mal... ¡Me alegro tanto de que estés bueno, no puedes imaginarte!

La historia de Padma (contada con sus propias palabras, y leída otra vez a ella para que la confirme con ojos-en-blanco, grandes-lamentos y golpes-mamarios): —Fueron mi estúpido orgullo y vanidad, Saleem *baba*, los que me hicieron huir de ti, aunque el empleo es bueno, ¡y tú necesitas tanto quien te cuide! Pero al poco tiempo me moría de ganas de volver.

—Entonces pensé, ¿cómo voy a volver con ese hombre que no me quiere y sólo se dedica a sus estúpidas escrituras? (Perdóname, Saleem *baba*, pero tengo que decirte la verdad. Y el amor, para las mujeres, es lo más grande que hay.)

—De forma que me voy a ver a un hombre santo, que me dice lo que tengo que hacer. Entonces, con mis pocos *pice*, cojo el autobús hasta el campo para escarbar hierbas con las que poder despertar de su sueño tu virilidad... imagínate, señor, he hecho magia con estas palabras: «¡Hierba, has sido desenterrada por Machos!» Y luego he triturado las hierbas en agua y leche diciendo: «¡Hierba potente y lujuriosa! ¡Planta que Varuna hizo que Gandharva le desenterrara! Dale a mi señor Saleem tu poder. Dale un ardor como el del Fuego de Indra. Como el del antílope macho, Oh hierba, tienes toda la fuerza que Existe, tienes los poderes de Indra y la fuerza lujuriosa de las bestias.»

—Con ese preparado, volví y te encontré solo como siempre, y como siempre con la nariz metida en tus papeles. Pero los celos, lo juro, los había dejado atrás; se te suben a la cara y te envejecen. Ay Dios, perdóname, ¡silenciosamente te puse el preparado en la comida...! Y entonces, *hai-hai*, que el Cielo me perdone, pero soy una mujer sencilla y, si los hombres santos me lo dicen, ¿cómo voy a discutirles...? Pero ahora, por lo menos, estás mejor, gracias sean dadas a Dios, y quizá no estés enfadado.

Bajo el influjo de la poción de Padma, estuve delirando una semana. Mi loto del estiércol jura (con mucho rechinar de dientes) que estaba rígido como una tabla, con burbujitas en la boca. También tenía fiebre. En mi delirio, balbuceaba algo sobre serpientes; pero sé que Padma no es una serpiente y que nunca quiso hacerme daño.

—Este amor, señor —se lamenta Padma—, empuja a una mujer a la locura.

Lo repito: no le echo la culpa a Padma. Al pie de los Ghats Occidentales, buscó las hierbas de la virilidad, la *mucuna pruritus* y la raíz de la *feronia elephantum*; ¿quién sabe lo que encontró? ¿Quién sabe lo que, machacado con leche y mezclado con mi comida, me puso las tripas en ese estado de «batimiento» a partir del cual, como saben los estudiosos de la cosmología hindú, Indra creó la materia, revolviendo la sopa primitiva en su gran batidora de leche? No importa. Fue un noble intento; pero soy imposible de regenerar... la Viuda ha acabado conmigo. Ni siquiera la auténtica *mucuna* hubiera podido poner fin a mi incapacidad; la *feronia* no hubiera engendrado nunca en mí la «fuerza lujuriosa de las bestias».

Sin embargo, estoy otra vez frente a mi mesa; una vez más, Padma se sienta a mis pies, apremiándome. Estoy equilibrado una vez más: la base de mi triángulo isósceles está segura. Yo me cierno en el ápice, sobre el presente y el pasado, y noto que la fluidez vuelve a mi pluma.

Así pues, se ha obrado una especie de magia; y la excursión de Padma en busca de filtros amorosos me ha conectado brevemente con ese mundo de antigua sabiduría y saberes de hechicería tan despreciado hoy por la mayoría de nosotros; pero (a pesar de los retortijones y de la fiebre y de la espuma en la boca) estoy contento de esa irrupción en mis últimos días, porque contemplar eso es volver a encontrar algo de un sentido de la proporción perdido.

Pensad en esto: la Historia, en mi versión, entró en una nueva fase el 15 de agosto de 1947... pero, en otra versión, ¡esa fecha ineludible no es más que un fugaz instante en la Era de la Oscuridad, Kali-Yuga, en la que la vaca de la mortalidad ha quedado reducida a permanecer de pie, vacilante, sobre una sola pierna! Kali-Yuga... la jugada perdedora en nuestro juego de dados nacional; lo peor de todas las cosas; la era en que los bienes dan al hombre categoría, en que se identifican riqueza y virtud, en que la pasión es el único vínculo entre hombres y mujeres, en que la falsedad proporciona el éxito (¿es de extrañar, en una época así, que también yo confunda el bien y el mal?)... comenzó un viernes, 18 de febrero, el 3102 antes de J.C.; ¡y durará sólo 432.000 años! Sintiéndome ya un tanto achicado, tengo que añadir sin embargo que la Era de la Oscuridad es sólo la cuarta fase del actual ciclo Maha-Yuga, que es, en total, diez veces más largo; y si pensáis que hacen falta mil Maha-Yugas para formar un solo Día de Brahma, veréis lo que quiero decir al hablar de proporciones.

Un poco de humildad en este momento (en que estoy temblando, a punto de presentar a los Hijos) no resulta, creo, desplazada.

Padma cambia su peso de pie, desconcertada. —¿De qué estás hablando? —pregunta, ruborizándose un poco—. Así hablan los brahmines; ¿qué tiene eso que ver conmigo?

... Nacido y educado en la tradición musulmana, me veo súbitamente abrumado por una doctrina más antigua; mientras aquí, a mi lado, está mi Padma, cuyo regreso he deseado tan ardientemente... ¡mi Padma! La Diosa del Loto; La que Posee el Estiércol; la que es Como la Miel, y está Hecha de Oro; aquélla cuyos hijos son la Humedad y el Barro...

—Debes de tener fiebre aún —me reconviene ella, soltando una risita—. ¿Cómo que hecha de oro, caballero? Y sabes que no tengo hi...

... Padma, que, junto con los genios *yaksa*, que representan el tesoro sagrado de la tierra, y los ríos sagrados, Ganges Yamuna Saravasti, y las tres diosas, es una de las Guardianas de la Vida, aliviando y consolando a los mortales que atraviesan la tela de sueños de Maya... Padma, el cáliz de loto, que creció en el ombligo de Vishnu y del que nació el propio Brahma; ¡Padma la Fuente, la madre del Tiempo...!

332

—Eh —su voz suena ahora preocupada—, ¡deja que te toque la frente!

... ¿Y dónde, dentro de ese esquema, estoy yo? ¿Soy (aliviado y consolado por su regreso) simplemente mortal... o algo más? Como... sí, por qué no... con trompa de mamut, con nariz de Ganesh como tengo... el Elefante quizá. El que, como Sin, la luna, domina las aguas, trayendo el don de la lluvia... cuya madre fue Ira, reina consorte de Kashyap, el Viejo Hombre Tortuga, señor y progenitor de todas las criaturas del mundo... el Elefante que es también el arco iris, y el rayo, y cuyo valor simbólico, hay que añadir, es sumamente problemático y poco claro.

Está bien, pues: evasivo como los arco iris, imprevisible como el rayo, parlanchín como Ganesh, parece ser que, después de todo, tengo mi puesto en la antigua sabiduría.

—Dios santo —Padma va corriendo a buscar una toalla para mojarla en agua fría—, ¡tienes la cabeza ardiendo! ¡Será mejor que te eches ahora!: ¡es demasiado pronto para tanta escritura! Es tu enfermedad la que habla; no tú.

Pero ya he perdido una semana; de modo que, con fiebre o sin fiebre, tengo que apresurarme; porque habiendo agotado (por el momento) esa vena de fabulación antigua, estoy llegando al corazón fantástico de mi propia historia, y tengo que escribir de forma sencilla y sin velos acerca de los hijos de la medianoche.

Entendedme lo que digo: en la primera hora del 15 de agosto de 1947 —entre medianoche y la una de la madrugada— nacieron nada menos que mil y un niños dentro de las fronteras del recién nacido Estado soberano de la India. En sí mismo, no es un hecho insólito (aunque las resonancias del número sean extrañamente literarias)... en esa época, los nacimientos en nuestra parte del mundo superaban a los fallecimientos en unos seiscientos ochenta y siete por hora. Lo que hacía el acontecimiento notable (¡notable! Qué palabra más desapasionada, ¿no os parece?) era la naturaleza de esos niños, cada uno de los cuales estaba, por algún fenómeno biológico, o quizá a causa de algún poder preternatural del momento, o simplemente, de forma concebible, por pura coincidencia (aunque una sincronicidad a esa escala haría vacilar hasta a C. G. Jung), dotado de características, talentos o facultades que sólo pueden describirse como milagrosas. Fue como si —si se me permite un minuto de fantasía en lo que, por lo demás será, lo prometo, el relato más sobrio que pueda hacer— como si la Historia, al llegar a un punto de las más altas significación y promesas, hubiera decidido sembrar, en ese instante, las semillas de un futuro auténticamente distinto de todo lo que el mundo había visto hasta entonces.

Si se produjo un milagro análogo al otro lado de la frontera, en el recientemente separado Pakistán, no tengo conocimiento de ello; mis percepciones, mientras duraron, estuvieron limitadas por el mar Arábigo, el golfo de Bengala y la cordillera del Himalaya, pero también por las fronteras artificiales que atravesaban el Punjab y Bengala.

Inevitablemente, algunos de esos niños no sobrevivieron. La desnutrición, la enfermedad y las desgracias de la vida cotidiana habían dado cuenta de nada menos que cuatrocientos veinte de ellos para cuando tuve conciencia de su existencia; aunque es posible formular la hipótesis de que esas muertes tenían también su finalidad, porque 420 ha sido, desde tiempo inmemorial, el número asociado con el fraude, el engaño y la superchería. ¿Podría ser, pues, que los niños que faltaban hubieran sido eliminados porque se habían vuelto en cierto modo inapropiados, y no eran auténticos hijos de esa hora de la medianoche? Bueno, en primer lugar, ésa es otra divagación de mi fantasía; y en segundo, se basa en un concepto de la vida que es a un tiempo excesivamente teológico y bárbaramente cruel. Se trata también de una pregunta sin respuesta; todo examen ulterior resulta, por lo tanto, improductivo.

Para 1957, los quinientos ochenta y un niños supervivientes se estaban acercando todos a su décimo cumpleaños, totalmente ignorantes, en su mayor parte, de su mutua existencia... aunque sin duda había excepciones. En la ciudad de Baud, junto al río Mahanadi, en Orissa, había un par de hermanas gemelas que eran ya leyenda en la región, porque, a pesar de su impresionante fealdad, ambas tenían la facultad de hacer que todos los hombres que las veían se enamorasen desesperada y, a veces, suicidamente de ellas, de forma que sus perplejos padres se veían interminablemente acosados por un torrente de hombres que les ofrecían su mano para casarse con cualquiera de las dos y hasta con las dos desconcertantes niñas; ancianos que habían renunciado a la sabiduría de sus barbas y jóvenes que hubieran debido estar chiflándose por las actrices del cine ambulante que venía a Baud una vez al mes; y había otra procesión, más perturbadora, de familias desconsoladas que maldecían a las gemelas por haber embrujado a sus hijos para que cometieran actos de violencia contra sí mismos, mutilaciones y flagelaciones fatales e incluso (en un caso) una autoinmolación. Con excepción de esos raros casos, sin embargo, los hijos de la medianoche habían crecido completamente ignorantes de quiénes eran sus verdaderos hermanos, sus compañeros-elegidos a lo largo y lo ancho del diamante tosco y mal proporcionado de la India.

Y entonces, como consecuencia de una sacudida recibida en un accidente de bicicleta, yo, Saleem Sinai, tuve conciencia de todos ellos.

A todo aquel cuya mentalidad sea demasiado inflexible para aceptar estos hechos, tengo que decirle lo siguiente: así es como fue; no es posible renunciar a la verdad. Sencillamente, tendré que soportar la carga de la incredulidad de quien lo dude. Pero ninguna persona que sepa leer en esta India nuestra puede ser totalmente inmune al tipo de información que estoy revelando... ningún lector de nuestra prensa nacional puede haber dejado de tropezarse con una serie —desde luego menor— de niños mágicos y monstruos variados. Sólo la semana pasada fue ese chico bengalí que anunció que era la reencarnación de Rabindranath Tagore y comenzó a improvisar versos de notable calidad, para asombro de sus padres; y yo mismo puedo recordar niños de dos cabezas (a veces una humana y otra animal), y con otras características curiosas, como cuernos de toro.

Debo decir enseguida que no todos los dones de los niños eran deseables, ni siquiera deseados por los propios niños; y, en algunos casos, los niños habían sobrevivido pero se habían visto privados de las cualidades regaladas por la medianoche. Por ejemplo (para emparejar la historia de las gemelas de Baud), permitidme mencionar a una niña mendiga llamada Sundari, que nació en una calle situada tras la Oficina General de Correos, no lejos de la terraza en donde Amina Sinai escuchó a Ramram Seth, una niña cuya belleza era tan intensa que, a los pocos momentos de su nacimiento, había conseguido cegar a su madre y a las vecinas que la habían estado ayudando en el parto; su padre, que se precipitó en la habitación al oír los chillidos de las mujeres, fue avisado por ellas justamente a tiempo; pero su única ojeada fugaz a su hija le dañó tanto la vista que, a partir de entonces, fue incapaz de distinguir entre los indios y los turistas extranjeros, lo que afectó grandemente a su capacidad para obtener ingresos como mendigo. Durante algún tiempo después de eso, Sundari fue obligada a llevar un trapo que le tapaba la cara; hasta que una tía abuela vieja y despiadada la cogió en sus brazos huesudos y le dio nueve tajos en el rostro con un cuchillo de cocina. En la época en que tuve conciencia de ella, Sundari se ganaba muy bien la vida, porque nadie que la mirase podía dejar de apiadarse de una chica que en otro tiempo había sido evidentemente tan bella y estaba ahora tan cruelmente desfigurada; le daban más limosnas que a cualquier otro miembro de su familia.

Como ninguno de los niños sospechaba que el momento de su nacimiento tuviera nada que ver con lo que eran, tardé algún tiempo en descubrirlo. Al principio, después del accidente de bicicleta (y, especialmente, una vez que los manifestantes por el idioma me hubieron purgado de Evie Burns), me contenté con descubrir, uno por uno, los secretos de los seres fabulosos que habían llegado repentinamente a mi campo de visión mental, coleccionándolos vorazmente, como algunos chicos coleccionan insectos y otros reconocen trenes; perdiendo interés por los álbumes de autógrafos y todas las demás manifestaciones del instinto de acopio, me zambullía siempre que podía en la realidad distinta y absolutamente más brillante de los quinientos ochenta y uno. (Doscientos sesenta y seis de nosotros éramos chicos; y nuestras colegas femeninas nos superaban en número: eran trescientas quince, incluida la-bruja-Parvati.)

¡Los hijos de la medianoche...! De Kerala, un chico que tenía la facultad de penetrar en los espejos y volver a salir por cualquier superficie reflectante terrestre... por los lagos y (con mayor dificultad) por las pulidas carrocerías de los automóviles... y una chica goanesa con el don de multiplicar los peces... y niños con poderes de transformación: un hombre-lobo de las montañas Nilgiri, y de la gran cuenca de las Vindhyas, un muchacho que podía aumentar o reducir su tamaño a voluntad, y había sido ya (juguetonamente) causa de un pánico desatado y de rumores sobre el regreso de los Gigantes... de Cachemira había una criatura de ojos azules, de cuyo sexo original nunca estuve seguro, porque, metiéndose en el agua, él (o ella) lo podía cambiar como ella (o él) quisiera. Algunos de nosotros llamábamos a esa criatura Narada, otros Markandaya, según qué antiguo cuento fantástico sobre cambios de sexo hubiéramos oído... cerca de Jalna, en el corazón del reseco Deccan, encontré a un joven zahorí, y en Budge-Budge, en las afueras de Calcuta, a una muchacha de lengua afilada cuyas palabras tenían ya el poder de causar heridas físicas, de forma que, después de que algunos adultos se vieron sangrando abundantemente como consecuencia de algún dardo salido indiferentemente de sus labios, decidieron encerrarla en una jaula de bambú y hacerla bajar flotando por el Ganges hasta las selvas de los Sundarbans (que son el verdadero hogar de monstruos y de fantasmas); pero nadie se atrevía a acercarse a ella, y se desplazaba por la ciudad rodeada por un vacío de miedo; nadie tenía valor para negarle comida. Había un muchacho que podía comer metales y una chica cuyos dedos eran tan lozanos que podía cultivar berenjenas de concurso en el desierto de Thar; y más y más y más... abrumado por su número y por la exótica multiplicidad de sus dones, prestaba poca atención, en esos primeros tiempos, a sus envolturas ordinarias; pero inevitablemente nuestros problemas, cuando surgieron, fueron los problemas cotidianos y humanos que surgen del carácter-y-el-medio; en nuestras peleas, éramos sólo un puñado de chicos.

Un hecho notable: cuanto más próximo a la medianoche estaba el momento de nuestro nacimiento, tanto mayores eran nuestros dones. Los niños nacidos en los últimos segundos de la hora eran (para ser franco) poco más que fenómenos de circo: chicas barbudas, un muchacho con las agallas en perfecto funcionamiento de una trucha *mahaseer* de agua dulce, hermanos siameses con dos cuerpos que colgaban de una sola cabeza y un solo cuello: la cabeza podía hablar con dos voces, una masculina y una femenina, en todos los idiomas y dialectos del subcontinente; pero, a pesar de todas esas cosas maravillosas, eran los desgraciados, las víctimas vivas de aquella hora sobrenatural. Hacia la media hora venían las facultades más interesantes y útiles: en la selva de Gir vivía una muchacha-bruja que tenía el poder de sanar imponiendo las manos, y el hijo de un acaudalado plantador de té de Shillong tenía la bendición (o, posiblemente, la maldición) de ser incapaz de olvidar nada que hubiera visto u oído. Pero los niños nacidos en el primer minuto de todos... para esos niños la hora había reservado los más altos talentos que el hombre había soñado. Si tú, Padma, tuvieras un registro de los nacimientos en que estuvieran anotadas las horas al segundo exacto, también tú sabrías qué vástago de una gran familia de Lucknow (nacido veintiún segundos después de la medianoche) dominaba totalmente, a los diez años, las perdidas artes de la alquimia, con las que rehízo la fortuna de su antigua pero derrochadora casa; y qué hija de un *dhobi* de Madrás (a las doce y diecisiete segundos) podía volar más alto que cualquier pájaro simplemente cerrando los ojos; y a qué hijo de un platero benarsí (doce segundos después de la medianoche) se le concedió el don de viajar en el tiempo, profetizando así el futuro y aclarando también el pasado... un don en el que, niños como éramos, confiábamos implícitamente cuando se refería a cosas pasadas y olvidadas, pero del que nos burlábamos cuando nos advertía de nuestro propio fin... afortunadamente, no existen tales datos; y, por mi parte, no revelaré —o bien, pareciendo revelarlos, falsificaré— sus nombres y hasta su ubicación; porque, aunque esos datos serían una prueba absoluta de mis afirmaciones, los hijos de la medianoche merecen ahora, después de todo lo ocurrido, que se los deje tranquilos; quizá para olvidar; pero espero (contra toda esperanza) que para recordar...

La-bruja-Parvati nació en el Viejo Delhi en un barrio miserable que se arracimaba en torno a las escaleras de la mezquita del viernes. No era un barrio ordinario aquél, aunque las chozas construidas con viejas cajas de embalaje y trozos de chapa ondulada y jirones de sacos de yute que se alzaban a la buena de Dios a la sombra de la mezquita no parecían diferentes de las de cualquier otro barrio de chabolas... porque ése era el gueto de los magos, sí, el mismísimo lugar que en otro tiempo engendró un Colibrí al que los cuchillos atravesaron y los perros callejeros no pudieron salvar... el barrio de los nigromantes, al que acudían en tropel continuamente los mayores faquires y prestidigitadores e ilusionistas del país, para buscar fortuna en la capital. Encontraban chozas de lata, malos tratos policíacos y ratas... El padre de Parvati había sido en otro tiempo el mayor nigromante de Oudh; ella había crecido entre ventrílocuos que podían hacer que las piedras contasen chistes y contorsionistas capaces de tragarse sus propias piernas y tragafuegos que echaban llamas por el ojo del culo y payasos trágicos que se podían sacar lágrimas de vidrio del rabillo del ojo; había permanecido plácidamente en medio de muchedumbres boquiabiertas mientras su padre se atravesaba el cuello con pinchos; todo el tiempo había guardado su propio secreto, que era mayor que cualquiera de las pamplinas de ilusionista que la rodeaban; porque a la-bruja-Parvati, nacida sólo siete segundos después de la medianoche el 15 de agosto, se le habían dado los poderes del verdadero adepto, del iluminado, los auténticos dones del conjuro y la hechicería, el arte que no necesitaba artificios.

Así pues, entre los hijos de la medianoche había ni-

340

ños con poderes de transmutación, vuelo, profecía y hechicería... pero dos de nosotros habíamos nacido al dar la medianoche. Saleem y Shiva, Shiva y Saleem, nariz y rodillas y rodillas y nariz... a Shiva, la hora le había dado los dones de la guerra (de Rama, que podía tensar el arco intensable; de Arjuna y Bhima; ¡el antiguo valor de kurus y pandavas reunidos, incontenible, estaba en él!)... y a mí, el mayor talento de todos: la capacidad de ver en los corazones y las mentes de los hombres.

Pero es Kali-Yuga; los hijos de la hora de la oscuridad nacieron, me temo, en plena edad de la oscuridad; de forma que, aunque encontrábamos fácil ser geniales, nos sentíamos siempre desconcertados cuando se trataba de ser buenos.

Ya está; ya lo he dicho. Eso es lo que era... lo que éramos.

Padma tiene el aspecto de que se le hubiera muerto su madre: su rostro, con una boca que-se-abre-se-cierra, es el rostro de una japuta varada. ¡Oh *baba*! —dice por fin—. ¡Oh *baba*! Estás enfermo: ¿qué dices?

No, sería demasiado fácil. Me niego a refugiarme en la enfermedad. No cometáis el error de descartar como simple delirio lo que he revelado, o incluso como las fantasías, locamente exageradas, de un niño feo y solitario. He declarado antes que no hablo metafóricamente; lo que acabo de escribir (de leer en alta voz a la estupefacta Padma) es nada menos que la verdad literal por-las-canas-de-mi-madre.

La realidad puede tener un contenido metafórico; eso no la hace menos real. Nacieron mil y un niños; hubo mil y una posibilidades que nunca se habían dado antes en un mismo lugar y un mismo momento; y hubo mil y un callejones sin salida. Se puede hacer que los hijos de la medianoche representen muchas cosas, según el punto de vista; se pueden considerar como el último lanzamiento de todo lo que era anticuado y retrógrado en nuestra nación dominada por los mitos, y cuya derrota era totalmente deseable en el contexto de una economía modernizadora, del siglo XX; o bien como una auténtica esperanza de libertad, extinguida hoy para siempre; pero en lo que no deben convertirse es en la creación estrafalaria de una mente errática y enferma. No: no hay enfermedad ni aquí ni allí.

—Está bien, está bien, *baba* —Padma intenta aplacarme—. ¿Por qué te enfadas tanto? Descansa ahora, descansa un poco, es todo lo que te pido.

Desde luego, los días que precedieron a mi décimo cumpleaños fueron una época alucinante; pero las alucinaciones no estaban en mi cabeza. Mi padre, Ahmed Sinai, empujado por la traicionera muerte del doctor Narlikar y por el efecto cada vez más poderoso de los *djinns-and-tonics*, se había refugiado en un mundo de ensueño de perturbadora irrealidad; y el aspecto más insidioso de su lenta decadencia fue que, durante mucho tiempo, la gente la tomó por lo contrario exactamente de lo que era... Ahí está la madre de Sonny, la-pata-Nussie, diciéndole a Amina una tarde en el jardín: —¡Qué buenos tiempos para todos vosotros, Amina, hermana, ahora que tu Ahmed está en su mejor momento! ¡Qué hombre más extraordinario, y cómo prospera por amor a su familia! —Lo dice lo suficientemente fuerte para que él lo oiga; y aunque él finge estarle diciendo al jardinero lo que hay que hacer con las enfermas buganvillas, aunque adopta una expresión de humilde autodesaprobación, resulta muy poco convincente, porque su vanidoso cuerpo ha empezado, sin que él lo sepa, a hincharse y pavonearse. Hasta Purushottam, el abatido *sadhu* de debajo del grifo del jardín, parece avergonzado.

Mi descolorido padre... durante casi diez años estuvo siempre de buen humor a la hora del desayuno, antes de afeitarse la barbilla; pero a medida que sus pilosidades faciales se blanqueaban al mismo tiempo que se decoloraba su piel, ese punto fijo de felicidad dejó de ser una certidumbre; y llegó el día en que perdió los estribos en el desayuno, por primera vez. Fue el día en que aumentaron los impuestos y, simultáneamente, bajaron los límites de exención; mi padre arrojó el *Times of India* con gesto violento y miró airadamente a su alrededor con unos ojos rojos que, como yo sabía, sólo se ponía cuando estaba furioso. —¡Es como ir al cuarto de baño! —explotó, crípticamente; huevos tostadas té se estremecieron ante el estallido de su cólera—. ¡Te levantas la camisa y te bajas los pantalones! Esposa, ¡este gobierno va al cuarto de baño y nos pone a todos perdidos! —Y mi madre, ruborizándose en rosa a través del negro—: *Janum*, los niños, por favor, —pero él se había marchado ya zapateando, dejándome con una idea clara de lo que quería decir la gente cuando decía que el país se estaba yendo a la mierda.

En las semanas que siguieron, la barbilla matutina de mi padre siguió decolorándose, y se perdió algo más que la paz a la hora del desayuno: empezó a olvidar qué clase de hombre había sido en los viejos tiempos, antes de la traición de Narlikar. Los rituales de nuestra vida familiar empezaron a degenerar. Comenzó a no aparecer a la hora del desayuno, de forma que Amina no podía sacarle dinero con halagos; pero, para compensar, se volvió descuidado con el dinero que llevaba encima, y las ropas que se quitaba estaban llenas de billetes de rupia y monedas, de forma que, limpiándole los bolsillos, ella podía llegar a final de mes. Sin embargo, un indicio más deprimente de su retirada de la vida familiar fue que rara vez nos contaba ya historias a la hora de acostarnos, y cuando lo hacía no nos divertían, porque se habían vuelto mal tramadas y poco convincentes. Su tema era siempre el mismo: príncipes duendes caballos voladores y aventuras en mágicos países, pero en su voz mecánica podíamos oír los chirridos y gruñidos de una imaginación oxidada y en decadencia.

Mi padre había sucumbido a la abstracción. Al parecer, la muerte de Narlikar y el fin de su sueño de los tetrápodos habían enseñado a Ahmed Sinai la naturaleza poco fiable de las relaciones humanas; había decidido liberarse de todos esos vínculos. Se aficionó a levantarse antes del alba y encerrarse con la Fernanda o la Flory de turno en su oficina de abajo, en cuyas ventanas los dos árboles perennes que había plantado para conmemorar mi nacimiento y el del Mono habían crecido ya lo suficiente para alejar la mayor parte de la luz del día cuando éste llegaba. Como casi nunca nos atrevíamos a molestarlo, mi padre cayó en una profunda soledad, un estado tan insólito en nuestro país superpoblado que rayaba en la anormalidad; comenzó a rechazar la comida de nuestra cocina y a vivir de porquerías baratas traídas a diario por su chica en una tartera, tibias *parathas* y pesadas *samosas* de verdura, y botellas de bebidas gaseosas. De la puerta de su oficina venía un extraño perfume; Amina lo tomaba por el olor del aire viciado y la mala comida; pero yo creo que un antiguo perfume había vuelto con más fuerza: el viejo aroma del fracaso que había flotado a su alrededor desde los primeros tiempos.

Vendió las muchas viviendas o *chawls* que había comprado baratos a su llegada a Bombay, y en los que se basaba la fortuna de nuestra familia. Liberándose de toda relación comercial con seres humanos —hasta con sus anónimos inquilinos de Kurla y Worli, de Matunga y Mazagaon y Mahim— liquidó sus bienes y penetró en el aire enrarecido y abstracto de la especulación financiera. Encerrado en su oficina, en esos días, su único contacto con el mundo exterior (aparte de sus pobres Fernandas) era el teléfono. Se pasaba el día sumergido en conferencias con ese instrumento, mientras el teléfono metía dinero en estas-o-aquellas acciones o en valores de-aquí-o-de-allá, mientras invertía en títulos de la deuda o suscribía participaciones comerciales, vendiendo al alza o a la baja según le ordenaba... y obteniendo invariablemente la mejor cotización del día. En una racha de buena suerte sólo comparable al éxito de mi madre con los caballos todos los años anteriores, mi padre y su teléfono tomaron por asalto la Bolsa, hazaña que hacían más notable los hábitos bebedores, que continuamente empeoraban, de Ahmed Sinai. Empapado de *djinns*, lograba sin embargo flotar sobre las abstractas ondulaciones del mercado del dinero, reaccionando a sus variaciones y cambios emocionales e imprevisibles como un amante lo hace al más ligero capricho de su amada... podía sentir cuándo unas acciones subirían, cuándo llegarían a su punto máximo; y siempre se deshacía de ellas antes de la caída. Así fue como su inmersión en la soledad abstracta de sus días telefónicos quedó disimulada, como sus jugadas financieras oscurecieron su continuo divorcio de la realidad; pero, al amparo de su creciente riqueza, su estado empeoraba constantemente.

Finalmente, la última de sus secretarias de falda de percal se fue, incapaz de soportar la vida en una atmósfera tan tenue y abstracta que la respiración se hacía difícil; y entonces mi padre envió a buscar a Mary Pereira y la engatusó con un: —¿Somos amigos, Mary, verdad, usted y yo? —a lo que la pobre mujer replicó—: Sí, *sahib*, lo sé; usted me cuidará cuando sea vieja —y prometió encontrar una sustituta. Al día siguiente le trajo a su hermana, Alice Pereira, que había trabajado para toda clase de jefes y tenía una tolerancia casi infinita hacia los hombres. Alice y Mary habían hecho hacía tiempo las paces de su pelea por Joe D'Costa; la más joven subía a menudo a nuestra casa al final del día, aportando sus cualidades de viveza y descaro al ambiente, un tanto opresivo, de nuestro hogar. Yo le tenía cariño, y por ella supe de los mayores excesos de mi padre, cuyas víctimas fueron un periquito y un chucho mestizo.

En julio, Ahmed Sinai había caído en un estado de intoxicación casi permanente; un día, contó Alice, había salido repentinamente para dar una vuelta en coche, haciendo que ella temiera por su vida, y había vuelto, de un modo o de otro, con una jaula de pájaro tapada en la que, según dijo, estaba su nueva adquisición: un *bulbul* o ruiseñor indio. —Dios sabe cuánto tiempo —me confió Alice— lleva hablándome de los *bulbuls*; todas esas historias fantásticas sobre su canto y qué-sé-yo-qué; de cómo aquel califa quedó cautivado por su canción y cómo su canto podía prolongar la belleza de la noche; Dios sabe lo que estuvo balbuceando el pobre hombre, con citas en persa y en árabe, aquello no tenía ni pies ni cabeza. Pero cuando quitó la capucha, en la jaula no había más que un periquito parlante, ¡algún timador del Chor Bazaar le debió de pintar las plumas! Pero cómo podía decírselo al pobre hombre, tan entusiasmado con su pájaro y todo eso, que estaba allí diciéndole: «¡Canta *bulbul* pequeñito! ¡Canta!» ... y es tan gracioso, poco antes de morir de la pintura, el pájaro le repitió sus palabras, así de claras... no chillonamente como un pájaro, sabes, sino con su mismísima voz: «¡Canta! ¡Bulbul pequeñito, canta!»

Pero todavía faltaba lo peor. Unos días más tarde yo estaba sentado con Alice en la escalera de caracol de hierro de los criados cuando me dijo: —*Baba*, no sé lo que le pasa hoy a tu papá. ¡Se ha pasado todo el día maldiciendo maldiciones contra el perro!

La perra mestiza que llamábamos Sherri había subido tan tranquila a nuestro altozano de dos pisos a principios de aquel año y nos había adoptado simple-

346

mente, sin saber que la vida era asunto peligroso para los animales en la Hacienda de Methwold; y, en sus cogorzas, Ahmed Sinai la convirtió en conejillo de Indias para sus experimentos con la maldición familiar.

Era la misma maldición ficticia que se había inventado para impresionar a William Methwold, pero ahora, en las licuescentes cámaras de su mente, los *djinns* lo persuadieron de que no era una ficción y de que sólo había olvidado las palabras; de manera que se pasaba largas horas en su oficina insensatamente solitaria, experimentando distintas fórmulas... —¡Le echa al pobre bicho cada maldición! —decía Alice—. ¡Me maravilla que no se caiga muerto al instante!

Pero Sherri se limitaba a quedarse en un rincón mirándolo estúpidamente con una mueca, y rehusaba ponerse purpúrea o criar furúnculos, hasta que una tarde él salió bruscamente de la oficina y ordenó a Amina que nos llevara a todos en coche a Hornby Vellard. Sherri vino también. Nos paseamos, con expresión de perplejidad, de un lado a otro por Vellard, y entonces mi padre dijo: —Entrad en el coche, todos. —Pero no dejó subir a Sherri... cuando el Rover aceleró con mi padre al volante, ella empezó a perseguirnos, mientras el Mono gritaba Papápapá y Amina suplicaba *Janum* por favor y yo permanecía sentado, mudo de horror, tuvimos que recorrer millas, casi todo el camino hasta el aeropuerto de Santa Cruz, antes de que mi padre consiguiera vengarse de la perra, por haberse negado a sucumbir a sus hechicerías... se le rompió una arteria mientras corría y murió echando sangre por la boca y el trasero, bajo la mirada fija de una vaca hambrienta.

El Mono de Latón (a la que ni siquiera le gustaban los perros) lloró una semana; a mi madre le preocupó su posible deshidratación y la hizo beber galones de agua, regándola como si fuera un césped, según dijo Mary; pero a mí me gustó el nuevo cachorro que mi padre me compró para mi décimo cumpleaños, quizá por algún atisbo de remordimientos: se llamaba Baronesa Simki von der Heiden y tenía un pedigrí rebosante de alsacianos campeones, aunque con el tiempo mi madre descubrió que era tan falso como el *bulbul* de pega, tan imaginario como la olvidada maldición de mi padre y sus antepasados mogoles: y, al cabo de seis meses, la perra murió de una enfermedad venérea. Después de eso no tuvimos más animales domésticos.

No era mi padre el único que se acercaba a mi décimo cumpleaños con la cabeza perdida en las nubes de sus sueños particulares; porque ahí está Mary Pereira, entregada a su afición a hacer *chutneys*, *kasaundies* y encurtidos de toda índole y, a pesar de la presencia animadora de su hermana Alice, hay algo inquieto en su rostro.

—¡Hola, Mary! —Padma —que parece haber desarrollado cierta debilidad por mi *ayah* delincuente— saluda su regreso al centro del escenario—. Bueno, ¿qué es lo que la reconcome *a ella*?

Esto, Padma: atormentada por sus pesadillas de ataques por parte de Joseph D'Costa, Mary estaba encontrando cada vez más difícil dormir. Sabiendo lo que los sueños le reservaban, se forzaba a permanecer despierta; bajo sus ojos, cubiertos por un barniz delgado y turbio, aparecieron círculos oscuros; y gradualmente la confusión de sus percepciones mezcló la vigilia y el sueño en algo que se asemejaba mucho a lo opuesto... un estado muy peligroso para caer en él, Padma. No sólo resulta perjudicado tu trabajo, sino que empiezan a escaparse cosas de tus sueños... Joseph D'Costa, de hecho, había logrado atravesar la borrosa frontera, y se aparecía ahora en Buckingham Villa, no como una pesadilla sino como un fantasma en toda regla. Visible (en esa época) sólo para Mary Pereira, comenzó a perseguirla por todas las habitaciones de nuestra casa que, con gran horror y vergüenza de ella, consideraba tan despreocupadamente como si fuera la suya. Lo veía en el salón, entre jarrones de cristal tallado y figuritas de Dresde y las sombras giratorias de los ventiladores de techo, repantigado en blandos sillones con sus andrajosas piernas sobre los brazos; tenía los ojos llenos de clara de huevo y agujeros en un pie, donde la serpiente le mordió. Una vez lo vio en la cama de Amina Begum por la tarde, echado tan fresco como un pepino al lado mismo de mi madre dormida, y estalló: —¡Eh, tú! ¡Fuera de ahí! ¿Quién te crees que eres, una especie de señor? —... pero sólo consiguió despertar a mi perpleja madre. El fantasma de Joseph atormentaba a Mary sin palabras; y lo peor fue que ella vio que se estaba acostumbrando a él, descubrió olvidadas sensaciones de afecto que le daban suaves empujoncitos en su interior, y aunque se decía que era algo demencial, comenzó a sentirse llena de una especie de amor nostálgico por el espíritu del difunto portero de hospital.

Pero su amor no era correspondido; los ojos de clara de huevo de Joseph permanecían inexpresivos; sus labios seguían fruncidos en una mueca acusadora y sardónica; y finalmente ella comprendió que esta nueva aparición no era diferente de su viejo Joseph soñado (aunque nunca la atacó), y que, si quería verse libre de él alguna vez, tendría que hacer lo que era inimaginable y confesar al mundo su delito. Pero no confesó, lo que probablemente fue culpa mía... porque Mary me quería como a un hijo inconcebido e inconcebible, y hacer su confesión me hubiera hecho mucho daño, de forma que, por mí, soportó al fantasma de su conciencia y se quedó atormentada en la cocina (mi padre había echado al cocinero una noche empapada de *djinns*), cocinando nuestras comidas y convirtiéndose, accidentalmente, en la encarnación de la primera línea de mi libro de latín: *Ora Maritima*: «A la orilla del mar, el *ayah* prepara la comida.» *Ora maritima, ancilla cenam parat*. Mirad a los ojos de un *ayah* que cocina, y veréis más cosas de las que los libros de texto supieron nunca.

En mi décimo cumpleaños, llegaron a la casa muchos pollos para asar.

En mi décimo cumpleaños, resultó evidente que el extraño tiempo —tormentas, inundaciones, granizadas de cielos sin nubes— que sucedió al calor intolerable de 1956, había conseguido hacer naufragar el segundo Plan Quinquenal. El Gobierno se había visto obligado —aunque las elecciones estaban ya a la vuelta de la esquina— a anunciar al mundo que no podía aceptar más préstamos para el desarrollo, a menos que los prestamistas estuvieran dispuestos a aguardar indefinidamente el reembolso. (Pero no debo exagerar: aunque la producción de acero acabado alcanzó sólo 2,4 millones de toneladas al terminar el Plan en 1961, y aunque, en esos cinco años, el número de personas sin tierras y sin trabajo aumentó de hecho, de forma que fue mayor de lo que había sido nunca bajo el *Raj* británico, hubo también progresos considerables. La producción de mineral de hierro se dobló casi; la capacidad energética se duplicó; la producción de carbón saltó de treinta y ocho a cincuenta y cuatro millones de toneladas. Cada año se producían cinco mil millones de yardas de textiles de algodón. Y también grandes cantidades de bicicletas, máquinas-herramientas, motores diesel, bombas motorizadas y ventiladores de techo. Pero no puedo evitar concluir con una nota sombría: el analfabetismo sobrevivió sin un rasguño ¡y la población siguió multiplicándose.)

En mi décimo cumpleaños, nos visitó mi tío Hanif,

que se hizo excesivamente impopular en la Hacienda de Methwold al gritar alegremente con voz de trueno: —¡Ya se acercan las elecciones! ¡Ojo con los comunistas!

En mi décimo cumpleaños, cuando mi tío Hanif metió la pata, mi madre (que había empezado a desaparecer en misteriosas «salidas de compras») se ruborizó espectacular e inexplicablemente.

En mi décimo cumpleaños me regalaron un cachorro alsaciano de pedigrí falso, que pronto moriría de sífilis.

En mi décimo cumpleaños, todo el mundo, en la Hacienda de Methwold, se esforzó mucho por estar alegre, pero por debajo de aquella delgada capa, todo el mundo tenía el mismo pensamiento: «¡Diez años, santo Cielo! ¿Qué han conseguido? ¿Qué hemos hecho?»

En mi décimo cumpleaños, el viejo Ibrahim anunció que apoyaba al Maha Gujarat Parishad; en lo que se refiere a la posesión de la ciudad de Bombay, se unció al carro de los perdedores.

En mi décimo cumpleaños, despertadas mis sospechas por un rubor, espié los pensamientos de mi madre; y lo que vi en ellos me indujo a empezar a seguirla, a convertirme en un detective tan osado como el legendario Dom Minto de Bombay, y a hacer importantes descubrimientos en y en las proximidades del Pioneer Café.

En mi décimo cumpleaños, di una fiesta, a la que asistieron mi familia, que había olvidado cómo estar alegre, compañeros de colegio de la Cathedral School, enviados por sus padres, y cierto número de nadadoras ligeramente aburridas de las piscinas de Breach Candy, que dejaban que el Mono de Latón hiciera el tonto con ellas y les diera pellizcos en la abultada musculatura; en cuanto a adultos, estuvieron Mary y Alice Pereira, y los Ibrahims y Homi Catrack y el tío Hanif y tita Pia, y Lila Sabarmati, a la que se quedaron firmemente adheridos los ojos de todos los chicos del colegio (y también de Homi Catrack), con considerable irritación de Pia.

Pero el único miembro de la banda de lo alto de la colina que asistió fue el leal Sonny Ibrahim, que desafió la prohibición impuesta por una Evie Burns rencorosa. Me dio su mensaje: «Evie dice que te diga que estás expulsado de la banda.»

En mi décimo cumpleaños, Evie, Raja de Ojo, Brillantina y hasta Cyrus-el-grande asaltaron mi escondite privado; ocuparon la torre del reloj y me privaron de ese refugio.

En mi décimo cumpleaños, Sonny parecía trastornado y el Mono de Latón se separó de sus nadadoras y se puso furiosísima con Evie Burns. —Yo le enseñaré —me dijo—. No te preocupes, hermano mayor; yo le enseñaré a ésa lo que es bueno.

En mi décimo cumpleaños, abandonado por un grupo de niños, supe que otros quinientos ochenta y uno estaban celebrando también sus cumpleaños; y así fue cómo comprendí el secreto de mi hora de nacimiento original; y, al haber sido expulsado de una banda, decidí formar la mía, una banda extendida a todo lo largo y lo ancho del país, y cuyo cuartel general estaba detrás de mis cejas.

Y en mi décimo cumpleaños, robé las iniciales del Club de Cachorros de la Metro, el Metro Cub Club —que eran también las iniciales del equipo de críquet inglés visitante*— y se las di a la Midnight Children's Conference, la Conferencia de los Hijos de la Medianoche, mi M. C. C. particular.

Así eran las cosas cuando tenía diez años: nada más que problemas fuera de mi cabeza, nada más que milagros dentro de ella.

* El Marylebone Cricket Club. *(N. del T.)*

EN EL PIONEER CAFÉ

No hay colores salvo verde y negro las paredes son verdes el cielo es negro (no hay techo) las estrellas son verdes la Viuda es verde pero tiene el pelo negro negrísimo. La Viuda está sentada en una silla alta muy alta la silla es verde el asiento es negro el pelo de la Viuda tiene una raya en medio a la izquierda es verde y a la derecha negro. Alta como el cielo la silla es verde el asiento es negro el brazo de la Viuda es largo como la muerte su piel es verde las uñas son largas y afiladas y negras. Entre las paredes los niños verdes las paredes son verdes el brazo de la Viuda baja serpenteando la serpiente es verde los niños gritan las uñas son negras arañan el brazo de la Viuda está cazando mirad cómo corren y gritan los niños la mano de la Viuda zigzaguea a su alrededor verde y negra. Ahora uno por uno los niños mmff son sofocados la mano de la Viuda levanta uno por uno a los niños verdes su sangre es negra liberada por unas uñas que cortan salpica de negro las paredes (de verde) a medida que uno por uno la mano zigzagueante levanta los niños tan altos como el cielo el cielo es negro no hay estrellas la Viuda ríe tiene la lengua verde pero mirad sus dientes son negros. Y los niños son partidos en dos en las manos de la Viuda que enrolla enrolla mitades de niño las enrolla formando bolitas las bolas son verdes la noche es negra. Y las bolitas vuelan a la noche entre las paredes los niños chillan cuando uno por uno la mano de la Viuda. Y en un rincón el Mono y yo (las paredes son verdes las sombras negras) agachándonos arrastrándonos anchas altas paredes verdes disolviéndose en negro no hay techo y la mano de la Viuda llega unoporuno los niños gritan y mmff y bolitas y mano y grito y mmff y manchas que salpican de negro. Ahora sólo ella y yo y no hay más gritos la mano de la Viuda llega cazando cazando la piel es verde las uñas son negras hacia el rincón cazando cazando mientras nosotros nos encogemos más en el rincón nuestra piel es verde nuestro miedo es negro y ahora la Mano llega acercándose acercándose y ella mi hermana me empuja fuera fuera del rincón mientras ella se queda agachándose mirando fijamente la mano las uñas zigzaguean grito y mmff y salpicadura de negro y hacia arriba tan alto como el cielo y riéndose la Viuda desgarrando los enrollo en bolitas las bolas son verdes y a la noche la noche es negra...

La fiebre ha cedido hoy. Durante dos días, Padma (me dicen) me ha velado toda la noche, poniéndome paños fríos y húmedos en la frente, sujetándome en mis escalofríos y sueños con las manos de la Viuda; durante dos días se ha estado reprochando la poción de hierbas desconocidas. —Sin embargo —la tranquilizo—, esta vez no tenía nada que ver con eso. —Reconozco esta fiebre, viene de mi interior y de ningún otro sitio; como un mal olor, me rezuma por las grietas. Atrapé una fiebre exactamente igual en mi décimo cumpleaños, y me pasé dos días en cama; ahora, cuando mis recuerdos vuelven a salir goteando de mí, la vieja fiebre ha vuelto también—. No te preocupes —le digo—. Atrapé esos gérmenes hace casi veintiún años.

No estamos solos. Es de mañana en la fábrica de encurtidos; me han traído a mi hijo de visita. Alguien

354

(no importa quién) está junto a Padma en mi cabecera, sosteniéndolo en sus brazos. —*Baba*, gracias a Dios que estás mejor, no sabes qué cosas decías cuando estabas enfermo. —Alguien habla ansiosamente, tratando de abrirse camino a la fuerza en mi historia antes de tiempo; pero no dará resultado... alguien, que fundó esta fábrica de encurtidos y su taller auxiliar de embotellado, que ha estado cuidando de mi impenetrable hijo, lo mismo que en otro tiempo... ¡espera! Casi ha conseguido sonsacármelo, ¡pero afortunadamente todavía conservo la lucidez, con fiebre o sin ella! Alguien tendrá que retroceder y seguir envuelta en el anonimato hasta que le llegue la vez; y eso no ocurrirá hasta el final mismo. Aparto mis ojos de ella para mirar a Padma—. No creas —le advierto— que porque tenía fiebre las cosas que te dije no fueran absolutamente ciertas. Todo ocurrió tal como te lo conté.

—¡Ay Dios!, no paras con tus historias —exclama—, día y noche... ¡por eso te has puesto malo! Para alguna vez, *na*, ¿no te sentaría bien? —Yo aprieto los labios obstinadamente; y ahora ella, con un súbito cambio de humor—: Bueno, dime ahora, señor: ¿hay algo que desees?

—*Chutney* verde —le pido—, verde rabioso... verde saltamontes. —Y alguien que no puede ser nombrada recuerda y le dice a Padma (hablando con la voz suave que sólo se emplea a la cabecera de los enfermos y en los funerales)—: Sé lo que quiere decir.

... ¿Por qué, en ese instante decisivo, en que toda clase de cosas esperaban ser descritas... cuando el Pioneer Café estaba tan cerca, y la rivalidad entre rodillas y nariz... introduje ese simple condimento en mi conversación? (¿Por qué, en este relato, pierdo el tiempo con una humilde conserva, cuando podría estar describiendo las elecciones de 1957... cuando toda la India espera, hace veintiún años, poder votar?) Porque he olfateado el aire; y he percibido, tras las expresiones solícitas de mis visitas, una acre bocanada de peligro. Tengo la intención de defenderme; pero necesito la ayuda del *chutney*...

No os he enseñado hasta ahora la fábrica de día. Esto es lo que ha quedado sin describir: a través de ventanas de cristal, de un tinte verde, mi habitación da a una pasarela de hierro y luego, bajando, al piso de la cocina, donde unas tinas de cobre hierven y borbotean, y donde mujeres de brazos fuertes, de pie sobre unos escalones de madera, revuelven con cucharones de largo mango el olor cortante como un cuchillo de los vapores de los encurtidos; mientras que (mirando hacia el otro lado, por la ventana de cristal de tinte verde que da al mundo), unas vías de ferrocarril brillan apagadamente al sol de la mañana, cabalgadas, a intervalos regulares, por los desordenados puentes del sistema de electrificación. A la luz del día, nuestra diosa de neón azafranada y verde no baila sobre la puerta de la fábrica; la apagamos para ahorrar energía. Pero los trenes eléctricos utilizan energía; trenes de cercanías amarillos-y-marrones que traquetean hacia el sur, hacia la estación de Churchgate, desde Dadar y Borivli, desde Kurla y Bassein Road. Moscas humanas cuelgan en gruesos racimos de pantalones blancos de esos trenes; no negaré que, dentro de los muros de la fábrica, se pueden ver también algunas moscas. Pero hay también lagartos para compensar, que cuelgan silenciosos del techo cabeza abajo, con unas mandíbulas que recuerdan la península de Kathiawar... y también hay sonidos que han estado esperando ser oídos: el borboteo de las cubas, cantos en voz alta, groseras imprecaciones, el humor grosero de las mujeres de brazos velludos; las amonestaciones de nariz afilada y labios finos de las capatazas; el tintineo omnipresente de los tarros de encurtidos del taller de embotellado adyacente; y el paso apresurado de los trenes, y el zumbido (poco frecuente, pero inevitable) de las moscas... mientras extraen un *chutney* de color verde saltamontes de su tina, para traérmelo en un plato enjuagado y seco con rayas azafrán y verde en el borde, junto con otro plato lleno hasta arriba de piscolabis de la tienda iraní local; mientras lo-que-se-ha-mostrado-ahora sigue como siempre, y lo-que-puede-oírse-ahora llena el aire (por no hablar de lo que puede olerse), yo, solo en la cama en mi oficina, comprendo con un sobresalto de alarma que me están sugiriendo salidas.

—... Cuando estés más fuerte —dice alguien que no puede nombrarse—, un día en Elephanta, por qué no una bonita excursión en lancha motora, y todas esas cuevas con sus esculturas tan preciosas; o Juhu Beach, para bañarnos y leche de coco y carreras de camellos ¡o incluso a la Aarey Milk Colony...! —Y Padma—: Aire puro, sí, y al pequeño le gustará estar con su padre. —Y alguien, dándole palmaditas a mi hijo en la cabeza—: Iremos todos, claro. Una bonita excursión; un bonito día de descanso. *Baba*, te sentará bien...

Cuando llega el *chutney*, criadotransportado a mi habitación, me apresuro a poner fin a esas sugerencias. —No —me niego—. Tengo trabajo. Y veo que Padma y ese alguien cruzan una mirada; y veo que he tenido razón al sospechar. ¡Porque en otra ocasión ya me engañaron con promesas de excursiones! En otra ocasión, sonrisas falsas y promesas de la Aarey Milk Colony me embaucaron para salir de casa y entrar en un coche; y entonces, antes de que me diera cuenta, hubo unas manos que me agarraban, hubo pasillos de hospital y médicos y enfermeras que me sujetaban mientras, sobre mi nariz, una mascarilla me echaba anestésico a raudales y una voz me decía: Cuenta, cuenta hasta diez... Sé lo que están planeando. —Oídme —les digo—: no necesito ningún médico.

Y Padma: —¿Médico? ¿Quién está hablando de...? —Pero no engaña a nadie; y con una ligera sonrisa les digo—: Escuchad: todos: tomad un poco de *chutney*. Tengo que deciros cosas importantes.

Y mientras el *chutney* —el mismo *chutney* que, allá en 1957, mi *ayah* Mary Pereira hacía tan perfectamente; el *chutney* verde-saltamontes que ha quedado asociado para siempre a aquellos tiempos— las llevaba al mundo de mi pasado, mientras el *chutney* las suavizaba y las hacía receptivas, les hablé amable, persuasivamente y, mediante una mezcla de condimentos y oratoria, logré mantenerme fuera del alcance de los perniciosos hombres de la medicina-verde. Les dije: —Mi hijo lo comprenderá. Más que para cualquier otro ser viviente, estoy contando mi historia para él, a fin de que luego, cuando yo haya perdido mi batalla contra las grietas, sepa. La moral, el juicio, el carácter... todo empieza con la memoria... y yo conservo copias en papel carbón.

Chutney verde sobre *pakoras* picantes, que desaparecen en el gaznate de alguien; un verde saltamontes sobre *chapatis* tibios, que desaparece tras los labios de Padma. Veo que empiezan a debilitarse, e insisto: —Os digo la verdad —digo otra vez más— la memoria es verdad, porque la memoria tiene su forma de ser especial. Selecciona, elimina, altera, exagera, minimiza, glorifica, y difama también; pero, en definitiva, crea su propia realidad, su versión heterogénea pero normalmente coherente de los acontecimientos; y ningún hombre en su sano juicio confía más en la versión de otro que en la suya propia.

Sí, dije «en su sano juicio». Sabía lo que estaban pensando: «Muchos niños se inventan amigos imaginarios; ¡pero mil uno! ¡Eso es demencial!» Los hijos de la medianoche han conmovido hasta la fe de Padma en mi narrativa; pero he conseguido convencerla, y ahora no se habla ya de salidas.

Cómo las persuadí: hablándoles de mi hijo, que tenía que saber mi historia; arrojando luz sobre el funcionamiento de la memoria; y mediante otros trucos, algunos ingenuamente honrados, otros taimados como zorros. —Hasta Muhammad —les dije— se creía loco al principio: ¿creéis que nunca se me ha ocurrido la idea? Pero el Profeta tenía a su Khadija, a su Abu-Bakr, para tranquilizarlo en cuanto a la autenticidad de su Llamada; nadie lo traicionó entregándolo a los médicos de un manicomio. —Ahora, el *chutney* verde las llenaba ya de pensamientos de hace muchos años; vi cómo aparecían en sus rostros la culpa y la vergüenza—. ¿Qué es la verdad? —me crecí retóricamente—. ¿Qué es la locura? ¿Resucitó Jesús en el sepulcro? ¿No aceptan los hindúes —Padma— que el mundo es una especie de sueño; que Brahma soñó, está soñando el universo; que sólo podemos ver vagamente a través de esa tela de ensueños que es Maya? Maya —adopté un tono altanero, de conferenciante— puede definirse como todo lo que es ilusorio; como superchería, artificio y engaño. Apariciones, fantasmas, espejismos, juegos de manos, la forma aparente de las cosas: todo eso es parte de Maya. Si yo digo que ocurrieron algunas cosas que vosotras, perdidas en el sueño de Brahma, encontráis difíciles de creer, ¿quién tiene razón? Tomad más *chutney* —añadí graciosamente, sirviéndome yo mismo una porción generosa—. Está buenísimo.

Padma empezó a llorar: —Nunca he dicho que no te creyera —sollozó—. Claro está que cada uno tiene que contar su historia a su modo; pero...

—Pero —la interrumpí de forma concluyente— también tú —¿no es verdad?— quieres saber lo que ocurrió ¿Con las manos que danzaban sin tocarse, y con las rodillas? Y, más tarde, ¿con la curiosa porra del Comandante Sabarmati y, desde luego, con la Viuda? Y con los Hijos... ¿qué fue de ellos?

Y Padma asintió. Se acabaron los médicos y los manicomios; me dejan escribir. (Solo, salvo por Padma a mis pies.) El *chutney* y la oratoria, la teología y la curiosidad: eso fue lo que me salvó. Y algo más: llamadlo educación, u orígenes de clase, Mary Pereira lo habría llamado mi «formación». Gracias a mi exhibición de erudición y a la pureza de mi acento, las avergoncé para que se consideraran indignas de juzgarme; no fue muy noble, pero cuando la ambulancia está esperando en la esquina, todo vale. (Estaba: la olí.) Sin embargo... había recibido un valioso aviso. Resulta peligroso tratar de imponer las opiniones propias a los demás.

Padma: si estás un poco insegura de que puedas fiarte de mí, bueno, un poco de inseguridad nunca hace daño. Los hombres completamente seguros hacen cosas horribles. Y las mujeres también.

Entretanto tengo diez años, y estoy pensando en cómo esconderme en el maletero del coche de mi madre.

Ése fue el mes en que el *sadhu* Purushottam (al que nunca le había hablado de mi vida interior) desesperó finalmente de su estacionaria existencia y contrajo el hipo suicida que lo acometió durante todo un año, levantándolo con frecuencia físicamente varias pulgadas del suelo, de forma que su cabeza calva por el agua golpeaba alarmantemente contra el grifo del jardín, y matándolo finalmente, por lo que una tarde, a la hora del cóctel, se cayó de lado con las piernas todavía entrelazadas en la posición del loto, dejando a las verrugas de mi madre sin esperanza de salvación; en que yo estaba a menudo en el jardín de Buckingham Villa al atardecer, viendo los Sputniks atravesar el cielo y sintiéndome tan ensalzado y aislado a la vez como la pequeña Laika, el primer y, todavía, único perro lanzado al espacio (la Baronesa Simki von der Heiden, que pronto contraería la sífilis, se sentaba a mi lado siguiendo el brillante alfilerazo del Sputnik II con sus ojos alsacianos... era una época de gran interés canino en la carrera del espacio); en que Evie Burns y su banda ocuparon mi torre del reloj, y las cestas de colada habían sido prohibidas y, además, se me habían quedado pequeñas, de forma que, en aras del secreto y de la cordura, tenía que limitar mis visitas a los hijos de la medianoche a nuestra hora privada y silenciosa... Me comunicaba con ellos todas las medianoches, y sólo a medianoche, en esa hora que está reservada a los milagros, que está de algún modo fuera del tiempo; y el mes en que —para ir al grano— resolví comprobar con mis propios ojos, aquella cosa horrible que había vislumbrado en la parte delantera de los pensamientos de mi madre. Siempre, desde que me escondí en una cesta de colada y oí dos sílabas escandalosas, había sospechado que mi madre guardaba secretos; mis incursiones en sus procesos mentales habían confirmado mis sospechas; de forma que, con un duro centelleo en los ojos y una determinación de acero, fui a ver a Sonny Ibrahim una tarde, después del colegio, con la intención de obtener su ayuda.

Encontré a Sonny en su habitación, rodeado por carteles de corridas de toros españolas, jugando malhumoradamente, él solo, al críquet de salón. Cuando me vio exclamó tristemente: —Eh tú siento muchísimo lo de Evie tú ella no quería oír a nadie tú ¿qué diablos le hiciste? —... Pero yo levanté una mano solemne reclamando y obteniendo silencio.

—No hay tiempo para eso ahora, tú —le dije—. El caso es que tengo que saber cómo se abren cerraduras sin llaves.

Un hecho real acerca de Sonny Ibrahim: a pesar de todos sus sueños de toreo, su genio estaba en el reino de la mecánica. Desde hacía algún tiempo ya, se había encargado de la tarea de mantener todas las bicicletas de la Hacienda de Methwold, a cambio de regalos de cuadernos de historietas y de un suministro gratuito de bebidas gaseosas. Hasta Evelyn Lilith Burns confiaba a sus cuidados su amada Indiabike. Al parecer, se ganaba a todas las máquinas por el inocente placer con que acariciaba sus partes móviles; ningún artefacto podía resistirse a sus servicios. Por decirlo de otro modo: Sonny Ibrahim (por simple espíritu de investigación) se había convertido en un experto en abrir cerraduras.

Ahora, ante la ocasión de demostrarme su lealtad, sus ojos brillaron. —¡Enséñame esa cerradura, tú! ¡Llévame a donde sea!

Cuando estuvimos seguros de que no nos observaban, nos deslizamos por el camino que había entre Buckingham Villa y el Sans Souci de Sonny; nos quedamos detrás del viejo Rover de la familia; y yo señalé el maletero. —Ésa es —declaré—. Tengo que poder abrirla desde el exterior, y desde el interior también.

Los ojos de Sonny se abrieron más. —Eh, ¿qué te propones, tú? ¿Te vas a ir de casa en secreto y todo eso?

Con el dedo en los labios, adopté una expresión misteriosa. —No te lo puedo explicar, Sonny —dije solemnemente—. Información del máximo secreto.

—Formidable, tú —dijo Sonny Ibrahim, enseñándome en treinta segundos cómo abrir el maletero con ayuda de una tira de plástico rosa delgada. —Quédatela, tú —me dijo—. La necesitarás más que yo.

Érase una vez una madre que, para convertirse en madre, accedió a cambiar de nombre; que se impuso a sí misma la tarea de enamorarse de su marido pedazo a pedazo, pero nunca logró amar una parte, aquella parte, por extraño que parezca, que hizo posible su maternidad; cuyos pies cojeaban por las verrugas y cuyas espaldas se doblaban bajo las culpas acumuladas del mundo; cuyo marido tenía un órgano imposible de amar que no pudo recuperarse de los efectos de una congelación; y que, como su marido, sucumbió finalmente a los misterios de los teléfonos, pasándose largos minutos escuchando las palabras de personas que se equivocaban de número... poco después de mi décimo cumpleaños (cuando me había recuperado de la fiebre que, recientemente, ha vuelto a atormentarme tras un intervalo de casi veintiún años), Amina Sinai reanudó su reciente costumbre de salir de forma repentina, y siempre inmediatamente después de una llamada equivocada, para hacer compras urgentes. Pero ahora, escondido en el maletero del Rover, viajaba con ella un polizón, que permanecía echado y protegido por cojines robados, agarrando una delgada tira de plástico rosa.

¡Oh, cuántos sufrimientos padece uno en nombre de la justicia! ¡Qué magulladuras y qué porrazos! ¡Qué forma de aspirar el aire de caucho del maletero a través de unos dientes sacudidos! Y constantemente, el miedo a ser descubierto... «¿Y si realmente fuera de compras? ¿Se abrirá de pronto el maletero? ¿Meterán dentro de pronto gallinas vivas, con las patas atadas y las alas cortadas, invadirán unas aves revoloteantes y picoteantes mi escondrijo? Si me ve, Dios santo, ¡tendré que guardar silencio una semana!» Con las rodillas metidas bajo la barbilla —protegida de los rodillazos por un viejo almohadón descolorido— viajaba a lo desconocido en el vehículo de la perfidia materna. Mi madre era una conductora cuidadosa; iba despacio, y doblaba las esquinas con mimo; pero después yo estaba lleno de cardenales y Mary Pereira me riñó sensatamente por meterme en peleas: —¡*Arré* Dios mío qué veo es un milagro que no te hayan hecho pedazos completamente Dios santo qué vas a ser de mayor chico negro y malo *haddi-phaelwan* luchador esquelético!

Para olvidarme de la oscuridad llena de sacudidas,

yo penetraba, con suma precaución, en la parte de la mente de mi madre que se encargaba de conducir y, como resultado, podía seguir nuestra ruta. (Y, también, percibir en la mente normalmente ordenada de mi madre un alarmante grado de desorden. En esos días, yo estaba empezando ya a clasificar a la gente por su grado de orden interno, y a descubrir que prefería al tipo más lioso, cuyos pensamientos, derramándose constantemente entre sí, de forma que las imágenes de una comida anticipada se mezclaban con el serio asunto de cómo ganarse la vida y las fantasías sexuales se sobreponían a las meditaciones políticas, guardaban una relación más estrecha con el revoltijo confuso de mi propio cerebro, en el que todo chocaba con todo y el punto blanco de la conciencia saltaba, como una pulga enloquecida, de una cosa a otra... Amina Sinai, cuyos diligentes instintos de orden le habían dado un cerebro de limpieza casi anormal, era una curiosa aparición nueva en las filas de la confusión.)

Nos dirigíamos al norte, por delante del hospital de Breach Candy y del templo de Mahalaxmi, al norte a lo largo de Hornby Vellard, por delante del estadio de Vallabhbhai Patel y de la isla con la tumba del Haji Ali, al norte de lo que fue en otro tiempo (antes de que el sueño del primer William Methwold se hiciera realidad) la isla de Bombay. Nos dirigíamos hacia la masa anónima de casas de apartamentos y pueblos pesqueros y fábricas textiles y estudios de cine en que se convertía la ciudad en esas zonas septentrionales (¡no muy lejos de aquí! ¡No muy lejos, en absoluto, de donde me siento viendo pasar los trenes de cercanías!)... una zona que, en aquellos días, era totalmente desconocida para mí; rápidamente me desorienté y tuve que reconocerme a mí mismo que me había perdido. Por fin, bajando por una calle lateral poco atractiva, llena de pernoctadores en cañerías de desagüe y de talleres de reparación de bicicletas y de hombres y muchachos harapientos, nos detuvimos. Enjambres de niños asaltaron a mi madre cuando bajó; ella, que no era capaz de espantar una mosca, les repartió monedilas, aumentando así enormemente la multitud. Finalmente, se libró de ellos y bajó por la calle; había un chico que suplicaba: —¿Te saco brillo al coche, Begum? ¿Un brillo de primera máxima calidad, Begum? ¿Te guardo el coche hasta que vuelvas, Begum? ¡Soy un guardián muy bueno, pregunta a quien quieras! —... Con cierto pánico, esperé la respuesta de ella. ¿Cómo iba a salir de aquel maletero ante los ojos de un golfillo-guardián? Resultaría embarazoso; y, además, mi aparición hubiera producido sensación en la calle... pero mi madre dijo—: No. —Estaba ya desapareciendo calle abajo; el abrillantador y vigilante en potencia renunció por fin; hubo un momento en que todos los ojos se volvieron para ver pasar otro coche, sólo por si acaso éste también se detenía para vomitar a una señora que repartiera monedas como si fueran cacahuetes; y en ese instante (había estado mirando por varios pares de ojos para ayudarme a elegir el momento) realicé mi truco con el plástico rosa y me encontré en la calle en un relámpago, junto a un maletero de coche cerrado. Apretando ferozmente los labios, y haciendo caso omiso de todas las manos extendidas, me puse en marcha en la dirección que había tomado mi madre, como un detective de bolsillo con la nariz de un sabueso y un tambor sonoro golpeando en el lugar en que hubiera debido estar mi corazón... y llegué, unos minutos más tarde, al Pioneer Café.

Cristal sucio en la ventana; cristales sucios en las mesas... el Pioneer Café no era gran cosa comparado con los Gaylords y los Kwalitys de las partes más atractivas de la ciudad; un auténtico antro cochambroso, con cartones pintados que proclamaban DELICIOSO LASSI y FANTABULOSO FALOODA y BHEL-PURI AL ESTILO

BOMBAY, con música de fondo de peliculillas que atronaba desde una radio barata situada junto a la caja, una sala larga estrecha verdosa alumbrada con un neón parpadeante, un mundo prohibido en el que hombres de dientes rotos se sentaban en mesas cubiertas de hule con naipes arrugados y ojos sin expresión. Pero, a pesar de su decrepitud mugrienta, el Pioneer Café era un almacén de muchos sueños. Todas las mañanas, a primera hora, estaba lleno de los-que-nunca-habían-hecho-nada-bueno de mejor aspecto de la ciudad, de todos los *goondas* y conductores de taxi y contrabandistas de poca monta y apostadores profesionales de carreras de caballos que en otro tiempo, hacía mucho, habían llegado a la ciudad soñando con ser estrellas de cine, desde hogares grotescamente vulgares y plazos de préstamos usurarios; porque todas las mañanas, a las seis, los grandes estudios enviaban pequeños empleados al Pioneer Café a fin de cazar extras para el rodaje del día. Durante media hora todas las mañanas, mientras D. W. Rama Studios y Filmistan Talkies y R. K. Films hacían su elección, el Pioneer era el centro de todas las ambiciones y esperanzas de la ciudad; luego, los descubridores de talentos del estudio se marchaban, acompañados por los afortunados del día, y el Café se vaciaba, cayendo en su habitual sopor, iluminado por el neón. Alrededor de la hora de la comida, un grupo de sueños diferentes entraba en el Café, para pasarse la tarde encorvado sobre las cartas y Deliciosos Lassi y ásperos *biris*: hombres diferentes con diferentes esperanzas: entonces yo no lo sabía, pero el Pioneer de la tarde era un conocido lugar de reunión del Partido Comunista.

Era por la tarde; vi entrar a mi madre en el Pioneer Café; sin atreverme a seguirla, me quedé en la calle, apretando la nariz contra un rincón lleno de telarañas del sucio cristal de la ventana; haciendo caso omiso de las miradas de curiosidad que me echaban —porque mis pantalones blancos, aunque manchados por el maletero, estaban sin embargo almidonados; mi pelo, aunque despeinado por el maletero, estaba bien aceitado; y mis zapatos, rozados como estaban, seguían siendo las playeras de un niño próspero—, la seguí con la vista mientras ella pasaba vacilando y renqueante por las verrugas por delante de mesas desvencijadas y hombres de ojos duros; vi cómo mi madre se sentaba a una mesa en sombra del extremo más lejano de la estrecha caverna; y entonces vi al hombre que se levantó para saludarla.

La piel de la cara le colgaba en pliegues que revelaban que, en otro tiempo, había estado demasiado gordo; tenía los dientes manchados de *paan*. Vestía una *kurta* blanca y limpia, con bordados de Lucknow alrededor de los ojales. Tenía el pelo largo, poéticamente largo, colgándole laciamente sobre las orejas; pero la parte superior de su cabeza era calva y brillante. Unas sílabas prohibidas resonaron en mis oídos: Na. Dir. Nadir. Comprendí que deseaba desesperadamente no haberme decidido nunca a venir.

Érase una vez un marido subterráneo que huyó, dejando amorosos mensajes de divorcio; un poeta cuyos versos ni siquiera rimaban y cuya vida fue salvada por perros sin dueño. Tras un decenio perdido, surgía de Dios-sabe-dónde, con la piel colgándole fláccida en recuerdo de su gordura de otro tiempo; y, como su esposa de hace-mucho-tiempo, había adquirido un nuevo nombre... Nadir Khan era ahora Qasim Khan, candidato oficial del Partido Comunista de la India. Lal Qasim. Qasim el Rojo. No hay nada que no tenga un sentido: no sin razón son los rubores rojos. Mi tío Hanif dijo: «¡Ojo con los comunistas!», y mi madre se puso escarlata; la política y los sentimientos se reunieron en sus mejillas... a través de la pantalla de cine sucia, cuadrada y vidriosa de la ventana del Pioneer Café, contemplé cómo Amina Sinai y quien-no-era-ya-Nadir representaban su escena de amor; actuaban con la ineptitud de auténticos aficionados.

Sobre la mesa cubierta de hule, un paquete de cigarrillos: State Express 555. También los números tienen su significado: 420, el nombre dado a los fraudes; 1.001, el número de la noche, de la magia, de las otras realidades posibles... un número amado por los poetas y detestado por los políticos, para los que toda versión alternativa del mundo es una amenaza; y 555, que durante años consideré el más siniestro de los números, ¡la cifra del Diablo, la Gran Bestia, Shaitán mismo! (Cyrus-el-grande me lo dijo, y no pensé en la posibilidad de que se equivocara. Pero lo estaba: el auténtico número demoníaco no es el 555 sino el 666; sin embargo, en mi mente, un aura oscura flota en torno a esos tres cincos hasta hoy.)... Pero me estoy dejando llevar. Baste decir que la marca favorita de Nadir-Qasim era la susodicha State Express; que el número cinco estaba tres veces repetido en el paquete; y que sus fabricantes eran W. D. & H. O. Wills. Incapaz de mirar el rostro de mi madre, me concentré en el paquete de cigarrillos, pasando de un plano de los dos amantes a ese primerísimo plano de nicotina.

Pero ahora unas manos entran en campo: primero las manos de Nadir-Qasim, con su poética blandura un tanto encallecida en esos tiempos; unas manos que revolotean como llamas de vela, deslizándose hacia adelante por el hule y retrocediendo luego de golpe; después unas manos de mujer, negras como el azabache, que avanzan poco a poco como elegantes arañas; manos que se levantan, abandonando el mantel de hule, manos que se ciernen sobre tres cincos, iniciando la más extraña de las danzas, subiendo, bajando, rodeándose mutuamente, tejiéndose y destejiéndose entre sí, manos que ansían tocar, manos que se tienden se tensan se estremecen quieren ser... pero siempre, al final, retroceden de golpe, y unas yemas de dedos evitan a otras yemas de dedos, porque lo que estoy viendo aquí, en mi pantalla de cine de cristal sucio, es, después de todo, una película india, en la que el contacto físico está prohibido para que no corrompa a la espectadora flor de la juventud india; y hay pies bajo la mesa y rostros sobre ella, pies que avanzan hacia otros pies, rostros que se inclinan suavemente hacia otros rostros, pero se apartan bruscamente por un cruel corte del censor... dos extraños, cada uno de los cuales lleva un nombre de cine que no es su nombre de nacimiento, representan unos papeles que sólo les gustan a medias. Me fui del cine antes de terminar, para volver a meterme en el maletero del Rover sin brillo ni vigilancia, deseando no haber ido a ver aquello, e incapaz de no desear verlo todo otra vez.

Lo que vi al final mismo: las manos de mi madre levantando un vaso medio vacío de Delicioso Lassi; los labios de mi madre apretándose suave, nostálgicamente contra el manchado cristal; las manos de mi madre dándole el vaso a su Nadir-Qasim; el cual aplicó también, al lado opuesto del vaso, su propia y poética boca. Así fue cómo la vida imitó al arte malo, y la hermana de mi tío Hanif llevó el erotismo del beso indirecto a la sordidez de neón verde del Pioneer Café.

Para resumir: en pleno verano de 1957, en el apogeo de una campaña electoral, Amina Sinai se ruborizó inexplicablemente ante una mención casual del Partido Comunista de la India. Su hijo —en cuyos turbulentos pensamientos había sitio aún para una obsesión más, porque un cerebro de diez años puede albergar cualquier número de fijaciones— la siguió hasta el norte de la ciudad, espiando una escena de amor impotente llena de dolor. (Ahora que Ahmed Sinai estaba congelado,

Nadir-Qasim no estaba siquiera en desventaja sexual; desgarrada entre un marido que se encerraba en su oficina para maldecir chuchos y un ex marido que en otro tiempo, amorosamente, había jugado al tiro-a-la-escupidera, Amina Sinai se veía condenada a besar vasos y a danzar con las manos.)

Preguntas: ¿utilicé alguna vez, después de aquélla, los servicios del plástico rosa? ¿Volví al café de los extras y los marxistas? ¿Enfrenté a mi madre con la naturaleza nefanda de su delito... porque qué madre puede dedicarse a... no importa lo que hace-mucho-tiempo... delante mismo de los ojos de su único hijo, cómo había podido cómo había podido cómo había podido? Respuestas: no lo hice; no lo hice; no lo hice.

Lo que sí hice: cuando ella se iba «de compras», me metía en sus pensamientos. Al no estar ansioso ya por tener pruebas con mis propios ojos, viajaba en la cabeza de mi madre, hasta el norte de la ciudad; con ese incógnito inverosímil, me sentaba en el Pioneer Café y oía las conversaciones acerca de las perspectivas electorales de Qasim el Rojo; incorpóreo pero presente, seguía a mi madre cuando acompañaba a Qasim en sus visitas, subiendo y bajando a las casas de apartamentos del distrito (¿eran los mismos *chawls* que mi padre había vendido recientemente, abandonando a los inquilinos a su suerte?), cuando lo ayudaba a arreglar los grifos de agua e importunaba a los propietarios para que hicieran reparaciones y desinfecciones. Amina Sinai se movía entre los desheredados en nombre del Partido Comunista... hecho que nunca dejaba de asombrarla. Quizá lo hacía por el creciente empobrecimiento de su propia vida; pero a los diez años yo no estaba dispuesto a compadecerla y, a mi modo, comencé a soñar sueños de venganza.

Se dice que Harún-al-Rashid, el legendario califa, disfrutaba moviéndose de incógnito entre la población de Bagdad; Yo, Saleem Sinai, he viajado también en secreto por los apartados caminos de mi ciudad, pero no puedo decir que me divirtiera mucho.

Descripciones realistas de lo exagerado y lo estrafalario, y lo contrario, a saber, versiones elevadas y estilizadas de lo cotidiano... esas técnicas, que son también actitudes mentales, las he tomado —o quizá absorbido— del más formidable de los hijos de la medianoche, mi rival, mi compañero de cambiazo, el supuesto hijo de Wee Willie Winkie: Shiva-el-de-las-rodillas. Eran técnicas que, en su caso, eran totalmente aplicadas sin ningún pensamiento consciente, y su efecto era crear un cuadro del mundo de asombrosa uniformidad, en el que se podían mencionar despreocupadamente, de pasada por decirlo así, los horrorosos asesinatos de prostitutas que empezaban a llenar la prensa barriobajera en aquellos días (mientras sus cadáveres llenaban los barrios bajos), al mismo tiempo que hablaba larga y apasionadamente de los intrincados detalles de alguna mano de cartas. La muerte y la derrota en el rami eran una misma cosa para Shiva; de ahí su violencia aterradora, indiferente, que al final... pero, para empezar por el principio:
     Aunque, lo reconozco, es culpa mía, tengo que decir que si pensáis en mí simplemente como en una radio, sólo entenderéis la mitad de la verdad. El pensamiento es a menudo pictórico o simplemente emblemático, en tanto que verbal; y de todas formas, para comunicarme con, y comprender a, mis colegas de la Conferencia de los Hijos de la Medianoche, tuve necesidad de avanzar rápidamente más allá de la fase verbal. Al llegar a sus mentes infinitamente variadas, tuve que meterme bajo la capa superficial de sus pensamientos frontales en lenguas incomprensibles, con el efecto obvio (y anteriormente demostrado) de que se daban cuenta de mi pre-

sencia. Recordando el resultado espectacular que había tenido esa conciencia en el caso de Evie Burns, me esforcé por mitigar el choque de mi entrada. En todos los casos, mi primera transmisión estándar era una imagen de mi rostro, sonriendo de una forma que creía ser tranquilizadora, amistosa, confiada y propia de un dirigente, y una mano amistosamente tendida. Había, sin embargo, problemas de dentición.

Me costó un poco comprender que la imagen de mí mismo resultaba muy deformada por mi propia timidez sobre mi aspecto; de forma que el retrato que enviaba a través de las ondas de pensamiento de la nación, con una mueca como la del gato de Cheshire, era tan horroroso como podía ser ningún retrato, al presentar una nariz prodigiosamente ampliada, una barbilla absolutamente inexistente y manchas gigantes en ambas sienes. No es de extrañar que, con frecuencia, fuera saludado con aullidos de alarma mental. También yo me asustaba de forma análoga por las imágenes de sí mismos de mis compañeros de diez años. Cuando descubrimos lo que pasaba, animé a los miembros de la Conferencia, uno por uno, a que se mirasen en un espejo o en un charco de agua tranquila; y así conseguimos averiguar qué aspecto teníamos realmente. Los únicos problemas fueron que nuestro miembro de Kerala (el cual, recordaréis, podía viajar a través de los espejos) acabó por salir accidentalmente por el espejo de un restaurante de la zona más elegante de Nueva Delhi, y tuvo que batirse apresuradamente en retirada; y el miembro de ojos azules de Cachemira se cayó al lago y cambió de sexo accidentalmente, entrando como chica y saliendo de guapo muchacho.

Cuando me presenté por primera vez a Shiva, vi en su mente la imagen aterradora de un chico pequeño, de cara de rata, con los dientes limados y dos de las mayores rodillas que el mundo había conocido.

Enfrentado a un retrato de tan grotescas proporciones, dejé que la sonrisa de mi propia imagen radiante se debilitara un tanto; mi mano extendida comenzó a titubear y a crisparse. Y Shiva, sintiendo mi presencia, reaccionó al principio con furia desatada; grandes olas hirvientes de cólera me escaldaron el interior de la cabeza, pero entonces: —Eh —mira— ¡sé quién eres tú! ¿Eres el chico rico de la Hacienda de Methwold, no? —Y yo, igualmente asombrado—: ¡El hijo de Winkie... el que dejó tuerto a Raja de Ojo! —Su autoimagen se hinchó de orgullo—. Sí, *yaar*, ése soy yo. ¡Nadie puede meterse conmigo, tú! —El reconocimiento hizo que yo no dijera más que trivialidades—: ¡Vaya! ¿Y cómo está tu padre, por cierto? Ya no viene por aquí... —Y él, con lo que se parecía mucho al alivio—: ¿Él, tú? Mi padre murió.

Una pausa momentánea; luego perplejidad —no cólera ahora— y Shiva: —Oye, *yaar*, eso está pero que muy bien... ¿cómo lo haces?— Yo inicié mi explicación habitual, pero al cabo de unos instantes me interrumpió—: ¡Vaya! Oye, mi padre me dijo que yo nací exactamente a medianoche, de manera que... te das cuenta, ¡eso nos convierte a los dos en jefes de esa banda tuya! La medianoche es lo mejor, ¿no es eso? De forma que... ¡esos otros chicos tendrán que hacer lo que les digamos! —Aquello hizo surgir ante mis ojos la imagen de una segunda, y más potente, Evelyn Lilith Burns... rechazando esa idea poco amable, le expliqué—: No era ésa precisamente mi idea de la Conferencia; yo había pensado en algo más como, ya sabes, una especie de federación libre entre iguales, en la que todas las opiniones pudieran expresarse abiertamente... —Algo parecido a un violento resoplido retumbó por las paredes de mi cabeza—. Eso, tú, no es más que basura. ¿Qué podemos hacer con una banda así? Las bandas tienen que tener jefes de banda. Mírame a mí... —(otra vez se hinchó de orgullo)—. Llevo dirigiendo una banda aquí en Matunga dos años. Desde que tenía ocho. Chicos mayores y todo eso. ¿Qué te parece? —Y yo, sin querer—: ¿Qué hace tu banda... tiene un código y todo eso? —La risa de Shiva en mis oídos...— Sí, muchachito rico: un código. ¡Todo el mundo hace lo que yo digo o le saco los hígados con mis rodillas! —Desesperadamente, seguí intentando ganar a Shiva para mi causa—: El caso es que debemos estar aquí con una *finalidad* ¿no crees? Quiero decir que tiene que haber una *razón*, ¿no estás de acuerdo? Por eso lo que yo pensaba es que deberíamos tratar de averiguar cuál es, y entonces, ya sabes, dedicar nuestras vidas a ello o algo así... —Niño rico —gritó Shiva—, ¡no sabes una palabra de nada! ¿Qué *finalidad*, tú? ¿Qué hay en todo este mundo cabrón que tenga una *razón*, *yara*? ¿Por qué razón eres tú rico y yo pobre? ¿Dónde está la razón para morirse de hambre, tú? ¡Sólo Dios sabe cuántos millones de puñeteros imbéciles hay en este país, tú, y crees que eso tiene una finalidad! Te voy a decir una cosa: hay que conseguir lo que se pueda, hacer con ello lo que se pueda, y luego morirse. Ésa es la única razón, niño rico. ¡Todo lo demás es jodida *palabrería*!

Y ahora yo, en mi cama de medianoche, empiezo a temblar... —Pero la Historia —digo—, y el Primer Ministro me escribió una carta... y no crees al menos en... quién sabe lo que podríamos... —Él, mi otro yo, Shiva, me interrumpió—: Oye, muchachito... tienes unas ideas tan disparatadas que ya veo que voy a tener que hacerme cargo yo del asunto. ¡Díselo a todos esos chicos-fenómenos!

Nariz y rodillas y rodillas y nariz... la rivalidad que empezó esa noche no terminaría nunca, hasta que dos cuchillos penetraron, cada vez másmásmás... no puedo decir si el espíritu de Mian Abdullah, al que los cuchillos mataron años antes, se había filtrado en mí, imbuyéndome la idea del federalismo libre y haciéndome vulnerable a los cuchillos; pero en aquel momento encontré el valor suficiente para decirle a Shiva: —No puedes dirigir la Conferencia; sin mí, ¡ni siquiera podrán oírte!

Y él, confirmando la declaración de guerra: —Niño rico, serán ellos los que quieran saber de mí; ¡intenta detenerme si te atreves!

—Sí —dije—, lo intentaré.

Shiva, el dios de la destrucción, que es también la más poderosa de las deidades; Shiva, el más grande de los bailarines; el que cabalga sobre un toro; al que ninguna fuerza puede resistir... Shiva, el muchacho, nos dijo, había tenido que luchar para sobrevivir desde su más temprana infancia. Y cuando su padre, alrededor de un año antes, perdió por completo la voz para cantar, Shiva tuvo que defenderse contra el celo paternal de Wee Willie Winkie. —¡Me vendó los ojos, tú! ¡Me puso un trapo alrededor de los ojos y me llevó a la terraza del *chawl*, tú! ¿Sabes lo que tenía en la mano? ¡Un jodido martillo, tú! ¡Un martillo! El hijoputa me quería destrozar las piernas, tú... resulta, comprendes, niño rico, que les hacen eso a los chicos para que puedan ganar siempre dinero mendigando... ¡sacas más si estás todo roto, tú! De modo que me tira al suelo y me quedo echado en la terraza, tú; y entonces... —Y entonces el martillo cae hacia las rodillas, mayores y más nudosas que las de ningún policía, un blanco fácil, pero ahora las rodillas entran en acción, más rápidas que el rayo las rodillas se abren... sintieron el aliento del martillo que se abatía y se separaron por completo; y entonces el martillo se clava entre las rodillas, sostenido todavía por la mano de su padre; y entonces, las rodillas se juntan con fuerza como puños. El martillo cae con estrépito en el cemento. La muñeca de Wee Willie Winkie, aprisionada entre las rodillas de su hijo de ojos vendados. Un aliento ronco se escapa de los labios del acongojado padre. Y las rodillas siguen cerrándose cada vez másmás, apretando más y más, hasta que se oye un crujido—. ¡Le rompí la puñetera muñeca, tú! Le estuvo bien empleado... ¿bonito, no? ¡Te lo juro!

Shiva y yo nacimos bajo el Capricornio naciente; esa constelación me dejó en paz, pero le dio a Shiva su don. Capricornio, como os dirá cualquier astrólogo, es el cuerpo celeste que tiene poder sobre las rodillas.

El día de las elecciones de 1957, el Congreso Panindio se llevó un buen susto. Aunque ganó las elecciones, doce millones de votos convirtieron a los comunistas en el mayor partido de la oposición; y en Bombay, a pesar de los esfuerzos de Boss Patil, gran número de electores no pusieron sus cruces junto al símbolo de la vaca-sagrada-con-ternero-mamando del Congreso, prefiriendo los pictogramas menos emotivos del Samyukta Maharashtra Samiti y el Maha Gujarat Parishad. Cuando se discutió el peligro comunista en nuestro altozano, mi madre siguió ruborizándose; y nos resignamos a la partición del Estado de Bombay.

Un miembro de la Conferencia de los Hijos de la Medianoche desempeñó un pequeño papel en aquellas elecciones. Shiva, el supuesto hijo de Winkie, fue contratado por —bueno, tal vez no deba decir el nombre del partido; pero sólo un partido disponía realmente de grandes sumas para gastar— y, el día de la votación, él y su banda, que se llamaba a sí misma *Los Cowboys*, pudieron ser vistos en la parte de afuera de un colegio electoral del norte de la ciudad, unos sosteniendo fuertes y sólidos palos, otros jugueteando con piedras y otros más limpiándose los dientes con cuchillos, y todos ellos animando al electorado a hacer uso de su voto con sabiduría y prudencia... y, cuando los colegios cerraron, ¿se rompieron los precintos de las urnas? ¿Hubo pucherazo? En cualquier caso, cuando se hizo el recuento de votos se vio que Qasim el Rojo no había obtenido un escaño por muy poco; y los patrones de mi rival se sintieron muy satisfechos.

... Pero ahora Padma dice, suavemente: —¿Qué día fue eso? —Y, sin pensar, respondo—: Un día de primavera. —Y entonces se me ocurre que he cometido otro error: que las elecciones de 1957 se celebraron antes, y no después, de mi décimo cumpleaños; pero aunque he rastrillado mis sesos, mi memoria se niega, tozudamente, a alterar la secuencia de los acontecimientos. Esto es preocupante. No sé qué es lo que no funciona.

Ella me dice, tratando inútilmente de consolarme: —¿Por qué pones esa cara tan larga? ¡Todo el mundo olvida continuamente cosas sin importancia!

Pero si las cosas sin importancia se olvidan, ¿las seguirán pronto las importantes?

ALFA Y OMEGA

Hubo agitación en Bombay en los meses que siguieron a las elecciones; hay agitación en mis pensamientos cuando recuerdo aquellos días. Mi error me ha trastornado mucho; por eso ahora, para recuperar mi equilibrio, me situaré firmemente en el terreno familiar de la Hacienda de Methwold; dejando la historia de la Conferencia de los Hijos de la Medianoche a un lado y el dolor del Pioneer Café al otro, os contaré la caída de Evie Burns.

He titulado este episodio de una forma un tanto extraña. Esa «Alfa y Omega» me mira fijamente desde la página, pidiendo ser explicado... un título curioso para lo que será la mitad de mi historia, un título que rebosa de principios y fines, cuando se podría decir que debería preocuparse más de lo intermedio; pero, impenitente, no tengo la intención de cambiarlo, aunque hay otros muchos títulos posibles, por ejemplo «Del Mono a Rhesus», o «El Retorno del Dedo», o —con estilo más alusivo— «El Ansar», una referencia, evidentemente, al ave mítica, el *hamsa* o *parahamsa*, símbolo de la capacidad para vivir en dos mundos, el físico y el espiritual, el mundo de la tierra-y-agua y el mundo del aire, del vuelo. Pero es «Alfa y Omega»; y «Alfa y Omega» seguirá siendo. Porque hay aquí principios y toda clase de finales; pero pronto veréis lo que quiero decir.

Padma chasquea la lengua exasperada. —Otra vez estás diciendo cosas raras —me critica—. ¿Vas a contar lo de Evie o no?

... Después de las elecciones generales, el Gobierno Central siguió titubeando sobre el futuro de Bombay. El Estado sería dividido; luego, no sería dividido; luego la división volvió a levantar cabeza. Y en cuanto a la ciudad misma: sería la capital de Maharashtra; o de Maharashtra y Gujarat al mismo tiempo; o un Estado independiente ella sola... mientras el gobierno trataba de decidir qué rayos hacer, los habitantes de la ciudad decidieron animarlo a que se diera prisa. Los disturbios proliferaron (y todavía se podía oír el viejo canto de batalla de los mahrattas —¿*Cómo estás tú? ¡Yo muy bien! ¡Si cojo un palo te daré cien!* —elevándose sobre la contienda); y, para empeorar las cosas, el tiempo se unió a la refriega. Hubo una gran sequía; las carreteras se agrietaron; en los pueblos, los campesinos se veían obligados a matar a sus vacas; y el día de Navidad (de cuya importancia ningún chico que fuera a un colegio de misioneros y tuviera un *ayah* católica podía dejar de darse cuenta), hubo una serie de fuertes explosiones en el embalse de Walkeshwar y las principales conducciones de agua dulce, que eran las líneas de vida de la ciudad, comenzaron a hacer volar fuentes por los aires como gigantescas ballenas de acero. Los periódicos estaban llenos de habladurías sobre saboteadores, las especulaciones sobre la identidad de los delincuentes y su afiliación política se disputaban el espacio con las informaciones sobre la continuación de la ola de asesinatos de putas. (Me interesó especialmente saber que el asesino tenía su propia y curiosa «firma». Los cadáveres de las damas de la noche mostraban que todas habían sido estranguladas; tenían magulladuras en el cuello, unas magulladuras demasiado grandes para ser huellas de pulgares, pero totalmente coincidentes con las marcas que dejarían un par de rodillas gigantes, preternaturalmente poderosas.)

Pero estoy divagando. ¿Qué tiene que ver todo esto, me pregunta el ceño de Padma, con Evelyn Lilith Burns? Instantáneamente, cuadrándome, por decirlo así, ofrezco la respuesta: en los días que siguieron a la destrucción del abastecimiento de agua dulce de la ciudad, los gatos callejeros comenzaron a congregarse en las zonas de la ciudad en que el agua era todavía relativamente abundante; es decir, las zonas más acomodadas, en las que cada casa tenía su propio depósito de agua elevado o subterráneo. Y, como consecuencia, el altozano de dos pisos de la Hacienda de Methwold se vio invadido por un ejército de felinos sedientos; gatos que pululaban por toda la glorieta, gatos que trepaban por las enredaderas de buganvilla y saltaban a los cuartos de estar, gatos que derribaban jarrones de flores para beberse el agua podrida de las plantas, gatos que acampaban en los cuartos de baño, sorbiendo el líquido de los retretes, gatos rampantes por las cocinas de los palacios de William Methwold. Los criados de la Hacienda fueron vencidos en sus intentos de repeler la gran invasión de los gatos; las damas de la Hacienda tuvieron que limitarse a impotentes exclamaciones de horror. Había por todas partes unos gusanos duros y secos de excremento de gato; los jardines quedaron asolados por la pura fuerza felina de su número; y por la noche el sueño se hacía imposible cuando el ejército hacía oír su voz y le cantaba a la luna su sed. (La Baronesa Simki von der Heiden se negó a luchar con los gatos; mostraba ya síntomas de la enfermedad que conduciría en plazo breve a su exterminación.)

Nussie Ibrahim llamó por teléfono a mi madre para anunciarle: —Amina, hermana, es el fin del mundo.

Se equivocaba; porque al tercer día de la gran invasión de los gatos, Evelyn Lilith Burns visitó sucesivamente todas las casas de la Hacienda, llevando despreocupadamente su pistola de aire comprimido Daisy en la mano, y ofreció, a cambio de una recompensa, terminar con la plaga de gatos a gran velocidad.

Durante todo ese día, resonaron en la Hacienda de Methwold los ecos de la pistola de aire comprimido de Evie y los maullidos de agonía de los gatos, mientras ella iba liquidando al ejército entero, uno por uno, haciéndose rica. Pero (como la Historia demuestra tan a menudo) el momento del mayor triunfo encierra también el germen de la destrucción final; y así fue, porque la persecución de los gatos por Evie fue, en lo que al Mono se refería, la última gota de agua.

—Hermano —me dijo el Mono sombríamente—, te dije que me cobraría a esa chica; ahora, ahora mismo, el momento ha llegado.

Preguntas imposibles de responder: ¿era verdad que mi hermana había aprendido el lenguaje de los gatos y el de los pájaros? ¿Fue su cariño por la vida felina lo que la hizo cruzar la barrera...? en la época de la gran invasión de los gatos, el pelo del Mono se había decolorado, volviéndose castaño; ella había perdido la costumbre de quemar zapatos; pero todavía, por la razón que fuera, había en el Mono una fiereza que ninguno de nosotros tuvo nunca; bajó a la glorieta y gritó a voz en cuello: —¡Evie! ¡Evie Burns! ¡Ven aquí ahora mismo, estés donde estés!

Rodeada de gatos fugitivos, el Mono esperó a Evie Burns. Yo salí al mirador del primer piso para mirar; desde sus respectivos miradores, Sonny y Raja de Ojo y Brillantina y Cyrus miraban también. Vimos aparecer a Evie Burns, procedente de las cocinas de Versailles Villa; soplaba el humo del cañón de su pistola.

—Vosotros, indios, podéis dar gracias al cielo de tenerm'aquí. ¡Si no esos gatos s'os comerían!

Vimos cómo Evie se quedaba silenciosa cuando vio lo que había agazapado en los ojos del Mono; y entonces, como una mancha borrosa, el Mono cayó sobre Evie y comenzó una batalla que duró lo que parecieron varias horas (aunque sólo pudieron ser unos minutos). Envueltas en el polvo de la glorieta, se revolcaron dieron patadas arañaron mordieron, mechoncitos de pelo salían volando de la nube de polvo y había codos y pies con calcetines blancos sucios y rodillas y fragmentos de vestidos que volaban de la nube; acudieron corriendo los mayores, los criados no podían separarlas, y al final el jardinero de Homi Catrack dirigió la manguera contra ellas para conseguirlo... el Mono de Latón se puso de pie, un poco torcida, y se sacudió el empapado borde del vestido, sin hacer caso de los gritos de reproche procedentes de los labios de Amina Sinai y Mary Pereira; porque allí, en la suciedad mojada por la manguera de la glorieta, estaba caída Evie Burns, con su aparato dental roto, el pelo enmarañado y lleno de polvo y escupitajos, y su temple y su dominio sobre nosotros quebrados para siempre.

Pocas semanas más tarde, su padre la mandó a casa definitivamente, «Para que tenga una buena educación lejos de estos salvajes», se le oyó decir; sólo oí hablar de ella una vez, seis meses más tarde, cuando, de forma totalmente inesperada, me escribió una carta en la que me informaba de que había apuñalado a una anciana señora que se había opuesto a que ella atacara a un gato. «Le di lo que se merecía», escribía Evie. «Dile a tu hermana que tuvo mucha suerte.» Rindo homenaje a esa desconocida anciana: ella pagó los platos rotos del Mono.

Más interesante que el último mensaje de Evie es un pensamiento que se me ocurre ahora, mirando hacia atrás por el túnel del tiempo. Teniendo ante mis ojos la imagen del Mono y Evie revolcándose por el suelo, me parece distinguir la fuerza que inspiraba su lucha a muerte, un motivo mucho más profundo que la simple persecución de los gatos: luchaban por mí. Evie y mi hermana (que, en muchos sentidos, no eran muy distintas) se daban patadas y se arañaban, ostensiblemente, por la suerte de unos cuantos gatos callejeros; pero quizá las patadas de Evie se dirigían contra mí, quizá eran la violencia de su cólera por haber invadido su cabeza; y por otra parte es posible que la fuerza del Mono fuera la fuerza de la lealtad entre hermanos, y que su declaración de guerra fuera realmente una declaración de amor.

Así pues, se derramó sangre en la glorieta. Otro título desechado para estas páginas —no importa que lo sepáis— fue el de «Más densa que el agua». En aquellos días de escasez de agua, algo más denso que el agua corrió por el rostro de Evie Burns; la lealtad de la sangre impulsó al Mono de Latón; y, en las calles de la ciudad, los alborotadores derramaban la sangre de otros alborotadores. Hubo asesinatos sangrientos, y quizá no resulte inapropiado terminar este catálogo sanguinario mencionando, una vez más, los golpes de sangre en las mejillas de mi madre. Doce millones de votos fueron rojos ese año, y el rojo es el color de la sangre. Pronto correrá más sangre: los tipos de sangre, A y O, Alfa y Omega —y otra posibilidad, una tercera— deben tenerse en cuenta. Y también otros factores: la cigosidad, y los anticuerpos de Kell, y el más misterioso de los atributos de la sangre, llamado rhesus, que es también un tipo de mono.

Todo tiene una forma, si se busca. No es posible escapar a la forma.

Pero antes de que llegue el momento de la sangre, levantaré el vuelo (como el ánsar *parahamsa*, que puede planear de un elemento a otro) y regresaré, brevemente, a los asuntos de mi mundo interior; porque, aunque la caída de Evie Burns puso fin a mi ostracismo por parte de los niños de lo alto de la colina, me resultó difícil perdonar; y, durante cierto tiempo, manteniéndome solitario y apartado, me sumergí en los acontecimientos de dentro de mi cabeza, en la historia primitiva de la asociación de los hijos de la medianoche.

Para ser sincero: no me gustaba Shiva. No me gustaban la rudeza de su lengua ni la crudeza de sus ideas; y estaba empezando a sospechar que había cometido una sarta de horribles crímenes... aunque me fue imposible encontrar pruebas en sus pensamientos, porque él, el único entre los hijos de la medianoche, podía cerrarme cualquier parte de su mente que quisiera guardar para sí mismo... lo que, por sí solo, aumentó mi antipatía y mis sospechas por aquel tipo de cara de rata. Sin embargo, si algo tenía yo era sentido de la justicia; y no hubiera sido justo mantenerlo apartado de los otros miembros de la Conferencia.

Debo explicar que, a medida que mi facilidad mental aumentaba, vi que no sólo me era posible captar las transmisiones de los hijos; no sólo emitir mis propios mensajes; sino también (ya que parece que estoy condenado a esa metáfora radiofónica) actuar como una especie de red nacional, de forma que, abriendo mi mente transformada a todos los hijos, podía convertirla en una especie de foro en el que podían hablar entre sí, por mi mediación. Por eso, a principios de 1958, los quinientos ochenta y un hijos se reunieron, durante una hora, entre la medianoche y la una de la mañana, en el *lok sabha* o parlamento de mi cerebro.

Éramos tan diversos, tan ruidosos y tan indisciplinados como cualquier grupo de quinientos ochenta y un chicos de diez años de edad; y, además de nuestra exuberancia nacional, estaba la excitación de descubrirnos mutuamente. Después de una hora de gritar cotorrear discutir reír, caí agotado en un sueño demasiado profundo para pesadillas, y todavía me desperté con dolor de cabeza; pero no me importó. Despierto, tenía que enfrentarme con las múltiples miserias de la perfidia materna y la decadencia paterna; de la inconstancia de la amistad y las diversas tiranías del colegio; dormido, estaba en el centro del mundo más emocionante que ningún niño había descubierto jamás. A pesar de Shiva, era más bonito estar dormido.

La convicción de Shiva de que él (o él-y-yo) era el líder natural de nuestro grupo por razón de su (y de mi) nacimiento al dar la medianoche tenía, me veía obligado a admitir, un sólido argumento a su favor. Me parecía entonces —me parece ahora— que el milagro de la medianoche había sido realmente de naturaleza notablemente jerárquica, que las facultades de los hijos disminuían espectacularmente en función de la distancia del momento de su nacimiento a la medianoche; pero incluso ésa era una opinión acaloradamente discutida... —¿Quéquieresdecircómopuedesdecireso? —decían a coro, el chico de la selva de Gir, que tenía el rostro absolutamente vacío y sin rasgos (salvo ojos agujeros de la nariz sitio de la boca) y podía asumir cualquier rasgo que quisiera, y Harilal, que podía correr con la velocidad del viento, y Dios sabe cuántos más...— ¿Quién dice que es mejor poder hacer una cosa que la otra? —Y—: ¿Puedes volar? ¡Yo puedo *volar*! —Y—: Sí señor, y yo, ¿puedes convertir un pez en cincuenta? —Y—: Hoy he estado visitando el día de mañana. ¿Puedes hacer tú eso? Bueno, pues entonces... —... ante esa tormenta de protestas, hasta Shiva cambió de tono; pero iba a adoptar otro, que sería mucho más peligroso: peligroso para los Hijos, y para mí.

Porque yo había descubierto que yo mismo no era inmune al atractivo de la jefatura. ¿Quién había descubierto a los Hijos, después de todo? ¿Quién había formado la Conferencia? ¿Quién les proporcionaba su lugar de reunión? ¿No era yo, compartidamente, el mayor y no debía recibir el respeto y la obediencia que merecía mi antigüedad? ¿Y no era siempre quien facilitaba el local del club el que dirigía el club...? A lo cual, Shiva—: De eso nada, tú. ¡Todas esas bobadas de los clubs son sólo para los niños ricos! —Pero —por algún tiempo— la mayoría estuvo en contra. La-bruja-Parvati, la hija del nigromante de Delhi, se puso de mi parte (lo mismo que, años más tarde, me salvaría la vida), y anunció—: No, escuchadme ahora, todos: sin Saleem no existimos, no podemos hablar ni nada parecido, tiene razón. ¡Que sea nuestro jefe! —Y yo—: No, nada de *jefe*, consideradme sólo como... quizá como un hermano mayor. Sí; somos una familia, en cierto modo. Yo soy sólo el mayor, eso es. —A lo que Shiva replicó, despreciativo, pero incapaz de discutir—: Está bien, hermano mayor: y ahora dinos: ¿qué tenemos que hacer?

En ese momento, presenté a la Conferencia las ideas que me atormentaban todo ese tiempo: las ideas de finalidad y de significado. —Tenemos que pensar —dije— en para qué existimos.

Dejo constancia, fielmente, de las opiniones de una selección típica de miembros de la Conferencia (con excepción de los fenómenos de circo y de los que, como Sundari, la mendiga de las cicatrices de cuchillo, habían perdido sus poderes, y solían permanecer silenciosos en nuestros debates, como parientes pobres en una fiesta): entre las ideologías y los objetivos sugeridos se encontraban el colectivismo —«Deberíamos reunirnos y vivir en alguna parte, ¿no? ¿Para qué necesitamos a nadie más?»— y el individualismo —«Decís nosotros; pero el que estemos juntos no tiene importancia; lo que importa es que cada uno tiene un don que debe utilizar en su provecho»—, el deber filial —«Sin embargo, podemos ayudar a nuestro padre-madre, eso es lo que tenemos que hacer»— y la revolución infantil —«¡Ahora, por fin, tenemos que demostrarles a todos los chicos que es posible deshacerse de los padres!»—, el capitalismo —«¡Pensad en los negocios que podríamos hacer! ¡Qué ricos, por Alá, podríamos ser!»— y el altruismo —«Nuestro país necesita gente dotada; tenemos que preguntar al Gobierno cómo quiere que utilicemos nuestros talentos»—, la ciencia —«Tenemos que permitir que nos estudien»— y la religión —«Abrámonos al mundo, para que todos nos regocijemos en Dios»—, el valor —«¡Debemos invadir el Pakistán!»— y la cobardía —«Cielos, debemos permanecer en secreto, pensad en lo que pueden hacernos, ¡lapidarnos por brujos o qué sé yo qué!»; había declaraciones de derechos de la mujer y alegatos para mejorar la suerte de los intocables; los hijos sin tierras soñaban con la tierra y los de las tribus de las montañas con *jeeps*; y había, también, fantasías de poder. «¡No podrán detenernos, tú! Podemos embrujar, y volar, y leer las mentes, y convertirlos en ranas, y hacer oro y peces, y se enamorarán de nosotros, y podemos desaparecer a través de los espejos y cambiar de sexo... ¿cómo podrán luchar?»

No negaré que estaba decepcionado. No hubiera debido estarlo; no había nada de insólito en los hijos excepto sus dones; sus cabezas estaban llenas de todas las cosas habituales: padres madres dinero comida tierra posesiones fama poder Dios. En ninguna parte, en los pensamientos de la Conferencia, pude encontrar nada tan nuevo como nosotros mismos... pero entonces también yo estaba en el mal camino; no podía ver más claramente que cualquier otro; e incluso cuando Soumira, el viajero en el tiempo, nos dijo: —Os lo aseguro... todo esto carece de sentido... ¡acabarán con nosotros antes de que empecemos! —todos hicimos caso omiso de él; con el optimismo de la juventud —que es una forma más virulenta de la misma enfermedad que en otro tiempo atacó a mi abuelo Aadam Aziz— nos negamos a mirar el aspecto sombrío, y ni uno solo sugirió que la finalidad de los Hijos de la Medianoche podía ser la aniquilación; que no tendríamos sentido hasta que hubiéramos sido destruidos.

Para respetar su intimidad, no quiero separar sus voces unas de otras, y por otras razones. Por un lado, mi narrativa no podría hacer frente a quinientas ochenta y una personalidades hechas y derechas; por otro, los hijos, a pesar de sus dones prodigiosamente distintos y variados, seguían siendo, en mi mente, una especie de monstruo policéfalo, que hablaba las innumerables lenguas de Babel; eran la esencia misma de la multiplicidad, y no creo que tenga sentido dividirlos ahora. (Pero había excepciones. En particular, estaba Shiva; y estaba la-bruja-Parvati.)

... Destino, papel histórico, numen: eran bocados demasiado grandes para unos gaznates de diez años. Incluso, tal vez, para el mío; a pesar de las advertencias siempre presentes del dedo indicador del pescador y de la carta del Primer Ministro, me veía distraído constantemente de las maravillas de mi olfato por los minúsculos acontecimientos de la vida diaria, por el hecho de tener hambre o sueño, de andar por ahí haciendo el mono con el Mono, o de ir al cine a ver *La mujer cobra* o *Veracruz*, por mi creciente deseo de llevar pantalones largos y por el inexplicable calor por-debajo-del-cinturón engendrado por la fiesta del colegio en la que nosotros, los chicos de la Cathedral and John Connon Boy's High School, podríamos bailar el *box-step* y el Baile del Sombrero Mexicano con las chicas de nuestra institución gemela... como Masha Miovic, campeona de braza de pecho («Ji, ji», decía Glandulitas Keith Colaco) y

Elizabeth Purkiss y Janey Jackson —¡chicas europeas, Dios santo, de faldas amplias y costumbres besuqueantes!— en pocas palabras, mi atención se veía continuamente ocupada por la tortura dolorosa y absorbente de hacerme mayor.

Hasta un ánsar simbólico tiene que bajar, por fin, a la tierra; por eso, no puedo limitar mi historia ahora, ni mucho menos (como no podía entonces), a sus aspectos milagrosos; tengo que volver (como solía) a lo cotidiano; tengo que dejar que corra la sangre.

La primera mutilación de Saleem Sinai, a la que siguió rápidamente la segunda, se produjo un miércoles de principios de 1958 —el miércoles de la muy esperada fiesta— con el patrocinio de la Anglo-Scottish Education Society. Es decir, ocurrió en el colegio.

El atacante de Saleem: apuesto, frenético, con un bigote caído de bárbaro: os presento la figura saltarina y tirapelos del señor Emil Zagallo, que nos daba geografía y gimnasia, y que, aquella mañana, precipitó involuntariamente la crisis de mi vida. Zagallo pretendía ser peruano, y le gustaba llamarnos indios de la jungla y aficionados a las cuentas de collar; colgaba un grabado de un soldado severo y sudoroso, con sombrero de hojalata puntiagudo y pantalones de metal, encima de la pizarra y tenía la costumbre de señalarlo con el dedo en los momentos de tensión y de gritar: —¿Lo veiss, salvahess? ¡Ese hombre ess la sivilisasión! Tenéis que respetarlo: ¡lleva una *espada*! —Y blandía su bastón en el aire rodeado de paredes de piedra. Lo llamábamos Pagal-Zagal, el loco Zagallo, porque, a pesar de toda su charla sobre llamas y conquistadores y el océano Pacífico, sabíamos, con la certeza absoluta del rumor, que había nacido en una casa de vecindad de Nazagaon y que su madre goanesa había sido abandonada por un consignatario de buques que se largó; de forma que no sólo era un «anglo» sino, probablemente, también un bastardo. Sabiéndolo, comprendíamos por qué Zagallo fingía su acento americano y también por qué estaba siempre furioso, por qué golpeaba con los puños las paredes de piedra de la clase; pero el saberlo no impedía que le tuviéramos miedo. Y aquel miércoles por la mañana, sabíamos que íbamos a tener dificultades, porque la «catedral opcional» había sido suprimida.

La clase doble del miércoles por la mañana era la clase de geografía de Zagallo; pero sólo los idiotas y los chicos que tenían padres fanáticos asistían a ella, porque era también la hora en que podíamos elegir ir juntos a la Catedral de Santo Tomás, en fila india, una larga hilera de chicos de todas las confesiones religiosas imaginables, que se escapaba del colegio para ir al seno del Dios, atentamente opcional, de los cristianos. A Zagallo aquello lo sacaba de sus casillas, pero no podía hacer nada; hoy, sin embargo, había un destello oscuro en sus ojos, porque el Croador (es decir, el señor Crusoe, el director) había anunciado en la asamblea de la mañana que se suprimía la hora de catedral. Con una voz pelada y chirriante que salía de su rostro de rana anestesiada, nos condenó a geografía doble y a Pagal-Zagal, cogiéndonos a todos por sorpresa, porque no habíamos tenido en cuenta que Dios podía ejercitar también su opción. Taciturnamente, entramos en tropel en la guarida de Zagallo; uno de los pobres idiotas a los que sus padres no dejaban nunca ir a la catedral me susurró malévolamente al oído: —Ya verás: os las va a hacer pasar moradas.

Padma: realmente nos las hizo pasar.

Sentados melancólicamente en clase: Glandulitas Keith Colaco, el Gordo Perce Fishwala, Jimmy Kapadia, el chico con beca cuyo padre era conductor de taxi, Brillantina Sabarmati, Sonny Ibrahim, Cyrus-el-gran-

391

de y yo. Otros también, pero ahora no hay tiempo, porque, entrecerrando los ojos con deleite, el loco Zagallo nos está llamando al orden.

—Geografía humana —anuncia Zagallo—. ¿Qué ess eso? ¿Kapadia?

—Por favor señor no lo sé señor —Hay manos que se levantan en el aire: cinco pertenecen a idiotas proscritos de la iglesia, la sexta, inevitablemente, a Cyrus-el-grande. Pero Zagallo quiere hoy sangre: los devotos van a sufrir—. Inmundisia de la hungla —zarandea a Jimmy Kapadia, y luego empieza a retorcerle una oreja despreocupadamente—: ¡ven a clase alguna ves y lo sabráss!

—Au au au sí señor lo siento señor... —Seis manos se agitan, pero la oreja de Jimmy corre peligro de desprenderse. El heroísmo puede más que yo...— Por favor no lo haga señor ¡está mal del corazón! —Lo que es cierto; pero la verdad es peligrosa, porque ahora Zagallo se vuelve contra mí—: Vaya, ¿te gusta discutir, verdad que ssí? —Y me lleva del pelo a la parte delantera de la clase. Ante los ojos aliviados de mis compañeros— *gracias a Dios que es él y no nosotros* —me retuerzo de dolor bajo mis mechones aprisionados.

—Responde entonses a la pregunta. ¿Sabes lo que ess geografía humana?

El dolor me llena la cabeza, borrando toda idea de trampas telepáticas: —¡Ayy señor no señor auch!

... Y ahora se puede observar cómo un chiste desciende sobre Zagallo, un chiste que distiende su cara en un simulacro de sonrisa ¡se puede contemplar su mano lanzándose hacia adelante, con el pulgar y el índice extendidos; notar cómo pulgar e índice se cierran en torno a la punta de mi nariz y tiran hacia abajo... a donde va la nariz, tiene que seguirla la cabeza, y finalmente tengo la nariz colgando y mis ojos se ven obligados a mirar húmedamente los pies con sandalias de Zagallo, con sus uñas sucias, mientras Zagallo da rienda suelta a su ingenio.

—Mirad, chicoss: ¿veiss lo que tenemoss aquí? Contemplad, por favor, la horrorosa cara de esta criatura primitiva. ¿Qué oss recuerda?

Y las respuestas ansiosas: —Señor el diablo señor. —Por favor señor ¡a un primo mío! —No señor una hortaliza señor no sé cuál. —Hasta que Zagallo grita, dominando el tumulto—: ¡Silencio! ¡Hihoss de babuinoss! Ese obheto de aquí —un tirón a mi nariz— ¡esto ess heografía humana!

—¿Cómo señor dónde señor qué señor?

Zagallo se ríe ahora. —¿No lo veiss? —suelta una carcajada—. ¿No veiss en el rostro de este feo mono todo el mapa de la *India*?

—¡Sí señor no señor díganos dónde señor!

—Mirad aquí: ¡la península del Deccan que cuelga! —Otra vez auchminariz.

—Señor señor si ése es el mapa de la India ¿qué son las manchas señor? —Es Glandulitas Keith Colaco, que se siente audaz. Risitas ahogadas, risitas tontas de mis compañeros. Y Zagallo, cogiendo la pregunta al vuelo—: ¡Esass manchass —grita— son el Pakistán! ¡Esta marca en la oreha derecha ess el Ala Oriental; y esa mehilla isquierda horriblemente manchada la Ocsidental! Recordad, chicoss estúpidoss: ¡el Pakistán ess una mancha en el rostro de la India!

—¡Jo jo! —ríe la clase—. ¡Un chiste buenísimo, señor!

Pero ahora mi nariz se ha hartado; efectuando su propia y espontánea sublevación contra el pulgar-e-índice prensores, lanza una de sus armas... una gran gota mucilaginosa y brillante emerge de la ventanilla izquierda, y hace plop en la palma de la mano del señor Zagallo. El Gordo Perce Fishwala da un alarido: —¡Mire eso, señor! ¡Esa gota de la nariz, señor! ¿Se supone que es *Ceilán*?

393

Con la mano manchada de moco, Zagallo pierde su talante jocoso. —¡Animal! —me maldice—. ¿Has visto lo que has hecho? —La mano de Zagallo suelta mi nariz; vuelve a mi pelo. Se limpia el desecho nasal en mis cabellos; limpiamente partidos por una raya. Y ahora, otra vez, se apodera de mi pelo; una vez más, la mano tira... pero esta vez hacia arriba, y mi cabeza se ve proyectada verticalmente, mis pies se ponen de puntillas, y Zagallo—: ¿Qué eres tú? ¡Dime lo que eres!

—¡Señor un animal señor!

La mano tira más fuerte y más alto. —Otra vez. —De pie ahora sobre las uñas de los pies, aúllo—: ¡Ayy señor un animal un animal por favor señor ayy!

Y todavía más fuerte y todavía más alto... —¡Una vez más! —Pero de pronto termina; tengo otra vez los pies planos en el suelo; y en la clase se ha hecho un silencio mortal.

—Señor —dice Sonny Ibrahim—, le ha arrancado el pelo señor.

Y ahora la cacofonía: —Mire señor, sangre. —Está sangrando, señor. —Por favor señor ¿puedo llevarlo a la enfermera?

El señor Zagallo se había quedado como una estatua con un montón de pelo mío en la mano. Mientras tanto yo —demasiado conmocionado para sentir dolor— me tocaba la zona de la cabeza en donde el señor Zagallo había creado una tonsura monacal, un redondel en el que el pelo no volvería a crecer, y comprendía que la maldición de mi nacimiento, que me unía a mi país, había conseguido encontrar otra forma inesperada más de expresarse.

Dos días más tarde, el Croador Crusoe nos anunció que, desgraciadamente, el señor Emil Zagallo dejaba el profesorado por razones personales; pero yo sabía cuáles eran esas razones. Mis cabellos arrancados de raíz se le habían adherido a las manos, como manchas de sangre que no desaparecen lavándose, y nadie quiere un profesor con pelo en las palmas de las manos. —Son el primer signo de locura —como le gustaba decir a Glandulitas Keith— y el segundo es mirar si se tienen.

El legado de Zagallo: una tonsura monacal; y, peor que eso, toda una serie de nuevas pullas, que mis compañeros de clase me lanzaban mientras esperábamos que los autobuses del colegio nos llevaran a casa para vestirnos para la fiesta: «¡El Mocoso es un calvoro-ta!» y «¡Huelecacas, cara de mapa!» Cuando llegó Cyrus a la cola, traté de volver a la multitud contra él, iniciando la cantilena: «Cyrus-el-grande, ande o no ande, que no se desmande», pero nadie mordió el anzuelo.

Y así llegamos a los acontecimientos de la fiesta de la Cathedral School. En la que los matones se convirtieron en instrumentos del destino, y los dedos se trasmutaron en fuentes, y Masha Miovic, la legendaria bracista, tuvo un desmayo de muerte... Yo llegué a la fiesta con la venda de la enfermera todavía en la cabeza. Llegué tarde, porque no fue fácil persuadir a mi madre de que me dejara ir; de forma que, para cuando entré en el salón de actos, bajo serpentinas y globos y las miradas profesionalmente suspicaces de huesudas carabinas con faldas, todas las chicas mejores estaban ya bailando el *box-step* y el Sombrero Mexicano con parejas absurdamente pagadas de sí mismas. Naturalmente, los monitores tenían lo más escogido de las damas; los miré con apasionada envidia: Guzder y Joshi y Stevenson y Rushdie y Talyarkhan y Tayabali y Jussawalla y Waglé y King; traté de entrometerme en los discúlpemes, pero cuando veían mi venda y mi nariz de pepino y las manchas de mi cara sólo se reían y me volvían la espalda... con el odio brotándome en el pecho, comí patatas fritas y bebí Bubble-Up y Vimto, diciéndome: «Esos cretinos; ¡si supieran quién soy se quitarían de mi camino a toda velocidad!» Pero el miedo a revelar mi verdadera naturaleza era todavía más fuerte que mi deseo, un tanto abstracto, por las revoloteantes chicas europeas.

—Eh, Saleem, ¿eres tú? Eh, tú, ¿qué te ha pasado? —Fui arrancado de mi ensueño amargo y solitario (hasta Sonny tenía alguien con quien bailar; pero es que él tenía sus huecos de fórceps, y no llevaba calzoncillos... ésas eran las razones de su atractivo) por una voz situada tras mi hombro izquierdo, una voz baja, ronca, llena de promesas... pero también de amenazas. Una voz de chica. Me volví con una especie de salto y me encontré mirando fijamente a una belleza de pelo dorado y pecho prominente y famoso... Dios santo, tenía catorce años, ¿por qué me hablaba?— ... Me llamo Masha Miovic —dijo la belleza—, conozco a tu hermana.

¡Claro! ¡Las heroínas del Mono, las nadadoras de la Walsingham School tenían que conocer a la campeona de braza de los colegios...! —Lo sé... —tartamudeé—. Te conozco de nombre.

—Y yo a ti —me enderezó la corbata—, de manera que estamos iguales. —Por encima de su hombro, vi a Glandulitas Keith y al Gordo Perce mirándonos en un babeante paroxismo de envidia. Me puse derecho y eché atrás los hombros. Masha Miovic me preguntó otra vez por qué llevaba la venda—. No es nada —dije con lo que esperaba fuera una voz profunda—: un accidente deportivo. —Y entonces, esforzándome febrilmente por conservar firme la voz—: ¿Quieres... bailar?

—Está bien —dijo Masha Miovic—, pero sin achuchones.

Saleem sale a la pista con Masha Miovic, jurando no achuchar. Saleem y Masha, bailando el Sombrero Mexicano; Masha y Saleem, ¡danzando el *box-step* con los mejores! Dejo que mi rostro adopte una expresión de superioridad; ya veis, ¡no hay que ser monitor para conseguir una chica...! El baile acabó; y, todavía en la cresta de mi ola de júbilo, le dije: —¿Te gustaría dar una vuelta, ya sabes, por el patio?

Masha Miovic, sonriendo íntimamente: —Bueno, sí, sólo un segundín, pero las manos quietas, ¿eh?

Las manos quietas, jura Saleem. Saleem y Masha, tomando el aire... oye, tú, esto es estupendo. Esto es vivir. Adiós Evie, hola bracista... Glandulitas Keith Colaco y el Gordo Perce Fishwala salen de las sombras del cuadrángulo. Se ríen tontamente: —Ji, ji. —Masha Miovic parece desconcertada cuando nos cierran el paso—. Ju ju —dice el Gordo Perce— Masha, ju ju. Qué pareja te has buscado. —Y yo—: Vosotros, callaos la boca. —Y entonces Glandulitas Keith—: ¿Quieres saber cómo lo hirieron en la guerra, Mashy? —Y el Gordo Perce—: Ji ju ja. —Masha dice—: No seáis *bastos*; ¡fue un accidente deportivo! —El Gordo Perce y Glandulitas Keith casi se caen de hilaridad; y entonces Fishwala lo revela todo—. ¡Zagallo le arrancó el pelo en clase! Ji ju. —Y Keith—: ¡Huelecacas es un calvoro-ta! —Y los dos juntos—: ¡Huelecacas, cara de mapa! —Hay perplejidad en el rostro de Masha Miovic. Y algo más, cierto espíritu en ciernes de perversidad sexual...— Saleem, ¡están siendo tan groseros contigo!

—Sí —digo yo—, no les hagas caso. —Intento alejarla. Pero ella sigue—: ¿No irás a dejar que esto quede así? —Tiene perlas de excitación en el labio superior; la lengua en la comisura de la boca; los ojos de Masha Miovic están diciendo: *¿Qué eres? ¿Un hombre o un ratón...?* y, bajo el embrujo de la campeona de braza, otra cosa entra flotando en mi cabeza: la imagen de dos rodillas irresistibles; y me precipito contra Colaco y Fishwala; mientras están distraídos con sus tontas risitas, le meto la rodilla a Glandulitas en la entrepierna; antes de que caiga, una genuflexión análoga ha tumbado al Gordo Perce. Me vuelvo hacia mi amante; ella aplaude, con suavidad—: Eh tú, eso ha estado muy bien.

Pero ahora ha pasado mi momento de gloria, y el Gordo Perce se está levantando, y Glandulitas Keith se dirige ya hacia mí... abandonando toda pretensión de virilidad, me doy la vuelta y corro. Y los dos matones me persiguen y detrás de ellos viene Masha Miovic gritando: —¿Por qué corres, héroe? —Pero ahora no tengo tiempo para ella, no puedo dejar que me alcancen, me meto en la clase más próxima y trato de cerrar la puerta, pero el Gordo Perce introduce el pie y ahora los dos están dentro también y yo me lanzo contra la puerta, la agarro con la mano derecha, tratando de abrirla a la fuerza, *escapa si puedes*, ellos empujan para cerrarla, pero yo tiro con toda la fuerza de mi miedo, la abro unas pulgadas, la cojo con la mano, y ahora el Gordo Perce lanza todo su peso contra la puerta, que se cierra demasiado aprisa para que yo pueda quitar la mano, y ahora está cerrada. Un golpe sordo. Y, fuera, Masha Miovic llega y mira al suelo; y ve la tercera falange de mi dedo medio allí, como un pegote de chicle bien mascado. Ése es el momento en que se desmaya.

No siento dolor. Todo está muy lejos. El Gordo Perce y Glandulitas Keith huyen, para buscar ayuda o para esconderse. Me miro la mano por pura curiosidad. Mi dedo se ha convertido en fuente: un líquido rojo sale a chorros al ritmo de los latidos de mi corazón. No sabía que un dedo tuviera tanta sangre. Es bonito. Ahora hay una enfermera, no se preocupe, enfermera. Es sólo un rasguño. *Están llamando a tus padres por teléfono; el señor Crusoe está buscando las llaves de su coche*. La enfermera pone un gran pedazo de algodón en el muñón. Se llena como si fuera algodón de azúcar rojo. Y ahora Crusoe. Entra en el coche, Saleem, tu madre va directamente al hospital. Sí señor. Y el pedazo,

¿tiene alguien el *pedazo*? Sí director aquí está. Gracias enfermera. Probablemente no servirá de nada pero nunca se sabe. Sostén esto mientras yo conduzco, Saleem... y, sosteniendo el extremo cortado de mi dedo en mi mano izquierda no mutilada, me llevan al hospital de Breach Candy por las calles resonantes de la noche.

En el hospital: paredes blancas camillas todo el mundo habla al mismo tiempo. Las palabras fluyen a mi alrededor como fuentes. —Ay Dios protégenos, mi cachito-de-luna, ¿qué te han hecho? —A lo que el viejo Crusoe—: Vamos vamos, señora Sinai. Los accidentes ocurren. Los chicos siempre serán chicos. —Pero mi madre, rabiosa—: ¿Qué clase de colegio es ése? ¿Señor Caruso? Estoy aquí con el dedo de mi hijo en pedazos y usted me dice que. Eso no es así. No, señor. —Y ahora, mientras Crusoe—: En realidad, mi nombre es... como Robinson, sabe... vamos vamos —el médico se acerca y pregunta algo, cuya respuesta cambiará el mundo.

—Señora Sinai, ¿cuál es su grupo sanguíneo, por favor? El chico ha perdido sangre. Quizá sea necesaria una transfusión. —Y Amina—: Yo soy A; pero mi marido es O. —Y ahora llora, se derrumba, pero el médico sigue—: Ah; en ese caso, sabe usted si su hijo... —Pero ella, hija de médico, tiene que admitir que no puede responder a la pregunta: ¿Alfa u omega?—. Bueno, en ese caso, una prueba muy rápida; ¿y qué pasa con el RH? —Mi madre, a través de las lágrimas—: Tanto mi marido como yo tenemos el RH positivo. —Y el médico—: Bueno, bien, por lo menos eso.

Pero cuando estoy en la mesa de operaciones... —Siéntate ahí, hijo, te daré un anestésico local, no, señora, tiene una conmoción, una anestesia total sería imposible, está bien hijo, sólo tienes que mantener el dedo en alto y quieto, ayúdele enfermera, y acabaremos en un periquete... —mientras el cirujano está cosiendo el muñón y realizando el milagro de trasplantar las raíces de la uña, súbitamente hay una agitación en segundo plano, a millones de millas de distancia, y—: ¿Tiene usted un segundo señora Sinai? —y yo puedo oír muy bien... las palabras flotan a través de la distancia infinita... —Señora Sinai, ¿está usted segura? ¿O y A? ¿A y O? ¿Y RH positivo, los dos? ¿Heterocigótico u homocigótico? No, debe de haber algún error, cómo puede ser... Lo siento, absolutamente claro... negativo... y ni A ni... perdone, señora, pero es su hijo... no adoptado ni... —La enfermera del hospital se interpone entre yo y el parloteo a millas de distancia, pero no sirve de nada, porque ahora mi madre está chillando—: ¡Claro que tiene que creerme, doctor; Dios santo, *claro que es nuestro hijo*!

Ni A ni O. Y el factor RH: imposiblemente negativo. Y la cigosidad no ofrece pistas. Y, en la sangre, raros anticuerpos de Kell. Y mi madre, llorando, llorando-llorando, llorando... —No lo entiendo. Soy hija de médico, y no lo entiendo.

¿Me han desenmascarado Alfa y Omega? ¿Me señala rhesus con su dedo irrebatible? Y se verá obligada Mary Pereira a... Me despierto en un cuarto fresco, blanco, de persianas venecianas, con All-India Radio por compañía. Tony Brent canta: «Velas rojas en el crepúsculo.»

Ahmed Sinai, con el rostro devastado por el whisky y ahora por algo peor, está junto a la persiana veneciana. Amina, hablándole en susurros. Una vez más, fragmentos a través de millones de millas de distancia. *Janum*porfavor. Teloruego. No, qué dices. Naturalmente que sí. Naturalmente que eres él. Cómo puedes creer que yo. Quién hubiera podido. Ay Dios no te quedes ahí mirando. Lo juro lojuropormimadre. Y ahora shh está...

Una nueva canción de Tony Brent, cuyo repertorio es hoy extrañamente similar al de Wee Willie Winkie: «¿Qué vale el perrito del escaparate?» está en el aire, flotando sobre ondas de radio. Mi padre se adelanta hacia mi cama, se alza frente a mí, nunca lo he visto antes de esa forma. —*Abba*... —y él—: Hubiera tenido que darme cuenta. Basta con mirarlo, qué hay de mí en ese rostro. Esa nariz, hubiera tenido que... —Da media vuelta y sale de la habitación; mi madre lo sigue, demasiado aturdida ahora para susurrar—: No, *janum*, ¡no dejaré que creas eso de mí! ¡Me mataré! Lo haré —y la puerta se cierra tras ellos. Hay un ruido fuera: como una palmada. O una bofetada. La mayoría de las cosas que importan en la vida ocurren cuando uno no está.

Tony Brent empieza a canturrearme su último éxito en el oído bueno: y me asegura, melodiosamente, que «Pronto pasarán las nubes».

... Y ahora yo, Saleem Sinai, tengo la intención de dotarme brevemente de las ventajas de la visión retrospectiva; destruyendo las unidades y convenciones de la buena literatura, le doy a conocer lo que iba a venir, simplemente para que pueda pensar los siguientes pensamientos: «¡Oh eterna oposición entre lo interno y lo externo! Porque un ser humano, dentro de sí mismo, no tiene nada de total, nada de homogéneo; toda clase de cualesquieraquécosas están revueltas dentro de él, y es una persona en un momento y otra en el siguiente. El cuerpo, en cambio, es de lo más homogéneo. Indivisible, un traje de una pieza, templo sagrado si se quiere. Es importante conservar su totalidad. Pero la pérdida de mi dedo (que probablemente fue vaticinada por el dedo indicador del pescador de Raleigh), por no hablar de la supresión de algunos pelos de mi cabeza, lo ha desbaratado todo. Así entramos en un orden de cosas nada menos que revolucionario; y su efecto en la Historia está destinado a ser de lo más sorprendente. Descorchad el cuerpo, y Dios sabe lo que saldrá dando tumbos. De repente, sois para siempre distintos de los que erais; y el mundo se transforma de tal modo que los padres pueden dejar de ser padres, y el amor convertirse en odio. Y ésos, fijaos, son sólo los efectos en mi vida privada. Las consecuencias en la esfera de la actuación pública no son —no fueron—, como se verá, menos profundas.»

Finalmente, retirando mi don de presciencia, os dejo la imagen de un niño de diez años con un dedo vendado, sentado en una cama de hospital, meditando en la sangre y en ruidos-como-palmadas y en la expresión del rostro de su padre; haciendo lentamente un *zoom* hacia atrás para pasar a un plano largo, dejo que la música de la banda de sonido ahogue mis palabras, porque Tony Brent está llegando al término de su popurrí, y su canción de despedida es también la misma de Willie: «Buenas noches, señoras» es el nombre de esa canción. Y suena alegremente, suena, suena...

(Fundido en negro.)

EL CHICO DE KOLYNOS

Del *ayah* a la Viuda, he sido la clase de persona *a la que le hacen cosas*; pero Saleem Sinai, víctima perenne, sigue viéndose a sí mismo como protagonista. A pesar del delito de Mary; dejando aparte las tifoideas y el veneno de serpiente; descartando dos accidentes, en la cesta de colada y en la glorieta (cuando Sonny Ibrahim, maestro forzador de cerradura, dejó que los cuernos incipientes de mis sienes invadieran sus huecos de fórceps y, mediante esa combinación, me abrió la puerta de los hijos de la medianoche); no haciendo caso de los efectos del empujón de Evie ni de la infidelidad de mi madre; a pesar de haber perdido el pelo por la amarga violencia de Emil Zagallo y un dedo por las incitaciones relamidas de Masha Miovic; oponiéndome firmemente a todos los indicios en contrario, ampliaré ahora, al estilo y con la debida solemnidad de un hombre de ciencia, mi pretensión de ocupar un puesto en el centro de las cosas.

... Tu vida «será, en cierto modo, el espejo de la nuestra», me escribió el Primer Ministro, obligándome a enfrentarme científicamente con la pregunta: *¿De qué modo?* ¿Cómo, de qué forma, puede decirse que la carrera de un solo individuo se mezcla con el destino de una nación? Tengo que responder con adverbios y guiones: yo estaba ligado a la historia tanto literal como metafóricamente, tanto activa como pasivamente, en lo que nuestros científicos (admirablemente modernos) podrían denominar «modos de conexión» compuestos de «configuraciones dualmente combinadas» de las dos parejas de adverbios opuestos antes mencionados. Por eso son necesarios los guiones: activo-literalmente, pasivo-metafóricamente, activo-metafóricamente y pasivo-literalmente, yo estaba inextricablemente entrelazado con mi mundo.

Al notar el anticientífico desconcierto de Padma, vuelvo a las inexactitudes del lenguaje vulgar: por la combinación de «activo» y «literal» entiendo, naturalmente, todas mis acciones que directamente —*literalmente*— afectaron a acontecimientos históricos primordiales o alteraron su curso, por ejemplo la forma en que di a los manifestantes del idioma su grito de guerra. La unión de «pasivo» y «metafórico» abarca todas las tendencias y acontecimientos sociopolíticos que, simplemente con su existencia, me afectaron metafóricamente... por ejemplo, leyendo entre líneas el episodio titulado «El dedo indicador del pescador», percibiréis la conexión inevitable entre los intentos del Estado recién nacido por llegar rápidamente a una madurez total y mis propios esfuerzos tempranos y explosivos de crecimiento... Luego, «pasivo» y «literal», con un guión, comprende todos los momentos en que los acontecimientos nacionales tuvieron una influencia directa en mi vida y en la de mi familia... bajo ese epígrafe tendríais que poner la congelación de los bienes de mi padre, y también la explosión del depósito de Walkeshwar, que desencadenó la gran invasión de los gatos. Y finalmente, está el «modo» de lo «activo-metafórico», que agrupa las ocasiones en que las cosas hechas por, o que me hicieron a, mí se reflejaron en el macrocosmos de los asuntos públicos, y se vio que mi existencia privada estaba simbólicamente de acuerdo con la

Historia. La mutilación de mi dedo medio fue uno de esos casos, porque cuando me separaron de la punta del dedo y mi sangre (ni Alfa ni Omega) salió a borbotones, algo similar ocurrió con la Historia, y toda clase de cualesquieraquécosas comenzaron a llovernos a raudales; pero como la Historia actúa en mayor escala que ningún individuo, hizo falta un tiempo mucho más largo para volver a coserla y fregar el suelo.

«Pasivo-metafórica», «pasivo-literal» y «activo-metafórica»: la Conferencia de los Hijos de la Medianoche era las tres cosas; pero nunca fue lo que yo deseaba más que fuera; nunca actuamos en el primero, el más importante de los «modos de conexión». Lo «activo-literal» se nos escapó.

Transformaciones sin fin: un Saleem de nueve dedos ha sido llevado a la puerta del hospital de Breach Candy por una enfermera rubia y rechoncha, de rostro congelado en una sonrisa de aterradora falta de sinceridad. Él parpadea en el ardiente deslumbramiento del mundo exterior, tratando de fijar la vista en dos sombras que bailan viniendo hacia él desde el sol; —¿Lo ves? —le arrulla la enfermera—. Mira quién ha venido a buscarte, ¿eh? —Y Saleem comprende que algo horrible ha ocurrido con el mundo, porque su padre y su madre, que hubieran debido venir a recogerlo, se han transformado al parecer, en el camino, en su *ayah* Mary Pereira y su tío Hanif.

Hanif Aziz retumbaba como las sirenas de los buques en el puerto y olía como una antigua fábrica de tabaco. Yo lo quería muchísimo, por su risa, su barbilla sin afeitar, su aire de haber sido construido un tanto a la buena de Dios, y su falta de coordinación que hacía que todos sus movimientos estuvieran llenos de riesgo. (Cuando iba de visita a Buckingham Villa, mi madre escondía los jarrones de cristal tallado.) Los mayores nunca confiaban en que se comportaría con el debido decoro («¡Ojo con los comunistas!», bramaba, y ellos se ruborizaban), lo que creaba un lazo entre él y todos los niños... los niños de otros, porque él y Pia no tenían hijos. Mi tío Hanif, que un día, sin previo aviso, se daría un paseo por fuera de la terraza de su casa.

... Me da un fuerte golpe en la espalda, haciéndome caer hacia adelante en los brazos de Mary. —¡Eh, luchador! ¡Tienes buen aspecto! —Pero Mary, apresuradamente—: ¡Pero tan delgado, Jesús! ¿Te han dado de comer como es debido? ¿Quieres pudín de harina de maíz? ¿Plátano machacado con leche? ¿Te han dado patatas fritas? —... mientras Saleem mira a su alrededor este mundo nuevo en el que todo parece ir demasiado deprisa; su voz, cuando surge, suena aguda, como si alguien la hubiera acelerado—: ¿*Amma-abba*? —pregunta—. ¿El Mono? —Y Hanif brama—: ¡Sí, en perfecto estado de revista! ¡Este chico está realmente en plena forma! Vamos *phaelwan*: un paseo en el Packard, ¿eh? —Y Mary Pereira habla al mismo tiempo—: Pastel de chocolate —promete—, *laddoos*, *pista-ki-lauz*, *samosas* de carne, *kulfi*. Estás tan delgado, *baba*, que se te va a llevar el viento. —El Packard arranca; no tuerce a la altura de Warden Road para subir al altozano de dos pisos; y Saleem—: Hanif *mamu*, adónde... —No tiene tiempo de decirlo; Hanif ruge—: ¡Tu tía Pia nos espera! ¡Dios santo, ya verás como no lleguemos puntuales puntualísimos! —Su voz desciende conspiradoramente—: Montones —dice misteriosamente— de *diversión*. —Y Mary—: ¡*Arré baba* sí! ¡Qué filetes! ¡Y *chutney* verde!

—No el verde oscuro —digo yo, capturado por fin; el alivio se pinta en las mejillas de mis capturadores—. No no no —balbucea Mary—, verde claro, *baba*. Como te gusta a ti. —Y—: ¡Verde *pálido*! —vocifera Hanif—. ¡Dios santo, verde como los saltamontes!

Todo demasiado deprisa... ahora estamos en Kemp's Corner, los coches pasan a nuestro alrededor como balas... pero una cosa no ha cambiado. En su cartelera, el Chico de Kolynos hace su mueca, la eterna mueca de duende del chico del gorro verde y clorofílico, la mueca lunática del Chico intemporal, que estruja interminablemente un tubo inagotable de pasta de dientes en un cepillo de un verde brillante: *¡Conserva Los Dientes Limpios Conserva Los Dientes Brillantes! ¡Kolynos Blanquea Tus Dientes Muchísimo Antes...!* y quizá queráis pensar en mí también como en un Chico de Kolynos involuntario, estrujando crisis y transformaciones de un tubo sin fondo, exprimiendo el tiempo en mi cepillo metafórico; un tiempo limpio y blanco, con clorofila verde en las rayas.

Ése, pues, fue el comienzo de mi primer exilio. (Habrá un segundo, y un tercero.) Lo sufrí sin quejarme. Había adivinado, naturalmente, que había una pregunta que nunca debería hacer; que había sido prestado, como un cuaderno de historietas de la librería de segunda mano de Scandal Point, por un período indefinido; y que cuando mis padres quisieran que volviese, me enviarían a buscar. Cuando, o incluso si: porque me culpaba no poco de mi destierro. ¿No me había infligido una nueva deformidad que añadir a piernas torcidas nariz de pepino sienes abombadas mejillas con manchas? ¿No era posible que mi dedo mutilado hubiera sido (como casi lo había sido el anuncio de mis voces) la última gota para mis pacientes padres? ¿Que yo no fuera ya un aceptable riesgo financiero, que no valiera ya la inversión de su amor y de su protección...? Decidí recompensar a mi tío y mi tía por su amabilidad al aceptar una criatura tan lamentable como yo, desempeñar el papel de sobrino modelo y aguardar los acontecimientos. Había ocasiones en que hubiera querido que el Mono viniera a verme, o me llamase por lo menos por teléfono; pero el detenerme en esas cuestiones sólo servía para pinchar el globo de mi ecuanimidad, de forma que hice cuanto pude por alejarlas de mi mente. Además, el vivir con Hanif y Pia Aziz resultó ser exactamente lo que había prometido mi tío: montones de diversión.

Me daban todos los mimos que los niños esperan, y aceptan graciosamente, de los adultos sin hijos. Su piso, que daba a Marine Drive, no era grande, pero había un balcón desde el que yo podía dejar caer cáscaras de cacahuete en las cabezas de los transeúntes; no había ningún dormitorio para invitados, pero me ofrecieron un sofá blanco, deliciosamente blando, a rayas verdes (prueba temprana de mi transformación en el Chico de Kolynos); *ayah* Mary, que aparentemente me había seguido al exilio, dormía en el suelo a mi lado. Durante el día, ella me llenaba el estómago de los pasteles y dulces prometidos (pagados, creo ahora, por mi madre); hubiera debido ponerme enormemente gordo, pero había empezado una vez más a crecer en otras direcciones, y al terminar ese año de historia acelerada (cuando sólo tenía once años y medio) había alcanzado de hecho mi talla de adulto, como si alguien me hubiese apretado más fuerte que a ningún tubo de pasta de dientes, de forma que, bajo la presión, me hubieran salido pulgadas de altura. Salvado de la obesidad por el efecto Kolynos, disfruté del placer de mi tío y mi tía al tener un niño en la casa. Cuando derramaba 7-up en la alfombra o estornudaba en el plato, lo peor que decía mi tío era —¡Eh-tú! ¡Malo! —con su retumbante voz de buque, estropeando el efecto con una inmensa sonrisa. Entretanto, mi tita Pia se estaba convirtiendo en la siguiente de una larga serie de mujeres que me han embrujado y, finalmente, arruinado por completo.

(Debo decir que, mientras estaba en el apartamento de Marine Drive, mis testículos, abandonando la protección de mi pelvis, decidieron prematuramente y sin aviso dejarse caer en sus saquitos. Ese acontecimiento desempeñó también su papel en lo que siguió.)

Mi *mumani* —mi tita— la divina Pia Aziz: vivir con ella era existir en el corazón ardiente y pegajoso de una peliculilla de Bombay. En aquellos tiempos, la carrera de mi tío en el cine había entrado en un declive vertiginoso y, porque el mundo es así, la estrella de Pia había declinado al mismo tiempo que la de él. En su presencia, sin embargo, pensar en el fracaso era imposible. Privada de papeles cinematográficos, Pia había convertido su vida en una película de largo metraje, en la que yo aparecía en un número creciente de pequeños papeles. Yo era el Fiel Criado Personal: Pia en enaguas, con sus suaves caderas contoneándose ante mis ojos desesperadamente desviados, soltando una risita mientras sus ojos, brillantes de antimonio, relampagueaban imperiosamente... —Vamos, chico, por qué eres tan tímido, sostén esos pliegues del sari mientras me lo pongo. —Yo era también el Confidente de Confianza. Mientras mi tío se sentaba en un sofá de rayas clorofílicas, sudando sobre guiones que nadie filmaría jamás, yo escuchaba el soliloquio nostálgico de mi tía, tratando de mantener los ojos alejados de dos orbes imposibles, esféricos como melones y dorados como mangos: me refiero, como habréis adivinado, a los pechos adorables de Pia *mumani*. Mientras ella, sentada en la cama, con un brazo a través de su semblante, declamaba—: Chico, sabes, yo soy una gran actriz; ¡he interpretado muchos papeles importantes! ¡Pero mira lo que es el Destino! En otro tiempo, chico, Dios sabe quién habría suplicado literalmente venir a este apartamento; en otro tiempo, ¡los reporteros de *Filmfare* y de *Screen Goddess* habrían pagado sobornos para entrar! Sí, y bailaba, y me conocían muy bien en el restaurante

Venice... todos esos grandes músicos de *jazz* venían a sentarse a mis pies, sí, hasta ese Braz. Chico, después de *Los amantes de Cachemira*, ¿quién era la mayor estrella? No era Poppy; ni Vyjayantimala; ¡ni nadie! —Y yo asentía enérgicamente, no-naturalmente-nadie, mientras sus melones maravillosos y envueltos en piel se alzaban y... Con un grito dramático, ella continuaba—: Pero incluso entonces, en la época de nuestra fama que daba la vuelta al mundo, cuando cada película era unas bodas de oro, ¡ese tío tuyo empeñado en vivir en un piso de dos habitaciones como un empleado! Pero yo no armo jaleo; yo no soy como algunas de esas actrices baratas; vivo sencillamente y no pido Cadillacs, ni aparatos de aire acondicionado ni camas Dunlopillo de Inglaterra; ¡nada de piscinas con forma de bikini, como la de esa Roxy Vishwanatham! Aquí me he quedado como una mujer de las masas; aquí, ahora, ¡me pudro! Me pudro, rotundamente. Pero sé una cosa: mi rostro es mi fortuna, después de eso, ¿qué riquezas necesito? —Y yo, ansiosamente de acuerdo—: Ninguna, *Mumani*; ninguna en absoluto. —Ella dio un chillido frenético, que me penetró hasta por el oído ensordecido del sopapo—. ¡Sí, claro, también tú quieres que sea pobre! ¡Todo el mundo quiere que Pia lleve harapos! ¡Hasta ése, tu tío, escribiendo esos guiones aburridísimos! ¡Dios santo, le digo, mete bailes, o lugares exóticos! ¡Haz que tus villanos sean villanos, por qué no, haz que tus héroes sean hombres! Pero él me dice, no, todo eso es una birria, que ahora lo comprende... ¡aunque en otro tiempo no era tan orgulloso! ¡Ahora tiene que escribir sobre gente corriente y problemas sociales! Y yo le digo, sí, Hanif, hazlo, eso está bien; pero mete un poco de la comedia de siempre, algún bailecito para que lo baile tu Pia, y tragedia y melodrama también; ¡eso es lo que quiere el Público! —Tenía los ojos rebosantes de lágrimas—. ¿Y sabes lo que está escribiendo ahora? Sobre... —parecía que se le iba a romper el corazón— ¡... la Vida Ordinaria en una Fábrica de Encurtidos!

—Shh, *mumani*, shh —le ruego—. ¡Hanif *mamu* te va a oír!

—¡Que me oiga! —estalló, llorando ahora copiosamente—. ¡Que me oiga también su madre, en Agra; me harán morir de vergüenza!

A la Reverenda Madre nunca le había gustado su nuera actriz. Oí una vez cómo le decía a mi madre: —Para casarse con una actriz, comosellame, mi hijo ha hecho su cama en el arroyo, pronto, comosellame, ella le hará beber alcohol y también comer cerdo. —Finalmente, aceptó la inevitabilidad del enlace de mala gana; pero se dedicó a escribirle a Pia epístolas edificantes. «Escucha, hija», le escribió, «no te dediques a eso de ser actriz. ¿Por qué tener un comportamiento tan descocado? Trabajar, sí, las chicas tenéis ideas modernas, ¡pero bailar desnuda en la pantalla! Cuando sólo por una pequeña suma podrías adquirir la concesión de un buen puesto de gasolina. De mi propio bolsillo te conseguiría uno en dos minutos. Sentarse en una oficina, contratar encargados; ése es un trabajo como es debido». Ninguno de nosotros supo nunca de dónde había sacado la Reverenda Madre su sueño de puestos de gasolina, que serían una obsesión creciente en su vejez; pero bombardeaba a Pia con ellos, con gran indignación de la actriz.

—¿Por qué no me dice esa mujer que sea taquimecanógrafa? —se nos lamentó Pia a Hanif y Mary y a mí en el desayuno—. ¿Por qué no chófer de taxi, o hiladora? ¡Os lo aseguro, eso de las bombas-rebombas me pone frenética!

Mi tío se estremeció, al borde (por una vez en su vida) de la cólera. —Hay un niño —dijo— y ella es tu madre; un poco de respeto.

—Mi respeto lo tiene —Pia salió enfadada de la habitación—, pero *se acabó la gasolina*.

411

... Y mi papelito más apreciado de todos era el que yo interpretaba cuando, durante las habituales partidas de cartas de Pia y Hanif con sus amigos, era promovido al puesto sagrado del hijo que ella nunca tuvo. (Hijo de una unión desconocida, he tenido más madres que hijos tienen la mayoría de las madres; el dar a luz padres ha sido uno de mis más raros talentos: una especie de fecundidad al revés, fuera del control de la anticoncepción, y hasta de la Viuda misma.) Cuando había visitas, Pia Aziz exclamaba: —Mirad, amigos, ¡aquí está mi príncipe heredero! ¡La piedra preciosa de mi anillo! ¡La perla de mi collar! —Y me atraía hacia ella, acunándome la cabeza, de forma que mi nariz se veía proyectada contra su pecho y anidaba maravillosamente entre los blandos almohadones de su indescriptible... incapaz de hacer frente a esas delicias, yo apartaba la cabeza. Pero era su esclavo; y ahora sé por qué se permitía esas familiaridades conmigo. Prematuramente testiculado, en rápido crecimiento, yo mostraba sin embargo (fraudulentamente) la insignia de la inocencia sexual: Saleem Sinai, durante su estancia en casa de su tío, seguía llevando pantalones cortos. Mis rodillas desnudas eran para Pia la prueba de mi infantilidad; engañada por los calcetines cortos, me apretaba la cara contra sus pechos mientras su perfecta voz de *sitar* me susurraba en el oído bueno: —Niño, niño, no tengas miedo; pronto pasarán tus nubes.

Para mi tío, así como para mi histriónica tía, yo representaba (con refinamiento creciente) el papel de hijo sustitutivo. A Hanif Aziz se le veía durante el día en el sofá a rayas, con un lápiz y un cuaderno en la mano, escribiendo su épica de los encurtidos. Vestía su *lungi* usual flojamente enrollado a la cintura y sujeto con un enorme imperdible; las piernas le salían peludamente de los pliegues. Sus uñas llevaban las manchas de una vida de Gold Flakes; las de sus pies parecían igualmente descoloridas. Me lo imaginé fumando cigarrillos con los dedos de los pies. Muy impresionado por esa visión, le pregunté si realmente podía realizar la hazaña; y, sin decir palabra, insertó un Gold Flake entre el dedo gordo del pie y su compañero y se retorció con extrañas contorsiones. Aplaudí a rabiar, pero él pareció un poco dolorido el resto del día.

Yo atendía a sus necesidades como haría un buen hijo, vaciando ceniceros, afilando lápices, trayéndole agua para beber; mientras él, que después de sus comienzos fabulosos había recordado que era hijo de su padre y se había dedicado a luchar contra todo lo que supiera a irreal, garrapateaba su desafortunado guión.

—Hijito Jim —me informó— este puñetero país lleva soñando cinco mil años. Ya es hora de que empiece a despertarse. —Hanif era aficionado a echar denuestos contra príncipes y demonios, dioses y héroes, contra, en realidad, toda la iconografía de las peliculillas de Bombay; en el templo de las ilusiones, se había convertido en el sumo sacerdote de la realidad; en tanto que yo, consciente de mi naturaleza milagrosa, que me hacía participar sin atenuación posible en la (despreciada por Hanif) vida mítica de la India, me mordía los labios y no sabía a donde mirar.

Hanif Aziz, el único escritor realista que trabajaba en la industria del cine de Bombay, estaba escribiendo la historia de una fábrica de encurtidos creada, dirigida y administrada totalmente por mujeres. Había largas escenas en que se describía la formación de un sindicato; había descripciones detalladas del proceso de encurtido. Interrogaba a Mary Pereira sobre recetas; discutían, durante horas, la mezcla perfecta de limón, lima y *garam masala*. Es irónico que ese archidiscípulo del naturalismo fuera un profeta tan hábil (aunque inconsciente) de los destinos de su propia familia; en los besos indirectos de *Los amantes de Cachemira* predijo los encuentros de mi madre y su Nadir-Qasim en el Pioneer Café; y en su guión no filmado sobre el *chutney* había también escondida una profecía de la mayor exactitud.

Asediaba a Homi Catrack con sus guiones. Catrack no producía ninguno de ellos; los guiones se extendían por el pequeño apartamento de Marine Drive, cubriendo todas las superficies disponibles, de forma que había que quitarlos del asiento del retrete para poder levantar la tapa; pero Catrack (¿por caridad? ¿O por otra razón, que-pronto-se-revelará?) le pagaba a mi tío un sueldo del estudio. Así era como sobrevivían, Hanif y Pia, por la generosidad del hombre que, con el tiempo, se convertiría en el segundo ser humano asesinado por un Saleem que crecía aceleradamente.

Homi Catrack le suplicaba: —¿Quizá sólo una escena de amor? —Y Pia—: ¿Pero qué te crees, que la gente de los pueblos va a pagar sus buenas rupias para ver mujeres encurtiendo Alfonsos? —Sin embargo Hanif, obstinadamente—: Es una película sobre el trabajo, no sobre los besos. Y nadie encurte Alfonsos. Hay que utilizar mangos de hueso más grande.

El fantasma de Joe D'Costa, por lo que sé, no siguió a Mary Pereira al exilio; sin embargo, su ausencia sólo sirvió para aumentar la inquietud de Mary. Empezó a temer, en aquellos tiempos de Marine Drive, que se hiciera visible a otros además de a ella, y que les revelara, en su ausencia, los horribles secretos de lo que ocurrió en la Clínica Privada del doctor Narlikar la noche de la Independencia. De forma que, todas las mañanas, abandonaba el apartamento en un estado de preocupación temblorosa como la jalea, y llegaba a Buckingham Villa al borde del colapso; sólo cuando veía que Joe había permanecido tanto invisible como silencioso descansaba. Pero después de volver a Marine Drive, cargada de *samosas* y pasteles y *chutneys*, su inquietud comenzaba a crecer de nuevo... sin embargo, como yo había resuelto (al tener suficientes problemas propios) mantenerme alejado de todas las cabezas, excepto las de los Hijos, no comprendía por qué.

El pánico llama al pánico; en sus viajes, sentada en autobuses atestados (acababan de suprimir los tranvías), Mary oía toda clase de rumores y chismorreos, que me transmitía como hechos absolutamente reales. Según Mary, el país se enfrentaba con una especie de invasión sobrenatural. —Sí, *baba*, ¡dicen que en Kurukshetra una vieja *sikh* se despertó en su cabaña y vio que la antigua guerra de los kurus y los pandavas se estaba desarrollando afuera! Salió en los periódicos y todo, ¡ella indicó el lugar donde vio los carros de Arjun y de Karna, y realmente había marcas de ruedas en el barro! *Baap-re-baap*, tantas cosas tan malas: en Gwalior han visto el fantasma de la Rani de Jhansi; se han visto *rakshasas* de muchas cabezas como Ravana, haciéndoles cosas a las mujeres y tirando abajo árboles con un dedo. Yo soy una buena cristiana, *baba*; pero me da miedo cuando me dicen que se ha encontrado la tumba de Jesucristo Nuestro Señor en Cachemira. En la lápida está la huella dos pies horadados, y una pescadera del lugar ha jurado que los vio sangrar —¡sangre de verdad, Dios nos proteja!— el Viernes Santo... ¿qué está ocurriendo, *baba*, por qué esas cosas viejas no pueden quedarse muertas sin atormentar a las gentes honradas? —Y yo, con los ojos muy abiertos, la escuchaba; y, aunque mi tío Hanif se reía a carcajadas, sigo estando hoy medio convencido de que, en aquella época de acontecimientos acelerados y horas enfermas, el pasado de la India se alzó para confundir a su presente; el Estado secular recién nacido estaba recibiendo un impresionante recordatorio de su fabulosa antigüedad, en la que la democracia y el voto de la mujer no tenían nada que hacer... de forma que la gente se vio acometida por deseos atávicos y, olvidando el nuevo mito de la libertad, volvió a sus viejas costumbres, a sus viejas lealtades y prejuicios regionalistas, y el poder político comenzó a agrietarse. Como decía antes: cortad sólo la punta de un dedo y no sabréis qué fuentes de confusión podéis desatar.

—Y se ha visto, *baba*, cómo vacas se desvanecían en el aire; ¡puf! y en las aldeas, los campesinos se mueren de hambre.

Fue también en esa época cuando yo estuve poseído por un extraño demonio; pero, a fin de que me comprendáis bien, tengo que empezar mi relato por el episodio de una velada inocente, en la que Hanif y Pia habían reunido a un grupo de amigos para jugar a las cartas.

Mi tita tenía tendencia a exagerar; porque, aunque *Filmfare* y *Screen Goddess* brillaban por su ausencia, la casa de mi tío seguía siendo un sitio popular. En las tardes de cartas, le reventaban las costuras de músicos de *jazz* que cotilleaban sobre peleas y recensiones en revistas americanas, y cantantes que llevaban en el bolso nebulizadores para la garganta, y miembros de la compañía de baile Uday Shankar, que estaba tratando de encontrar un nuevo estilo que fusionara el *ballet* occidental con el *bharatanatyam*; había músicos contratados para actuar en el festival de música de All-India Radio, el Sangeet Sammelan; había pintores que discutían violentamente entre sí. El aire estaba lleno de cháchara política y de la otra. «De hecho, ¡soy el único artista de la India que pinta con auténtico sentido del compromiso ideológico!» «Oh, qué lástima lo de Ferdy, nunca tendrá otra orquesta después de esto.» «¿Menon? No me hable de Krishna. Yo lo conocí cuando tenía principios. Por mi parte, nunca he abandonado a...» «... *Ohé*, Hanif, *yaar*, ¿por qué no vemos ya a Lal Qasim por aquí?» Y mi tío, mirándome inquieto—: Shh... ¿qué Qasim? No conozco a nadie que se llame así.

... Y, mezclándose con el barullo del apartamento estaban el color y el ruido de Marine Drive: paseantes con perros, que compraban *chambeli* y *channa* a los vendedores ambulantes; los gritos de los mendigos y los vendedores de *bhel-puri*; y las luces que se encendían en un gran collar que se curvaba, rodeando y subiendo a Malabar Hill... Yo me quedaba en el balcón con Mary Pereira, volviendo mi oído malo hacia los rumores susurrados, con la ciudad a mi espalda y el tropel de jugadores, amontonado y parloteante, ante mis ojos. Y un día, entre los jugadores de cartas, reconocí la figura ascética y de ojos hundidos del señor Homi Catrack. El cual me saludó con cordialidad forzada: —¡Hola, chaval! ¿Qué tal te va? ¡Muy bien, muy bien, claro!

Mi tío Hanif jugaba al rami con dedicación; pero era esclavo de una obsesión curiosa... a saber, la de estar decidido a no poner sobre el tapete su juego hasta completar una escalera de trece corazones. Siempre corazones; todo corazones y nada más que corazones. En su búsqueda de esa perfección inalcanzable, mi tío se descartaba de tríos perfectamente aceptables y de escaleras enteras de picas tréboles diamantes, para ruidoso regocijo de sus amigos. Oí al renombrado tocador de *shehnai* Ustad Changez Khan (que se teñía el pelo, de forma que, en las noches calurosas, se le coloreaba la parte superior de las orejas por el fluido negro que le corría) decirle a mi tío: —Vamos, señor; déjese de corazones, y juegue como todo el mundo. —Mi tío se enfrentó con la tentación; y luego su voz retumbó sobre el jaleo—: No, maldita sea, ¡váyase al diablo y déjeme jugar como quiera! —Jugaba a las cartas como un imbécil; pero yo, que nunca había visto una determinación semejante, sentí ganas de aplaudirle.

Uno de los habituales de las legendarias veladas de

cartas de Hanif Aziz era un fotógrafo de plantilla del *Times of India*, que sabía montones de anécdotas agudas y de historias groseras. Mi tío me lo presentó: —Éste es el tipo que te puso en primera página, Saleem. Éste es Kalida Gupta. Un fotógrafo horrible; un tipo realmente *badmaash*. No hables mucho con él; ¡hará que la cabeza te dé vueltas de tantos escándalos! —Kalida tenía una cabeza de pelo plateado y nariz de águila—. ¿De veras que sabe escándalos? —le pregunté; pero todo lo que me dijo fue—: Hijo, si te los contara, te arderían las orejas. —Sin embargo, nunca descubrió que el genio malo, la *éminence grise* que había detrás del mayor escándalo que la ciudad había conocido no era otro que Saleem Mocoso... Pero no debo adelantarme. El asunto de la curiosa porra del Comandante Sabarmati debe ser contado en su debido lugar. No hay que permitir que los efectos (a pesar de la naturaleza tergiversadora del tiempo en 1958) precedan a las causas.

Yo estaba solo en el balcón. Mary Pereira estaba en la cocina ayudando a Pia a preparar bocadillos y *pakoras* de queso; Hanif Aziz estaba absorto en su búsqueda de trece corazones; y entonces el señor Homi Catrack vino y se puso a mi lado. —Respirando el aire —dijo—. Sí, señor —le contesté—. Vaya —exhaló profundamente—. Vaya, vaya. ¿Así que la vida te trata bien? Eres un chico estupendo. Choca esa mano. —Una mano de diez años (la mano izquierda; mi mutilada mano derecha cuelga inocentemente al costado) es tragada por el puño del magnate del cine... y ahora sufro una conmoción. Mi mano izquierda nota cómo le meten un papel... ¡un papel siniestro, introducido por un puño diestro! La presa de Catrack aumenta; su voz se hace baja, pero también como de cobra, sibilante; inaudibles en la habitación del sofá de rayas verdes, sus palabras penetran en mi único oído bueno—: Dale eso a tu tita. En secreto secreto. ¿Sabrás hacerlo? Y ni una palabra; o mandaré a la policía para que te corte la lengua. —Y ahora, en voz alta y alegremente—: ¡Muy bien! ¡Me alegro de verte de tan buen humor! —Homi Catrack me da golpecitos en la cabeza; y se vuelve a su juego.

Amenazado por los policías, he guardado silencio durante dos decenios; pero ya no. Ahora tiene que saberse todo.

El tropel jugador se desbandó pronto: —Este chico tiene que dormir —susurró Pia—. Mañana vuelve al colegio. —Yo no tuve oportunidad de estar solo con mi tía; me arroparon en el sofá con la nota todavía metida en el puño izquierdo. Mary estaba dormida en el suelo... Decidí fingir una pesadilla. (La tortuosidad no me era natural.) Desgraciadamente, sin embargo, estaba tan cansado que me quedé dormido; y, en ese caso, no tuve necesidad de fingir: porque soñé con el asesinato de mi compañero de colegio Jimmy Kapadia.

... Estamos jugando al fútbol en la escalera principal del colegio, sobre baldosas rojas, resbalándonos deslizándonos. Hay una cruz negra en las baldosas: «No debéis deslizaros por la barandilla, muchachos, esa cruz marca el sitio en que un chico cayó.» Jimmy juega al fútbol sobre la cruz. «La cruz es mentira», dice Jimmy, «te dicen mentiras para estropearte la diversión». Su madre lo llama por teléfono. «No juegues, Jimmy, tu corazón.» La campana. El teléfono, colgado de nuevo, y ahora la campana... Bolitas empapadas de tinta manchan el aire de la clase. El Gordo Perce y Glandulitas Keith se divierten. Jimmy necesita un lápiz, me pincha las costillas. «Eh tú, tienes un lápiz, dámelo. Dos segundos, oye.» Se lo doy. Entra Zagallo. La mano de Zagallo se alza pidiendo silencio: ¡mirad cómo le crece mi pelo en la palma de la mano! Zagallo con un sombrero puntiagudo de soldado de hojalata... Tengo que recuperar mi lápiz. Estirando el dedo, le doy un empujón a Jimmy. «Señor, por favor mire señor, ¡Jimmy se ha caído!» «Señor, ¡yo vi cómo Mocoso lo empujaba!» «¡Mocoso ha matado a Kapadia, señor!» «¡No juegues Jimmy, tu corazón!» «Callaoss», grita Zagallo, «serrad la boca, inmundisia de la selva».

Jimmy como un bulto en el suelo. «Señor señor por favor señor ¿pondrán una cruz?» Me pidió prestado un lápiz, lo empujé, se cayó. Su padre es conductor de taxi. Ahora el taxi entra en la clase; un bulto *dhobi* es metido en el asiento trasero, allá va Jimmy. Ding, una campana. El padre de Jimmy baja la bandera del taxi. El padre de Jimmy me mira: «Mocoso, tendrás que pagar tú el precio de la carrera.» «Pero por favor señor no tengo dinero señor.» Y Zagallo: «Te lo cargaremos en cuenta.» Mirad mi pelo en la mano de Zagallo. De los ojos de Zagallo salen llamas a raudales. «Quinientoss milioness, ¿qué importa un muerto?» Jimmy está muerto; quinientos millones siguen vivos. Yo empiezo a contar: uno dos tres. Los números marchan sobre la tumba de Jimmy. Un millón dos millones tres millones cuatro. A quién le importa que alguien, que alguien muera. Cien millones y uno dos tres. Los números marchan ahora por la clase. Aplastando apisonando doscientos millones tres cuatro cinco. Quinientos millones siguen vivos. Y sólo yo...

... En la oscuridad de la noche, me desperté del sueño de la muerte de Jimmy Kapadia, que se convirtió en el sueño de la aniquilación-por-el-número, chillando gritando aullando, pero todavía con el papel en el puño; y una puerta se abrió de pronto, para dar paso a mi tío Hanif y a mi tía Pia. Mary Pereira trató de consolarme, pero Pia fue imperiosa, era un divino remolino de enaguas y *dupatta*, y me acunó entre sus brazos: —¡No te preocupes! ¡Diamante mío, no te preocupes más! —Y el tío Hanif, soñolientamente—: ¡Eh, *phaelwan*! Todo está arreglado ahora; vamos, ven con nosotros; ¡trae al chico, Pia! —Y ahora estoy seguro en los brazos de Pia—. ¡Sólo por esta noche, perla mía, puedes dormir con nosotros! —... y ahí estoy yo, acurrucado entre tía y tío, apretado contra las curvas perfumadas de mi *mumani*.

Imaginaos, si podéis, mi súbita alegría; ¡imaginaos con qué rapidez huyó la pesadilla de mis pensamientos, mientras me arrimaba a las extraordinarias enaguas de mi tía! ¡Mientras ella cambiaba de postura para ponerse cómoda, y un melón dorado me acariciaba la mejilla! Mientras la mano de Pia buscaba la mía y la sujetaba firmemente... entonces cumplí mi obligación. Cuando la mano de mi tía envolvió la mía, el papel pasó de una palma a otra. Sentí cómo ella se ponía rígida, silenciosamente; luego, aunque me arrimé cada vez más más más, la perdí; ella estaba leyendo en la oscuridad, y la rigidez de su cuerpo aumentaba; y entonces, súbitamente, supe que me habían engañado, que Catrack era mi enemigo; y sólo la amenaza de la policía me impidió contárselo a mi tío.

(En el colegio, al día siguiente, me contaron la trágica muerte de Jimmy Kapadia, súbitamente, en su casa, de un ataque de corazón. ¿Se puede matar a un ser humano soñando su muerte? Mi madre lo decía siempre; y, en ese caso Jimmy Kapadia fue mi primera víctima. Homi Catrack sería la próxima.)

Cuando volví de mi primer día en el colegio, habiendo disfrutado de la insólita timidez del Gordo Perce y de Glandulitas Keith («Oye, *yaar*, ¿cómo íbamos a saber que tenías el dedo en...? eh, tú, tenemos entradas para ir al cine mañana, ¿quieres venir?») y de mi popularidad, igualmente inesperada («¡Se acabó Zagallo! ¡Muy bien, tú! ¡Perdiste el pelo por algo que valía la pena!»), la tía Pia había salido. Me senté silenciosamente con el tío Hanif, mientras, en la cocina, Mary Pereira preparaba la cena. Era una pacífica escena familiar; pero la paz se vio rota, abruptamente, por el estrépito de un portazo. Hanif dejó caer el lápiz, mientras Pia, después de haber dado el portazo con la puerta delantera, abría la puerta del cuarto de estar con idéntica fuerza. Él tronó alegremente: —Bueno, mujer, ¿cuál es la tragedia? —... Pero Pia no estaba dispuesta a dejarse desactivar—. Garrapateos —dijo, cortando el aire con la mano—. ¡Por Alá, déjame hablar! Tanto talento, que en esta casa no se puede ir al retrete sin encontrarse con tu genio. ¿Eres feliz, esposo? ¿Ganamos mucho dinero? ¿Te abruma Dios con sus bondades? —Hanif siguió alegre a pesar de todo—. Vamos, Pia, nuestro pequeño invitado está aquí. Siéntate, tómate un té... —La actriz Pia se congeló en una actitud de incredulidad—. ¡Dios santo! ¡A qué familia he venido a parar! ¡Mi vida está en ruinas, y tú me ofreces té; y tu madre gasolina! Todo es una locura... —Y el tío Hanif, frunciendo ahora el ceño—: Pia, el chico... —Un alarido—. ¡Ajááá! El chico... ese chico ha sufrido; sufre ahora; ¡sabe lo que es perder, sentirse solo! A mí también me han abandonado: soy una gran actriz y aquí estoy, ¡rodeada de historias de carteros en bicicleta y conductores de carritos tirados por burros! ¿Qué sabes tú del dolor de una mujer? Quédate ahí, quédate, deja que algún productor de cine parsi, gordo y rico, te dé limosna, no te importe que tu mujer lleve alhajas de pacotilla y no haya tenido un nuevo sari en años; las espaldas de una mujer son anchas, pero, querido esposo, ¡tú has convertido mi vida en un desierto! ¡Vamos, no me hagas caso ahora, déjame saltar en paz por la ventana! Me iré al dormitorio —terminó— y si no oyes nada más es que el corazón se me ha partido y estoy muerta. —Hubo más portazos: fue un mutis espléndido.

El tío Hanif rompió un lápiz, distraídamente, en dos pedazos. Sacudió la cabeza perplejo: —¿Qué mosca la habrá picado? —Pero yo lo sabía. Yo, el portador de secretos, amenazado por policías, lo sabía y me mordí los labios. Porque, atrapado como estaba por la crisis del matrimonio de mi tío y mi tía, había roto mi reciente regla y penetrado en la cabeza de Pia; la había visto ir a ver a Homi Catrack y sabía que, desde hacía años, había sido su querida; le había oído a él decirle a ella que se había cansado de sus encantos, y que ahora había otra; y yo, que lo hubiera odiado ya mucho por seducir a mi querida tía, me encontré odiándolo apasionadamente dos veces más por hacerle el deshonor de abandonarla.

—Vete con ella —dijo mi tío—. Quizá puedas animarla.

El niño Saleem atraviesa las puertas repetidas veces golpeadas para llegar al santuario de su trágica tía; y entra, y encuentra el más encantador de los cuerpos echado, en maravilloso abandono, de través en el lecho conyugal... donde, sólo la pasada noche, los cuerpos se acurrucaban contra los cuerpos... donde un papel pasó de mano en mano... una mano revolotea ahora junto al corazón de ella; su pecho palpita; y el muchacho Saleem tartamudea: —Tía, ay tía, lo siento.

Un gemido de *banshee* desde el lecho. Unos brazos de actriz trágica se levantan, tendiéndose hacia mí. —¡Hai! ¡Hai, hai! ¡*Ai*-hai-hai! —Sin necesidad de más invitaciones me precipito en esos brazos; me arrojo entre ellos, quedándome encima de mi doliente tía. Los brazos se cierran a mi alrededor, apretándome cada vez másmás, sus uñas se clavan a través de mi camisa de un blanco escolar, ¡pero no me importa...! Porque algo ha empezado a darme punzadas bajo el cinturón de hebilla en forma de S. La tía Pia se agita debajo de mí en su desesperación y yo me agito con ella, acordándome de mantener mi mano derecha fuera de juego. Mantengo la mano rígida por encima de la refriega. Con una sola mano, empiezo a acariciarla a ella sin saber lo que hago, sólo tengo diez años y todavía llevo pantalones cortos, pero estoy llorando porque ella está llorando, y la habitación está llena de ruidos... y en la cama, mientras dos cuerpos se agitan, dos cuerpos empiezan a adquirir una especie de ritmo, innombrable impensable, unas caderas empujan hacia mí, mientras ella grita—: ¡Ay! ¡Ay Dios, ay Dios, ay! —Y quizá yo grito también, no puedo decirlo, algo está sustituyendo aquí al dolor, mientras mi tío parte lápices en un sofá a rayas, algo se está haciendo más fuerte, mientras ella se retuerce y se contorsiona debajo de mí, y por fin, dominado por una fuerza mayor que mi fuerza, bajo la mano derecha, me he olvidado del dedo, y cuando toca su pecho y la herida aprieta contra la piel...

—¡Yaaaouuuu! —grito de dolor; y mi tía, recuperándose del embrujo macabro de esos momentos, me aparta de un empujón y me sacude una resonante bofetada. Afortunadamente, es mi mejilla izquierda; no hay riesgo de daños en el oído bueno que me queda—. ¡*Badmaash!* —grita mi tita—. Qué familia de maníacos y pervertidos, ay de mí, ¿qué mujer ha sufrido tanto?

Hay una tos en la puerta. Yo me pongo de pie, temblando de dolor. Pia se pone también de pie, con el cabello chorreándole de la cabeza como si fuera lágrimas. Mary Pereira está en la puerta, tosiendo, con un desconcierto escarlata por toda la piel, sosteniendo un paquete de papel de estraza en las manos.

—Mira, *baba*, lo que se me ha olvidado —consigue decir por fin—. Ahora eres un hombre: mira, tu madre te manda estos dos pares de bonitos pantalones largos blancos.

Después de dejarme llevar indiscretamente al tratar de animar a mi tía, me resultó difícil quedarme en el apartamento de Marine Drive. En los días que siguieron se hicieron regularmente largas e intensas llamadas telefónicas; Hanif convencía a alguien, mientras Pia gesticulaba, de que quizá ahora, después de cinco semanas... y una noche, después de volver del colegio, mi madre me recogió en nuestro viejo Rover, y mi primer exilio terminó.

Ni en el viaje a casa, ni en ningún otro momento, se me dio ninguna explicación de mi exilio. Decidí, por consiguiente, que no iba a ser yo quien preguntara. Ahora llevaba pantalones largos; por lo tanto era un hombre, y tenía que soportar mis preocupaciones como tal. Le dije a mi madre: —El dedo no está mal. Hanif *mamu* me ha enseñado a coger la pluma de otra forma, de modo que puedo escribir bien. —Ella parecía muy concentrada en la carretera—. Han sido unas vacaciones muy bonitas —añadí, educadamente—. Gracias por mandarme.

—Ay niño —estalló ella—, con esa cara tuya como el sol naciente, ¿qué te puedo decir? Sé bueno con tu padre; no es feliz estos días. —Le dije que trataría de ser bueno; ella pareció perder el control del volante y pasamos peligrosamente cerca de un autobús—. Qué mundo éste —dijo al cabo de un rato—. Ocurren cosas horribles y no se sabe cómo.

—Yo lo sé —asentí—. *Ayah* me lo ha dicho. —Mi madre me miró con temor, y luego miró fijamente a Mary, en el asiento trasero—. Tú, mujer mala —exclamó—, ¿qué le has dicho? —Yo le hablé de las historias de Mary sobre acontecimientos milagrosos, pero los horribles rumores parecieron tranquilizar a mi madre—. ¿Qué sabes tú? —suspiró—. Sólo eres un niño.

¿Qué sé yo, *Amma*? ¡Sé todo lo del Pioneer Café! De pronto, mientras íbamos a casa en el coche, me sen-

tí otra vez lleno de mi reciente deseo de vengarme de mi
pérfida madre, un deseo que se había apagado en la luz
deslumbrante de mi exilio, pero que ahora regresaba,
unido a mi recién nacido odio hacia Homi Catrack. Esa
pasión bicéfala fue el demonio que se apoderó de mí y
me empujó a hacer lo peor que he hecho nunca...
—Todo se arreglará —dijo mi madre—. Ya verás.

Sí, madre.

Se me ocurre que no he dicho nada, en todo este fragmento, acerca de la Conferencia de los Hijos de la Medianoche; pero, para decir la verdad, no me parecían
muy importantes en aquellos tiempos. Tenía otras cosas en que pensar.

LA PORRA DEL COMANDANTE
SABARMATI

Unos meses más tarde, cuando Mary Pereira confesó por fin su delito, revelando los secretos de su persecución durante once años por el fantasma de Joseph D'Costa, supimos que, después de volver del exilio, se llevó una gran conmoción por el estado en que había caído el fantasma en su ausencia. Había empezado a desintegrarse, de forma que ahora le faltaban pedazos: una oreja, varios dedos de cada pie, la mayoría de los dientes; y tenía un agujero en el estómago mayor que un huevo. Afligida por aquel espectro en ruinas, ella le preguntó (cuando estaba segura de que nadie podía oírlos): —Dios santo, Joe, ¿qué te pasa? —Él respondió que la responsabilidad del delito de Mary había recaído claramente sobre sus espaldas hasta que ella confesara, y le estaba estropeando el organismo. A partir de ese momento, resultó inevitable que ella confesara; pero cada vez que me miraba se daba cuenta de que no podía hacerlo. Sin embargo, era sólo cuestión de tiempo.

Entretanto, e ignorante por completo de lo cerca que estaba de ser descubierto como impostor, intentaba adaptarme a la Hacienda de Methwold, en la que se habían producido también cierto número de transformaciones. En primer lugar, mi padre parecía no querer

427

saber nada de mí, actitud mental que yo encontraba hiriente pero (teniendo en cuenta mi cuerpo mutilado) totalmente comprensible. En segundo lugar, estaba el notable cambio de suerte del Mono de Latón. «Mi posición en esta familia», tuve que reconocer para mis adentros, «ha sido usurpada». Porque ahora era al Mono a la que admitía mi padre en el santuario abstracto de su oficina, al Mono a la que sofocaba contra su fofa barriga, y ella la que se veía obligada a soportar la carga de sus sueños sobre el futuro. Hasta oigo a Mary Pereira cantarle al Mono la cantilena que había sido siempre mi tema musical: «Todo lo que quieras ser», cantaba Mary, «lo serás; ¡Podrás ser todo lo que quieras ser!» Incluso mi madre parecía haberse contagiado; y ahora era mi hermana la que siempre recibía la porción mayor de patatas fritas en la mesa, y la segunda ración de *nargist kofta*, y el *pasanda* más elegido. En tanto que yo —siempre que alguien de la casa me miraba por casualidad— tenía conciencia del profundo surco que había entre sus cejas, y de una atmósfera de desconcierto y desconfianza. Pero, ¿cómo podía quejarme? El Mono había tolerado mi posición especial durante años. Con la posible excepción de la ocasión en que me caí de un árbol del jardín después de darme ella un codazo (lo que, después de todo, pudo ser un accidente), ella había aceptado mi supremacía con el mejor talante y hasta con lealtad. Ahora me tocaba a mí; con mis pantalones largos, tenía que comportarme como un adulto en relación con mi degradación. «Esto de crecer», me dije a mí mismo, «resulta más duro de lo que creía».

El Mono, todo hay que decirlo, no estaba menos asombrada por su ascenso al papel de niña predilecta. Hacía cuanto podía para caer en desgracia, pero, al parecer, no podía hacer nada que estuviera mal. Aquéllos fueron los tiempos de su coqueteo con el cristianismo, que se debió en parte a la influencia de sus amigas europeas del colegio y en parte a la presencia rezadora

428

de rosarios de Mary Pereira (que, incapaz de ir a la iglesia por miedo al confesionario, nos obsequiaba en cambio con historias bíblicas); sin embargo, creo que mayormente fue un intento del Mono por volver a ocupar su antigua y cómoda posición en la perrera de la familia (y, hablando de perros, durante mi ausencia, la Baronesa Simki había sido sacrificada, asesinada por su promiscuidad).

Mi hermana hablaba entusiásticamente del dulce Jesús, manso y bondadoso; mi madre sonreía vagamente y le daba palmaditas en la cabeza. El Mono daba vueltas por la casa tarareando himnos; mi madre se aprendía las melodías y cantaba con ella. Pidió un traje de monja para sustituir a su disfraz favorito de enfermera; se lo dieron. Ensartaba garbanzos en un hilo y los utilizaba como rosario, musitando Dios-te-salve-María-llena-eres-de-gracias, y mis padres elogiaban su habilidad con las manos. Atormentada por no ser castigada, llegó a extremos de fervor religioso, recitando el Padre Nuestro por la mañana y por la noche, ayunando en las semanas de Cuaresma en lugar de en el Ramadán, y revelando una vena de fanatismo insospechada que, más adelante, comenzaría a dominar su personalidad; y sin embargo, al parecer, la toleraban. Finalmente, discutió la cuestión conmigo. —Bueno, hermano —me dijo—, por lo visto, desde ahora yo tendré que ser la niña buena, y tú serás el que se divierta.

Probablemente tenía razón; la aparente falta de interés de mis padres por mí hubiera debido darme mayor libertad; pero yo estaba hipnotizado por las transformaciones que se estaban produciendo en todos los aspectos de mi vida, y divertirse, en esas circunstancias, parecía difícil. Estaba cambiando físicamente; demasiado pronto, me estaba apareciendo en la barbilla una pelusilla suave, y mi voz se movía, incontrolada, subiendo y bajando por todo el registro vocal. Tenía un gran sentido del absurdo: mis miembros, al crecer, me hacían torpe, y debo de haber dado una impresión de payaso, al crecer más aprisa que mis camisas y pantalones y sobresalir desgarbadamente y demasiado de mis ropas. Sentía en cierto modo como si conspirasen contra mí, a causa de esos trajes que se agitaban cómicamente en torno a mis tobillos y muñecas; y hasta cuando me volvía hacia adentro, a mis Hijos secretos, veía que habían cambiado, y no me gustaba.

La desintegración gradual de la Conferencia de los Hijos de la Medianoche —que finalmente se deshizo el día en que los ejércitos chinos descendieron sobre el Himalaya para humillar al *fauj* indio— estaba ya muy avanzada. Cuando la novedad se acaba, el aburrimiento y luego la disensión siguen inevitablemente. O bien (por decirlo de otra forma), cuando un dedo es mutilado y ríos de sangre brotan de él, toda clase de infamias se hacen posibles... tanto si las grietas de la Conferencia eran (activo-metafóricamente) consecuencia o no de la pérdida de mi dedo, indudablemente se estaban extendiendo. Allá arriba, en Cachemira, Narada-Markandaya estaba cayendo en los sueños solipsistas de un auténtico narcisista, preocupado sólo de los placeres eróticos de la constante alteración sexual; en tanto que Soumitra, el viajero en el tiempo, herido por nuestra negativa a escuchar sus descripciones de un futuro en el que (decía) el país sería gobernado por un viejo chocho bebedor de orina que se negaría a morir, y la gente olvidaría todo lo que había aprendido, y el Pakistán se dividiría como una ameba, y los primeros ministros de cada una de sus mitades serían asesinados por sus sucesores, los cuales —juraba a pesar de nuestra incredulidad— llevarían ambos el mismo nombre... el herido Soumitra se convirtió en una ausencia regular en nuestras reuniones nocturnas, desapareciendo durante largos períodos en los laberintos de telaraña del Tiempo.

Y las hermanas de Baud se contentaban con su capacidad para embrujar a los imbéciles jóvenes y viejos. —¿Para qué puede servir esta Conferencia? —preguntaban—. Tenemos ya demasiados amantes. —Y nuestro miembro alquimista estaba muy atareado en un laboratorio que le había construido su padre (al que había revelado su secreto); preocupado por la Piedra Filosofal, tenía muy poco tiempo para nosotros. El atractivo del oro había hecho que lo perdiéramos.

Y había otros factores que influían también. Los niños, por mágicos que sean, no son inmunes a sus padres; y a medida que los prejuicios y concepciones del mundo de los adultos comenzaron a ocupar sus mentes, me encontré con niños de Maharashtra que odiaban a los gujaratis, y los norteños de piel clara insultaban a los «negritos» dávidas; había rivalidades religiosas; y las clases entraron en nuestras reuniones. Los niños ricos torcían el gesto al encontrarse en una compañía tan humilde; los brahmines comenzaron a sentirse incómodos al permitir que sus pensamientos siquiera tocasen los pensamientos de los intocables; mientras que, entre los de nacimiento humilde, la presión de la pobreza y del comunismo se hacía evidente... y, para colmo, había conflictos de personalidad, y los cientos de peleas ruidosas que son inevitables en un parlamento totalmente compuesto de mocosos adolescentes.

De esa forma, la Conferencia de los Hijos de la Medianoche cumplió la profecía del Primer Ministro, convirtiéndose, realmente, en un espejo de la nación; el modo pasivo-literal actuaba, aunque yo tronaba contra él con desesperación creciente y, por último, con resignación creciente... —¡Hermanos, hermanas! —transmitía yo, con una voz mental tan incontrolable como su réplica física—. ¡No dejéis que esto ocurra! ¡No permitáis que la eterna dualidad entre masas-y-clases, capital-y-trabajo, ellos-y-nosotros se interponga entre nosotros! Nosotros —grité apasionadamente— debemos ser una tercera vía, debemos ser la fuerza que se abra paso entre los cuernos del dilema; ¡porque sólo siendo distintos, siendo nuevos, podremos cumplir la promesa de nuestro nacimiento. —Yo tenía seguidores, y ninguno más que la-bruja-Parvati; pero notaba que se apartaban de mí, distraído cada uno por su propia vida... lo mismo que yo, para decir la verdad, era distraído por la mía. Era como si nuestro espléndido congreso resultase ser nada más que otro de los juguetes de la infancia, como si los pantalones largos estuvieran destruyendo lo que la medianoche creó—... Tenemos que decidir nuestro programa —rogué—, nuestro propio Plan Quinquenal, ¿por qué no? —Pero pude escuchar, por detrás de mi llamada ansiosa, la risa divertida de mi mayor rival; y allí estaba Shiva, en todas nuestras cabezas, diciendo desdeñosamente—: No, niño rico; no hay tercera vía; sólo hay dinero-y-pobreza, tener-y-no-tener, y derecha-e-izquierda; ¡sólo yo contra el mundo! El mundo no es ideas, Mocoso, es cosas. Las cosas y quienes las hacen gobiernan el mundo; fíjate en Birla y en Tata, y en todos los poderosos: ellos hacen cosas. En nombre de cosas se dirige el país. No en nombre de personas. En nombre de cosas, América y Rusia envían su ayuda; pero quinientos millones siguen estando hambrientos. Cuando se tienen cosas, hay tiempo para soñar; cuando no se tienen, hay que pelear. —Los Hijos escuchaban fascinados mientras nosotros nos peleábamos... o quizá no, quizá ni siquiera nuestro diálogo podía retener su interés. Y ahora yo—: Pero las personas no son cosas; si nos agrupamos, si nos queremos, si demostramos que esto, sólo esto, este reunirse, esta Conferencia, este mantenerse-unidos-los-niños-pase-lo-que-pase puede ser la tercera vía... —Pero Shiva, resoplando—: Muchachito rico, todo eso es sólo palabrería. Toda esa importancia-del-individuo. Toda esa posibilidad-de-humanidad. Hoy, las personas son sólo una especie de cosas. —Y Saleem, desmoronándose—: Pero... la voluntad libre... la esperanza... el alma elevada, que otros llaman *mahatma*, de la humanidad... y qué pasa con la poesía, y el arte, y... —Y entonces Shiva logró su victoria—: ¿Lo ves? Sabía que te convertirías en eso. Blando, como el arroz recocido. Sentimental como una abuela. Vete, ¿quién quiere oír esas sandeces? Todos tenemos que vivir nuestra vida. Por todos los diablos, nariz de pepino, estoy harto de tu Conferencia. No tiene nada que ver con nada.

Os preguntaréis: ¿y ésos son niños de diez años? Yo os contestaré: Sí, pero. Diréis: ¿discutían los chicos de diez años, o incluso los de casi-once, sobre el papel del individuo en la sociedad? ¿Y sobre la rivalidad entre capital y trabajo? ¿Se hacían explícitas las tensiones internas de las zonas agrarias y las industrializadas? ¿Y los conflictos de las herencias socioculturales? ¿Discutían niños que no habían cumplido cuatro mil días sobre la identidad, y los conflictos intrínsecos del capitalismo? ¿Contando con menos de cien mil horas de vida, comparaban a Gandhi con Marxlenin, el poder con la impotencia? ¿Se oponía la colectividad a la singularidad? ¿Mataban a Dios esos niños? Aun admitiendo la certeza de los supuestos milagros, ¿podemos creer ahora que los golfillos hablasen como viejos barbudos?

Os lo aseguro: quizá no con esas palabras; quizá sin ninguna clase de palabras, pero en el lenguaje más puro del pensamiento; pero sí, indudablemente, eso es lo que había en el fondo de todo; porque los niños son los recipientes donde los adultos vierten su veneno, y era el veneno de los adultos el que hablaba por nosotros. El veneno y, tras un vacío de muchos años, una Viuda con un cuchillo.

En pocas palabras: después de mi regreso a Buckingham Villa, hasta la sal de los hijos de la medianoche perdió su sabor; había noches en que ni siquiera me molestaba en conectar mi red nacional; y el demonio que acechaba en mi interior (con dos cabezas) podía dedicarse libremente a sus maldades. (Nunca supe si Shiva era culpable o inocente de los asesinatos de las prostitutas; pero la influencia de Kali-Yuga era tal, que yo, el niño bueno y víctima por naturaleza, fui indudablemente responsable de dos muertes. Primero la de Jimmy Kapadia; y luego la de Homi Catrack.)

Si hay una tercera vía, se llama infancia. Pero muere; o, mejor dicho, la asesinan.

Todos teníamos preocupaciones en aquellos tiempos. Homi Catrack tenía a su idiota Toxy, y los Ibrahims tenían otras inquietudes: Ismail, el padre de Sonny, después de años de sobornar a jueces y jurados, corría peligro de ser sometido a una investigación por la Comisión de la Abogacía; e Ishaq, el tío de Sonny, que dirigía el Embassy Hotel, de segunda clase, situado cerca de la fuente de Flora, estaba, según se decía, muy endeudado con gángsters locales, y temía continuamente ser «liquidado» (en aquellos tiempos, los asesinatos se estaban haciendo tan cotidianos como el calor)... de forma que quizá no sea sorprendente que todos nos hubiéramos olvidado de la existencia del Profesor Schaapsteker. (Los indios se hacen mayores y más poderosos con los años; pero Schaapsteker era europeo, y los de su especie, por desgracia, se van desvaneciendo con los años, desapareciendo a menudo por completo.)

Pero ahora, empujado, quizá, por mi demonio, mis pies me llevaron escaleras arriba al piso superior de Buckingham Villa, donde encontré a un viejo loco, increíblemente diminuto y encogido, cuya lengua aparecía sin cesar, entrando y saliendo entre sus dientes... chasqueando, lamiendo: el ex investigador antivenenos y asesino de caballos, *Sharpsticker sahib*, el sahib matarife, ahora con noventa y dos años y no perteneciente ya a su Instituto epónimo, sino retirado en un oscuro apartamento de la planta superior lleno de vegetación tropical y de serpientes encurtidas en salmuera. La edad, que no le había arrancado los dientes ni las bolsas de veneno, lo había convertido en cambio en la encarnación de la serpentividad; como otros europeos que se quedan demasiado tiempo, las antiguas locuras de la India le habían encurtido los sesos, de forma que había llegado a creer en las supersticiones de los ordenanzas del Instituto, según las cuales, él era el último descendiente de una estirpe que empezó cuando una cobra real se apareó con una mujer que dio a luz un niño humano (pero serpentino)... al parecer, durante toda mi vida sólo he tenido que doblar la esquina para tropezar con otro mundo nuevo y fabulosamente metamorfoseado. Trepad por una escala (o incluso por una escalera) y encontraréis una serpiente esperándoos.

Las cortinas estaban siempre corridas; en las habitaciones de Schaapsteker, el sol no salía ni se ponía, y no había relojes que anduviesen. ¿Fue el demonio, o nuestra mutua sensación de aislamiento lo que nos acercó...? Porque, en aquellos días de la ascensión del Mono y la decadencia de la Conferencia, yo empecé a subir las escaleras siempre que podía, para escuchar los delirios de aquel hombre loco y sibilante.

Su primer saludo, cuando entré dando traspiés en su guarida sin llave, fue: —Vaya, chico: te has recuperado de las tifoideas. —La frase revolvió el tiempo como una perezosa nube de polvo y me devolvió a cuando tenía un año de edad; recordé la historia de cómo Schaapsteker me salvó la vida con su veneno de serpiente. Y después, durante varias semanas, me sentaba a sus pies, y él me revelaba la cobra que había enroscada dentro de mí mismo.

¿Quién enumeró, para mí, los poderes ocultos de las serpientes? (Su sombra mata las vacas; si penetran en los sueños de un hombre, su mujer concibe; si se las mata, la familia del asesino no tiene heredero varón durante veinte generaciones.) ¿Y quién me describió —con ayuda de libros y cadáveres disecados— a los enemigos constantes de la cobra? —Estudia a tus enemigos —silbó—, o te matarán con toda certeza. —... A los pies de Schaapsteker, estudié a la mangosta y el jabalí, al marabú de pico de espada y al ciervo *barasinha*, que aplasta la cabeza de las serpientes con sus patas; y al icneumón egipcio, y al ibis; al secretario de cuatro pies de altura, audaz y de pico corvo, cuya apariencia y cuyo nombre me hicieron concebir sospechas sobre la Alice Pereira de mi padre; y al águila ratonera, el zorrillo, el melívoro de las montañas; al correcaminos, el pecarí y el formidable pájaro cangamba. Schaapsteker, desde las profundidades de su senilidad, me daba buenos consejos—. Sé prudente, hijo. Imita a la serpiente. Actúa en secreto; y golpea protegido por la maleza.

Una vez me dijo: —Tienes que considerarme como a un padre. ¿No te di la vida cuando estaba perdida? —Con esa declaración me probó que él estaba bajo mi embrujo tanto como yo bajo el suyo; él había aceptado ser, también, uno más de la interminable serie de padres a los que sólo yo tenía el poder de alumbrar. Y aunque, después de algún tiempo, encontré demasiado opresiva la atmósfera de sus habitaciones, y lo abandoné una vez más al aislamiento en el que nunca sería otra vez perturbado, me había enseñado ya cómo actuar. Carcomido por el demonio bicéfalo de la venganza, utilicé mis poderes telepáticos (por primera vez) como arma; y de esa forma descubrí los detalles de la relación entre Homi Catrack y Lila Sabarmati. Lila y Pia habían sido siempre rivales en belleza; y era la mujer del presunto heredero del título de Almirante de la Flota la que se había convertido en la nueva querida del magnate del cine. Mientras el Comandante Sabarmati estaba en el mar de maniobras, Lila y Homi maniobraban por su cuenta; mientras el león de los mares aguardaba la muerte del Almirante de entonces, Homi y Lila estaban también concertando una cita con la Parca. (Con mi ayuda.)

—Actúa en secreto —decía *Sharpsticker sahib*; secretamente yo espiaba a mi enemigo Homi y a la promiscua madre de Raja de Ojo y Brillantina (que últimamente andaban muy pagados de sí mismos, de hecho desde que los periódicos anunciaron que el ascenso del Comandante Sabarmati era una simple formalidad. *Sólo cuestión de tiempo*...). «Mujer licenciosa», susurraba silenciosamente el demonio en mi interior. «¡Perpetradora de la peor de las perfidias maternas! Haremos contigo un horrible escarmiento; mostraremos en ti la suerte que aguarda al lascivo. ¡Oh adúltera frívola! ¿No viste lo que le pasó a la ilustre Baronesa Simki von der Heiden por andar acostándose por ahí con todo el mundo...? Para no andarse con rodeos, la Baronesa era una perra, como tú.»

Mi opinión sobre Lila Sabarmati se ha suavizado con los años; después de todo, ella y yo teníamos algo en común: su nariz, como la mía, tenía tremendos poderes. La suya, sin embargo, era pura magia de este mundo: un fruncimiento de su piel nasal podía encantar al más acorazado de los almirantes; un minúsculo vibrar de sus aletas encendía extraños incendios en el corazón de los magnates del cine. Siento un poco haber traicionado a aquella nariz; fue como apuñalar a una prima por la espalda.

Lo que descubrí: todos los domingos por la mañana, a las diez, Lila Sabarmati llevaba a Raja de Ojo y

Brillantina en coche al cine Metro, a la reunión semanal del Club de Cachorros. (Se ofreció a llevarnos también a los demás; Sonny y Cyrus, el Mono y yo nos amontonábamos en su coche Hindustan, de fabricación india.) Y mientras nosotros nos dirigíamos al encuentro de Lana Turner o Robert Taylor o Sandra Dee, el señor Homi Catrack se preparaba también para su cita semanal. Mientras el Hindustan de Lila golpeteaba junto a las vías del ferrocarril, Homi se anudaba al cuello un pañuelo de seda de color crema; mientras ella se detenía en las luces rojas, él se ponía una cazadora en tecnicolor; mientras ella nos acomodaba en la oscuridad de la sala, él se ponía unas gafas de sol de montura dorada; y cuando ella nos dejaba viendo la película, también él abandonaba a una niña. Toxy Catrack no dejaba nunca de reaccionar a sus salidas con gemidos patadas pataletas; sabía lo que pasaba, y ni siquiera Bi-Appah podía contenerla.

Hace mucho tiempo vivieron Radha y Krishna, y Rama y Sita, y Laila y Majnu; y también (porque no somos insensibles a Occidente) Romeo y Julieta, y Spencer Tracy y Katherine Hepburn. El mundo está lleno de historias de amor, y todos los amantes son, en cierto sentido, avatares de sus predecesores. Cuando Lila conducía su Hindustan hasta una dirección de Colaba Causeway, era Julieta saliendo al balcón; cuando Homi, con su pañuelo crema y sus gafas de oro, aceleraba para ir a su encuentro (en el mismo Studebaker en el que mi madre fue llevada en otro tiempo a toda prisa a la Clínica Privada del doctor Narlikar) era Leandro atravesando a nado el Helesponto, guiado por la vela encendida de Hero. En cuanto a mi papel en el asunto... prefiero no darle nombre.

Lo confieso: lo que hice no fue un acto heroico. No luché con Homi a caballo, con ojos ardientes y llameante espada; en lugar de ello, imitando la forma de actuar de las serpientes, comencé a recortar pedazos de periódicos. De EL COMITÉ DE LIBERACIÓN DE GOA LANZA UNA CAMPAÑA SATYAGRAHA extraje la sílaba «CO»; EL PRESIDENTE DE LA ASAMBLEA DEL PAK-O DECLARADO MANÍACO PELIGROSO me dio la segunda, «MAN». Encontré «DANTE» escondido en NEHRU ESTUDIA SU DIMISIÓN EN LA ASAMBLEA DEL CONGRESO; OPINIONES DISCORDANTES; ya en mi segunda palabra, extraje «SAB» de DISTURBIOS Y DETENCIONES EN MASA EN LA KERALA DIRIGIDA POR LOS ROJOS: LOS SABOTEADORES LO DESTRUYEN TODO: GHOSH ACUSA A LOS GOONDAS DEL CONGRESO, y obtuve «ARM» de LAS ACTIVIDADES FRONTERIZAS DE LAS FUERZAS ARMADAS CHINAS PISOTEAN LOS PRINCIPIOS DE BANDUNG. Para completar el nombre, tijereteé las letras «ATI» de LA POLÍTICA EXTERIOR DE DULLES ES INCOHERENTE Y ENIGMÁTICA. P.M. AVERS. Haciendo pedazos la Historia para adaptarla a mis infames propósitos, me apoderé de POR QUE ES AHORA INDIRA GHANDI PRESIDENTA DEL CONGRESO y me quedé con el «POR QUE», pero me negué a limitarme exclusivamente a la política, y recurrí a los anuncios para «VA» y «SU»: ¿VA PERDIENDO SU CHICLE EL SABOR? ¡P.K. LO CONSERVA! Una historia deportiva con interés humano: EL DELANTERO CENTRO DEL MOHUN BAGAN Y SU NUEVA ESPOSA, me dio su última palabra, y tomé una «A» de UNA GRAN MUCHEDUMBRE ASISTE AL FUNERAL DE ABUL KALAM AZAD. Otra vez tenía que buscar mis palabras en pedacitos: MUERTE EN EL COLLADO MERIDIONAL: UN SHERPA SE DESPEÑA me proporcionó un «COL» que me hacía mucha falta, pero «ABA» fue difícil de encontrar, y apareció por fin en el anuncio de una película: ALI BABÁ, SÉPTIMA SEMANA SUPERCOLOSAL: ¡SE ESTÁN AGOTANDO LAS ENTRADAS...! Eran los tiempos en que el Sheikh Abdullah, el León de Cachemira, hacía una campaña a favor de la celebración en su Estado de un plebiscito para decidir su futuro; su valor me dio «CAUS» y una «E», porque

daba origen a este titular: LA «INCITACIÓN» DE ABDU-
LLAH, CAUSA DE SU NUEVA DETENCIÓN. PORTAVOZ GUBER.
También entonces, Acharya Vinobha Bhave, que se había pasado diez años convenciendo a los terratenientes
para que dieran parcelas a los pobres en su campaña
bhoodan, anunció que las donaciones habían sobrepa-
sado el límite del millón de acres, e inició dos nuevas
campañas, pidiendo donaciones de aldeas enteras
(*«gramdan»*) y de vidas individuales (*«jivandan»*).
Cuando J. P. Narayan declaró que dedicaría su vida a
la obra de Bhave, el titular NARAYAN SIGUE EL CAMINO
DE BHAVE (*BHAVE'S WAY*) me dio, de una sola vez, la palabra «WAY», haciéndome avanzar así en *mi* camino. Ya
casi había terminado; arrancando un «LOS» de EL PAKIS-
TÁN ABOCADO AL CAOS POLÍTICO: LAS DISENSIONES ENTRE
LAS CAMARILLAS COMPLICAN LOS ASUNTOS PÚBLICOS, y
un «DOMINGOS» de una cabecera, me encontré sólo a
falta de tres palabras. Los acontecimientos del Pakistán
Oriental me dieron la coda. EL VICEPRESIDENTE DE LA
ASAMBLEA DEL PAK-O MUERTO POR LA CONMOCIÓN QUE
LE CAUSA UN MUEBLE ARROJADO: MAÑANA COMIENZA EL
PERÍODO DE LUTO me permitió cortar, con destreza y
deliberación, «POR LA» y «MAÑANA». Necesitaba dos
signos de interrogación para redondear mi obra, y los
encontré en la pregunta perenne de aquellos extraños
días: ¿DESPUÉS DE NEHRU, QUIÉN?
   En el secreto de un cuarto de baño, pegué mi nota
terminada —mi primer intento de reorganizar la
Historia— en una hoja de papel; como una serpiente,
me metí el documento en el bolsillo, veneno en un saco.
De forma sutil, me las arreglé para pasar la tarde con
Raja de Ojo y Brillantina. Jugamos a: «Asesinato en la
oscuridad.» ... Durante el juego del asesinato, me metí
dentro del *almirah* del Comandante Sabarmati e introduje mi letal misiva en el bolsillo interior de su uniforme de reserva. En aquel momento (no tiene sentido

ocultarlo), sentí el placer de la serpiente que alcanza su blanco, y nota cómo sus colmillos atraviesan el talón de la víctima...

COMANDANTE SABARMATI (decía mi nota) ¿POR QUÉ VA SU ESPOSA A COLABA CAUSEWAY LOS DOMINGOS POR LA MAÑANA?

No, ya no estoy orgulloso de lo que hice; pero recordad que el demonio de mi venganza tenía dos cabezas. Al desenmascarar la perfidia de Lila Sabarmati, confiaba también en que mi madre recibiría una sacudida saludable. Dos pájaros de un tiro; habría dos mujeres castigadas, cada una de ellas empalada en una punta de mi bifurcada lengua de serpiente. No es inexacto decir que lo que se llamaría el asunto Sabarmati comenzó realmente en un sórdido café del norte de la ciudad, cuando un polizón contempló un *ballet* de manos que se buscaban.

Actué en secreto; golpeé protegido por los matorrales. ¿Qué me empujó? Las manos del Pioneer Café; las llamadas telefónicas equivocadas; las notas que me habían deslizado en los balcones y que yo había pasado protegido por las sábanas; la hipocresía de mi madre y el dolor inconsolable de Pia: «¡Hai! ¡*Ai*-hai! ¡*Ai-hai-hai*!»... Mi veneno era lento; pero tres semanas más tarde, hizo su efecto.

Se supo luego que, después de recibir mi anónimo, el Comandante Sabarmati había contratado los servicios del ilustre Dom Minto, el más conocido de los detectives privados de Bombay (Minto, viejo y casi lisiado, había rebajado para entonces sus tarifas). Esperó a recibir el informe de Minto. Y entonces:

Aquel domingo por la mañana había seis niños sentados en una fila del Club de Cachorros de la Metro, viendo *Mi Mula Francis* y *La Casa Encantada*. Ya veis, tenía mi coartada; no estaba nada cerca del escenario del crimen. Como Sin, la luna creciente, actuaba desde lejos sobre las mareas del mundo... mientras una mula hablaba en la pantalla, el Comandante Sabarmati visitaba el arsenal naval. Sacaba un buen revólver, de nariz larga; munición también. Sostenía, en la mano izquierda, un pedazo de papel en el que había escrita una dirección con la clara letra del detective; con la mano derecha agarraba el revólver sin funda. En un taxi, el Comandante llegó a Colaba Causeway. Pagó el coche, caminó con la pistola en la mano por un estrecho callejón, pasando por delante de puestos de camisas y tiendas de juguetes, y subió las escaleras de un bloque de apartamentos apartado del callejón, en la parte de atrás de un patio de cemento. Llamó al timbre del apartamento 18 C; en el 18 B se oía a un profesor angloindio que daba clases privadas de latín. Cuando Lila, la mujer del Comandante Sabarmati, abrió la puerta, él le disparó dos tiros en el estómago, a bocajarro. Ella cayó hacia atrás; él pasó por delante de ella y se encontró al señor Homi Catrack levantándose del retrete, con el trasero sucio, subiéndose frenéticamente los pantalones. El Comandante Vinoo Sabarmati le disparó un tiro en los genitales, un tiro en el corazón y un tiro que le atravesó el ojo derecho. La pistola no llevaba silenciador; pero, cuando terminó de hablar, se produjo un silencio enorme en el apartamento. El señor Catrack se quedó sentado en el retrete, después de los disparos, y parecía sonreír.

El Comandante Sabarmati salió del bloque de apartamentos con la pistola humeante en la mano (fue visto, por una rendija de la puerta, por un profesor de latín aterrorizado); caminó lentamente por Colaba Causeway hasta que vio a un policía de tráfico en su pequeña plataforma. El Comandante Sabarmati le dijo al policía: —Acabo de matar a mi mujer y a su amante con esta pistola; me entrego a su... —Pero al decirlo agitaba la pistola ante las narices del policía; el agente se asustó tanto que dejó caer su porra de dirigir el tráfico y huyó. El Comandante Sabarmati, solo en el pedestal del policía, en medio de la repentina confusión del tráfico, comenzó a dirigir los coches, utilizando la pistola humeante como porra. Así fue como lo encontró el pelotón de doce policías que llegó diez minutos más tarde, los cuales saltaron valerosamente sobre él y lo ataron de pies y manos, quitándole la insólita porra con la que, durante diez minutos, había dirigido el tráfico de forma experta.

Un periódico dijo del asunto Sabarmati: «Es un escenario en el que la India descubrirá lo que fue, lo que es y lo que podría ser...» Pero el Comandante Sabarmati fue sólo una marioneta; yo era quien movía los hilos, y la nación interpretaba mi obra... ¡sólo que yo no lo había querido así! No creí que él... Yo sólo quería... un escándalo, sí, un susto, una lección para todas las mujeres y madres infieles, pero eso no, nunca, no.

Espantado por el resultado de mis acciones, cabalgué sobre las turbulentas ondas mentales de la ciudad... en el Parsee General Hospital, un médico decía: «Begum Sabarmati vivirá; pero tendrá que tener cuidado con lo que coma». ... Pero Homi Catrack estaba muerto... Y ¿a quién contrataron como abogado para defenderlo...? ¿Quién dijo: «Yo lo defenderé *gratis et amore*»? ¿Quién, en otro tiempo vencedor en El Caso de la Congelación, era ahora el paladín del Comandante? Sonny Ibrahim dijo: «Mi padre lo sacará libre si hay alguien que pueda hacerlo.»

El Comandante Sabarmati era el asesino más popular de la historia de la jurisprudencia india. Los maridos aplaudían su castigo de una esposa descarriada; las mujeres fieles se sentían justificadas en su fidelidad. Dentro de los propios hijos de Lila, encontré estos pensamientos: «Sabíamos que ella era así. Sabíamos que un hombre de la Marina no lo aguantaría.» Un columnista del *Illustrated Weekly of India*, al escribir una semblanza para acompañar a la caricatura a todo color del Comandante como «Personalidad de la semana», decía: «En el Caso Sabarmati, los nobles sentimientos del *Ramayana* se combinan con el melodrama barato de una peliculilla de Bombay; pero en lo que se refiere al protagonista principal, todos estamos de acuerdo en su rectitud; e, innegablemente, es un tipo atractivo.»

Mi venganza de mi madre y de Homi Catrack había producido una crisis nacional... porque los reglamentos navales disponían que nadie que hubiera estado en una cárcel común podía aspirar al rango de Almirante de la Flota. Por ello, los almirantes, y los políticos de la ciudad y, desde luego, Ismail Ibrahim exigieron: «El Comandante Sabarmati debe permanecer en una prisión de la Marina. Es inocente mientras no se demuestre su culpabilidad. Su carrera no debe verse arruinada si es posible evitarlo.» Y las autoridades: «Sí.» Y el Comandante Sabarmati, seguro en los calabozos de la Marina, descubrió las penalidades de la fama... bajo un diluvio de telegramas de apoyo, esperó el juicio; su celda se llenó de flores, y aunque pidió que lo sometieran a una ascética dieta de arroz y agua, los que lo querían bien lo inundaron de tarteras llenas de *birianis* y *pista-ki-lauz* y otros ricos alimentos. Y, saltándose la cola del Tribunal Penal, su caso se inició a toda velocidad... El fiscal dijo: —Se le acusa de asesinato.

Con mandíbula decidida y ojos firmes, el Comandante Sabarmati replicó: —No soy culpable.

Mi madre dijo: —Dios santo, pobre hombre, qué pena, ¿verdad?

Yo dije: —Pero es que una mujer infiel es algo horrible, *amma*... —y ella desvió la cabeza.

La acusación dijo: —Es un caso muy claro. Hay un motivo, una ocasión, una confesión, un cadáver y una premeditación: la pistola sacada del arsenal, los niños enviados al cine, el informe del detective. ¿Qué más se puede decir? El Estado ha concluido.

Y la opinión pública: —¡Un hombre tan bueno, por Alá!

Ismail Ibrahim dijo: —Es un caso de tentativa de suicidio.

Y entonces, la opinión pública: —¿¿¿¿¿¿???????

Ismail Ibrahim expuso: —Cuando el Comandante recibió el informe de Dom Minto, quiso ver por sí mismo si era cierto; si lo era, se mataría. Sacó la pistola; era para sí mismo. Fue a la dirección de Colaba sólo por desesperación; ¡no como asesino, sino como hombre muerto! Pero allí... ¡viendo a su esposa allí, miembros del jurado! ¡viéndola semidesnuda con su desvergonzado amante...! señores del jurado, este hombre bueno, este gran hombre perdió la cabeza. Perdió la cabeza por completo y, con la cabeza perdida, hizo lo que hizo. Por ello no hubo premeditación y, por consiguiente, no hubo asesinato. Homicidio sí, pero no a sangre fría. Miembros del jurado: debéis declararlo inocente del crimen que se le imputa.

Y el zumbido que recorría la ciudad era: —No, ha sido demasiado... Ismail Ibrahim ha ido demasiado lejos esta vez... pero, pero... tiene un jurado compuesto en su mayoría por mujeres... y no ricas... por consiguiente, doblemente sensibles, a los encantos del Comandante y a la cartera del abogado... ¿quién sabe? ¿Quién podría decirlo?

El jurado dijo: —Inocente.

Mi madre exclamó: —¡Maravilloso! ...Pero, pero ¿*es justo*? —Y el juez, contestándole—: En uso de las facultades que me están conferidas, revoco ese veredicto absurdo. Culpable del delito que se le imputa.

¡Qué desatado furor el de aquellos días! Cuando los dignatarios de la Marina y los obispos y otros políticos exigieron: —Sabarmati debe permanecer en la prisión de la Marina durante la apelación al Alto Tribunal. ¡La intransigencia de un juez no debe arruinar la carrera de un gran hombre! —Y las autoridades de policía, capitulando—: Muy bien. —El Caso Sabarmati asciende a toda prisa, precipitándose hacia su vista ante el Alto Tribunal a una velocidad sin precedentes... y el Comandante le dice a su abogado—: Me siento como si no pudiera controlar ya mi suerte; como si algo se hubiera hecho cargo de ella... Llamémoslo el Destino.

Yo digo: —Llámelo Saleem, o Mocoso, o Huelecacas, o Carasucia; llámelo Cachito-de-luna.

El veredicto del Alto Tribunal: —Culpable del delito que se le imputa. —Los titulares de prensa: ¿IRÁ POR FIN SABARMATI A UNA CÁRCEL COMÚN? La declaración de Ismail Ibrahim—: ¡Iremos hasta el final! ¡Al Tribunal Supremo! —Y ahora, la bomba. Una declaración del Jefe de Ministros del Estado—: Es una grave responsabilidad permitir excepciones a la Ley; pero, habida cuenta de los servicios del Comandante Sabarmati a su país, autorizo su permanencia en una prisión naval, en espera de la decisión del Tribunal Supremo.

Y más titulares de prensa, que picaban como mosquitos: ¡EL GOBIERNO DEL ESTADO SE BURLA DE LAS LEYES! ¡EL ESCÁNDALO SABARMATI ES AHORA UNA VERGÜENZA PÚBLICA...! Cuando comprendí que la prensa se había vuelto contra el Comandante, supe que estaba listo.

Veredicto del Tribunal Supremo: —Culpable.

Ismail Ibrahim dijo: —¡Un indulto! ¡Pediremos el indulto al Presidente de la India!

Y ahora hay importantes cuestiones que sopesar en Rashtrapati Bhavan: tras las puertas de la Casa del Presidente, un hombre tiene que decidir si se puede situar a alguien por encima de la ley; si el asesinato del amante de una esposa puede olvidarse en aras de una carrera naval; y cuestiones más elevadas aún: ¿debe atenerse la India al imperio del Derecho, o al antiguo principio de la primacía suprema de los héroes? Si el propio Rama viviera, ¿se le enviaría a la cárcel por matar al raptor de Sita? Cuestiones importantes; mi vengativa irrupción en la Historia de mi época no fue, ciertamente, asunto trivial.

El Presidente de la India dijo: —No puedo indultar a ese hombre.

Nussi Ibrahim (cuyo marido había perdido su caso más importante) se lamentó: —¡Hai! ¡Ai-hai! —Y repitió una observación anterior—: Amina, hermana, que ese hombre tan bueno vaya a la cárcel... ¡Te digo que es el fin del mundo!

Una confesión, temblando al borde de mis labios: «Fue todo obra mía, *amma*; quería darte una lección. *Amma*, no vayas a ver a otros hombres con bordados de Lucknow en la camisa; ¡deja, madre mía, de besar tazas de té! Ahora llevo pantalones largos y puedo hablarte como un hombre.» —Pero nunca salió de mí; no hizo falta, porque oí a mi madre responder a una llamada telefónica equivocada: «No; no hay nadie aquí con ese nombre; por favor créame lo que le estoy diciendo y no vuelva a llamar.»

Sí, le había dado a mi madre una lección; y después del asunto Sabarmati ella no volvió a ver a Nadir-Qasim en carne y hueso, nunca más, mientras vivió; pero, privada de él, fue víctima del destino de todas las mujeres de nuestra familia, a saber, la maldición de envejecer antes de tiempo; comenzó a encogerse, y su cojera se hizo más pronunciada, y en sus ojos se veía la vacuidad de los años.

Mi venganza trajo como secuela una serie de acontecimientos imprevistos; quizá el más espectacular fue la aparición en los jardines de la Hacienda de Methwold de unas curiosas flores, hechas de madera y lata, y pintadas a mano con letras de un rojo vivo... los letreros fatales surgieron en todos los jardines salvo en el nuestro, prueba de que mis poderes eran superiores a mi propio entendimiento, y de que habiendo sido exiliado una vez de mi altozano de dos pisos, me las había arreglado ahora para expulsar a todos los demás.

Letreros en los jardines de Versailles Villa, Escorial Villa y Sans Souci, letreros que se saludaban mutuamente, movidos por la brisa del mar a la hora del cóctel. En cada letrero se podían ver las mismas siete letras, todas de un rojo vivo, todas de doce pulgadas de altura: SE VENDE. Ése era el mensaje de los letreros.

SE VENDE: Versailles Villa, por haber muerto su propietario sentado en un retrete; se encargó de la venta la feroz niñera Bi-Appah, en nombre de Toxy, la pobre idiota; una vez realizada la venta, niñera y niña desaparecieron para siempre, llevando Bi-Appah en su regazo una abultada maleta llena de billetes de banco... No sé lo que le ocurriría a Toxy, pero, teniendo en cuenta la avaricia de su niñera, estoy seguro de que no fue nada bueno... SE VENDE, el apartamento de los Sabarmati en Escorial Villa; a Lila Sabarmati le negaron la custodia de sus hijos y se borró de nuestras vidas, mientras Raja de Ojo y Brillantina hacían sus maletas y se marchaban, al cuidado de la Marina india, que se había puesto *in loco parentis* hasta que su padre cumpliese sus treinta años de cárcel... SE VENDE también el Sans Souci de los Ibrahims, porque el Embassy Hotel de Ishaq Ibrahim había sido incendiado por gángsters el día de la derrota final del Comandante Sabarmati, como si las clases criminales de la ciudad castigaran a la familia del abogado por su fracaso; y además suspendieron a Ismail Ibrahim en la práctica de su profesión, *debido a ciertas pruebas de mala conducta profesional* (por citar el informe de la Comisión de la Abogacía de Bombay); en «apuros económicos», los Ibrahims desaparecieron también de nuestras vidas; y finalmente SE VENDE, el apartamento de Cyrus Dubash y su madre, porque durante el griterío del asunto Sabarmati, y casi totalmente inadvertido, el físico nuclear había muerto su muerte-por-asfixia-causada-por-una-pepita-de-naranja, desencadenando así sobre Cyrus el fanatismo religioso de su madre y poniendo en movimiento las ruedas del período de revelaciones que será el tema de mi próximo fragmento.

Los carteles se saludaban en los jardines, que estaban perdiendo sus recuerdos de peces de colores y horas del cóctel y gatos invasores; y ¿quién los quitó? ¿Quiénes fueron los herederos de los herederos de William Methwold...? Llegaron como un enjambre, de lo que había sido en otro tiempo la residencia del doctor Narlikar: mujeres de tripa gorda y groseramente competentes, que se habían vuelto más gordas y más competentes que nunca con su riqueza debida a los tetrápodos (porque fueron los años de las grandes recuperaciones de tierras). Las mujeres de Narlikar: le compraron a la Marina el piso del Comandante Sabarmati, y a la señora Dubash que se marchaba el hogar de su Cyrus; pagaron a Bi-Appah con billetes de banco usados, y aplacaron a los acreedores de Ibrahim con el dinero contante de Narlikar.

Mi padre fue el único de los residentes que se negó a vender; le ofrecieron enormes sumas, pero él sacudió la cabeza. Ellas le explicaron su sueño: un sueño consistente en arrasar los edificios hasta los cimientos y levantar en el altozano de dos pisos una mansión que se elevaría treinta pisos hacia el cielo, un triunfante obelisco rosa, un poste indicador de su futuro; Ahmed Sinai, perdido en sus abstracciones, no quiso saber nada de ello. Le dijeron: —Cuando esté rodeado de escombros tendrá que vender por cuatro cuartos; —él (recordando su tetrapódica perfidia) se mostró inconmovible.

La-pata-Nussie dijo, cuando se marchó: —Te lo dije, Amina, hermana... ¡es el fin! ¡El fin del mundo! —Esta vez tenía razón y no la tenía; después de agosto de 1958, el mundo siguió dando vueltas; pero el mundo de mi infancia, verdaderamente, había terminado.

Padma: ¿tuviste, cuando eras niña, un mundo propio? ¿Una esfera de lata que tenía impresos los continentes y los océanos y los círculos polares? ¿Dos baratos hemisferios de metal, sujetos por un soporte de plástico? No, claro que no; pero yo sí. Era un mundo lleno de letreros: *Océano Atlántico y Amazonas y Trópico de Capricornio.* y, en el Polo Norte, FABRICADO COMO EN INGLATERRA. Cuando llegó el agosto de los letreros que se saludaban y de la rapacidad de las mujeres de Narlikar, ese mundo de hojalata había perdido su soporte; yo cogí cinta adhesiva transparente y pegué la Tierra por el Ecuador, y luego, al poder más mi deseo de jugar que mi respeto, comencé a utilizarla como balón. A raíz del asunto Sabarmati, cuando el aire estaba lleno del arrepentimiento de mi madre y de las tragedias particulares de los herederos de Methwold, yo hacía resonar mi esfera de lata por toda la Hacienda, seguro al saber que el mundo seguía estando entero (aunque pegado con cinta adhesiva) y a mis pies... hasta que, el día del último lamento escatológico de la-pata-Nussie —el día en que Sonny Ibrahim dejó de ser el Sonny-de-al-lado—, mi hermana, el Mono de Latón, cayó sobre mí con furia inexplicable, chillando: —Dios santo, hermano, deja de dar patadas; ¿no te sientes ni siquiera hoy un poco *mal*? —Y, dando un buen salto en el aire, aterrizó con ambos pies sobre el Polo Norte, aplastando al mundo en el polvo de nuestro camino bajo sus tacones furiosos.

Al parecer, la marcha de Sonny Ibrahim, su injuriado adorador, al que había dejado desnudo en medio de la calle, había afectado al Mono de Latón después de todo, a pesar de que ella había negado siempre la posibilidad del amor.

REVELACIONES

Om Hare Khusro Hare Khusrovand Om

¡¡¡Sabed, Oh incrédulos, que en las Medianoches oscuras del ESPACIO CELESTIAL en un tiempo anterior al Tiempo se encuentra la esfera del Sagrado KHUSROVAND!!! ¡¡¡Hasta los CIENTÍFICOS MODERNOS afirman ahora que durante *generaciones* han MENTIDO para ocultar al Pueblo que *tiene derecho a saber* de la existencia VERDADERA e incuestionable de ese HOGAR SAGRADO DE LA VERDAD!!! ¡Destacados Intelectuales de Todo el Mundo, incluida América, hablan de la CONSPIRACIÓN ANTIRRELIGIOSA de rojos, JUDÍOS, etc., para ocultar esas NOTICIAS VITALES! El Velo se levanta ahora. El Bienaventurado LORD KHUSRO llega con Pruebas Irrefutables. ¡Leed y creed!

¡Sabed que en el Khusrovand REALMENTE EXISTENTE vivieron Santos cuyo Progreso Espiritual en la Pureza era tal que, mediante la MEDITACIÓN &c., lograron poderes EN BENEFICIO DE TODOS, poderes que Sobrepasan la Imaginación! ¡¡¡Podían VER A TRAVÉS del acero, y DOBLAR VIGAS con los DIENTES!!!

*   *   *   *   ¡AHORA!   *   *   *   *

Por 1.ª Vez, esos poderes pueden usarse en

Oíd hablar de la Caída de Khusrovand: de cómo el
DIABLO ROJO *Bhimutha* (que su nombre sea NEGRO)
desencadenó una terrible Lluvia de Meteoritos (registrada debidamente por los OBSERVATORIOS DEL MUNDO,
pero no Explicada)... una LLUVIA DE PIEDRA tan horrible
que el Hermoso Khusrovand fue DERRUIDO & sus Santos DESTRUIDOS.

Pero el noble *Juraell* y la bella *Khalila* fueron pru-
dentes. SACRIFICÁRONSE en un éxtasis de Arte Kundalini, salvaron el ALMA de su hijo nonato LORD KHUS-
RO. Penetrando en la Auténtica Unidad con un Trance
Yoga Supremo (¡cuyos poderes son hoy *ACEPTADOS EN
TODO EL MUNDO*!) transformaron sus Nobles Espíritus
en un *Rayo* Relampagueante de LUZ DE ENERGÍA DE
FUERZA VITAL KUNDALINI, de la cual el LÁSER, bien conocido hoy, es una vulgar imitación & *Copia*. Juntamente
con ese RAYO, el Alma del Khusro nonato voló, atravesando las PROFUNDIDADES INSONDABLES de la Eternidad-
Espacio Celestial, hasta que ¡para NUESTRA FORTUNA!
llegó a nuestro Duniya (Mundo) & se introdujo en el
Vientre de una humilde matrona parsi de Buena Familia.

De esa forma, el Niño nació & fue auténtica Bon-
dad & un CEREBRO Sin Igual (¡DESMINTIENDO LA MENTI-
RA de que todos Nacemos Iguales! ¿Es igual un Ladrón
a un Santo? ¡¡CLARO QUE NO!!) Pero durante algún
Tiempo su verdadera naturaleza permaneció Escon-
dida, hasta que, mientras interpretaba el papel de una
Santa Terrenal en una producción DRAMÁTICA (de la que
CRÍTICOS DESTACADOS han dicho: La Pureza de Su Ac-
tuación Era Increíble), DESPERTÓ & supo QUIÉN ERA.
Ahora ha adoptado su Verdadero Nombre:

& Se Ha Puesto en Camino humildemente con Ceniza en su Ascética Frente para curar las Enfermedades y Poner Fin a las Sequías & LUCHAR Contra las Legiones de *Bhimutha* dondequiera que aparezcan. Porque ¡DE-BÉIS TENER MIEDO! ¡La LLUVIA DE PIEDRA de *Bhimutha* nos alcanzará TAMBIÉN a nosotros! No prestéis atención a las MENTIRAS de políticos poetas Rojos &cétera. PO-NED VUESTRA CONFIANZA en el Único Verdadero

KHUSRO KHUSRO KHUSRO
KHUSRO KHUSRO KHUSRO

& enviad Donativos a Apartado de Correos 555, Oficina Central de Correos, Bombay-1.

¡BENDICIONES! ¡¡BELLEZA!! ¡¡¡VERDAD!!!
On Hare Khusro Hare
Khusrovand Om

Cyrus-el-grande tenía por padre un físico nuclear y por madre una fanática religiosa cuya fe se había agriado dentro de ella como resultado de tantos años de verse reprimida por la dominante racionalidad de su Dubash; y, cuando el padre de Cyrus se ahogó por una naranja a la que su madre había olvidado quitar las pepitas, la señora Dubash se dedicó a la tarea de borrar a su difunto esposo de la personalidad de su hijo... de hacer a Cyrus a su propia imagen extraña. *Cyrus-el-grande, Ande o no ande, Que no se desmande* —Cyrus el niño prodigio del colegio— Cyrus haciendo de Santa

455

Juana en una comedia de Shaw —todos esos Cyrus, a los que nos habíamos acostumbrado, con los que habíamos crecido, desaparecieron ahora; en su lugar surgió la figura pomposa y casi bovinamente plácida de Lord Khusro Khusrovand. A los diez años, Cyrus desapareció de la Cathedral School y comenzó la meteórica ascensión del que sería el *guru* más rico de la India. (Hay casi tantas versiones de la India como indios; y, si se comparan con la India de Cyrus, mi propia versión parece casi mundana.)

¿Por qué permitió él que ocurriera? ¿Por qué cubrieron los carteles la ciudad, y los anuncios llenaron los periódicos, sin un atisbo de su genio infantil...? Porque Cyrus (aunque solía dar conferencias, no sin malicia, sobre las Partes del Cuerpo de la Mujer) era simplemente el más maleable de los muchachos, y no hubiera soñado en contrariar a su madre. Por su madre, se puso una especie de falda de brocado y un turbante; en aras del deber filial, permitió que millones de devotos le besaran el meñique. En nombre del amor materno, se convirtió realmente en Lord Khusro, el niño santo de más éxito de la historia; en un dos por tres, fue aclamado por multitudes de medio millón de personas, y se le atribuyeron milagros; los guitarristas americanos venían a sentarse a sus pies, y todos ellos traían su talonario de cheques. El señor Khusrovand adquirió contables, y paraísos fiscales, y un buque de lujo llamado *Navío Espacial Khusrovand*, y una aeronave: la *Nave Astral de Lord Khusro*. Y en algún lado, dentro del muchacho de sonrisa suave y repartidor de bendiciones... en un lugar escondido para siempre por la sombra aterradoramente eficiente de su madre (después de todo, ella había vivido en la misma casa que las mujeres de Narlikar; ¿hasta qué punto las conocía? ¿En qué medida se había filtrado en ella su impresionante competencia?), estaba el fantasma del muchacho que en otro tiempo fue mi amigo.

—¿Ese Lord Khusro? —pregunta Padma, asombrada—. ¿Te refieres al *mahaguru* que se ahogó en el mar el pasado año? —Sí, Padma; no podía caminar sobre las aguas; y a muy pocas de las personas que han estado en contacto conmigo se les ha concedido una muerte natural... déjame confesar que yo estaba un poco resentido por la apoteosis de Cyrus. «Hubiera tenido que ser yo», llegué a pensar, «yo soy el niño mágico; ahora no me han robado sólo mi primacía en casa sino hasta mi naturaleza más íntima y auténtica.»

Padma: yo nunca me convertí en *«mahaguru»*; nunca se han sentado millones a mis pies; y tuve yo la culpa, porque un día, hace muchos años, fui a oír una conferencia de Cyrus sobre las Partes del Cuerpo de la Mujer.

—¿Qué? —Padma sacude la cabeza, desconcertada—. ¿A qué viene esto?

Dubash, el físico nuclear, tenía una hermosa estatuilla de mármol —un desnudo femenino— y, con ayuda de esa figurilla, su hijo daba documentadas conferencias sobre anatomía femenina a un público de muchachos que se reían tontamente. No gratis; Cyrus-el-grande cobraba unos honorarios. A cambio de las lecciones de anatomía, exigía cuadernos de historietas... y yo con toda inocencia, le di un ejemplar del más valioso de los cuadernos de Superman, el que contenía la historia-marco de la explosión del planeta Criptón y el cohete espacial en el que Jor-El, su padre, lo envió a través del espacio, para aterrizar en la Tierra y ser adoptado por los buenos y apacibles Kents... ¿no se dio cuenta nadie más? En todos esos años, ¿no comprendió nadie que lo que la señora Dubash había hecho era reelaborar y reinventar el más potente de todos los mitos modernos: la leyenda de la venida del superhombre? Yo vi las carteleras que anunciaban a toque de trompeta la venida de Lord Kushro Khusrovand Bhagwan; y

457

me sentí obligado, una vez más, a aceptar la responsabilidad de los acontecimientos de mi mundo turbulento y fabuloso.

¡Cómo admiro los músculos de las piernas de mi solícita Padma! Ahí está en cuclillas, a unos pies de mi mesa, con el sari recogido al estilo de las pescaderas. Los músculos de sus pantorrillas no muestran signo alguno de esfuerzo; los músculos de sus muslos, ondulando a través de los pliegues del sari, exhiben su vigor encomiable. Suficientemente fuerte para permanecer en cuclillas eternamente, desafiando simultáneamente la gravedad y el calambre, mi Padma escucha sin prisas mi largo relato; ¡Oh poderosa mujer de los encurtidos! Qué solidez más tranquilizadora, qué consolador aire de permanencia hay en sus bíceps y tríceps... porque mi admiración se extiende también a sus brazos, que podrían derrotar a los míos en un periquete, y de los que, cuando me estrechan todas las noches en vanos abrazos, no hay escapatoria. Pasada ahora nuestra crisis, vivimos en perfecta armonía; yo relato, y ella deja que le relaten; ella me atiende, y yo acepto sus atenciones de buena gana. De hecho, estoy totalmente satisfecho de los músculos resignados de Padma Mangroli, que, inexplicablemente, se interesa más por mí que por mis historias.

Por qué he decidido hablar detalladamente de la musculatura de Padma: en estos días, es para esos músculos, más que para cualquier otra cosa o persona (por ejemplo, mi hijo, que todavía no sabe leer) para los que cuento mi historia. Porque avanzo a una velocidad suicida; los errores son posibles, y las exageraciones y chirriantes cambios de tono; estoy compitiendo con las grietas, pero soy consciente de que he cometido ya errores, y de que, a medida que mi desintegración se acelere (me cuesta trabajo escribir a la velocidad necesaria), el riesgo de la falta de veracidad aumenta... en esa situación, estoy aprendiendo a utilizar los músculos de Padma como guía. Cuando se aburre, puedo percibir en sus fibras las ondulaciones del desinterés; cuando no está convencida, un tic aparece siempre en su mejilla. El baile de su musculatura me ayuda a mantenerme en los carriles; porque en la autobiografía, como en toda literatura, lo que ocurrió realmente es menos importante que lo que el autor consigue persuadir a su público de que crea... Padma, al haber aceptado la historia de Cyrus-el-grande, me da coraje para acelerar y penetrar en la peor época de mis once años de vida (vendrán, vinieron, cosas peores)... en aquel agosto-y-septiembre en que las revelaciones corrían más aprisa que la sangre.

Apenas habían quitado los cabeceantes letreros cuando los equipos de demolición de las mujeres de Narlikar llegaron; Buckingham Villa se vio envuelta por el polvo tumultuoso de los moribundos palacios de William Methwold. Ocultos por el polvo de la Warden Road, allí abajo, seguíamos siendo sin embargo vulnerables al teléfono; y fue el teléfono el que nos informó, con la voz trémula de mi tía Pia, del suicidio de mi querido tío Hanif. Privado de los ingresos que recibía de Homi Catrack, mi tío había subido con su voz tonante y su obsesión por los corazones y la realidad a la terraza de su bloque de apartamentos de Marine Drive; y había salido de ella andando por la brisa marina del atardecer, asustando tanto a los mendigos (al caer) que renunciaron a fingir que eran ciegos y salieron corriendo dando alaridos... tanto muerto como vivo, Hanif Aziz había abrazado la causa de la verdad y puesto en fuga a las ilusiones: Tenía casi treinta y cuatro años. El homicidio engendra la muerte; al matar a Homi Catrack, maté también a mi tío. Fue culpa mía; y las muertes no habían acabado aún.

La familia se reunió en Buckingham Villa; de Agra, Aadam Aziz y la Reverenda Madre; de Delhi, mi tío Mustapha, el funcionario que había perfeccionado el arte de dar la razón a sus superiores hasta un punto tal que dejaron de oírlo, ¡razón por la cual nunca fue ascendido!, y Sonia, su esposa semiiraní y sus hijos, que habían sido zurrados tan concienzudamente para reducirlos a la insignificancia, que ni siquiera puedo recordar cuántos había; y del Pakistán, la amargada Alia, y hasta el General Zulfikar y mi tía Emerald, que trajeron veintisiete maletas y dos criados, y se pasaron todo el tiempo mirando el reloj y preguntando qué día era. También vino su hijo Zafar. Y, para completar el círculo, mi madre trajo a Pia a fin de que se quedara con nosotros, «por lo menos durante los cuarenta días de luto, hermana mía».

Durante cuarenta días, nos vimos sitiados por el polvo; el polvo se arrastraba bajo las toallas húmedas que colocábamos en las ventanas, el polvo seguía astutamente a cada visita de luto, el polvo se filtraba hasta por las paredes para flotar como un fantasma sin forma en el aire, el polvo amortiguaba el sonido de los ululatos oficiales y también el mortal chismorreo de los afligidos parientes; los restos de la Hacienda de Methwold se depositaban sobre mi abuela, incitándola a una gran furia; irritaban las apretadas aletas de la nariz del General Zulfikar, con su cara de Polichinela, y lo obligaban a estornudar contra su barbilla. En la fantasmal niebla del polvo, parecía a veces como si pudiéramos discernir las sombras del pasado, el espejismo de la pianola pulverizada de Lila Sabarmati o de los barrotes de la ventana de la celda de Toxy Catrack; la estatuilla desnuda de Dubash bailaba en forma de polvo por todas nuestras habitaciones, y los carteles de toros de Sonny Ibrahim nos visitaban en calidad de nubes. Las mujeres de Narlikar se habían ido mientras las excavadoras hacían su trabajo; estábamos solos dentro de la tempestad de polvo, que nos daba a todos el aspecto de muebles descuidados, como si fuéramos sillas y mesas abandonadas durante decenios sin sábanas que las cubrieran; parecíamos fantasmas de nosotros mismos. Éramos una dinastía nacida de una nariz, del monstruo aquilino del rostro de Aadam Aziz, y el polvo, penetrando por nuestras narices en nuestra hora de tribulación, derribó nuestra reserva y corroyó las barreras que permiten a las familias sobrevivir; en la tormenta de polvo de los palacios moribundos, se dijeron, vieron e hicieron cosas de las que ninguno de nosotros se recuperaría jamás.

Comenzó la Reverenda Madre, quizá porque los años la habían rellenado hasta hacerla parecerse a la montaña Sankara Acharya de su Srinagar natal, de forma que presentaba al polvo la mayor superficie de ataque. Rodando con estrépito por su cuerpo montañoso vino un ruido como el de un alud, que, al traducirse en palabras, se convirtió en un feroz ataque contra tía Pia, la viuda inconsolable. Todos habíamos notado que mi *mumani* se comportaba de una forma insólita. Había un sentimiento no expresado de que una actriz de su talla hubiera debido crecerse ante el desafío de la viudedad, por todo lo alto; inconscientemente, habíamos estado ansiosos de ver su aflicción, esperando ver cómo una gran actriz trágica orquestaba su propia calamidad, previendo una *raga* de cuarenta días, en la que la *bravura* y la suavidad, el dolor desgarrador y el dulce desánimo se mezclarían con las proporciones exactas del arte; pero Pia permanecía tranquila, con los ojos secos y decepcionantemente serena. Amina Sinai y Emerald Zulfikar lloraban y se mesaban el cabello, tratando de provocar al talento de Pia; pero finalmente, cuando pareció que nadie podía conmoverla, la Reverenda Madre perdió la paciencia. El polvo penetró en su furia defraudada, aumentando su acritud. —Esa mujer, comosellame —retumbó la Reverenda Madre—, ¿no os lo había dicho yo? Mi hijo, por Alá, hubiera podido ser cualquier cosa, pero no, comosellame, tuvo que hacer que ella arruinase su vida; y tuvo que saltar de un tejado, comosellame, para librarse de ella.

Ya estaba dicho; no podía ser desdicho. Pia permaneció sentada como si fuera de piedra, mis tripas temblaban como pudín de harina de maíz. La Reverenda Madre prosiguió torvamente; e hizo un juramento por los cabellos de la cabeza de su hijo muerto. —Hasta que esa mujer demuestre algún respeto por la memoria de mi hijo, comosellame, hasta que derrame auténticas lágrimas de esposa, no probaré bocado. ¡Es una vergüenza y un escándalo, comosellame, ver cómo está ahí con los ojos llenos de antimonio en lugar de lágrimas! —La casa resonó con el eco de sus viejas guerras con Aadam Aziz. Y hasta el vigésimo día de los cuarenta, todos tuvimos miedo de que mi abuela muriera de inanición y hubiera que empezar otra vez los cuarenta días. Ella permanecía polvorientamente echada en su lecho; nosotros esperábamos y temíamos.

Yo rompí el punto muerto entre abuela y tía; de forma que, por lo menos, puedo pretender legítimamente haber salvado una vida. Al vigésimo día, fui a buscar a Pia Aziz, que estaba en su habitación de la planta baja como si fuera ciega; como excusa para mi visita, me disculpé torpemente por mi imprudencia en el apartamento de Marine Drive. Pia habló, después de un silencio distante: —Siempre melodrama —dijo llanamente—. En los miembros de su familia, en su trabajo. Murió porque odiaba el melodrama; por eso no lloraré. —En aquel momento no lo comprendí; ahora estoy seguro de que Pia Aziz tenía toda la razón. Privado de su sustento por despreciar las fáciles emociones del cine de Bombay, mi tío se dio un paseo por fuera de la terraza; el melodrama inspiró (y quizá contaminó) su zambullida final hacia el suelo. La negativa de Pia a llorar era para honrar su memoria... pero el esfuerzo de admitirlo rompió los muros de su dominio de sí misma. El polvo la hizo estornudar; el estornudo le llenó de lágrimas los ojos; y entonces las lágrimas no quisieron detenerse, y todos presenciamos, después de todo, nuestra ansiada representación, porque cuando fluyeron fluyeron como la fuente de Flora, y ella fue incapaz de resistir a su propio talento; dio forma al torrente como la intérprete que era, introduciendo temas dominantes y motivos secundarios, golpeándose sus asombrosos pechos de un forma realmente dolorosa de ver, estrujándoselos, aporreándoselos... se desgarró los vestidos y el cabello. Fue una exaltación de las lágrimas, y persuadió a la Reverenda Madre para que comiera. El *dal* y los pistachos entraron a raudales en mi abuela mientras el agua salada salía torrencialmente de mi tía. Entonces Naseem Aziz cayó sobre Pia, abrazándola, convirtiendo su solo en dúo, mezclando la música de la reconciliación con las melodías insoportablemente bellas del dolor. Nos picaban las palmas de las manos con un aplauso inexpresable. Y lo mejor iba a venir aún, porque Pia, la artista, llevó sus esfuerzos épicos a un final superlativo. Recostando su cabeza en el regazo de su suegra, dijo, con una voz llena de sumisión y de vacío: —*Ma*, deja que tu hija indigna te escuche por fin; dime lo que tengo que hacer, y lo haré. —Y la Reverenda Madre, lacrimosamente—: Hija, tu padre Aziz y yo iremos pronto a Rawalpindi; en nuestra vejez viviremos cerca de nuestra hija menor, nuestra Emerald. Tú vendrás también, y compraremos un surtidor de gasolina. —Y así fue cómo el sueño de la Reverenda Madre comenzó a realizarse, y Pia Aziz se avino a renunciar al mundo del cine por el del combustible. Mi tío Hanif, creo, lo hubiera aprobado probablemente.

El polvo nos afectó a todos durante esos cuarenta días; puso a Ahmed Sinai refunfuñón y ronco, de forma que se negó a sentarse en compañía de sus parientes políticos e hizo que Alice Pereira retransmitiera mensajes a las plañideras, mensajes que él aullaba también desde su oficina: —¡Basta de alboroto! ¡Cómo puedo trabajar con todo este jaleo! —Hizo que el General Zulfikar y Emerald consultaran constantemente calendarios y horarios de líneas aéreas mientras su hijo Zafar comenzaba a presumir ante el Mono de Latón de que estaba haciendo que su padre arreglase el matrimonio entre los dos—. Créeme que tienes suerte —le dijo a mi hermana aquel descarado primo—. Mi padre es un hombre importante en el Pakistán. —Pero, aunque Zafar había heredado el aspecto de su padre, el polvo había obstruido el ánimo del Mono, y no tuvo valor para pelearse con Zafar. Entretanto, mi tía Alia esparcía por el aire su antigua y polvorienta desilusión y mis parientes más absurdos, la familia de mi tío Mustapha, se sentaban hoscamente por los rincones y eran, como de costumbre, olvidados; el bigote de Mustapha Aziz, orgullosamente encerado y de puntas levantadas cuando llegó, se había hundido hacía tiempo por la deprimente influencia del polvo.

Y entonces, al vigésimo segundo día del período de luto, mi abuelo, Aadam Aziz, vio a Dios.

Tenía sesenta y ocho años ese año... todavía un decenio más que el siglo. Pero dieciséis años sin optimismo se habían cobrado un precio elevado. Arrastrando los pies por Buckingham Villa con un gorro bordado y un largo guardapolvos *chugha* —guardado, a su vez, por una delgada película de polvo— mordisqueaba sin objeto zanahorias crudas, dejando que le cayeran delgados hilos de saliva por los contornos encanecidos y blancos de la barbilla. Y, a medida que decaía, la Reverenda Madre se hacía más grande y más fuerte; ella, que en otro tiempo había gemido lamentablemente a la vista del mercurocromo, parecía ahora alimentarse de la debilidad de él, como si su matrimonio hubiera sido una de esas uniones míticas en que los súcubos se aparecen a los hombres como inocentes damiselas y, después de atraerlos al lecho conyugal, recobran su verdadero y horroroso aspecto, empezando a tragarse sus almas... mi abuela, en aquellos tiempos, había adquirido un bigote casi tan exuberante como el pelo polvorientamente hundido del labio superior de su único hijo superviviente. Se sentaba cruzada de piernas en su cama, untándose el labio con un fluido misterioso que se endurecía en torno a los pelos y era entonces arrancado por su mano brusca y violenta; pero el remedio sólo servía para exacerbar su mal.

—Se ha vuelto otra vez como un niño, comosellame —les dijo la Reverenda Madre a los hijos de mi abuelo—, y Hanif ha acabado con él. —Nos advirtió de que él había empezado a ver cosas—. Habla con gente que no existe —susurró muy fuerte mientras él vagaba por la habitación chupándose los dientes—. ¡Qué forma de llamar, comosellame! ¡En mitad de la noche! —Y lo imitó—: ¿Eh, Tai? ¿Eres tú? —Nos habló a los niños del barquero, y del Colibrí, y de la Rani de Cooch Naheen—. El pobre hombre ha vivido demasiado, comosellame; ningún padre debería ver morir antes a su hijo —... Y Amina, que la escuchaba, sacudió la cabeza con simpatía, sin saber que Aadam Aziz le dejaría su legado... que también ella, en sus últimos días, sería visitada por cosas que no tenían por qué volver.

No podíamos utilizar los ventiladores del techo a causa del polvo; el sudor bajaba por el rostro de mi afectado abuelo, dejando surcos de barro en sus mejillas. A veces agarraba a cualquiera que estuviese cerca de él y le hablaba con absoluta lucidez: —¡Esos Nehrus no estarán contentos hasta que se hayan convertido en reyes hereditarios! —O, babeando en el rostro de un General Zulfikar que se retorcía—: ¡Ah, Pakistán desventurado! ¡Qué flaco servicio te hacen tus gobernantes! —Pero en otras ocasiones parecía imaginar que estaba en una tienda de piedras preciosas, y musitaba—: ... Sí: eran esmeraldas y rubíes... —El Mono me susurró—: ¿Se va a morir el abuelito?

Lo que se filtró en mí de Aadam Aziz: cierta vulnerabilidad a las mujeres, pero también su causa, el agujero en el centro de sí mismo debido a su (que es también mi) incapacidad para creer o dejar de creer en Dios. Y otra cosa también... otra cosa que, a los once años, vi antes de que nadie lo notara. Mi abuelo había empezado a agrietarse.

—¿A agrietársele los sesos? —pregunta Padma—. ¿Quieres decir que estaba mal de la azotea?

El pescador Tai dijo: «El hielo está siempre al acecho, Aadam baba, debajo mismo de la superficie del agua.» Yo vi las grietas en sus ojos: un arabesco delicado de líneas incoloras contra el azul; vi una red de fisuras que se extendía bajo su piel correosa; y respondí a la pregunta del Mono: —Creo que sí. —Antes de terminar el cuadragésimo día del luto, la piel de mi abuelo había empezado a partirse y escamarse y pelarse; apenas podía abrir la boca para comer a causa de las grietas de la comisura de sus labios; y comenzaron a caérsele los dientes como moscas bajo el flit. Pero una muerte por agrietamiento puede ser lenta; y pasó mucho tiempo antes de que supiéramos de las otras grietas, las de la enfermedad que le estaba royendo los huesos, de forma que, finalmente, su esqueleto se desintegró en polvo dentro del saco curtido de su piel.

Padma parece de pronto presa del pánico. —¿Qué dices? oye, señor: ¿me estás diciendo que tú también...

466

qué cosa hay sin nombre que pueda comerse los *huesos* de un hombre? ¿Es...?

No hay tiempo para detenerse ahora; no hay tiempo para la compasión ni el pánico; he ido ya más lejos de lo que hubiera debido. Retrocediendo algo en el tiempo debo decir que también algo de mí se filtró en Aadam Aziz; porque, al vigésimo tercer día de luto, pidió a toda la familia que se reuniera en el mismo salón de los jarrones de cristal (no había necesidad ahora de esconderlos de mi tío) y de los cojines y los ventiladores inmovilizados, el mismo salón en el que yo había anunciado mis propias visiones... La Reverenda Madre había dicho: «Se ha vuelto otra vez como un niño»; como un niño, mi abuelo nos anunció que, tres semanas después de haber sabido la muerte de un hijo que él creía vivo y coleando, había visto con sus propios ojos al Dios en cuya muerte había tratado de creer durante toda su vida. Y, como un niño, no fue creído. Salvo por una persona... —Sí, escuchad —dijo mi abuelo, y su voz era una débil imitación de sus antiguos tonos retumbantes—. ¿Sí, Rani? ¿Estás ahí? ¿Y Abdullah? Ven, siéntate, Nadir, tengo noticias... ¿dónde está Ahmed? Alia querrá que esté aquí... Dios, hijos míos; Dios, contra el que he luchado toda mi vida. ¿Oskar? ¿Ilse...? No, claro, sé que están muertos. Creéis que soy viejo, quizá ridículo; pero he visto a Dios. —Y su historia, lentamente, a pesar de divagaciones y desviaciones, avanza pulgada a pulgada; a la medianoche, mi abuelo se despertó en su habitación a oscuras. Había en ella alguien más... alguien que no era su esposa. La Reverenda Madre roncaba en su cama. Pero había alguien. Alguien cubierto de un polvo brillante, iluminado por la luna poniente. Y Aadam Aziz: «¿Eh, Tai? ¿Eres tú?» Y la Reverenda Madre, mascullando en su sueño: «Ay, duerme, esposo, olvídate de eso...» Pero ese alguien, ese algo, grita con una voz fuerte y sobrecogedora (¿sobrecogida?): «¡Jesucristo omnipotente!» (Entre los jarro-

nes de cristal tallado, mi abuelo se ríe apologéticamente
jeh-jeh, al pronunciar el nombre infiel.) «¡Jesucristo
omnipotente!» y mi abuelo mira, y ve, sí, tiene agujeros
en las manos, perforaciones en los pies como en otro
tiempo hubo en un... Pero él se frota los ojos, sacude la
cabeza, dice: «¿Quién? ¿Cómo? ¿Qué has dicho?» Y la
aparición, sobrecogedora-sobrecogida: «¡Dios! ¡Dios!»
Y, tras una pausa: «No creía que pudieras verme.»

—Pero Lo vi —dice mi abuelo bajo los ventiladores inmóviles—. Sí, no puedo negarlo, claro que Lo vi.
—... Y la aparición: «¡Tú eres ése cuyo hijo ha muerto?» Y mi abuelo, con un dolor en el pecho: «¿Por qué?
¿Por qué ha ocurrido?» A lo cual, la criatura, hecha
sólo visible por el polvo: «Dios tiene sus razones, anciano; la vida es así, ¿no es cierto?»

La Reverenda Madre nos despidió a todos. —El
viejo no sabe lo que dice, comosellame. ¡Hay que ver,
que las canas hagan blasfemar a un hombre! —Pero
Mary Pereira salió con el rostro pálido como una sábana; Mary sabía a quién había visto Aadam Aziz...
quién, desintegrado por su responsabilidad en el delito
de ella, tenía agujeros en pies y manos; cuyo talón fue
mordido por una serpiente; que murió en una cercana
torre del reloj y había sido confundido con Dios.

Más valdrá que termine, aquí y ahora, la historia de
mi abuelo; ya he llegado hasta este punto, y es posible
que luego no haya oportunidad... en algún lugar, en las
profundidades de la senilidad de mi abuelo, que me recordaba inevitablemente la locura del Profesor Schaapsteker del piso de arriba, arraigó la amarga idea de que
Dios, con su actitud desenvuelta hacia el suicidio de
Hanif, había probado su propia culpabilidad en el
asunto; Aadam agarró al General Zulfikar por sus marciales solapas y le susurró: —¡Porque nunca creí en él,
me robó a mi hijo! —Y Zulfikar—: No, no, doctor
Sahib, no debe atormentarse con... —Pero Aadam Aziz

nunca olvidó su visión; aunque los detalles de la deidad particular que había visto se borraron de su mente, dejando sólo un deseo apasionado y babeante de venganza (pasión que compartimos los dos)... al terminar los cuarenta días de luto se negó a ir al Pakistán (como había proyectado la Reverenda Madre), porque era un país hecho especialmente para Dios; y, en los años de vida que le quedaron, con frecuencia se deshonró a sí mismo al entrar dando traspiés en mezquitas y templos con su bastón de anciano, profiriendo imprecaciones y repartiendo golpes a todo devoto u hombre santo que se le ponía a tiro. En Agra, lo toleraban por el hombre que había sido en otro tiempo; los viejos de la tienda de *paan* de Cornwallis Road jugaban al tiro-a-la-escupidera y recordaban con compasión el pasado del doctor Sahib. La Reverenda Madre tuvo que someterse a él aunque sólo fuera por esa razón: la iconoclastia de su chochez hubiera sido un escándalo en un país en que no lo conocieran.

Detrás de su ridiculez y de sus furias, las grietas siguieron extendiéndose; la enfermedad le masticaba continuamente los huesos, mientras el odio le devoraba el resto. Sin embargo, no murió hasta 1964. Sucedió así: el miércoles, 25 de diciembre de 1963 —¡día de Navidad!— la Reverenda Madre se despertó y vio que su marido había desaparecido. Saliendo al patio de su casa, entre gansos silbantes y las sombras pálidas del amanecer, llamó a los criados; y le dijeron que el doctor Sahib se había ido en *rickshaw* a la estación de ferrocarril. Para cuando ella llegó a la estación, el tren había salido; y de esa forma mi abuelo, siguiendo algún impulso desconocido, inició su último viaje, a fin de poder terminar su historia donde (como la mía) comenzó, en una ciudad rodeada de montañas y situada a orillas de un lago.

El valle estaba escondido en una cáscara de hielo; las montañas se habían acercado, *para gruñir como mandíbulas furiosas en torno a la ciudad del lago...* invierno en Srinagar; invierno en Cachemira. El viernes, 27 de diciembre, un hombre que respondía a la descripción de mi abuelo fue visto, con una *chugha* y babeando, en las proximidades de la mezquita de Hazratbal. A las cuatro y cuarenta y cinco de la mañana del sábado, el Haji Muhammad Khalil Ghanai se dio cuenta del robo, del santuario interior de la mezquita, de la reliquia más estimada del valle: un pelo sagrado del Profeta Muhammad.

¿Lo hizo él? ¿No lo hizo? Si fue él, ¿por qué no entró en la mezquita, con el palo en la mano, para apalear a los fieles como se había acostumbrado a hacer? Y si no ¿entonces por qué? Hubo rumores de una conspiración del Gobierno Central para «desmoralizar a los musulmanes cachemiros», robándoles su pelo sagrado; y rumores contrarios sobre agentes provocadores pakistaníes, que habrían robado la reliquia para fomentar la inquietud... ¿lo hicieron? ¿No lo hicieron? ¿Fue ese incidente extraño auténticamente político o fue el penúltimo intento de vengarse de Dios de un padre que había perdido a su hijo? Durante diez días, no se cocinó en ningún hogar musulmán; hubo disturbios y quemas de coches; pero mi abuelo estaba ahora por encima de la política, y no se sabe que participase en ninguna manifestación. Era un hombre con una sola misión; y lo que se sabe es que, el 1.º de enero de 1964 (un miércoles, exactamente una semana después de haberse marchado de Agra), volvió el rostro hacia la colina que los musulmanes llamaban erróneamente Takht-e-Sulaiman, el trono de Salomón, sobre la cual se levantaba un mástil de radio, pero también la ampolla negra del templo del *acharya* Sankara. Haciendo caso omiso de la aflicción de la ciudad, mi abuelo trepó montaña arriba; mientras la enfermedad de las grietas que llevaba dentro le roía pacientemente los huesos. No lo reconocieron.

El doctor Aadam Aziz *(de regreso de Heidelberg)* murió cinco días antes de que el gobierno anunciara que la búsqueda masiva del único pelo de la cabeza del Profeta había tenido éxito. Cuando los santos más santos del Estado se reunieron para certificar la autenticidad del pelo, mi abuelo no pudo decirles la verdad. (Si se equivocaron... pero no puedo responder a las preguntas que he formulado.) Detenido por ese delito —y puesto en libertad más tarde por mala salud— fue un tal Abdul Rahim Bande; pero quizá mi abuelo, de haber vivido, hubiera podido arrojar una luz más extraña sobre el asunto... al mediodía del 1.º de enero, Aadam Aziz llegó al exterior del templo de Sankara Acharya. Se le vio levantar su bastón; dentro del templo, las mujeres que estaban celebrando la ceremonia de *puja* en el *lingam* de Shiva retrocedieron... lo mismo que, en otro tiempo, unas mujeres habían retrocedido ante la ira de otro médico, obsesionado por los tetrápodos; y entonces las grietas lo reclamaron, y sus piernas cedieron bajo él al desintegrarse sus huesos, y el efecto de su caída fue que el resto de su esqueleto quedó hecho pedazos sin esperanza de reparación. Lo identificaron por los papeles que llevaba en el bolsillo de la *chugha*: una fotografía de su hijo, y una carta medio acabada (y, por suerte, debidamente dirigida) para su esposa. El cuerpo, demasiado frágil para ser transportado, fue enterrado en el valle en que nació.

Miro a Padma; sus músculos han comenzado a crisparse distraídamente. —Ten en cuenta una cosa —le digo—. ¿Resulta tan extraño lo que le ocurrió a mi abuelo? Compáralo con el simple hecho del santo alboroto por el robo de un pelo; porque hasta el último detalle de eso es cierto y, por comparación, la muerte de un anciano resulta, sin duda, perfectamente normal. —Padma se relaja; sus músculos me dicen que continúe. Porque me he entretenido demasiado con Aadam

Aziz; quizá tengo miedo de lo que hay que decir ahora; pero no se omitirán las revelaciones.

Un último hecho: después de la muerte de mi abuelo, el Primer Ministro Jawaharlal Nehru cayó enfermo y nunca recuperó la salud. Esa enfermedad fatal lo mató finalmente el 27 de mayo de 1964.

Si yo no hubiera querido ser un héroe, el señor Zagallo nunca me hubiera tirado del pelo. Si mi pelo hubiera permanecido intacto, Glandulitas Keith y el Gordo Perce nunca me hubieran tomado el pelo; y Masha Miovic no me hubiera incitado a perder mi dedo. Y de mi dedo salió sangre que no era ni-Alfa-ni-Omega, y me envió al exilio; y en el exilio me llené del deseo de venganza que condujo al asesinato de Homi Catrack; y si Homi no hubiera muerto, quizá mi tío no hubiera salido de una terraza para pasearse por la brisa del mar; y entonces mi abuelo no hubiera ido a Cachemira ni se hubiera roto por el esfuerzo de trepar a la colina de Sankara Acharya. Y mi abuelo fue el fundador de mi familia, y mi destino estaba unido, por mi nacimiento, al de la nación, y el padre de la nación era Nehru. La muerte de Nehru: ¿puedo evitar la conclusión de que fue también culpa mía?

Pero ahora estamos otra vez en 1958; porque, al trigesimoséptimo día del luto, la verdad, que se había estado acercando sigilosamente a Mary Pereira —y, por consiguiente, a mí— durante once años, salió a la luz; la verdad, en forma de un hombre viejo, viejísimo, cuyo hedor del Infierno penetraba hasta en mis taponadas narices, y cuyo cuerpo carecía de dedos de manos y pies y estaba cubierto de furúnculos y agujeros, subió a nuestro altozano de dos pisos y apareció a través de la nube de polvo para ser vista por Mary Pereira, que estaba limpiando las persianas *chick* del mirador.

Allí, pues, la pesadilla de Mary se hizo verdad; ¡allí, visible a través del velo de polvo, estaba el fantasma de Joe D'Costa, dirigiéndose hacia la oficina de la planta baja de Ahmed Sinai! Como si no le hubiera bastado con aparecerse a Aadam Aziz... —*Arré*, Joseph —gritó Mary, dejando caer el plumero—, ¡vete ahora mismo! ¡No vengas aquí! ¡No molestes a los sahibs con tus problemas! ¡Ay Dios, Joseph, vete, vete *na*, me vas a matar! —Pero el fantasma siguió andando por el camino.

Mary Pereira, abandonando las persianas *chick*, dejándolas colgar torcidas, se precipita al interior de la casa y se arroja a los pies de mi madre... con sus regordetas manitas unidas en súplica... —¡Begum Sahiba! ¡Begum Sahiba, perdóname! —Y mi madre, pasmada—: ¿Qué te pasa, Mary? ¿Qué mosca te ha picado? —Pero Mary no está para diálogos, llora incontrolablemente, grita—: ¡Ay Dios, ha llegado mi hora, mi querida señora, pero ¡déjame ir en paz, no me metas en la *jailkhana*! —Y también—: Once años, mi señora, no digas que no os he querido a todos, ay señora, y ese chico con su cara de luna; pero ahora estoy muerta, soy una mujer malísima, ¡arderé en el infierno! ¡*Funtoosh*! —lloró Mary, y otra vez—: ¡Se acabó; *funtoosh*!

Todavía no adivinaba yo lo que iba a venir; ni siquiera cuando Mary se arrojó sobre mí (ahora era más alto que ella; sus lágrimas me mojaron el cuello): —Oh *baba, baba*; hoy tienes que saber una cosa, la cosa horrible que hice; pero ahora ven... —y la mujercita se enderezó con inmensa dignidad—. ... Os lo diré a todos antes de que lo haga Joseph. Begum, niños, todos, grandes señores y señoras, venid ahora a la oficina del sahib y os lo diré.

Las declaraciones públicas han puntuado mi vida; Amina, en un callejón de Delhi y Mary en una oficina sin sol... con toda mi familia en asombrado tropel detrás, bajé las escaleras con Mary Pereira, que no me soltaba la mano.

¿Qué había en la habitación con Ahmed Sinai? ¿Qué era lo que había dado a mi padre un rostro del que habían sido expulsados los *djinns* y el dinero para ser sustituidos por una mirada de absoluta desolación? ¿Qué era lo que se acurrucaba en un rincón, llenando el aire con su hedor sulfuroso? ¿Qué era lo que, con forma de hombre, carecía de dedos en manos y pies; y cuyo rostro parecía hervir como las fuentes termales de Nueva Zelandia (que yo había visto en El *Maravilloso Libro de las Maravillas*)...? No hay tiempo para explicarlo, porque Mary Pereira ha empezado a hablar, farfullando un secreto que ha estado escondido durante más de once años, sacándonos a todos del mundo de ensueño que inventó al cambiar los nombres, y obligándonos a entrar en el horror de la verdad. Y durante todo el tiempo me tenía agarrado; como una madre que protegiera a su hijo, me defendía de mi familia. (La cual estaba enterándose... como yo... de que no era...)

... Era poco después de la medianoche y en las calles había cohetes y multitudes, el monstruo policéfalo rugía, lo hice por mi Joseph, sahib, pero por favor no me mandes a la cárcel, el chico es un buen chico, sahib, yo soy una pobre mujer, sahib, una equivocación, un minuto en tantos años, a la *jailkhana* no, sahib, me iré, os he dado once años pero me iré, sahib, pero éste es un buen chico, sahib, no debes echarlo, sahib, después de once años es tu hijo... Ay niño de cara como el sol naciente, ay Saleem, mi cachito-de-luna, tienes que saber que tu padre fue Winkie y que tu madre ha muerto también...

Mary Pereira salió corriendo del cuarto.

Ahmed Sinai dijo, con una voz tan lejana como un pájaro: —Ese del rincón es mi viejo criado Musa, que una vez trató de robarme.

(¿Puede una narración soportar tanto y tan de repente? Miro a Padma; parece estar estupefacta, como un pez.)

Hace mucho tiempo un criado robó a mi padre; juró que era inocente; dijo que cayera sobre él la maldición de la lepra si es que estaba mintiendo; y resultó que mentía. Se marchó, caído en desgracia; pero ya os dije que era una bomba de relojería, y ahora había vuelto para explotar. Musa había contraído realmente la lepra; y había vuelto, a través del silencio de los años, para suplicar a mi padre perdón, a fin de poder verse libre de la maldición que él mismo se infligió.

... Alguien al que llamaban Dios no era Dios; alguien más fue tomado por fantasma, y no era un fantasma; y un tercero descubrió que, aunque se llamaba Saleem Sinai, no era hijo de sus padres...

—Te perdono —le dijo Ahmed Sinai al leproso. A partir de aquel día, se vio curado de una de sus obsesiones; nunca trató de descubrir otra vez su propia (y totalmente imaginaria) maldición familiar.

—No podía contarlo de otro modo —le digo a Padma—. Es demasiado doloroso; tenía que soltarlo así, aunque sonase disparatado, simplemente así.

—Ay, señor —lloriquea Padma desvalida—. ¡Ay, señor, señor!

—Vamos —le digo—, es una vieja historia.

Pero sus lágrimas no son por mí, de momento, se ha olvidado de lo-que-me-muerde-los-huesos-bajo-la-piel; está llorando por Mary Pereira, a la que, como he dicho, ha tomado excesivo cariño.

—¿Qué le pasó? —dice con los ojos rojos—. ¿A esa Mary?

Me acomete una furia irracional: —¡Pregúntaselo a ella!

¡Pregúntale cómo se fue a su casa, a la ciudad de Panjim en Goa, cómo le contó a su anciana madre la historia de su vergüenza! Pregúntale cómo su madre se volvió loca con aquel escándalo (lo que fue muy apropiado; ¡todos los viejos perdían el juicio en aquella época!) Pregúntale: ¿fueron madre e hija pidiendo perdón por las calles? ¿No era ésa la época en que, cada diez años, el cadáver momificado de San Francisco Javier (una reliquia tan santa como el pelo del Profeta) era sacado de su cripta en la Catedral de Bom Jesus y paseado por la ciudad? ¿Se encontraron Mary y la vieja y enloquecida señora Pereira apretadas contra el catafalco; había perdido la cabeza de dolor aquella anciana señora por el crimen de su hija? ¿Trepó la señora Pereira a las andas, gritando «¡Hai! ¡Ai-hai! ¡Ai-hai-hai!», para besar el pie del Santo? En medio de una multitud innumerable, ¿cayó la señora Pereira en un santo frenesí? ¡Pregúntale! ¿Puso o no puso los labios, arrebatada por su espíritu demente, en el dedo gordo de San Francisco? Pregúntale tú: *¿le arrancó el dedo de un mordisco* la madre de Mary?

—¿Qué? —gime Padma, desconcertada por mi ira—. ¿Qué, *preguntarle*?

... Y esto es también verdad: ¿se lo inventaron los periódicos cuando escribieron que la anciana señora fue milagrosamente castigada, cuando citaron fuentes eclesiásticas y testigos presenciales que describían cómo fue convertida la anciana en piedra dura? ¿No? Pregúntale si es cierto que la Iglesia envió una estatua de piedra de una vieja por los pueblos y las aldeas de Goa, para mostrar lo que les pasaba a los que se portaban mal con los santos. Pregúntale: ¿no se vio simultáneamente esa estatua en varias aldeas... y resultó ser una impostura, o bien un nuevo milagro?

—Sabes que no se lo puedo preguntar a nadie —berrea Padma... pero yo, sintiendo que mi furia se calma, no voy a hacer más revelaciones esta noche.

Lisa y llanamente, pues: Mary Pereira nos dejó, y se fue a vivir con su madre en Goa. Pero Alice Pereira se quedó; Alice siguió en la oficina de Ahmed Sinai, escribiendo a máquina y yendo a buscar piscolabis y bebidas gaseosas.

En cuanto a mí... al terminar el período de luto por mi tío Hanif, comencé mi segundo exilio.

MOVIMIENTOS REALIZADOS POR PIMENTEROS

Tuve que llegar a la conclusión de que no podía seguir admitiendo a Shiva, mi rival, mi hermano de cambiazo, en el foro de mi mente; por razones que, lo admito, eran innobles. Tenía miedo de que descubriera lo que yo estaba seguro de no poder ocultarle: los secretos de nuestro nacimiento. Shiva, para quien el mundo eran cosas, para quien la Historia podía explicarse como la lucha continua del yo-contra-la-multitud, insistiría sin duda en reclamar sus derechos y, espantado por la simple idea de que mi antagonista de rodillas contundentes me sustituyera en el cuarto azul de mi infancia, mientras yo, forzosamente, descendía taciturno del altozano de dos pisos y entraba en los barrios miserables del norte; negándome a aceptar que la profecía de Ramram Seth había sido para el chico de Winkie, que era a Shiva a quien habían escrito los Primeros Ministros, y para Shiva para quien los pescadores señalaban hacia el mar... dando, en pocas palabras, mucho más valor a mi filiación de once años que a la simple sangre, resolví que mi *alter ego* violento y destructor no debía entrar más en las asambleas, cada vez más díscolas, de la Conferencia de los Hijos de la Medianoche; que guardaría mi secreto —que había sido en otro tiempo el de Mary— con mi propia vida.

Hubo noches, en esa época, en que evité reunir siquiera a la Conferencia: no por el insatisfactorio giro que había tomado sino simplemente porque sabía que haría falta tiempo, y sangre fría, para levantar una barrera en torno a mis nuevos conocimientos que pudiera escondérselos a los Hijos; con el tiempo, estaba seguro, lo lograría... pero tenía miedo de Shiva. Siendo el más feroz y poderoso de los Hijos, penetraría donde los otros no podían entrar... En cualquier caso, evité a mis Hijos-compañeros; y entonces, de repente, fue ya demasiado tarde, porque, habiendo exiliado a Shiva, me encontré yo mismo arrojado a un exilio desde el que era incapaz de ponerme en contacto con mis más-de-quinientos colegas: fui lanzado al Pakistán, a través de la frontera creada por la Partición.

A finales de septiembre de 1958, el período de luto por mi tío Hanif Aziz llegó a su fin; y, milagrosamente, la nube de polvo que nos había envuelto se depositó gracias a un misericordioso chaparrón. Cuando nos hubimos bañado y puesto ropas recién lavadas y hubimos puesto en marcha los ventiladores del techo, surgimos de los cuartos de baño llenos, brevemente, del optimismo ilusorio de una limpieza recién jabonada; y nos encontramos con un Ahmed Sinai polvoriento y sin lavar, con la botella de whisky en la mano y los ojos ribeteados de sangre, que subía tambaleándose por las escaleras desde su oficina, en las garras maníacas de los *djinns*. Había estado luchando, en su mundo privado de abstracciones, con las realidades impensables que las revelaciones de Mary habían desencadenado; y, por algún funcionamiento disparatado del alcohol, se había apoderado de él una rabia indescriptible que se dirigía, no contra la espalda desaparecida de Mary ni contra el hijo cambiado que tenía delante, sino contra mi madre... contra, debería decir, Amina Sinai. Quizá porque sabía que debía pedirle perdón y no lo hacía, Ahmed echaba pestes durante horas contra ella, al alcance de los espantados oídos de su familia; no repetiré las cosas que le llamaba, ni las horribles líneas de conducta que le recomendaba que adoptase para su vida. Pero al final fue la Reverenda Madre la que intervino.

—En otra ocasión, hija mía —dijo haciendo caso omiso de los continuos desvaríos de Ahmed—, tu padre y yo, comosellame, dijimos que no era vergonzoso abandonar a un marido inadecuado. Ahora te lo digo otra vez: tienes, comosellame, un marido de indecible bajeza. Vete de su lado; vete hoy y llévate a tus hijos, comosellame, apartándolos de esos juramentos que vomita por la boca como un animal, comosellame, de alcantarilla. Llévate a tus hijos, comosellame; a tus *dos* hijos —dijo apretándome contra su pecho. Una vez que la Reverenda Madre me había legitimado, no hubo nadie que se opusiera a ella; ahora me parece, a través dc los años, que hasta mi maldicente padre se impresionó por aquel apoyo al mocoso de once años.

La Reverenda Madre lo arreglaba todo; mi madre era como masilla —¡como arcilla de alfarero!— en sus manos omnipotentes. En aquella época, mi abuela (tengo que seguir llamándola así) creía todavía que ella y Aadam Aziz emigrarían pronto al Pakistán; de forma que dio instrucciones a Emerald para que nos llevara con ella —Amina, el Mono, yo, hasta mi tía Pia— y esperase su llegada. —Las hermanas deben cuidar de las hermanas, comosellame —dijo la Reverenda Madre—, en tiempos difíciles. —Mi tía Emerald pareció sumamente disgustada; pero tanto ella como el General Zulfikar se conformaron. Y como mi padre estaba de un humor lunático que nos hacía temer por nuestra seguridad, y los Zulfikar habían sacado ya pasajes para un buque que debía zarpar aquella noche, aquel mismo día salí de mi hogar de toda la vida, dejando a Ahmed Sinai solo con Alice Pereira; porque cuando mi madre abandonó a su segundo marido, todos los demás sirvientes se marcharon también.

En el Pakistán, mi segundo período de crecimiento precipitado llegó a su fin. Y en el Pakistán descubrí que, de algún modo, la existencia de una frontera «interfería» mis transmisiones mentales a los más-de-quinientos; de forma que, exiliado una vez más de mi hogar, me vi exiliado también del don que era mi derecho de nacimiento más auténtico: el don de los hijos de la medianoche.

Estábamos anclados frente al Rann de Kutch en una tarde empapada de calor. El calor me zumbaba en el oído izquierdo malo; pero preferí quedarme en cubierta, mirando cómo unas embarcaciones de remos pequeñas y vagamente siniestras y unos *dhows* de pescador hacían su servicio de trasbordo entre nuestro barco y el Rann, transportando objetos tapados con lonas, yendo y viniendo, yendo y viniendo. Bajo cubierta, los adultos jugaban a la lotería de cartones; yo no tenía ni idea de dónde estaba el Mono. Era la primera vez que estaba en un verdadero barco (las visitas ocasionales a buques de guerra americanos en el puerto de Bombay no contaban, porque eran sólo turismo; y además estaba la molestia de encontrarse en compañía de docenas de señoras en estado avanzado de embarazo, que iban siempre a esas visitas en grupo con la esperanza de ponerse de parto y dar a luz hijos que, por razón de su nacimiento embarcado, tendrían derecho a la nacionalidad americana). Miraba fijamente, a través de la neblina de calor, el Rann. *El Rann de Kutch...* Siempre había pensado que era un nombre mágico, había medio-temido-medio-deseado visitar el lugar, aquella zona camaleónica que era tierra la mitad del año y mar la otra mitad, y en la que, se decía, el mar abandonaba al reti-

482

rarse toda clase de desechos fabulosos, como cofres del tesoro, espectrales medusas blancas, y hasta la figura ocasional, boqueante y monstruoso-legendaria de algún tritón. Al contemplar por primera vez ese terreno anfibio, esa ciénaga de pesadilla, hubiera debido sentirme emocionado; pero el calor y los acontecimientos recientes me abrumaban; mi labio superior seguía estando infantilmente húmedo de mucosidades de mi nariz, pero me sentía oprimido por el sentimiento de haber pasado directamente de una infancia demasiado larga y babeante a una vejez prematura (aunque todavía goteante). Mi voz se había vuelto más profunda; me había visto obligado a empezar a afeitarme, y tenía la cara manchada de sangre allí donde la navaja había cortado la cabeza de mis espinillas... El contador del barco pasó y me dijo: —Será mejor que te vayas abajo, hijo. Ésta es precisamente la hora de más calor. —Le pregunté qué hacían las embarcaciones de trasbordo—. Sólo llevan suministros —me dijo, y se fue, dejándome para que contemplara un futuro en el que había poco que esperar, salvo la hospitalidad a regañadientes del General Zulfikar, los pavoneos autosatisfechos de mi tía Emerald, que indudablemente disfrutaría haciendo alarde de sus éxitos mundanos y su situación social ante su desgraciada hermana y desconsolada cuñada, y la presunción de musculosa cabeza de su hijo Zafar... —Pakistán —dije en voz alta—, ¡qué poblacho! —Y ni siquiera habíamos llegado... Miré las embarcaciones; parecían nadar a través de una neblina vertiginosa. La cubierta parecía balancearse también violentamente, aunque casi no había viento; y aunque intenté agarrarme a la barandilla, las planchas fueron más rápidas que yo: se lanzaron hacia arriba y me golpearon en la nariz.

Así fue como llegué al Pakistán, con un leve ataque de insolación que añadir a la vaciedad de mis manos y la conciencia de mi nacimiento; y ¿cómo se llamaba el barco? ¿Qué dos barcos gemelos seguían haciendo el trayecto entre Bombay y Karachi en aquellos tiempos, antes de que la política pusiera fin a esos viajes? Nuestro barco era el *S.S. Sabarmati*; su gemelo, que nos pasó poco antes de que llegáramos al puerto de Karachi, era el *Saravasti*. Navegamos al exilio a bordo del barco homónimo del Comandante, lo que probaba una vez más que no era posible escapar a la repetición.

Llegamos a Rawalpindi en un tren caluroso y polvoriento. (El General y Emerald viajaban con aire acondicionado; para el resto de nosotros compraron billetes de primera clase ordinarios.) Pero hacía frío cuando llegamos a 'Pindi y puse pie, por primera vez, en una ciudad del norte... La recuerdo como una ciudad baja, anónima; cuarteles del Ejército, tiendas de fruta, una industria de artículos de deporte; militares altos por las calles; *jeeps*; ebanistas; polo. Una ciudad en la que podía hacer mucho, muchísimo frío. Y, en una urbanización nueva y costosa, una casa inmensa rodeada por una pared alta coronada de alambre de espino y patrullada por centinelas: el hogar del General Zulfikar. Había un baño al lado de la cama de matrimonio en que dormía el General; había un lema en la casa: «¡Hay que organizarse!»; los sirvientes llevaban jerseys y boinas militares de color verde; por las noches, el olor del *bhang* y del *charas* subía flotando desde sus alojamientos. El mobiliario era costoso y sorprendentemente bello; a Emerald no se le podía criticar el gusto. Era una casa insulsa, sin vida, a pesar de todos sus aires militares; hasta los peces de colores del tanque colocado en la pared del comedor parecían burbujear con apatía; quizá el habitante más interesante no era tan siquiera humano. Permitidme, por un momento, describir a Bonzo, el perro del General. Perdón: la vieja perra *beagle* del General.

Aquella criatura con bocio, de una antigüedad de papel, había sido sumamente indolente e inútil toda su vida; pero, mientras yo me estaba recuperando todavía de mi insolación, provocó el primer furor de nuestra estancia... una especie de avance cinematográfico de la «revolución de los pimenteros». El General Zulfikar se la llevó un día a un campo de entrenamiento militar, donde él iba a contemplar a un equipo de detección de minas trabajando en un campo especialmente minado. (El General estaba ansioso de minar toda la frontera indo-pak. «¡Hay que organizarse!», exclamaba. «¡Vamos a darles a esos hindúes algo en que pensar! Haremos volar a esos invasores en tantos pedazos que no quedará una puñetera cosa que pueda reencarnarse.» Sin embargo, no le preocupaban demasiado las fronteras del Pakistán oriental, por ser de la opinión de que «esos puñeteros negritos pueden cuidar de sí mismos»)... Y entonces Bonzo se soltó de la traílla y, esquivando de algún modo las manos de jóvenes *jawans*, que trataban de agarrarlo frenéticamente, se metió contoneándose en el campo de minas.

Pánico ciego. Soldados detectores de minas que se abren camino con enloquecido movimiento retardado a través de la zona de voladuras. El General Zulfikar y otros peces gordos del Ejército que se zambullen buscando refugio detrás de la tribuna, en espera de la explosión... Pero no hubo ninguna explosión; y cuando la flor del Ejército pakistaní asomó la cabeza desde sus cubos de basura o por detrás de los bancos, vio a Bonzo que se abría camino delicadamente por el campo de letales simientes, con la nariz pegada al suelo, Bonzo-el-despreocupado, totalmente a sus anchas. El General Zulfikar lanzó al aire su gorro de pico: —¡Maravilloso, coño! —gritó con una voz delgada que se abría paso entre su nariz y su barbilla—. ¡La anciana señora puede oler las minas! —Bonzo fue inmediatamente reclutada en las fuerzas armadas como detector de minas de cuatro patas, con asimilación de sargento mayor.

Menciono la proeza de Bonzo porque le dio al General algo con que golpearnos. Nosotros los Sinais —y Pia Aziz— éramos miembros incapaces e improductivos del hogar de los Zulfikar, y el General no quería que lo olvidásemos: —Hasta una puñetera perra *beagle* de cien años es capaz de ganarse su puñetera vida —se le oía refunfuñar—, pero yo tengo la casa llena de gente que no es capaz de organizarse para hacer una puñetera cosa. —Sin embargo antes de finales de octubre agradecería (por lo menos) mi presencia... y la transformación del Mono no estaba muy lejos.

Íbamos al colegio con el primo Zafar, que parecía menos ansioso de casarse con mi hermana, ahora que éramos hijos de un hogar dividido; pero su peor fechoría se produjo un fin de semana, en que nos llevaron al albergue de montaña del General en Nathia Gali, más allá de Murree. Yo estaba en un estado de gran excitación (mi enfermedad acababa de ser declarada curada): ¡montañas! ¡La posibilidad de panteras! ¡Un aire frío, cortante...! de forma que no me preocupé cuando el General me preguntó si me importaría compartir la cama con Zafar, y ni siquiera adiviné nada cuando pusieron la sábana de caucho sobre el colchón... Me desperté a altas horas en un gran charco rancio de líquido tibio y puse el grito en el cielo. El General apareció a nuestra cabecera y comenzó a darle una somanta a su hijo. —¡Ahora eres mayor! ¡Maldito sea el infierno! ¡Todavía, todavía lo sigues haciendo! ¡Tienes que organizarte! ¡Eres un inútil! ¿Quién hace esas porquerías, coño? ¡Los cobardes, sólo los cobardes! Que me aspen si quiero tener por hijo a un cobarde... —Sin embargo, la enuresis de mi primo Zafar continuó, para vergüenza de su familia; a pesar de las tundas, el líquido le corría piernas abajo, y un día le pasó estando despierto. Pero

eso fue después de que, con mi asistencia, algunos pimenteros realizaran ciertos movimientos, probándome
que, aunque las ondas telepáticas estaban interferidas
en este país, los modos de conexión parecían seguir
funcionando; tanto activo-literalmente como activo-
metafóricamente, contribuí a cambiar los destinos del
País de los Puros.

El Mono de Latón y yo éramos observadores impotentes, en aquellos días, del marchitamiento de mi
madre. Ella, que siempre había sido diligente en el calor, había empezado a marchitarse con el frío del norte.
Privada de dos maridos, había quedado también privada (a sus propios ojos) de sentido; y había también una
relación que reconstruir, entre madre e hijo. Una noche
me abrazó muy fuerte y me dijo: —El amor, hijo mío,
es algo que toda madre aprende; no nace con el niño
sino que se hace; y, durante once años, he aprendido a
quererte como hijo mío. —Pero había una distancia detrás de su dulzura, como si estuviera tratando de per-
suadirse a sí misma... y una distancia también en los susurros de medianoche del Mono—: Oye, hermano,
¿por qué no le echamos agua a Zafar...? se creerán que
ha mojado la cama —y mi sensación de ese hueco me
indicaba que, a pesar de su utilización de *hijo* y *hermano*, sus imaginaciones se estaban esforzando duramente
por asimilar la confesión de Mary; sin saber que no
conseguirían volver a imaginarse a su *hermano* e *hijo*,
yo seguía aterrorizado por Shiva; y, en consecuencia,
me veía empujado más profundamente aún al corazón
de mi deseo de demostrarme a mí mismo que era digno de su parentesco. A pesar de que la Reverenda Madre me había reconocido, nunca me sentí a gusto hasta
que, en un mirador a-más-de-tres-años-de-distancia,
mi padre me dijo—: Ven, hijo; ven aquí y deja que te

quiera. —Quizá sea ésa la razón de que me portase como me porté la noche del 7 de octubre de 1958.

... Un muchacho de once años, Padma, sabía muy poco de los asuntos internos del Pakistán; pero pudo ver, ese día de octubre, que se estaba preparando una cena insólita. Saleem, a los once, no sabía nada de la Constitución de 1956 ni de su erosión gradual; pero tenía la vista suficientemente aguda para divisar a los oficiales de seguridad del Ejército, la policía militar, que llegaron aquella tarde para acechar en secreto desde detrás de todos los arbustos del jardín. Las luchas entre facciones y las múltiples incompetencias del señor Ghulam Mohammed eran para él un misterio; pero era evidente que su tía Emerald se estaba poniendo sus mejores joyas. La farsa de cuatro-primeros-ministros-en-dos-años no le había hecho reír nunca; pero podía sentir, en el aire dramático que flotaba sobre la casa del General, que se acercaba algo parecido a un telón final. Ignorante del surgimiento del Partido Republicano, sentía curiosidad, sin embargo, por la lista de invitados de la fiesta de Zulfikar; aunque estaba en un país en donde los nombres no significaban nada —¿quién era Chaudhuri Muhammad Ali? ¿O Suhrawardy? ¿O Chundrigar, o Noon?— el anonimato de los invitados a la cena, cuidadosamente mantenido por su tío y su tía, era algo desconcertante. Aun cuando en otro tiempo había recortado titulares pakistaníes de los periódicos —EL VICEPRESIDENTE DE LA ASAMBLEA DEL PAK-O MUERTO POR LA CONMOCIÓN CAUSADA POR UN MUEBLE ARROJADO— no tenía idea de por qué, a las 18.00 horas, una larga fila de *limousines* negras atravesó los muros con centinelas de la finca de Zulfikar; por qué ondeaban banderas en sus capós; por qué sus ocupantes se negaban a sonreír, o por qué Emerald y Pia y mi madre estaban de pie, detrás del General Zulfikar, con expresiones en el rostro que hubieran parecido más propias de un funeral que de una reunión social. ¿Quién qué se estaba muriendo? ¿Quién por qué llegaba en *limousine*...? No tenía la menor idea; pero estaba de puntillas, detrás de mi madre, mirando fijamente las ventanas de cristales ahumados de los enigmáticos coches.

Se abrieron las puertas de los coches; caballerizos, ayudantes saltaron de los vehículos y abrieron las puertas traseras, saludando rígidamente; un pequeño músculo comenzó a temblar en la mejilla de mi tía Emerald. Y entonces, ¿quién descendió de los coches en que ondeaban banderas? ¿Qué nombres habría que dar a la fabulosa colección de bigotes, bastones de fantasía, ojos de *gimlet*, medallas y hombreras estrelladas que apareció? Saleem no conocía ni sus nombres ni sus números de escalafón; las graduaciones, sin embargo, podían distinguirse. Chatarra y estrellas, llevadas con orgullo en pechos y hombros, anunciaban la llegada de auténticos espadones. Y del último coche salió un hombre alto con una cabeza asombrosamente redonda, redonda como una esfera de lata, aunque no marcada con meridianos y paralelos; aunque tenía cabeza de planeta, no llevaba un rótulo como la bola del mundo que el Mono aplastó en otro tiempo; no FABRICADO COMO EN INGLATERRA (aunque sí, indudablemente, formado en Sandhurst), atravesó las chatarras-y-estrellas que le saludaban; llegó hasta mi tía Emerald; y añadió su propio saludo al resto.

—Señor Comandante en Jefe —dijo mi tía—, sed bienvenido a nuestra casa.

—Emerald, Emerald —vino de la boca situada en aquella cabeza de forma de Tierra... de aquella boca colocada bajo un bigote bien cuidado—: ¿A qué vienen tantas formalidades, tanto jaleo? —Y entonces ella lo besó con un—: Está bien, Ayub, tienes un aspecto estupendo.

Él era general entonces, aunque su mariscalía de

campo no andaba lejos... lo seguimos al interior de la casa; miramos cómo bebía (agua) y se reía (fuerte); durante la cena miramos otra vez, vimos que comía como un campesino, de forma que se le manchaba el bigote de salsa... —Oye, Emerald —dijo—, ¡siempre haces tantos preparativos cuando vengo! Yo soy un simple soldado; el *dal* y el arroz de tu cocina serían un festín para mí.

—Un soldado sí, señor —replicó mi tía—, pero simple... ¡jamás! ¡Ni por pienso!

Mis pantalones largos me capacitaban para sentarme a la mesa, junto a mi primo Zafar, rodeado de chatarras-y-estrellas; nuestros tiernos años, sin embargo, nos imponían la obligación de estar callados. (El General Zulfikar me dijo con un siseo militar: «Una mirada de más y vas a parar al cuerpo de guardia. Si quieres estar aquí, estate callado. ¿Lo entiendes?» Estando callados, Zafar y yo podíamos mirar y escuchar lo que quisiéramos. Pero Zafar, a diferencia de mí, no estaba tratando de mostrarse digno de su nombre...)

¿Qué oyeron aquellos chicos de once años en la cena? ¿Qué entendieron de las jocosas referencias militares a «ese Suhrawardy, que siempre se opuso a la Idea del Pakistán»... o a Noon, «que hubiera debido llamarse Carne-de-Canoon, ¿eh?». Y, a través de las discusiones de elecciones amañadas y sobornos, ¿qué subterránea corriente de peligro les empapó la piel, haciendo que el suave vello de sus brazos se erizase? Y, cuando el Comandante en Jefe citó el Corán, ¿hasta qué punto entendieron su sentido aquellos oídos de once años?

—Está escrito —dijo el hombre de cabeza redonda, y las chatarras-y-estrellas guardaron silencio—: *A Aad y Zamud los destruimos también. Satán hizo que sus malas acciones les parecieran buenas, a pesar de que tenían la vista aguda.*

Fue como si hubiera dado una señal; un gesto de las

manos de mi tía despachó a los criados. Ella se levantó
para irse a su vez; y mi madre y Pia se fueron con ella.
Zafar y yo nos levantamos también de nuestros asientos; pero *él*, él mismo, nos habló a lo largo de la suntuo-
sa mesa: —Que se queden los hombrecitos. Al fin y al
cabo, se trata de su futuro. —Los hombrecitos, asustados pero también orgullosos, se sentaron y mantuvie-
ron la boca cerrada, siguiendo órdenes.

Sólo entre hombres. Un cambio en la cara del ca-
beza-redonda; algo más sombrío, algo manchado y
desesperado la había invadido... —Hace doce meses
—dijo— os hablé a todos. Demos a esos políticos un
año... ¿no es eso lo que os dije? —Las cabezas afirman;
murmullos de asentimiento—. Caballeros, les hemos
dado un año; la situación se ha hecho intolerable, ¡y yo
no estoy dispuesto a tolerarla más! —Las chatarras-y-
estrellas asumen expresiones severas, de estadista. Las
mandíbulas se aprietan, los ojos miran fijamente al futuro—. Por consiguiente, esta noche —¡sí! ¡yo estuve
allí! ¡A pocas yardas de él...! ¡El General Ayub y yo, yo
mismo y el viejo Ayub Khan!— asumiré el control del
Estado.

¿Cómo reaccionan los chicos de once años ante el
anuncio de un golpe militar? Oyendo las palabras: «... la
Hacienda nacional en espantoso desorden... corrupción e inmoralidad por doquier...», ¿se tensan también
sus mandíbulas? ¿Se clavan sus ojos en un mañana mejor? Los chicos de once años escuchan cuando el General grita: —¡Queda derogada la Constitución! ¡Quedan
disueltas las legislaturas central y provincial! ¡Quedan, a partir de ahora, abolidos los partidos políticos!
—¿Cómo creéis que se sienten?

Cuando el General Ayub Khan dijo: —Queda im-
plantada la ley marcial —tanto el primo Zafar como yo
comprendimos que su voz, aquella voz llena de poder y
decisión y del rico timbre de la mejor cocina de mi tía,

491

estaba diciendo algo para lo que sólo conocíamos una palabra: traición. Me siento orgulloso de decir que perdí la cabeza; pero Zafar perdió el control de otro órgano más embarazoso. La humedad manchó la parte delantera de sus pantalones, la humedad amarilla del miedo le goteó por la pierna, manchando las alfombras persas; las chatarras-y-estrellas olieron algo y se volvieron hacia él con miradas de infinito disgusto; y entonces (lo peor de todo) soltaron la carcajada.

El General Zulfikar acababa de empezar a decir:
—Si me lo permite, señor, esbozaré la forma de actuar de esta noche —cuando su hijo se mojó los pantalones. Con una rabia fría, mi tío echó a su hijo de la sala—. ¡Rufián! ¡Mujerzuela! —siguieron a Zafar fuera del comedor, en la voz delgada y aguda de su padre—; ¡Cobarde! ¡Homosexual! ¡Hindú! —brotaron de aquel rostro de Polichinela y persiguieron a su hijo escaleras arriba... Los ojos de Zulfikar se fijaron en mí. Había un ruego en ellos. *Salva el honor de la familia. Redímeme de la incontinencia de mi hijo*—. ¡Tú, muchacho! —dijo mi tío—. ¿Quieres venir aquí y ayudarme?

Naturalmente, dije que sí con la cabeza. Demostrando mi hombría, mi aptitud para ser hijo, ayudé a mi tío a hacer la revolución. Y al hacerlo, al ganarme su gratitud, al acallar las risitas de las chatarras-y-estrellas reunidas, creé un nuevo padre para mí; el General Zulfikar se convirtió en el último de la serie de hombres que han estado dispuestos a llamarme «hijito», o «hijito Jim» o, más sencillamente aún, «hijo mío».

Cómo hicimos la revolución: el General Zulfikar describía los movimientos de tropas; yo movía simbólicamente pimenteros mientras él hablaba. Dominado por el modo de conexión activo-metafórico, desplazaba saleros y cuencos de *chutney*: este tarro de mostaza es la Compañía A que ocupa la Oficina Central de Correos; ahí hay dos pimenteros que rodean a un cucharón, lo que significa que la Compañía B ha tomado el aeropuerto. Con el destino de la nación en mis manos, desplazaba condimentos y cubiertos, capturando platos vacíos de *biriani* con vasos de agua, y apostando saleros, de guardia, en torno a jarras de agua. Y cuando el General Zulfikar dejó de hablar, el juego del servicio de mesa terminó también. Ayub Khan pareció arrellanarse en su silla; ¿fue sólo imaginación su guiño...? en cualquier caso, el Comandante en Jefe me dijo: —Muy bien, Zulfikar; una buena representación.

En los movimientos realizados por pimenteros, etcétera, un ornamento de mesa no fue capturado; una jarrita de nata, de plata maciza, que, en nuestro golpe militar de sobremesa, representaba al Jefe de Estado, el Presidente Iskander Mirza; durante tres semanas, Mirza seguiría siendo Presidente.

Un muchacho de once años no puede juzgar si un Presidente es realmente venal, aunque las chatarras-y-estrellas digan que lo es; no incumbe a los chicos de once años decir si la asociación de Mirza con el débil Partido Republicano hubiera debido descalificarlo para ocupar un alto cargo bajo el nuevo régimen. Saleem Sinai no formulaba juicios políticos; pero cuando, inevitablemente a medianoche, el 1.º de noviembre, mi tío me sacudió para despertarme y me susurró: —¡Vamos hijito, ha llegado el momento de que sepas lo que es bueno! —salté rápidamente de la cama; me vestí y salí a la noche, con conciencia orgullosa de que mi tío había preferido mi compañía a la de su propio hijo.

Medianoche. Rawalpindi pasa a toda velocidad por delante de nosotros a setenta millas por hora. Motocicletas delante de nosotros junto a nosotros detrás de nosotros. —¿Adónde vamos, tío Zulfy? —*Espera y verás*. La *limousine* negra de cristales ahumados se detiene ante una casa a oscuras. Hay centinelas que guardan la puerta con fusiles cruzados; y se apartan para dejarnos pasar. Yo voy al lado de mi tío, llevando el paso por pasillos mal alumbrados; hasta que irrumpimos en una habitación oscura, con un rayo de luz de luna que ilumina una cama de cuatro columnas. Un mosquitero cuelga sobre la cama como un sudario.

Hay un hombre que despierta, sobresaltado, *qué demonios pasa*... Pero el General Zulfikar tiene un revólver de cañón largo; la punta del arma se introduce a la fuerza mmff entre los dientes separados del hombre. —Cállese —dice mi tío, superfluamente—. Venga con nosotros. —Un hombre demasiado pesado y desnudo se levanta de la cama dando traspiés. Sus ojos preguntan: *¿Me van a matar?* El sudor le corre por el amplio vientre, reflejando la luz de la luna, goteando en su pi-pi; pero hace un frío cortante; no está sudando de calor. Parece un blanco Buda que Ríe; pero no ríe. Tiembla. Mi tío le saca la pistola de la boca—. Dése la vuelta. ¡En marcha, rápido! —Y le mete el cañón de la pistola entre los carrillos de su trasero sobrealimentado. El hombre grita—: Por el amor del cielo, cuidado; ¡ese chisme no tiene puesto el seguro! —Los *jawans* se ríen cuando la carne desnuda surge a la luz de la luna, y es empujada a una *limousine* negra... Aquella noche, estuve sentado con un hombre desnudo mientras mi tío lo llevaba en coche al aeródromo militar; estuve de pie mirando mientras la aeronave, que esperaba, rodó por la pista, aceleró y despegó. Lo que empezó, activo-metafóricamente, con pimenteros, terminó entonces; no sólo derribé un gobierno... también envié a un presidente al exilio.

La medianoche tiene muchos hijos; la descendencia de la Independencia no fue toda humana. Violencia, corrupción, pobreza, generales, caos, codicia y pimenteros... Tuve que ir al exilio para aprender que los hijos de la medianoche eran más variados de lo que yo —incluso yo— había soñado.

—¿De verdad de veras? —me pregunta Padma—. ¿Estuviste de verdad allí? —De verdad de veras—. Dicen que Ayub era un buen hombre antes de volverse malo —dice Padma; es una pregunta. Pero Saleem, a los once años, no formulaba esos juicios. El movimiento de los pimenteros no requiere decisiones morales. Lo que le preocupaba a Saleem: no el levantamiento público sino la rehabilitación personal. Ya veis la paradoja: mi incursión más decisiva en la Historia hasta ese momento fue inspirada por el más pueblerino de los motivos. De todas formas, no era «mi» país... o no lo era entonces. No era mi país, aunque me quedé en él... como refugiado, no como ciudadano; al haber entrado inscrito en el pasaporte indio de mi madre, hubiera tropezado con un buen montón de sospechas, e incluso hubiera podido ser deportado o detenido como espía, si no hubiera sido por mi tierna edad y por el poder de mi guardián de rasgos de polichinela... durante cuatro largos años.

Cuatro años para nada.

Salvo para convertirme en adolescente. Salvo para ver cómo mi madre se desintegraba. Salvo para observar cómo el Mono, que era un decisivo año menor que yo, caía bajo el embrujo insidioso de aquel país-abrumado-por-Dios; el Mono, en otro tiempo tan rebelde y tan salvaje, adoptando expresiones de recato y sumisión que, al principio, debieron parecerle falsas hasta a ella; el Mono, aprendiendo a cocinar y llevar una casa, a comprar especias en el mercado; el Mono rompiendo definitivamente con el legado de su abuelo, al aprender oraciones en árabe y recitarlas a todas las horas prescritas; el Mono, revelando la vena de fanatismo que había insinuado al pedir un disfraz de monja; ella, que desdeñaba todas las ofertas de amor mundano, fue seducida por el amor de ese Dios al que se dio el nombre de un ídolo tallado en un santuario pagano construido en torno a un meteorito gigante: Al-Lah, en la Qa'aba, el santuario de la gran Piedra Negra.

Pero nada más.

Cuatro años lejos de los hijos de la medianoche; cuatro años sin Warden Road y Breach Candy y Scandal Point y el señuelo de Una Yarda de Bombones; lejos de la Cathedral School y la estatua ecuestre de Sivaji y los vendedores de melones de la Puerta de la India; lejos de Divali y Ganesh Chaturthi y el Día del Coco; cuatro años de separación de un padre que estaba solo en una casa que no quería vender; solo, salvo por la compañía del Profesor Schaapsteker, que no salía de su apartamento y rehuía la compañía de los hombres.

¿Puede no ocurrir nada realmente durante cuatro años? Evidentemente, no del todo. A mi primo Zafar, al que su padre no perdonó nunca que se hubiera mojado los pantalones en presencia de la Historia, se le dio a entender que entraría en el Ejército en cuanto tuviera edad para ello. —Quiero que demuestres que no eres una mujer —le dijo su padre.

Y Bonzo murió; el General Zulfikar derramó lágrimas viriles.

Y la confesión de Mary se fue borrando hasta que, como nadie hablaba de ella, llegó a parecer un mal sueño; a todo el mundo menos a mí.

Y (sin ninguna ayuda por mi parte) las relaciones entre la India y el Pakistán empeoraron; totalmente sin mi ayuda, la India conquistó Goa... «esa espinilla portuguesa en el rostro de la Madre India»; yo me quedé en el banquillo y no desempeñé ningún papel en la adquisición de ayuda de Estados Unidos en gran escala por el Pakistán, ni tampoco tuve la culpa de las escaramuzas fronterizas chino-indias en la región de Aksai Chin, en Ladakh; el censo de la India de 1961 reveló un nivel de alfabetización del 23,7 %, pero yo no fui registrado. El problema de los intocables siguió siendo grave; no hice nada para mitigarlo; y, en las elecciones de 1962, el Congreso Panindio ganó 361 escaños de 494 en el Lok Sabha, y más del 61 % de los escaños de las asambleas de todos los Estados. Ni siquiera en eso se podría decir que mi mano invisible se moviera: salvo, quizá, metafóricamente: en la India se mantuvo el *statu quo*; y en mi vida tampoco cambió nada.

Entonces, el 1.º de septiembre de 1962, celebramos el decimocuarto cumpleaños del Mono. Para esa fecha (y a pesar de que mi tío seguía sintiendo cariño por mí), estábamos oficialmente reconocidos como socialmente inferiores, los desventurados parientes pobres de los grandes Zulfikars; de forma que la fiesta era asunto de poca monta. El Mono, sin embargo, dio toda clase de muestras de estar pasándolo bien. —Es mi deber, hermano —me dijo. Yo no podía dar crédito a mis oídos... pero quizá mi hermana tenía una intuición de su destino; quizá sabía la transformación que la aguardaba; ¿por qué suponer que sólo yo tenía el poder de conocer lo secreto?

Quizá, entonces, adivinó que, cuando los músicos contratados comenzaran a tocar (el *shehnai* y la *vina* estaban presentes; el *sarangi* y el *sarod* tuvieron su oportunidad, la *tabla* y el *sitar* ejecutaron sus virtuosos interrogatorios), Emerald Zulfikar bajaría hasta ella con su fría elegancia, y le pediría: —Vamos, *jamila*, no estés ahí sentada como un melón, ¡cántanos como una buena chica!

Y que, con esa frase, mi tía de frialdad de esmeralda comenzaría, de forma totalmente inconsciente, la transformación de mi hermana de mono en cantante; porque, aunque mi hermana protestó con la hosca torpeza de todos los que tienen catorce años, fue arrastrada sin ceremonias a la tarima de los músicos por mi organizadora tía; y, aunque parecía desear que el suelo se abriese bajo sus pies, juntó las manos; y, al no ver salida, el Mono empezó a cantar.

Creo que no he estado acertado al describir emociones... pensando que mi público era capaz de *participar*; de imaginar por sí mismo lo que yo era incapaz de reimaginar, de forma que mi historia se convirtiera también en la vuestra... pero, cuando mi hermana empezó a cantar, me vi acometido por una emoción de tal fuerza que fui incapaz de comprenderla hasta que, mucho más tarde, me la explicó la puta más vieja del mundo. Porque, con la primera nota, el Mono de Latón se deshizo de su apodo; ella, que había hablado con los pájaros (lo mismo que, mucho tiempo antes, en un valle de las montañas, solía hacer su abuelo), debió de aprender de las aves canoras el arte de la canción. Con un oído bueno y otro malo, yo escuchaba su voz intachable, que a los catorce años era ya la voz de una mujer, llena de la pureza de las alas y del dolor del exilio y del vuelo de las águilas y del desamor de la vida y de la melodía de los *bulbuls* y de la gloriosa omnipresencia de Dios; una voz que fue comparada luego con la de Bilal, el muecín de Mahoma, y que salía de los labios de una chica un tanto flacucha.

Lo que no comprendí debe aguardar para ser narrado; dejadme anotar aquí que mi hermana se ganó su nombre en la fiesta de su decimocuarto cumpleaños, y fue conocida a partir de entonces por la Cantante Jamila; y que supe, mientras escuchaba «Mi *dupatta* rojo de muselina» y «Shahbaz Qalandar», que el proceso que comenzó en mi primer exilio estaba a punto de terminar en el segundo; que, a partir de ahora, Jamila era el hijo que importaba, y yo tendría que ceder siempre ante su talento.

Jamila cantaba... y yo, humildemente, bajaba la cabeza. Pero antes de que ella entrase plenamente en su reino, tenía que ocurrir otra cosa: yo tenía que ser debidamente rematado.

DRENAJE Y EL DESIERTO

Lo-que-mastica huesos se niega a detenerse... es sólo cuestión de tiempo. Esto es lo que me hace seguir: me agarro a Padma. Padma es lo que importa: los músculos de Padma, los antebrazos de Padma, Padma, mi loto puro... la cual, avergonzada, me ordena: —Basta. Empieza. Empieza ya.

Sí, tengo que empezar con un cable. La telepatía me distinguía; las telecomunicaciones me hundieron...

Amina Sinai se estaba cortando verrugas de los pies cuando llegó el telegrama... hace mucho tiempo. No, no vale, no se puede esquivar la fecha: mi madre, con el tobillo derecho sobre la rodilla izquierda, se estaba quitando tejido calloso de la planta del pie con una lima de uñas de bordes afilados, el 9 de septiembre de 1962. ¿Y la hora? La hora es también importante. Bueno, pues por la tarde. No, hay que ser más... Al dar las tres que, incluso en el norte, son la hora más calurosa del día, un criado le trajo un sobre en una bandeja de plata. Unos segundos más tarde, muy lejos, en Nueva Delhi, el Ministro de Defensa Krishna Menon (actuando por su propia iniciativa, durante la ausencia de Nehru para asistir a la Conferencia de Primeros Ministros de la Commonwealth) tomó la decisión trascendental de utilizar la fuerza, si fuera necesario, contra el ejército

499

chino en la frontera himalaya. «Hay que expulsar a los chinos de la cordillera de Thag La», dijo el señor Menon mientras mi madre abría el telegrama. «No flaquearemos.» Pero esa decisión era una simple bagatela comparada con las consecuencias del cable de mi madre; porque, mientras que aquella operación de expulsión, de nombre en clave LEGHORN, estaba condenada al fracaso y, finalmente, convertiría a la India en el más macabro de los teatros, un teatro de guerra, el cable iba a precipitarme, secreta pero seguramente, a la crisis que terminaría con mi expulsión final de mi propio mundo interior. Mientras el XXXIII Cuerpo indio actuaba siguiendo las instrucciones dadas por Menon al General Thapar, yo también me encontraba en gran peligro; como si fuerzas invisibles hubieran decidido que también yo había traspasado las fronteras de lo que se me permitía hacer o saber o ser; como si la Historia hubiera decidido ponerme firmemente en mi lugar. No me dejaron decir nada, mi madre leyó el telegrama, rompió a llorar y dijo: —¡Hijos, nos vamos a casa! —... después de lo cual, como había empezado a decir yo en otro contexto, fue sólo cuestión de tiempo.

Lo que decía el telegrama: VENGAN RÁPIDAMENTE SINAISAHIB SUFRIÓ ABOTAMIENTO CORAZÓN GRAVEMENTE ENFERMO SALAAMS ALICE PEREIRA.

—Naturalmente, vete enseguida, querida —le dijo mi tía Emerald a su hermana—. Pero ¿qué puede ser, santo cielo, ese *abotamiento de corazón*?

Es posible, incluso probable, que yo sea sólo el primer historiador que escriba la historia de mi vida-y-época innegablemente excepcionales. Los que sigan mis pasos, sin embargo, acudirán inevitablemente a la presente obra, a esta fuente, este *Hadith* o *Purana* o estos *Grundrisse*, en busca de guía e inspiración. A mis futuros exégetas les digo: cuando examinéis los acontecimientos que siguieron al «telegrama del abotamiento de corazón», recordad que, en el ojo mismo del huracán que se desencadenó sobre mí —la espada, para cambiar de metáfora, con la que se me asestó el *coup de grâce*—, había una sola fuerza unificadora. Me refiero a las telecomunicaciones.

Los telegramas y, después de los telegramas, los teléfonos, fueron mi perdición; generosamente, sin embargo, no acusaré a nadie de conspiración; aunque sería fácil pensar que quienes controlan las comunicaciones habían resuelto reconquistar su monopolio de las ondas de la nación... Tengo que volver (Padma está frunciendo el ceño) a la trivial cadena de causas-y-efectos: llegamos al aeropuerto de Santa Cruz, en un Dakota, el 16 de septiembre; pero para explicar el telegrama tengo que retroceder más aún en el tiempo.

Si Alice Pereira había pecado una vez, al quitarle Joseph D'Costa a su hermana Mary, en esos últimos años había hecho mucho para redimirse; porque, durante cuatro años, había sido la única compañía humana de Ahmed Sinai. Aislada en el altozano polvoriento que fue en otro tiempo la Hacienda de Methwold, había soportado enormes exigencias con su carácter bueno y complaciente. Él la obligaba a quedarse hasta medianoche, mientras bebía *djinns* y echaba pestes contra las injusticias de la vida; recordó, después de años de olvido, su viejo sueño de traducir y reordenar el Corán, y culpó a su familia de haberlo emasculado, haciendo que no tuviera energías para comenzar esa tarea; además, como Alice estaba allí, la cólera de él caía a menudo sobre ella, adoptando la forma de largas diatribas llenas de juramentos de cloaca y de las inútiles maldiciones que había ideado en sus días de abstracción más profunda. Ella intentaba ser comprensiva: él era un hombre solitario; su relación en otro tiempo infalible con el teléfono había sido destruida por los caprichos económicos de la época; su mano en cuestiones financieras había empezado a abandonarlo... fue presa, también, de extraños miedos. Cuando se descubrió la carretera china en la región de Aksai Chin, se convenció de que las hordas amarillas llegarían a la Hacienda de Methwold en unos días; y fue Alice quien lo animó con coca-cola helada, diciéndole: —No vale la pena de preocuparse. Esos chinitos son muy poco para ganarles a nuestros *jawans*. Bébase la coca; no va a cambiar nada.

Acabó por agotarla; ella se quedó con él, finalmente, sólo porque le pedía y obtenía grandes aumentos de salario, y enviaba una gran parte del dinero a Goa, para mantener a su hermana Mary; pero el 1.º de septiembre también ella sucumbió a los halagos del teléfono.

Para entonces, pasaba tanto tiempo con el instrumento como su patrono, especialmente cuando llamaban las mujeres de Narlikar. Las formidables Narlikars, en aquella época, estaban asediando a mi padre, telefoneándolo dos veces diarias, engatusándolo y persuadiéndolo para que vendiera, recordándole que su posición era desesperada, aleteando en torno a su cabeza como buitres en torno a un almacén ardiendo... el 1.º de septiembre, como un buitre de tiempos remotos, dejaron caer un brazo que le golpeó en la cara, porque sobornaron a Alice Pereira para que se fuera. Incapaz de soportarlo más, ella gritó: —¡Responda usted mismo al teléfono! Yo me voy.

Aquella noche, el corazón de Ahmed Sinai comenzó a hincharse. Rebosante de odio resentimiento autocompasión pesar, se infló como un globo, latió demasiado fuerte, perdió latidos, y finalmente lo derribó como un buey; en el hospital de Breach Candy, los médicos descubrieron que el corazón de mi padre había cambiado auténticamente de forma: le había salido un nuevo bulto, protuberantemente, en el ventrículo izquierdo inferior. Para utilizar la expresión de Alice, se le había «abotado».

Alice encontró a Ahmed Sinai al día siguiente cuando, por casualidad, volvió para recoger un paraguas olvidado; como buena secretaria, recurrió al poder de las telecomunicaciones, telefoneando a una ambulancia y telegrafiándonos a nosotros. A causa de la censura del correo entre la India y el Pakistán, el «telegrama del abotamiento» tardó una semana entera en llegar hasta Amina Sinai.

—¡Bim-bam-Bombay! —grité feliz, alarmando a los culis del aeropuerto—. ¡Bim-bam-Bombay! —vitoreé, a pesar de todo, hasta que la recientemente-moderada Jamila me dijo—: ¡Hombre, Saleem, *verdaderamente, por qué no te callas*! —Alice Pereira nos recibió en el aeropuerto (un telegrama la había avisado) y entonces nos encontramos en un auténtico taxi negro-y-amarillo de Bombay, y yo me revolqué en los sonidos de los vendedores ambulantes de caliente-channa-caliente, en la multitud de camellos bicicletas y gente gente gente, pensando que la ciudad de Membadevi hacía que Rawalpindi pareciera una aldea, volviendo a descubrir especialmente los colores, la viveza olvidada del *gulmohr* y la bungavilla, el verde plomizo de las aguas del «tanque» del templo de Mahalaxmi, el austero blanco-y-negro de las sombrillas de los policías de tráfico y el amarillo-y-azul de sus uniformes; pero, más que nada, el azul azul azul del mar... sólo el gris del rostro afectado de mi padre me distrajo del tumulto de arco iris de la ciudad, haciendo que me serenase.

Alice Pereira nos dejó en el hospital y se fue a trabajar para las mujeres de Narlikar; y entonces ocurrió una cosa notable. Mi madre Amina Sinai, saliendo de golpe de su letargia y depresiones y nieblas de culpabilidad y dolores de verrugas al ver a mi padre, pareció recobrar milagrosamente su juventud; con todos sus dones de diligencia recuperados, emprendió la rehabilitación de Ahmed, movida por una voluntad incontenible. Se lo llevó a casa, a la alcoba del primer piso en que lo cuidó durante la congelación; se sentó a su lado día y noche, derramando su fuerza en el cuerpo de él. Y su amor tuvo su recompensa, porque no sólo se recuperó Ahmed Sinai tan completamente que asombró a los médicos europeos de Breach Candy sino que ocurrió un cambio mucho más maravilloso, que fue que, cuando Ahmed volvió a ser él bajo los cuidados de Amina, no volvió al yo que había ensayado maldiciones y luchado con los *djinns*, sino al yo que podía haber sido siempre, lleno de constricción y de perdón y de carcajadas y de generosidad y del milagro más estupendo de todos, que fue el amor. Ahmed Sinai, por fin, se había enamorado de mi madre.

Y yo fui el cordero sacrificado con el que santificaron su amor.

Hasta empezaron a dormir juntos otra vez; y, aunque mi hermana —con un destello de su vieja personalidad del Mono— me dijo: —En la misma cama, por Alá, *¡chhichhi*, qué inmoralidad!, —yo me sentía feliz por ellos; e incluso, brevemente, feliz por mí también, porque había vuelto al país de la Conferencia de los Hijos de la Medianoche. Mientras los titulares de los periódicos avanzaban hacia la guerra, renové mi contacto con mis maravillosos compañeros, sin saber qué desenlaces me aguardaban.

El 9 de octubre —EL EJÉRCITO INDIO PREPARADO PARA REALIZAR UN ESFUERZO SUPREMO— me sentí capaz de convocar la Conferencia (el tiempo y mis propios esfuerzos habían levantado la barrera necesaria en torno al secreto de Mary). Todos volvieron a mi cabeza; fue una noche feliz, una noche para enterrar antiguos desacuerdos, para hacer nuestro esfuerzo supremo en la reunión. Nos reiteramos, una y otra vez, nuestra alegría al volver a estar juntos; haciendo caso omiso de la verdad más profunda: que éramos como todas las familias, que las reuniones familiares son más agradables en perspectiva que en realidad, y que llega el momento en que todas las familias deben seguir sus caminos separados. El 15 de octubre —ATAQUE NO PROVOCADO A LA INDIA— las preguntas que había estado temiendo e intentando no provocar comenzaron: *¿Por qué no está Shiva aquí?* y: *¿Por qué has cerrado una parte de tu mente?*

El 20 de octubre, las fuerzas indias fueron derrotadas —machacadas— por las chinas en los montes de Thag La. Un comunicado oficial de Pekín anunció: *En defensa propia, los guardias fronterizos chinos tuvieron que responder con decisión.* Pero cuando, esa misma noche, los hijos de la medianoche lanzaron un asalto combinado contra mí, no tuve defensa. Me atacaron en un amplio frente y desde todas direcciones, acusándome de secretitos, prevaricación, mangoneo y egoísmo; mi mente, dejando de ser una cámara parlamentaria, se convirtió en un campo de batalla en el que me aniquilaron. Habiendo dejado de ser «Saleem, el hermano mayor», escuchaba con impotencia mientras me hacían pedazos; porque, a pesar de todo su ruido-y-furor, no podía desbloquear lo que había precintado; no podía decidirme a contarles el secreto de Mary. Hasta la-bruja-Parvati, durante tanto tiempo mi seguidora más leal, perdió por fin la paciencia conmigo: —Ay Saleem —me dijo—, Dios sabe lo que el Pakistán ha hecho contigo; pero has cambiado mucho.

Una vez, hace mucho tiempo, la muerte de Mian Abdullah destruyó otra Conferencia, que se había mantenido unida simplemente por su fuerza de voluntad; ahora, a medida que los hijos de la medianoche perdían su fe en mí, perdían también su creencia en lo que yo había hecho por ellos. Entre el 20 de octubre y el 20 de noviembre, seguí convocando —tratando de convocar— nuestras reuniones nocturnas; pero huyeron de mí, no de uno en uno, sino a decenas y veintenas; cada noche había menos de ellos dispuestos a sintonizar; cada semana, más de un centenar se retiraban a la vida privada. En el alto Himalaya, los gurkhas y rajputanos huían en desorden del ejército chino; y en las zonas altas de mi mente, otro ejército estaba siendo destruido por cosas —murmuraciones, prejuicios, aburrimiento, egoísmo— que yo había creído demasiado pequeñas, demasiado insignificantes para que pudieran afectarlos.

(Pero el optimismo, como una enfermedad crónica, se negaba a desaparecer; seguí creyendo —sigo creyendo todavía hoy— que lo-que-teníamos-en-común habría pesado finalmente más que lo-que-nos-separaba. No: no aceptaré la responsabilidad última del fin de la Conferencia de los Hijos; porque lo que destruyó toda posibilidad de renovación fue el amor de Ahmed y Amina Sinai.)

... ¿Y Shiva? ¿Shiva, a quien yo, despiadadamente, negaba sus derechos de nacimiento? Ni una sola vez, en ese último mes, envié mis pensamientos a buscarlo; pero su existencia, en algún lugar del mundo, me perseguía por los rincones de mi mente. Shiva-el-destructor, Shiva Rodillascontundentes... se convirtió, para mí, primero en un remordimiento punzante; luego en una obsesión; y finalmente, a medida que el recuerdo de su realidad se embotaba, en una especie de principio; llegó a representar, en mi mente, toda la venganza y la violencia y el amor-y-odio-simultáneos-de-las-Cosas del mundo; de forma que incluso ahora, cuando oigo hablar de cadáveres de ahogados que flotan como globos en el Hooghly y explotan cuando los rozan los barcos al pasar, o de trenes incendiados, o políticos asesinados, o disturbios en Orissa o en el Punjab, me parece que la mano de Shiva pesa fuertemente sobre todas esas cosas, condenándonos a forcejear interminablemente entre asesinatos violaciones codicias guerras... que Shiva, en pocas palabras, ha hecho de nosotros lo que somos. (También él nació al dar la medianoche; él, como yo, estaba conectado con la Historia. Los modos de conexión —si tengo razón al pensar que se me aplicaban— le permitieron también influir en el paso de los días.)

Estoy hablando como si no lo hubiera visto ya más; lo que no es cierto. Pero eso, desde luego, debe hacer cola como todo lo demás; no tengo fuerzas suficientes para contar esa historia ahora mismo.

La enfermedad del optimismo, en aquellos días, alcanzó una vez más dimensiones epidémicas; yo, entretanto, padecía una inflamación de los senos frontales. Desencadenado, curiosamente, por la derrota de los montes de Thag La, el optimismo público en relación con la guerra se puso tan gordo (y tan peligroso) como un globo demasiado hinchado; sin embargo, mis pacientes conductos nasales, que habían estado demasiado hinchados toda la vida, renunciaron por fin a luchar contra la congestión. Mientras los parlamentarios soltaban discursos a raudales sobre la «agresión china» y «la sangre de nuestros *jawans* martirizados», las lágrimas me empezaron a correr por el rostro; mientras la nación se hinchaba, convenciéndose de que la aniquilación de los hombrecitos amarillos estaba al alcance de su mano, también mis senos se hincharon, deformando una cara que había sido ya tan sorprendente que hasta el propio Ayub Khan se había quedado mirándola con asombro manifiesto. Presas de la enfermedad del optimismo, los estudiantes quemaron en efigie a Mao Tse-Tung y a Chu En-Lai; con la fiebre del optimismo entre las cejas, las turbas atacaron a los zapateros, vendedores de figurillas y dueños de restaurantes chinos. Ardiendo de optimismo, el Gobierno llegó a internar a los ciudadanos indios de origen chino —ahora «extranjeros enemigos»— en campos del Rajastán. Las Birla Industries donaron un campo de tiro en miniatura a la nación; las niñas de los colegios comenzaron a desfilar militarmente. Pero yo, Saleem, me sentía como si estuviera a punto de morir de asfixia. El aire, espesado por el optimismo, se negaba a penetrar en mis pulmones.

Ahmed y Amina Sinai estaban entre las peores víctimas de la renovada enfermedad del optimismo; habiéndola contraído ya hacia la mitad de su recién nacido amor, participaron del entusiasmo público con ilusión. Cuando Morarji Desai, el Ministro de Hacienda bebedor de orina, hizo su campaña «Ornamentos para Armamentos», mi madre entregó ajorcas de oro y pendientes de esmeraldas; cuando Morarji lanzó una emisión de bonos de la Defensa, Ahmed Sinai los adquirió a toneladas. La guerra, al parecer, había traído a la India una nueva aurora; en el *Times of India*, un dibujo que llevaba el título de «La guerra con China» mostraba a Nehru mirando gráficos con los nombres de «Integración emocional», «Paz industrial» y «Fe del pueblo en el Gobierno», y exclamando: «¡Nunca nos fueron tan bien las cosas!» A la deriva en el mar del optimismo, nosotros —la nación, mis padres y yo— flotábamos ciegamente hacia los arrecifes.

Como pueblo, nos obsesionan las correspondencias. Las similitudes entre esto y aquello, entre cosas aparentemente sin conexión, nos hacen aplaudir encantados cuando las descubrimos. Es una especie de añoranza nacional por la forma... o quizá simplemente una expresión de nuestra profunda creencia en que hay formas escondidas bajo la realidad; en que el significado se revela sólo a fogonazos. De ahí nuestra vulnerabilidad a los presagios... cuando se izó por primera vez la bandera india, por ejemplo, apareció un arco iris sobre aquel campo de Delhi, un arco iris azafrán y verde; y nos sentimos bendecidos. Nacido en medio de correspondencias, me he encontrado con que seguían acosándome... mientras los indios se encaminaban ciegamente hacia un desastre militar, yo también me acercaba (y totalmente sin saberlo) a una catástrofe propia.

Los chistes del *Times of India* hablaban de «integración emocional»; en Buckingham Villa, el último resto de la Hacienda Methwold, las emociones nunca habían estado tan integradas. Ahmed y Amina se pasaban el día como si fueran jovenzuelos que acabaran de iniciar un noviazgo; y, mientras el *Diario del Pueblo* de Pekín se quejaba: «El Gobierno de Nehru se ha quitado por fin la máscara de la no alineación», ni mi hermana ni yo nos quejábamos, porque, por primera vez en años, no teníamos que pretender ser no alineados en la guerra entre nuestros padres; lo que había hecho la guerra por la India, lo había logrado en nuestra colina de dos pisos el cese de las hostilidades. Ahmed Sinai había renunciado incluso a su batalla de todas las noche con los *djinns*.

Para el 1.º de noviembre —LOS INDIOS ATACAN PROTEGIDOS POR LA ARTILLERÍA— mis conductos nasales estaban en estado de crisis aguda. Aunque mi madre me sometía a diarias torturas con un inhalador Vick's y humeantes cuencos de ungüento Vick's disuelto en agua que, con una manta por la cabeza, yo tenía que tratar de inhalar, mis senos frontales se negaban a responder al tratamiento. Ése fue el día en que mi padre me tendió los brazos diciéndome: «Ven hijo... ven aquí y déjame que te quiera.» En un frenesí de felicidad (quizá, después de todo, me había contagiado de la enfermedad del optimismo) dejé que me aplastara contra su fofa barriga; pero, cuando me soltó, las mucosidades de mi nariz le habían manchado la camisa campera. Creo que eso fue lo que finalmente me condenó; porque aquella tarde mi madre pasó al ataque. Pretendiendo que estaba hablando con un amigo, hizo determinada llamada telefónica. Mientras los indios atacaban protegidos por la artillería, Amina Sinai planeaba mi perdición, protegida por una mentira.

Sin embargo, antes de describir mi entrada en el desierto de mis últimos años, tengo que admitir la posibilidad de haber sido lamentablemente injusto con mis padres. Ni una sola vez, que yo sepa, ni una sola vez en todo el tiempo transcurrido desde las revelaciones de Mary Pereira, se pusieron a buscar al verdadero hijo de su sangre; y, en diversos momentos de esta narrativa, he atribuido ese hecho a cierta falta de imaginación... He dicho, más o menos, que seguí siendo su hijo porque no podían imaginarme en otro papel. Y también son posibles otras interpretaciones peores... como su resistencia a aceptar en su seno a un golfillo que se había pasado once años en el arroyo; pero quisiera sugerir un motivo más noble: quizá, a pesar de todo, a pesar de mi nariz de pepino cara manchada falta de barbilla sienes abombadas piernas torcidas dedo de menos tonsura de monje y de mi (verdad es que sin que ellos lo supieran) oído izquierdo malo, a pesar incluso del cambio de niños de medianoche de Mary Pereira... quizá, digo, a pesar de todas esas provocaciones, mis padres me querían. Yo me retiré de ellos a mi mundo secreto; temiendo su odio, no admití la posibilidad de que su amor fuera más fuerte que la fealdad, más fuerte incluso que la sangre. Indudablemente es posible que lo que organizó una llamada de teléfono, lo que finalmente ocurrió el 21 de noviembre de 1962, se hiciera por la más alta de las razones; que mis padres me arruinaran por amor.

El día 20 de noviembre fue un día terrible; la noche fue una noche terrible... seis días antes, en el septuagésimo tercer cumpleaños de Nehru, había empezado el gran enfrentamiento con las fuerzas chinas; el ejército indio —¡NUESTROS *JAWANS* ENTRAN EN ACCIÓN!— había atacado al chino en Walong. Las noticias del desastre de Walong y de la derrota del General Kaul y cuatro batallones llegaron a Nehru el sábado 18; el lunes 20, inundaron la radio y la prensa y llegaron a la Hacienda de Methwold. ¡ENORME PÁNICO EN DELHI! ¡LAS FUERZAS INDIAS EN JIRONES! Ese día —el último de mi antigua vida— me apiñé con mi hermana y mis padres en torno a nuestra radiogramola Telefunken, mientras las telecomunicaciones nos metían en el alma el miedo de Dios y de China. Y mi padre dijo entonces algo profético: —Esposa —salmodió gravemente, mientras Jamila y yo nos estremecíamos de miedo—, Begum Sahiba, este país está acabado. En bancarrota. *Funtoosh*. —El periódico de la tarde proclamó el fin de la enfermedad del optimismo: LA MORAL PÚBLICA SE VACÍA. Y, después de ese fin, vendrían otros; también otras cosas se vaciarían.

Me fui a la cama con la cabeza llena de rostros cañones tanques chinos... pero a medianoche mi cabeza estaba vacía y silenciosa, porque la Conferencia de la medianoche se había vaciado también; el único de los niños mágicos que estaba dispuesto a hablarme era la-bruja-Parvati, y los dos, totalmente descorazonados por lo que la-pata-Nussie hubiera llamado «el fin del mundo», no pudimos hacer más que, sencillamente, comunicarnos en silencio.

Y otros drenajes, más mundanos: apareció una grieta en la enorme presa hidroeléctrica de Bhakra Nangal, y el gran embalse que había tras ella se precipitó por la fisura... y el consorcio de recuperación de tierras de las mujeres de Narlikar, insensible al optimismo o la derrota o a cualquier cosa que no fuera el atractivo de la riqueza, seguía sacando tierras de las profundidades del mar... pero la evacuación final, la que realmente da título a este episodio, se produjo a la mañana siguiente, precisamente cuando me había relajado y pensaba que algo, después de todo, podría resultar bien... porque por la mañana escuchamos la noticia improbablemente gozosa de que los chinos, de repente, sin necesidad de ello, habían dejado de avanzar; una vez conseguido el control de las alturas del Himalaya, se sentían, al parecer, contentos: ¡ALTO EL FUEGO! gritaban los periódicos, y mi madre casi se desmayó de alivio. (Se dijo que el General Kaul había caído prisionero; el Presidente de la India, doctor Radhakrishan, comentó: «Por desgracia, la información es completamente falsa.»)

A pesar de mis ojos llorosos y mis senos frontales hinchados, me sentía feliz; a pesar incluso del fin de la Conferencia de los Hijos, me dejaba bañar por el nuevo resplandor de felicidad que llenaba Buckingham Villa; de forma que cuando mi madre sugirió: «¡Vamos a celebrarlo! Una excursión, niños, ¿os gustaría?» naturalmente estuve de acuerdo con presteza. Era el 21 de noviembre por la mañana; ayudamos a hacer bocadillos y *parathas*; nos detuvimos en una tienda de bebidas gaseosas y cargamos hielo, en un cacharro de lata, y cocas, en una caja, dentro del portaequipajes de nuestro Rover; los padres delante, los niños detrás, nos pusimos en marcha. La Cantante Jamila nos cantó durante el viaje.

A través de mis senos inflamados, pregunté: —¿Adónde vamos? ¿Juhu? ¿Elephanta? ¿Marvé? ¿Adónde? —Y mi madre, sonriendo torpemente—: Sorpresa; espera y verás. —Fuimos por calles llenas de multitudes aliviadas, jubilosas—... Éste no es el camino —exclamé—; ¿es éste el camino de la playa? —Mis padres hablaron los dos a un tiempo, tranquilizadora, alegremente—: Sólo una parada antes, y luego iremos; prometido.

Los telegramas me hicieron volver; los radiogramas me asustaron; pero fue un teléfono el que determinó la fecha hora lugar de mi ruina... y mis padres me mintieron.

... Nos detuvimos delante de un edificio desconocido de Carnac Road. Exterior: en ruinas. Todas las ventanas: ciegas. —¿Vienes conmigo, hijo? —Ahmed Sinai salió del coche; yo, feliz de acompañar a mi padre en sus negocios, caminé con desenvoltura a su lado. Una placa de latón en la puerta: *Clínica de garganta nariz oídos.* Y yo, repentinamente alarmado—: ¿Qué es esto, *abba*? Por qué venimos... —Y la mano de mi padre, apretándome el hombro... y entonces un hombre de bata blanca... y enfermeras... y— Ah sí señor Sinai de manera que éste es el joven Saleem... muy puntuales... muy bien, muy bien; —mientras yo—: *Abba*, no... qué pasa con la excursión... —pero los médicos se me llevan, mi padre se queda atrás, el hombre de la bata lo llama—: No será largo... unas noticias fenomenales sobre la guerra, ¿no? —Y la enfermera—: Por favor, acompáñame para la preparación y la anestesia.

¡Engañado! ¡Engañado, Padma! Ya te lo dije: una vez, las excursiones me engañaron; y entonces había un hospital y una sala con una cama dura y lámparas brillantes que colgaban y yo gritaba: —No no no —y la enfermera—: No seas estúpido, casi eres un hombre, échate —y yo, recordando que fueron los conductos nasales los que lo empezaron todo en mi cabeza, que el fluido nasal fue aspirado cada vez másarribamásarriba hasta algún-sitio-adonde-el-fluido-nasal-no-debiera-llegar, y que entonces se estableció la conexión que liberó mis voces, di patadas grité hasta que tuvieron que sujetarme—: Realmente —dijo la enfermera— eres un niño, en mi vida he visto cosa igual.

Y así, lo que empezó en un cesto de colada terminó en una mesa de operaciones, porque me sujetaron de manos y pies y un hombre me dijo: —No sentirás nada, es menos que quitarte las amígdalas, te arreglaremos esos senos en un santiamén, una limpieza a fondo —y yo—: No por favor no —pero la voz continuó—: Te voy a poner esta mascarilla, sólo tienes que contar hasta diez.

Cuenta. Los números avanzan uno dos tres.

Silbido de gas liberado. Los números me aplastan cuatro cinco seis.

Rostros que flotan en la niebla. Y todavía los números tumultuosos, yo gritaba, creo, y los números martilleaban siete ocho nueve.

Diez.

—Dios santo, este chico está todavía consciente. Extraordinario. Será mejor que probemos otra cosa... ¿me oyes? ¿Saleem, verdad? ¡Buen chico, cuéntame otros diez! —No pueden cogerme. Dentro de mi cabeza hormigueaban multitudes. El amo de los números, ése soy yo. Otra vez empiezan— 'ce doce.

Pero no dejarán que me levante hasta que... trece catorce quince... Ay Dios ay Dios la niebla mareado y cayendo hacia atrás atrás atrás, dieciséis, más allá de la guerra y los pimenteros, atrás atrás, diecisiete dieciocho diecinueve.

Veinte.

Hubo un cesto de colada y un chico que aspiró demasiado fuerte. Su madre se desnudó y reveló un Mango Negro. Llegaron voces, que no eran voces de arcángeles. Y una mano, que ensordeció su oído izquierdo. Y lo que crecía mejor en el calor: la fantasía, la irracionalidad, la pasión. Hubo un refugio en una torre del reloj, y trampas-en-clase. Y el amor en Bombay causó un accidente de bicicleta; unas sienes abombadas se adaptaron a unos huecos de fórceps, y quinientos ochenta y un niños visitaron mi cabeza. Los Hijos de la Medianoche: que pueden haber sido la encarnación de la esperanza de libertad, que pueden haber sido también monstruos-a-los-que-habría-que-exterminar. La-bruja-Parvati, la más leal de todos, y Shiva, que se convirtió en principio vital. Estuvo la cuestión de la finalidad, y el debate entre las ideas y las cosas. Hubo rodillas y nariz y nariz y rodillas.

Comenzaron las disputas, y el mundo adulto se infiltró en el de los niños; hubo egoísmo y esnobismo y odio. Y la imposibilidad de una tercera vía; el miedo de no-llegar-a-nada-después-de-todo comenzó a crecer. Y lo que no dijo nadie: que la finalidad de los quinientos ochenta y uno estaba en su destrucción; que habían venido para no llegar a nada. Se hizo caso omiso de las profecías que decían eso.

Y las revelaciones, y el cierre de la mente; y el exilio, y el regreso cuatro-años-después; sospechas que crecían, dimensiones que proliferaban, deserciones a veintenas y decenas. Y, al final, sólo quedó una voz; pero el optimismo persistía: lo-que-teníamos-en-común conservaba la posibilidad de vencer a lo-que-nos-separaba.

Hasta que:

Silencio fuera de mí. Una habitación oscura (con las persianas bajas). No puedo ver nada (no hay nada que ver).

Silencio dentro de mí. Una conexión rota (para siempre). No puedo oír nada (no hay nada que oír).

Silencio, como en un desierto. Y una nariz despejada, libre (unos conductos nasales llenos de aire). El aire, como un vándalo, invadiendo mis lugares privados.

Drenado. He sido drenado. La *parahamsa*, incapacitada para volar.

(Definitivamente.)

Vamos, explícate, explícate: la operación cuyo propósito ostensible era drenar mis inflamados senos y limpiar de-una-vez-para-siempre mis conductos nasales tuvo el efecto de romper cualesquiera conexiones hechas en el cesto de colada; de privarme de mi telepatía de origen nasal; de desterrarme de la posibilidad de los hijos de la medianoche.

Nuestros nombres encierran nuestros destinos; viviendo como vivimos en un lugar donde los nombres no han adquirido la falta de significado del Occidente y son todavía algo más que simples sonidos, somos también víctimas de nuestros títulos. *Sinai* contiene a Ibn Sina*, Maestro de Magos, adepto sufí; y también Sin la luna, el antiguo dios de Hadhramaut, con su propio modo de conexión y sus poderes para actuar-a-distancia sobre las mareas del mundo. Pero Sin es también la letra S, sinuosa como una serpiente; hay serpientes enroscadas dentro de ese nombre. Y está también el accidente de la transliteración: Sinai, en la escritura latina, aunque no en la *nastaliq*, es también el nombre del lugar-de-la-revelación, del quítate-las-sandalias, de los mandamientos y los becerros de oro; pero cuando todo eso se ha dicho y hecho; cuando se olvida a Ibn Sina y se ha puesto la luna; cuando las serpientes están escondidas y las revelaciones terminan, es el nombre del desierto: de la aridez, la infecundidad, el polvo; el nombre del fin.

En Arabia —*Arabia Deserta*— en la época del profeta Mahoma, predicaron también otros profetas: Mas-

* Avicena. *(N. del T.)*

lama, de la tribu de los Banu Hanifa, en la Yamama, el corazón mismo de Arabia; y Hanzala ibn Safwan; y Khalid ibn Sinan. El Dios de Maslama era *ar-Rahman*, «el Misericordioso»; hoy los musulmanes rezan a Alá, *ar-Rahman*. Khalid ibn Sinan fue enviado a la tribu de los 'Abs; durante cierto tiempo, lo siguieron, pero luego se perdió. Los profetas no son siempre falsos simplemente porque hayan sido sobrepasados, y tragados, por la Historia. Siempre ha habido hombres de valor vagando por el desierto.

—Esposa —dijo Ahmed Sinai—, este país está acabado. —Después del alto el fuego y del drenaje, esas palabras volvieron a atormentarlo; y Amina comenzó a persuadirlo para que emigrase al Pakistán, donde estaban ya sus hermanas supervivientes y a donde iría su madre después de la muerte de su padre—. Comenzar de nuevo —sugirió—. *Janum*, sería estupendo. ¿Qué nos queda en esta colina abandonada de la mano de Dios?

De forma que, al final, Buckingham Villa fue entregada, después de todo, a las garras de las mujeres de Narlikar; y, con más de quince años de retraso, mi familia se trasladó al Pakistán, el País de los Puros. Ahmed Sinai dejó muy pocas cosas atrás; hay formas de trasladar capitales con ayuda de las compañías multinacionales, y mi padre las conocía. Y yo, aunque triste por dejar la ciudad donde nací, no me sentía desgraciado al marcharme de una ciudad donde Shiva acechaba en alguna parte, como una mina explosiva cuidadosamente oculta.

Dejamos Bombay, finalmente, en febrero de 1963; y el día de nuestra partida llevé al jardín un viejo globo terráqueo de lata y lo enterré entre los cactos. Dentro de él: una carta de Primer Ministro, y una instantánea de niño, de primera página y tamaño gigante, con el letrero «Hijo de la Medianoche»... Quizá no sean reliquias santas —no pretendo comparar esos recuerdos triviales de mi vida con el pelo del Profeta, en Hazratbal, o el cuerpo de San Francisco Javier en la Catedral de Bom Jesus— pero son todo lo que ha sobrevivido de mi pasado: un globo terráqueo de lata aplastado, una carta enmohecida, una fotografía. Nada más, ni siquiera una escupidera de plata. Aparte de ese planeta escachado por el Mono, los únicos datos están sellados en los libros cerrados del cielo, Illiyun y Sidjeen, los Libros del Bien y del Mal; en cualquier caso, así es como ocurrió.

... Sólo cuando estuvimos a bordo del *S.S. Sabarmati* y anclados frente al Rann de Kutch, recordé al viejo Schaapsteker; y me pregunté, de pronto, si alguien le habría dicho que nos íbamos. No me atreví a preguntarlo, por miedo a que la respuesta pudiera ser que *no*; de forma que cuando pienso en el equipo de demolición empezando a trabajar, y me imagino las máquinas de destrucción abriéndose paso hasta la oficina de mi padre y mi propia habitación azul, echando abajo la escalera de caracol de hierro de los sirvientes y la cocina en donde Mary Pereira mezclaba sus miedos con los *chutneys* y encurtidos, y devastando el mirador donde mi madre se sentaba con un niño en su vientre como una piedra, tuve también la imagen de una bola poderosa y oscilante que se estrellaba contra el dominio del *sahib* Matarife, y del propio viejo loco, pálido agotado de lengua aleteante, quedando al descubierto en lo alto de una casa en ruinas, entre torres que se derrumbaban y tejados de baldosas rojas, del viejo Schaapsteker encogiéndose envejecido muriendo a una luz del sol que no había visto durante tantos años. Pero quizá esté dramatizando: es posible que todo eso me venga de una vieja película titulada *Horizontes Perdidos*, en la que mujeres hermosas se encogían y morían al dejar Shangri-La.

Por cada serpiente hay una escala; por cada escala, una serpiente. Llegamos a Karachi el 9 de febrero... y, en unos meses, mi hermana Jamila había sido lanzada a la carrera que le conquistaría los nombres de «Angel del Pakistán» y «Bulbul de la Fe»; habíamos dejado Bombay, pero conseguíamos gloria reflejada. Y una cosa más: aunque me habían vaciado —aunque no había voces que hablasen en mi cabeza, y nunca lo harían otra vez—, había una compensación: a saber que, por primera vez en mi vida, estaba descubriendo los asombrosos placeres de tener sentido del olfato.

LA CANTANTE JAMILA

Resultó ser un sentido tan agudo como para ser capaz de distinguir el pegajoso vaho de hipocresía tras la sonrisa de bienvenida con que Alia, mi tía solterona, nos saludó en los muelles de Karachi. Irremediablemente amargada por la defección de mi padre, muchos años antes, a los brazos de su hermana, mi directora tía había adquirido la corpulencia patosa de unos celos no apagados; los gruesos pelos oscuros del resentimiento le brotaban por la mayoría de los poros de la piel. Y quizá consiguió engañar a mis padres y a Jamila con sus brazos abiertos, su anadeante carrerita hacia nosotros, su grito de «¡Ahmed *bhai*, por fin! ¡Más vale tarde que nunca!», y sus ofertas de hospitalidad —inevitablemente aceptadas— al estilo arácnido; pero yo, que me había pasado una gran parte de mi infancia llevando los amargos mitones y los agrios gorritos con pompón de su envidia, que, sin saberlo, me había contagiado de fracaso por las cositas de niño de aspecto inocente que ella había tejido con su odio, y que, además, podía recordar claramente lo que era estar dominado por el deseo de venganza, yo, Saleem-el-drenado, podía oler los olores de venganza que segregaban las glándulas de Alia. Sin embargo, no podía protestar; nos vimos arrastrados a su Datsun vengativo y llevados por Bunder

Road hasta su casa de Guru Mandir... como moscas, sólo que más tontas, porque celebrábamos nuestra cautividad.

... ¡Pero qué sentido del olfato era el mío! La mayoría de nosotros estamos condicionados, a partir de la cuna, para reconocer el espectro más limitado posible de fragancias; yo, sin embargo, había sido incapaz de oler nada toda mi vida y, en consecuencia, ignoraba todos los tabúes olfatorios. Como resultado, tenía tendencia a no fingir inocencia cuando alguien soltaba una ventosidad... lo que me produjo ciertos conflictos parentales; más importante, sin embargo, era mi libertad nasal para inhalar mucho más que los perfumes de origen puramente físico con los que el resto de la raza humana ha decidido contentarse. Así, desde los primeros días de mi adolescencia pakistaní, comencé a aprender los aromas secretos del mundo, el perfume embriagador pero rápidamente disipado del amor nuevo, y también la acritud profunda y de mayor duración del odio. (No pasó mucho tiempo desde mi llegada al «País de los Puros» sin que descubriera en mí mismo la impureza máxima del amor a mi hermana; y los rescoldos de mi tía me llenaron las narices desde el principio.) Una nariz puede daros conocimiento, pero no poder-sobre-los-acontecimientos; mi invasión del Pakistán, armado sólo (si es ésa la palabra apropiada) con una nueva manifestación de mi herencia nasal, me dio la facultad de olfatear-la-verdad, de oler lo-que-había-en-el-aire, de seguir pistas; pero no el único poder que necesita un invasor: la fortaleza para vencer a sus enemigos.

No lo negaré: nunca perdoné a Karachi que no fuera Bombay. Situada entre el desierto y tristes riachuelos salinos cuyas orillas estaban cubiertas de atrofiados mangles, mi nueva ciudad parecía poseer una fealdad que eclipsaba incluso a la mía; al haber crecido demasiado deprisa —su población se había cuadruplicado desde 1947—, había adquirido la hinchazón deforme de un enano gigante. En mi decimosexto cumpleaños, me regalaron una *scooter* Lambretta; recorriendo las calles de la ciudad en mi vehículo sin ventanas, respiraba la desesperación fatalista de los habitantes de los barrios miserables y la postura defensiva, pagada de sí misma, de los ricos; fui absorbido por las estelas de olores de la miseria y también del fanatismo, atraído por un largo pasillo subterráneo en cuyo final estaba la puerta de Tai Bibi, la puta más vieja del mundo... pero estoy perdiendo el control de mí mismo. En el corazón de Karachi estaba la casa de Alia Aziz, un edificio grande y viejo de Clayton Road (ella debía de haber vagado por él durante años, como un fantasma sin nadie a quien atormentar), un lugar de sombras y pintura amarillenta, sobre el que caía cada tarde la larga sombra acusadora del minarete de la mezquita local. Incluso cuando, años más tarde en el gueto de los magos, viví a la sombra de otra mezquita, una sombra que fue, al menos durante cierto tiempo, una penumbra protectora y no amenazante, no perdí nunca mi opinión, nacida en Karachi, sobre las sombras de las mezquitas, en las que, según me parecía, podía olfatear el olor estrecho, envolvente y acusador de mi tía. Que esperó su momento; pero cuya venganza, cuando vino, fue aplastante.

Era, en aquellos días, una ciudad de espejismos; tallada en el desierto, no había conseguido destruir totalmente el poder de ese desierto. Los oasis brillaban en la superficie alquitranada de Elphinstone Street, se veía relucir caravaneras entre las casuchas que rodeaban el puente negro, el Kala Pul. En aquella ciudad sin lluvias (cuyo único factor común con la ciudad de mi nacimiento era que también ella había iniciado su vida como aldea de pescadores), el desierto escondido conservaba sus antiguos poderes de traficante en apariciones, con el resultado de que los karachitas tenían sólo la concepción más escurridiza posible de la realidad y, por consiguiente, estaban dispuestos a recurrir a sus dirigentes para que les dijeran lo que era real y lo que no lo era. Acosados por dunas de arena imaginarias y por los fantasmas de antiguos reyes, y también por el conocimiento de que el nombre de la fe sobre la que se asentaba la ciudad significaba «sumisión», mis nuevos conciudadanos exudaban los olores totalmente hervidos de la conformidad, lo que era deprimente para una nariz que había olido —al final de todo y por brevemente que fuera— el inconformismo lleno de especias de Bombay.

Poco después de nuestra llegada —y quizá oprimido por aquella atmósfera ensombrecida de la mezquita de la casa de Clayton Road— mi padre resolvió construirnos una nueva casa. Compró una parcela de tierra en la más elegante de las «sociedades», las nuevas zonas de urbanización; y, en mi decimosexto cumpleaños, Saleem adquirió algo más que una Lambretta... aprendí a conocer los poderes ocultos de los cordones umbilicales.

¿Qué era lo que, metido en salmuera, estuvo durante dieciséis años en el *almirah* de mi padre, esperando sólo ese día? ¿Qué lo que, flotando como una serpiente de agua en un viejo tarro de encurtidos, nos acompañó en nuestro viaje por mar y terminó sepultado en la tierra dura y yerma de Karachi? ¿Qué era lo que en otro tiempo había alimentado la vida en un vientre... qué era lo que infundía ahora a la tierra una vida milagrosa, haciendo nacer un moderno *bungalow* de distintos niveles y estilo americano? Evitando esas preguntas crípticas, explicaré que, en mi decimosexto cumpleaños, mi familia (incluida tita Alia) se congregó en nuestra parcela de tierra de Korangi Road; observado por los ojos de un equipo de trabajadores y por la barba de un *mullah*, Ahmed le dio a Saleem una piqueta; yo la clavé inauguralmente en el suelo. —Un nuevo comienzo —dijo Amina—, *Inshallah*, todos seremos ahora personas nuevas. —Espoleado por aquel deseo noble e inalcanzable, un obrero ensanchó rápidamente el agujero; y entonces se sacó un tarro de encurtidos. Se vertió la salmuera en la tierra sedienta; y lo-que-quedó-dentro recibió las bendiciones del *mullah*. Después de lo cual, un cordón umbilical —¿era el mío? ¿O el de Shiva?— fue introducido en la tierra; y, enseguida, una casa comenzó a crecer. Hubo dulces y bebidas gaseosas; el *mullah*, exhibiendo un apetito notable, consumió treinta y nueve *laddoos*; y Ahmed Sinai no se lamentó ni una sola vez del gasto. El espíritu del cordón enterrado inspiraba a los trabajadores; pero, aunque los cimientos se excavaron muy profundos, no impidieron que la casa se derrumbase antes de que llegáramos siquiera a habitarla.

Lo que supongo sobre los cordones umbilicales: aunque poseían el poder de hacer crecer las casas, algunos, evidentemente, eran mejores que otros para esa tarea. La ciudad de Karachi demostraba mi tesis: construida sin duda alguna sobre cordones totalmente inapropiados, estaba llena de casas deformes, hijas jorobadas y raquíticas de cordones umbilicales deficientes, casas que habían crecido misteriosamente ciegas, sin ventanas visibles, casas que parecían radios o aparatos de aire acondicionado o celdas de cárcel, disparatados edificios cabezones que se caían con regularidad monótona, como borrachos; una salvaje proliferación de casas demenciales, cuya falta de idoneidad como viviendas sólo era superada por su fealdad absolutamente excepcional. La ciudad eclipsaba al desierto; pero los cordones, o la infecundidad del suelo, la hacían crecer como algo grotesco.

Capaz de oler la tristeza y la alegría, de olfatear la inteligencia y la estupidez con los ojos cerrados, llegué a Karachi y a la adolescencia... comprendiendo, desde luego, que las nuevas naciones del subcontinente y yo habíamos dejado la infancia atrás; que nos aguardaban a todos los dolores del crecimiento y extrañas y torpes alteraciones de la voz. El drenaje censuró mi vida interior; pero mi sentido de conexión siguió sin drenar.

Saleem invadió el Pakistán armado sólo de su nariz hipersensible; pero lo peor de todo fue que ¡lo invadió *por el lado equivocado*! Todas las conquistas con éxito de esa parte del mundo han comenzado en el norte; todos los conquistadores han llegado por tierra. Navegando ignorantemente en contra de los vientos de la Historia, yo llegué a Karachi desde el sudeste y por mar. Lo que siguió, supongo, no hubiera debido sorprenderme.

Con mirada retrospectiva, las ventajas de caer desde el norte son evidentes. Desde el norte vinieron los generales omeyas, Hajjaj bin Yusuf y Muhammad bin Qasim; y también los ismailíes. (Honeymoon Lodge, donde se dice que estuvo Aly Khan con Rita Hayworth, daba sobre nuestra parcela de tierra umbilicalizada; hay rumores de que la estrella causó gran escándalo al vagar por los terrenos vestida con una serie de fabulosos, diáfanos y hollywoodenses *negligés*.) ¡Oh ineluctable superioridad de lo septentrional! ¿Desde dónde bajó Mahmud de Ghazni sobre esas llanuras del Indo, trayendo con él un lenguaje que alardeaba nada menos que de tres formas de letra S? La respuesta ineludible es: *sé, sin* y *swad* fueron intrusas del norte. ¿Y Muhammad bin Sam Ghuri, que derrocó a los ghaznavides y fundó el Califato de Delhi? También Sam Ghuri hijo fue de norte a sur en su avance.

Y Tughlaq, y los emperadores mogoles... pero ya he probado lo que quería. Sólo hay que añadir que las ideas, lo mismo que los ejércitos, se extendieron hacia el sur sur sur desde las alturas septentrionales: la leyenda de Sinkandar But-Sikhan, el Iconoclasta de Cachemira, quien, a finales del siglo XIV, destruyó todos los templos hindúes del Valle (sentando un precedente para mi abuelo), bajó desde las colinas hasta las llanuras fluviales; y, quinientos años más tarde, el movimiento *mujahideen* de Syed Ahmad Barilwi siguió esa pista tan frecuentada. Las ideas de Barilwi: abnegación, odio-al-hindú, guerra santa... tanto las ideologías como los reyes (para abreviar) vinieron del lado opuesto al mío.

Los padres de Saleem dijeron: «Todos tenemos que convertirnos en personas nuevas»; en el país de los puros, la pureza se convirtió en nuestro ideal. Pero Saleem estaba manchado para siempre de bombayedad, tenía la cabeza llena de toda clase de religiones, además de la de Alá (como los primeros musulmanes de la India, los mercantiles moplas de Malabar, yo había vivido en un país cuya población de deidades rivalizaba con el número de sus habitantes, de forma que, rebelándose inconscientemente contra aquella claustrofóbica multitud de deidades, mi familia había abrazado la ética de las negocios y no de la fe); y su cuerpo comenzaba a mostrar una marcada preferencia por lo impuro. Como los moplas, estaba condenado a ser un inadaptado; pero, al final, la pureza me encontró a mí e incluso yo, Saleem, quedé limpio de mis fechorías.

Después de mi decimosexto cumpleaños, estudié Historia en el colegio de mi tía Alia; pero ni siquiera el aprender pudo hacer que me sintiera parte de aquel país carente de hijos de la medianoche, en el que mis compañeros de colegio hacían procesiones para pedir una sociedad más severa, más islámica... demostrando que habían conseguido convertirse en la antítesis de los estudiantes de todo el resto del mundo, al pedir más-normas-y-no-menos. Mis padres, sin embargo, estaban decididos a echar raíces; aunque Ayub Khan y Butto estaban fraguando una alianza con China (que había sido nuestra enemiga tan recientemente), Ahmed y Amina no querían escuchar críticas de su nueva patria; y mi padre compró una fábrica de toallas.

Había un nuevo brillo en mis padres en aquellos días; Amina había perdido su niebla de culpabilidad y sus verrugas parecían no darle ya guerra; mientras que Ahmed, aunque todavía empalidecido, notaba que sus congelados riñones se deshelaban con el calor de su nuevo amor por su esposa. Algunas mañanas, Amina tenía señales de dientes en el cuello; y se reía a veces sin poderse controlar, como una colegiala. —Vosotros dos, verdaderamente —le decía su hermana Alia—, parecéis recién casados en luna de miel o qué sé yo qué. —Pero yo podía oler lo que estaba escondido tras los dientes de Alia; lo que se quedaba dentro cuando salían aquellas palabras amables... Ahmed Sinai dio a sus toallas el nombre de su mujer: marca Amina.

—¿Quiénes son esos multimultis? ¿Esos Dawoods, Saigols, Haroons? —exclamaba alegremente, despachando así a las familias más ricas del país—. ¿Quiénes son los Valikars o los Zulfikars? Soy capaz de comerme diez de un golpe. ¡Ya veréis! —prometió—. Dentro de dos años, el mundo entero se estará secando con toallas marca Amina. ¡La mejor de las felpas! ¡Las máquinas más modernas! Haremos al mundo entero limpio y seco; los Dawoods y los Zulfikars me rogarán que les diga mi secreto; y yo les diré, sí, las toallas son de gran calidad; pero el secreto no está en la fabricación; fue el amor el que lo logró todo. —(Yo distinguía, en el discurso de mi padre, los persistentes efectos del virus del optimismo.)

¿Conquistó la marca Amina el mundo en nombre de la limpieza (que es lo más próximo a...)? ¿Vinieron los Valikas y Saigols a decirle a Ahmed Sinai: «Cielos, estamos perplejos, *yaar*, ¿cómo lo hace?» ¿Secó la felpa de gran calidad, de dibujos ideados por el propio Ahmed —un poco chillones, pero no importa, nacían del amor— las humedades de los mercados tanto pakistaníes como de exportación? ¿Se envolvieron los rusos ingleses americanos con el nombre inmortalizado de mi madre...? La historia de la marca Amina tiene que esperar un poco; porque la carrera de la Cantante Jamila está a punto de comenzar; el Tío Zaf ha ido de visita a la casa ensombrecida por la mezquita de Clayton Road.

Su verdadero nombre era Mayor (Retirado) Alauddin Latif; había oído hablar de la voz de mi hermana «al General Zulfikar, más amigo mío que la puñeta; estuve con él en las Fuerzas de Patrulla de la Frontera, allá en el 47». Apareció en casa de Alia Aziz poco después del decimoquinto cumpleaños de Jamila, robusto y radiante, revelando una boca llena de dientes de oro macizo. —Soy un tipo sencillo —explicó—, como nuestro ilustre Presidente. Pongo mi dinero a buen recaudo. —Como nuestro ilustre Presidente, el Mayor tenía la cabeza perfectamente esférica; a diferencia de Ayub Khan, Latif había dejado el Ejército y entrado en el negocio del espectáculo. El primer empresario del Pakistán en cifras absolutas, chico —le dijo a mi padre—. Nada más que con organización; una vieja costumbre del Ejército, más difícil de olvidar que la puñeta. —El Mayor Latif tenía una proposición que hacer: quería oír cantar a Jamila—. Y si es el dos por ciento de buena de lo que me dicen, señor mío, ¡la haré famosa! ¡Sí señor, de la noche a la mañana, sin duda alguna! Contactos: eso es todo lo que hace falta; contactos y organización; y el Mayor (Retirado) Latif, vuestro seguro servidor, los tiene todos. *Alauddin* Latif —subrayó, lanzándole un destello dorado a Ahmed Sinai—. ¿Conoce el cuento? Sólo tengo que frotar mi estupenda lámpara vieja, y allá va el genio que trae fama y fortuna. Su hija estará en manos más seguras que la puñeta. Que la *puñeta*.

Es una suerte para la legión de admiradores de la Cantante Jamila que Ahmed Sinai fuera un hombre enamorado de su esposa; dulcificado por su propia felicidad, no echó de casa al Mayor Latif sobre la marcha. Hoy creo también que mis padres habían llegado ya a la conclusión de que el don de su hija era demasiado extraordinario para guardárselo para ellos; la magia sublime de su voz de ángel había empezado a enseñarles los inevitables imperativos del talento. Pero a Ahmed y Amina les preocupaba una cosa. —Nuestra hija —dijo Ahmed... siempre fue el más anticuado de los dos, bajo la superficie...— es de una buena familia; ¿y usted quiere hacerla subir a un escenario, delante de Dios sabe cuántos hombres extraños...? —El Mayor pareció ofendido—. Señor —dijo estiradamente—, ¿cree que soy un hombre sin sensibilidad? Yo también tengo hijas, chico. Siete, gracias a Dios. He montado para ellas un pequeño negocio de agencia de viajes; sin embargo, es estrictamente por teléfono. No se me ocurriría ponerlas en una ventanilla. De hecho, es la mayor agencia de viajes telefónica de la ciudad. De hecho, enviamos maquinistas de tren a Inglaterra; y también *wallahs* de autobús. Lo que quiero decir —añadió apresuradamente— es que su hija sería tan respetada como las mías. En realidad, más; ¡ella será una estrella!

Las hijas del Mayor Lafti —Safia y Rafia y otras cinco -afias— fueron apodadas, colectivamente, «las Zafias» por lo que quedaba del Mono en mi hermana; su padre llevó primero el mote de «Papá-Zafia» y luego el de Tío —título de cortesía— Zaf. Él hizo honor a su palabra; en seis meses, la Cantante Jamila tendría discos de éxito, un ejército de admiradores, todo; y todo ello, como explicaré dentro de un momento, sin revelar su rostro.

El Tío Zaf se convirtió en algo permanente en nuestras vidas; visitaba la casa de Clayton Road la mayoría de las tardes, a la hora que yo estaba acostumbrado a considerar del cóctel, para beber a sorbitos su jugo de granada y pedirle a Jamila que le cantase algo. Ella, que se estaba convirtiendo en la más encantadora de las chicas, lo complacía siempre... después de lo cual él se aclaraba la garganta como si se le hubiera quedado algo en ella, y empezaba a bromear sobre el matrimonio. Sus sonrisas de veinticuatro quilates me cegaban, mientras él: —Ya es hora de que tomes esposa, jovencito. Hazme caso: búscate una chica que tenga buen seso y malos dientes; ¡tendrás un amigo y una caja fuerte, todo en una pieza! —Las hijas del Tío Zaf, según pretendía él, se ajustaban todas a esa descripción... Yo, violento, oliendo que sólo bromeaba a medias, exclamaba—: ¡Vamos, Tío Zaf! —Él conocia su mote; hasta le gustaba bastante. Dándome una palmada en el muslo, me decía—: ¿Haciéndote el duro, eh? Bien hecho, puñeta. Está bien, muchacho: elige a una de mis hijas, y te garantizo que le sacarán todos los dientes; ¡para cuando te cases con ella tendrá como dote una sonrisa de un millón de dólares! —Después de lo cual mi madre conseguía normalmente cambiar de tema; no le gustaba la idea del Tío Zaf, por muy preciosas que fueran las dentaduras... esa primera noche, como después con tanta frecuencia, Jamila cantó para el Mayor Alauddin Latif. Su voz salió flotando por la ventana, haciendo callar al tráfico; los pájaros dejaron de parlotear y, en la tienda de hamburguesas del otro lado de la calle, apagaron la radio; la calle se llenó de personas inmóviles, y la voz de mi hermana las cubrió... al terminar, nos dimos cuenta de que el Tío Zaf estaba llorando.

—Una joya —dijo tocando la bocina en su pañuelo—. Señor y señora, su hija es una joya. Me siento humillado, totalmente. Más humillado que la puñeta. Ella me ha demostrado que una voz de oro es preferible incluso a unos dientes de oro.

Y, cuando la fama de la Cantante Jamila llegó al punto en que no pudo seguir evitando dar un concierto público, fue el Tío Zaf quien lanzó el rumor de que ella había sufrido un terrible accidente de coche, que la había desfigurado; fue el Mayor (Retirado) Latif quien ideó su famoso *chadar* blanco de seda que lo ocultaba todo, la cortina o velo, recargadamente bordado de brocado de oro y caligrafía religiosa, detrás de la cual se sentaba ella, recatadamente, siempre que actuaba en público. El *chadar* de la Cantante Jamila era sostenido por dos figuras musculosas e incansables, veladas también (aunque más sencillamente) de la cabeza a los pies... la versión oficial era que se trataba de sus sirvientes, pero su sexo era imposible de determinar a través de los *burqas*; y, en el centro mismo del *chadar*, el Mayor había hecho cortar un agujero. Diámetro: tres pulgadas. Circunferencia: bordada con el hilo de oro más fino. Así fue como la historia de nuestra familia, una vez más, se convirtió en el destino de la nación, porque, cuando Jamila cantó con los labios contra aquella abertura del brocado, el Pakistán se enamoró de una muchacha de quince años a la que sólo podía vislumbrar a través de una sábana perforada, de oro y blanco.

El rumor del accidente puso el broche final a su popularidad; sus conciertos abarrotaron el teatro Bambino de Karachi y llenaron el Shalimar-bagh de Lahore; sus discos encabezaban constantemente las listas de ventas. Y a medida que se convirtió en dominio público, «Angel del Pakistán», «La Voz de la Nación», el «*Bulbul-e-Din*» o «Ruiseñor de la Fe», y empezó a recibir mil y una proposiciones de matrimonio por semana; a medida que se convirtió en la hija favorita del país entero y asumió una existencia que amenazaba ahogar su posición en nuestra propia familia, fue presa de los dos virus gemelos de la fama, el primero de los cuales la hizo víctima de su propia imagen pública, porque el rumor del accidente la obligaba a llevar un *burqa* de oro y blanco en todo momento, incluso en el colegio de mi tía Alia, al que siguió yendo; mientras que el segundo virus la expuso a esas exageraciones y simplificaciones de sí mismo que son los efectos secundarios inevitables del estrellato, de forma que la ciega y cegadora devoción religiosa y el nacionalismo con-razón-o-sin-ella que habían empezado ya a surgir en Jamila comenzaron a dominar su personalidad, con exclusión de casi todo lo demás. La publicidad la aprisionó dentro de una tienda dorada; y, al ser la nueva hija-de-la-nación, su carácter comenzó a deber más a los aspectos más estridentes de ese personaje nacional que al mundo infantil de sus años de Mono.

La voz de la Cantante Jamila estaba constantemente en la emisora La Voz del Pakistán, de forma que en las aldeas de las Alas Occidental y Oriental llegó a parecer un ser sobrenatural, incapaz de sentir fatiga, un ángel que cantaba para su pueblo día y noche; mientras que Ahmed Sinai, cuyos escasos escrúpulos restantes en relación con la carrera de su hija se habían visto más que calmados por las enormes ganancias de ella (aunque en otro tiempo había sido un hombre de Delhi, era ahora, en el fondo, un auténtico musulmán de Bombay, y ponía las cuestiones de dinero por encima de la mayoría de las otras cosas), se aficionó a decirle a mi hermana: —Ya ves hija: la decencia, la pureza, el arte y el buen sentido comercial pueden ser una misma cosa; tu viejo padre ha sido suficientemente sensato para comprenderlo. —Jamila sonreía encantadoramente y se mostraba de acuerdo... estaba dejando de ser un marimacho flacucho para convertirse en una belleza esbelta, de ojos rasgados y piel dorada, con el cabello tan largo que casi se podía sentar sobre él; hasta su nariz tenía buen aspecto—. En mi hija —le dijo orgullosamente Ahmed Sinai al Tío Zaf— son los rasgos nobles de mi rama familiar los que han dominado. —El Tío Zaf me echó una mirada curiosa y torpe y carraspeó—. Una chica más guapa que la puñeta, señor —le dijo a mi padre—. Estupenda, caray.

El trueno de los aplausos no estaba nunca lejos de los oídos de mi hermana; en su primer recital, hoy legendario, en el Bambino (teníamos entradas facilitadas por el Tío Zaf —«¡Unas entradas mejores que la puñeta!»— junto a sus siete Zafias, todas veladas... El Tío Zaf me dio un codazo en las costillas: «¡Vamos muchacho... escoge! ¡Haz tu elección! ¡Recuérdalo: la dote!», y yo me ruboricé mirando fijamente al escenario), los gritos de «Wah! Wah!» eran a veces más fuertes que la voz de Jamila; y después de la función la encontramos en su camerino ahogándose en un mar de flores, de forma que tuvimos que abrirnos paso por el floreciente jardín alcanforado del amor de la nación, y la hallamos casi desmayada, no de fatiga, sino por el perfume de adoración, abrumadoramente fragante, con que habían llenado las flores su habitación. También yo sentí que la cabeza me empezaba a flotar; hasta que el Tío Zaf comenzó a tirar flores a grandes toneladas por la ventana abierta —las recogió una multitud de admiradores— mientras exclamaba—: ¡Las flores están muy bien, puñeta, pero hasta una heroína nacional necesita aire!

Hubo aplausos también en la velada en que la Cantante Jamila (y familia) fue invitada a la Casa del Presidente a fin de que cantase para el comandante de los pimenteros. Haciendo caso omiso de las noticias de revistas extranjeras sobre malversaciones de caudales y cuentas en bancos suizos, nos restregamos la piel hasta relucir; una familia que está en el negocio de las toallas tiene la obligación de ser inmaculadamente limpia. El Tío Zaf dio a sus dientes de oro un pulido supercuidadoso ¡y, en una gran sala dominada por los retratos enguirnaldados de Muhammad Ali Jinnah, el fundador del Pakistán, el Quaid-i-Azam, y su asesinado amigo y sucesor Liaquat Ali, se sostuvo en alto la sábana perforada y mi hermana cantó. Por fin cesó la voz de Jamila, una voz con galones de oro sucedió a la canción de ella, ribeteada de brocado. —Jamila, hija —pudimos escuchar—, tu voz será una espada para la pureza; un arma con la que limpiaremos las almas de los hombres. —El Presidente Ayub, por propia confesión, era un simple soldado; inculcó a mi hermana las virtudes simples y militares de la fe-en-los-jefes y la confianza-en-Dios; y ella—: La voluntad del Presidente será la voz de mi corazón. —A través de un agujero de una sábana perforada, Jamila se consagró al patriotismo, y el *diwan-i-khus*, la sala de aquella audiencia privada, resonó de aplausos, ahora corteses, no los salvajes *wah-wahs* de la muchedumbre del Bambino, sino la aprobación estrictamente reglamentada de las chatarras-y-estrellas engalonadas y el encantado aplauso de unos padres llorosos—. ¡Vaya! —susurró el Tío Zaf—. ¿La puñeta, no?

Lo que yo podía oler, Jamila podía cantarlo. Verdad belleza felicidad dolor: cada una tenía su fragancia distinta, que mi nariz podía distinguir; cada una, en las actuaciones de Jamila, podía encontrar su voz ideal. Mi nariz, su voz: eran dones exactamente complementarios; pero se estaban separando. Mientras Jamila cantaba canciones patrióticas, mi nariz prefería demorarse en los olores más feos que la invadían: la amargura de la tía Alia, el penetrante e inalterable hedor de las mentes cerradas de mis compañeros de estudios ¡de forma que, mientras ella se remontaba a las nubes, yo me hundía en las cloacas.

Mirando atrás, sin embargo, creo que ya estaba enamorado de ella, mucho antes de que me lo dijeran... ¿hay pruebas del inmencionable amor a su hermana de Saleem? Las hay. La Cantante Jamila tenía una pasión en común con el desaparecido Mono de Latón; le encantaba el pan. *¿Chapatis, parathas, tandoori nans?* Sí, pero. Bueno, entonces: ¿prefería la levadura? La prefería; mi hermana —a pesar de su patriotismo— añoraba siempre el pan con levadura. Y, en todo Karachi, ¿cuál era la única fuente de barras de pan con levadura de calidad? No una panadería; el mejor pan de la ciudad lo daban por una trampilla de una pared, por lo demás ciega, todos los jueves por la mañana, las hermanas de la orden de clausura de Santa Ignacia. Cada semana, con mi *scooter* Lambretta, le llevaba a mi hermana las barras calientes y tiernas de las monjas. A pesar de las largas colas serpenteantes; sin prestar atención al olor excesivamente cargado de especias, picante y lleno de estiércol de las estrechas calles que rodeaban el convento; haciendo caso omiso de todas las demás cosas que reclamaban mi tiempo, yo recogía el pan. En mi corazón no había absolutamente ninguna crítica; ni una sola vez le pregunté a mi hermana si ese último vestigio de su antiguo coqueteo con el cristianismo no podía parecer poco apropiado en su nuevo papel de Ruiseñor de la Fe...

¿Se puede rastrear los orígenes de un amor antinatural? Saleem, que había deseado vivamente ocupar un lugar en el centro de la Historia, ¿perdió la cabeza por lo que vio en su hermana de sus propias esperanzas en la vida? ¿Se enamoró el muy mutilado ex Mocoso, miembro tan destrozado de la Conferencia de los Hijos de la Medianoche como la marcada mendiga Sundari, de la nueva plenitud de su medio hermana? Habiendo sido en otro tiempo el *Mubarak*, el Bienaventurado, ¿adoré en mi hermana la realización de mis sueños más íntimos...? Sólo diré que no tuve conciencia de lo que me había ocurrido hasta que, con una *scooter* entre mis muslos de dieciséis años, comencé a seguirles la pista a las putas.

Mientras Alia se consumía a fuego lento; durante los primeros tiempos de las toallas marca Amina; en medio de la apoteosis de la Cantante Jamila; cuando una casa de pisos en desnivel, levantada por orden de un cordón umbilical, distaba mucho de haber sido terminada; en la época del amor tardíamente florecido de mis padres ¡rodeado por las certidumbres un tanto estériles del país de los puros, Saleem Sinai se reconcilió consigo mismo. No diré que no estuviera triste; negándome a censurar mi pasado, admitiré que Saleem era tan hosco, a menudo tan poco cooperativo, sin duda tan imprevisible como la mayoría de los chicos de su edad. Sus sueños, denegados los hijos de la medianoche, se llenaron de nostalgia hasta la náusea, de forma que a menudo se despertaba sofocado por el pesado almizcle del pesar, que dominaba sus sentidos; tuvo pesadillas de números que avanzaban uno dos tres, y de un par de rodillas prensiles que apretaban, estrangulaban... pero tenía un nuevo don, y una *scooter* Lambretta, y (aunque todavía inconscientemente), un amor humilde y sumiso por su hermana... apartando mis ojos de narrador del pasado descrito, insisto en que Saleem, lo-mismo-entonces-que-ahora, logró dirigir su atención hacia un futuro todavía-no-descrito. Escapándome, siempre que me era posible, de una vivienda en la que los acres vapores de la envidia de mi tía hacían la vida insoportable, y también de un colegio lleno de otros olores igualmente desagradables, montaba en mi corcel motorizado y exploraba las avenidas olfatorias de mi nueva ciudad. Y, después de haber sabido de la muerte de mi abuelo en Cachemira, me decidí más aún a ahogar el pasado en el estofado espeso y burbujeante de olores del presente... ¡Oh primeros días vertiginosos anteriores a la categorización! Sin forma, antes de que yo empezara a conformarlas, las fragancias me llegaban a raudales: los lúgubres y podridos vapores de las heces animales de los jardines del museo de Frere Road, los olores de cuerpos pustulosos de hombres jóvenes, de amplios pijamas, que se cogían de la mano en las tardes del Sadar, la agudeza de cuchillo de las nueces de betel expectoradas y la mezcla agridulce de betel y opio: en las callejas repletas de vendedores que había entre Elphinstone Street y Victoria Road se inhalaban «*paans-cohete*». Olores de camello, olores de coche, la irritación de mosquito de los humos de las *rickshaws* motorizadas, el aroma de los cigarrillos de contrabando y del «estraperlo», los efluvios competitivos de los conductores de autobús de la ciudad y el simple sudor de sus pasajeros-apretados-como-sardinas. (Un conductor de autobús se sulfuró tanto al ser pasado por un rival de otra compañía —el nauseabundo olor de la derrota fluía de sus glándulas— que llevó su autobús a casa de su contrincante por la noche, tocó la bocina hasta que salió el pobre tipo, y le pasó las ruedas por encima, apestando, como mi tía, a venganza.) Las mezquitas derramaban sobre mí el *itr* de la devoción ¡podía oler las pomposas emanaciones de poder que soltaban los automóviles con banderín del Ejército; hasta en las carteleras de los cines podía distinguir los baratos perfumes chillones de los *westerns*-espaguetis importados y de las películas de artes marciales más violentas jamás filmadas. Fui, durante algún tiempo, una persona drogada, y mi cabeza vacilaba bajo las complejidades del olor; pero entonces mi irresistible deseo de forma se impuso, y sobreviví.

Las relaciones indopakistaníes se deterioraban; se cerraron las fronteras, de forma que no pudimos ir a Agra a llorar la muerte de mi abuelo; la emigración de la Reverenda Madre al Pakistán se vio un tanto retrasada. Entretanto, Saleem estaba elaborando una teoría general del olfato: habían comenzado los procesos de clasificación. Yo consideraba ese enfoque científico como mi acto de obediencia propio y personal al espíritu de mi abuelo... para empezar, perfeccioné mi habilidad para distinguir, hasta que pude separar las infinitas variedades de nuez de betel y (con los ojos cerrados) las doce marcas diferentes que había de bebidas gaseosas. (Mucho antes de que el comentarista norteamericano Herbet Feldmann llegara a Karachi para deplorar la existencia de una docena de aguas con gas en una ciudad que sólo tenía tres proveedores de leche embotellada, yo podía distinguir con los ojos vendados la Pakola de la Hoffman's Mission, y la Citra Cola de la Fanta. Feldmann veía en esas bebidas una manifestación del imperialismo capitalista; yo, olfateando cuál era Canada Dry y cuál 7-Up, separando infaliblemente la Pepsi de la Coke, estaba más interesado en aprobar aquel sutil examen olfatorio. Identificaba y nombraba a ciegas la Double Kola y la Koka Kola, la Perri Cola y el Bubble Up). Sólo cuando estuve seguro de dominar los olores físicos pasé a esos otros aromas que sólo yo podía oler: los perfumes de las emociones y de los mil y un impulsos que nos hacen humanos: amor y muerte, codicia y humildad, tener y no tener fueron etiquetados y colocados en ordenados compartimientos de mi mente.

Primeros intentos de ordenación: traté de clasificar los olores por su color: la ropa interior hirviendo y la tinta de imprenta del *Daily Jang* compartían una calidad azulada, mientras que la teca antigua y los pedos frescos eran de un castaño oscuro. A los automóviles y los cementerios los clasifiqué juntos como grises... también había una clasificación-por-pesos: olores peso mosca (el papel), olores peso gallo (cuerpos recién jabonados, hierba), pesos medios (sudor, reina de la noche); el *shahi-korma* y la grasa de bicicleta eran los semipesados de mi sistema, en tanto que la cólera, el pachulí, la traición y el estiércol figuraban entre los hedores peso pesado de la tierra. Y tenía también un sistema geométrico: la redondez de la alegría y la angulosidad de la ambición; tenía olores elípticos, y también ovales y cuadrados... lexicógrafo de la nariz, recorría Bunder Road y las P.E.C.H.S.*; botánico, cazaba bocanadas como mariposas en la red de mis pelos nasales. ¡Oh viajes maravillosos antes del nacimiento de la filosofía...! Porque pronto comprendí que, para tener algún valor, mi trabajo tenía que cobrar una dimensión moral; que las únicas divisiones importantes eran las gradaciones infinitamente sutiles de los olores del bien y del mal. Habiendo comprendido la naturaleza decisiva de la moralidad, habiendo olfateado que los olores podían ser sacros o profanos, inventé, en el aislamiento de mis excursiones en *scooter*, la ciencia de la ética nasal.

Sagrados: velos *purdah*, carne *halal*, torres de almuédano, esterillas de rezar; profanos: discos occidentales, carne de cerdo, alcohol. Ahora comprendía por qué los *mullahs* (sagrados) se negaban a entrar en aeroplanos (profanos) la noche antes de Eid-ul-Fitr, y ni siquiera estaban dispuestos a entrar en vehículos cuyo olor secreto era la antítesis de la santidad, a fin de estar seguros de ver la luna nueva. Aprendí la incompatibilidad olfatoria entre el Islam y el socialismo, y la inalienable oposición existente entre el *after-shave* de los socios del Sind Club y el tufo de la pobreza de los mendigos que duermen en la calle a las puertas del Club... cada vez más, sin embargo, me convencí de una desagradable verdad: a saber, que lo sagrado, o lo bueno,

---

* Pakistán Employees Cooperative Housing Society: viviendas construidas por esa cooperativa. *(N. del T.)*

tenía poco interés para mí, aunque esos aromas rodea-
sen a mi hermana mientras cantaba; en tanto que la
acritud de la alcantarilla parecía atraerme de una forma
fatalmente irresistible. Además, yo tenía dieciséis años
¡había cosas que se agitaban bajo mi cinturón, dentro
de mis pantalones blancos de dril; y ninguna ciudad
que encierra a sus mujeres anda nunca escasa de putas.
Mientras Jamila cantaba la santidad y el amor-a-la-pa-
tria, yo exploraba lo profano y la lujuria. (Tenía dinero
para tirar; mi padre se había vuelto generoso al mismo
tiempo que amante.)

En el mausoleo de Jinnah, eternamente inacabado,
yo recogía mujeres de la calle. Otros jóvenes venían
aquí para seducir a las chicas americanas y llevárselas a
habitaciones de hotel o piscinas; yo prefería conservar
mi independencia y pagar. Y finalmente descubrí a la
puta de las putas, cuyos dones eran reflejo de los míos.
Se llamaba Tai Bibi, y pretendía tener quinientos doce
años.

¡Pero qué olor! El rastro más rico que él, Saleem,
había olfateado nunca; se sintió embrujado por algo
que había en él, cierto aire de majestad histórica... y se
descubrió a sí mismo diciéndole a aquella criatura sin
dientes: —No me importa tu edad; lo que vale es el olor.

(«Dios santo», me interrumpe Padma. «Una cosa
así... ¿cómo pudiste?»)

Aunque ella no insinuó jamás ninguna conexión
con ningún barquero cachemiro, el nombre de Tai Bibi
ejercía el mayor de los atractivos; aunque quizá le estaba siguiendo la corriente a Saleem cuando dijo: —Muchacho, tengo quinientos doce años —el sentido de la
Historia de él se despertó sin embargo. Pensad de mí lo
que queráis; me pasé una tarde calurosa y húmeda en
una habitación de una casa de vecindad que contenía un
colchón infestado de pulgas y una bombilla desnuda, y
la puta más vieja del mundo.

¿Qué era en definitiva lo que hacía a Tai Bibi irresistible? ¿Qué don de control poseía que hacía avergonzarse a las otras putas? ¿Qué era lo que enloquecía las narices recientemente sensibilizadas de nuestro Saleem? Padma: mi antigua prostituta poseía un dominio de sus glándulas tan total que podía alterar sus olores corporales para que igualaran a los de cualquier persona del mundo. Eccrinas y apocrinas obedecían las instrucciones de su anticuada voluntad; y aunque decía: —No esperes que lo haga de pie; no me podrías pagar lo suficiente para eso —sus dones de perfume eran más de lo que él podía soportar.

(... «Chhi-chhi», Padma se tapa los oídos. «Dios santo, qué hombre más verdiguarro, no lo sospechaba»...)

De manera que allí estaba él, aquel joven raro y horrible, con una vieja bruja que le dijo: —No me pondré de pie; los callos —y entonces notó que el mencionar los callos parecía excitarlo; susurrándole el secreto de su facilidad eccrina-y-apocrina, le preguntó si quería que imitase los olores de alguien: él se los describiría y ella lo intentaría, y así, por tanteo, podrían... y al principio él lo rechazó, No no no, pero ella lo engatusó con su voz de papel arrugado, hasta que, porque estaba solo, fuera del mundo y fuera del tiempo, solo con aquella inverosímil arpía vieja y mitológica, comenzó a describirle olores con toda la perspicacia de su milagrosa nariz, y Tai Bibi comenzó a imitar sus descripciones, dejándolo pasmado cuando, por sucesivos tanteos, consiguió reproducir los olores corporales de su madre sus tías, ajá eso te gusta verdad pequeño *sahibzada*, vamos, mete la nariz cuanto quieras, desde luego eres un tipo curioso... hasta que de pronto, por accidente, sí, juro que no le hice hacerlo, de pronto, durante los tanteos, la más indecible fragancia del mundo brota de aquel cuerpo agrietado arrugado antiguo como el cue-

542

ro, y ahora él no puede esconder lo que ella ve, ajá, pequeño *sahibzada*, qué es lo que he encontrado, no tienes que decirme quién es, pero esa ella es Ella, sin duda alguna.

Y Saleem: —Cállate cállate... —Pero Tai Bibi, con la inexorabilidad de su antigüedad cacareante insiste—: Ajá, sí, seguro, tu amada, pequeño *sahibzada*... ¿quién es? ¿Quizá tu prima? Tu hermana... —La mano de Saleem se está cerrando en un puño; su mano derecha, a pesar del dedo mutilado, está considerando la violencia... y ahora Tai Bibi—: ¡Dios santo, sí! ¡Tu hermana! ¡Vamos, págame, no puedes esconder lo que tienes ahí en plena frente! —Y Saleem reúne sus ropas lucha por ponerse los pantalones Cállate vieja bruja Mientras ella Sí vete, vete, pero si no me pagas yo, yo, ya verás de lo que soy capaz, y ahora las rupias vuelan por la habitación y descienden flotando alrededor de aquella cortesana de quinientos doce años, Toma toma pero cállate esa cara horrible, mientras ella Cuidado principito mío tú tampoco eres tan hermoso, ahora está vestido y sale a toda prisa de la casa, su *scooter* Lambretta lo aguarda pero los golfillos se han orinado en el sillín, se aleja tan deprisa como puede, pero la verdad va con él, y ahora Tai Bibi se asoma por la ventana y le grita—: ¡Eh, *bhaenchud*! Eh, follador de tu hermana, ¿por qué corres? ¡Lo que es verdad es verdad es verdad...!

Podéis preguntar con razón: ¿Ocurrió realmente de esa... Pero no tendría efectivamente quinientos... sin embargo he jurado confesarlo todo e insisto en que supe el secreto inmencionable de mi amor por la Cantante Jamila, de los labios y las glándulas odoríparas de la más excepcional de las putas.

—Nuestra señora Braganza tiene razón —me riñe Padma—. Dice que los hombres no tienen en la cabeza más que caca. —Yo hago caso omiso de ella; se tratará de la señora Braganza, y de su hermana la señora Fernandes, a su debido tiempo; de momento, esta última tiene que contentarse con la contabilidad de la fábrica mientras la primera cuida de mi hijo. Y mientras tanto, para volver a cautivar la atención absorta de mi escandalizada Padma, contaré un cuento de hadas.

Hace mucho tiempo, en el lejano principado septentrional de Kif, vivía un príncipe que tenía dos bellas hijas, un hijo de buen aspecto igualmente notable, un automóvil Rolls-Royce flamante y excelentes contactos políticos. Ese príncipe, o Nawab, creía apasionadamente en el progreso, y por eso había concertado el compromiso de su hija mayor con el hijo del próspero y famoso General Zulfikar; a su hija menor tenía grandes esperanzas de casarla con el hijo del propio Presidente. En cuanto a su automóvil, el primero que se vio en su valle rodeado de montañas, lo amaba casi tanto como a sus hijos; le afligía que sus súbditos, que se habían acostumbrado a utilizar las carreteras de Kif para relaciones sociales, peleas y juegos de tiro-a-la-escupidera, rehusaran apartarse cuando pasaba. Hizo una proclama, explicando que el coche representaba el futuro y había que dejarlo pasar; la gente no hizo caso del aviso, aunque estaba pegado en la delantera de las tiendas y en las paredes, e incluso, según se dice, en los flancos de las vacas. El segundo aviso fue más perentorio, porque ordenaba a los ciudadanos que dejaran libres las carreteras cuando oyeran la bocina del coche; los kifíes, sin embargo, continuaron fumando y escupiendo y discutiendo en las calles. El tercer aviso, adornado con un dibujo sanguinolento, decía que, en adelante, el coche atropellaría a todo el que no obedeciera su bocina. Los kifíes añadieron otros dibujos, más escandalosos, al que había en el cartel; y entonces el Nawab, que era un hombre bueno pero no de infinita

544

paciencia, hizo de verdad lo que había amenazado hacer. Cuando la famosa cantante Jamila llegó con su familia y su empresario para cantar en la ceremonia de compromiso de su primo, el coche fue sin dificultades desde la frontera hasta el palacio; y el Nawab dijo con orgullo: —No hay problema; ahora respetan al coche. Se ha obrado el Progreso.

Mutasim, el hijo del Nawab, que había viajado por el extranjero y llevaba el pelo de una forma que se llamaba «a lo Beetle», era una fuente de preocupaciones para su padre; porque, aunque era tan guapo que, siempre que viajaba por Kif, las chicas de joyas de plata en la nariz se desmayaban al calor de su belleza, parecía no interesarse por esas cuestiones, contentándose con sus *ponies* de polo y su guitarra, en la que tocaba extrañas canciones occidentales. Llevaba camisas camperas en las que las notas musicales y las señales de tráfico extranjeras entraban en colisión con los cuerpos semidesnudos de chicas de piel rosada. Pero cuando la Cantante Jamila, oculta por un *burqa* de brocado de oro, llegó al palacio, Mutasim el Hermoso —que, debido a sus viajes por el extranjero, no había oído nunca los rumores sobre su rostro desfigurado— se obsesionó con la idea de verle la cara; se había enamorado perdidamente de la visión fugaz de sus recatados ojos a través de la sábana perforada.

En aquellos días, el Presidente del Pakistán había decretado unas elecciones; iban a celebrarse al día siguiente de la ceremonia de compromiso, con una forma de sufragio llamada Democracia Básica. Los cien millones de personas del Pakistán habían sido divididos en ciento veinte mil partes aproximadamente iguales, y cada parte estaba representada por un Demócrata Básico. El colegio electoral, compuesto por ciento veinte mil «D.B.», elegiría al Presidente. En Kif, los 420 Demócratas Básicos incluían *mullahs*, barrenderos, el chófer del Nawab, muchos hombres que cultivaban hachís en aparcería en la hacienda del Nawab, y otros ciudadanos leales; el Nawab los invitó a todos a la ceremonia de la *henna* de su hija. Sin embargo, se vio obligado a invitar también a dos auténticos *badmashes*, los escrutadores del Partido Combinado de la Oposición. Esos *badmashes* se peleaban entre sí continuamente, pero el Nawab fue cortés y acogedor. —Esta noche sois mis respetados amigos —les dijo—, y mañana será otro día. —Los *badmashes* comieron y bebieron como si no hubiesen visto nunca comida antes, pero se dijo a todo el mundo —hasta a Mutasim el Hermoso, que tenía menos paciencia que su padre— que los tratara bien.

El Partido Combinado de la Oposición, como no os sorprenderá oír, era una colección de sinvergüenzas y granujas de primera categoría, unidos sólo por su determinación de derribar al Presidente y volver a los viejos y malos tiempos en que eran los civiles, y no los soldados, quienes se llenaban los bolsillos con cargo al erario público; pero por alguna razón habían conseguido un líder formidable. Era la señora Fatima Jinnah, hermana del fundador de la nación, una mujer de antigüedad tan reseca que el Nawab sospechaba que había muerto hacía tiempo y había sido disecada por algún maestro taxidermista... idea que apoyaba el hijo del Nawab, que había visto una película llamada *El Cid* en la que un hombre muerto conducía un ejército a la batalla... pero allí estaba ella sin embargo, empujada a la campaña electoral por el hecho de que el Presidente no había terminado los mármoles del mausoleo del hermano de ella; un enemigo terrible, situado por encima de calumnias y sospechas. Se decía incluso que su oposición al Presidente había hecho vacilar la fe del pueblo en él... ¿no era él, después de todo, la reencarnación de los grandes héroes islámicos de antaño? ¿De Muhammad bin Sam Ghuri, de Iltutmish y los mogoles? Hasta

546

en el propio Kif, el Nawab había visto pegatinas del P.C.O. en lugares extraños; alguien había tenido incluso la cara de pegar una en el maletero de su Rolls. —Malos tiempos —le dijo el Nawab a su hijo. Mutasim contestó—: A eso llevan las elecciones... ¿por qué tienen que votar los limpiadores de letrinas y los sastres de mala muerte para elegir a un gobernante?

Pero hoy era un día de felicidad; en las habitaciones de la *zenana*, las mujeres estaban decorando las manos y los pies de la hija del Nawab con delicados arabescos de *henna*; pronto llegarían el General Zulfikar y su hijo Zafar. Los gobernantes de Kif apartaron de su mente las elecciones, negándose a pensar en la figura ruinosa de Fatima Jinnah, la *mader-i-millat* o madre de la nación que con tanta dureza había decidido confundir la decisión de sus hijos.

En las habitaciones del grupo de la Cantante Jamila, reinaba también una felicidad suprema. Su padre, un fabricante de toallas que parecía no poder soltar la suave mano de su esposa, exclamaba: —¿Lo veis? ¿De quién es la hija que va a actuar aquí? ¿Es una chica de los Haroons? ¿Una mujer de los Valikas? ¿Una moza de los Dawoods o los Saigols? ¡Un cuerno! —... Pero su hijo Saleem, un tipo infortunado de cara de caricatura, parecía presa de un profundo malestar, abrumado quizá por su presencia en el escenario de grandes acontecimientos históricos; le echaba miradas a su superdotada hermana, con algo en los ojos que parecía vergüenza.

Aquella tarde, Mutasim el Hermoso se apartó con Saleem, el hermano de Jamila, y se esforzó por hacerse amigo suyo; le enseñó los pavos reales importados del Rajastán antes de la Partición y la preciosa colección de libros de encantamientos del Nawab, de la que él sacaba los talismanes y conjuros que lo ayudaban a gobernar con sagacidad; y mientras Mutasim (que no era el más inteligente ni prudente de los jóvenes) acompañaba a Saleem a dar una vuelta por el campo de polo, le confesó que había escrito un encantamiento amoroso en un pedazo de pergamino, con la esperanza de poder apretarlo contra la mano de la famosa Cantante Jamila y hacer que se enamorase de él. En ese momento, a Saleem se le puso cara de perro de mal carácter y trató de marcharse; pero Mutasim le rogó entonces que le dijera qué aspecto tenía realmente la Cantante Jamila. Saleem, sin embargo, guardó silencio; hasta que Mutasim, dominado por su loca obsesión, le pidió que lo llevara suficientemente cerca de Jamila para poder apretarle su encantamiento en la mano. Entonces Saleem, cuya mirada taimada no fue percibida por el herido de amor, Mutasim, le dijo: —Dame el pergamino; —y Mutasim, que, aunque experto en la geografía de las ciudades europeas, era inocente en asuntos mágicos, le entregó su encantamiento a Saleem, creyendo que daría resultado en su favor aunque lo aplicase otro.

El anochecer se acercaba al palacio; el convoy de coches que traía al General y la Begum Zulfikar, a su hijo Zafar y a amigos se acercaba también. Pero entonces el viento cambió, comenzando a soplar desde el norte, un viento frío, y también un viento intoxicante, porque en el norte de Kif estaban los mejores campos de hachís del país, y en aquella época del año las plantas femeninas estaban maduras y en celo. El aire se llenó del perfume de la embriaguez lasciva de las plantas, y quien lo respiraba se drogaba hasta cierto punto. La alelada beatitud de esas plantas afectó a los conductores del convoy, que sólo llegaron al palacio con mucha suerte, después de haber derribado cierto número de barberías callejeras e invadido por lo menos un salón de té, dejando a los kifíes preguntándose si los nuevos carruajes sin caballos, después de haberles robado las calles, iban a quitarles ahora también sus casas.

El viento del norte penetró en la nariz enorme y sumamente sensible de Saleem, el hermano de Jamila, y lo puso tan soñoliento que se quedó dormido en su cuarto; de forma que se perdió los acontecimientos de una velada en la que, como supo después, el viento hachisino transformó la conducta de los invitados a la ceremonia de los esponsales, haciéndolos reírse convulsivamente y mirarse provocativamente unos a otros, con ojos de párpados pesados; generales engalonados se sentaban con las piernas abiertas en sillas doradas y soñaban con el Paraíso. La ceremonia del *mehndi* se desarrolló en medio de un contento soñoliento tan profundo que nadie se dio cuenta de que el novio se relajaba tan completamente que mojó sus pantalones; y hasta los peleones *badmashes* del P.C.O. se cogieron del brazo y cantaron una canción folclórica. Y cuando Mutasim el Hermoso, poseído por la lujuria de las plantas de hachís, trató de meter la cabeza tras la gran sábana de seda oro-y-blanca con su único agujero, el Mayor Alauddin Latif lo contuvo con buen humor beatífico, impidiéndole ver el rostro de la Cantante Jamila sin hacerle siquiera sangre en la nariz. La velada terminó cuando todos los invitados se quedaron dormidos en sus mesas; pero la Cantante Jamila fue acompañada a sus habitaciones por un Latif soñoliento-radiante.

A medianoche, Saleem se despertó y vio que seguía teniendo el pergamino mágico de Mutasim el Hermoso en la mano derecha; y, como el viento del norte seguía soplando suavemente en su cuarto, resolvió deslizarse, en *chappals* y bata, por los oscurecidos corredores del encantador palacio, pasando por delante de todos los detritos acumulados de un mundo en decadencia, armaduras herrumbrosas y antiguas tapicerías que proporcionaban siglos de comida a los mil millones de polillas del palacio, las gigantes truchas *mahaseer* que nadaban en mares de cristal, y una profusión de trofeos de caza, incluido un pájaro *teetar* de oro deslustrado, sobre una peana de teca, que conmemoraba el día en que un Nawab anterior, en compañía de Lord Curzon y su partida, mató 111.111 *teetars* en un solo día; se deslizó por delante de las estatuas de pájaros muertos hasta las habitaciones de la *zenana* donde dormían las mujeres del palacio, y entonces, husmeando el aire, eligió una puerta, hizo girar el pomo y entró.

Había una cama gigante, de flotante mosquitero, presa en un raudal de luz incolora de la enloquecedora luna de medianoche; Saleem avanzó hacia ella, y entonces se detuvo, porque vio, en la ventana, la figura de un hombre que trataba de penetrar en la habitación. Mutasim el Hermoso, habiendo perdido la vergüenza por su enamoramiento y el viento hachisino, había decidido ver el rostro de Jamila, a cualquier precio... Y Saleem, invisible en las sombras de la habitación, gritó: —¡Manos arriba! ¡O disparo! —Saleem se estaba tirando un farol; pero Mutasim, que tenía las manos en el alféizar de la ventana, aguantando todo su peso, no lo sabía, y se encontró ante un dilema: ¿seguir colgado y recibir un tiro, o soltarse y darse una torta? Intentó discutir—: Tampoco tú deberías estar aquí —dijo—. Se lo diré a Amina Begum. —Había reconocido la voz de su opresor; pero Saleem le hizo ver la debilidad de su posición, y Mutasim, suplicando—: Está bien, pero no dispares —pudo bajar por donde había subido. Desde aquel día, Mutasim persuadió a su padre para que hiciera una proposición formal de matrimonio a los padres de Jamila; pero ella, que había nacido y crecido sin amor, conservaba su antiguo odio hacia todos los que pretendían amarla, y lo rechazó. Él dejó Kif y se vino a Karachi, pero ella no hizo caso de sus importunas proposiciones; y finalmente él entró en el Ejército y se convirtió en mártir en la guerra de 1965.

La tragedia de Mutasim el Hermoso, sin embargo es sólo una trama secundaria en nuestra historia, porque ahora Saleem y su hermana estaban solos, y ella, despierta por el intercambio de palabras entre los dos jóvenes, preguntó: —¿Saleem? ¿Qué ocurre?

Saleem se acercó a la cama de su hermana; su mano buscó la de ella; y el pergamino se apretó contra su piel. Sólo entonces Saleem, con la lengua suelta por la luna y la brisa empapada de lujuria, abandonó toda idea de pureza y confesó su propio amor a su boquiabierta hermana.

Hubo un silencio; luego ella exclamó: —Oh no, cómo puedes... —pero la magia del pergamino estaba batallando con la fuerza del odio al amor de ella, de forma que, aunque su cuerpo se puso rígido y espasmódico como el de un luchador, escuchó a Saleem que le explicaba que no había pecado, lo había pensado todo y, al fin y al cabo, no eran de verdad hermano y hermana; la sangre de las venas de él no era la sangre de las de ella; en la brisa de aquella noche demencial, intentó deshacer todos los nudos que ni siquiera la confesión de Mary Pereira había logrado desatar; pero incluso mientras hablaba podía oír cómo sus palabras sonaban a hueco, y comprendió que, aunque lo que estaba diciendo era la verdad literal, había otras verdades que se habían vuelto más importantes porque habían sido santificadas por el tiempo; y, aunque no había necesidad de sentir vergüenza ni horror, vio ambas emociones en la frente de ella, las olió en su piel y, lo que era peor, pudo sentirlas y olerlas en el interior y exterior de sí mismo. De modo que, al final, ni siquiera el pergamino mágico de Mutasim el Hermoso fue suficientemente poderoso para unir a Saleem Sinai y la Cantante Jamila; él salió de la habitación con la cabeza baja, seguido por los asustados ojos de ciervo de ella; y, con el tiempo, los efectos del embrujo se desvanecieron por completo, y ella se vengó horriblemente. Cuando él salía de la habitación, llenó los pasillos del palacio el alarido de una princesa recién prometida, que se había despertado de un sueño de su noche de bodas en el que, repentina e inexplicablemente, su lecho nupcial era inundado por un líquido amarillo y rancio; hizo luego investigaciones y, cuando supo que su sueño era proféticamente auténtico, resolvió no llegar nunca a la pubertad mientras viviera Zafar, a fin de poder quedarse en su alcoba palaciega y evitar el hediondo horror de la debilidad de él.

A la mañana siguiente, los dos *badmashes* del Partido Combinado de la Oposición se despertaron y se encontraron en sus propias camas; pero cuando se vistieron, abrieron la puerta de su alcoba y encontraron fuera a los dos soldados más imponentes del Pakistán, pacíficamente de pie con los fusiles atravesados, impidiéndoles la salida. Los *badmashes* recurrieron a gritos y halagos, pero los soldados permanecieron en su puesto hasta que se cerraron los colegios electorales; entonces desaparecieron silenciosamente. Los *badmashes* fueron a buscar al Nawab, y lo encontraron en su excepcional rosaleda; agitaron los brazos y levantaron las voces; se habló de parodia legal y de chapuza electoral; también de trapacería; pero el Nawab les enseñó trece variedades nuevas de rosa kifí, cruzadas por él mismo. Ellos siguieron vociferando —muerte-de-la-democracia, tiranía-autocrática— hasta que él sonrió amable, muy amablemente, y les dijo: —Queridos amigos, ayer se desposó mi hija con Zafar Zulfikar, muy pronto, espero, mi otra hija se casará con el querido hijo del propio Presidente. ¡Imagínense, pues... qué deshonra para mí, qué escándalo para mi nombre, si hubiera un solo voto en Kif contrario a mi futuro pariente! Amigos, yo soy un hombre para el que el honor es importante; de forma que quédense en mi casa, coman, beban; pero no me pidan algo que no puedo concederles.

Y todos vivimos felices... en cualquier caso, incluso sin la ficción tradicional de la última frase de los cuentos de hadas, mi historia termina realmente de un modo fantástico; porque, cuando los Demócratas Básicos cumplieron su deber, los periódicos —*Jang, Dawn, Pakistán Times*— anunciaron una victoria aplastante de la Liga Musulmana del Presidente sobre el Partido Combinado de la Oposición de la *Mader-i-Millat*; lo que me demuestra que sólo he sido el más humilde de los malabaristas-de-hechos; y que, en un país donde la verdad es lo que se le dice que sea, la realidad, de forma absolutamente literal, deja de existir, de forma que todo resulta posible salvo lo que se nos dice que es real; y quizá sea ésa la diferencia entre mi infancia india y mi adolescencia pakistaní: que en la primera estuve rodeado por una infinidad de realidades alternativas, mientras que en la segunda fui a la deriva, desorientado, en medio de un número igualmente infinito de falsedades, irrealidades y mentiras.

Un pajarito me susurra al oído: «¡No seas injusto! Nadie, ningún país tiene el monopolio de la mentira.» Acepto la crítica; lo sé, lo sé. Y, años más tarde, lo supo la Viuda. Y Jamila: para quien lo santificado-como-verdad (por el Tiempo, por la costumbre, por una declaración de su abuela, por falta de imaginación, por la aquiescencia paterna) resultó ser más creíble que lo que ella sabía que era verdadero.

DE CÓMO SALEEM ALCANZÓ LA PUREZA

Lo que espera ser narrado: el retorno del tictac. Pero ahora el tiempo corre hacia un final, no hacia un nacimiento; y hay también un cansancio que hay que mencionar, una fatiga general tan profunda que el final, cuando llegue, será la única solución, porque los seres humanos, como las naciones y los personajes de ficción, pueden quedarse simplemente sin vapor, y entonces no se puede hacer nada más que acabar con ellos.

De cómo cayó un fragmento de la luna y Saleem alcanzó la pureza... el reloj deja oír ahora su tictac; y como todas las cuentas atrás requieren un cero, dejadme decir que el final llegó el 22 de septiembre de 1965; y que el instante exacto de la llegada-al-cero fue, inevitablemente, la medianoche. Aunque el viejo reloj del abuelo de casa de mi tía Alia, que andaba bien pero siempre daba las campanadas con dos minutos de retraso, no tuvo ocasión de sonar.

Mi abuela Naseem Aziz llegó al Pakistán a mediados de 1964, dejando atrás una India en la que la muerte de Nehru había producido una encarnizada lucha por el poder. Morarji Desai, Ministro de Hacienda, y Jagijvan Ram, el más poderoso de los intocables, se unieron en su decisión de impedir el establecimiento de una dinastía Nehru; de forma que se negó a Indira Gandhi la jefatura. El nuevo Primer Ministro fue Lal Bahadur Shastri, otro miembro de aquella generación de políticos que parecían haber sido encurtidos para la inmortalidad; en el caso de Shastri, sin embargo, sólo era *maya*, ilusión. Tanto Nehru como Shastri han demostrado plenamente su mortalidad; pero todavía quedan muchos de los otros, que agarran el Tiempo con sus dedos momificados y se niegan a dejar que se mueva... en el Pakistán, sin embargo, los relojes hacían tic y tac.

La Reverenda Madre no aprobaba evidentemente la carrera de mi hermana, que tenía demasiado gusto a estrellato cinematográfico. —Mi familia, comosellame —le dijo suspirando a Pia *mumani*—, es menos controlable todavía que el precio de la gasolina. —En secreto, sin embargo, quizá se sentía impresionada, porque respetaba el poder y la posición y Jamila era ahora tan importante como para ser bien recibida en las casas más poderosas y mejor situadas del país... mi abuela se estableció en Rawalpindi; sin embargo, mostrando una rara independencia, decidió no vivir en la casa del General Zulfikar. Ella y mi tía Pia se trasladaron a un modesto *bungalow* de la parte vieja de la ciudad; y, reuniendo sus ahorros, compraron la concesión de la estación de gasolina tanto-tiempo-soñada.

Naseem no hablaba nunca de Aadam Aziz, ni tampoco se apesadumbraba por él; era casi como si se sintiera aliviada de que mi quejumbroso abuelo, que en su juventud había despreciado al movimiento pakistaní y que, con toda probabilidad, culpaba a la Liga Musulmana de la muerte de su amigo Mian Abdullah, le hubiese permitido, con su muerte, ir sola al País de los Puros. Volviendo el rostro al pasado, la Reverenda Madre se concentró en la gasolina y el petróleo. La estación estaba en un sitio excelente, cerca de la importante carretera nacional de Rawalpindi-Lahore; iba muy bien. Pia y Naseem se turnaban para pasarse el día en la cabina de cristal del gerente, mientras sus empleados llenaban los depósitos de los automóviles, y de los camiones del Ejército. Resultaron ser una combinación mágica. Pia atraía a los clientes con el resplandor de una belleza que se negaba obstinadamente a desaparecer; en tanto que la Reverenda Madre, a la que el luto había transformado en una mujer más interesada en las vidas ajenas que en la propia, se dedicó a invitar a los clientes de la gasolinera a tomar una taza de rosado té cachemiro en su cabina de cristal; ellos aceptaban un tanto inquietos, pero cuando se daban cuenta de que la anciana señora no tenía la intención de aburrirlos con interminables reminiscencias, se relajaban, se les aflojaba el cuello de la camisa y la lengua, y la Reverenda Madre podía bañarse en el bendito olvido de las vidas de otras gentes. La gasolinera se hizo rápidamente famosa en aquellos lugares, los conductores empezaron a desviarse de su camino para utilizarla —con frecuencia en dos días consecutivos, a fin de poder regalarse la vista con mi divina tía y de contarle sus penas a mi abuela, eternamente paciente, que había desarrollado las propiedades absorbentes de una esponja, y aguardaba siempre a que los clientes hubieran terminado por completo antes de exprimir de sus propios labios unas gotas de consejos simples y sólidos... mientras sus coches repostaban gasolina y eran abrillantados por los empleados de la gasolinera, mi abuela repostaba y abrillantaba sus vidas. Se sentaba en su confesionario de cristal y resolvía los problemas del mundo; su propia familia, sin embargo, parecía haber perdido importancia a sus ojos.

Bigotuda, matriarcal, orgullosa: Naseem Aziz había encontrado su propia forma de hacer frente a la tragedia; pero al encontrarla se había convertido en la primera víctima de aquel espíritu de fatiga indiferente que hacía el fin la única solución posible. (Tic, tac)... Sin embargo, en la superficie, parecía no tener la más mínima intención de seguir a su marido al jardín alcanforado que se reserva a los justos; parecía tener más en común con los dirigentes matusalénicos de su abandonada India. Se hizo, con alarmante rapidez, cada vez más ancha; hasta que hubo que llamar a constructores para que ampliasen su cabina acristalada. —Háganla grande —les dijo, con un raro destello de humor—. Quizá esté todavía ahí dentro de un siglo, comosellame, y Alá sabe lo gorda que entonces seré; no quiero estar molestándolos cada diez-veinte años.

Pia Aziz, sin embargo, no estaba contenta con su «bomba-rebomba». Comenzó una serie de relaciones con coroneles jugadores de críquet jugadores de polo diplomáticos, que eran fáciles de ocultar a la Reverenda Madre, la cual había perdido el interés por lo que hacía cualquiera, salvo los extraños; pero que eran en cambio la comidilla de lo que, después de todo, era una pequeña ciudad. Mi tía Emerald reprendió a Pia; ella replicó: —¿Quieres que esté aullando y tirándome del pelo eternamente? Todavía soy joven; los jóvenes tienen que moverse un poco por ahí. —Emerald, con los labios apretados—: Pero sé un poco respetable... el nombre de la familia... —Y Pia sacudió la cabeza—. Sé respetable tú, hermana —dijo—. Yo quiero ser un ser vivo.

Pero me parece que había algo hueco en la autoafirmación de Pia: que también ella notaba que su personalidad se iba vaciando con los años; que sus febriles galanteos eran un último intento desesperado de comportarse «en su papel»... de la forma en que se suponía que una mujer como ella tenía que comportarse. No ponía el alma en ello; de algún modo, por dentro, también ella estaba aguardando un final... En mi familia hemos sido siempre vulnerables a las cosas caídas del cielo, desde que Ahmed Sinai fue abofeteado por una mano dejada caer por un buitre; y los rayos llovidos del cielo sólo estaban a un año de distancia.

Después de la noticia de la muerte de mi abuelo y de la llegada de la Reverenda Madre al Pakistán, comencé a soñar reiteradamente con Cachemira; aunque nunca había caminado por Shalimar-bagh, lo hacía de noche; navegué en *shikaras* y subí a la colina de Sankara Acharya como lo había hecho mi abuelo; vi raíces de loto y montañas como fauces coléricas. También eso puede considerarse como un aspecto del despego que llegó a afectarnos a todos (salvo a Jamila, que tenía un Dios y un país para ayudarla a continuar)... un recordatorio de la separación de mi familia tanto de la India como del Pakistán. En Rawalpindi, mi abuela bebía té rosado de Cachemira; en Karachi, su nieto se bañaba en las aguas de un lago que no había visto jamás. No pasaría mucho tiempo sin que el sueño de Cachemira se desbordase, llenando las mentes del resto de la población del Pakistán; la conexión-con-la-Historia se negaba a abandonarme, y me encontré con que mi sueño se convertía, en 1965, en propiedad pública de la nación y en un factor de importancia fundamental en el final que se aproximaba, cuando toda clase de cosas cayeron del cielo y yo me vi purificado por fin.

Saleem no podía caer más bajo: podía oler, en mí mismo, el hedor de pozo negro de mis iniquidades. Había venido al País de los Puros, y buscaba la compañía de las putas... cuando hubiera debido forjarme una vida nueva y recta, había alumbrado en cambio un amor imposible de mencionar (e imposible de satisfacer). Poseído por las primeras manifestaciones del gran fatalismo que me abrumaría, recorría las calles de la ciudad sobre mi Lambretta; Jamila y yo nos evitábamos tanto como podíamos, incapaces, por primera vez en nuestra vida, de decirnos una palabra.

La pureza —¡el más alto de los ideales...! ¡la virtud angélica que daba su nombre al Pakistán y que goteaba de cada nota de las canciones de mi hermana!— parecía muy lejana; ¿cómo hubiera podido saber yo que la Historia —que tiene poder para perdonar a los pecadores— estaba en aquellos momentos en su cuenta atrás hacia un momento en que yo podría, de golpe, quedar limpio de pies a cabeza?

Entretanto, otras fuerzas actuaban; Alia Aziz había empezado a tomarse su horrible venganza de solterona.

Días de Guru Mandir: olores de *paan*, olores de cocina, los lánguidos olores de la sombra del minarete, el largo dedo indicador de la mezquita: mientras el odio de mi tía Alia hacia el hombre que la había abandonado y hacia la hermana que se había casado con él se convertía en algo tangible, visible, y se sentaba en la alfombra de su salón como una gigantesca salamanquesa, apestando a vomitona; pero al parecer era yo el único que lo olía, porque el arte de Alia para disimular había aumentado tan rápidamente como la pilosidad de su barbilla y su habilidad con los emplastos con que, cada noche, se arrancaba la barba de raíz.

La contribución de mi tía Alia al destino de las naciones —por medio de su escuela y de su colegio— no debe ser menospreciada. Al haber dejado que sus frustraciones de solterona se filtrasen al programa de estudios, los ladrillos y también los estudiantes de sus establecimientos docentes gemelos, había educado a una tribu de niños y jóvenes que se sentían poseídos de su antiguo espíritu de venganza, sin saber muy bien por qué. ¡Oh aridez omnipresente de las tías solteras! Agriaba la pintura de su casa; a sus muebles les salían bultos por el áspero relleno de su amargura; en las costuras de las cortinas había cosidas represiones de solterona. Como en otro tiempo, hacía mucho, en una ropita de bebé. La amargura salía por las fisuras del suelo.

Lo que complacía a mi tía Alia: cocinar. Lo que había convertido, durante la locura solitaria de los años, en una forma de arte: el impregnar su comida de sentimientos. Quién la superaba en sus conquistas en ese campo: mi vieja *ayah*, Mary Pereira. Por quién han sido superadas, hoy, ambas cocineras: por Saleem Sinai, encurtidor jefe de la fábrica de encurtidos Braganza... no obstante, mientras vivimos en su mansión de Guru Mandir, ella nos alimentó con los *birianis* de la disensión y con los *nargisi koftas* de la discordia; y, poco a poco, hasta las armonías del amor otoñal de mis padres comenzaron a sonar desafinado.

Pero hay que decir también cosas buenas de mi tía. En política, hablaba a voces contra el gobierno-de-los-mandamases-militares; si no hubiera tenido un general por cuñado, es posible que le hubieran quitado la escuela y el colegio. No me dejéis que la muestre sólo a través del cristal oscuro de mi desaliento particular: ella había dado conferencias en la Unión Soviética y Estados Unidos. Además, su comida sabía bien. (A pesar de su contenido oculto.)

Pero el aire y la comida de aquella casa ensombrecida por la mezquita comenzaron a cobrarse sus víctimas... Saleem, bajo la influencia doblemente perturbadora de su espantoso amor y de la comida de Alia, comenzó a ruborizarse como una remolacha cada vez que su hermana aparecía en sus pensamientos; en tanto que Jamila, acometida por un deseo inconsciente de aire puro y de comida no condimentada con sentimientos oscuros, comenzó a pasar cada vez menos tiempo allí, viajando en cambio de un lado a otro por el país (aunque nunca al Ala Oriental), para dar sus conciertos. En las ocasiones, cada vez más raras, en que hermano y hermana se encontraban en la misma habitación, daban un salto, sobresaltados, a media pulgada del suelo, y luego, al aterrizar, miraban furiosamente al sitio en que habían saltado, como si de pronto se hubiera vuelto tan caliente como un horno de pan. En otras ocasiones, también, se permitían una conducta cuyo significado hubiera sido transparentemente obvio, si no hubiera sido por el hecho de que cada uno de los ocupantes de la casa tenía otras cosas en la cabeza: Jamila, por ejemplo, empezó a conservar el velo oro-y-blanco de sus viajes dentro de casa, hasta que estaba segura de que su hermano había salido, aunque se mareara de calor; en tanto que Saleem —que seguía, como un esclavo, yendo a buscar el pan con levadura al convento de Santa Ignacia— evitaba darle las barras él mismo; a veces le pedía a su venenosa tía que actuase de intermediaria. Alia lo miró divertida y le preguntó: —¿Qué te pasa a *ti*, muchacho... has cogido alguna enfermedad contagiosa? —Saleem se ruborizó furiosamente, temiendo que su tía hubiese adivinado sus entrevistas con mujeres pagadas; y quizá fuera verdad, pero ella iba tras peces más gordos.

... Él desarrolló también cierta tendencia a caer en largos silencios cavilosos, que interrumpía soltando de pronto palabras sin sentido: «¡No!» o «¡Sin embargo!», o incluso exclamaciones más crípticas, como «¡Pum!» o «¡Whaam!» Palabras absurdas en medio de turbios silencios: como si Saleem estuviera sosteniendo un diálogo interior de tal intensidad que fragmentos de él, o de su dolor, hirvieran de cuando en cuando, rebosando de la superficie de sus labios. Esa discordia interior era empeorada indudablemente por los *curries* de la preocupación que se veía obligado a comer; y al final, cuando Amina se vio reducida a hablar con invisibles cestos de colada y Ahmed, en medio de la desolación de su apoplejía, no era capaz más que de babeos y balbuceos, mientras yo miraba en silencio coléricamente desde mi propio retiro particular, mi tía debe de haberse sentido muy satisfecha de la eficacia de su venganza contra el clan de los Sinais; a menos que también ella se sintiera vacía por la realización de un deseo tanto tiempo alimentado; en cuyo caso también ella se habría quedado sin posibilidades, y habría resonancias huecas en sus pisadas cuando recorría majestuosamente el manicomio de su casa con la barbilla cubierta de emplastos de pelos, mientras su sobrina saltaba sobre pedazos de suelo súbitamente ardientes y su sobrino gritaba «¡Ya!», sin venir a cuento, y a su antiguo galán se le caía la saliva por la barbilla y Amina saludaba a los fantasmas que resurgían del pasado: «De modo que eres tú otra vez; bueno, ¿por qué no? Nada parece desaparecer jamás.»

Tic, tac... En enero de 1965, mi madre Amina Sinai descubrió que estaba embarazada otra vez, después de un lapso de diecisiete años. Cuando estuvo segura, le comunicó la buena noticia a su hermana mayor Alia, dándole a mi tía la oportunidad de perfeccionar su venganza. Lo que Alia le dijo a mi madre no se sabe; lo que mezcló en su comida debe seguir siendo objeto de conjeturas; pero los efectos en Amina fueron devastadores. Se vio atormentada por sueños de un niño monstruoso con una coliflor en lugar de cerebro; fue acosada por los fantasmas de Ramram Seth, y la vieja profecía de un niño de dos cabezas comenzó a volverla completamente loca otra vez. Mi madre tenía cuarenta y dos años; y los miedos (tanto naturales como inducidos por Alia) de tener un hijo a esa edad empañaron la brillante aureola que había flotado a su alrededor desde que llevó a su marido, con sus cuidados, a un amoroso otoño; bajo la influencia de los *kormas* de la venganza de mi tía —condimentados tanto con presagios como con cardamomos— mi madre tuvo miedo de su hijo. A medida que pasaban los meses, sus cuarenta y dos años comenzaron a cobrarse un terrible peaje; el peso de sus cuatro decenios crecía diariamente, aplastándola bajo su propia edad. En el segundo mes, se le puso el cabello blanco. Para el tercer mes, el rostro se le había marchitado como un mango podrido. En el cuarto mes era ya una mujer vieja, arrugada y gruesa, atormentada otra vez por las verrugas y con la inevitabilidad del vello brotándole por toda la cara; parecía envuelta una vez más en una niebla de vergüenza, como si el niño fuera un escándalo en una señora de su evidente antigüedad. A medida que el hijo de aquellos días confusos crecía dentro de ella, el contraste entre su juventud y la edad de mi madre aumentó; fue entonces cuando se derrumbó en una vieja silla de mimbre y recibió visitas de los espectros del pasado. La desintegración de mi madre fue horrorosa por su brusquedad; Ahmed Sinai, observándola con impotencia, se encontró él mismo desconcertado, acobardado, a la deriva.

Incluso ahora, me es difícil escribir sobre aquellos días del fin de las posibilidades, en que mi padre vio que la fábrica de toallas se le desmoronaba entre las manos. Los efectos de la brujería culinaria de Alia (que actuaba tanto a través del estómago de él, cuando comía, como de sus ojos, cuando miraba a su esposa) eran ahora más que evidentes: se volvió descuidado en la dirección de la fábrica e irritable con sus operarios.

Para resumir la ruina de las toallas marca Amina: Ahmed Sinai comenzó a tratar a sus trabajadores tan autoritariamente como en otro tiempo, en Bombay, había maltratado a sus criados, y trató de inculcar, tanto a los maestros tejedores como a los ayudantes de empaquetador, las verdades eternas de las relaciones amo-criado. Como consecuencia, sus operarios se le marcharon en manadas, explicándole, por ejemplo: «No soy su limpiador de letrinas, sahib; soy un tejedor especializado de categoría primera» y rehusando, en general, mostrar la debida gratitud por la munificencia de él al haberlos contratado. Presa de la obtusa cólera de los almuerzos que mi tía le empaquetaba, dejó que se le fueran todos, y contrató a una cuadrilla de desagradables gandules, que le robaban bobinas de algodón y piezas de maquinaria pero estaban dispuestos a hacerle zalemas siempre que se lo pedía; y el porcentaje de toallas defectuosas subió vertiginosa y alarmantemente, se incumplieron contratos, y los nuevos pedidos descendieron también de forma alarmante. Ahmed Sinai comenzó a traer a casa montañas —¡Himalayas!— de toallas de desecho, porque el almacén de la fábrica estaba lleno hasta rebosar del producto de calidad inferior a la normal de su mala administración; empezó a beber otra vez y, para el verano de aquel año, la casa de Guru Mandir estaba inundada de las viejas obscenidades de su batalla contra los *djinns*, y nosotros teníamos que escurrirnos de lado para poder pasar por delante de los Everests y Nanga-Parbats de felpa mal hecha que llenaban los pasillos y el vestíbulo.

Nos habíamos confiado al regazo de la ira, largo tiempo recocida, de mi gorda tía; con la única excepción de Jamila, que fue la menos afectada a causa de sus largas ausencias, todos acabamos total y auténticamente destrozados. Fue una época dolorosa y desconcertante, en la que el amor de mis padres se desintegró bajo el peso combinado de su nuevo hijo y de los antiguos agravios de mi tía; y, gradualmente, la confusión y la ruina rezumaron por las ventanas de la casa y se apoderaron de los corazones y las mentes de la nación, de forma que la guerra, cuando vino, lo hizo envuelta en la misma entontecedora neblina de irrealidad en que habíamos empezado a vivir.

Mi padre se encaminaba firmemente hacia la apoplejía; pero, antes de que la bomba estallara en su cerebro, se encendió otra mecha: en abril de 1965, oímos hablar de los extraños incidentes del Rann de Kutch.

Mientras nos debatíamos como moscas en las telarañas de la venganza de mi tía, el molino de la Historia seguía moliendo. La reputación del Presidente Ayub declinaba: los rumores de irregularidades en las elecciones de 1964 zumbaban, negándose a ser aplastados de un manotazo. Estaba también la cuestión del hijo del Presidente: Gauhar Ayub, cuyas enigmáticas Gandhara Industries lo convirtieron en un «multimulti» de la noche a la mañana. ¡Oh interminable secuencia de inicuos hijos-de-grandes! Gauhar, con sus fanfarronadas y sus discursos rimbombantes; y luego, en la India, Sanjay Gandhi y su Maruti Car Company y su Juventud del Congreso; y, el más reciente de todos, Kanti Lal Desai... los hijos de los grandes destruyen a sus padres. Pero también yo tengo un hijo; Aadam Sinai, haciendo caso omiso de los precedentes, invertirá esa tendencia. Los hijos pueden ser mejores que sus padres, como pueden ser peores... en abril de 1965, sin embargo, el aire zumbaba con la falibilidad de los hijos. ¿Y de quién era hijo el que escaló los muros de la Casa del Presidente el 1.º de abril... qué padre desconocido engendró al tipo hediondo que corrió hacia el Presidente y le descargó una pistola en el estómago? Algunos padres permanecen piadosamente desconocidos para la Historia; en cualquier caso, el asesino fracasó, porque su pistola, milagrosamente, se encasquilló. Al hijo de ese alguien se lo llevó la policía para que le arrancaran los dientes uno a uno, para que le prendieran fuego a las uñas; sin duda le apagaron colillas encendidas en la punta del pene, de modo que no sería mucho consuelo para ese anónimo aspirante a asesino saber que, simplemente, fue arrastrado por una corriente de la Historia en la que se observó con frecuencia que los hijos (altos y bajos) se comportaban excepcionalmente mal. (No: no me excluyo a mí mismo.)

Divorcio entre las noticias y la realidad: los periódicos citaban a economistas extranjeros —EL PAKISTÁN, MODELO PARA LAS NACIONES JÓVENES— mientras los campesinos (de los que no se hablaba) maldecían la llamada «revolución verde», afirmando que la mayoría de los pozos de agua recientemente perforados eran inútiles, estaban envenenados y, de todas formas, se habían abierto en lugares equivocados; mientras los editoriales elogiaban la probidad de los dirigentes de la nación, los rumores, espesos como moscas, hablaban de cuentas en bancos suizos y de los nuevos coches americanos del hijo del Presidente. El *Dawn* (La Aurora) de Karachi hablaba de otra aurora —¿BUENAS RELACIONES INDO-PAK A LA VUELTA DE LA ESQUINA?— pero, en el Rann de Kutch, otro hijo inadecuado estaba descubriendo algo muy distinto.

En las ciudades, espejismos y mentiras; en el norte, en las altas montañas, los chinos construían carreteras y proyectaban explosiones nucleares; pero ya es hora de volver de lo general a lo particular; o, para ser más exacto, al hijo del General, mi primo, el enurético Zafar Zulkifar. El cual se convirtió, entre abril y julio, en el arquetipo de los muchos hijos decepcionantes del país; la Historia, obrando por su mediación, apuntaba también con su dedo a Gauhar, al futuro-Sanjay y al Kanti-Lal-que-habría-de-venir; y, naturalmente, a mí.

De modo que... mi primo Zafar. Con el que tenía mucho en común en aquella época... mi corazón estaba lleno de un amor prohibido; sus pantalones, a pesar de todos sus esfuerzos, se llenaban continuamente de algo bastante más tangible, pero igualmente prohibido. Yo soñaba con amantes míticos, tanto felices como malhadados: el Shah Jehan y Mumtaz Mahal, pero también Montescos-y-Capuletos; él soñaba con su prometida kifí, cuya incapacidad para alcanzar la pubertad, incluso después de su decimosexto cumpleaños, debía de hacerla parecer, en sus pensamientos, la fantasía de un futuro inalcanzable... en abril de 1965, Zafar fue enviado de maniobras a la zona del Rann de Kutch bajo control pakistaní.

Crueldad del continente hacia los de vejiga floja: Zafar, aunque Teniente, era el hazmerreír de la base militar de Abbottabad. Se decía que le habían dado órdenes de llevar una prenda interior de goma, como un globo, en torno a los genitales, a fin de que el glorioso uniforme del Ejército pak no fuera profanado; simples *jawans*, al pasar, fingían soplar con los carrillos, como si estuvieran hinchando un globo. (Todo esto se hizo público más tarde, en la declaración que hizo él, en medio de un mar de lágrimas, después de ser detenido por asesinato.) Es posible que la misión de Zafar en el Rann del Kutch fuese ideada por un discreto superior, que sólo trataba de sacarlo de la línea de fuego del humor de Abbottabad... La incontinencia condenó a Zafar Zulkifar a un crimen tan nefando como el mío. Yo amaba a mi hermana; mientras que él... pero dejadme que cuente la historia al derecho.

Desde la Partición, el Rann había sido «territorio controvertido», aunque, en la práctica, ninguno de los dos bandos había puesto mucho entusiasmo en la controversia. En las colinas situadas a lo largo del paralelo 23, la frontera oficiosa, el Gobierno del Pakistán había construido una línea de puestos fronterizos, cada uno de ellos con su solitaria guarnición de seis hombres y un faro. Varios de esos puestos fueron ocupados el 9 de abril de 1965 por tropas del Ejército indio; una fuerza pakistaní, incluido mi primo Zafar, que estaba en la zona de maniobras, entabló un combate de ochenta y dos días para restablecer la frontera. La guerra del Rann duró hasta el 1.º de julio. Hasta ahí se trata de hechos; pero todo lo demás está escondido bajo el aire doblemente brumoso de la irrealidad y la simulación que afectaban a todos los tejemanejes de aquellos días, y especialmente a todos los acontecimientos en el fantasmagórico Rann... de forma que la historia que voy a contar, que es sustancialmente la que contó mi primo Zafar, tiene tantas probabilidades de ser cierta como cualquier otra; es decir, como cualquier otra salvo la que nos contaron oficialmente.

... Cuando los jóvenes soldados pakistaníes penetraron en el pantanoso terreno del Rann, un sudor frío y pegajoso cubrió sus frentes, y se sintieron desconcertados por la verdosa calidad de fondo marino de la luz; se contaron historias que los asustaron más todavía, leyendas de cosas horribles que ocurrían en esa zona anfibia, de bestias marinas demoníacas de ojos encendidos, de mujeres-peces que permanecían echadas con sus cabezas de pez bajo el agua, respirando, mientras sus mitades inferiores humanas, perfectamente formadas y desnudas, reposaban en la playa, tentando a los incautos a realizar fatales actos sexuales, porque sabido es que nadie puede amar a una mujer-pez y vivir... de forma que, para cuando llegaron a los puestos fronterizos y fueron a la guerra, eran una chusma asustada de chicos de diecisiete años, y sin duda hubieran sido aniquilados, a no ser porque los indios de enfrente habían estado expuestos al aire verde del Rann por más tiempo aún que ellos; de forma que, en aquel mundo de hechiceros, se libró una guerra demencial en la que cada bando creía ver apariciones de diablos que luchaban junto a sus enemigos; pero al final las tropas indias cedieron; muchos de los soldados se derrumbaron hechos un mar de lágrimas y sollozaron, Gracias a Dios que ha terminado; hablaron de grandes cosas gelatinosas que se deslizaban en torno a los puestos fronterizos de noche, y de los espíritus que-flotaban-en-el-aire de ahogados con guirnaldas de algas y conchas en el ombligo.

Lo que dijeron los soldados indios, al alcance del

oído de mi primo: «En cualquier caso, en esos puestos fronterizos no había nadie; vimos que estaban vacíos y entramos.»

El misterio de los puestos fronterizos abandonados no pareció al principio un rompecabezas a los jóvenes soldados pakistaníes, a los que se dijo que los ocupasen hasta que enviasen otros guardias fronterizos; mi primo el Teniente Zafar se encontró con que su vejiga y sus intestinos se vaciaban con histérica frecuencia durante las siete noches que pasó ocupando uno de los puestos con sólo cinco *jawans* por compañía. Durante noches llenas de alaridos de brujas y resbaladizos deslizamientos sin nombre en la oscuridad, los seis jovenzuelos quedaron reducidos a un estado tan abyecto que nadie se reía ya de mi primo: todos estaban demasiado ocupados mojando sus propios pantalones. Uno de los *jawans* susurró aterrorizado durante el horror espectral de su penúltima noche: —Muchachos, aunque tuviera que quedarme aquí para seguir con vida, ¡me iría de una maldita vez!

En un estado de total derrumbamiento gelatinoso, los soldados sudaban en el Rann; y entonces, la última noche, sus peores temores se confirmaron, y vieron a un ejército fantasma que salía de la oscuridad y venía hacia ellos; estaban en el puesto fronterizo más próximo a la costa y, a la luz verdosa de la luna, pudieron ver las velas de barcos espectrales, de *dhows* fantasmas; y un ejército de fantasmas se acercó, implacablemente, a pesar de los gritos de los soldados, espectros con el pecho cubierto de musgo y extrañas camillas amortajadas llenas hasta arriba de cosas nunca vistas; y cuando el ejército fantasma entró por la puerta, mi primo Zafar cayó a sus pies comenzando a farfullar horriblemente.

El primer fantasma que entró en el puesto avanzado tenía varios dientes ausentes y un cuchillo curvo metido en el cinturón; cuando vio a los soldados en la cabaña, sus ojos relampaguearon con una furia bermeja. —¡Por el amor de Dios! —dijo el fantasma en jefe—. ¿Qué hacéis aquí, cabrones? ¿Es que no os han pagado bien?

No eran fantasmas sino contrabandistas. Los seis jóvenes soldados se encontraron en absurdas posturas de terror abyecto y, aunque trataron de redimirse, su vergüenza fue tragadoramente completa... y ahora llegamos a lo que importa. ¿En nombre de quién actuaban los contrabandistas? ¿Qué nombre pronunciaron los labios del contrabandista en jefe, haciendo que los ojos de mi primo se abrieran de horror? ¿Qué fortuna, levantada originalmente sobre la desgracia de las familias hindúes en fuga en 1947, se veía ahora aumentada por aquellos convoyes de primavera-y-verano a través del Rann no guardado y desde allí hasta las ciudades del Pakistán? ¿Qué General de cara de polichinela, con una voz tan fina como una hoja de navaja, mandaba las tropas fantasmas? ... Pero me concentraré en los hechos. En julio de 1965, mi primo Zafar volvió de permiso a la casa de su padre en Rawalpindi; y una mañana comenzó a andar lentamente hacia la alcoba de su padre, llevando sobre sus hombros no sólo el recuerdo de las mil humillaciones y golpes de su infancia; no sólo la vergüenza de su enuresis de siempre; sino también la conciencia de que su propio padre había sido el responsable de lo-que-ocurrió-en-el Rann, cuando Zafar Zulfikar se vio reducido a una cosa que farfullaba en el suelo. Mi primo encontró a su padre en el baño situado junto a la cama, y le cortó el cuello con un cuchillo de contrabandista, largo y curvo.

Escondida tras las informaciones de los periódicos —COBARDE INVASIÓN INDIA RECHAZADA POR NUESTROS VALEROSOS MUCHACHOS— la verdad sobre el General Zulfikar se convirtió en una cosa incierta, fantasmal; el soborno de los guardias fronterizos se convirtió, en los diarios, en SOLDADOS INOCENTES ASESINADOS POR *FAUJ* INDIOS; y ¿quién podía difundir la historia de las vastas actividades contrabandísticas de mi tío? ¿Qué general, qué político no poseía las radios de transistores de la ilegalidad de mi tío, los aparatos de aire acondicionado y los relojes importados de sus pecados? El General Zulfikar murió; mi primo Zafar fue a la cárcel y se ahorró casarse con una princesa kifí que se negaba obstinadamente a menstruar, precisamente para ahorrarse el casamiento con él; y los incidentes del Rann del Kutch se convirtieron en la yesca, por decirlo así, de un incendio mayor que estalló en agosto, el incendio del final en el que Saleem alcanzó por fin, y a su pesar, la esquiva pureza.

En cuanto a mi tía Emerald: se le dio permiso para emigrar; había empezado a hacer preparativos para hacerlo, y tenía la intención de marcharse a Suffolk, en Inglaterra, donde viviría en casa del antiguo comandante de su marido el Brigadier Dodson, que, en su chochez, había empezado a pasarse la vida en compañía de otros antiguos veteranos de la India, viendo viejas películas del Delhi Durbar y la llegada de Jorge V a la Puerta de la India... ella esperaba con ansia el vacío olvido de la nostalgia y del invierno inglés, cuando llegó la guerra y resolvió todos nuestros problemas.

El primer día de la «falsa paz» que duraría sólo treinta y siete días, Ahmed Sinai tuvo su ataque de apoplejía. Lo dejó paralizado hasta los pies, del lado izquierdo, y lo devolvió a los babeos y balbuceos de su infancia; también él pronunciaba palabras sin sentido, mostrando una preferencia marcada por los nombres de niño travieso para los excrementos. Balbuceando con risitas «¡Caca!» y «¡Pipi!», mi padre llegó al fin de su agitada carrera, habiendo perdido una vez más, la última, su camino y también su batalla con los *djinns*. Permanecía sentado, entontecido y cacareante, en medio de las toallas defectuosas de su vida; en medio de toallas defectuosas, mi madre, aplastada por el peso de su monstruoso embarazo, inclinaba la cabeza gravemente mientras la visitaban la pianola de Lila Sabarmati, o el fantasma de su hermano Hanif, o dos manos que bailaban, mariposas-en-torno-a-la-llama, dando vueltas y más vueltas en torno a sus propias manos... el Comandante Sabarmati venía a verla con su curiosa porra en la mano, y la-pata-Nussie susurraba: «¡Es el fin, Amina hermana! ¡El fin del mundo!» en los debilitados oídos de mi madre... y ahora, después de haberme abierto paso a través de la enferma realidad de mis años pakistaníes, habiendo luchado por comprender un poco lo que parecía (a través de la bruma de la venganza de mi tía Alia) una serie terrible y oculta de represalias por haber arrancado nuestras raíces de Bombay, he llegado al punto en que debo hablaros de finales.

Permitidme decir esto inequívocamente: tengo la firme convicción de que la escondida finalidad de la guerra indo-pakistaní de 1965 fue, ni más ni menos, eliminar a mi inconsciente familia de la faz de la tierra. A fin de entender la historia reciente de nuestro tiempo, sólo hace falta examinar el plan de bombardeos de aquella guerra con ojos analíticos y sin prejuicios.

Hasta los finales tienen principios; todo hay que contarlo por su orden. (Al fin y al cabo, tengo a Padma, que aplasta todos mis intentos de empezar la casa por el tejado.) Para el 8 de agosto de 1965, la historia de mi familia había llegado por su propio paso a un estado en el que lo-que-se-logró-mediante-los-bombardeos constituyó un alivio piadoso. No: dejadme utilizar esa palabra importante: si queríamos purificarnos, algo de la escala de lo que siguió era probablemente necesario.

Alia Aziz, saciada con su terrible venganza; mi tía

Emerald, viuda y en espera del exilio; la vacía lascivia de mi tía Pia y el retiro acristalado de mi abuela Naseem Aziz; mi primo Zafar, con su princesa eternamente prepúber y su futuro de colchones mojados en celdas de prisión; la retirada a la infancia de mi padre y el envejecimiento obsesivo y acelerado de la embarazada Amina Sinai... todas esas circunstancias terribles se curarían como resultado de la adopción, por el Gobierno, de mi sueño de visitar Cachemira. Entretanto, las negativas de pedernal de mi hermana a dar alas a mi amor me habían empujado a un estado de ánimo fatalista; dominado por mi nueva despreocupación por mi futuro, le dije al Tío Zaf que estaba dispuesto a casarme con cualquiera de las Zafias que me eligiera. (Al hacerlo, las condené a todas; todo el que intenta contraer lazos con nuestra familia termina compartiendo nuestro destino.)

Estoy tratando de dejar de ser oscuro. Es importante concentrarse en hechos simples y sólidos. Pero ¿qué hechos? Una semana antes de mi décimo octavo cumpleaños, el 8 de agosto, ¿atravesaron soldados pakistaníes vestidos de paisano la línea del alto el fuego en Cachemira y se infiltraron en el sector indio, o no lo hicieron? En Delhi, el Primer Ministro Shastri anunció «una infiltración en masa... para derribar el Estado»; pero ahí está Zulfikar Ali Bhutto, Ministro de Relaciones Exteriores del Pakistán, con su respuesta: «Negamos categóricamente toda participación en el levantamiento de la población autóctona de Cachemira contra la tiranía.»

Si ocurrió, ¿cuáles fueron los motivos? Una vez más, hay una erupción de posibles explicaciones; la continua indignación provocada por el Rann de Kutch; el deseo de resolver, de-una-vez-para-siempre, la vieja cuestión de ¿quién-debe-tener-el-Valle-Perfecto...? O una que no llegó a los periódicos: las presiones de las dificultades políticas internas del Pakistán: el gobierno de Ayub se tambaleaba, y una guerra obra milagros en tales ocasiones. ¿Esta razón, aquélla o la otra? Para simplificar las cosas, presento dos propias: la guerra se produjo porque soñé con Cachemira metiéndola en las fantasías de nuestros gobernantes; además, yo seguía siendo impuro, y la guerra iba a separarme de mis pecados.

¡*Jehad*, Padma! ¡La Guerra Santa!

Pero ¿quién atacó? ¿Quién se defendió? En mi décimo octavo cumpleaños, la realidad sufrió otra terrible derrota. Desde las murallas del Fuerte Rojo de Delhi, un primer ministro indio (no el mismo que me escribió una antigua carta) me envió esta felicitación de cumpleaños: «¡Prometemos que se responderá a la fuerza con la fuerza, y que no se permitirá que triunfe la agresión!» Mientras tanto, los *jeeps* provistos de megáfonos me saludaban en Guru Mandir, tranquilizándome: «¡Los agresores indios serán totalmente derrotados! ¡Somos una raza de guerreros! ¡Un *pathan*, un musulmán punjabí vale por diez de esos *babus*-en-armas!»

La Cantante Jamila fue llamada al norte, para dar serenatas a nuestros *jawans* que-valían-por-diez. Un criado pinta de apagón nuestras ventanas; por la noche, mi padre, con la estupidez de su segunda infancia, abre esas ventanas y enciende las luces. Ladrillos y piedras entran volando por las aberturas: regalos por mi décimo octavo cumpleaños. Y los acontecimientos se hacen cada vez más confusos: el 30 de agosto, ¿cruzaron las tropas indias la línea del alto el fuego cerca de Uri «para perseguir a los invasores pakistaníes»... o para iniciar un ataque? Cuando, el 1.º de septiembre, nuestros soldados diez-veces-mejores atravesaron la línea en Chhamb, ¿eran agresores o no lo eran?

Algunas certidumbres: que la voz de la Cantante Jamila acompañó cantando a las tropas pakistaníes a su muerte; y que los muecines, desde su minaretes —sí, incluso en Clayton Road— nos prometieron que todo el que muriera en la batalla iría derecho al jardín alcanforado. La filosofía *mujahid* de Syed Ahmad Bairlwi gobernaba las ondas; se nos invitaba a hacer «más sacrificios que nunca».

Y en la radio, ¡qué destrucciones, qué mutilaciones! En los cinco primeros días de la guerra, la Voz del Pakistán anunció la destrucción de más aeronaves de las que la India había tenido nunca; en ocho días, All-India Radio aniquiló al Ejército pakistaní hasta el último hombre, y a bastantes hombres más. Totalmente aturdido por la doble locura de la guerra y de mi vida privada, comencé a pensar pensamientos desesperados.

Grandes sacrificios: ¿por ejemplo, en la batalla de Lahore...? El 6 de septiembre, tropas indias atravesaron la frontera de Wagah, ampliando así enormemente el frente de la guerra, que no se limitó ya a Cachemira; y ¿se produjeron o no grandes sacrificios? ¿Era cierto que la ciudad estaba prácticamente indefensa, porque el Ejército y las Fuerzas Aéreas pak estaban todos en el sector de Cachemira? La Voz del Pakistán dijo: ¡Oh día memorable! ¡Oh lección indiscutible de la fatalidad de un retraso! Los indios, confiados en tomar la ciudad, *se detuvieron para desayunar*. La All-India Radio anunció la caída de Lahore; entretanto, una aeronave privada localizó a los desayunantes invasores. Mientras la B.B.C. recogía la noticia de la A.I.R., se movilizó a la milicia de Lahore. ¡Escuchad la Voz del Pakistán!: ancianos, muchachos, abuelas airadas lucharon contra el Ejército indio; ¡combatieron en todos los puentes, con todas las armas disponibles! Hombres lisiados se llenaban los bolsillos de granadas, les quitaban el pasador y se arrojaban bajo los tanques indios que avanzaban; ¡ancianas desdentadas les sacaban las tripas a los *babus* indios con horcas de labranza! Murieron hasta el último hombre y el último niño, ¡pero salvaron la ciudad, conteniendo a los indios hasta que llegó el apoyo aéreo! ¡Mártires, Padma! ¡Héroes, en ruta hacia el jardín perfumado! ¡Donde se dará a los hombres cuatro bellas huríes, no tocadas por hombre ni *djinn*; y a las mujeres cuatro hombres igualmente viriles! *¿Qué bendición de tu Señor rechazarías?* ¡Qué gran cosa es una guerra santa, en la que, con sacrificio supremo, el hombre puede expiar todas sus maldades! No es de extrañar que se defendiera Lahore; ¿qué podían esperar los indios? Sólo la reencarnación... quizá como cucarachas, o escorpiones, o *wallahs* de medicina verde... realmente no se puede comparar.

Pero, ¿se defendieron o no se defendieron? ¿Fue así como ocurrió? ¿O era la All-India Radio —*gran batalla de tanques, enormes pérdidas pak, 450 tanques destruidos*— la que decía la verdad?

Nada era real; nada era seguro. El Tío Zaf vino de visita a la casa de Clayton Road, y no tenía dientes en la boca. (Durante la guerra contra China de la India, cuando nuestras lealtades eran diferentes, mi madre había dado ajorcas de oro y pendientes de piedras para la campaña «Ornamentos para Armamentos»; pero ¿qué era eso comparado con el sacrificio de toda una boca llena de oro?) —¡La nación —me dijo confusamente a través de sus encías sin dientes— no puede, puñeta, carecer de fondos por la vanidad de un hombre! —... Pero ¿los dio o no los dio? Esos dientes, ¿fueron realmente sacrificados en nombre de la guerra santa, o reposaban en su casa en un armario?— Me temo —dijo el Tío Zaf *en*cisivamente— que tendrás que esperar para recibir esa dote especial que te prometí. —... ¿Nacionalismo o mezquindad? Sus encías desnudas, ¿eran prueba suprema de patriotismo, o una astuta jugada para no tener que llenar de oro la boca de una Zafia?

Y ¿hubo paracaidistas o no? «... se han lanzado en todas las ciudades importantes», anunció la Voz del Pakistán. «Todas las personas capaces deben velar con armas; disparen sin preguntar después del toque de queda del crepúsculo.» Sin embargo en la India: «A pesar de la provocación de los ataques aéreos pakistaníes», pretendía la radio, «¡no hemos respondido!» ¿A quién creer? ¿Realizaron realmente los cazabombarderos pakistaníes el «audaz ataque» que cogió a una tercera parte de las Fuerzas Aéreas indias indefensamente posadas en el cemento? ¿Lo realizaron o no lo realizaron? Y aquellos bailes nocturnos en el cielo, Mirages y Mistères pakistaníes contra los menos románticamente llamados MIG indios: ¿lucharon realmente los espejismos y misterios islámicos contra los invasores hindúes, o fue todo ello una especie de asombrosa ilusión? ¿Cayeron bombas? ¿Fueron ciertas las explosiones? ¿Se podría afirmar siquiera que se produjo alguna muerte?

¿Y Saleem? ¿Qué hizo en la guerra?

Esto: en espera de ser llamado a filas, fue a buscar las bombas amigas, destructoras, adormecedoras, portadoras del Paraíso.

El terrible fatalismo que se había apoderado de mí últimamente había adoptado una forma aún más terrible; ahogado por la desintegración de la familia, de los dos países a que había pertenecido, de todo lo que podía llamarse sensatamente real, perdido en la tristeza de mi amor sucio y no correspondido, busqué el olvido en... Estoy haciendo que suene demasiado noble; no hay que utilizar frases rimbombantes. Sin adornos pues: andaba por las calles nocturnas de la ciudad, buscando la muerte.

¿Quién murió en la guerra santa? ¿Quién, mientras yo, con *kurta* y pijama de un blanco resplandeciente iba por las calles en toque de queda a lomos de mi Lambretta, encontró lo que yo buscaba? ¿Quién, hecho mártir por la guerra, fue derecho al jardín perfumado? Estudiad la caída de las bombas; aprended los secretos de los disparos de fusil.

La noche del 22 de septiembre, hubo ataques aéreos a todas las ciudades pakistaníes. (Aunque la All-India Radio...) Las aeronaves, reales y ficticias, dejaron caer bombas auténticas o míticas. Por consiguiente, es un hecho o la invención de una imaginación enferma el que, de las tres únicas bombas que cayeron en Rawalpindi y explotaron, la primera aterrizó en el *bungalow* en donde mi abuela Naseem Aziz y mi tía Pia se escondían bajo una mesa; la segunda destrozó un ala de la cárcel de la ciudad, ahorrando a mi primo Zafar una vida de cautiverio; y la tercera destruyó una mansión oscura, rodeada de un muro con centinelas; los centinelas estaban en sus puestos, pero no pudieron impedir que Emerald Zulfikar fuera transportada a un lugar más distante que Suffolk. Aquella noche estaban de visita en su casa el Nawab de Kif y su hija, tercamente inmadura; la cual se ahorró también la necesidad de convertirse en mujer adulta. En Karachi, tres bombas bastaron igualmente. Los aviones indios, reacios a volar bajo, bombardearon desde gran altura; la inmensa mayoría de sus proyectiles cayeron sin hacer daño en el mar. Una bomba, sin embargo, aniquiló al Mayor (Retirado) Alauddin Latif y a sus siete Zafias, liberándome así para siempre de mi promesa; y hubo otras dos bombas finales. Mientras tanto, en el frente, Mutasim el Hermoso salió de su tienda para ir a los servicios; un ruido como de mosquito zumbó (o no zumbó) hacia él, que murió con la vejiga llena, por el impacto de la bala de un francotirador.

Y todavía tengo que hablaros de las dos últimas bombas.

¿Quién sobrevivió? La Cantante Jamila, a la que las bombas no pudieron encontrar; en la India, la familia de mi tío Mustapha, por la que no podían molestarse las bombas; pero Zohra, la olvidada pariente lejana de mi padre y su marido se habían trasladado a Amritsar, y una bomba los localizó también.

Y hay dos-bombas-más de las que hay que hablar.

... Mientras tanto yo, ignorante de la íntima conexión entre la guerra y yo mismo, andaba tontamente
en busca de bombas; circulaba después del toque de
queda, pero las balas de los «vigilantes» no encontraron
su blanco... y sábanas de llamas se alzaban de un *bungalow* de Rawalpindi, sábanas perforadas en cuyo centro flotaba un misterioso agujero oscuro, que creció
para convertirse en la imagen de humo de una mujer
ancha y vieja con lunares en las mejillas... así, uno a
uno, la guerra eliminó del mundo a los miembros de mi
familia vacía y sin esperanzas.

Pero ahora la cuenta atrás había terminado.

Y por fin volví con mi Lambretta a casa, de forma
que estaba en la glorieta de Guru Mandir con el rugido
de los aviones sobre mi cabeza, espejismos y misterios,
mientras mi padre, con la idiotez de su apoplejía, encendía luces y abría ventanas, a pesar de que un oficial de la
Defensa Civil acababa de visitarnos para asegurarse de
que el apagón fuera completo; y, cuando Amina Sinai
estaba diciéndole al espectro de un viejo cesto de colada:
«Ahora vete... ya me has hartado», yo pasaba a toda velocidad con mi *scooter* por delante de los *jeeps* de la Defensa Civil, desde los que me saludaron puños coléricos;
y, antes de que los ladrillos y piedras pudieran apagar las
luces de la casa de mi tía Alia, llegó el gemido, y hubiera
debido saber que no hacía falta buscar en otro sitio la
muerte, pero yo estaba todavía en la calle, en la sombra
de medianoche de la mezquita, cuando vino, cayendo en
picado hacia las ventanas iluminadas por la idiotez de mi
padre, la muerte gimiendo como perros callejeros,
transformándose en mampostería que caía y sábanas de
llamas y una onda de tanta fuerza que me derribó dando
vueltas de mi Lambretta, mientras dentro de la casa de la
gran amargura de mi tía, mi padre madre tía y hermano
o hermana nonato al que sólo faltaba una semana para

iniciar la vida, todos ellos todos más aplastados que tortas de arroz, la casa que se derrumbaba sobre sus cabezas como un molde de hacer barquillos, mientras allí en Korangi Road una última bomba, destinada a la refinería de petróleo, cayó en cambio en una residencia de pisos en desnivel y estilo americano, que un cordón umbilical no había conseguido terminar del todo; pero en Guru Mandir acabaron muchas historias, la historia de Amina y su antiguo marido del inframundo y su diligencia y declaraciones públicas y su hijo-que-no-era-su-hijo y su suerte con los caballos y las verrugas y las manos que bailaban en el Pioneer Café y su última derrota por su hermana, y de Ahmed, que siempre perdía el camino y tenía el labio inferior protuberante y la barriga fofa y se puso blanco en una congelación y sucumbió ante la abstracción y reventó perros en la calle y se enamoró demasiado tarde y murió a causa de su vulnerabilidad a lo-que-cae-del-cielo; más planos que tortitas ahora, y a su alrededor la casa explotando derrumbándose, un instante de destrucción de tal vehemencia que cosas que habían estado profundamente enterradas en olvidados baúles de lata volaron por los aires mientras otras cosas personas recuerdos quedaban enterrados bajo los escombros sin esperanza de salvación; los dedos de la explosión llegando hondo muy hondo hasta el fondo de un *almirah* y abriendo un baúl de lata verde, la mano prensora de la explosión lanzando el contenido del cofre por los aires, y ahora algo que estaba escondido invisible durante muchos años da vueltas en la noche como un pedazo giratorio de luna, algo que refleja la luz de la luna y cae ahora cae mientras yo me levanto mareado después de la explosión, algo que baja retorciéndose girando dando volteretas, plateado como la luz de luna, una escupidera de plata maravillosamente labrada, incrustada de lapislázuli, el pasado que cae a plomo hacia mí como una mano dejada caer por un buitre, para convertirse en lo-que-purifica-y-me libera, porque ahora mientras miro allí hay una sensación en la parte de atrás de mi cabeza y después de eso sólo de un momento diminuto pero infinito de absoluta claridad mientras caigo hacia adelante para postrarme ante la pira funeraria de mis padres, un instante minúsculo pero sin fin de conocimiento, antes de verme despojado de pasado presente recuerdos tiempo vergüenza y amor, una explosión fugaz pero también intemporal en la que inclino la cabeza sí acepto sí la necesidad del golpe, y entonces estoy vacío y libre porque todos los Saleems salen a raudales de mí, desde el bebé que aparecía en fotos infantiles de primera página y tamaño gigante hasta el muchacho de dieciocho años con su sucio obsceno amor, salen a raudales la vergüenza y la culpabilidad y el deseo-de-agradar y la necesidad-de-ser-amado y la decisión-de-encontrar-un-papel-histórico y el crecer demasiado-deprisa, estoy libre de Mocoso y Cara Manchada y Calvorota y Huelecacas y Cara de Mapa y de cestos de colada y Evie Burns y marchas por el idioma, liberado del Chico de Kolynos y de los pechos de Pia *mumani* y de Alfa-y-Omega, absuelto de los múltiples asesinatos de Homi Catrack y Hanif y Aadam Aziz y el Primer Ministro Jawaharlal Nehru, me he deshecho de putas de quinientos años y de confesiones de amor en la quietud de la noche, estoy libre ahora, fuera de cuidado, aplastado contra el cemento, devuelto a la inocencia y la pureza por un trozo de luna que cae dando volteretas, limpiado como un escritorio de madera, descalabrado (tal como lo profetizaron) por la escupidera de plata de mi madre.

El 23 de septiembre por la mañana, las Naciones Unidas anunciaron el fin de las hostilidades entre la India y el Pakistán. La India había ocupado menos de 500 millas cuadradas de suelo pakistaní; el Pakistán había conquistado sólo 340 millas cuadradas de su sueño cache-miro. Se dijo que el alto el fuego se había producido porque ambos bandos se habían quedado sin municio-nes, más o menos simultáneamente; de esa forma, las exigencias de la diplomacia internacional y las manipu-laciones, políticamente motivadas, de los proveedores de armas, impidieron la aniquilación al por mayor de mi familia. Algunos de nosotros sobrevivimos, porque nadie vendió a nuestros aspirantes a asesinos las bom-bas balas aviones necesarios para completar nuestra destrucción.

Seis años más tarde, sin embargo, hubo otra guerra.

LIBRO TERCERO

EL BUDA

Con toda evidencia (porque de otro modo tendría que introducir en este punto alguna explicación fantástica de la continuación de mi presencia en este «torbellino de la vida»), podéis contarme entre aquellos a quienes la guerra del 65 no borró del mapa. Descalabrado por la escupidera, Saleem sufrió un raspado simplemente parcial, y sólo fue limpiado, mientras que otros, con menos fortuna, se vieron barridos; inconsciente en la sombra nocturna de la mezquita, me salvé por el agotamiento de los depósitos de municiones.

Lágrimas —que, en ausencia del frío cachemiro, no tienen absolutamente ninguna posibilidad de endurecerse y formar diamantes— resbalan por los entrañables contornos de las mejillas de Padma. —Ay, señor, ¡esa *tamasha* de guerra, que mata a los mejores y deja a los otros! —Con el aspecto de que hordas de caracoles hubieran bajado arrastrándose recientemente desde sus enrojecidos ojos, dejando en su cara rastros brillantes y pegajosos, Padma llora a mi clan planchado por las bombas. Yo sigo como de costumbre con los ojos secos, rehusando graciosamente darme por enterado del insulto involuntario que implica la lacrimosa exclamación de Padma.

—Llora por los vivos —la reprendo amablemente—. Los muertos tienen sus jardines alcanforados. —¡Aflígete por Saleem! Quien, excluido de las praderas celestiales por el continuo latido de su corazón, se despertó una vez más en medio de las fragancias metálicas y viscosas de una sala de hospital; para el que no había huríes, intocadas por hombre o *djinn*, que le prodigaran los prometidos consuelos de la eternidad... Tuve suerte de contar con los servicios a regañadientes y con gran tintineo de orinales de un voluminoso enfermero que, mientras me vendaba la cabeza, murmuraba agriamente que, con guerra o sin ella, a los *doctor sahibs* les gustaba irse los domingos a sus casitas de la playa—. Hubiera sido mejor que siguieras sin conocimiento un día más —profirió, antes de seguir por la sala repartiendo ánimos.

Aflígete por Saleem... quien, huérfano y purificado, privado de los cientos de alfilerazos diarios de la vida familiar, que eran los únicos que podían desinflar la gran fantasía hinchada de la Historia y reducirla a una escala humana más manejable, se había visto arrancado de raíz y lanzado sin ceremonias a través de los años, condenado a sumergirse sin recuerdos en una edad adulta cuyos aspectos todos se hacían cada día más grotescos.

Rastros frescos de caracoles en las mejillas de Padma. Obligado a intentar alguna especie de «Vamos, vamos», recurro a los avances cinematográficos. (¡Cómo me gustaban en el viejo Club de Cachorros de la Metro! ¡Qué relamerse los labios a la vista del título PRÓXIMAMENTE, superimpuesto sobre un ondulante terciopelo azul! ¡Qué hacerse la boca agua anticipadamente, ante una pantalla que anunciaba a son de trompeta MUY PRONTO! ... Porque la promesa de futuros exóticos ha sido siempre, a mi modo de ver, el antídoto perfecto para las decepciones del presente.) —Basta, basta —le exhorto a mi plañidero público en cuclillas—. ¡Todavía no he terminado! ¡Habrá electrocuciones y una selva

588

tropical; una pirámide de cabezas en un campo impregnado por huesos que chorreen tuétano; vendrán escapatorias por un pelo y un minarete que gritaba! Padma, todavía hay muchas cosas que vale la pena contar; mis nuevas tribulaciones, en el cesto de la invisibilidad y a la sombra de otra mezquita; ¡aguarda las premoniciones de Resham Bibi y el morrito de la-bruja-Parvati! También la paternidad y la traición, y desde luego esa inevitable Viuda, que añadió a mi historia del drenaje-por-arriba la ignominia final del vaciado-por-abajo... en pocas palabras, todavía hay próximamentes y muy prontos a barullo; un capítulo termina cuando los padres de uno mueren, pero también empieza una nueva clase de capítulos.

Un tanto consolada por mis ofertas de novedades, mi Padma sorbe por la nariz; se limpia la baba de los moluscos, se seca los ojos; aspira profundamente... y, para el tipo con la cabeza abierta por la escupidera que encontramos últimamente en su cama de hospital, pasan unos cinco años antes de que mi loto del estiércol exhale.

(Mientras Padma, para calmarse, retiene el aliento, me permitiré insertar un primer plano al-estilo-de-las-peliculillas-de-Bombay: un calendario agitado por la brisa, cuyas páginas vuelan en rápida sucesión para indicar el paso de los años; superpondré turbulentos planos generales de disturbios callejeros, planos medios de autobuses ardiendo y de bibliotecas inglesas en llamas, propiedad del Consejo Británico y del Servicio de Información de Estados Unidos; a través del acelerado aletear del calendario, vislumbraremos la caída de Ayub Khan, la subida a la Presidencia del General Yahya, la promesa de elecciones... pero ahora los labios de Padma se están abriendo, y no hay tiempo para entretenerse con las imágenes coléricamente opuestas del señor Z. A. Bhutto y el Sheikh Mujib-ur-Rahman; el aire exhalado comienza a salir invisiblemente de la boca de ella, y los rostros soñados de los dirigentes del Partido Popular del Pakistán y de la Liga Awami brillan tenuemente y se desvanecen; la ráfaga de sus pulmones al vaciarse calma paradójicamente la brisa que sopla las hojas de mi calendario, el cual se detiene en una fecha de finales de 1970, antes de las elecciones que dividieron el país en dos, antes de la guerra del Ala Occidental contra el Ala Oriental, del P.P.P. contra la Liga Awami, de Bhutto contra Mujib... antes de las elecciones de 1970, y muy lejos de la escena pública, tres jóvenes soldados llegan a un campo misterioso de las colinas Murree.)

Padma ha recuperado el dominio de sí misma. —Está bien, está bien —protesta, moviendo el brazo para alejar las lágrimas—. ¿A qué esperas? Empieza —me ordena altivamente el loto—. Empieza otra vez por el principio.

El campamento de las colinas no se encontrará en los mapas; está demasiado lejos de la carretera de Murree para que se pueda oír ladrar a sus perros, ni siquiera por el automovilista de oído más fino. La cerca de alambre que lo rodea está muy camuflada; la puerta no lleva signos ni nombres. Sin embargo, existe, existía; aunque su existencia haya sido acaloradamente negada... en la caída de Dacca, por ejemplo, cuando el vencido Tigre Niazi del Pakistán fue interrogado al respecto por su viejo compinche, el victorioso general de la India Sam Manekshaw, el Tigre se burló: —¿Una Unidad Canina para Actividades de Rastreo e Inteligencia? Jamás he oído hablar de ella; te han engañado, chico. Una idea más ridícula que la leche, perdona que te lo diga. —A pesar de lo que el Tigre le dijo a Sam, insisto: el campamento estaba allí sin lugar a dudas...

... —¡Atención! —les grita el Brigadier Iskandar a

sus más recientes reclutas, Ayooba Baloch, Farooq Rashid y Shaheed Dar—. ¡Ahora sois un grupo de la CUTIA! —Golpeándose el muslo con el bastón, da media vuelta y los deja plantados en la explanada, simultáneamente fritos por el sol de la montaña y congelados por el aire montañero. Con el pecho fuera, los hombros atrás, rígidos de obediencia, los tres jóvenes oyen la voz y la risita tonta del ordenanza del Brigadier, Lala Moin—: *¡De manera que sois los pobres novatos a los que os dan el perro-humano!*

En sus literas aquella noche: —¡Rastreo e inteligencia! —susurra Ayooba Baloch, orgullosamente—. ¡Espías, tú! ¡Como O.S.S. 117! ¡Que nos dejen a esos hindúes... y verán de lo que somos capaces! *Ka-dang! Kapow!* ¡Qué canijos, *yara*, son esos hindúes! ¡Todos vegetarianos! Las verduras —silba Ayooba— pierden siempre ante la carne. —Tiene la complexión de un tanque. Su corte de pelo al cepillo le empieza justo encima de las cejas.

Y Farooq: —¿Creéis que habrá guerra? —Ayooba resopla—. ¿Y qué otra cosa podría haber? ¿Cómo no va a haber guerra? ¿No ha prometido Bhutto sahib a todos los campesinos un acre de tierra? ¿De dónde va a salir? Para conseguir tanto suelo, ¡tendremos que conquistar el Punjab y Bengala! Ya veréis; después de las elecciones, cuando haya ganado el Partido Popular... *Ka-pow! Kablooey!*

Farooq está preocupado: —Esos indios tienen soldados *sikh*, tú. Esas barbas y ese pelo tan largos, con el calor pican como locos, y todos se ponen furiosos y luchan como diablos...

Ayooba gorgotea divertido. —Vegetarianos, te lo juro, *yaar*... ¿cómo van a derrotar a tipos carnívoros como nosotros? —Pero Farook es largo y enjuto.

Shaheed Dar susurra: —¿Qué quería decir con eso del perro-humano?

591

... Por la mañana. En una cabaña con una pizarra, el Brigadier Iskandar se pule los nudillos en las solapas mientras el Srgt.-May. Najmuddin instruye a los nuevos reclutas. La clase es del tipo preguntas-y-respuestas; Najmuddin se encarga tanto de las dudas como de las contestaciones. No se toleran interrupciones. Mientras tanto, sobre la pizarra, los retratos enguirnaldados del Presidente Yahya y de Mutasim el Mártir los miran severamente. Y a través de las (cerradas) ventanas, el ladrido persistente de los perros... También las dudas y contestaciones de Najmuddin son ladridos. ¿Para qué estáis aquí? —Para entrenamiento. ¿En qué campo? —Busca-y-captura. ¿Cómo trabajaréis? —En unidades caninas de tres personas y un perro. ¿Características insólitas? —Ausencia de oficiales, necesidad de tomar decisiones, exigencia concomitante de un alto sentido islámico de autodisciplina y responsabilidad. ¿Finalidad de las unidades? —Erradicar los elementos indeseables. ¿Naturaleza de esos elementos? —Rastreros, bien disfrazados, pueden-ser-cualquiera. ¿Intenciones conocidas de los mismos? —Abominables: destrucción de la vida familiar, asesinato de Dios, expropiación de los terratenientes, abolición de la censura cinematográfica. ¿Con qué fin? —Aniquilación del Estado, anarquía, dominación extranjera. ¿Causas que aumentan la preocupación? —Próximas elecciones; y, ulteriormente, gobierno de los civiles. (Se ha puesto se está poniendo en libertad a prisioneros políticos.) ¿Deberes concretos de las unidades? —Obedecer ciegamente; buscar infatigablemente, detener inexorablemente. ¿Modo de actuar? —Secreto; eficiente; rápido. ¿Base legal para las detenciones? —Las Normas para la Defensa del Pakistán, que permiten detener a los indeseables, los cuales pueden ser mantenidos incomunicados por un período de seis meses. Nota: por un período de seis meses renovable. ¿Alguna pregunta? —No. Muy bien. Sois la

Unidad CUTIA 22. Llevaréis emblemas con una perra cosidos en las solapas. Las iniciales CUTIA (Canine Unit for Tracking and Intelligence Activities), desde luego, significan *perra*.

¿Y el perro-humano?

Con las piernas cruzadas, los ojos azules, mirando al espacio, está sentado bajo un árbol. Los *bodhis* no crecen a esta altitud; se las arregla con un *chinar*. Su nariz: bulbosa, apepinada, con la punta azul de frío. Y en su cabeza una tonsura monacal donde, en otro tiempo, la mano del señor Zagallo. Y un dedo mutilado cuyo segmento ausente cayó a los pies de Masha Miovic cuando Glandulitas Keith dio el portazo. Y manchas en su rostro, como un mapa... —*¡Ijj-zu!* (Escupe).

Tiene los dientes manchados; el jugo de betel le enrojece las encías. Un chorro rojo de fluido de *paan* expectorado abandona sus labios para dar, con encomiable puntería, en una escupidera de plata bellamente cincelada, que tiene frente a él en el suelo. Ayooba Shaheed Farooq lo miran fijamente asombrados. —No intentéis quitársela —el Srgt.-May. Najmuddin señala la escupidera—. Lo pone furioso. —Ayooba empieza—: Señor señor creo que dijo usted que tres personas y un... —pero Najmuddin ladra—: ¡Nada de preguntas! ¡Hay que obedecer sin rechistar! Ése es su rastreador; y eso es todo. Rompan filas.

En aquella época, Ayooba y Farooq tenían dieciséis años y medio. Shaheed (que había mentido sobre su edad) era quizá un año más joven. Como eran tan jóvenes, y no habían tenido tiempo de adquirir el tipo de recuerdos que dan a los hombres un firme asidero en la realidad, como los recuerdos de amor o de hambre, los jóvenes soldados eran sumamente susceptibles al influjo de las leyendas y del cotilleo. En un plazo de veinticuatro horas, durante las conversaciones en el comedor con otras unidades CUTIA, el perro-humano había sido totalmente mitologizado... «¡De una familia realmente importante, tú!» —«Un niño idiota, ¡lo metieron en el Ejército para hacer un hombre de él!» —«Tuvo un accidente en la guerra del 65, ¡no puede recordar nada!» —«Oye, he oído que era hermano de.» —«No, tú, eso es disparatado; ella es buena, sabes, tan sencilla y tan santa, ¿cómo dejaría que su hermano?» —«En cualquier caso, él se niega a hablar de ella.» —«He oído algo terrible: ella lo odiaba, tú, ¡por eso es por lo que!» —«No tiene memoria, no le interesa la gente, ¡vive como un perro!» —«¡Pero lo del rastreo es cierto sin duda alguna! ¿Habéis visto qué nariz tiene?» —«¡Uy, oye, ése puede seguir cualquier pista del mundo!» —«¡Por el agua, *baba*, por la piedra! ¡Nunca se ha visto un rastreador así!» —«¡Y no puede sentir nada! ¡Es verdad! Insensible, te lo juro; ¡insensible de la cabeza a los pies! Lo tocas y no se entera... ¡sólo por el olor sabe que estás ahí!» —«¡Debe de ser una herida de guerra!» —«Pero esa escupidera, tú, ¿quién sabe? ¡La lleva a todas partes, como una prenda de amor!» —«Te lo aseguro, estoy contento de que seáis vosotros tres; me pone la carne de gallina, *yaar*, son esos ojos azules» —«¿Sabéis cómo descubrieron lo de su nariz? Estaba vagando por un campo de minas, tú, te lo juro, abriéndose camino a través de él, ¡como si pudiera oler las puñeteras minas!» —«Oh no, tú, qué estás diciendo, eso es una vieja historia, ése fue el primer perro de toda la operación CUTIA, aquel Bonzo, tú, ¡no nos confundas!» —«¡Eh, tú, Ayooba, ya os podéis andar con cuidado, dicen que los V.I.P. lo vigilan!» —«Uy, lo que te decía, la Cantante Jamila...» —«¡Oh, cállate la boca, ya hemos oído bastantes cuentos de hadas!»

Una vez que Ayooba, Farooq y Shaheed se hubieron reconciliado con su extraño e impasible rastreador (fue después del incidente de las letrinas), le pusieron el apodo de *buddha*, «anciano»; no sólo porque debía de ser siete años mayor que ellos y había tomado parte de hecho en la guerra del 65, seis años antes, cuando los tres jóvenes soldados no llevaban siquiera pantalones largos, sino porque flotaba a su alrededor un aire de gran antigüedad. El *buddha* era viejo antes de tiempo.

¡Oh feliz ambigüedad de la transliteración! La palabra urdu «*buddha*», que significa anciano, se pronuncia con las des duras y explosivas. Pero existe también *Buddha* con des suaves, que significa el-que-alcanzó-la-iluminación-bajo-el *bodhi*... Hace mucho tiempo, un príncipe, incapaz de soportar los sufrimientos del mundo, llegó a ser capaz de no-vivir-en-el-mundo y de vivir también en él; estaba presente, pero también ausente; su cuerpo estaba en un lugar, pero su espíritu estaba en otra parte. En la antigua India, Gautama el Buda se sentó, iluminado, bajo un árbol en Gaya; en el parque de ciervos de Sarnath enseñó a otros a abstraerse de las penas terrenales y a lograr la paz interior; y, siglos más tarde, Saleem el *buddha* se sentaba bajo un árbol diferente, incapaz de recordar el dolor, insensible como el hielo, limpiado como una pizarra... Con cierto sonrojo, tengo que admitir que la amnesia es la clase de truco que utilizan habitualmente nuestros cineastas sensacionalistas. Bajando ligeramente la cabeza acepto que mi vida ha cobrado, una vez más, el tono de una peliculilla de Bombay; pero después de todo, dejando de lado el molesto asunto de la reencarnación, sólo hay un número finito de métodos de lograr volver a nacer. De modo que, disculpándome por el melodrama, tengo que insistir obstinadamente en que yo, él, había comenzado de nuevo; en que, después de años de anhelar ser importante, él (o yo) había sido limpiado de todo aquello; en que, después de mi vengativo abandono por la Cantante Jamila, que me metió en el Ejército para perderme de vista, yo (o él) acepté (aceptó) el destino que era la recompensa de mi amor, y me senté sin quejarme bajo un *chinar*; en que, vaciado de Historia, el buda aprendió las artes de la sumisión, haciendo sólo lo que se le pedía. Para resumir: me convertí en ciudadano del Pakistán.

Se puede defender que era inevitable que, en los meses de entrenamiento, el buda comenzara a irritar a Ayooba Baloch. Quizá fuera porque prefería vivir separado de los soldados, en un establo de asceta lleno de paja, en el extremo más alejado de las perreras; o porque se le veía con tanta frecuencia sentado con las piernas cruzadas bajo su árbol, con la escupidera de plata en la mano, los ojos desenfocados y una estúpida sonrisa en los labios... ¡como si fuera realmente feliz de haber perdido el seso! es más, Ayooba, el apóstol de la carne, quizá encontrara a aquel rastreador insuficientemente viril.
—¡Como un *brinjal*, tú —le dejo quejarse a Ayooba—, te lo juro... una hortaliza!

(También podemos, adoptando un punto de vista más amplio, afirmar que la irritación estaba en el aire al final del año. ¿No se estaban acalorando y molestando incluso el General Yahya y el señor Bhutto por la petulante insistencia del Sheikh Mujib en su derecho a formar un nuevo gobierno? La desdichada Liga Awami de Bengala había ganado 160 de los 162 escaños posibles del Ala Oriental; el P.P.P. del señor Bhutto sólo había conseguido 81 distritos occidentales. Sí, unas elecciones irritantes. ¡Es fácil imaginar lo molestos que Yahya y Bhutto, ambos del Ala Occidental, debían de estar! Y cuando hasta los poderosos se ponen de mal humor, ¿cómo culpar al hombrecito? La irritación de Ayooba Baloch, concluyamos, lo situaba en excelente, por no decir elevada compañía.)

En las maniobras de entrenamiento, cuando Ayooba Shaheed Farooq gateaban detrás del buda, mientras él seguía la más débil de las pistas por matorrales rocas torrentes, los tres muchachos tuvieron que admitir la habilidad de él; pero sin embargo Ayooba, como un tanque, le preguntaba: —¿De verdad que no recuerdas nada? ¿Nada? Por Alá, ¿no te sientes *mal*? Quizá tengas en algún lado madre padre hermana —pero el buda lo interrumpía amablemente—: No trates de llenarme la cabeza de todas esas historias. Yo soy quien soy, y eso es todo lo que hay. —Tenía un acento tan puro—: ¡Un urdu auténticamente elegante de Lucknow, *wah-wah*! —decía Farooq admirativamente, y aquel Ayooba Baloch, que hablaba de forma muy basta, como un hombre de tribu, se quedaba callado; y los tres muchachos comenzaron a creer en los rumores todavía con más fervor. Se sentían involuntariamente fascinados por aquel hombre de nariz de pepino y cabeza que rechazaba recuerdos familias historias, que no contenía absolutamente nada más que olores...— como un huevo podrido que alguien hubiera chupado —les dijo Ayooba rezongando a sus compañeros, y luego, volviendo a su tema central, añadió—: Por Alá, hasta su nariz parece una hortaliza.

Su malestar persistía. ¿Percibían, en la vacuidad insensible del buda, una huella de «indeseabilidad»...? Porque ¿no era el rechazo de pasado-y-familia exactamente el tipo de conducta subversiva que ellos se dedicaban a «erradicar»? Los oficiales del campamento, sin embargo, eran sordos a las solicitudes de Ayooba de «Señor señor, ¿no podríamos tener simplemente un perro de verdad señor?»... de forma que Farooq, un seguidor nato que había adoptado ya a Ayooba como su líder y héroe, exclamó: —¿Qué se puede hacer? Con los contactos familiares de ese tipo, algunos peces gordos deben de haberle dicho al Brigadier que lo aguante, y eso es todo.

Y (aunque ninguno de los del trío hubiera sido capaz de expresar la idea) sugiero que, en los cimientos profundos de su inquietud estaba el miedo a la esquizofrenia, a la división, que había, enterrado, como un cordón umbilical, en todo corazón pakistaní. En aquellos tiempos, las Alas Oriental y Occidental del país estaban separadas por la masa terrestre infranqueable de la India; pero también el pasado y el presente estaban divididos por un abismo infranqueable. La religión era el pegamento del Pakistán, que mantenía unidas las dos mitades; lo mismo que la conciencia, el conocimiento de uno mismo como entidad homogénea en el tiempo, una mezcla de pasado y presente, es el pegamento de la personalidad, manteniendo juntos nuestro entonces y nuestro ahora. Pero basta de filosofar: lo que quiero decir es que, al abandonar la conciencia, separándose de la Historia, el buda estaba dando el peor de los ejemplos... ¡y ese ejemplo fue seguido nada menos que por un personaje como el Sheikh Mujib, al llevar el Ala Oriental a la secesión y declararla independiente como «Bangladesh»! Sí, Ayooba Shaheed Farooq tenían razón al sentirse incómodos... porque, incluso en las profundidades de mi abandono de la responsabilidad, seguí siendo responsable, por obra de los modos metafóricos de conexión, de los acontecimientos beligerantes de 1971.

Pero tengo que volver a mis nuevos compañeros a fin de poder relatar el incidente de las letrinas: era Ayooba, como un tanque, quien dirigía la unidad, y Farooq quien lo seguía satisfecho. El tercer chico, sin embargo, era un tipo más melancólico, más reservado, y como tal más próximo a mi corazón. En su decimoquinto cumpleaños, Shaheed Dar había mentido sobre su edad y se había alistado. Ese día, su padre, aparcero punjabí, llevó a Shaheed a un campo y lloró sobre su nuevo uniforme. El viejo Dar le dijo a su hijo lo que significaba su nombre, es decir «mártir», y expresó su esperanza de que se mostrase digno de él, convirtiéndose quizá en el primero de los miembros de su familia que entrase en el jardín perfumado, y dejando atrás este mundo lamentable en el que un padre no podía esperar pagar sus deudas y alimentar además a sus diecinueve hijos. El abrumador poder de los nombres, y la resultante aproximación al martirio, habían empezado a ocupar grandemente la mente de Shaheed; en sus sueños, comenzó a ver su muerte, que adoptaba la forma de una granada brillante, que flotaba en el aire tras él, siguiéndolo a todas partes y aguardando su momento. La visión perturbadora y un tanto antiheroica de la muerte en forma de fruta hacía de Shaheed un tipo introvertido y poco sonriente.

Introvertidamente, sin sonreír, Shaheed observó cómo varias unidades CUTIA eran enviadas lejos del campo para entrar en acción; y se convenció de que su hora, y la hora de la granada, estaban muy cerca. De las salidas de unidades de tres-hombres-y-un-perro dedujo una creciente crisis política; era febrero, y las irritaciones de los exaltados se hacían cada día más marcadas. El-tanque-Ayooba, sin embargo, conservaba el punto de vista local. Su irritación aumentaba también, pero su objeto era el buda.

Ayooba se había encaprichado de la única mujer del campo, una limpiadora de letrinas flaca que no debía de tener más de catorce años y cuyos pezones apenas empezaban a empujar su andrajosa camisa: un tipo de mujer humilde, desde luego, pero era todo lo que había, y para ser una limpiadora de letrinas tenía unos dientes muy bonitos y toda una agradable serie de coquetas miradas-por-encima-del-hombro... Ayooba comenzó a seguirla de un lado a otro, y así fue cómo la espió cuando iba al establo lleno de paja del buda, y por eso fue por lo que apoyó una bicicleta contra el edificio y se puso de pie en el sillín, y de ese modo fue como se cayó, porque no le gustó lo que veía. Después le habló a la chica de las letrinas, agarrándola violentamente del brazo: —¿Por qué lo haces con ese loco... por qué cuando yo, Ayooba, soy, podría ser...? —y ella contestó que le gustaba el perro-humano, es un tipo extraño, dice que no puede sentir nada, restriega su manguera dentro de mí pero ni siquiera puede sentir, pero es bonito, y me dice que le gusta mi olor. La franqueza de la chiquilla, la sinceridad de la limpiadora de letrinas, puso malo a Ayooba; le dijo que ella tenía el alma hecha de cagarrutas de cerdo, y la lengua cubierta también de excrementos; y en las ansias de sus celos ideó la broma de los cables de contacto, el truco del urinario electrificado. El sitio lo atraía; tenía cierta justicia poética.

—¿Con que no puede sentir nada, eh? —se burló Ayooba delante de Farooq y Shaheed—. Ya veréis: a que yo lo hago saltar.

El 10 de febrero (cuando Yahya, Bhutto y Mujib se negaban a entablar conversaciones de alto nivel), el buda sintió la llamada de la naturaleza. Un Shaheed un tanto preocupado y un jubiloso Farooq holgazaneaban cerca de las letrinas; en tanto que Ayooba, que había utilizado unos cables de contacto para conectar las plataformas metálicas de los urinarios a la batería de un *jeep*, estaba fuera de la vista, detrás de la cabaña de las letrinas, junto al *jeep*, que tenía el motor en marcha. Apareció el buda, con los ojos tan dilatados como los de un masticador de *charas* y andares de caminar-por-las-nubes, y mientras flotaba hacia la letrina Farooq gritó: —¡*Ohé*! ¡Ayooba, *yara*! —y empezó a reírse tontamente. Los soldados-niños aguardaron el aullido de mortificado dolor que sería la señal de que su vacuo rastreador había empezado a mear, haciendo que la electricidad subiera por la corriente dorada y le picase en su manguera insensible y restregadora de chiquillas.

Pero no hubo alarido; Farooq, sintiéndose desconcertado y estafado, comenzó a fruncir el ceño; y cuando pasó el tiempo, Shaheed se puso nervioso y le gritó a Ayooba Baloch: —¡Eh, Ayooba! ¿Qué haces, tú? —A lo que el-tanque-Ayooba—: ¡Qué te crees, *yara*, he dado la corriente hace cinco minutos! —... Y entonces Shaheed corrió —¡A TODA MECHA!— hacia la letrina, y encontró al buda orinando con una expresión de vago placer, vaciando una vejiga que debía de haberse estado llenando dos semanas, mientras la corriente penetraba en él por su pepino inferior, al parecer sin ser notada, de forma que él se iba cargando de electricidad y había un chisporroteo azul que jugueteaba en torno a la punta de su tremenda nariz; y Shaheed, que no tuvo valor para tocar a aquel ser inverosímil que podía absorber electricidad por su manguera, gritó—: ¡Desconecta, tú, o se nos freirá como una cebolla! —El buda surgió de la letrina, tan tranquilo, abotonándose con la mano derecha mientras con la izquierda sostenía su escupidera de plata; y los tres infantiles soldados comprendieron que era realmente cierto, por Alá, insensible como el hielo, anestesiado contra los sentimientos y los recuerdos... Durante una semana después del incidente no se podía tocar al buda sin recibir una descarga eléctrica, y ni siquiera la chica de las letrinas pudo visitarlo en su establo.

Curiosamente, después del asunto de los cables de contacto, Ayooba Baloch dejó de sentir rencor hacia el buda, y hasta empezó a tratarlo con respeto; la unidad canina se forjó en aquel momento estrafalario convirtiéndose en un verdadero equipo, dispuesto a atreverse con todos los malvados de la tierra.

El-tanque-Ayooba no pudo darle al buda una descarga; pero donde fracasa el hombrecito triunfa el poderoso. (Cuando Yahya y Bhutto decidieron hacer saltar al Sheikh Mujib, no hubo errores.)

El 15 de marzo de 1971, veinte unidades del organismo CUTIA se reunieron en una cabaña con una pizarra. Los rasgos enguirnaldados del Presidente miraban fijamente desde arriba a sesenta y un hombres y diecinueve perros; Yahya Khan acababa de ofrecer a Mujib la rama de olivo de unas conversaciones inmediatas con él y con Bhutto, para resolver todas las irritaciones; pero su retrato mantenía una cara de póquer impecable, sin dar indicios de sus verdaderas y chocantes intenciones... mientras el Brigadier Iskandar se frotaba los nudillos en las solapas, el Srgt.-May. Najmuddin daba órdenes: sesenta y un hombres y diecinueve perros recibieron instrucciones de quitarse los uniformes. Un tumultuoso susurro en la cabaña: obedeciendo sin rechistar, noventa y nueve individuos quitan collares de identificación de pescuezos caninos. Los perros, excelentemente entrenados, enarcan las cejas pero se abstienen de decir esta boca es mía; y el buda, obedientemente, empieza a desnudarse. Cinco docenas de congéneres humanos siguen su ejemplo; cinco docenas quedan en posición de firmes en un abrir y cerrar de ojos, tiritando de frío, junto a ordenados montones de boinas pantalones zapatos camisas militares y jerseys verdes con parches de cuero en los codos. Sesenta y un hombres, desnudos salvo por una ropa interior incompleta, reciben (de manos de Lala Moin, el ordenanza) *muftis* aprobados-por-el-Ejército. Najmuddin ladra una orden; y allá van todos, unos con *lungis* y *kurtas*, otros con turbantes pathanes. Hay hombres con pantalones de rayón barato y hombres con camisas de oficinista a rayas. El buda lleva *dhoti* y *kameez*; se siente cómodo, pero a su alrededor hay soldados que se retuercen en ropas de paisano que no les sientan bien. Se trata, sin embargo, de una operación militar; ninguna voz, humana o canina, se alza para quejarse.

El 15 de marzo, después de obedecer las instrucciones de sastrería, veinte unidades CUTIA son llevadas a Dacca en avión, vía Ceilán; entre ellas están Shaheed Dar, Farooq Rashid, Ayooba Baloch y su buda. También vuelan al Ala Oriental por esa ruta indirecta sesenta mil de los soldados más duros del Ala Occidental; los sesenta mil, como los sesenta y uno, llevan todos *mufti*. El Oficial General al mando (con un elegante traje cruzado azul) era Tikka Khan; el oficial responsable de Dacca, de su doma y posible rendición, llevaba el nombre de Tigre Niazi. Vestía camisa campera, pantalones y un gallardo gorrito de paño en la cabeza.

Vía Ceilán volamos, sesenta mil sesenta y un inocentes pasajeros de avión, evitando sobrevolar la India y perdiendo así la oportunidad de observar, desde veinte mil pies de altura, las fiestas del Nuevo Partido del Congreso de Indira Ghandi, que había obtenido una victoria aplastante —350 de los 515 escaños posibles en el Lok Sabha— en otras elecciones recientes. Ignorantes de Indira, incapaces de ver el lema de su campaña, GARIBI HATAO, Libraos de la Pobreza, difundido a los cuatro vientos en muros y banderas por todo el gran diamante de la India, aterrizamos en Dacca en la primavera temprana, y fuimos llevados en autobuses civiles especialmente requisados a un campamento militar. En esta última etapa de nuestro viaje, sin embargo, no pudimos evitar oír un fragmento de canción, salido de algún gramófono invisible. La canción se llamaba «*Amar Sonar Bangla*» («Nuestra Bengala Dorada», autor: R. Tagore) y decía así, en parte: «En primavera, la fragancia de tus manglares enloquece de dicha mi corazón.» Sin embargo, ninguno de nosotros podía entender bengalí, de forma que quedamos protegidos de la insidiosa subversión del poema, aunque sin darnos cuenta llevábamos (hay que admitirlo) el compás con los pies.

En un principio, a Ayooba Shaheed Farooq y el buda no les dijeron cómo se llamaba la ciudad a la que

603

habían llegado. Ayooba, previendo la destrucción de los vegetarianos, susurró: —¿No os lo decía? ¡Ahora se lo demostraremos! ¡Como los espías, tú! ¡Ropas de paisano y todo eso! ¡Sus y a ellos, Unidad número 22! *Ka-bang! Ka-dang! Ka-pow!*

Pero no estábamos en la India; los vegetarianos no eran nuestro objetivo; y después de unos días de estar de plantón, nos dieron otra vez uniformes. Esta segunda transformación se produjo el 25 de marzo.

El 25 de marzo, Yahya y Bhutto rompieron abruptamente sus conversaciones con Mujib y volvieron al Ala Occidental. Cayó la noche; el Brigadier Iskandar, seguido por Najmuddin y Lala Moin, que se tambaleaba bajo el peso de sesenta y un uniformes y diecinueve collares de perro, irrumpió en los cuarteles de la CUTIA. Y entonces Najmuddin: —¡Manos a la obra! ¡Hechos y no palabras! ¡Uno-dos paso ligero! —Los pasajeros de avión se pusieron los uniformes y cogieron las armas; mientras el Brigadier Iskandar, por fin, anunciaba el propósito de nuestro viaje—. Ese Mujib —reveló—. Le vamos a dar lo que se merece. ¡Ya veréis cómo lo hacemos saltar!

(Fue el 25 de marzo, después de la ruptura de las conversaciones con Bhutto y Yahya, cuando el Sheikh Mujib-ur-Rahman proclamó el Estado de Bangladesh.)

Las unidades CUTIA surgieron de los cuarteles, se amontonaron en los *jeeps* que aguardaban; entretanto, por los altavoces de la base militar, la voz grabada de la Cantante Jamila se alzaba en himnos patrióticos. (Y Ayooba, dándole un codazo al buda: —Escucha, vamos, no reconoces... piensa, hombre, es tu queridísima... ¡Por Alá que este tipo no vale más que para husmear!)

A la medianoche —¿hubiera podido ser, después de todo, a otra hora?— sesenta mil soldados de excepción dejaron también sus cuarteles; pasajeros-llegados-

604

como-paisanos pulsaban ahora los botones de arranque de los tanques. Ayooba Shaheed Farooq y el buda, sin embargo, fueron seleccionados personalmente para acompañar al Brigadier Iskandar en la mayor aventura de la noche. Sí, Padma: cuando Mujib fue detenido, fui yo quien lo olfateó. (Me habían dado una de sus camisas viejas; es fácil cuando conoces el olor.)

Padma está casi fuera de sí de angustia. —Pero señor, no, no es posible que, ¿cómo hubieras podido hacer una cosa así...? —Padma: Lo hice. He jurado decirlo todo; no ocultar ni un fragmento de verdad. (Pero hay rastros de caracol en su rostro, y hay que darle una explicación.)

Así pues —¡créeme, no me creas, pero así fue como ocurrió!— tengo que reiterar que todo terminó, todo comenzó otra vez, cuando una escupidera me dio en la nuca. Saleem, con su desesperación por encontrar un significado, un propósito digno, el genio-como-un-chal, había desaparecido; no volvería hasta que una serpiente de la jungla... de momento, en cualquier caso, sólo está estaba el buda; que no reconoce ninguna voz cantante como pariente; que no recuerda padres ni madres; para quien la medianoche carece de importancia; quien, algún tiempo después de un accidente de limpieza, se despertó en una cama de hospital militar, y aceptó el Ejército como su suerte; que se somete a la vida en que se encuentra, y cumple con su deber; que obedece las órdenes; que vive tanto en-el-mundo como no-en-el-mundo; que baja la cabeza; que puede rastrear hombres o bestias por calles o por ríos; que ni sabe ni le importa cómo, bajo el patrocinio de quién, como favor a quién, por vengativa instigación de quién le dieron un uniforme; que, en pocas palabras, no es ni más ni menos que un rastreador acreditado de la Unidad CUTIA 22.

¡Pero qué cómoda es esa amnesia, cuántas cosas excusa! De forma que permitidme que me critique a mí mismo: la filosofía de la aceptación que profesaba el buda tenía consecuencias ni más ni menos infortunadas que su anterior afán-de-protagonismo; y aquí, en Dacca, se revelaban esas consecuencias.

—No, no es cierto —gime mi Padma; de la misma forma se ha negado la mayor parte de lo que ocurrió aquella noche.

Medianoche, 25 de marzo de 1971; pasando por delante de la universidad, que estaba siendo bombardeada, el buda llevó a los soldados a la guarida del Sheikh Mujib. Estudiantes y profesores salían corriendo de las residencias; eran saludados por las balas, y el mercurocromo manchaba el césped. Al Sheikh Mujib, sin embargo, no le dispararon; maniatado, maltratado, fue conducido por Ayooba Baloch a una furgoneta que esperaba. (Como en otro tiempo, después de la revolución de los pimenteros... pero Mujib no estaba desnudo; llevaba un pijama a rayas, verde-y-amarillo.) Y mientras íbamos en la furgoneta por las calles de la ciudad, Shaheed miró por las ventanas y vio cosas que no-eran-no-podían-ser ciertas: soldados que penetraban en las residencias femeninas sin llamar; mujeres, arrastradas a la calle, en las que penetraban también, sin que nadie se molestase en llamar. Y oficinas de periódicos, ardiendo con el sucio humo amarillonegro de la prensa barata sensacionalista, y las oficinas de los sindicatos destruidas hasta los cimientos, y las cunetas llenándose de personas que no estaban simplemente dormidas: se veían pechos desnudos y las espinillas huecas de los agujeros de bala. Ayooba Shaheed Farooq miraban en silencio por las ventanas en movimiento mientras nuestros muchachos, nuestros soldados-de-Alá, nuestros *jawans* que-valían-por-diez-*babus* conservaban unido al Pakistán dirigiendo lanzallamas-ametralladoras-granadas de mano contra los barrios miserables de la ciudad. Para cuando llevamos al Sheik Mujib al aeropuerto, en donde Ayooba le puso una pistola en el trasero y lo metió a empujones en un avión que lo llevó volando a su cautiverio en el Ala Occidental, el buda había cerrado los ojos. («No me llenes la cabeza de toda esa historia», le había dicho una vez a el-tanque-Ayooba, «yo soy lo que soy y eso es todo lo que hay».)

Y el Brigadier Iskandar, reorganizando a sus soldados: —Incluso ahora hay elementos subversivos que es preciso erradicar.

Cuando el pensamiento se hace demasiado doloroso, la acción es el mejor remedio... los soldados-caninos tiran de la traílla y, cuando los sueltan, se lanzan alegremente a su trabajo. ¡Oh caza de indeseables con perros lobos! ¡Oh prolíficas capturas de profesores y poetas! ¡Oh desgraciados detenidos muertos-al-ofrecer-resistencia de la Liga Awami y corresponsales de moda! Los perros de la guerra hacen estragos en la ciudad; pero aunque los perros rastreadores son incansables, los soldados son más débiles; Farooq Shaheed Ayooba se turnan para vomitar cuando sus narices se ven asaltadas por el hedor de los barrios que arden. El buda, en cuyas narices el hedor engendra imágenes de abrasadora intensidad, sigue haciendo simplemente su trabajo. Los descubre con su olfato: el resto se lo deja a los muchachos-soldados. Las unidades CUTIA recorren la ruina ardiente de la ciudad. Ningún indeseable está seguro esta noche: ningún escondite es inexpugnable. Los sabuesos rastrean a los enemigos de la unidad nacional que huyen; los perros lobos, que no quieren quedarse atrás, hunden ferozmente los dientes en su presa.

¿Cuántas detenciones —¿diez, cuatrocientas veinte, mil y una?— hizo nuestra Unidad Número 22 aquella noche? ¿Cuántos daccaníes intelectuales y miedicas se disfrazaron con saris de mujer y tuvieron que ser arrastrados a la calle? ¿Cuántas veces soltó el Brigadier Iskandar —«¡Oled esto! ¡Es la peste de la subversión!»— los perros bélicos de su unidad? Hay cosas que ocurrieron aquella noche del 25 de marzo que deben quedar permanentemente en un estado de confusión.

Futilidad de la estadística: en 1971, diez millones de refugiados huyeron por la frontera del Pakistán Oriental-Bangladesh a la India... pero diez millones (como todas las cifras superiores a mil y uno) se niegan a ser comprendidos. Las comparaciones no sirven: «la mayor emigración de la Historia de la raza humana»... no tiene sentido. Mayor que el Éxodo, más numeroso que las multitudes de la Partición, el monstruo policéfalo penetraba a raudales en la India. En la frontera, los soldados indios entrenaban a los guerrilleros llamados Mukti Bahini; en Dacca, el Tigre Niazi dirigía el cotarro.

¿Y Ayooba Shaheed Farooq? ¿Nuestros muchachos de verde? ¿Cómo les sentó el guerrear contra compañeros carnívoros? ¿Se sublevaron? ¿Acribillaron a sus oficiales —Iskandar, Najmuddin, incluso Lala Moin— con balas de náusea? No. Se había perdido la inocencia; pero, a pesar de una nueva mueca en torno a sus ojos, a pesar de la irrevocable pérdida de la certidumbre, a pesar del deterioro de los absolutos morales, la unidad continuó su trabajo. El buda no fue el único que hizo lo que le dijeron... mientras en algún lado, por encima de la lucha, la voz de la Cantante Jamila combatía a voces anónimas que cantaban el poema de R. Tagore: «Mi vida transcurre en los umbríos hogares aldeanos llenos del arroz de sus campos; mi corazón enloquece de dicha.»

Sus corazones enloquecían, pero no de dicha, Ayooba y compañía obedecían órdenes; el buda seguía pistas de olores. Hacia el corazón de la ciudad, que se ha vuelto violenta enloquecida empapada de sangre, a medida que los soldados del Ala Occidental reaccionan mal a su conciencia-de-estar-obrando-mal, se dirige la Unidad Número 22; por las calles oscurecidas, el buda se concentra en el suelo, olfateando pistas, haciendo caso omiso del caos a ras de tierra de paquetes de cigarrillos bosta de vaca bicicletas caídas zapatos abandonados; y luego en otras misiones, fuera, en el campo, en donde se queman aldeas enteras por su responsabilidad colectiva al albergar al Mukti Bahini, el buda y los tres muchachos acorralan a funcionarios de poca importancia de la Liga Awami a tipos comunistas conocidos. Por delante de aldeanos con sus posesiones en un hato sobre la cabeza; por delante de raíles de tren levantados y de árboles quemados; y siempre, como si alguna fuerza invisible dirigiera sus pasos, empujándolos al oscuro corazón de la locura, sus misiones los envían al sur sur sur, cada vez más cerca del mar, hacia las bocas del Ganges y el mar.

Y por fin —¿a quién seguían entonces? ¿Importaban ya los nombres?— les dieron una presa cuyas habilidades debían de ser iguales-pero-opuestas a las del buda, porque si no, ¿por qué tardaban tanto en capturarla? Por fin... incapaces de escapar a su entrenamiento, perseguid-implacablemente-detened-inexorablemente, se encuentran en una misión sin fin, persiguiendo a un enemigo que los esquiva interminablemente, pero no pueden volver a su base con las manos vacías, y allá van, al sur sur sur, atraídos por un rastro que retrocede eternamente; y quizá por algo más: porque, en mi vida, el destino nunca se ha mostrado reacio a echarme una mano.

Han requisado una embarcación, porque el buda dijo que la pista conducía río abajo; hambrientos sin dormir agotados en un universo de arrozales abandonados, reman detrás de su invisible presa; por el gran río pardo bajan, hasta que la guerra está demasiado lejos para recordarla, pero el olor sigue guiándolos. El río tiene aquí un nombre familiar: Padma. Pero el nombre es un engaño local; en realidad, el río sigue siendo Ella, el agua-madre, la diosa Ganga que fluye hacia la tierra por el cabello de Shiva. El buda no ha hablado desde hace días; sólo señala, allí, por allí, y allá van, al sur sur sur hasta el mar.

Una mañana sin nombre. Ayooba Shaheed Farooq se despiertan en la embarcación de su persecución absurda embarrancada en la orilla del Padma-Ganga... y ven que él se ha ido. —Por-Alá-por-Alá —aúlla Farooq—, agarraos las orejas y rezad lo que sepáis, nos ha traído a este lugar inundado y ha huido, ¡tú tienes la culpa, Ayooba, aquella broma de los cables de contacto, y ésta es su venganza...! —El sol, subiendo. Aves raras extrañas en el cielo. El hambre y el miedo como ratones en sus tripas: y quépasasi quépasasi el Mukti Bahini... se invoca a los padres. Shaheed ha soñado su sueño de la granada. La desesperación lame los flancos del bote. Y en la distancia, cerca del horizonte, ¡un muro inverosímil interminable enorme verde, que se extiende a derecha e izquierda hasta los confines de la tierra! Un miedo no expresado: ¿cómo puede ser, cómo puede ser cierto lo que estamos viendo, quién construye muros a través del mundo...? Y entonces Ayooba—: ¡Mirad-mirad, por Alá! —Porque, en dirección a ellos, a través de los arrozales, viene una persecución estrafalaria en movimiento retardado: primero el buda con su nariz de pepino, se le podría distinguir a una milla, y persiguiéndolo, chapoteando por el arrozal, un gesticulante campesino con una guadaña, el Padre Tiempo furioso, mientras, corriendo a lo largo de una zanja, una mujer con el sari recogido entre las piernas, cabello suelto, voz que suplica grita mientras el vengador agua-dañado da traspiés por el inundado arroz, cubierto de pies a cabeza de agua y de barro. Ayooba ruge de alivio nervioso—: ¡El muy cabrón! ¡No podía dejar en paz a las mujeres! ¡Vamos, buda, no dejes que te coja, o te re-banará los dos pepinos! —Y Farooq—: ¿Y entonces qué? ¿Si rebana al buda, qué pasará? —Y ahora el-tan-que-Ayooba saca la pistola de su funda. Ayooba que apunta: con las dos manos delante, tratando de no tem-blar, Ayooba que aprieta: una guadaña describe una curva en el aire. Y lenta muy lentamente los brazos de un campesino se levantan como si rezara; las rodillas se arrodillan en el agua del arrozal; un rostro se sumerge bajo la superficie del agua y su frente toca el suelo. En la zanja, una mujer gime. Y Ayooba le dice al buda—: La próxima vez dispararé contra ti. —El-tanque-Ayooba tiembla como una hoja. Y el Tiempo yace muerto en un arrozal.

Pero todavía está la persecución sin sentido, el ene-migo al que nunca se ve, y el buda: —Por ahí —y los cuatro hombres siguen remando, al sur sur sur, han ase-sinado las horas y olvidado la fecha, ya no saben si per-siguen a o si huyen de, pero sea lo que fuere lo que los empuja, los está llevando más cerca más cerca de la in-verosímil pared verde—: Por ahí —insiste el buda, y entonces están dentro, una jungla tan espesa que la Historia rara vez se ha abierto paso en ella. Los Sundar-bans: que se los tragan.

EN LOS SUNDARBANS

Lo confesaré: no había última y escurridiza presa que nos empujase hacia el sur sur sur. Ante todos mis lectores, quisiera admitirlo a pecho descubierto: aunque Ayooba Shaheed Farooq eran incapaces de distinguir entre perseguir a y huir de, el buda sabía lo que se hacía. Aun cuando me doy perfecta cuenta de que estoy proporcionando a cualesquiera comentaristas futuros o críticos de pluma venenosa (a los que les digo: en dos ocasiones he estado expuesto antes al veneno de serpiente; en ambas he resultado más fuerte que los venenos) más municiones todavía —con mi admisión-de-culpabilidad, revelación-de-bajeza-moral prueba-de-cobardía— tengo que decir que él, el buda, incapaz finalmente de seguir cumpliendo sumisamente su obligación, puso pies en polvorosa y huyó. Infectado por los gusanos comedores-de-almas del pesimismo futilidad vergüenza, desertó al anonimato sin Historia de las selvas tropicales, arrastrando consigo a tres niños. Lo que confío en inmortalizar tanto en encurtidos como con palabras: ese estado de ánimo en que no se podían negar las consecuencias de la aceptación, en que una dosis excesiva de realidad dio origen a un deseo miasmático de huir a la seguridad de los sueños... Pero la jungla, como todos los refugios, era totalmente distinta

—a un tiempo más y menos— de lo que había esperado.

—Me alegro —dice mi Padma—, estoy contenta de que te escaparas. —Pero insisto: no fui yo. Él. Él, el buda. El cual, hasta la serpiente, seguiría siendo un no-Saleem; el que, a pesar de huir de, seguía estando separado de su pasado; aunque agarrase, con mano de lapa, cierta escupidera de plata.

La jungla se cerró tras ellos como una tumba, y después de horas de un remar cada vez más fatigado pero también más frenético a través de canales de agua salada incomprensiblemente laberínticos, dominados por árboles como arcos de catedral, Ayooba Shaheed Farooq estaban perdidos sin esperanza; se volvían una y otra vez al buda, que les indicaba: —Por allí —y luego—: Por allí abajo —pero aunque remaban febrilmente, haciendo caso omiso de la fatiga, parecía como si la posibilidad de dejar jamás aquel lugar retrocediera ante ellos como la linterna de un fantasma; hasta que, finalmente, se volvieron contra su rastreador, supuestamente infalible, y quizá vieron una lucecita de vergüenza o de alivio ardiendo en sus ojos habitualmente de azul lechoso; y entonces Farook susurró, en el verdor sepulcral de la selva—: No lo sabes. Estás diciendo cualquier cosa. —El buda permaneció silencioso, pero en su silencio leyeron su destino, y ahora que estaba convencido de que la jungla se los había tragado como se engulle un sapo a un mosquito, ahora que estaba seguro de que nunca volvería a ver el sol, Ayooba Baloch, el-tanque-Ayooba en persona, se derrumbó totalmente y lloró como un monzón. El incongruente espectáculo de aquella figura descomunal de pelo a cepillo lloriqueando como un bebé sirvió para que Farooq y Shaheed perdieran el juicio; de forma que Farooq casi volcó la embarcación al atacar al buda, quien soportó mansamente todos los puñetazos que le llovieron en pecho hombros brazos, hasta que Shaheed tiró de Farooq, por razones de seguridad. Ayooba Baloch lloró sin interrupción durante tres horas o días o semanas enteros, hasta que empezó la lluvia, haciendo innecesarias sus lágrimas, y Shaheed Dar se oyó decir a sí mismo—: Mira lo que has hecho, tú, con tus llantos —demostrando que estaban empezando ya a sucumbir a la lógica de la jungla, y que aquello era sólo el comienzo porque, cuando el misterio del anochecer se combinó con la irrealidad de los árboles, los Sundarbans comenzaron a crecer bajo la lluvia.

Al principio estaban tan ocupados achicando la embarcación que no se dieron cuenta; además, el nivel del agua subía, lo que pudo confundirlos, pero con las últimas luces no se pudo dudar de que la jungla estaba aumentando de tamaño, poder y ferocidad; se podía ver a las enormes raíces de apoyo de los inmensos y antiguos mangles serpenteando sedientamente en el crepúsculo, chupando la lluvia y haciéndose más gruesas que trompas de elefante, mientras los propios mangles se hacían tan altos que, como dijo luego Shaheed Dar, los pájaros de su copa debían de estar en condiciones de cantarle a Dios. Las hojas de las alturas de las grandes nipas comenzaron a extenderse como inmensas manos verdes ahuecadas, hinchándose en el aguacero nocturno hasta que la selva entera pareció tener un techo de hojas; y entonces comenzaron a caer frutos de nipa, que eran mayores que ningún coco del mundo y adquirían velocidad de forma alarmante al caer desde alturas de vértigo para explotar como bombas contra el agua. El agua de lluvia llenaba su embarcación; sólo tenían para achicar sus gorras verdes y blandas y una vieja lata de *ghee*; y cuando cayó la noche y los frutos de nipa los bombardearon desde el aire, Shaheed Dar dijo: —No

615

podemos hacer otra cosa... tenemos que desembarcar
—pero sus pensamientos estaban llenos de su sueño de
la granada y le pasó por la mente que podía ser aquí
donde se realizase, aunque los frutos fueran diferentes.

Mientras Ayooba permanecía sentado, con un
amilanamiento de ojos enrojecidos, y Farooq parecía
destruido por la desintegración de su héroe; mientras el
buda seguía silencioso y bajaba la cabeza, Shaheed era
el único capaz de pensar, porque aunque estaba empapado y agotado y la jungla nocturna chillaba a su alrededor, la cabeza se le despejaba parcialmente cuando
pensaba en la granada de su muerte; de forma que fue
Shaheed quien nos, les, ordenó que remáramos, rema-
ran, con nuestra, su, embarcación que se hundía hasta
la playa.

Un fruto de nipa erró el bote por pulgada y media,
causando tal turbulencia en el agua que zozobraron; lucharon por llegar a tierra en la oscuridad, sosteniendo
fusiles telas impermeables lata de *ghee* sobre sus cabezas, remolcaron la embarcación tras ellos y, dejando de
preocuparse de las nipas que bombardeaban y los mangles que serpenteaban, cayeron dentro de su empapada
embarcación y se durmieron.

Cuando despertaron, remojados-estremecidos a
pesar del calor, la lluvia se había convertido en una espesa llovizna. Vieron que tenían el cuerpo cubierto de
sanguijuelas de tres pulgadas que eran casi totalmente
incoloras por la falta de luz del sol directa, pero que
ahora se habían vuelto de un rojo vivo porque estaban
llenas de sangre, y que, una a una, explotaban en los
cuerpos de los cuatro seres humanos, al ser demasiado
ansiosas para dejar de chupar cuando estaban llenas. La
sangre les corría por las piernas cayendo al suelo de la
selva; la jungla la chupó, y supo a qué sabían.

Cuando los frutos de nipa que caían se estrellaban
contra el suelo de la jungla, también ellos exudaban un

líquido del color de la sangre, una leche roja que se cubría inmediatamente de millones de insectos, incluidas moscas gigantes tan transparentes como las sanguijuelas. También las moscas se enrojecían a medida que se llenaban de la leche del fruto... durante toda la noche, al parecer, los Sundarbans habían seguido creciendo. Los más altos de todos eran los *sundris*, que daban su nombre a la jungla; árboles suficientemente altos para excluir hasta la esperanza más débil de sol. Nosotros, ellos cuatro, salimos, salieron del bote; y sólo cuando pusieron pie en un suelo duro desnudo que pululaba de escorpiones pálidos rosados y en una masa hirviente de lombrices de color pardo, recordaron su hambre y su sed. El agua de la lluvia caía a raudales de las hojas a su alrededor, y volvieron la boca hacia el techo de la jungla y bebieron; pero quizá porque el agua les llegaba por las hojas de *sundri* y las ramas de mangle y las frondas de nipa, adquiría en su recorrido algo de la locura de la jungla, de forma que, mientras bebían, se hundían más y más profundamente en la esclavitud de aquel mundo verde plomizo en donde los pájaros tenían voz de madera crujiente y todas las serpientes eran ciegas. En el estado mental turbio y miasmático provocado por la jungla, prepararon su primera comida, una combinación de frutos de nipa y lombrices machacadas, que les infligió una diarrea tan violenta que tuvieron que examinar sus excrementos por miedo a que se les hubieran salido los intestinos con la porquería.

Farooq dijo: —Vamos a morir. —Pero Shaheed estaba dominado por un poderoso deseo de supervivencia; porque, habiéndose recuperado de las dudas de la noche, se había convencido de que no era así como se suponía que habría de desaparecer.

Perdidos en la selva tropical, y conscientes de que la disminución del monzón era sólo un respiro momentáneo, Shaheed decidió que no tenía sentido tratar de encontrar una salida cuando, en cualquier momento, el monzón, volviendo, podía hundir su inadecuada embarcación; siguiendo sus instrucciones, construyeron un refugio con impermeables y hojas de palma; Shaheed dijo—: Si nos limitamos a la fruta, podemos sobrevivir. —Todos habían olvidado hacía tiempo la finalidad de su viaje; la persecución, que había comenzado muy lejos en el mundo real, adquiría a la luz alterada de los Sundarbans una calidad de fantasía absurda que les permitió desecharla de una vez para siempre.

Y así fue como Ayooba Shaheed Farooq y el buda se rindieron a los terribles fantasmas de la selva soñada. Pasaron los días, disolviéndose unos en otros ante la fuerza de la lluvia que volvía, y a pesar de escalofríos fiebres diarrea siguieron vivos, mejorando su refugio al derribar las ramas bajas de los *sundris* y mangles, bebiendo la leche roja de los frutos de nipa, adquiriendo las técnicas de supervivencia, como la facultad de estrangular serpientes y de arrojar palos afilados con tanta puntería que atravesaban aves multicolores por la molleja. Pero una noche Ayooba se despertó en la oscuridad y encontró la figura traslúcida de un campesino con un agujero de bala en el corazón y una guadaña en la mano, que lo miraba lúgubremente, y mientras luchaba por salir de la embarcación (que habían remolcado, poniéndola a cubierto en su primitivo refugio), el campesino soltó un líquido incoloro, que le salió del agujero del corazón cayendo en el brazo con que Ayooba manejaba el fusil. A la mañana siguiente, el brazo derecho de Ayooba no quería moverse; le colgaba rígidamente al costado, como si estuviera escayolado. Aunque Farooq Rashid le ofreció su ayuda y su comprensión, no sirvió de nada; el brazo siguió inmóvil en el fluido invisible del fantasma.

Después de esa primera aparición, cayeron en un estado mental en que hubieran creído a la selva capaz de cualquier cosa; cada noche les enviaba nuevos castigos, los ojos acusadores de las viudas de los hombres a los que habían seguido y capturado, los gritos y el parloteo de mono de los niños a los que su labor había dejado sin padres... y en esa primera época, la época del castigo, hasta el impasible buda de voz urbanizada tuvo que confesar que también él había empezado a despertarse por la noche, encontrándose con que la selva se cerraba a su alrededor como un tornillo, de forma que no podía respirar.

Cuando los hubo castigado bastante —cuando todos ellos eran sombras temblorosas de las personas que en otro tiempo fueron— la jungla les permitió el lujo de doble filo de la nostalgia. Una noche Ayooba, que estaba volviendo a la infancia más aprisa que ninguno de ellos, y había empezado a chuparse su único pulgar móvil, vio a su madre que lo miraba, ofreciéndole los delicados dulces a base de arroz de su amor; pero en el momento mismo en que él extendió la mano para coger los *laddoos*, ella se escabulló, y él vio cómo trepaba a un *sundri* gigante y se quedaba columpiándose por la cola de una alta rama: un blanco y espectral mono con el rostro de su madre visitaba a Ayooba noche tras noche, de modo que, al cabo de cierto tiempo, tuvo que recordar de ella algo más que sus dulces: cómo le gustaba sentarse entre las cajas de su dote, como si también ella fuera simplemente una especie de cosa, simplemente uno de los regalos que su padre le dio a su marido; en el corazón de los Sundarbans, Ayooba Baloch comprendió a su madre por primera vez, y dejó de chuparse el pulgar. También Farooq Rashid tuvo una visión. En el crepúsculo, un día, creyó ver a su hermano corriendo locamente por la selva, y se convenció de que su padre había muerto. Recordó un día olvidado en que su padre, campesino, les dijo a él y a su hermano de pies ligeros que el terrateniente del lugar, que prestaba dinero al

300 por ciento, había accedido a comprarle el alma a cambio del último préstamo. «Cuando muera», le dijo el viejo Rashid al hermano de Farooq, «abre la boca y mi espíritu volará a tu interior; y entonces ¡corre corre corre, porque el *zamindar* te perseguirá!». Farooq, que había empezado también un alarmante proceso regresivo, encontró al saber la muerte de su padre y la huida de su hermano la fuerza necesaria para renunciar a los hábitos infantiles que la jungla había re-creado en un principio en él; dejó de llorar cuando tenía hambre y de preguntar Por qué. También a Shaheed Dar lo visitaba un mono con el rostro de un ascendiente; pero todo lo que veía era a un padre que lo había exhortado a ganarse su nombre. Esto, sin embargo, lo ayudó también a restablecer en él el sentido de la responsabilidad que la necesidad de limitarse-a-seguir-órdenes de la guerra había socavado; de forma que pareció como si la jungla mágica, después de haberlos atormentado con sus fechorías, los llevara de la mano hacia una nueva edad adulta. Y revoloteando por la selva nocturna iban los espectros de sus esperanzas; a éstos, sin embargo, no los podían ver claramente, ni agarrar.

Al buda, sin embargo, no se le concedió al principio la nostalgia. Se había aficionado a sentarse con las piernas cruzadas bajo un *sundri*; sus ojos y su mente parecían vacíos, y por la noche no se despertaba ya. Pero finalmente la selva encontró un camino para entrar en él; una tarde, cuando la lluvia azotaba los árboles y hervía en ellos como vapor, Ayooba Shaheed Farooq vieron al buda sentado bajo su árbol, mientras una serpiente ciega y traslúcida le mordía, inyectándole su veneno en el talón. Shaheed Dar aplastó la cabeza de la serpiente con un palo; el buda, que era insensible de pies a cabeza, no pareció haberse dado cuenta. Tenía los ojos cerrados. Después de aquello, los jóvenes soldados esperaron que el perro-humano muriese; pero yo era más fuerte que el veneno de serpiente. Durante dos días estuvo tieso como un árbol, y con los ojos bizcos, de modo que veía el mundo como en un espejo, con el lado derecho a la izquierda; finalmente se relajó, y la mirada de lechosa abstracción desapareció de sus ojos. Fui reincorporado al pasado, precipitado en la unidad por el veneno de serpiente, y éste empezó a fluir de los labios del buda. Cuando sus ojos volvieron a ser normales, las palabras le salían tan abundantemente que parecían un aspecto del monzón. Los soldados-niños escuchaban, hechizados, las historias que salían de su boca, comenzando por un nacimiento a medianoche, y siguiendo inconteniblemente, porque lo estaba recuperando todo, todas ellas, todas las historias perdidas, toda la miríada de complejos procesos que se necesitan para hacer un hombre. Boquiabiertos, incapaces de apartarse, los soldados-niños bebían la vida de él como si fuera agua contaminada por las hojas, mientras les hablaba de primos que mojaban la cama, pimenteros revolucionarios, de la voz perfecta de su hermana... Ayooba Shaheed Farooq hubieran dado (hace mucho tiempo) cualquier cosa por saber que aquellos rumores eran ciertos; pero en los Sundarbans ni siquiera lanzaban una exclamación.

Y apresurándose: hacia un amor tardíamente florecido, y Jamila en una alcoba en medio de un rayo de luz. Ahora Shaheed murmuró: —Por eso es por lo que, cuando él confesó, ella no pudo soportar después estar cerca... —Pero el buda continúa, y resulta evidente que lucha por recordar algo especial, algo que se niega a volver, que obstinadamente lo esquiva, de forma que llega al final sin encontrarlo, y se queda con el ceño fruncido e insatisfecho incluso después de haber contado una guerra santa, y revelado lo que cayó del cielo.

Hubo un silencio; y entonces Farooq Rashid dijo: —¡Tantas cosas, *yaar*, dentro de una persona; tantas cosas malas, no es de extrañar que tuviera la boca cerrada!

Ya ves, Padma: he contado antes esta historia. ¿Pero qué era lo que se negaba a volver? ¿Qué era lo que, a pesar del veneno liberador de una serpiente incolora, no brotaba de mis labios? Padma: el buda había olvidado su nombre. (Para ser exactos: su primer nombre.)

Y todavía seguía lloviendo. El nivel del agua crecía a diario, hasta que resultó evidente que tendrían que adentrarse más en la jungla, en busca de suelo más alto. La lluvia era demasiado fuerte para poder utilizar la embarcación; de forma que, siguiendo aún las instrucciones de Shaheed, Ayooba Farooq y el buda la remolcaron más lejos de la orilla invasora, rodearon con una amarra el tronco de un *sundri* y cubrieron la embarcación con hojas; después de lo cual, no teniendo elección, se adentraron cada vez más en la densa incertidumbre de la jungla.

Ahora, una vez más, los Sundarbans cambiaron de naturaleza; una vez más, Ayooba Shaheed Farooq se encontraron con los oídos llenos de los lamentos de familias de cuyo seno habían arrancado lo que en otro tiempo, hacía siglos, habían llamado «elementos indeseables»; se precipitaron como locos a la jungla para escapar a las voces acusadoras y cargadas de dolor de sus víctimas; y por la noche los monos fantasmales se congregaban en los árboles y cantaban la letra de «Nuestra Bengala Dorada»: «... Oh Madre, soy pobre, pero lo poco que tengo lo pongo a tus pies. Y enloquece de dicha mi corazón.» Incapaces de escapar a la tortura insoportable de las voces incesantes, incapaces de soportar un momento más el peso de la vergüenza, que ahora había aumentado grandemente por el sentido de la responsabilidad que habían aprendido en la jungla, los tres jóvenes soldados fueron inducidos, por fin, a tomar medidas desesperadas. Shaheed Dar se agachó y cogió dos puñados de barro de la jungla empapada de lluvia; en las ansias de aquella espantosa alucinación, se metió el traicionero barro de las selvas tropicales en los oídos. Y después de él, Ayooba Baloch y Farooq Rashid se taponaron también los oídos con barro. Sólo el buda dejó de taponárselos (uno bueno, otro ya malo); como si sólo él estuviera dispuesto a soportar el castigo de la jungla, como si inclinara la cabeza ante la inevitabilidad de su culpa... El barro de la selva sonada, que sin duda contenía también la traslucidez oculta de los insectos de la jungla y la magia de las cagadas de aves de vivo naranja, infectó los oídos de los tres jóvenes soldados dejándolos a todos sordos como postes; de forma que, aunque se ahorraron las acusaciones monótonas de la jungla, se veían obligados ahora a conversar con una forma rudimentaria de lenguaje de signos. Sin embargo, parecían preferir su sordez enferma a los desagradables secretos que las hojas de los *sundris* les habían susurrado al oído.

Por fin, las voces cesaron, aunque ahora sólo el buda (con su único oído bueno) las podía oír; por fin, cuando los cuatro errantes viajeros estaban acercándose al momento del pánico, la jungla los llevó a través de una cortina de barbas arbóreas y les mostró una vista tan encantadora que se les puso un nudo en la garganta. Hasta el buda pareció apretar más fuerte su escupidera. Con un solo oído bueno entre los cuatro, avanzaron hacia un claro lleno de las suaves melodías de las aves canoras, en cuyo centro se alzaba un monumental templo hindú, tallado en siglos olvidados en un solo e inmenso risco rocoso; sus paredes bailaban con frisos de hombres y mujeres, representados acoplándose en posturas de insuperable atletismo y, a veces, de un absurdo sumamente cómico. El cuarteto se movió hacia aquel milagro con pasos incrédulos. Dentro encontraron, por fin, algún respiro del interminable monzón, y también la estatua imponente de una diosa negra y bailarina, a la que los jóvenes soldados del Pakistán no podían identificar; pero el buda sabía que era Kali, fértil y espantosa, con restos de pintura dorada en los dientes. Los cuatro viajeros se echaron a sus pies y cayeron en un sueño libre de lluvias que terminó en lo que podía ser la medianoche, al despertarse simultáneamente y encontrarse siendo objeto de las sonrisas de cuatro muchachas jóvenes de una belleza que desafiaba las palabras. Shaheed, que recordó las cuatro huríes que lo aguardaban en el jardín alcanforado, creyó al principio que había muerto durante la noche; pero las huríes parecían muy reales, y tenían los saris, bajo los cuales no llevaban absolutamente nada, rotos y manchados por la jungla. Ahora, mientras ocho ojos miraban fijamente a otros ocho, los saris fueron deshechos y colocados, plegados cuidadosamente, en el suelo; después de lo cual las hijas desnudas e idénticas de la selva vinieron a ellos, ocho brazos se entrelazaron con otros ocho, ocho piernas se unieron a ocho más; bajo la estatua de la Kali multimembre, los viajeros se abandonaron a unas caricias que parecían muy reales, a besos y mordiscos amorosos que eran suaves y dolorosos, a arañazos que dejaban marcas, y comprendieron que aquello aquello aquello era lo que habían ansiado sin saberlo, que, habiendo pasado por las regresiones infantiles y los pesares de niño de sus primeros días en la jungla, habiendo sobrevivido a la aparición del recuerdo y de la responsabilidad y a los dolores mayores de las acusaciones renovadas, estaban dejando atrás la infancia para siempre, y entonces, olvidando las razones y las consecuencias y la sordera, olvidándolo todo, se entregaron a las cuatro bellezas idénticas, sin un solo pensamiento en sus cabezas.

Después de aquella noche, fueron incapaces de alejarse del templo, salvo para proveerse de alimento, y cada noche las suaves mujeres de sus sueños más satisfechos volvían en silencio, sin hablar nunca, siempre pulcras y ordenadas con sus saris, y llevando invariablemente al cuarteto perdido a una cumbre de placer increíblemente unitaria. Ninguno de ellos supo cuánto duró ese período, porque en los Sundarbans el tiempo obedecía a leyes desconocidas, pero por fin llegó el día en que se miraron unos a otros y se dieron cuenta de que se estaban volviendo transparentes, de que se podía ver a través de sus cuerpos, no claramente todavía, sino de forma nebulosa, como cuando se mira a través del jugo de mango. En su alarma, comprendieron que aquélla era la última y peor de las jugarretas de la jungla, que, al darles lo que su corazón deseaba, los estaba engañando para que agotasen sus sueños, de forma que, a medida que su vida soñada rezumaba de ellos, se volvían huecos y traslúcidos como el cristal. El buda comprendió ahora que la falta de color de los insectos y sanguijuelas y serpientes podía deberse más a los estragos causados en sus imaginaciones insectiles, sanguijoleras y serpentinas que a la ausencia de luz del sol... despiertos, como si fuera la primera vez, por el choque de la traslucidez, miraron al templo con nuevos ojos, viendo las grandes grietas abiertas en la roca maciza, comprendiendo que enormes fragmentos podían soltarse y caer sobre ellos en cualquier momento; y entonces, en un rincón lóbrego del santuario abandonado, vieron los restos de lo que podían haber sido cuatro pequeñas fogatas —viejas cenizas, marcas de tizne en la piedra— o quizá cuatro piras funerarias; y, en el centro de cada una de las cuatro, un montón pequeño, ennegrecido y consumido por el fuego, de huesos sin triturar.

Cómo dejó el buda los Sundarbans: la selva de ilusiones desencadenó contra ellos, cuando huyeron del templo hacia la embarcación, su última y más aterradora triquiñuela; apenas habían llegado a la embarcación cuando vino hacia ellos, al principio un ruido sordo en la lejanía, luego un bramido capaz de penetrar hasta en los oídos ensordecidos por el barro, habían soltado el bote y saltado frenéticamente dentro cuando llegó la ola, y entonces estuvieron a merced de las aguas, que podían haberlos aplastado sin esfuerzo contra los *sundris* o los mangles o las nipas pero, en lugar de ello, la oleada ciclónica los llevó por turbulentos canales pardos mientras la selva de su tormento pasaba borrosamente ante ellos como un gran muro verde, parecía como si la jungla, habiéndose cansado de sus juguetes, los expulsara sin ceremonias de su territorio; flotando, impulsados hacia adelante y siempre hacia adelante por la fuerza inimaginable de la ola, se balancearon lastimosamente entre ramas caídas y pieles desechadas de serpientes de agua, hasta que finalmente se vieron lanzados de la embarcación cuando la ola, al menguar, la estrelló contra un tocón, y quedaron en un arrozal inundado cuando la ola retrocedió, con el agua hasta la cintura pero vivos, nacidos del corazón de la jungla de los sueños, a la que habían huido esperando encontrar paz y donde encontraron a un tiempo menos y más, y otra vez de vuelta en el mundo de los ejércitos y las fechas.

Cuando salieron de la jungla era el mes de octubre de 1971. Y tengo que admitir (pero, en mi opinión, ese hecho sólo refuerza mi asombro ante la brujería capaz de alterar el tiempo de la selva) que no hubo maremoto registrado ese mes, aunque, más de un año antes, las inundaciones habían devastado realmente la región.

A raíz de los Sundarbans, mi antigua vida me esperaba para reclamarme. Hubiera debido saberlo: no se puede huir de las relaciones pasadas. Lo que fuiste será siempre lo que eres.

Durante siete meses, en el transcurso del año 1971, tres soldados con su rastreador desaparecieron de la faz de la tierra. En octubre, sin embargo, cuando terminaron las lluvias y las unidades guerrilleras del Mukti Bahini comenzaron a aterrorizar a los puestos militares avanzados pakistaníes; cuando los francotiradores del Mukti Bahini elegían por igual soldados y pequeños funcionarios, nuestro cuarteto surgió de la invisibilidad y, no teniendo muchas opciones, trató de unirse al cuerpo principal de las fuerzas de ocupación del Ala Occidental. Más tarde, cuando le preguntaban, el buda explicaba siempre su desaparición con ayuda de una historia amañada de haberse perdido en la jungla entre árboles cuyas raíces lo agarraban a uno como serpientes. Quizá fue una suerte para él que nunca fuera interrogado formalmente por los oficiales del Ejército al que pertenecía. Ayooba Baloch, Farooq Rashid y Shaheed Dar tampoco fueron sometidos a esos interrogatorios; pero en su caso fue porque no vivieron lo suficiente para que se les hicieran preguntas.

... En una aldea totalmente desierta de cabañas con techo de paja y muros de adobe recubiertos de estiércol —en una comunidad abandonada de la que habían huido hasta las gallinas— Ayooba Shaheed Farooq lloraban su suerte. Habiendo quedado sordos por el barro venenoso de la selva tropical, incapacidad que había comenzado a trastornarlos mucho ahora que las voces provocadoras de la jungla no flotaban ya en el aire, se lamentaban con sus diversos lamentos, hablando todos a la vez y sin oír ninguno al otro; el buda, sin embargo, tenía que escucharlos a todos: a Ayooba, que estaba de pie, mirando a un rincón, dentro de una habitación desnuda, con el pelo enredado en una tela de araña y gritando: —Mis oídos, mis oídos, como abejas que zumbaran dentro, —a Farooq que, irritado, vociferaba—: ¿De quién es la culpa, después de todo? —¿Quién era el de la nariz que podía olfatear cualquier cosa de mierda? —¿Quién decía Por ahí, y por ahí? —¿Y quién, quién se lo creerá? —¿Todo eso de las junglas y los templos y las serpientes transparentes? —¡Qué historia, por Alá, buda, tendríamos que fusilarte aquí-y-ahora! —Mientras Shaheed, suavemente—: Tengo hambre. —Lanzados una vez más al mundo real, estaban olvidando las lecciones de la jungla, y Ayooba—: ¡Mi brazo! ¡Por Alá, tú, mi brazo seco! ¡El líquido espectral que goteaba...! —Y Shaheed—: Desertores, dirán: ¡con las manos vacías, sin prisioneros, después de tantos meses...! Por Alá, quizá un consejo de guerra, ¿qué crees tú, buda? —Y Farooq—: Cabrón, ¡mira lo que has hecho con nosotros! ¡Dios santo, es el colmo, nuestros uniformes! ¡Mira nuestros uniformes, buda: harapos-y-pingajos como los de un chiquillo pordiosero! Piensa en lo que el Brigadier... y ese Najmuddin... juro por mi madre que yo no... ¡No soy un cobarde! ¡No! —Y Shaheed, que está matando hormigas y lamiéndoselas de la palma de la mano—: ¿Cómo vamos a reincorporarnos de todas formas? ¿Quién sabe dónde están ni si están? ¿Y no hemos visto y oído cómo el Mukti Bahini... ¡zai! ¡zai! ¡disparan desde sus escondrijos, y estás muerto! ¡Muerto como una hormiga! —Pero Farooq está hablando también—: ¡Y no es sólo los uniformes, tú, el pelo! ¿Es esto un corte de pelo militar? ¿Así, tan largo, cayéndonos por las orejas como gusanos? ¿Este pelo de mujer? Por Alá que nos matarán muy muertos... contra la pared y ¡zai! ¡zai...! ¡ya veréis si lo hacen o no! —Pero ahora el-tanque-Ayooba se está calmando; Ayooba se coge la cara con las manos; Ayooba se dice suavemente a sí mismo—: Ay tú, ay tú. Yo vine a combatir contra esos malditos hindúes vegetarianos, tú. Y esto es algo muy diferente, tú. Algo muy malo.

Es algún momento de noviembre; se han estado abriendo camino lentamente, hacia el norte norte norte, dejando atrás periódicos revoloteantes de caracteres con extrañas florituras, a través de campos vacíos y asentamientos abandonados, pasando a veces junto a alguna bruja con un hatillo en un palo al hombro, o un grupo de chicos de ocho años con un hambre taimada en los ojos y la amenaza de cuchillos en sus bolsillos, oyendo cómo el Mukti Bahini se mueve invisiblemente por la tierra humeante, cómo llegan zumbando las balas, como abejas-salidas-de-ninguna-parte... y ahora se ha llegado a un punto de ruptura, y Farooq: —Si no hubiera sido por ti, buda... ¡Por Alá, eres un monstruo con los ojos azules de un extranjero, Dios santo, *yaar*, cómo *apestas*!

Todos apestamos: Shaheed, que aplasta (con un tacón torcido) un escorpión en el suelo sucio de la cabaña abandonada; Farooq, que busca absurdamente un cuchillo para cortarse el pelo; Ayooba, que apoya la cabeza en un rincón de la cabaña mientras una araña le corre por la coronilla; y también el buda: el buda, que apesta que clama al cielo, agarra con la mano derecha una escupidera de plata deslustrada y trata de recordar su nombre. Y sólo puede conjurar apodos: Mocoso, Cara Manchada, Calvorota, Huelecacas, Cachito-de-Luna.

... Estaba sentado con las piernas cruzadas en medio de la tempestad de lamentos del miedo de sus compañeros, obligándose a recordar; pero no, no quería venir. Y por fin el buda, tirando la escupidera contra el suelo de tierra, exclamó, dirigiéndose a unos oídos sordos como una tapia —¡No... NO es... JUSTO!

En medio de los escombros de la guerra, descubría lo-justo-y-lo-injusto. La injusticia olía como las cebollas; la intensidad de su perfume hizo que se me saltaran las lágrimas. Dominado por el amargo aroma de la injusticia, recordé cómo la Cantante Jamila se había inclinado sobre una cama de hospital —¿de quién? *¿Cómo se llamaba?*— cómo las chatarras-y-estrellas militares estaban también presentes —cómo mi hermana (¡no, no mi hermana!) cómo *ella*— cómo ella había dicho: «Hermano, tengo que irme, para cantar al servicio del país; el Ejército se ocupará de ti... por mí, se ocupará de ti también.» Llevaba velo; detrás del brocado blanco-y-plata olí su sonrisa de traidora; a través del suave tejido del velo me plantó en la frente el beso de su venganza; y entonces ella, que siempre tramó venganzas horribles para los que quiso más, me dejó confiado a los tiernos cuidados de las estrellas-y-chatarras... y después de la traición de Jamila recordé el ostracismo que sufrí mucho tiempo antes a manos de Evie Burns; y los exilios, y las trampas de las excursiones; y toda la inmensa montaña de acontecimientos irracionales que atormentaron mi vida; y ahora, lamenté mi nariz de pepino, cara manchada, piernas torcidas, sienes abombadas, tonsura de monje, dedo perdido, oído malo, e insensibilizadora y descalabrante escupidera; ahora lloraba copiosamente, pero mi nombre se me seguía escapando, y repetía... —No es justo; *no es justo*; ¡NO ES JUSTO! Y, sorprendentemente, el-tanque-Ayooba se apartó de su rincón; Ayooba, recordando quizá su propia depresión nerviosa en los Sundarbans, se acurrucó ante mí y me pasó su único brazo bueno por el hombro. Yo acepté su consuelo; lloré en su camisa; pero entonces hubo una abeja, que venía zumbando hacia nosotros; mientras él estaba acurrucado, de espaldas a la ventana sin cristal de la cabaña, algo llegó gimiendo por el aire recalentado; mientras decía: «Bueno, buda... vamos, buda... ¡bueno, bueno!» y mientras otras abejas, las abejas de la sordera, le zumbaban en los oídos, algo le picó en el cuello. Él hizo en lo profundo de su garganta un ruido como de algo que estallara, y se me cayó encima. La bala del francotirador que mató a Ayooba Baloch me hubiera atravesado la cabeza, de no haber sido por él. Con su muerte, me salvó la vida.

Olvidando humillaciones anteriores; dejando de lado lo-justo-y-lo-injusto y el hay-que-soportar-lo-que-no-se-puede-remediar, salí arrastrándome de debajo del cadáver de el-tanque-Ayooba, mientras Farooq: —¡Ay Dios ay Dios ay! —y Shaheed—: ¡Por Alá, ni siquiera sé si mi fusil...! —Y Farooq, otra vez—: ¡Ay Dios ay! ¡Ay Dios, quién sabe dónde estará el cabrón...! —Pero Shaheed, como los soldados en las películas, está aplastado contra la pared, junto a la ventana. En esas posiciones: yo en el suelo, Farooq agachado en un rincón, Shaheed apretado contra el enlucido de estiércol: aguardamos, impotentemente, para ver qué pasaba.

No hubo otro disparo; quizá el francotirador, sin conocer la importancia de la fuerza escondida tras la cabaña de paredes de barro, se había limitado a disparar y huir. Los tres permanecimos dentro de la cabaña una noche y un día, hasta que el cuerpo de Ayooba Baloch comenzó a exigir atención. Antes de marcharnos, encontramos piquetas, y lo enterramos... Y luego, cuando llegó efectivamente el Ejército indio, no había ningún Ayooba Baloch que los recibiera con sus teorías de la superioridad de la carne sobre las verduras; ningún Ayooba que entrase en acción, aullando: «*Ka-dang! Ka-blam! Ka-pow!!*»

Quizá fuera una suerte.

... Y en algún momento de diciembre los tres, montados en bicicletas robadas, llegamos a un campo desde el que se podía ver la ciudad de Dacca contra el horizonte; un campo en el que crecían cultivos tan extraños, de un aroma tan nauseabundo, que fuimos incapaces de permanecer en nuestras bicicletas. Desmontando antes de caernos, penetramos en el horrible campo.

Había un campesino que rebuscaba por allí, silbando mientras trabajaba, con un enorme saco de arpillera a la espalda. Los blancos nudillos de la mano con que agarraba el saco revelaban su estado de ánimo decidido; el silbido, que era penetrante pero afinado, mostraba que conservaba el humor. El silbido recorría el campo, rebotando en cascos caídos, resonando huecamente en los cañones de fusiles cegados por el barro, hundiéndose sin dejar rastro en las botas caídas de las extrañas, extrañas plantas, cuyo olor, como el olor de la injusticia, era capaz de llenar de lágrimas los ojos del buda. Las plantas estaban muertas, atacadas por alguna plaga desconocida... y la mayoría de ellas, pero no todas, llevaban uniformes del Ejército del Pakistán Occidental. Aparte del silbido, los únicos ruidos que se oían eran los sonidos de los objetos que caían en el saco de tesoros del campesino: cinturones de cuero, relojes, empastes de oro, monturas de gafas, tarteras, cantimploras, botas. El campesino los vio y vino corriendo hacia ellos, sonriendo para congraciarse, hablando rápidamente con una voz zalamera que sólo el buda tenía que oír. Farooq y Shaheed miraban vidriosamente al campo mientras el campesino empezó sus explicaciones.

—¡Mucho tiroteo! *¡Zaii! ¡Zaiii!* —Hizo una pistola con la mano derecha. Hablaba un hindi malo, afectado—: ¡Oigan señores; ¡La India ha llegado, señores míos! ¡Oigan sí! *Oigan* sí... —Y, por todo el campo, las plantas rezumaban, alimentando con medula de huesos la tierra mientras él—: No disparar, señores míos. Oigan no. Tengo noticias... ¡oigan, qué noticias! ¡Llega la India! Jessore ha caído, señores míos; en uno-cuatro días, Dacca también, ¿sí-no? —El buda escuchaba; los ojos del buda miraban, más allá del campesino, al campo—. ¡Qué cosas, señor mío! ¡La India! Tienen un poderoso soldado, puede matar a seis personas a la vez, romper los cuellos *jrikk-jrikk* entre sus rodillas, ¿señores míos? Rodillas... ¿es las palabras? —Se golpeó las suyas—. Yo ver, señores míos. Con estos ojos, ¡oigan sí! Lucha con no fusiles, con no espadas. Con rodillas, y seis cuellos hacer *jrikk, jrikk*. Oigan por Dios. —Shaheed estaba vomitando en el campo. Farooq Rashid había caminado hasta el extremo más lejano y estaba de pie, mirando un bosquecillo de mangos—. ¡En una-dos semanas la guerra terminar, señores míos! Todo el mundo volver. Ahora todos irse, pero yo no, señores míos. Los soldados vinieron buscando Bahini y mataron muchos muchos, también hijo mío. Oigan sí, señores, oigan sí de verdad. —Los ojos del buda se habían nublado y apagado. Podía oír en la lejanía las explosiones de la artillería pesada. Columnas de humo se elevaban en el cielo incoloro de diciembre. Las extrañas plantas permanecían quietas, imperturbadas por la brisa...—. Yo quedarme, señores míos. Aquí conozco nombres de pájaros y plantas. Oigan sí. Soy Deshmukh de nombre; vendedor de baratijas como oficio. Vendo muchas muy bonitas cosas. ¿Quieren? Medicina para estreñimiento, de mil puñetas, oigan sí. Yo tengo. ¿Quieren reloj, que reluce en la oscuridad? También tengo. Y libro oigan sí, y cosa para bromas, de verdad. Antes ser famoso en Dacca. Oigan sí, muy de verdad. No disparar.

El vendedor de caprichos seguía parloteando, ofreciendo a la venta un artículo tras otro, como un cinturón mágico que permitía a quien lo llevase hablar hindi. —Lo llevo ahora, señor mío, hablar más bien que puñeta, ¿sí no? Muchos soldados de la India comprar, hablan tantas lenguas diferentes, ¡el cinturón ser don del cielo! —y entonces vio lo que el buda tenía en la mano—. ¡Oiga señor! ¡Cosa absolutamente magistral! ¿De plata? ¿De piedra preciosa? Usted dar; yo dar radio, cámara, ¡casi funcionando, señor mío! Trato más bueno que puñeta, mi amigo. Por una escupidera sólo, mejor que la puñeta. Oiga sí. Oiga sí, señor mío, la vida tiene que seguir; el comercio tiene que seguir, señor mío, ¿no verdad?

—Dime más cosas —dijo el buda— sobre el soldado de las rodillas.

Pero ahora, una vez más, zumba una abeja; a lo lejos, en el extremo más distante del campo, alguien cae de rodillas; la frente de alguien toca el suelo como si rezara; y en el campo, una de las plantas, que estaba suficientemente viva para disparar, se queda también muy quieta. Shaheed Dar grita un nombre:

—¡Farooq! ¡Farooq, tú!

Pero Farooq rehúsa contestar.

Más adelante, cuando el buda le recordaba la guerra a su tío Mustapha, contó cómo había atravesado dando traspiés el campo de la medula que goteaba, hacia su compañero caído; y cómo, mucho antes de que llegara al cadáver en oración de Farooq, se vio detenido de improviso por el mayor secreto del campo.

Había una pequeña pirámide en el centro del campo. Las hormigas se arrastraban por ella, pero no era un hormiguero. La pirámide tenía seis pies y tres cabezas y, entremedio, una zona revuelta compuesta por pedazos de torsos, trozos de uniformes, tramos de intestinos y atisbos de huesos destrozados. La pirámide estaba aún viva. Una de las tres cabezas tenía un ojo izquierdo tuerto, herencia de una pelea infantil. Otra tenía el pelo aplastado con una espesa capa de aceite. La tercera era la más extraña: tenía profundos huecos donde hubieran debido estar las sienes, huecos que hubieran podido ser hechos por los fórceps de un ginecólogo apretados con demasiada fuerza al nacer... fue la tercera cabeza la que le habló al buda:

—Hola, tú —dijo—. ¿Qué diablos haces aquí?

Shaheed Dar vio la pirámide de soldados enemigos conversando al parecer con el buda; Shaheed, acometido de pronto por una energía irracional, se lanzó sobre mí y me tiró al suelo, con un: —¿Quién eres tú...? ¿Un espía? ¿Un traidor? ¿Qué...? ¿Por qué te conocen...? —Mientras Deshmukh, el vendedor de baratijas, aleteaba lastimosamente a nuestro alrededor—: ¡Oigan señores! Bastante combatir ha habido ya. Sean normales, señores míos. Se lo ruego. Oigan por Dios.

Aunque Shaheed hubiera podido oírme, no habría podido decirle entonces lo que luego me convencí era la verdad: que la finalidad de toda la guerra había sido volver a unirme con mi antigua vida, devolverme a mis viejos amigos. Sam Manekshaw marchaba sobre Dacca, para encontrarse con su viejo amigo el Tigre; y los modos de conexión persistían porque, en el campo de la medula chorreante oí hablar de las hazañas de unas rodillas, y fui saludado por una pirámide de cabezas en la agonía, y en Dacca iba a encontrar a la-bruja-Parvati.

Cuando Shaheed se calmó y se me quitó de encima, la pirámide no era ya capaz de hablar. Más adelante en la tarde, reanudamos nuestro viaje hacia la capital. Deshmukh, el vendedor de baratijas, venía detrás gritando alegremente: —¡Oigan señores! ¡Oigan mis pobres señores! ¿Quién sabe cuándo morir un hombre? ¿Quién sabe, señores míos, por qué?

SAM Y EL TIGRE

A veces, tienen que moverse las montañas para que los viejos camaradas puedan reunirse. El 15 de diciembre de 1971, en la capital del Estado recientemente liberado de Bengala, el Tigre Niazi se rindió a su viejo compinche Sam Manekshaw; mientras yo, a mi vez, me rendía a los abrazos de una chica de ojos como platos, una cola de caballo como una soga negra y brillante, y unos labios que no habían tenido tiempo de adquirir lo que se convertiría en su característico morrito. Esas reuniones no se lograron fácilmente; y como gesto de respeto hacia todos los que las hicieron posibles, me detendré brevemente en mi narrativa para exponer los cómos y los porqués.

Dejadme, pues, ser totalmente explícito: si Yahya Khan y Z.A. Bhutto no se hubieran confabulado en la cuestión del golpe del 25 de marzo, no me habrían llevado en avión a Dacca, en traje de paisano; ni tampoco, con toda probabilidad, hubiera estado el General Tigre Niazi en la ciudad aquel mes de diciembre. Para seguir: la intervención india en la disputa de Bangladesh fue también resultado de la interacción de grandes fuerzas. Quizá, si diez millones de personas no hubieran atravesado las fronteras hacia la India, obligando al Gobierno de Delhi a gastarse 200.000.000 de dólares mensuales en campos para refugiados —¡toda la guerra de 1965, cuya secreta finalidad fue la aniquilación de mi familia, les había costado sólo 70.000.000 de dólares!— los soldados indios, mandados por el General Sam, no hubieran atravesado nunca las fronteras en dirección opuesta. Pero la India vino también por otras razones: como sabría yo por los magos comunistas que vivían a la sombra de la Mezquita del Viernes de Delhi, al *sarkar* de Delhi le preocupaba mucho la influencia cada vez menor de la Liga Awami de Mujib y la creciente popularidad del revolucionario Mukti Bahini; Sam y el Tigre se reunieron en Dacca para impedir que el Bahini ocupase el poder. De forma que, de no haber sido por el Mukti Bahini, la-bruja-Parvati hubiera podido no acompañar nunca a las tropas indias en su campaña de «liberación»... Pero ni siquiera eso es una explicación completa. Una tercera razón para la intervención india fue el miedo a que los disturbios de Bangladesh se extendieran, si no se contenían rápidamente, más allá de las fronteras a la Bengala Occidental; de forma que Sam y el Tigre, y también Parvati y yo, debemos nuestra reunión, al menos parcialmente, a los elementos más turbulentos de la política de la Bengala Occidental: la derrota del Tigre fue sólo el comienzo de una campaña contra la Izquierda en Calcuta y sus alrededores.

En cualquier caso, la India llegó; y la velocidad de su llegada —porque, en sólo tres semanas, el Pakistán había perdido la mitad de su marina, una tercera parte de su ejército, una cuarta parte de su aviación, y finalmente, cuando el Tigre se rindió, más de la mitad de su población— hay que agradecérsela una vez más al Mukti Bahini; porque, quizá ingenuamente, sin comprender que el avance indio era tanto una maniobra táctica contra ellos como una batalla contra las fuerzas ocupantes del Ala Occidental, el Bahini comunicó al General Manekshaw los movimientos de tropas pakistaníes, los puntos fuertes y flacos del Tigre; y hay que agradecérsela también al señor Chu En-Lai, que rehusó (a pesar de las súplicas de Bhutto) prestar al Pakistán ayuda material en la guerra. Privado de las armas chinas, el Pakistán luchó con fusiles americanos, tanques y aviones americanos; el Presidente de Estados Unidos, el único en el mundo entero, estaba decidido a «inclinarse» en favor del Pakistán. Mientras Henry A. Kissinger defendía la causa de Yahya Khan, el propio Yahya estaba organizando en secreto las famosas visitas oficiales a China del Presidente... había, por lo tanto, grandes fuerzas que trabajaban en contra de mi reunión con Parvati y de la de Sam con el Tigre; pero, a pesar del inclinado Presidente, todo se acabó en tres cortas semanas.

El 14 de diciembre por la noche, Shaheed Dar y el buda rodearon la periferia de la sitiada ciudad de Dacca; pero la nariz del buda (no lo habréis olvidado) era capaz de olfatear más que la mayoría. Siguiendo su nariz, que podía oler la seguridad y el peligro, encontraron un camino a través de las líneas indias, y penetraron en la ciudad protegidos por la noche. Mientras avanzaban cautelosamente por calles en las que no había nadie salvo algunos mendigos hambrientos, el Tigre juraba combatir hasta el último hombre; pero al día siguiente, en cambio, se rindió. Lo que no se sabe: si ese último hombre se sintió agradecido al verse perdonado o se irritó al perder su ocasión de entrar en el jardín alcanforado.

Y así volví a aquella ciudad en la que, en aquellas últimas horas antes de las reuniones, Shaheed y yo vimos muchas cosas que no eran ciertas, que no eran posibles, porque nuestros muchachos no se hubieran no hubieran podido comportarse tan mal; vimos hombres con gafas, de cabezas como huevos, fusilados en calles laterales, vimos matar a centenares a los intelectuales de la ciudad, pero no era verdad porque no podía ser verdad, el Tigre era un tipo decente, después de todo, y nuestros *jawans* valían por diez *babus*, avanzamos a través de las alucinaciones inverosímiles de la noche, escondiéndonos en los portales mientras los incendios surgían como flores, recordándome la forma en que el Mono de Latón solía prender fuego a los zapatos para llamar un poco la atención, había gargantas abiertas a las que se enterraba en tumbas sin marcar, y Shaheed comenzó su: —No, buda... qué cosas. Por Alá, no doy crédito a mis ojos... no, no es cierto, cómo podría... buda, dime, ¿qué me pasa en los ojos? —Y por fin habló el buda, sabiendo que Shaheed no podía oírle—: Oh, Shaheed —dijo, revelando la profundidad de sus melindres—, una persona tiene que elegir a veces entre lo que quiere ver y lo que no quiere ver; aparta la vista, aparta la vista ahora de ahí. —Pero Shaheed estaba mirando un *maidan* en el que estaban pasando a la bayoneta a unas médicas antes de violarlas, y violándolas otra vez antes de fusilarlas. Sobre ellos y detrás de ellos, el frío minarete blanco de una mezquita contemplaba desde arriba la escena.

Como si hablase consigo mismo, el buda dijo: —Ha llegado el momento de pensar en salvar la piel; Dios sabe por qué hemos vuelto. —El buda entró en el umbral de una casa desierta, un esqueleto roto y desconchado de edificio que en otro tiempo había albergado un salón de té, un taller de reparación de bicicletas, una casa de putas y un diminuto rellano en el que debía de sentarse en otro tiempo un notario público, porque había un pupitre bajo en el que había dejado un par de medias gafas, allí estaban los sellos y matasellos abandonados que le habían permitido en otro tiempo ser algo más que un viejo donnadie... los sellos y matasellos que lo habían hecho el árbitro de lo que era cierto y no lo era. El notario público estaba ausente, de modo que no pude pedirle que diera fe de lo que estaba sucediendo, no pude prestar declaración bajo juramento; pero, caída en la estera que había detrás del pupitre, había una prenda de vestir flotante y suelta como una chilaba, y sin más trámites me quité el uniforme, incluida la insignia de perra de las unidades CUTIA, y me convertí en algo anónimo, un desertor, en una ciudad cuyo idioma no sabía hablar.

Shaheed Dar, sin embargo, seguía en la calle; en las primeras luces de la mañana miraba cómo los soldados se escabullían de lo-que-no-habían-hecho; y entonces llegó la granada. Yo, el buda, estaba todavía dentro de la casa vacía; pero a Shaheed no lo protegían las paredes.

Quién podría decir por qué cómo por quién; pero la granada fue lanzada sin lugar a dudas. En el último instante de su vida no bisecada, Shaheed se vio acometido por un impulso irresistible de mirar hacia arriba... más tarde, en la percha del almuédano, le dijo al buda: —Era tan raro, por Alá... la granada... en mi cabeza, tal como suena, mayor y más brillante que nunca... ya sabes, buda, como una bombilla... por Alá, ¡qué podía hacer, yo miraba...! —Y sí, allí estaba, flotando sobre su cabeza, la granada de sus sueños, flotando exactamente sobre su cabeza, cayendo cayendo, explotando a la altura de su cintura, arrancándole las piernas y llevándoselas a alguna otra parte de la ciudad.

Cuando llegué a su lado, Shaheed estaba consciente, a pesar de la bisección, y señaló hacia arriba: —Llévame allí, buda, lo quiero lo quiero —de forma que llevé lo que ahora era sólo medio muchacho (y, por consiguiente, razonablemente ligero), subiendo por la estrecha escalera de caracol, a las alturas de aquel frío minarete blanco, en donde Shaheed se puso a farfullar cosas sobre bombillas, mientras las hormigas rojas y las hormigas negras luchaban por una cucaracha muerta, batallando en los surcos de palustre del suelo de cemento toscamente acabado. Allí abajo, en medio de casas chamuscadas, cristales rotos y neblina causada por el humo, comenzaban a surgir personas como hormigas, preparándose para la paz; las hormigas, sin embargo, hicieron caso omiso de los que parecían hormigas, y siguieron luchando. Y el buda: permaneció quieto, mirando lechosamente hacia abajo y a su alrededor, después de haberse situado entre la parte superior de Shaheed y el único mueble del nido de águilas, una mesa baja en la que había un gramófono conectado con un altavoz. El buda, protegiendo a su partido compañero de la vista decepcionante de aquel muecín mecánico, cuya llamada a la oración estaría siempre rayada en los mismos sitios, extrajo de los pliegues de su túnica sin forma un objeto centelleante: y dirigió su mirada lechosa a la escupidera de plata. Perdido en su contemplación, se vio sorprendido cuando comenzaron los gritos; y miró hacia abajo y vio una cucaracha abandonada. (La sangre había estado fluyendo por los surcos de palustre; las hormigas, siguiendo esa huella viscosa y oscura, habían llegado a la fuente del goteo, y Shaheed expresaba su furia al convertirse en víctima, no de una guerra sino de dos.)

Al acudir en su ayuda, bailando con los pies sobre las hormigas, el buda tropezó con el codo en un conmutador; el sistema de altavoces se puso en funcionamiento, y la población no olvidaría luego nunca cómo una mezquita había aullado la terrible agonía de la guerra.

Después de unos momentos, silencio. La cabeza de Shaheed se desplomó hacia adelante. Y el buda, temiendo ser descubierto, guardó la escupidera y bajó a la ciudad cuando llegaba el ejército indio; dejando a Shaheed, a quien ya no le importaba, que ayudase al banquete de pacificación de las hormigas, fui por las calles de las primeras horas de la mañana a dar la bienvenida al General Sam.

En el minarete, yo había mirado lechosamente a la escupidera; pero la mente del buda no había estado vacía. Contenía tres palabras, que la mitad superior de Shaheed había repetido también, hasta que las hormigas: las tres mismas palabras que en otra ocasión, apestando a cebollas, lo habían hecho llorar en el hombro de Ayooba Baloch... hasta que la abeja, zumbando... «No es justo», pensaba el buda, y luego, como un niño, una y otra vez: «No es justo», y otra vez, y otra.

Shaheed, cumpliendo el mayor deseo de su padre, se había ganado finalmente el nombre; pero el buda seguía sin poder recordar el suyo.

Cómo recuperó el buda su nombre: Una vez, hace mucho tiempo, en otro día de la independencia, el mundo había sido azafrán y verde. Aquella mañana, los colores eran verde, rojo y oro. Y en las ciudades, gritos de *«Jai Bangla!»*. Y voces de mujeres que cantaban «Nuestra Bengala Dorada», enloqueciendo sus corazones de dicha... en el centro de la ciudad, sobre el podio de su derrota, el General Tigre Niazi aguardaba al General Manekshaw. (Datos biográficos: Sam era parsi. Procedía de Bombay. A los bombayenses les esperaban aquel día horas felices.) Y, en medio del verde y el rojo y el oro, el buda, con su vestimenta anónima y sin forma, era zarandeado por las multitudes; y entonces llegó la India. La India, con Sam a la cabeza.

¿Fue idea del General Sam? ¿O incluso de Indira...? Evitando esas preguntas estériles, dejo constancia sólo de que el avance indio sobre Dacca fue mucho más que un simple desfile militar; como corresponde a un triunfo, estuvo enguirnaldado de atracciones secundarias. Un transporte especial de la Indian Air Force había volado a Dacca, llevando a ciento uno de los mejores animadores y prestidigitadores que la India podía ofrecer. Llegaron del famoso gueto de los magos de Delhi, muchos de ellos vestidos para la ocasión con los evocadores uniformes del *fauj* indio, de forma que muchos daccaníes tuvieron la impresión de que la victoria de la India había sido inevitable desde el principio, porque hasta sus *jawans* uniformados eran hechiceros de la máxima categoría. Los prestidigitadores y otros artistas marchaban junto a los soldados, divirtiendo a las multitudes; había acróbatas que formaban pirámides humanas en carritos ambulantes tirados por bueyes blancos; había extraordinarias contorsionistas que podían tragarse sus propias piernas hasta las rodillas; había malabaristas que actuaban al margen de las leyes de la gravedad, de forma que podían arrancar oohs y aahs a la encantada muchedumbre haciendo juegos malabares con granadas de juguete y manteniendo cuatrocientas veinte en el aire a la vez; había prestidigitadores capaces de sacar la reina de *chiriyas* (el monarca de pájaros, la emperatriz de tréboles) de las orejas de las mujeres; estaba el gran bailarín Anarkali, cuyo nombre significaba «capullo de granada», que daba saltos contorsiones piruetas sobre un carro tirado por un burro mientras una gigantesca joya de plata tintineaba colgada de la aleta derecha de su nariz; estaba el Maestro Vikram, el sitarista, cuya *sitar* era capaz de reflejar, y acentuar, las más ligeras emociones del corazón de su público, de forma que una vez (se decía) tocó ante un público de tan mal genio, y aumentó tanto su mal humor, que si su tocador de *tabla* no le hubiera hecho interrumpir la *raga* a la mitad, el poder de su música hubiera hecho que todos se acuchillasen entre sí e hicieran trizas la sala... hoy, la música del Maestro Vikram elevaba la buena voluntad de celebración del pueblo hasta un tono febril; digamos que enloquecía sus corazones de dicha.

Y estaba el propio Singh Retratos, un gigante de siete pies que pesaba doscientas cuarenta libras y era conocido por El Hombre Más Encantador del Mundo, por su insuperable habilidad como encantador de serpientes. Ni siquiera los legendarios *Tubriwallahs* de Bengala lo superaban en facultades; caminaba a grandes zancadas en medio de las muchedumbres que chillaban felices, envuelto de pies a cabeza en cobras, mambas y *kraits* mortales, todas con sus bolsas de veneno intactas... Singh Retratos, que sería el último de la serie de hombres dispuestos a convertirse en mis padres... e inmediatamente detrás venía la-bruja-Parvati.

La-bruja-Parvati divertía a las multitudes con ayuda de un gran cesto de mimbre provisto de tapa; alegres voluntarios penetraban en el cesto, y Parvati los hacía desaparecer tan completamente que no podían volver hasta que ella quería; Parvati, a quien la medianoche había dado los dones de la verdadera hechicería, los había puesto al servicio de su humilde oficio de ilusionista, de forma que le preguntaban: «¿Pero cómo lo haces?» Y «Vamos, señorita guapa, díganos el truco, ¿por qué no?»... Parvati, sonriente radiante haciendo rodar su cesto mágico, vino hacia mí con las tropas de liberación.

El Ejército indio entró desfilando en la ciudad, sus héroes detrás de los magos; entre ellos, como supe luego, iba el coloso de la guerra, el Mayor de cara de rata y rodillas letales... pero ahora había aún más ilusionistas, porque los prestidigitadores supervivientes de la ciudad salieron de sus escondites y comenzaron una competición maravillosa, intentando superar todas y cada una de las cosas que los magos visitantes podían ofrecer, y el dolor de la ciudad se vio lavado y mitigado por la gran alegría que brotaba de su magia. Entonces la-bruja-Parvati me vio, y me devolvió mi nombre.

—¡Saleem! Mi buen Saleem, tú eres Saleem Sinai, ¿eres tú, Saleem?

El buda da un respingo, como un títere. Los ojos de la multitud lo miran fijamente. Parvati se abre paso hacia él. —¡Oye, tienes que ser tú! —Lo coge del codo. Unos ojos como platos buscan los de azul lechoso—. ¡Dios santo, esa nariz, no quiero ser grosera, pero claro que sí! ¡Mira, soy yo, Parvati! ¡Oh Saleem, no seas tonto ahora, ven ven...!

—Eso es —dice el buda—. Saleem: ése era.

—¡Dios santo, qué emoción! —exclama ella—. *Arré baap*, Saleem, te acuerdas... los Hijos, *yaar*. ¡No lo puedo creer! ¿Y por qué estás tan serio cuando yo tengo ganas de romperte de un abrazo? Durante tantos años te he visto sólo aquí dentro —y se da un golpecito en la frente—, y ahora estás ahí poniendo esa cara de pez. ¡Eh, Saleem! Vamos, salúdame por lo menos.

El 15 de diciembre de 1971, el Tigre Niazi se rindió a Sam Manekshaw; el Tigre y noventa y tres mil soldados pakistaníes se convirtieron en prisioneros de guerra. Yo, entretanto, me convertí en cautivo voluntario de los magos indios, porque Parvati me arrastró a la procesión con un: —Ahora que te he encontrado no te voy a dejar marchar.

Aquella noche, Sam y el Tigre bebieron *chota pegs* recordando sus viejos tiempos en el Ejército británico. —Te lo aseguro, Tigre —dijo Sam Manekshaw—, te has portado muy decentemente al rendirte. —Y el Tigre—: Sam, tú has hecho una guerra de mil diablos. —Una nube insignificante cruza el rostro del General—: Oye, chaval: se oyen tantas espantosas y puñeteras mentiras. Matanzas, chico, enterramientos en masa, unidades especiales llamadas CUTIA o no sé qué puñetas, organizadas para erradicar la oposición... ¿no hay nada de cierto en ello, supongo? —Y el Tigre—: ¿Unidad Canina de Actividades de Rastreo e Inteligencia? Jamás he oído hablar de ella. Te han debido de engañar, chico. Hay algunos *wallahs* de la inteligencia en ambos lados más malos que la puñeta. No, es ridículo, más ridículo que la leche, perdona que te lo diga. —Eso pensaba yo —dice el General Sam—: Te lo aseguro, ¡es cojonudo verte otra vez, Tigre, viejo diablo! —Y el Tigre—: Ya han pasado años, ¿eh, Sam? Demasiado tiempo.

... Mientras los viejos amigos cantan el «*Auld Lang Syne*» en las residencias de oficiales, yo me evado de Bangladesh, de mis años pakistaníes. —Te sacaré de aquí —me dice Parvati después de explicárselo—. ¿Quieres que sea secreto secreto?

Yo asiento: —Secreto secreto.

En otras partes de la ciudad, noventa y tres mil soldados se preparaban para ser transportados a campos de prisioneros; pero la-bruja-Parvati me hizo trepar al cesto de mimbre de tapa ajustada. Sam Manekshaw tuvo que poner a su viejo amigo el Tigre una guardia de protección; pero la-bruja-Parvati me aseguró: —De esa forma nunca te cogerán.

Detrás de los cuarteles del ejército, donde los magos aguardaban ser llevados otra vez a Delhi, Singh Retratos, El Hombre Más Encantador del Mundo, se quedó vigilando cuando, aquella noche, me metí en el cesto de la invisibilidad. Anduvimos por allí sin darle importancia, fumando *biris*, esperando a que no hubiera soldados a la vista, mientras Singh Retratos me hablaba de su nombre. Hacía veinte años, un fotógrafo de la Eastman-Kodak le hizo un retrato... que, envuelto en sonrisas y serpientes, apareció luego en la mitad de los anuncios y exposiciones de la Kodak en la India; desde entonces, el encantador de serpientes adoptó su apodo actual. —¿Qué te parece, capitán? —bramó amistosamente—. Un nombre estupendo, ¿verdad? Capitán, ¡qué puedo hacer, ni siquiera recuerdo el nombre que solía tener, el de antes, el nombre que me dieron mi madre-padre! Completamente estúpido, ¿eh, capitán? —Pero Singh Retratos no tenía nada de estúpido; y había en él muchas otras cosas además de su encanto. De pronto, su voz perdió su buen humor despreocupado y soñoliento; y me susurró—: ¡Ahora! ¡Ahora, capitán, *ek dum*, a paso ligero! —Parvati le arrebató la tapa al cesto; yo me zambullí de cabeza en aquel cesto críptico. La tapa, al volver, obstruyó la última luz del día.

Singh Retratos susurró: —¡Muy bien, capitán... cojonudo! —Y Parvati se inclinó, acercándose a mí; debía de tener los labios contra la parte exterior del cesto. Lo que susurró la-bruja-Parvati a través del mimbre:

—¡Eh tú, Saleem: imagínate! Tú y yo, señor... ¡hijos de la medianoche, yaar! Casi nada, ¿eh?

Casi nada... Saleem, envuelto en la oscuridad del mimbre, recordó medianoches de años atrás, de una infancia que libraba combates con la finalidad y el sentido; abrumado de nostalgia, yo seguía sin comprender qué era ese casi nada. Entonces Parvati susurró otras palabras y, dentro del cesto de la invisibilidad, yo, Saleem Sinai, entero y con mi anónima vestimenta suelta, me evaporé instantáneamente.

—¿Evaporado? ¿Cómo evaporado, qué quiere decir evaporado? —La cabeza de Padma se levanta de golpe; los ojos de Padma me miran fijamente, desconcertados. Yo, encogiéndome de hombros, me limito a reiterar—: Evaporado, tal como suena. Desaparecido. Desmaterializado. Como un *djinn*: puf, y ya está.

—De modo que —me apremia Padma—, ¿era una bruja de verdad-de veras?

De verdad-de veras. Yo estaba en el cesto, pero no estaba también en el cesto; Singh Retratos lo levantó con una mano y lo arrojó a la parte trasera de un camión del Ejército que los llevó a él y a Parvati y a otros noventa y nueve al avión que esperaba en el aeródromo militar; yo fui lanzado con el cesto, pero no fui también lanzado. Más adelante, Singh Retratos dijo: «No, capitán, no podía notar tu peso»; ni yo podía sentir ningún golpazo porrazo trompazo. Ciento un artistas habían llegado, en un transporte de la Indian Air Force, de la capital de la India; ciento dos personas volvieron, aunque una de ellas estaba y no estaba allí a la vez. Sí, los conjuros mágicos pueden tener éxito a veces. Pero también fracasar: mi padre, Ahmed Sinai, nunca tuvo éxito al maldecir a Sherri, la perra mestiza.

Sin pasaporte ni autorización, volví, embozado en la invisibilidad, al país de mi nacimiento; creedlo, no lo creáis, pero hasta un escéptico tendrá que ofrecer otra explicación de mi presencia aquí. ¿No vagaba el Califa Harún al-Rashid (en una colección anterior de historias fabulosas), no visto invisible anónimo, embozado por las calles de Bagdad? Lo que Harún consiguió en las calles de Bagdad, la-bruja-Parvati me lo hizo posible, mientras volábamos por los pasillos aéreos del subcontinente. Lo hizo, yo era invisible; *bas. Basta.*

Recuerdos de la invisibilidad: en el cesto, aprendí lo que era, lo que será, estar muerto. ¡Había adquirido las características de los fantasmas! Presente, pero insustancial; real, pero sin ser ni peso... Descubrí, en el cesto, cómo ven los fantasmas el mundo. Borrosa vaga pálidamente... estaba a mi alrededor, pero sólo apenas; yo flotaba en una esfera de ausencia en cuyos bordes, como pálidos reflejos, se podían ver los espectros del mimbre. Los muertos mueren, y son gradualmente olvidados, el tiempo hace su labor curadora, y se van desvaneciendo... pero en el cesto de Parvati aprendí que lo contrario es igualmente cierto; que también los fantasmas comienzan a olvidar; que los muertos pierden el recuerdo de los vivos, y por fin, cuando se separan de sus vidas, se desvanecen... que el morir, en pocas palabras, continúa largo tiempo después de la muerte. Más tarde, Parvati me dijo: —No quería decírtelo... pero no se debe mantener a nadie invisible tanto tiempo... fue peligroso, pero ¿qué otra cosa se podía hacer?

En poder de la hechicería de Parvati, sentí que mi asidero en el mundo se me escapaba —¡y qué fácil, qué apacible sería no volver nunca!— y que yo flotaba en ese ninguna parte brumoso, arrastrado más lejos más lejos, como una espora de semilla soplada por la brisa... en pocas palabras, estuve en peligro mortal.

A lo que me agarraba en aquel tiempo-y-espacio fantasmales: a una escupidera de plata. Que, transformada como yo mismo por las palabras susurradas por Parvati, era sin embargo un recordatorio del exterior... agarrado a la plata finamente cincelada, que relucía hasta en aquella oscuridad sin nombre, sobreviví. A pesar de un entumecimiento de-pies-a-cabeza, me salvé, quizá, por los destellos de mi precioso *souvenir*.

No... se debió a más cosas que a la escupidera: porque, como todos sabemos ya, a nuestro héroe lo afecta mucho el estar encerrado en espacios limitados. Se le producen transformaciones en la oscuridad cerrada. Como simple embrión en el secreto de un vientre (que no era el de su madre), ¿no se convirtió en la encarnación del nuevo mito del 15 de agosto, en el hijo del tic-tac... no surgió como el *Mubarak*, el Niño Bendito? En un exiguo lavabo, ¿no se cambiaron etiquetas con nombres? Solo en una cesta de colada con un cordón en un agujero de la nariz, ¿no echó una ojeada a un Mango Negro y sorbió con demasiada fuerza, transformándose a sí mismo y a su pepino superior en una especie de radio de aficionado sobrenatural? Acorralado por médicos, enfermeras y mascarillas de anestesia, ¿no sucumbió ante los números y, habiendo sufrido un drenaje superior, pasó a una segunda fase, la del filósofo nasal y (luego) rastreador supremo? Aplastado, en una pequeña cabaña abandonada, bajo el cuerpo de Ayooba Baloch, ¿no aprendió el significado de lo-justo-y-lo-injusto? Bueno, pues... atrapado en el peligro oculto del cesto de la invisibilidad, me salvé, no sólo por los centelleos de la escupidera, sino también por otra transformación: en garras de aquella espantosa soledad incorpórea, cuyo olor era el olor de los cementerios, descubrí la cólera.

Algo se estaba desvaneciendo en Saleem y algo estaba naciendo. Desvaneciéndose: un viejo orgullo por instantáneas de bebé y carta de Nehru enmarcada; una antigua determinación de adoptar, voluntariamente, un papel histórico profetizado; y también una disposición para hacer concesiones, para comprender que padres y extraños pudieran despreciarlo o exiliarlo legítimamente por su fealdad; los dedos mutilados y las tonsuras de monje dejaron de parecer excusas suficientes para la forma en que él, yo, había sido tratado. El objeto de mi ira era, en realidad, todo lo que, hasta entonces, había aceptado ciegamente: el deseo de mis padres de que los reembolsara de su inversión en mí haciéndome grande; el genio-como-un-chal; los propios modos de conexión me inspiraban una furia ciega, acometedora. ¿Por qué yo? ¿Por qué, como consecuencia de accidentes de nacimiento profecía etcétera, tenía que ser responsable de los disturbios por el idioma y del después-de-Nehru-quién, de las revoluciones de pimenteros y de las bombas que aniquilaron mi familia? ¿Por qué tenía que aceptar yo, Saleem Mocoso, Huelecacas, Cara de Mapa, Cachito-de-Luna, la culpa de lo-que-no-hicieron las tropas pakistaníes en Dacca...? *¿Por qué, yo sólo entre más-de-quinientos-millones, tenía que soportar el peso de la Historia?*

Lo que había comenzado mi descubrimiento de la injusticia (que olía a cebolla) lo terminó mi rabia invisible. La furia me permitió sobrevivir a las suaves

tentaciones de sirena de la invisibilidad; la cólera me
decidió, después de ser librado de mi desvanecimiento
a la sombra de la Mezquita del Viernes, a comenzar,
desde aquel momento, a elegir mi propio e impredesti-
nado futuro. Y allí, en el silencio de aquel aislamiento
que atufaba a cementerio, oí la voz lejana de la virginal
Mary Pereira, que cantaba:

> *Todo lo que quieras ser, lo serás,*
> *Podrás ser todo lo que quieras ser.*

Esta noche, mientras recuerdo mi rabia, permanez-
co totalmente tranquilo; la Viuda me vació de cólera
como de todo lo demás. Recordando mi rebelión ences-
tada contra la inevitabilidad, hasta me permito una sonrisa forzada y comprensiva. —Los chicos —murmuro
tolerantemente a través de los años al Saleem-de-veinti-
cuatro-años—, serán siempre los chicos. —En el Albergue de la Viuda me enseñaron duramente, de-una-vez-
para-siempre, la lección de que No Hay Escapatoria;
ahora, encorvado sobre el papel en un charco de luz
angular, no deseo ya ser nada salvo lo que soy. ¿Quién
qué soy? Mi respuesta: soy la suma total de todo lo que
ocurrió antes que yo, de todo lo que he sido visto hecho,
de todo lo-que-me-han-hecho. Soy todo el que todo lo
que cuyo ser-en-el-mundo me afectó fue afectado por
mí. Soy todo lo que sucede cuando me he ido que no hubiera sucedido si no hubiera venido. Y tampoco soy especialmente excepcional al respecto; cada «yo», cada
uno de los hoy-seis-cientos-millones-y-pico de nosotros, contiene una multitud similar. Lo repito por última
vez: para entenderme, tendréis que tragaros un mundo.
Aunque ahora, a medida que el brotar de lo-que-
tenía-dentro-de-mí se acerca a su fin; a medida que las
grietas se ensanchan dentro —puedo oír y sentir su ras-
gar desgarrar crujir— empiezo a volverme más delga-

do, casi traslúcido, no queda mucho de mí, y pronto no habrá nada en absoluto. Seiscientos millones de motas de polvo, y todas transparentes, invisibles como el cristal...

Pero entonces estaba enfurecido. Hiperactividad glandular en un ánfora de mimbre: mis glándulas eccrinas y apocrinas producían sudor y hedor, como si estuviera tratando de despojarme de mi destino por los poros; y, para hacer justicia a mi ira, tengo que dejar constancia de que logró un éxito instantáneo... de que, cuando caí dando tumbos del cesto de la invisibilidad a la sombra de la mezquita, había sido rescatado por mi rebelión de la abstracción de la insensibilidad; cuando salí a trompicones a la porquería del gueto de los magos, con mi escupidera de plata en la mano, comprendí que, una vez más, había empezado a sentir.

Algunas aflicciones, al menos, pueden vencerse.

LA SOMBRA DE LA MEZQUITA

Sin sombra de duda: se está produciendo una aceleración. Desgarro crujido chasquido... mientras las superficies de la carretera se abren con el espantoso calor, también yo me veo empujado con prisas a la desintegración. Lo-que-roe-los-huesos (que, como he tenido que explicar con regularidad a las demasiadas mujeres que me rodean, queda muy lejos del alcance de los hombres de la medicina el percibir, y mucho más el curar) no será rechazado mucho tiempo; y todavía queda tanto que contar... El Tío Mustapha está creciendo en mi interior, y el morrito de la-bruja-Parvati; cierto mechón del cabello del héroe aguarda en los laterales; y también un parto de trece días, y la Historia como algo análogo al peinado de una primera ministra; habrá traiciones, y tunantes que viajen sin pagar, y el olor (flotando en brisas cargadas del ulular de las viudas) de algo que se fríe en una sartén de hierro... de forma que yo también me veo obligado a acelerar, a precipitarme alocadamente hacia la línea de meta; antes de que mi memoria se quiebre sin esperanza de recomponerla, tengo que partir la cinta con el pecho. (Aunque ya hay partes descoloridas, y vacíos; en ocasiones habrá que improvisar.)

Veintiséis tarros de encurtidos reposan gravemente

en un estante; veintiséis mezclas especiales, cada una con su etiqueta de identificación, esmeradamente escrita con frases familiares: «Movimientos realizados por pimenteros», por ejemplo, o «Alfa y Omega», o «La porra del Comandante Sabarmati». Veintiséis repiquetean elocuentemente cuando los trenes de cercanías pasan amarillos-y-marrones; en mi escritorio, cinco tarros vacíos tintinean con urgencia, recordándome mi tarea sin terminar. Pero ahora no puedo entretenerme con tarros de encurtidos vacíos; la noche es para las palabras, y el *chutney* verde tendrá que esperar su vez.

... Padma está melancólica: —Oh, señor, ¡qué encantadora debe de ser Cachemira en agosto, cuando aquí el aire es ardiente como la guindilla! —Tengo que reprender a mi compañera gordita-pero-musculosa, cuya atención ha estado vagando; y observar que nuestra Padma Bibi, paciente tolerante consoladora, está empezando a comportarse exactamente igual que una esposa india tradicional. (¿Y yo, con mis distancias y mi ensimismamiento, como un marido?) Últimamente, a pesar de mi estoico fatalismo en relación con las grietas que se extienden, he olido, en el aliento de Padma, el sueño de un futuro alternativo (pero imposible); haciendo caso omiso de la determinación implacable de mis fisuras internas, ha comenzado a exudar la agridulce fragancia de la esperanza-de-matrimonio. Mi loto del estiércol, que permaneció tanto tiempo insensible a los dardos de labios burlones lanzados por nuestra mano de obra compuesta por mujeres de antebrazos velludos; que situaba su cohabitación conmigo fuera y por encima de todos los códigos de propiedad social, ha sucumbido al parecer al deseo de legitimidad... en pocas palabras, aunque no ha dicho nada sobre el tema, espera de mí que haga de ella una mujer honrada. El perfume de su triste esperanza impregna sus observaciones más inocentemente solícitas... incluso en este mismo momento, cuando—: Oye, señor, ¿por qué no... terminas tus escribidurías y te tomas unas vacaciones; vete a Cachemira, descansa algún tiempo... y quizá podrías llevar también a tu Padma, y ella podría cuidarte...? —Detrás de ese sueño que retoña de unas vacaciones cachemiras (que fue también una vez el sueño de Jehangir, el emperador mogol; de la pobre y olvidada Ilse Lubin; y quizá del propio Cristo), olfateo la presencia de otro sueño; pero ni éste ni aquél pueden cumplirse. Porque ahora las grietas, las grietas y siempre las grietas van estrechando mi futuro hacia su único final ineludible; y hasta Padma tiene que sentarse en las filas de atrás si quiero terminar mis cuentos.

Hoy, los periódicos hablan del supuesto renacimiento político de la señora Indira Gandhi; pero cuando volví a la India, oculto en un cesto de mimbre, «La Señora» disfrutaba de la plenitud de su gloria. Hoy, quizá, estamos olvidando ya, hundiéndonos voluntariamente en las nubes insidiosas de la amnesia; pero yo recuerdo, y pondré por escrito, cómo yo... cómo ella... cómo ocurrió que... no, no puedo decirlo, tengo que contarlo por su orden, hasta que no haya otra opción que revelar... El 16 de diciembre de 1971, salí dando tumbos de un cesto para caer en una India en la que el Nuevo Partido del Congreso de la señora Gandhi contaba con una mayoría de más de dos tercios en la Asamblea Nacional.

En el cesto de la invisibilidad, mi sentido de la injusticia se convirtió en cólera; y algo más... transformado por la rabia, me sentí también inundado por un atormentador sentimiento de compasión por el país que no sólo era mi gemelo por nacimiento sino que estaba también unido a mí (por decirlo así) por la cadera, de forma que lo que le pasaba a cualquiera de los dos nos pasaba a ambos. Si yo, mocoso cara manchada, etcétera, lo había pasado mal, también lo había pasado ella, mi hermana gemela subcontinental; y ahora que me había dado a mí mismo el derecho de elegir un futuro mejor, resolví que la nación lo compartiría también. Creo que cuando caí dando volteretas en el polvo, la sombra y los gritos divertidos, había decidido ya salvar al país.

(Pero hay chasquidos y huecos... ¿había empezado a comprender, para entonces, que mi amor por la Cantante Jamila había sido, en cierto modo, un error? ¿había entendido cómo había transferido simplemente a las espaldas de ella la adoración que, ahora me daba cuenta, era un amor a mi país, como una bóveda que lo abarcase todo? ¿Cuándo me di cuenta de que mis auténticos sentimientos incestuosos eran los que tenía por mi auténtica hermana de nacimiento, la India misma, y no por aquella moza, cantante melódica, que tan insensiblemente se había despojado de mí, como una piel de serpiente usada, dejándome caer en el cesto de papeles metafórico de la vida militar? ¿Cuándo cuándo cuándo...? Admitiendo mi derrota, tengo que reconocer que no puedo recordarlo con seguridad.)

... Saleem estaba sentado parpadeando en el polvo de la sombra de la mezquita. Un gigante estaba de pie a su lado, con una enorme mueca sonriente, y le preguntaba: —*Achha*, capitán, ¿has tenido buen viaje? —Y Parvati, con ojos enormes y excitados, echándole agua con una *lotah* en la boca agrietada y salada... ¡Sensaciones! El contacto helado del agua mantenida fría en *surahis* de loza, el dolor agrietado de los labios en carne viva, la plata-y-el-lapislázuli apretados en el puño...— ¡Puedo sentir! —gritó Saleem a la muchedumbre benévola.

Era la hora de la tarde llamada *chaya*, en que la sombra de la alta Mezquita del Viernes de ladrillo-rojo-y-mármol caía sobre las chabolas en desorden del barrio miserable que se arracimaba a sus pies, de aquel barrio cuyos desvencijados tejados de lata producían un calor tan sofocante que resultaba insoportable permanecer dentro de las frágiles chabolas, salvo durante la *chaya* y de noche... pero ahora prestidigitadores y contorsionistas y malabaristas y faquires se han congregado en la sombra alrededor de la solitaria fuente para saludar al recién llegado. —¡Puedo sentir! —grité, y entonces Singh Retratos—: Está bien, capitán... dinos, ¿qué se siente... al nacer otra vez, cayendo como un niño del cesto de Parvati? —Podía oler el pasmo de Singh Retratos; estaba evidentemente asombrado por el truco de Parvati pero, como un auténtico profesional, ni se le ocurriría preguntarle a ella cómo lo había hecho. De esa forma, la-bruja-Parvati, que había utilizado sus poderes ilimitados para hacerme desaparecer y conducirme a la seguridad, evitó ser descubierta; y también porque, como descubrí más tarde, el gueto de los magos no creía, con la certeza absoluta del ilusionista-de-oficio, en la posibilidad de la magia. De forma que Singh Retratos me dijo con pasmo—: Te lo juro, capitán... ¡pesabas tan poco ahí dentro, como un bebé...! —Pero nunca imaginó que mi ingravidez hubiera sido otra cosa que un truco.

—Oye, bebé sahib —gritaba Singh Retratos—. ¿Qué te parece, capitán-bebé? ¿Tendré que ponerte en mi hombro, para que regüeldes...? —Y entonces Parvati, tolerante—: Éste, *baba*, siempre está de cuchufleta. —Sonreía radiante a todos los presentes... pero entonces ocurrió un suceso poco prometedor. Una voz de mujer comenzó a lamentarse en la parte de atrás del enjambre de magos—: ¡Ai-o-ai-o! ¡Ai-o-o! —La muchedumbre se abrió sorprendida y una vieja salió bruscamente de ella y se precipitó hacia Saleem; tuve que defenderme contra la sartén que esgrimía, hasta que Singh Retratos, alarmado, la sujetó por el brazo que agitaba la sartén y bramó—: Eh, *capteena*, ¿a qué viene tanto alboroto? —Y la vieja, obstinadamente—: ¡Ai-o-ai-o!

—Resham Bibi —dijo Parvati malhumorada—. ¿Tienes hormigas en los sesos? —Y Singh Retratos—: Tenemos un invitado, *capteena*... ¿qué va a pensar de tus gritos? *Arré*, cállate, Resham, ¡este capitán es amigo personal de nuestra Parvati! ¡No puedes gritarle!

—¡Ai-o-ai-o! ¡Ha llegado la mala suerte! ¡Vais a sitios extranjeros y la traéis aquí! ¡Ai-oooo!

Rostros inquietos de magos me miraban desde detrás de Resham Bibi... porque, aunque eran gente que negaba lo sobrenatural, eran artistas, y como todos los actores tenían una fe implícita en la suerte, la buena-suerte y la mala-suerte, la suerte... —¡Mismo tú has dicho —gimió Resham Bibi— que este hombre ha nacido dos veces, y ni siquiera de una mujer! Ahora vendrán la desolación, la peste y la muerte. Soy vieja y así lo sé. *Arré baba* —volvió lastimeramente el rostro hacia mí—. Ten piedad sólo; vete ahora... ¡vete vete rápido! —Hubo un murmullo...— Es cierto, Resham Bibi conoce las viejas historias —... pero entonces Singh Retratos se encolerizó—: El capitán es mi huésped de honor —dijo—. Estará en mi choza tanto tiempo como quiera, corto o largo. ¿Qué estáis diciendo? Éste no es lugar para fábulas.

La primera estancia de Saleem Sinai en el gueto de los magos duró sólo cuestión de días; pero en ese corto tiempo ocurrieron algunas cosas que calmaron los temores suscitados por los ai-o-ai-o. La verdad pura y escueta es que, en aquellos días, los ilusionistas y otros artistas del gueto comenzaron a alcanzar nuevas cumbres en sus éxitos: los malabaristas consiguieron mantener mil y una pelotas en el aire a la vez, y la protegida de un faquir, todavía-sin-educar, se metió distraídamente en un lecho de carbones encendidos y lo atravesó andando despreocupadamente, como si hubiera adquirido por ósmosis las dotes de su mentor; me dijeron que se había logrado realizar con éxito el truco de la cuerda. Además, la policía dejó de hacer su redada mensual en el gueto, lo que no había ocurrido nunca, que se recordara; y al campamento llegaba una corriente constante de visitantes, criados de ricos, en busca de los servicios profesionales de uno o más de la colonia para esta o aquella función de gala... parecía, de hecho, como si Resham Bibi lo hubiera entendido todo al revés, y yo me hice rápidamente popular en el gueto. Me apodaron Saleem Kismeti, Saleem el Afortunado; felicitaron a Parvati por haberme llevado al barrio. Y, finalmente, Singh Retratos hizo que Resham Bibi se disculpara.

—Med'sculpo —dijo Resham desdentadamente, y se escapó; Singh Retratos añadió—: Los viejos lo pasan mal; se les reblandecen los sesos y lo recuerdan todo al revés. Capitán, aquí todo el mundo dice que nos traes suerte; ¿te irás pronto de nuestro lado? —... Y Parvati, mirándome muda con sus ojos como platos que suplicaban no no no; pero yo tuve que responder afirmativamente.

Saleem, hoy, está seguro de que respondió: «Sí»; de que aquella mismísima mañana, todavía vestido con su túnica sin forma, todavía inseparable de la escupidera de plata, se fue, sin mirar atrás a una chica que lo seguía con ojos húmedos de acusaciones; de que, pasando apresuradamente por delante de malabaristas que practicaban y de puestos de dulces que le llenaban las narices de las tentaciones de las *rasgullas*, por delante de barberos que ofrecían afeitados por diez *paisa*, por delante de las abandonadas quejas de cantantes melódicos y de los maullidos con acento americano de los limpiabotas que importunaban a autobuses de turistas japoneses de trajes azules idénticos e incongruentes turbantes de color azafrán, enrollados en torno a sus cabezas por guías obsequiosamente malvados, por delante de la imponente escalera de la Mezquita del Viernes, por delante de vendedores de baratijas y de esencias *itr* y de reproducciones en yeso del Qutb Minar y de caballitos pintados y de gallinas aleteantes no degolladas, por delante de invitaciones a peleas de gallos y juegos de naipes a ciegas, salió del gueto de los ilusionistas y se encontró en el Faiz Bazar, frente a los muros, que se extendían hasta el infinito, del Fuerte Rojo, desde cuyas murallas un primer ministro había anunciado en otro tiempo la independencia, y a cuya sombra una mujer se había encontrado con un tratante en titilimundis, con un hombre *Dillidekho* que la llevó por estrechas callejuelas para que oyera el futuro de su hijo vaticinado entre mangostas y buitres y hombres rotos con hojas sujetas con vendas a los brazos; de que, para ser breve, torció a la derecha y salió andando de la Ciudad Vieja hacia los palacios rosados construidos por conquistadores de piel rosa mucho tiempo antes: abandonando a mis salvadores, entré a pie en Nueva Delhi.

¿Por qué? ¿Por qué, desdeñando el nostálgico pesar de la-bruja-Parvati, volví la espalda a lo viejo y viajé a lo nuevo? ¿Por qué cuando, durante tantos años, había encontrado en ella mi más fiel aliado en los congresos nocturnos de mi mente, la abandoné tan a la ligera por la mañana? Luchando con agrietados espacios vacíos, puedo recordar dos razones; pero soy incapaz de decir cuál fue la suprema, ni si una tercera... en primer lugar, en cualquier caso, yo había hecho balance. Saleem, al analizar sus perspectivas, no había tenido otra opción que reconocerse a sí mismo que no eran buenas. No tenía pasaporte; ante la ley, era un inmigrante ilegal (habiendo sido en otro tiempo un emigrante legal); los campos de prisioneros de guerra me esperaban por todas

partes. E incluso dejando de lado mi condición de solda-
do-derrotado-en-fuga, la lista de mis desventajas seguía
siendo formidable: no tenía fondos ni tampoco una
muda; ni títulos... ya que ni había terminado mi educación ni me había distinguido en la parte de ella que había
recibido; cómo iba a emprender mi ambicioso proyecto
de salvar a la nación sin tener un techo sobre mi cabeza
ni una familia que me protegiera apoyara asistiera... me
di cuenta, como si me hubiera caído una bomba, de que
no tenía razón; de que aquí, en esta misma ciudad, tenía
parientes... ¡y no sólo parientes sino parientes influyentes! Mi tío Mustapha Aziz, alto funcionario, que,
la última vez que se supo de él, era el segundo de a bordo
en su Departamento; ¿qué mejor patrocinador que él
para mis ambiciones mesiánicas? Bajo su techo, podría
adquirir contactos, así como ropa nueva; bajo sus auspi-
cios, trataría de ascender en la Administración y, mientras estudiaba las realidades del gobierno, encontraría
sin duda la clave de la salvación nacional; y los Ministros
me escucharían, ¡quizá llegaría a tutearme con los grandes...! Aferrado a esa espléndida fantasía, le dije a la-bruja-Parvati: «Tengo que irme; ¡se preparan grandes cosas!» Y, viendo el daño en sus mejillas repentinamente
inflamadas, la consolé: «Vendré y te veré a menudo.
A menudo a menudo.» Pero no se consoló... los altos
sentimientos, pues, fueron uno de los motivos para
abandonar a la que me había ayudado; pero ¿no hubo
algo más mezquino, más bajo, más personal? Lo hubo.
Parvati me había llevado en secreto aparte, detrás de una
chabola de lata-y-cajones de embalar; donde las cucarachas ponían sus huevos, donde las ratas copulaban, donde las moscas se hartaban de excrementos de perro
callejero, me agarró por la muñeca y se le pusieron
incandescentes los ojos y sibilante la lengua; escondidos
en el pútrido bajovientre del gueto, me confesó que yo
no era el primero de los hijos de la medianoche que se

había cruzado en su camino: Y entonces vino la historia de una procesión en Dacca, y de magos que marchaban junto a los héroes, allí estaba Parvati mirando a un tanque, y allí estaban los ojos de Parvati yendo a posarse en un par de rodillas gigantescas, prensiles... unas rodillas que sobresalían orgullosamente de un uniforme planchado-almidonado; allí estaba Parvati gritando: «¡Tú! Tú...», y entonces el nombre impronunciable, el nombre de mi culpa, de alguien que hubiera debido vivir mi vida de no haber sido por un delito en una clínica particular; Parvati y Shiva, Shiva y Parvati, predestinados a encontrarse por el destino divino de sus nombres, se reunieron en el momento de la victoria. —¡Es un héroe, tú! —me dijo siseando orgullosamente detrás de la choza—. ¡Lo van a hacer un alto oficial y todo eso! —Y entonces, ¿qué fue lo que sacó de un pliegue de su andrajoso atuendo? ¿Qué era lo que en otro tiempo creció orgullosamente en la cabeza de un héroe y ahora anidaba entre los pechos de la hechicera? —Se lo pedí y me lo dio —dijo la-bruja-Parvati, y me enseñó un mechón de su pelo.

¿Huí de aquel mechón de pelo fatídico? Saleem, temiendo una reunión con su otro yo, al que hacía-tanto-tiempo había excluido de las asambleas de la noche, ¿huyó al seno de aquella familia cuyas comodidades se habían negado al héroe de guerra? ¿Fueron nobles sentimientos o culpa? No puedo decirlo ya; sólo escribo lo que recuerdo, es decir, que la-bruja-Parvati me susurró: —Quizá venga cuando tenga tiempo; ¡y entonces seremos tres! —Y otra frase, repetida—: Hijos de la medianoche, *yaar*... ¿casi nada, no? —La-bruja-Parvati me recordaba cosas que había tratado de quitarme de la mente; y me fui alejándome de ella, a casa de Mustapha Aziz.

De mi último contacto miserable con las brutales inti-
midades de la vida familiar, sólo quedan fragmentos;
sin embargo, como todo debe ser puesto por escrito y
posteriormente encurtido, intentaré recomponer un relato... para empezar, pues, dejadme comunicar que mi
Tío Mustapha vivía en un *bungalow* espaciosamente
anónimo de la Administración Pública, situado en un
cuidado jardín de la Administración Pública exactamente a la altura de Rajpath en el corazón de la ciudad
de Lutyens; caminé por lo-que-en-otro-tiempo-fue-
Kingsway, aspirando los innumerables perfumes de la
calle, que salían de los Emporios de Artesanía del Estado y de los tubos de escape de las *rickshaws* motorizadas; los aromas de *banyan* y *deodar* mezclados con los
perfumes fantasmales de virreyes y memsahibs enguan-
tadas hacía tiempo desaparecidos, y también con los
olores corporales bastante más estridentes de *begums*
ricas y llamativas y de vagabundos. Aquí estaba la gigante pizarra electoral en torno a la cual (durante la primera batalla-por-el-poder entre Indira y Morarji Desai) se amontonaban las multitudes, esperando los
resultados y preguntando ansiosamente: «¿Chico o
chica?»... entre lo antiguo y lo moderno, entre la India
Gate y los edificios de la Secretaría, con mis pensamientos hirviendo de imperios desvanecidos (mogol y
británico) y también de mi propia historia —porque
ésta era la ciudad de la declaración pública, de los
monstruos policéfalos y de la mano caída del cielo—
anduve resueltamente, oliendo, como todo lo que había
a la vista, a gloria celestial. Y por fin, después de doblar a la izquierda hacia Dupleix Road, llegué a un jardín anónimo con una pared baja y un seto; en un rincón
del cual vi un letrero que se movía en la brisa lo mismo
que en otro tiempo florecieron letreros en los jardines
de la Hacienda de Methwold; pero este eco del pasado
contaba una historia diferente. No un SE VENDE, con sus

siniestras vocales y sus cuatro fatídicas consonantes; la flor de madera del jardín de mi tío proclamaba extrañamente: *Sr. Mustapha Aziz y Flia.*

Sin saber que la última palabra era la abreviatura habitual y desecada de mi tío para el nombre palpitantemente emotivo de «familia», me quedé desconcertado por aquel letrero que asentía; sin embargo, después de haber estado en su casa un tiempo muy corto, comenzó a parecerme totalmente apropiado, porque la familia de Mustapha Aziz era realmente algo tan aplastado, tan insectil y tan insignificante como aquella truncada «Flia».

¿Con qué palabras me saludaron cuando, un poco nervioso, toqué la campanilla, lleno de esperanzas de comenzar una nueva carrera? ¿Qué rostro apareció tras la puerta exterior con tela metálica, y frunció el entrecejo con colérica sorpresa? Padma: me saludó la mujer de mi Tío Mustapha, mi loca tía Sonia, con la exclamación: —*¡Pfui!* ¡Por Alá! ¡Cómo apesta este tipo!

Y aunque yo, para congraciarme: —Hola, Tita Sonia querida —sonriendo tímidamente a aquella visión, tamizada por la tela metálica, de la arrugada belleza iraní de mi tía, ella continuó—: ¿Saleem, verdad? Sí, te recuerdo. Un sucio mocoso eras. Siempre creíste que de mayor serías Dios o qué sé yo qué. ¿Y por qué? Por alguna carta estúpida que el decimoquinto ayudante de subsecretario del Primer Ministro debió de mandarte. —En ese primer encuentro hubiera debido prever la destrucción de mis planes; hubiera debido oler, en mi loca tía, los olores implacables de los celos de la Administración Pública, que desbaratarían todos mis intentos de conquistar un lugar en el mundo. A mí me habían enviado una carta, y a ella nunca; eso nos hacía enemigos de por vida. Pero había una puerta, una apertura; había bocanadas de ropas limpias y duchas; y yo, agradecido por los pequeños favores, no tuve en cuenta los perfumes mortales de mi tía.

Mi tío Mustapha Aziz, cuyo bigote en-otro-tiempo-orgullosamente-encerado no se había recuperado nunca de la paralizadora tormenta de polvo de la destrucción de la Hacienda de Methwold, había sido saltado para la jefatura de su Departamento por lo menos cuarenta y siete veces, y finalmente había encontrado consuelo para sus insuficiencias en las palizas a sus hijos, en un despotricar todas las noches sobre cómo, evidentemente, era víctima de los prejuicios antimusulmanes, en una lealtad absoluta pero contradictoria al gobierno actual, y en una obsesión por las genealogías que era su única afición y cuya intensidad era aún mayor que la del antiguo deseo de mi padre Ahmed Sinai de demostrar ser descendiente de los emperadores mogoles. En el primero de esos consuelos, contaba con la participación de buena gana de su esposa, la semiiraní y supuesta mujer de mundo Sonia (de soltera Khosrovani), a la que había vuelto loca, de forma certificable, una vida en la que había tenido que «ser una *chamcha*» (literalmente, una cuchara, pero idiomáticamente una aduladora) de cuarenta y siete esposas distintas y sucesivas de primeros-de-a-bordo, con las que anteriormente se había malquistado por su estilo de colosal condescendencia cuando habían sido las esposas de terceros-de-a-bordo; bajo las palizas combinadas de mi tío y mi tía, mis primos se habían convertido ya en una pulpa tan perfecta que no puedo recordar sus nombres, sexos, proporciones o rasgos; sus personalidades, desde luego, habían dejado de existir hacía tiempo. En el hogar de mi Tío Mustapha, yo permanecía silencioso entre mis pulverizados primos, escuchando los nocturnos soliloquios de él, que se contradecían constantemente, oscilando con violencia entre su resentimiento por no haber sido ascendido y su ciega devoción de perro faldero hacia cualquiera de los actos de la Primera Ministra. Si Indira Gandhi le hubiera pedido que se suicidara, Mustapha Aziz

667

lo habría atribuido al fanatismo antimusulmán pero habría defendido también la habilidad política de la solicitud y, naturalmente, habría realizado la tarea sin atreverse a (o desear siquiera) formular reparos.

En cuanto a genealogías: el Tío Mustapha se pasaba todo su tiempo libre investigando eternamente e inmortalizando los estrafalarios linajes de las familias más importantes del país; pero un día, durante mi estancia, mi tía Sonia oyó hablar de un *rishi* de Hardwar que, según era fama, tenía trescientos noventa y cinco años y se sabía de memoria las genealogías de todos los clanes brahmines del país. «¡Hasta en eso», le chilló a mi tío, «terminas siendo el segundo!». La existencia del *rishi* de Hardwar completó su descenso hacia la locura, de forma que su violencia con sus hijos aumentó hasta el punto de que vivíamos esperando diariamente un asesinato, y al final mi tío Mustapha se vio obligado a encerrarla, porque sus excesos lo avergonzaban en su trabajo.

Ésta era, pues, la familia a la que había venido. Su presencia en Delhi llegó a parecer, a mis ojos, una profanación de mi propio pasado; en una ciudad que, para mí, estaba habitada para siempre por los fantasmas de los jóvenes Ahmed y Amina, aquella terrible «Flia» se arrastraba por suelo sagrado.

Pero lo que nunca podrá demostrarse como cierto, en los próximos años, es que la obsesión genealógica de mi tío se pusiera al servicio de un gobierno que estaba siendo víctima cada vez más de los embrujos gemelos del poder y de la astrología; de forma que lo que ocurrió en el Albergue de la Viuda hubiera podido no ocurrir nunca sin su ayuda... pero yo he sido traidor también; no condeno; lo único que digo es que una vez vi, entre sus cuadernos genealógicos, una carpeta de cuero negra con la etiqueta ALTO SECRETO y el título PROYECTO M.C.C.

El final está cerca, y no puede evitarse mucho tiempo más; pero mientras el *sarkar* de Indira, como la administración de su padre, consulta a diario con quienes suministran saberes ocultos; mientras los adivinos de Benarsi ayudan a configurar la Historia de la India, tengo que desviarme hacia recuerdos dolorosos y personales; porque fue en casa de mi Tío Mustapha donde supe, con certeza, las muertes de mi familia en la guerra del 65; y también la desaparición, sólo unos días antes de mi llegada, de la famosa cantante pakistaní la Cantante Jamila.

... Cuando mi loca tía Sonia supo que yo había luchado en el lado malo de la guerra, se negó a darme de comer (estábamos cenando), y chilló: —¿Dios, sabes que tienes mucha caradura? ¿No tienes cerebro para pensar? ¡Te atreves a venir a casa de un funcionario de la Administración Pública... un criminal de guerra huido, por Alá! ¿Quieres hacerle perder a tu tío el empleo? ¿Quieres dejarnos a todos en la calle? ¡Tápate los oídos avergonzado, muchacho! ¡Vete... vete, fuera, o mejor, deberíamos llamar a la policía y entregarte ahora mismo! Vete, sé prisionero de guerra, qué nos importa, ni siquiera eres el hijo legítimo de nuestra difunta hermana...

Bombas, una tras otra: Saleem teme por su seguridad, y se entera simultáneamente de la ineludible verdad de la muerte de su madre, y también de que su posición es más débil de lo que creía, porque en esta parte de la familia el acto de aceptación no se ha producido; ¡Sonia, sabiendo lo que confesó Mary Pereira, es capaz de cualquier cosa...! Y yo, débilmente: —¿Mi madre? ¿Difunta? —Y ahora mi Tío Mustapha, dándose cuenta quizá de que su mujer ha ido demasiado lejos, dice de mala gana—: No te preocupes, Saleem, claro que te quedarás... tiene que quedarse, esposa, ¿qué otra cosa puede hacer...? y el pobre ni siquiera sabe...

Entonces me lo contaron.

Se me ocurrió, en el corazón de aquella loca Flia, que debía a los muertos cierto número de períodos de luto; al enterarme de la defunción de mi madre y mi padre y de mis tías Alia y Pia y Emerald, de mi primo Zafar y su princesa kifí, de la Reverenda Madre y de mi pariente lejana Zohra y su marido, resolví pasarme los próximos cuatrocientos días de luto, como era apropiado y decente; diez períodos de luto, de cuarenta días cada uno. Y además, estaba la cuestión de la Cantante Jamila...

Ella había tenido noticia de mi desaparición en la confusión de la guerra de Bangladesh; ella, que siempre mostraba su amor cuando era demasiado tarde, había enloquecido quizá un poco al saber la noticia. Jamila, la Voz del Pakistán, el *Bulbul*-de-la-Fe, había hablado en contra de los nuevos gobernantes del Pakistán truncado, comido por la polilla, dividido por la guerra; mientras el señor Bhutto decía ante el Consejo de Seguridad de las Naciones Unidas: «¡Construiremos un nuevo Pakistán! ¡Un Pakistán mejor! ¡Mi país me escucha!», mi hermana lo injuriaba en público; ella, la más pura de los puros, la más patriótica de los patriotas, se volvió rebelde cuando supo mi muerte. (Así, por lo menos, es como yo lo veo; todo lo que supe por mi tío fueron los hechos desnudos; él los había sabido por los cauces diplomáticos, que no se dedican a la teorización psicológica.) Dos días después de su diatriba contra los autores de la guerra, mi hermana había desaparecido:

—Están ocurriendo allí cosas muy malas, Saleem; desaparece gente continuamente; tenemos que temernos lo peor.

¡No! ¡No no no! Padma: ¡él estaba equivocado! Jamila no desapareció en las garras del Estado; porque aquella misma noche soñé que ella, en las sombras de la oscuridad y en el secreto de un sencillo velo, no la carpa de brocado de oro instantáneamente reconocible del Tío Zaf sino un *purdah* negro corriente, huía en avión de la capital; y aquí está, llegando a Karachi, sin ser interrogada sin ser detenida libre, toma un taxi hasta las profundidades de la ciudad, y ahora hay un muro alto con puertas acerrojadas y un portillo por el que en otro tiempo, hace mucho, yo recibía el pan, el pan con levadura de la debilidad de mi hermana, ella pide que le dejen entrar, las monjas abren las puertas cuando ella reclama asilo, sí, ahí está, segura dentro, se corren tras ella los cerrojos de las puertas, cambiando una especie de invisibilidad por otra, ahí hay ahora otra Reverenda Madre, cuando la Cantante Jamila que, en otro tiempo, cuando era el Mono de Latón, coqueteó con el cristianismo, encuentra seguridad refugio paz en medio de la orden de clausura de Santa Ignacia... sí, ahí está, segura, no desaparecida, no en garras de una policía que da patadas golpea deja morir de hambre, sino tranquila, no es una tumba sin señalar a orillas del Indo, sino viva, cociendo pan, cantándoles suavemente a las monjas de clausura; lo sé, lo sé, lo sé. ¿Que cómo lo sé? Un hermano sabe; eso es todo.

La responsabilidad, acometiéndome una vez más: porque no hay escapatoria... el caso de Jamila fue, como siempre, sólo culpa mía.

Viví en casa del señor Mustapha Aziz cuatrocientos veinte días... Saleem guardaba un luto tardío por sus muertos; ¡pero no penséis ni por un momento que tenía los oídos tapados! No creáis que no oía lo que se decía a mi alrededor, las peleas repetidas entre mi tío y mi tía (que quizá lo ayudaron a decidirse a internarla en un manicomio): Sonia Aziz aullando: —Ese *bhangi*... ese tipo sucioasqueroso, ni siquiera es sobrino tuyo, no sé qué mosca te ha picado, ¡tendríamos que ponerlo de patitas en la calle! —Y Mustapha, tranquilamente, replicando—: El pobre chico está destrozado de dolor, y no podemos, sólo tienes que verlo, no está muy bien de la cabeza, le han pasado tantas cosas. —¡No está muy bien de la cabeza! Aquello era asombroso, viniendo de ellos... ¡de una familia al lado de la cual una tribu de caníbales farfullantes hubiera parecido tranquila y civilizada! ¿Por qué lo aguanté? Porque era un hombre con un sueño. Pero, durante cuatrocientos veinte días, fue un sueño que no se hizo realidad.

Laciobigotudo, alto-pero-encorvado, un eterno segundón: mi Tío Mustapha no era mi Tío Hanif. Él era ahora el cabeza de familia, el único de su generación que había sobrevivido al holocausto de 1965; pero no me ayudó en absoluto... Le hice frente en su estudio lleno de genealogías un atardecer amargo y le expliqué —con la solemnidad apropiada y gestos humildes pero resueltos— mi misión histórica de salvar a la nación de su destino; pero suspiró profundamente y me dijo: —Oye Saleem, ¿qué quieres que yo le haga? Te tengo en mi casa; comes de mi pan y no das golpe... pero está bien, eres de la casa de mi hermana muerta, y tengo que cuidar de ti... de manera que quédate, descansa, ponte bien; y entonces veremos. Quieres un puesto de oficinista o algo así, quizá se pueda arreglar; pero olvídate de esos sueños de Dios-sabe-qué. Nuestro país está en buenas manos. Indira*ji* está haciendo ya reformas radicales... reformas agrarias, estructuras fiscales, educación, control de la natalidad... déjaselo a ella y su *sarkar*. —¡En plan paternalista, Padma! ¡Como si yo fuera un niño idiota! ¡Qué vergüenza, qué vergüenza más humillante el ser tratado condescendientemente por bobos!

A cada momento me veo frustrado; ¡soy una voz en el desierto, como Maslama, como ibn Sinan! Intente lo que intente, el desierto es mi destino. ¡Oh repugnante falta de ayuda por parte de tíos cobistas! ¡Oh aherrojamiento de mis ambiciones por parientes segundones y pelotilleros! El rechazo por parte de mi tío de mis peticiones de promoción tuvo un grave efecto: cuanto más alababa a su Indira, tanto más hondamente la detestaba yo. De hecho, él me estaba preparando para mi regreso al gueto de los magos, y para... para *ella*... la Viuda.

Celos: eso es lo que era. Los verdes celos de mi loca tía Sonia, goteando como veneno en los oídos de mi tío, le impedían hacer nada para lanzarme a la carrera que había elegido. Los grandes están siempre a la merced de hombres insignificantes. Y también de locas insignificantes.

Al 418.º día de mi llegada se produjo un cambio en la atmósfera de aquel manicomio. Vino alguien a cenar: alguien que tenía el estómago gordo, una cabeza afilada cubierta de rizos aceitosos y una boca tan carnosa como los labios de una vulva de mujer. Creí reconocerlo por las fotografías de los periódicos. Volviéndome hacia alguno de mis primos sin sexo sin edad sin rostro, pregunté con interés: —¿No es, ya sabes, Sanjay Gandhi? —Pero aquella pulverizada criatura estaba demasiado aniquilada para poder contestar... ¿lo era no lo era? No sabía, en aquella época, lo que ahora escribo: que algunas personalidades de aquel extraordinario gobierno (y también algunos hijos de primeras ministras no elegidos) habían adquirido la facultad de reproducirse a sí mismos... ¡unos años más tarde habría cuadrillas de Sanjays por toda la India! No es de extrañar que aquella increíble dinastía quisiera imponernos al resto el control de la natalidad... de modo que quizá lo era, quizá no lo era; pero alguien desapareció en el estudio de mi tío con Mustapha Aziz; y aquella noche —yo eché una ojeada furtiva— había una cartera de cuero negro cerrada que decía ALTO SECRETO y también PROYECTO M.C.C.; y a la mañana siguiente mi tío me miraba de forma diferente, casi con miedo, o con esa mirada de aversión especial que los funcionarios públicos reservan para quienes caen oficialmente en desgracia. Hubiera debido saber entonces lo que me aguardaba; pero todo es muy sencillo en retrospectiva. La visión retrospectiva me llega ahora, demasiado tarde, ahora que estoy confinado por fin a la periferia de la Historia, ahora que las conexiones entre mi vida y la de la nación se han roto de una vez para siempre... para evitar la mirada inexplicable de mi tío, salí al jardín; y vi a la-bruja-Parvati.

Se acurrucaba en el pavimento, con el cesto de la invisibilidad al lado; cuando me vio, sus ojos se iluminaron de reproche: —Dijiste que vendrías, pero nunca, de modo que yo —tartamudeó. Yo bajé la cabeza—: He estado de luto —dije, poco convincentemente, y ella—: Pero hubieras podido... Dios santo, Saleem, no sabes, en nuestra colonia no le puedo hablar a nadie de mi verdadera magia nunca, ni siquiera a Singh Retratos que es como un padre, tengo que guardármelo y guardármelo, porque no creen en esas cosas, y yo pensaba, ahora está aquí Saleem, ahora tendré por fin un amigo, podremos hablar, podremos estar juntos, lo hemos estado, y sabemos, y *arré*, cómo decirlo, Saleem, no te importa, conseguiste lo que querías y te fuiste sin más, no soy nada para ti, lo sé...

Aquella noche mi loca tía Sonia, a la que sólo faltaban unos días para la camisa de fuerza (salió en los periódicos, un pequeño suelto en una página interior; al Departamento de mi tío debió de molestarle) tuvo una de las furiosas inspiraciones de los profundamente locos e irrumpió en la alcoba en la que, media hora antes, había entrado alguien de ojos como platos a través de una ventana de la planta baja; me encontró en la cama con la-bruja-Parvati, y después de aquello mi Tío Mustapha perdió interés por albergarme, diciéndome:

—Naciste de *bhangis*, y serás un tipo sucio toda la vida;
—al 420.º día de mi llegada dejé la casa de mi tío, privado de lazos familiares y devuelto por fin a la auténtica
herencia de pobreza e indigencia de la que tanto tiempo
me había visto privado por el delito de Mary Pereira.
La-bruja-Parvati me esperaba en la acera; no le dije que,
en cierto sentido, me había alegrado de la interrupción,
porque mientras la besaba en la oscuridad de aquella
medianoche ilícita, había visto cómo cambiaba su cara,
convirtiéndose en la cara de un amor prohibido; los
rasgos fantasmales de la Cantante Jamila habían sustituido a los de la muchacha-bruja; Jamila, que estaba
(¡yo lo sabía!) segura en un convento de Karachi, estaba también aquí de pronto, pero había sufrido una
sombría transformación. Había empezado a pudrirse,
las pústulas y úlceras horribles del amor prohibido se
extendían por su rostro; lo mismo que en otro tiempo
el fantasma de Joe D'Costa se había podrido en las garras de la lepra oculta de la culpabilidad, ahora las ran-
cias flores del incesto florecían en los rasgos fantasmales de mi hermana, y yo no podía hacerlo, no podía
besar tocar mirar aquel rostro espectral intolerable, había estado a punto de apartarme con un grito de nostalgia y vergüenza desesperadas cuando Sonia Aziz cayó
sobre nosotros con sus luces eléctricas y sus alaridos.

Y en cuanto a Mustapha, bueno, mi indiscreción
con Parvati puede haber sido también, a sus ojos, nada
más que un útil pretexto para deshacerse de mí; pero
eso tendrá que quedar en la duda, porque la cartera negra estaba cerrada —todo lo que tengo para continuar
es una mirada en sus ojos, un olor a miedo, tres iniciales
en una etiqueta— porque luego, cuando todo hubo terminado, una dama en desgracia y su hijo de labios de
vulva se pasaron dos días detrás de puertas cerradas,
quemando expedientes; y ¿cómo podemos saber si-o-si
si-no llevaba uno de ellos el rótulo M.C.C.?

De todas formas, no quería quedarme. Familia: una idea supervalorada. ¡No creáis que estaba triste! ¡Ni por un momento imaginéis que se me puso un nudo en la garganta al ser expulsado del último hogar placentero que me quedaba! Os lo aseguro: estaba de buen humor cuando me fui... quizá haya algo antinatural en mí, alguna ausencia fundamental de respuesta emocional; pero mis pensamientos han aspirado siempre a cosas más altas. De ahí mi elasticidad. Dadme un golpe: rebotaré. (Pero no hay resistencia que valga contra las grietas.)

Para resumir: renunciando a mis anteriores e ingenuas esperanzas de ascender como funcionario, volví al barrio de los magos y la *chaya* de la Mezquita del Viernes. Como Gautama, el primer y auténtico Buda, dejé mi vida de comodidades y fui por el mundo como un mendigo. La fecha era el 23 de febrero de 1973; estaban nacionalizando las minas de carbón y el mercado del trigo, el precio del petróleo había comenzado a subir más más más, y se cuadruplicaría en un año, y en el Partido Comunista de la India, la división entre la facción moscovita de Dange y el C.P.I. (M.)* de Namboodiripad se había hecho insalvable; y yo, Saleem Sinai, como la India, tenía veinticinco años, seis meses y ocho días.

Los magos eran comunistas, casi sin excepción. Eso es: ¡rojos! Insurgentes, amenazas públicas, la escoria de la tierra... ¡una comunidad de descreídos que vivían blasfemamente a la sombra misma de la casa de Dios! Desvergonzados, lo que es más; inocentemente escarlatas; ¡nacidos con la mancha sangrienta en sus almas! Y permitidme decir de una vez que, apenas lo descubrí, yo, que había sido educado en la otra fe verdadera de la

---

* Communist Party of India (Marxist). *(N. del T.)*

India, que podemos llamar Negocismo, y había abandonado-sido-abandonado-por sus seguidores, me sentí instantánea y cómodamente rojo y luego más rojo, tan segura y totalmente como mi padre se había vuelto en otro tiempo blanco, de forma que ahora mi misión de salvar-al-país podía verse bajo una nueva luz; se me ocurrían metodologías más revolucionarias. ¡Abajo el dominio de los tíos *wallahs* de ventanilla y poco cooperadores y de sus amados dirigentes! Lleno de ideas de comunicación-directa-con-las-masas, me establecí en la colonia de los magos, y conseguí ir tirando a base de divertir a los turistas extranjeros y nativos con la perspicacia maravillosa de mi nariz, que me permitía olfatear sus sencillos y turísticos secretos. Singh Retratos me pidió que compartiera su choza. Yo dormía sobre una arpillera andrajosa, entre cestos que silbaban de serpientes; pero no me importaba, lo mismo que descubrí que era capaz de aguantar hambre sed mosquitos y (al principio) el cortante frio del invierno de Delhi. Aquel Singh Retratos, El Hombre más Encantador del Mundo, era también el cacique indiscutido del gueto; las disputas y los problemas se resolvían a la sombra de su ubicuo y enorme paraguas negro; y yo, que sabía leer y escribir además de oler, me convertí en una especie de ayudante de campo de aquel hombre monumental, que invariablemente añadía una conferencia sobre socialismo a sus representaciones serpentinas, y que era famoso en las calles y callejas principales de la ciudad por algo más que sus talentos de encantador de serpientes. Puedo decir, con absoluta certeza, que Singh Retratos era el hombre más grande que he conocido nunca.

Una tarde, durante la *chaya*, el gueto recibió la visita de otra reproducción del joven de labios de vulva que vi en casa de mi Tío Mustapha. De pie en las escaleras de la mezquita, desplegó una bandera que sostuvieron dos ayudantes. Decía: ABOLID LA POBREZA, y llevaba el emblema de la vaca-con-ternero-mamando del Congreso de Indira. El rostro de él se parecía notablemente al rostro redondo del ternero, y desencadenaba un tifón de halitosis cuando hablaba. —¡Hermanos-Oh! ¡Hermanas-Oh! ¿Qué es lo que os dice el Congreso? Esto: ¡que todos los hombres son creados iguales! —No siguió; la multitud retrocedió ante su aliento de estiércol de buey bajo un sol ardiente, y Singh Retratos empezó a reírse a carcajadas—: ¡Ja ja, capitán, qué bueno, señor! —Y el de los labios de vulva, neciamente—: Está bien, tú, hermano, ¿por qué no nos lo cuentas para que nos riamos todos? —Singh Retratos sacudió la cabeza, agarrándose los costados—: ¡Qué discurso, capitán! ¡Un discurso absolutamente magistral! —Su risa salió rodando de debajo de su paraguas y contagió a la multitud, hasta que todos rodamos por el suelo, riéndonos, aplastando las hormigas, llenándonos de polvo, y la voz del idiota del Congreso habló con pánico—: ¿Qué pasa? ¿Este tipo no cree que somos iguales? Qué concepto más pobre debe de tener de... —pero ahora, Singh Retratos, con el paraguas en alto, caminó a grandes zancadas hacia su choza. El de los labios de vulva, aliviado, continuó su discurso... pero no por mucho tiempo, porque Retratos volvió, llevando bajo el brazo izquierdo un pequeño cesto circular con tapa y bajo el brazo derecho una flauta de madera. Puso el cesto en el escalón que había junto a los pies del *wallah* del Congreso; quitó la tapa; se llevó la flauta a los labios. Entre risas renovadas, el joven político dio un salto en el aire de diecinueve pulgadas cuando una cobra real surgió de su hogar balanceándose soñolientamente... Labios-de-vulva exclama—: ¿Qué haces? ¿Quieres matarme a muerte? —Y Singh Retratos, haciendo caso omiso de él, con el paraguas plegado ahora, sigue tocando, cada vez más furiosamente, y la serpiente se desenrolla, más y más aprisa toca Singh, hasta que la música de la flauta llena todas las grietas del barrio y amenaza con escalar los muros de la mezquita, y por fin la gran serpiente, flotando en el aire, sustentada sólo por el encanto de la melodía, está con sus nueve pies fuera del cesto, bailando sobre la cola... Singh Retratos cede. *Nagaraj* se deja caer en sus anillos. El Hombre Más Encantador del Mundo le ofrece la flauta al joven del Congreso—: Está bien, capitán —dice Singh Retratos placenteramente— inténtalo. —Pero labios-de-vulva—: Oye, ¡sabes que no puedo hacerlo! —Y entonces Singh Retratos agarra la cobra por debajo mismo de la cabeza, abre su propia boca mucho mucho mucho, exhibiendo un naufragio heroico de dientes y encías; guiñándole el ojo izquierdo al joven del Congreso, ¡mete la cabeza de lengua revoloteante de la serpiente en su propia abertura desmesurada! Pasa un minuto entero antes de que Singh Retratos vuelva otra vez la cobra a su cesto. Muy amablemente, le dice al joven—: Ya ves, capitán, ésa es la verdad del asunto: algunos son mejores, otros no lo son tanto. Pero quizá esté bien que pienses de otro modo.

Al contemplar esa escena, Saleem Sinai aprendió que Singh Retratos y los magos eran gente cuya aprehensión de la realidad era absoluta; la sujetaban tan fuertemente que la podían retorcer como fuera al servicio de sus artes, pero nunca se olvidaban de lo que era.

Los problemas del gueto de los magos eran los problemas del movimiento comunista en la India, dentro de los límites de la colonia se podían encontrar, en miniatura, las muchas divisiones y disensiones que atormentaban al Partido en el país. Singh Retratos, me apresuro a añadir, estaba por encima de todo aquello; siendo el patriarca del gueto, poseía un paraguas cuya sombra podía restablecer la armonía entre las facciones en discordia; pero las disputas que se llevaban a la protección del paraguas del encantador de serpientes se estaban haciendo cada vez más encarnizadas, a medida

que los prestidigitadores, los que sacaban conejos de
los sombreros, se alineaban firmemente tras el C.P.I.
oficialmente moscovita del señor Dange, que apoyó a
la señora Gandhi durante toda la Emergencia; los contorsionistas, sin embargo, empezaban a inclinarse más
hacia la izquierda y las sesgadas complejidades del ala
de orientación china. Los tragafuegos y tragasables
aplaudían las tácticas guerrilleras del movimiento naxalita; en tanto que los hipnotizadores y los que andaban-
sobre-carbones-encendidos hacían suyo el manifiesto
de Namboodiripad (ni moscovitas ni pequineses) y lamentaban la violencia naxalita. Había tendencias trots-
kistas entre los tahúres, y hasta un movimiento en favor del Comunismo-por-las-urnas entre los miembros
moderados de la sección de ventrílocuos. Yo había entrado en un medio en el que, aunque la intolerancia religiosa y regionalista brillaban por su ausencia, nuestro
antiguo don nacional para la desintegración había encontrado nuevas salidas. Singh Retratos me dijo, tristemente, que, durante las elecciones generales de 1971, se
produjo un asesinato estrafalario como consecuencia
de una pelea entre un comedor de fuego naxalita y un
prestidigitador de línea moscovita que, sulfurado por
las opiniones de aquél, trató de sacar una pistola de su
sombrero mágico; pero apenas había aparecido el arma
cuando el seguidor de Ho Chi Minh abrasó a su contrincante, matándolo con un chorro de llamas aterra-
doras.

Bajo su paraguas, Singh Retratos hablaba de un
socialismo que no debía nada a la influencia extranjera.
—Escuchad, capitanes —les dijo a los ventrílocuos titiriteros en guerra—, ¿iréis a vuestras aldeas para hablarles de Stalins y de Maos? ¿Les importará a los campesinos bihari o tamiles la muerte de Trotsky? —La *chaya*
de su paraguas mágico enfriaba a los más intemperantes
de los brujos; y tenía el efecto, en mí, de convencerme

de que un día, pronto, Singh Retratos, el encantador de serpientes, seguiría los pasos de Mian Abdullah tantos años antes; de que, como el legendario Colibrí, dejaría el gueto para construir el futuro con la pura fuerza de su voluntad; y de que, a diferencia del héroe de mi abuelo, no se detendría hasta que él, y su causa, hubieran triunfado... pero, pero. Siempre hay un pero pero. Lo que pasó, pasó. Todos lo sabemos.

Antes de volver a contar la historia de mi vida privada, quisiera que se supiera que fue Singh Retratos quien me reveló que la economía corrompida, «negra» del país se había hecho tan importante como la oficial, de variedad «blanca», lo que hizo enseñándome una foto de periódico de la señora Gandhi. El pelo de ella, peinado con raya en medio, era blanco-como-la-nieve en un lado y negro-como-la-noche en el otro, de forma que, según qué perfil presentara ella, parecía una comadreja o un armiño. La repetición de la raya en medio en la Historia; y también la economía como cosa análoga al tocado de una Primera Ministra... Debo esas nociones importantes a El Hombre Más Encantador del Mundo. Singh Retratos fue quien me dijo que Mishra, el Ministro de Ferrocarriles, era también el ministro oficialmente designado de sobornos, por cuya mediación se hacían los negocios más importantes de la economía ilegal y que era quien arreglaba los pagos hechos a los ministros y funcionarios apropiados; sin Singh Retratos, quizá no hubiera sabido nunca de las irregularidades en las elecciones estatales de Cachemira. Sin embargo, él no era amante de la democracia: —Dios maldiga todo eso de las elecciones, capitán —me dijo—. Siempre que vienen, algo malo ocurre; y nuestros compatriotas se comportan como payasos. —Yo, poseído por mi fiebre-revolucionaria, no estuve en desacuerdo con mi mentor.

Había, desde luego, algunas excepciones a las reglas del gueto: uno o dos prestidigitadores conservaban su fe hindú y, en política, abrazaban el partido sectario hindú Jan Sangh o a los notorios extremistas del Ananda Marg; incluso había entre los malabaristas quienes votaban al Swatantra. Hablando en el terreno no político, la anciana Resham Bibi era uno de los pocos miembros de la comunidad que seguía siendo una fantaseadora incurable, al creer (por ejemplo) en la superstición que prohibía a las mujeres trepar a un mango, porque cualquier mango que hubiera soportado el peso de una mujer daría siempre frutos agrios... y había un extraño faquir llamado Chishti Khan, con el rostro tan suave y lustroso que nadie sabía si tenía diecinueve años o noventa, y que había rodeado su choza de una fabulosa creación de cañas de bambú y fragmentos de papel de colores brillantes, de forma que su casa parecía una reproducción multicolor en miniatura del cercano Fuerte Rojo. Sólo cuando se atravesaba su almenada entrada se comprendía que, detrás de la fachada meticulosamente hiperbólica de torreones y revellines de bambú-y-papel se escondía una casucha de lata-y-cartón como todas las demás. Chisti Khan había cometido el solecismo supremo de dejar que su habilidad ilusionista contagiara su vida real; no era popular en el gueto. Los magos lo tenían a distancia, para no enfermar con sus sueños.

Y así comprenderéis por qué la-bruja-Parvati, poseedora de facultades auténticamente maravillosas, las había mantenido secretas toda su vida; el secreto de los dones recibidos de la medianoche no lo hubiera perdonado fácilmente una comunidad que había negado constantemente esas posibilidades.

En el lado ciego de la Mezquita del Viernes, donde los magos no estaban a la vista y el único peligro eran los basureros-de-restos, los buscadores-de-cajones abandonados o los cazadores-de-chapa ondulada... allí fue donde la-bruja-Parvati, ardiente como la mostaza, me mostró lo que podía hacer. Vestida con unos humildes *shalwar-kameez* hechos con las ruinas de una docena, la hechicera de la medianoche actuó para mí con el verbo y el entusiasmo de una niña. Con sus ojos como platos, una cola de caballo como una soga, labios finos rojos carnosos... No me hubiera resistido nunca a ella tanto tiempo de no haber sido por el rostro, los enfermos y marchitos ojos nariz labios de... Al principio, las habilidades de Parvati parecían no tener límite. (Pero lo tenían.) Bien, entonces: ¿invocó a los demonios? ¿Aparecieron *djinns*, ofreciendo riquezas y viajes a ultramar en alfombras levitantes? ¿Se volvieron príncipes las ranas, y se metamorfosearon? Nada de eso; la magia que realizó para mí la-bruja-Parvati —la única magia que estuvo siempre dispuesta a realizar— era del tipo llamado «blanco». Era como si el «Libro Secreto» de los brahmines, el Atharva Veda, le hubiera revelado todos sus secretos; podía curar la enfermedad y contrarrestar los venenos (para demostrarlo, dejaba que las serpientes la mordieran, y combatía el veneno con un extraño ritual, que incluía rezar al dios-serpiente Takshasa, beber una infusión de la virtud del árbol de Krimuka y los poderes de viejos vestidos hervidos, y recitar un hechizo: *Garudamand, el águila, bebió veneno, pero era inocuo; de igual manera he desviado yo su fuerza como se desvía una flecha)...* podía curar las úlceras y consagrar talismanes... conocía el encanto de las *sraktya* y el Rito del Árbol. Y todo eso, en una serie de extraordinarias exhibiciones nocturnas, me lo reveló bajo los muros de la Mezquita... pero ella no era feliz aún.

Como siempre, tengo que aceptar mi responsabilidad; el olor de tristeza que flotaba en torno a la-bruja-Parvati era obra mía. Porque ella tenía veinticuatro años, y quería de mí algo más que mi buena disposición para ser su público; Dios sabe por qué, pero me quería en su cama... o, para ser exacto, quería que me echara con ella en el pedazo de arpillera que le servía de cama en la casucha que compartía con una familia de trillizas contorsionistas de Kerala, tres chicas que eran huérfanas como ella... como yo.

Lo que hizo por mí: bajo el poder de su magia, el pelo empezó a crecer donde no había crecido desde que el señor Zagallo tiró demasiado fuerte; su brujería hizo que las marcas de nacimiento de mi cara palidecieran bajo las salutíferas aplicaciones de cataplasmas de hierbas, parecía como si hasta lo torcido de mis piernas estuviera disminuyendo con sus cuidados. (No pudo hacer nada, sin embargo, por mi mal oído; no hay magia en la tierra suficientemente fuerte para borrar los legados de los padres de uno.) Pero por mucho que ella hiciera por mí, yo era incapaz de hacer por ella lo que ella más deseaba; porque aunque yacíamos juntos bajo los muros del lado ciego de la Mezquita, la luz de la luna me mostraba su rostro nocturno convirtiéndose, convirtiéndose siempre en el de mi hermana distante, desaparecida... no, no el de mi hermana... en el rostro pútrido y horriblemente desfigurado de la Cantante Jumila. Parvati se untaba el cuerpo con ungüentos empapados de encanto erótico; se peinaba el pelo mil veces con un peine hecho de huesos de ciervo afrodisíacos; y (no lo dudo) en mi ausencia debe de haber ensayado toda clase de hechizos amorosos; pero yo estaba en poder de un embrujo más viejo, y no podía, al parecer, ser liberado; estaba condenado a ver cómo los rostros de las mujeres que me amaban se convertían en los rasgos de... pero ya sabéis de quién eran los rasgos desmoronados que aparecían, llenándome las narices con su infernal hedor.

—Pobre chica —suspira Padma, y yo estoy de acuerdo; pero hasta que la Viuda me vació de pasado presente futuro, seguí estando bajo el embrujo del Mono.

Cuando la-bruja-Parvati admitió finalmente su fracaso, en su rostro apareció, de la noche a la mañana, un alarmante y pronunciado puchero. Se durmió en la choza de las huérfanas contorsionistas y se despertó con los carnosos labios fijados en un gesto protuberante de indecible resentimiento sensual. Las trillizas huérfanas le dijeron, riéndose preocupadamente, lo que le había ocurrido en la cara; ella trató enérgicamente de hacer volver sus facciones a su posición normal, pero ni músculos ni brujerías consiguieron devolverla a su ser anterior; por fin, resignándose a la tragedia, Parvati renunció, de forma que Resham Bibi decía a todo el que quería escucharla: —Esa pobre chica... algún dios debe de haber soplado sobre ella cuando estaba haciendo una mueca.

(Aquel año, dicho sea de paso, las señoras elegantes de las ciudades mostraban todas esa misma expresión, con deliberación erótica; las altivas maniquíes de la moda Eleganza 73 hacían todas pucheritos cuando recorrían sus pasarelas. En la espantosa pobreza del barrio miserable de los magos, la-bruja-Parvati, con su morrito, estaba totalmente a la moda facial.)

Los magos dedicaron una gran parte de sus energías al problema de cómo hacer sonreír otra vez a Parvati. Robando tiempo a su trabajo, y también a las tareas más mundanas de la reconstrucción de chozas de lata-y-cartón, derribadas por vientos fuertes, o de matar ratas, realizaron sus números más difíciles para divertirla; pero el morrito siguió donde estaba. Resham Bibi hizo un té verde que olía a alcanfor y se lo metió a Parvati por el gaznate. El té produjo el efecto de estreñirla tan completamente que no se la vio defecar tras su casucha en nueve semanas. Dos jóvenes malabaristas tuvieron la idea de que quizá había empezado a afligirse otra vez por su difunto padre, y se dedicaron a la tarea de dibujar el retrato de él en un pedazo de lona alquitranada, que colgaron sobre la colchoneta de arpillera de ella. Las trillizas hacían gracias, y Singh Retratos, muy afligido, hacía que las cobras se anudasen solas; pero nada de ello dio resultado, porque si el frustrado amor de Parvati no podían curarlo sus propios poderes, ¿qué esperanza podían tener los otros? El poder del morrito de Parvati creó, en el gueto, una sensación de desasosiego sin nombre, que toda la animosidad de los magos hacia lo desconocido no podía disipar por completo.

Y entonces Resham Bibi tuvo una idea. —Qué tontos somos —le dijo a Singh Retratos—, no vemos lo que tenemos delante de las narices. La pobre chica tiene veinticinco años, *baba*... ¡es casi una mujer! ¡Suspira por un marido! —Singh Retratos se quedó impresionado—. Resham Bibi —le dijo con aprobación—, todavía no tienes muerto el cerebro.

Después de aquello, Singh Retratos se dedicó a la tarea de encontrar para Parvati un joven adecuado; muchos de los hombres más jóvenes del gueto se vieron adulados intimidados amenazados. Aparecieron cierto número de candidatos; pero Parvati los rechazó a todos. La noche en que le dijo a Bimillah Khan, el tragafuegos más prometedor de la colonia, que se fuera a otra parte con su aliento a guindilla picante, hasta Singh Retratos se desesperó. Esa noche me dijo: —Capitán, esa chica es una prueba y una aflicción para mí; es buena amiga tuya, ¿tienes alguna idea? —Entonces se le ocurrió una idea, una idea que había tenido que aguardar a que estuviese desesperado, porque hasta Singh Retratos se dejaba influir por consideraciones de clase: al pensar automáticamente que yo era «demasiado bueno» para Parvati, a causa de mi nacimiento supuestamente «más alto», el envejecido comunista no había pensado hasta ahora que yo podría...— Dime una cosa, capitán —me preguntó Singh tímidamente—, ¿tienes intención de casarte algún día?

Saleem Sinai sintió que el pánico le subía por dentro.

—Eh, capitán, ¿a ti te gusta la chica, eh...? —Y yo, incapaz de negarlo—: Claro. —Y entonces Singh Retratos, con una mueca de oreja a oreja, mientras las serpientes silbaban en los cestos—: ¿Te gusta mucho, capitán? ¿*Mucho* mucho? —Pero yo pensaba en el rostro de Jamila en la noche; y tomé una decisión desesperada—: Retratos*ji*, no puedo casarme con ella. —Y él entonces, frunciendo el ceño—: ¿Estás ya casado, capitán? ¿Tienes mujer niños esperando en algún lado? —No había remedio ahora; yo, tranquilo, vergonzosamente, dije: No puedo casarme con nadie, Retratos*ji*. No puedo tener hijos.

El silencio de la choza era punteado por las serpientes sibilantes y los gritos de los perros salvajes en la noche.

—¿Me dices la verdad, capitán? ¿Es una realidad médica?

—Sí.

—Porque no se debe mentir en esas cosas, capitán. Mentir sobre la propia virilidad trae mala, muy mala suerte. Podría ocurrir cualquier cosa, capitán.

Y yo, deseando que cayera sobre mí la maldición de Nadir Khan, que fue también la maldición de mi tío Hanif Aziz y, durante la congelación y sus secuencias, la de mi padre Ahmed Sinai, me vi incitado a mentir todavía más coléricamente: —Te lo aseguro —exclamó Saleem—, ¡es cierto y eso es lo que hay!

—Entonces, capitán —dijo Retratos*ji* trágicamente, golpeándose con la muñeca la frente—, sólo Dios sabe qué se puede hacer con esa pobre chica.

UNA BODA

Me casé con la-bruja-Parvati el 23 de febrero de 1975, el día del segundo aniversario de mi retorno de proscrito al gueto de los magos.

Endurecimiento de Padma: tensa como una cuerda de colgar ropa, mi loto del estiércol me pregunta: —¿Casado? Si sólo la noche pasada me dijiste que tú no... y ¿por qué no me lo has dicho en todos estos días, semanas, meses...? —Yo la miro tristemente, y le recuerdo que ya he mencionado la muerte de mi pobre Parvati, que no fue una muerte natural... Lentamente, Padma se desenrosca, mientras yo continúo—: Las mujeres me han hecho; y también me han deshecho. Desde la Reverenda Madre hasta la Viuda, e incluso más allá, he estado a la merced del llamado (¡errónea-mente, en mi opinión!) sexo débil. Quizá sea una cues-tión de conexiones: ¿no se piensa comúnmente en la Madre India, Bharat-Mata, como mujer? Y, como sa-bes, no se puede escapar de ella.

Ha habido treinta y dos años, en esta historia, en los que estuve sin nacer; pronto cumpliré a mi vez treinta y un años. Durante sesenta y tres años, antes y después de la medianoche, las mujeres han hecho lo mejor; y también, tengo que decirlo, lo peor.

En casa de un terrateniente ciego, a orillas de un

lago de Cachemira, Naseem Aziz me condenó a la inevitabilidad de las sábanas perforadas; y en las aguas de ese mismo lago Ilse Lubin se filtró en la Historia, y no he olvidado su deseo al morir;

Antes de que Nadir Khan se escondiera en su inframundo, mi abuela comenzó, al convertirse en Reverenda Madre, una sucesión de mujeres que cambiaron de nombre, una sucesión que continúa aún hoy... y que se filtró incluso a Nadir, que se convirtió en Qasim, y se sentaba con manos danzantes en el Pioneer Café; y, después de la marcha de Nadir, mi madre Mumtaz Aziz se convirtió en Amina Sinai;

Y Alia, con su amargura de siglos, que me vestía con ropita de bebé impregnada de su furia de solterona; y Emerald, que puso una mesa sobre la que yo hice marchar a los pimenteros;

Hubo una Rani de Cooch Naheen, cuyo dinero, puesto a la disposición de un hombre zumbador, dio origen a la enfermedad del optimismo, que ha vuelto a aparecer, con intervalos, desde entonces; y en el barrio musulmán de la Vieja Delhi, una pariente lejana llamada Zohra, cuyos coqueteos hicieron nacer, en mi padre, su debilidad por las Fernandas y Florys;

Y así en Bombay. En donde la Vanita de Winkie no pudo resistir la raya en medio de William Methwold, y la-pata-Nussie perdió una carrera de bebés; mientras Mary Pereira, en nombre del amor, cambiaba las etiquetas de la Historia y se convertía en una segunda madre para mí...

Mujeres y mujeres y mujeres: Toxy Catrack, abriendo de un codazo la puerta que dejaría entrar luego a los hijos de la medianoche; los terrores de su niñera Bi-Appah; el amor competitivo de Amina y Mary, y lo que mi madre me enseñó mientras estaba escondido en una cesta de colada: sí, ¡el Mago Negro, que me obligó a sorber y desencadenó lo-que-no-eran-arcángeles...! Y Evelyn Lilith Burns, causa de un accidente de bicicleta, que me empujó desde un altozano de dos pisos al centro de la Historia.

Y el Mono. No tengo que olvidarme del Mono.

Pero también, también, estuvo Masha Miovic, que me incitó a perder un dedo, y mi tía Pia, que llenó mi corazón de deseos de venganza, y Lila Sabarmati, cuyas indiscreciones hicieron posible mi venganza terrible, manipuladora, recortada-en-papel-de-periódico;

Y la señora Dubash, que encontró mi regalo de una historieta de Superman y lo convirtió, con ayuda de su hijo, en Lord Khusro Khusrovand;

Y Mary, que vio un fantasma.

En el Pakistán, el país de la sumisión, la patria de la pureza, contemplé la transformación del Mono-en-Cantante, y fui a buscar pan, y me enamoré; fue una mujer, Tai Bibi, quien me dijo la verdad sobre mí mismo. Y en el corazón de mi oscuridad interior, recurrí a las Zafias, y sólo por un pelo me salvé de la amenaza de una novia de dentadura de oro.

Al comenzar otra vez, como el buda, yací con una limpiadora de letrinas y me vi sometido como resultado a urinarios electrificados; en el Este, la mujer de un granjero me tentó, y el Tiempo fue asesinado como consecuencia; y hubo huríes en un templo, y escapamos justo a tiempo.

A la sombra de la mezquita, Resham Bibi lanzó una advertencia.

Y me casé con la-bruja-Parvati.

—Uf, señor —exclama Padma—, ¡son demasiadas mujeres!

No estoy en desacuerdo; porque ni siquiera la he incluido a ella, cuyos sueños de matrimonio y Cachemira han empezado inevitablemente a filtrarse en mí, haciéndome desear, si-por-lo-menos, si por-lo-menos, de forma que, después de haberme resignado a las grie-

tas, me veo ahora acometido por punzadas de insatis-
facción, cólera, miedo y pesar.

Pero sobre todo, la Viuda.

—¡Te lo juro! —Padma se da una palmada en la rodilla—. Demasiadas señor; demasiadas.

¿Cómo podemos entender mis demasiadas mujeres? ¿Como los múltiples rostros de Bharat-Mata?
O como todavía más... ¿como el aspecto dinámico de
maya, como energía cósmica, representada por el órgano femenino?

Maya, en su aspecto dinámico, se llama Shakti;
¡quizá no sea casual que, en el panteón hindú, el poder
activo de una deidad esté contenido en su reina! Maya-
Shakti da a luz, pero también «amortigua la conciencia
con su tela de sueños». Demasiadas mujeres: ¿son todas
aspectos de Devi, la diosa... que es Shakti, que mató al
demonio-búfalo, que derrotó al ogro Mahisha, que es
Kali Durga Chandi Chamunda Uma Sati y Parvati... y
que, cuando es activa, es de color rojo?

—No sé nada de eso —Padma me hace poner los
pies en el suelo—. Son sólo mujeres, eso es todo.

Descendiendo del vuelo de mi fantasía, recuerdo la
importancia de la velocidad; movido por los imperativos del desgarro crujido chasquido, abandono las re-
flexiones; y comienzo.

Así es como ocurrió; cómo Parvati decidió su propio
destino; cómo una mentira, salida de mis labios, la puso
en el estado de desesperación en que, una noche, sacó
de sus raídos vestidos un mechón de pelo de héroe y
comenzó a pronunciar palabras sonoras.

Desdeñada por Saleem, Parvati recordó al que en
otro tiempo fue el archienemigo de él; y, cogiendo una
caña de bambú con siete nudos y un gancho de metal
improvisado sujeto en un extremo, se acurrucó en su

choza y recitó; con el Gancho de Indra en la mano derecha y un mechón de pelo en la izquierda, lo llamó para que viniera. Parvati llamó a Shiva; creedlo o no, pero Shiva vino.

Desde el principio hubo rodillas y una nariz, una nariz y rodillas; pero a lo largo de esta narrativa lo he estado empujando, al otro, hacia el segundo plano (lo mismo que, en otro tiempo, lo excluí de las asambleas de los Hijos). Sin embargo, no se le puede seguir ocultando; porque una mañana de mayo de 1974 —¿es sólo mi memoria agrietada, o estoy en lo cierto al pensar que fue el 18, quizá en el preciso momento en que los desiertos del Rajastán eran sacudidos por la primera explosión nuclear de la India? ¿Fue la explosión de Shiva en mi vida realmente sincrónica con la llegada de la India, sin previo aviso, a la era nuclear?— vino al barrio de los magos. Uniformado, achatarrado-y-estrellado, Mayor ahora, Shiva se bajó de una motocicleta del Ejército; e incluso a través del modesto caqui de sus pantalones militares era fácil distinguir las fenomenales protuberancias gemelas de sus letales rodillas... El héroe de guerra más condecorado de la India, pero en otro tiempo dirigió una banda de maleantes en las callejuelas de Bombay; en otro tiempo, antes de descubrir la violencia legitimada de la guerra, se encontraron prostitutas estranguladas en el arroyo (lo sé, lo sé... no hay pruebas); el Mayor Shiva ahora, pero también el chico de Wee Willie Winkie, que seguía recordando la letra de canciones hacía tiempo no cantadas: el «Buenas noches, Señoras» seguía resonando a veces en sus oídos.

Hay ironías en esto, que no deben pasar inadvertidas; porque ¿no había subido Shiva mientras Saleem bajaba? ¿Quién era ahora el que habitaba en un barrio miserable, y quién el que miraba hacia abajo desde alturas dominantes? No hay nada como una guerra para reinventar las vidas... En cualquier caso, un día que podía ser muy bien el 18 de mayo, el Mayor Shiva vino al gueto de los magos, y recorrió a grandes zancadas las crueles calles del barrio con una extraña expresión en el rostro, en la que se combinaba el infinito desdén por la pobreza de los recientemente elevados con algo más misterioso: porque el Mayor Shiva, arrastrado a nuestra humilde residencia por los conjuros de la-bruja-Parvati, no podía saber qué fuerza lo impulsaba a venir.

Lo que sigue es una reconstrucción de la carrera reciente del Mayor Shiva; yo recompuse la historia con los relatos de Parvati, que ella me hizo después de nuestro matrimonio. Al parecer, a mi archirrival le gustaba jactarse ante ella de sus hazañas, de forma que quizá queráis tener en cuenta las deformaciones de la verdad que ese golpearse-el-pecho produce; sin embargo, no parece haber razón para creer que lo que le dijo a Parvati y ella me repitió estuviera muy lejos de lo-que-ocurrió-realmente.

Al terminar la guerra en el Este, las leyendas de las espantosas hazañas de Shiva circulaban por las calles de la ciudad, saltaron a los periódicos y las revistas y, de esa forma, se introdujeron en los salones de los pudientes, formando nubes espesas como moscas en los tímpanos de las anfitrionas del país, de forma que Shiva se encontró ascendido tanto en su categoría social como en su empleo militar, y fue invitado a mil y una reuniones diferentes —banquetes, veladas musicales, partidas de bridge, recepciones diplomáticas, conferencias de partidos políticos, grandes *melas* y también pequeñas, fiestas locales, jornadas deportivas escolares y bailes de moda— para ser aplaudido y monopolizado por las más nobles y bellas mujeres del país, a las que las leyendas de sus hazañas se pegaban como moscas, andándoles por los ojos de forma que veían al joven a través de la bruma de su leyenda, cubriéndoles la yema de los dedos, de forma que lo tocaban a través de la película mágica de su mito, depositándose en su lengua, de forma que no podían hablarle como hablarían a un ser humano corriente. El Ejército indio, que en aquella época daba una batalla política contra algunas propuestas de reducciones presupuestarias, comprendió la utilidad de un embajador tan carismático, y permitió al héroe circular entre sus influyentes admiradores; Shiva se entregó a su nueva vida con entusiasmo.

Se dejó crecer un bigote frondoso al que su ordenanza personal daba diariamente una pomada de aceite de linaza perfumado con coriandro; siempre elegantemente vestido en los salones de los poderosos, se dedicó a la cháchara política, declarándose firme admirador de la señora Gandhi, en gran parte porque odiaba a su contrincante Morarji Desai, que era intolerablemente anticuado, bebía su propia orina, tenía una piel que crujía como el papel de arroz y que, como Jefe de Ministros de Bombay, había sido en otro tiempo responsable de la prohibición del alcohol y de la persecución de los jóvenes *goondas*, es decir, de gamberros o maleantes o, en otras palabras, del propio Shiva de niño... pero esa charla frívola sólo ocupaba una parte de sus pensamientos, el resto de los cuales estaba totalmente ocupado con las señoras. También Shiva estaba infatuado por demasiadas mujeres, y en aquellos días embriagadores que siguieron a la victoria militar, adquirió una reputación secreta que (presumió ante Parvati) aumentó rápidamente hasta rivalizar con su fama oficial y pública: una leyenda «negra» que se situó junto a la «blanca». ¿Qué era lo que se susurraba en las reuniones de mujeres y veladas de canasta del país? ¿Qué era lo que se siseaba, en medio de risitas, siempre que dos o tres damas rutilantes se juntaban? Esto: el Mayor Shiva se estaba convirtiendo en un famoso seductor; un mujeriego; alguien que les ponía los cuernos a los ricos; en resumen, un semental.

Había mujeres —le dijo a Parvati— dondequiera que fuera: con sus cuerpos suaves como pájaros que se curvaban, estremeciéndose bajo el peso de sus joyas y su pasión, con sus ojos empañados por la leyenda de él; hubiera sido difícil rechazarlas aunque hubiera querido. Pero el Mayor Shiva no tenía intención de rechazarlas. Escuchaba comprensivamente sus pequeñas tragedias —maridos impotentes, palizas, falta de atención—, cualesquiera excusas que aquellas encantadoras criaturas deseaban ofrecer. Como mi abuela en su estación de gasolina (pero con motivos más siniestros), daba paciente audiencia a sus infortunios; bebiendo a sorbitos su whisky en el esplendor de las arañas de los salones de baile, las miraba pestañear y respirar insinuantemente mientras gemían; y siempre, por último, conseguían dejar caer un bolso, o tirar una copa, o hacer saltar de sus manos el bastón de él, de forma que tuviera que inclinarse hacia el suelo para recoger loque-hubieran-dejado-caer, y entonces viera las notas que ellas llevaban metidas en las sandalias, sobresaliendo delicadamente por debajo de sus pintados dedos. En aquellos días (si hay que creer al Mayor), las encantadoras y escandalosas *begums* de la India se volvieron terriblemente indiscretas, y sus *chappals* hablaban de citas-de-medianoche, de enredaderas de buganvilla en las ventanas de las alcobas, de maridos convenientemente ausentes botando buques o exportando té o comprándoles cojinetes de bolas a los suecos. Mientras esos infortunados estaban fuera, el Mayor visitaba sus hogares para robarles sus más preciadas posesiones: las mujeres caían en sus brazos. Es posible (he dividido por dos las cifras del propio Mayor) que, en el punto culminante de sus galanteos, hubiera más de diez mil mujeres enamoradas de él.

Y desde luego hubo niños. El fruto de medianoches ilícitas. Niños hermosos y robustos, seguros en las cunas de los ricos. Sembrando bastardos por el mapa de la India, el héroe de guerra siguió su camino; pero (y esto, también, es lo que le dijo a Parvati), tenía el curioso defecto de perder el interés por cualquiera que se quedase embarazada; por bellas sensuales amorosas que fueran, abandonaba las alcobas de todas las que llevaban sus hijos; y las encantadoras señoras de ojos ribeteados de rojo tenían que persuadir a sus engañados maridos de que sí, claro que es hijo tuyo, cariño, vida mía, a que es igual que tú, y claro que no estoy triste, por qué iba a estarlo, son lágrimas de alegría.

Una de esas madres abandonadas era Roshanara, la mujer-niña del magnate del acero S. P. Shetty, y en el hipódromo de Mahalaxmi, ella pinchó el globo poderoso del orgullo del Mayor. Él había estado paseándose por el *paddock*, inclinándose cada tantas yardas para devolver chales y sombrillas de señora, que parecían cobrar vida propia y saltar de manos de sus propietarias cuando él pasaba; Roshanara Shetty se enfrentó con él allí, cortándole francamente el paso y negándose a moverse, con sus ojos de diecisiete años llenos del feroz resentimiento de la infancia. Él la saludó fríamente, tocándose la gorra militar, e intentó seguir; pero ella le clavó sus uñas puntiagudas como agujas en el brazo, sonriendo tan peligrosamente como el hielo, y caminó lentamente a su lado. Mientras andaban, ella le vertió en el oído su veneno infantil, y su odio y rencor hacia su antiguo amante le dieron la habilidad necesaria para hacer que él la creyera. Fríamente le susurró que era tan divertido, Dios santo, verlo pavoneándose por la alta sociedad como una especie de gallo, cuando las señoras no paraban de reírse de él a sus espaldas. Oh sí, Mayor Sahib, no se engañe, a las mujeres de las clases altas siempre nos ha gustado usted, Dios santo, es repugnante sólo verlo comer, con la salsa cayéndole por la barbilla, cree que no vemos cómo jamás sujeta las tazas por el asa, se imagina que no oímos sus eructos y ventosidades, usted es sólo nuestro mono favorito, Mayor Sahib, muy útil, pero básicamente un payaso.

Después del violento ataque de Roshanara Shetty, el joven héroe de guerra comenzó a ver su mundo de forma diferente. Ahora le parecía que las mujeres se reían disimuladamente tras sus abanicos dondequiera que fuese; notó extrañas y divertidas miradas de reojo que nunca había notado antes; y aunque trató de mejorar sus modales, no sirvió de nada, parecía volverse más torpe cuanto más lo intentaba, de forma que la comida se le escapaba del plato para caer en inestimables alfombras *kelim* y los eructos le salían de la garganta con el rugido de un tren saliendo de un túnel y soltaba ventosidades con la furia de tifones. Su brillante vida nueva se convirtió, para él, en una humillación diaria; y ahora volvía a interpretar los avances de las bellas señoras, entendiendo que, al poner los billetes amorosos bajo los dedos de sus pies, lo obligaban a él a arrodillarse, rebajándose, a sus pies... y aprendió que un hombre puede poseer todos los atributos viriles y, sin embargo, ser despreciado por no saber manejar una cuchara, sintió que una antigua violencia se renovaba en él, un odio hacia aquellas personas importantes y su poder, y ésa es la razón de que yo esté seguro —de que *sepa*— que, cuando la Emergencia le ofreció a Shiva-el-de-las-rodillas la ocasión de apropiarse de algún poder, no esperó a que se lo dijeran dos veces.

El 15 de mayo de 1974, el Mayor Shiva volvió a su regimiento de Delhi; pretendió que, tres días más tarde, se vio repentinamente acometido por el deseo de ver una vez más a la belleza de ojos como platos que había conocido por primera vez, hacía mucho tiempo, en la conferencia de los Hijos de la Medianoche; a la tentadora de cola de caballo que le había pedido, en Dacca, un mechón de su pelo. El Mayor le manifestó a Parvati que su llegada al gueto de los magos había estado motivada por el deseo de acabar con las ricas zorras de la alta sociedad india que se había quedado fascinado por el pucherito de los labios de ella en el momento en que lo había visto; y que ésas eran las únicas razones por las que le pedía que se fuera con él. Pero he sido ya excesivamente generoso con el Mayor Shiva... en ésta, mi propia versión personal de la Historia, he concedido a su relato demasiado espacio; de modo que insisto en que, pensase lo que pensase el Mayor de las rodillas contundentes, lo que lo llevó al gueto fue lisa y llanamente la magia de la-bruja-Parvati.

Saleem no estaba en el gueto cuando el Mayor Shiva llegó en motocicleta; mientras las explosiones nucleares hacían temblar los eriales rajastaníes, fuera de la vista, bajo la superficie del desierto, la explosión que cambió mi vida se produjo también fuera de mi vista. Cuando Shiva agarró a Parvati de la muñeca, yo estaba con Singh Retratos en una conferencia de emergencia de las muchas células rojas de la ciudad, discutiendo los pros y los contras de la huelga nacional de ferrocarriles, cuando Parvati, sin remilgos, ocupó el asiento trasero de la Honda de un héroe, yo estaba denunciando afanosamente las detenciones por el gobierno de dirigentes sindicales. En pocas palabras, mientras yo me preocupaba de la política y de mi sueño de salvación nacional, los poderes de la brujería de Parvati habían puesto en marcha el plan que terminaría con palmas de manos teñidas de *henna*, y canciones, y la firma de un contrato.

... Me veo obligado, forzosamente, a basarme en los relatos de otros; sólo Shiva podía decir lo que le pasó; fue Resham Bibi la que me contó la marcha de Parvati cuando volví, diciéndome: —Pobre chica, deja que se vaya, ha estado triste tanto tiempo, ¿de quién es la culpa? —y sólo Parvati podía contarme lo que le ocurrió mientras estuvo lejos.

A causa de la condición nacional de héroe de guerra del Mayor, se le permitía tomarse ciertas libertades con los reglamentos militares; de manera que nadie le llamó la atención por introducir a una mujer en lo que, después de todo, no era una residencia de casados; y él, sin saber lo que había producido aquel cambio notable en su vida, se sentó como se le pedía en una silla de mimbre, mientras ella le quitaba las botas, le masajeaba los pies, le traía agua con sabor a limas recién exprimidas, despedía a su ordenanza, le aceitaba el bigote, le acariciaba las rodillas y, después de todo aquello, le presentaba una cena de *biriani* tan exquisita que él dejó de preguntarse qué le estaba sucediendo y comenzó a disfrutar en cambio. La-bruja-Parvati convirtió aquella sencilla residencia militar en un palacio, un Kailasa apropiado para el-dios-Shiva; y el Mayor Shiva, perdido en los encantados estanques de sus ojos, excitado de forma insoportable por la erótica protuberancia de sus labios, le dedicó su atención exclusiva durante cuatro meses enteros: o, para ser exacto, durante ciento diecisiete noches. El 12 de septiembre, sin embargo, las cosas cambiaron: porque Parvati, arrodillada a sus pies, con plena conciencia de las opiniones de él al respecto, le dijo que iba a tener un hijo suyo.

La relación entre Shiva y Parvati se convirtió entonces en algo tempestuoso, lleno de golpes y platos rotos: un eco terrenal de la eterna y conyugal batalla-entre-los-dioses que se dice libran sus tocayos en la cima del monte Kailasa, en el gran Himalaya... El Mayor Shiva, en esa época, comenzó a beber; y también a ir de putas. Los recorridos de puteo del héroe de guerra por la capital de la India se parecían grandemente a las excursiones en Lambretta de Saleem Sinai por los rastros de las calles de Karachi; el Mayor Shiva, desvirilizado en compañía de las ricas por las revelaciones de Roshanara Shetty, comenzó a pagar sus placeres. Y era tal su fertilidad fenomenal (le aseguró a Parvati mientras la golpeaba), que arruinó las carreras de muchas mujeres de vida airada, al darles hijos a los que quisieron demasiado para abandonarlos; engendró por toda la capital un ejército de golfillos que eran el reflejo del regimiento de bastardos que había engendrado en las *begums* de los salones de arañas de cristal.

Nubes oscuras se estaban formando también en el firmamento político: en Bihar, donde la corrupción inflación hambre analfabetismo carencia de tierras dirigían el cotarro, Jaya-Prakash Narayan dirigía una coalición de estudiantes y trabajadores contra el gobierno del Congreso de Indira; en Gujarat había tumultos, quemaban trenes, y Morarji Desai inició un ayuno-hasta-la-muerte para derribar al corrompido gobierno del Congreso (dirigido por Chimanbhai Patel) en aquel Estado asolado por la sequía... no hace falta decir que lo consiguió sin verse obligado a morir; en pocas palabras, mientras la cólera hervía en la mente de Shiva, el país se estaba enfureciendo también; y ¿qué era lo que nacía mientras algo crecía en el vientre de Parvati? Ya conocéis la respuesta: a finales de 1974, J. P. Narayan y Morarji Desai formaron el partido de oposición denominado Janata Morcha: el frente popular. Mientras el Mayor Shiva se tambaleaba de puta en puta, el Congreso de Indira se tambaleaba también.

Y por último, Parvati lo liberó de su embrujo. (No hay otra explicación; si no estaba embrujado, ¿por qué no la echó en el instante en que conoció su embarazo? Y si el embrujo no hubiera desaparecido, ¿cómo hubiera podido hacerlo nunca?) Sacudiendo la cabeza como si despertase de un sueño, el Mayor Shiva se encontró en compañía de una muchacha de barrio bajo con un bombo delante, que le pareció representar todo lo que más temía... se convirtió en la personificación de los barrios miserables de su infancia, de los que había huido y que ahora, por medio de ella, de su abominable niño, trataban de arrastrarlo hacia abajo abajo abajo otra vez... arrastrándola a ella por el pelo, la puso sobre su motocicleta y, en muy poco tiempo, ella estuvo, abandonada, en la periferia del gueto de los magos, devuelta al sitio de donde había salido y llevando con ella sólo una cosa que no tenía cuando se marchó: la cosa escondida en ella como un hombre invisible en un cesto de mimbre, la cosa que iba creciendo creciendo creciendo, exactamente como ella había previsto.

¿Que por qué digo esto...? Porque debe de ser cierto; porque lo que siguió, siguió; porque creo que la-bruja-Parvati se quedó embarazada a fin de invalidar mi única defensa para no casarme con ella. Pero me limitaré a describir, y dejaré el análisis a la posteridad.

Un frío día de enero, cuando las voces del almuédano desde el minarete más alto de la Mezquita del Viernes se helaban al salir de sus labios y caían sobre la ciudad como nieve sagrada, Parvati volvió. Había esperado hasta que no hubiera duda posible sobre su estado; su cesto interior abultaba a través de los limpios vestidos nuevos del enamoramiento ahora difunto de Shiva. Sus labios, seguros de su próximo triunfo, habían perdido su pucherito de moda; en sus ojos como platos, mientras estaba de pie en las escaleras de la Mezquita del Viernes para asegurarse de que tanta gente como fuera posible se daba cuenta de su cambio de apariencia, acechaba un destello plateado de satisfacción. Así fue como la encontré yo al volver a la *chaya* de la mezquita con Singh Retratos. Yo estaba desconsolado, y la vista de la-bruja-Parvati en los escalones, con las manos serenamente cruzadas sobre su vientre hinchado, y su larga soga-de-pelo agitándose suavemente en el aire de cristal, no hizo nada para animarme.

Retratos*ji* y yo nos habíamos metido por las estrechas calles de casas de vecindad situadas tras la Oficina

General de Correos, donde el recuerdo de adivinos titilimunderos curanderos flotaba en la brisa; y allí Singh Retratos había dado una representación que se iba haciendo más política cada día. Su arte legendario atraía a muchedumbres bien dispuestas; y él hacía que sus serpientes representaran su mensaje bajo el influjo de la música tejida por su flauta. Mientras yo, en mi papel de aprendiz, leía una arenga preparada, las serpientes escenificaban mi discurso. Yo hablaba de las grandes desigualdades en la distribución de la riqueza; dos cobras hacían la pantomima de un hombre rico negándose a dar *alms* a un mendigo. Los malos tratos de la policía, el hambre enfermedad analfabetismo eran expresados con palabras y bailados también por las serpientes; y luego Singh Retratos, poniendo fin a su representación, comenzaba a hablar del carácter de la revolución roja, y las promesas comenzaban a llenar el aire, de forma que, antes incluso de que la policía se materializase saliendo por las puertas de atrás de la oficina de correos para disolver la reunión con cargas de *lathi* y gases lacrimógenos, algunos guasones del público comenzaron a interrumpir a El Hombre Más Encantador del Mundo. Poco convencido, quizá, por la pantomima ambigua de las serpientes, cuyo contenido dramático era, ésa es la verdad, un tanto oscuro, un joven gritó: —*Ohé*, Retratos*ji*, tendrías que estar en el Gobierno, ¡oye, ni siquiera Indira*mata* hace unas promesas tan bonitas!

Entonces llegó el gas lacrimógeno y tuvimos que huir, tosiendo balbuceando ciegos, de la policía antidisturbios, como criminales, gritando falsamente mientras corríamos. (Lo mismo que en otro tiempo, en Jallianwalabagh... pero al menos no hubo balas en esta ocasión.) Pero aunque sus lágrimas eran lágrimas del gas, Singh Retratos se quedó realmente sumido en una depresión espantosa por la pulla del guasón, que había puesto en duda el sentido de la realidad que era su mayor orgullo; y, a raíz del gas y de los palos, también descorazonado, al haber localizado de pronto una polilla de inquietud en mi estómago, y haber comprendido que había algo en mí que se oponía al retrato de Retratos, con su baile de serpientes, de la maldad sin paliativos de los ricos; me sorprendí pensando: «En todos hay cosas buenas y malas... y ¡ellos me educaron, me cuidaron, Retratos*ji*!» Después de lo cual comencé a comprender que el delito de Mary Pereira me había separado de dos mundos y no de uno; que, después de haber sido expulsado de casa de mi tío, no podría entrar nunca por completo en el-mundo-según-Singh-Retratos; que, en realidad, mi sueño de salvar al país era algo hecho de espejos y humo; insustancial, la divagación de un necio.

Y allí estaba Parvati, con su perfil alterado, en la dura claridad del día de invierno.

Era... ¿o estoy equivocado? Tengo que apresurarme; las cosas se me escurren todo el tiempo... un día de horrores. Fue entonces cuando —a menos que fuera otro día— encontramos a la vieja Resham Bibi muerta de frío, echada en la cabaña que se había construido con cajones de embalaje de Dalda Vanaspati. Se había puesto de un azul brillante, de un azul Krishna, azul como Jesús, el azul del cielo de Cachemira, que a veces gotea en los ojos; la quemamos a orillas del Jamuna, entre marismas y búfalos, y se perdió mi boda como consecuencia, lo que fue triste, porque como a todas las viejas le gustaban las bodas, y hasta entonces había participado en las ceremonias preliminares de la *henna* con júbilo enérgico, dirigiendo los cantos protocolarios en que los amigos de la novia insultaban al novio y su familia. En una ocasión, sus insultos fueron tan brillantes y bien calculados, que el novio se ofendió y canceló la boda; pero Resham se quedó impávida, y dijo que no era culpa suya si los jóvenes hoy eran pusilánimes e inconstantes como gallinas.

Yo estaba ausente cuando Parvati se fue; no estaba presente cuando volvió; y hubo otro hecho curioso... a menos que me haya olvidado, a menos que fuera otro día... me parece, en cualquier caso, que el día del regreso de Parvati un Ministro del Gabinete indio estaba en su vagón de ferrocarril, en Samastipur, cuando una explosión lo hizo volar a los libros de Historia; que Parvati, que se había marchado entre las explosiones de las bombas atómicas, volvió a nosotros cuando el señor L. N. Mishra, ministro de ferrocarriles y sobornos, se fue de este mundo para siempre. Presagios y más presagios... quizá, en Bombay, las japutas muertas flotaban hasta la playa tripa arriba.

26 de enero, Día de la República, un buen día para ilusionistas. Cuando las enormes multitudes se reúnen para mirar los elefantes y los fuegos artificiales, los embaucadores de la ciudad salen para ganarse la vida. Para mí, sin embargo, el día tiene otro significado: fue el Día de la República cuando se decidió mi destino conyugal.

En los días que siguieron al regreso de Parvati, las viejas del gueto se habituaron a sujetarse las orejas de vergüenza cuando pasaban por su lado; ella, que llevaba su hijo ilegítimo sin ninguna apariencia de culpabilidad, sonreía inocentemente y seguía su camino. Pero en la mañana del Día de la República, se despertó y encontró una cuerda con zapatos viejos atada sobre su puerta, y comenzó a llorar, inconsolablemente, al desintegrarse su aplomo por la fuerza de aquél, el mayor de los insultos. Singh Retratos y yo, al salir de nuestra choza cargados de cestos, nos tropezamos con ella en medio de su desgracia (¿calculada? ¿auténtica?), y

Singh Retratos cuadró la mandíbula en actitud determinada. —Vamos otra vez a la chabola, capitán —me dijo El Hombre Más Encantador del Mundo—. Tenemos que hablar.

Y en la chabola: —Perdóname, capitán, pero tenemos que hablar. Pienso que es terrible para un hombre ir por la vida sin hijos. No tener hijos, capitán, qué triste es para ti, ¿verdad? —Y yo, atrapado por la mentira de la impotencia, permanecí silencioso mientras Retratos*ji* sugería un matrimonio que protegería el honor de Parvati y, simultáneamente, resolvería el problema de mi autoconfesada esterilidad; y, a pesar de mis temores al rostro de la Cantante Jamila que, superpuesto al de Parvati, tenía el poder de inducirme a la distracción, no fui capaz de negarme.

Parvati —tal como lo había planeado, estoy seguro— me aceptó enseguida, dijo que sí tan fácil y tan frecuentemente como había dicho que no en el pasado; y después de eso las celebraciones del Día de la República cobraron el aspecto de haber sido organizadas especialmente en nuestro honor, pero lo que yo tenía en la mente era que, una vez más, el destino, la inevitabilidad, la antítesis de la elección habían venido a gobernar mi vida, una vez más iba a nacer un hijo de un padre que no era su padre, aunque, por una terrible ironía, el niño sería el auténtico nieto de los padres de su padre; atrapado en la red de esas genealogías entremezcladas, quizá se me ocurrió incluso preguntarme qué era lo que empezaba, qué lo que terminaba, y si estaba en marcha otra cuenta atrás, y qué sería lo que nacería con mi hijo.

A pesar de la ausencia de Resham Bibi, la boda salió muy bien. La conversión oficial de Parvati al Islam (que irritó a Singh Retratos pero en la que yo me encontré insistiendo, en otro retroceso a una vida anterior) fue realizada por un *haji* de barba roja que parecía incómodo en presencia de tantos miembros bromistas y provocadores de los impíos; bajo la mirada movediza de aquel tipo que parecía una cebolla grande y con barba, ella salmodió su creencia de que no había más Dios que Dios y Mahoma su profeta; tomó un nombre que yo elegí para ella en el depósito de mis sueños, convirtiéndose en Laylah, la noche, de forma que también ella se vio cogida en los ciclos repetitivos de mi historia, convirtiéndose en un eco de todas las personas obligadas a cambiar de nombre... como mi propia madre, Amina Sinai, la-bruja-Parvati se convirtió en una persona nueva para tener un hijo.

En la ceremonia del *henna*, la mitad de los magos me adoptaron, desempeñando las funciones de mi «familia»; la otra mitad se puso de parte de Parvati, y se cantaron insultos felices hasta avanzada la noche, mientras los intrincados arabescos de la *henna* se le secaban en la palma de las manos y la planta de los pies; y si la ausencia de Resham Bibi privó a los insultos de cierto filo cortante, el hecho no nos entristeció demasiado. Durante la *nikah*, la boda propiamente dicha, la feliz pareja se sentó en un estrado apresuradamente construido con las cajas de Dalda de la demolida choza de Resham, y los magos desfilaron solemnemente por delante de nosotros, dejando caer monedas de poco valor en nuestro regazo; y cuando la nueva Laylah Sinai se desmayó todo el mundo sonrió satisfecho, porque toda buena novia debía desmayarse en su boda, y nadie mencionó la embarazosa posibilidad de que podía haber perdido el conocimiento por náuseas o quizá por el dolor de las patadas que le daba el niño dentro del cesto.

Aquella noche los magos organizaron una representación tan maravillosa que los rumores se esparcieron por toda la Ciudad Vieja, y se congregaron muchedumbres para verla, hombres de negocios de una *mu-halla* próxima en la que, en otro tiempo, se hizo una declaración pública, y plateros y vendedores de batidos de leche de Chandni Chowk, paseantes nocturnos y turistas japoneses que (en aquella ocasión) llevaban todos, por cortesía, máscaras quirúrgicas, a fin de no contagiarnos los gérmenes que exhalaban; y había europeos rosas que discutían sobre lentes de cámara con los japoneses, había disparadores que hacían clic y lámparas de *flash* que hacían pop, y uno de los turistas me dijo que la India era en verdad un país auténticamente maravilloso con muchas tradiciones notables, y que sería estupendo y perfecto si no hubiera que comer constantemente comida india. Y en la *valima*, la ceremonia de la consumación (en la que, en esta ocasión, no se levantaron sábanas manchadas de sangre con o sin perforaciones, porque yo me había pasado la noche nupcial con los ojos apretados y el cuerpo apartado del de mi esposa, para que los rasgos insoportables de la Cantante Jamila no vinieran a acosarme en el aturdimiento de la noche), los magos superaron sus esfuerzos de la noche de bodas.

Pero cuando toda la excitación se había apagado, oí (con un oído bueno y uno malo) el sonido inexorable del futuro que nos llegaba furtivamente: tic, tac, más fuerte, hasta que el nacimiento de Saleem Sinai —y también del padre del bebé— encontró su reflejo en los acontecimientos de la noche del 25 de junio.

Mientras misteriosos asesinos mataban a funcionarios del Gobierno, y por poco conseguían deshacerse del Primer Magistrado personalmente elegido por la señora Gandhi, A. N. Ray, los magos del gueto centraban su atención en otro misterio: el cesto como un globo de la bruja-Parvati.

Mientras el Janata Morcha crecía en toda clase de direcciones estrafalarias, hasta abarcar comunistas maoístas (como nuestros propios contorsionistas, incluidas las trillizas de miembros de goma con las que había vivido Parvati antes de nuestro matrimonio... desde las nupcias, nos habíamos trasladado a nuestra propia choza, que el gueto nos había construido como regalo de boda en el lugar que ocupó la casucha de Resham) y miembros de extrema derecha del Ananda Marg; hasta que los socialistas de izquierdas y los miembros conservadores del Swatantra se unieron... mientras el frente popular se expandía de esa forma grotesca, yo, Saleem, me preguntaba sin cesar qué podía estar creciendo tras la fachada en expansión de mi mujer.

Mientras el descontento público con el Congreso de Indira amenazaba aplastar al gobierno como a una mosca, la flamante Laylah Sinai, cuyos ojos se habían vuelto más grandes que nunca, permanecía sentada tan quieta como una piedra, mientras el peso del bebé aumentaba hasta amenazar aplastarle los huesos, haciéndoselos polvo; y Singh Retratos, con un eco inocente de una antigua observación, dijo: —Eh, capitán, va a ser grande grande grandote: ¡un auténtico gigante de diez rupias!

Y entonces llegó el 12 de junio.

Los libros de Historia programas de radio periódicos nos dicen que, a las catorce horas del 12 de junio, la Primera Ministra Indira Gandhi fue declarada culpable, por el Juez Jag Mohan Lal Sinha del Alto Tribunal de Allahabad, de dos acusaciones de prácticas ilegales durante la campaña electoral de 1971; lo que nunca se ha revelado antes es que fue precisamente a las catorce horas cuando la-bruja-Parvati (ahora Laylah Sinai) tuvo la certeza de estar de parto.

El parto de Parvati-Laylah duró trece días. El primer día, mientras la Primera Ministra se negaba a presentar la dimisión, aunque sus condenas iban acompañadas de una sanción judicial que le prohibía ocupar cargos públicos durante seis años, el cuello del útero de la-bruja-Parvati, a pesar de unas contracciones tan dolorosas como coces de mula, se negó obstinadamente a dilatarse; Saleem Sinai y Retratos Singh, excluidos de la choza del tormento por las trillizas contorsionistas, que habían asumido los deberes de comadronas, se vieron obligados a escuchar los inútiles alaridos de ella, hasta que una corriente continua de tragafuegos tahúres paseantes sobre carbones encendidos apareció, dándoles palmadas en la espalda y contando chistes verdes; y sólo en mis oídos se podía oír el tictac... una cuenta atrás para Dios-sabe-qué, hasta que me entró el miedo, y le dije a Singh Retratos: «No sé qué es lo que va a salir de ella, pero no va a ser nada bueno...» Y Retratos*ji*, tranquilizadoramente: —¡No te preocupes, capitán! ¡Todo saldrá bien! ¡Un gigante de diez rupias, te lo juro! —Y Parvati, gritando, gritando, y la noche convirtiéndose progresivamente en día, y al segundo día, cuando en Gujarat los candidatos electorales de la señora Gandhi fueron derrotados por el Janata Morcha, mi Parvati fue acometida por dolores tan intensos que la hicieron ponerse rígida como el acero, y yo me negué a comer hasta que naciera el niño u ocurriera lo que fuera a ocurrir, me quedé sentado con las piernas cruzadas fuera de la casucha de la agonía, temblando de terror en el calor, suplicando no dejéis que muera no dejéis que muera, aunque no había yacido con ella en todos los meses de nuestro matrimonio; a pesar de mi temor al espectro de la Cantante Jamila, recé y ayuné, aunque Singh Retratos: «Por el amor de Dios, capitán», yo me negué, y para el noveno día el gueto había caído en una terrible quietud, un silencio tan absoluto que ni siquiera las voces del muecín de la mezquita podían penetrarlo, un mutismo de poderes tan inmensos que apagaba los rugidos de las manifestaciones del Janata Morcha delante de Rashtrapati Bhavan, la casa del Presidente, un enmudecimiento horrorizado de la misma magia espantosamente envolvente que el gran silencio que en otro tiempo flotó en casa de mis abuelos en Agra, de forma que, el noveno día, no pudimos oír a Morarji Desai pidiéndole al Presidente Ahmad que echase a la Primera Ministra en desgracia, y los únicos sonidos en el mundo entero eran los abatidos gimoteos de Parvati-Laylah, a medida que las contracciones se amontonaban sobre ella como montañas, y ella sonaba como si nos llamase desde arriba, por un largo túnel hueco de dolor, mientras yo seguía sentado con las piernas cruzadas, desmembrado por su dolor y con el sonido sin sonido del tictac en mi cerebro, y dentro de la choza estaban las trillizas contorsionistas echando agua en el cuerpo de Parvati para reponer la humedad que salía de ella a borbotones, metiéndole un palo entre los dientes para impedir que se mordiera la lengua, y tratando de bajarle los párpados a la fuerza sobre unos ojos que se estaban hinchando tan espantosamente que las trillizas tenían miedo de que se le cayeran y se ensuciaran en el suelo, y entonces llegó el día decimosegundo y yo estaba medio muerto de hambre mientras en otra parte de la ciudad el Tribunal Supremo informaba a la señora Gandhi de que no tenía que dimitir hasta que se resolviera su apelación, pero no podía votar en el Lok Sabha ni percibir un sueldo, y mientras la Primera Ministra, en su júbilo por esta victoria parcial, comenzaba a insultar a sus adversarios con un lenguaje del que se habría sentido orgullosa una pescadera koli, el parto de mi Parvati entró en una fase en la que, a pesar de su absoluto agotamiento, encontró energías para proferir una retahíla de juramentos malolientes por sus labios sin color, de forma que el hedor de pozo negro de sus obscenidades nos llenó las narices, dándonos bascas, y las tres

711

contorsionistas huyeron de su choza gritando que ella
se había vuelto tan tensa, tan incolora, que casi se podía
ver a su través, y moriría sin duda si el niño no venía
ahora, y en mis oídos tic tac el tic tac que golpeaba hasta
que estuve seguro, sí, pronto pronto pronto, y cuando
las trillizas volvieron a su cabecera al atardecer del día
decimotercero gritaron Sí sí ha empezado a empujar,
vamos Parvati, empuja empuja empuja, y mientras Parvati empujaba en el gueto, J. P. Narayan y Morarji Desai
aguijoneaban también a Indira Gandhi, mientras las trillizas aullaban empuja empuja empuja los dirigentes del
Janata Morcha incitaban a la policía y al Ejército a deso-
bedecer las órdenes ilegales de la incapacitada Primera
Ministra, de forma que, en cierto sentido, estaban obligando a la señora Gandhi a empujar, y a medida que la
noche se oscurecía hacia la hora de la medianoche, porque nada ocurre nunca a ninguna otra hora, las trillizas
comenzaron a chillar ya viene ya viene ya viene, y en
otra parte la Primera Ministra estaba dando a luz un
niño propio... en el gueto, en la choza junto a la cual me
sentaba yo con las piernas cruzadas y muriéndome de
hambre, mi hijo estaba llegando llegando, ya está la cabeza fuera, chillaron las trillizas, mientras miembros de
la Policía de la Reserva Central detenían a los jefes del
Janata Morcha, incluidas las figuras inverosímilmente
antiguas y casi mitológicas de Morarji Desai y J. P. Narayan, empuja empuja empuja, y en el corazón de aquella terrible noche, mientras el tictac me martilleaba los
oídos, nació un niño, un gigante de diez rupias efectivamente, saltando al final tan fácilmente que era imposible
comprender qué había sido todo aquel jaleo. Parvati dio
un lastimero gritito final y allá fue él, mientras por toda
la India los policías detenían gente, todos los dirigentes
de la oposición salvo los miembros de los comunistas
promoscovitas, y también maestros de escuela abogados
dos poetas periodistas sindicalistas, de hecho todo el

que había cometido alguna vez el error de estornudar durante los discursos de la Señora, y cuando las tres contorsionistas habían lavado al niño, envolviéndolo con un viejo sari y sacándolo fuera para que lo viera su padre, exactamente en el mismo momento, comenzó a oírse por primera vez la palabra Emergencia, y suspensión-de-derechos civiles, y censura-de-la-prensa, y unidades-blindadas-de-alerta-especial, y detención-de-elementos-subversivos; algo estaba acabando, algo estaba naciendo, y en el preciso instante del nacimiento de la nueva India y el comienzo de una medianoche continua que no terminaría en dos largos años, mi hijo, el hijo del renovado tictac, vino al mundo.

Y hay más: porque cuando, en la lóbrega media luz de aquella medianoche interminablemente prolongada, Saleem Sinai vio a su hijo por primera vez, comenzó a reírse sin poderse contener, con el cerebro estragado por el hambre, sí, pero también al saber que su despiadado destino le había jugado otra de sus bromitas grotescas, y aunque Singh Retratos, escandalizado por mi risa que, en mi debilidad, era como las risitas de una colegiala, exclamase varias veces: —¡Vamos, capitán! ¡No hagas locuras ahora! Es un hijo, capitán, alégrate —Saleem Sinai siguió saludando el nacimiento riéndose histéricamente del destino, porque el chico, el chico chiquito, el-chico-hijo-mío, Aadam, Aadam Sinai estaba perfectamente formado... es decir, salvo por sus orejas. A cada lado de su cabeza aleteaban unas protuberancias auditivas como velas, unas orejas tan colosalmente enormes que las trillizas revelaron luego que, cuando salió su cabeza, pensaron, por un mal momento, que era la cabeza de un elefantito.

... —¡Capitán Saleem, capitán! —me suplicaba ahora Singh Retratos—, ¡sé amable ahora! ¡Las orejas no son lo único que importa en el mundo!

Nació en la Vieja Delhi... hace mucho tiempo. No, no vale, no se puede esquivar la fecha: Aadam Sinai llegó a un barrio miserable oscurecido por la noche el 25 de junio de 1975. ¿Y la hora? La hora es también importante. Como he dicho: de noche. No, hay que ser más... Al dar la medianoche, para ser exacto. Las manecillas del reloj juntaron sus palmas. Vamos, explícate, explícate: en el momento mismo en que la India llegaba a la Emergencia, emergió él. Hubo boqueadas de asombro; y, por todo el país, silencios y miedos. Y, debido a la oculta tiranía de aquella hora tenebrosa, quedó misteriosamente maniatado a la Historia, y su destino indisolublemente encadenado al de su país. Vino sin que lo profetizaran, sin que lo celebraran; ningún primer ministro le escribió cartas; pero, de todos modos, cuando mi período de conexión llegaba a su fin, el suyo comenzó. A él, naturalmente, no le dejaron decir absolutamente nada; después de todo, ni siquiera sabía sonarse en aquella época la nariz.

Era hijo de un padre que no era su padre; pero también el hijo de una época que dañó tanto la realidad que nadie consiguió nunca recomponerla;

Era el auténtico biznieto de su bisabuelo, pero la elefantiasis le atacó las orejas en lugar de la nariz... porque era también el hijo auténtico de Shiva-y-Parvati, era el Ganesh de cabeza de elefante;

Nació con unas orejas que se agitaban tan alto y tan ancho que debieron de oír los disparos en Bihar y los gritos de los trabajadores del puerto de Bombay, cuando cargaban contra ellos con los *lathis*... fue un niño que oyó demasiadas cosas y, como resultado, nunca habló, ensordecido por un exceso de sonidos, de forma que entre entonces-y-ahora, entre el barrio miserable y la fábrica de encurtidos, nunca le he oído pronunciar una sola palabra;

Era poseedor de un ombligo que prefirió salir hacia

afuera en lugar de meterse hacia adentro, de forma que Singh Retratos, pasmado, exclamó: —¡El *bimbi*, capitán! ¡Mírale el *bimbi*! —y se convirtió, desde sus primeros días, en el amable destinatario de nuestro asombro;

Un niño de un buen carácter tan serio que su absoluta negativa a llorar o gimotear conquistó totalmente a su padre adoptivo, que dejó de reírse histéricamente de sus grotescas orejas y comenzó a mecer suavemente al silencioso niño en sus brazos;

Un niño que escuchó una canción mientras se mecía en unos brazos, una canción cantada con los acentos históricos de un *ayah* en desgracia: «Todo lo que quieras ser, lo serás; podrás ser todo lo que quieras ser.»

Pero ahora que he dado a luz a mi silencioso hijo de orejas de soplillo... hay preguntas que es preciso responder acerca de ese otro nacimiento sincrónico. Interrogantes desagradables, difíciles: ¿se filtró el sueño de Saleem de salvar a la nación, a través de los tejidos osmóticos de la Historia, a los pensamientos de la Primera Ministra? Mi creencia de toda la vida en la ecuación entre el Estado y yo mismo, ¿se transmutó, en la mente de «la Señora», en la frase-famosa-en-aquellos-días: *La India es Indira e Indira es la India*? ¿Rivalizamos por ocupar un papel central... se vio ella acometida por una pasión por el significado tan profunda como la mía... y fue eso, fue eso lo que...?

Influencia de los peinados en el curso de la Historia: ésa es otra cuestión delicada. Si William Methwold no hubiera tenido una raya en medio, es posible que yo no estuviera aquí hoy; y si la Madre de la Nación hubiera llevado un peinado de pigmento uniforme, la Emergencia que engendró podía haber carecido fácilmente de su lado oscuro. Pero tenía el cabello blanco en un lado y negro en el otro; también la Emergencia tuvo su parte blanca —pública, visible, documentada, un asunto de historiadores— y una parte negra que, por ser secreta macabra no revelada, debe ser asunto nuestro.

La señora Indira Gandhi nació en noviembre de 1917 de Kamala y Jawaharlal Nehru. Su nombre intermedio era Priyadarshini. No estaba emparentada con el «Mahatma» M. K. Gandhi; su apellido era legado de su matrimonio, en 1952, con un tal Feroze Gandhi, que llegó a ser conocido por «el-yerno-de-la-nación». Tuvieron dos hijos, Rajiv y Sanjay, pero en 1959 ella volvió a casa de su padre y se convirtió en su «anfitriona oficial». Feroze hizo un intento de vivir allí también, pero no tuvo éxito. Se convirtió en un crítico feroz del Gobierno de Nehru, revelando el escándalo de Mundhra y obligando a presentar la dimisión al entonces Ministro de Hacienda, T. T. Krishnamachari... el propio «T.T.K.». El señor Feroze Gandhi murió de un ataque de corazón en 1960, a los cuarenta y siete años. Sanjay Gandhi, y su mujer, la ex modelo Menaka, desempeñaron un papel destacado durante la Emergencia. El Movimiento Juvenil Sanjay fue especialmente eficaz en la campaña de esterilización.

He incluido este resumen un tanto elemental sólo para el caso de que no os hayáis dado cuenta de que, en 1975, la Primera Ministra de la India era desde hacía quince años viuda. O (porque la mayúscula puede ser útil): la Viuda.

Sí, Padma: la Madre Indira la tenía verdaderamente tomada conmigo.

MEDIANOCHE

¡No! —Pero tengo que hacerlo.

¡No quiero decirlo! —Pero he jurado decirlo todo. —No, renuncio, eso no, ¿sin duda es mejor dejar algunas cosas...? —Eso no se puede lavar; ¡hay que soportar lo que no se puede remediar! —¿Pero no las paredes susurrantes, y la traición, y el ris ras, y las mujeres de pechos magullados? —Especialmente esas cosas. —Pero cómo puedo, mírame, me estoy haciendo pedazos, no puedo ponerme de acuerdo ni conmigo mismo, hablando discutiendo como un loco, agrietándome, la memoria se me va, sí, mi memoria se hunde en abismos y es tragada por la oscuridad, sólo quedan fragmentos, ¡nada de ello tiene sentido! —Pero no debo permitirme juzgar; tengo que continuar simplemente (una vez que he comenzado) hasta el final; no tengo que evaluar ya (quizá no haya tenido nunca) el-sentido-y-la-falta-de-sentido. —¡Pero es horrible, no puede no será no debe no será no puede no! —Basta; comienza. —¡No! —Sí.

Entonces, ¿acerca del sueño? Quizá pueda contarlo como sueño. Sí, quizá una pesadilla: verde y negro el cabello de la Viuda y una mano que agarra y niños mmff y pelotitas y uno-a-uno partidos por la mitad y las pelotitas vuelan vuelan verde y negro su mano es verde sus uñas son negras más que negras. —Nada de sueños. Ni el momento ni el lugar para eso. Hechos, re-cordados. En la medida de lo posible. De la forma que fue: Comienza. —¿No hay opción? —Ninguna; ¿cuán-do la ha habido? Hay imperativos, y consecuencias-ló-gicas, e inevitabilidades, y repeticiones; hay cosas-he-chas-a, y accidentes, y mazazos-del-destino; ¿cuándo ha habido nunca elección? ¿Cuándo ha habido opcio-nes? ¿Cuándo se tomó libremente una decisión, de ser esto o aquello o lo de más allá? No hay elección; co-mienza. —Sí.

Escuchad:

Noche interminable, días semanas meses sin sol, o más bien (porque es importante ser exactos), bajo un sol tan frío como un plato enjuagado en un arroyo, un sol que nos bañaba en una luz lunática de medianoche; estoy hablando del invierno de 1975-1976. En el invier-no, oscuridad; y también tuberculosis.

Una vez, en una habitación azul que daba al mar, bajo el dedo indicador de un pescador, luché con las tifoideas y fui salvado por el veneno de serpiente; aho-ra, atrapado en las redes dinásticas de la repetición por mi reconocimiento como hijo, nuestro Aadam Sinai se vio obligado a pasar sus primeros meses combatiendo con las serpientes invisibles de una enfermedad. Las serpientes de la tuberculosis se le enroscaron en el cue-llo y le hicieron jadear, falto de aire... pero era un niño de orejas y silencio, y cuando farfullaba no se oían so-nidos, cuando resollaba no había carraspera en su gar-ganta. En pocas palabras, mi hijo cayó enfermo, y aun-que su madre, Parvati o Laylah, fue a buscar las hierbas de sus dotes mágicas... aunque se le administraban constantemente infusiones de hierbas en agua bien hervida, los espectrales gusanos de la tuberculosis se negaban a ser alejados. Yo sospeché, desde el principio, algo oscuramente metafórico en esa enfermedad... pen-sando que, en aquellos meses de medianoche en que la era de mi conexión-con-la-Historia se superpuso a la suya, nuestra emergencia privada no estaba desconectada de la enfermedad mayor y macrocósmica, bajo cuya influencia el sol se había vuelto tan pálido y enfermo como nuestro hijo. La Parvati-de-entonces (como la Padma-de-hoy) rechazó esas meditaciones abstractas, atacando, como simple desatino, mi creciente obsesión por la luz, en garras de la cual comencé a encender pequeñas lamparillas en la choza de la enfermedad de mi hijo, llenando nuestra cabaña de candelas al mediodía... pero insisto en la exactitud de un diagnóstico; «Os lo aseguro», insistía entonces, «mientras dure la Emergencia, nunca se pondrá bien».

Enloquecida por su incapacidad para curar a aquel niño serio que nunca lloraba, mi Parvati-Laylah se negaba a creer mis pesimistas teorías, pero se volvió vulnerable a cualquier otra idea disparatada. Cuando una de las mujeres más viejas de la colonia de los magos le dijo —como hubiera podido hacerlo Resham Bibi— que la enfermedad no podría desaparecer mientras el niño siguiera mudo, Parvati pareció encontrarlo plausible. —La enfermedad es una aflicción del cuerpo —me sermoneó—, hay que echarla con lágrimas y gemidos. —Aquella noche, volvió a la cabaña agarrando un paquetito de polvo verde, envuelto en papel de periódico y atado con una cuerda de color rosa pálido, y me dijo que era un preparado de tal poder que obligaría a dar gritos hasta a una piedra. Cuando le administró la medicina, las mejillas del niño comenzaron a hincharse, como si tuviera la boca llena de comida; los sonidos de su infancia, largo tiempo reprimidos, se agolparon tras sus labios, y él atrancó la boca con furia. Resultó evidente que el chico estaba a punto de ahogarse al tratar de tragarse otra vez el vómito torrencial de sonidos contenidos que había agitado el polvo verde; y entonces fue cuando comprendimos que nos encontrábamos en presencia de una de las voluntades más implacables de la tierra. Al cabo de una hora, durante la cual mi hijo se volvió primero azafrán, luego azafrán-y-verde, y finalmente del color de la hierba, no pude aguantar más y bramé—: ¡Mujer, si el pobre chico desea tanto guardar silencio, no vamos a matarlo por eso! —Cogí a Aadam para mecerlo, y sentí cómo su cuerpo se ponía rígido, y sus rodillas codos cuello se iban llenando del tumulto contenido de sonidos inexpresados, y por fin Parvati cedió y preparó un antídoto machacando arrurruz y camomila en un cacharro de lata, mientras musitaba extrañas imprecaciones en voz baja. Después de aquello, nadie trató nunca de hacer que Aadam Sinai hiciera nada que él no quisiera hacer; lo mirábamos luchar contra la tuberculosis y tratábamos de tranquilizarnos pensando que, sin duda, una voluntad tan acerada se negaría ser derrotada por una simple enfermedad.

En aquellos últimos días, mi esposa Laylah o Parvati era roída también por las polillas interiores de la desesperación, porque cuando venía a mí buscando consuelo o calor en el aislamiento de nuestras horas de sueño, yo seguía viendo, superpuesta a sus rasgos, la fisonomía horriblemente erosionada de la Cantante Jamila; y aunque le confesé a Parvati el secreto del espectro, consolándola al hacerle notar que, a su ritmo actual de desintegración, el espectro se habría deshecho por completo antes de mucho, ella me dijo dolorosamente que las escupideras y la guerra me habían reblandecido los sesos, y perdió la esperanza de un matrimonio que, por lo que parecía, no se consumaría nunca; lenta, muy lentamente, apareció en su labios el pucherito siniestro del dolor... pero ¿qué podía hacer yo? ¿Qué alivio podía ofrecerle... yo, Saleem Mocoso, que había quedado reducido a la pobreza al retirarme mi familia su protección, que había elegido (si fue una elección) vivir de mis dotes olfatorias, ganándome unos *paisa* olfateando lo que la gente había cenado el día anterior y quién estaba enamorado; qué consuelo podía ofrecerle cuando estaba ya en poder de la fría mano de aquella prolongada medianoche, y podía oler la finalidad en el aire?

La nariz de Saleem (no podéis haberlo olvidado) podía oler cosas más extrañas que el estiércol de caballo. Los perfumes de los sentimientos e ideas, el olor de cómo-fueron-las-cosas: todo eso lo olfateaba y lo olfateo con facilidad. Cuando se cambió la Constitución para dar a la Primera Ministra poderes cuasiabsolutos, olí los fantasmas de antiguos imperios en el aire... en aquella ciudad llena de los fantasmas de reyes eslavos y mogoles, de Aurangzeb el despiadado y el último, de conquistadores rosados, inhalé una vez más el acre aroma del despotismo. Olía como trapos aceitosos ardiendo.

Pero incluso los nasalmente incompetentes podían haber deducido, en el invierno de 1975-1976, que algo olía a podrido en la capital; lo que me alarmó fue un hedor más extraño, más personal: el olorcillo de un peligro personal, en el que distinguía la presencia de un par de rodillas traicioneras y justicieras... mi primer indicio de que un antiguo conflicto, que comenzó cuando una virgen loca de amor cambió unos rótulos, iba a terminar en breve en un frenesí de traiciones y tijeretazos.

Quizá, con esa advertencia picándome en las narices, hubiera debido huir... advertido por una nariz, hubiera podido poner pies en polvorosa. Pero había objeciones de tipo práctico ¿adónde hubiera ido? Y, cargado con una mujer y un hijo, ¿cómo hubiera podido moverme deprisa? Tampoco hay que olvidar que, una vez, huí efectivamente, y mirad dónde acabé: en los Sundarbans, la jungla de fantasmas y justos castigos, ¡de la que sólo escapé por los pelos...! En cualquier caso, no corrí.

Probablemente no importó; Shiva —implacable,

traidor, mi enemigo desde nuestro nacimiento— hubiera acabado por encontrarme. Porque, aunque una nariz está dotada de forma única para olfatear-las-cosas, cuando se trata de entrar en acción no pueden negarse las ventajas de un par de rodillas firmes y estranguladoras.

Me permitiré una última y paradójica observación sobre este tema: si, como creo, fue en la casa de las plañideras donde supe la respuesta a la cuestión de la finalidad que me había atormentado toda la vida, al evitar aquel palacio de aniquilaciones me hubiera negado también ese descubrimiento, sumamente precioso. Para decirlo de forma algo más filosófica: toda nube está revestida de plata.

Saleem-y-Shiva, nariz-y-rodillas... sólo compartíamos tres cosas: el momento (y sus consecuencias) de nuestro nacimiento; la culpa de la traición; y nuestro hijo, Aadam, nuestra síntesis, sin sonreír, serio, con unas orejas omniaudientes. Aadam Sinai era, en muchos aspectos, exactamente lo opuesto a Saleem. Yo, en mis comienzos, crecí con velocidad vertiginosa; Aadam, luchando con las serpientes de la enfermedad, apenas crecía en absoluto. Saleem mostró una sonrisa zalamera desde el comienzo; Aadam tenía más dignidad, y se guardaba sus muecas para él. Mientras que Saleem sometió su voluntad a las tiranías reunidas de su familia y el destino, Aadam luchó ferozmente, negándose a ceder siquiera a la coacción del polvo verde. Y mientras Saleem había estado tan decidido a absorber el universo que, durante cierto tiempo, fue incapaz de parpadear, Aadam prefería mantener los ojos firmemente cerrados... aunque cuando, alguna que otra vez, se dignaba abrirlos, yo observaba su color, que era azul. Azul de hielo, el azul de la repetición, el azul profético de Cachemira... pero no hay necesidad de dar más detalles.

Nosotros, los hijos de la independencia, nos precipitamos locamente y demasiado aprisa hacia nuestro futuro; él, nacido de la Emergencia, será es ya más precavido, aguardando su oportunidad; pero cuando actúe será imposible de resistir. Es ya más fuerte, más duro, más resuelto que yo: cuando duerme, tiene los globos oculares inmóviles bajo los párpados. Aadam Sinai, hijo de rodillas-y-nariz, no se somete (por lo que puedo decir) a los sueños.

¿Cuántas cosas oyeron aquellas orejas batientes que, en ocasiones, parecían arder con el calor de su conocimiento? Si hubiera podido hablar, ¿me habría advertido contra la traición y las explanadoras? En un país dominado por las multitudes gemelas de los ruidos y los olores, hubiéramos podido formar un equipo perfecto; pero mi hijo pequeño rechazaba la palabra, y no obedecía los dictados de mi nariz.

—*Arré baap* —exclama Padma—. ¡Cuenta lo que ocurrió, señor! ¿Qué hay de tan sorprendente en que un bebé no dé conversación?

Y otra vez las grietas dentro de mí: No puedo. —Tienes que hacerlo. —Si.

Abril de 1976 me encontró viviendo todavía en la colonia o gueto de los magos; mi hijo Aadam estaba aún en poder de una lenta tuberculosis que parecía no responder a ninguna forma de tratamiento. Yo estaba lleno de presentimientos (y pensamientos de huida); pero si algún hombre fue la razón para que me quedara en el gueto, ese hombre fue Singh Retratos.

Padma: Saleem compartió su suerte con los magos de Delhi, en parte por un sentido de oportunidad... una creencia autoflagelante en la rectitud de su tardío descenso a la pobreza (me llevé, de casa de mi tío, no más de dos camisas, blancas, dos pares de pantalones, también blancos, una camiseta, decorada con guitarras rosas, y zapatos, un par, negros); en parte, vine por lealtad, al haber quedado ligado por lazos de gratitud a mi salvadora, la-bruja-Parvati; pero me quedé —cuando, como joven letrado, hubiera podido ser, por lo menos, empleado de banco o maestro de escritura y lectura en alguna escuela nocturna— porque, toda mi vida, consciente o inconscientemente, he buscado padres. Ahmed Sinai, Hanif Aziz, Sharpsticker Sahib, el General Zulfikar han sido utilizados todos en ausencia de William Methwold; Singh Retratos fue el último de ese noble linaje. Y quizá, en mi doble pasión por padres y por salvar-al-país, exageré a Singh Retratos; existe la horrible posibilidad de que lo deformara (y de que lo haya deformado otra vez en estas páginas) convirtiéndolo en una ficción soñada de mi propia imaginación... desde luego es cierto que, siempre que le preguntaba: —¿Cuándo nos guiarás, Retratos*ji*... cuándo llegará el gran día? —él, moviendo los pies torpemente, contestaba—: Quítate esas cosas de la cabeza, capitán; yo soy un pobre hombre del Rajastán, y también El Hombre Más Encantador del Mundo; no hagas de mí otra cosa. —Pero yo, insistiéndole—: Hay un precedente... hubo un Mian Abdullah, el Colibrí... —a lo que Retratos—: Capitán, tienes algunas ideas disparatadas.

Durante los primeros meses de la Emergencia, Singh Retratos permaneció sumido en un melancólico silencio, reminiscente (¡una vez más!) del gran mutismo de la Reverenda Madre (que había goteado también en mi hijo...), y había descuidado el instruir a su público en las carreteras y las callejas de las ciudades Vieja y Nueva, como, hasta entonces, había insistido en hacer; pero aunque —Éste es un tiempo para el silencio, capitán— yo seguía convencido de que, un día, una aurora del milenio al final de la medianoche, de algún modo, a la cabeza de un gran *jooloos* o procesión de los desheredados, quizá tocando la flauta y adornado con serpientes mortales, sería Singh Retratos quien nos llevaría hacia la luz... pero quizá no fue nunca más que un encantador de serpientes; no niego la posibilidad. Sólo digo que, a mí, mi último padre, alto demacrado barbudo, con el pelo echado hacia atrás y anudado en la nuca me parecía un auténtico avatar de Mian Abdullah; pero quizá todo era una ilusión, nacida de mis intentos de ligarlo a los hilos de mi historia por un esfuerzo de voluntad pura. Ha habido ilusiones en mi vida; no creáis que no tengo conciencia de ello. Estamos llegando, sin embargo, a un tiempo situado más allá de las ilusiones; al no tener opción, tengo que poner por fin por escrito, en negro y blanco, el clímax que he estado evitando toda la noche.

Trozos de recuerdos: no es así como debe escribirse un clímax. Un clímax debe ascender hacia su cumbre del Himalaya; pero a mí sólo me quedan jirones, y tengo que avanzar a sacudidas hacia mi crisis como un títere con los hilos rotos. Esto no es lo que había proyectado; pero quizá la historia que uno termina no es nunca la que había comenzado. (Una vez, en una habitación azul, Ahmed Sinai improvisó finales para cuentos de hadas cuyas conclusiones originales había olvidado hacía tiempo; el Mono de Latón y yo oímos, con el paso de los años, toda clase de versiones diferentes del viaje de Simbad y de las aventuras de Hatim Tai... si comenzara yo de nuevo, ¿terminaría también en un lugar diferente?) Está bien: tengo que contentarme con jirones y trozos: como escribí hace siglos, el truco está en llenar los huecos, guiado por las pocas claves que se dan. La mayor parte de lo que importa en nuestras vidas ocurre en nuestra ausencia; yo tengo que guiarme por el recuerdo de un expediente visto-una-vez con iniciales significativas; y por los otros, los restantes vidrios rotos del pasado, que persisten en las saqueadas criptas de mi memoria como botellas rotas en una playa... Como trozos de recuerdos, las hojas de periódico solían rodar por la colina de los magos en el viento silencioso de la medianoche.

Periódicos llevados por el viento visitaron mi choza para informarme de que mi tío, Mustapha Aziz, había sido víctima de asesinos desconocidos; yo me olvidé de derramar una lágrima. Pero hay otras informaciones; y, con ellas, tengo que construir la realidad.

En una hoja de papel (que olía a nabos), leí que la Primera Ministra de la India no iba a ninguna parte sin su astrólogo personal. En ese fragmento, percibí algo más que bocanadas de nabos; misteriosamente, mi nariz reconoció, una vez más, el olor del peligro personal. Lo que tengo que deducir de ese aroma de advertencia: los adivinos me profetizaron; ¿no es posible que, al final, los adivinos fueran mi perdición? ¿No pudo la Viuda, obsesionada con las estrellas, conocer por sus astrólogos el potencial secreto de todos los niños nacidos en aquella lejana hora de la medianoche? ¿Y fue por eso por lo que se pidió a un funcionario civil, experto en genealogías, que averiguase... y por lo que él me miró por la mañana de una forma tan extraña? Sí, ya lo veis, ¡los trozos comienzan a encajar! Padma, ¿no resulta claro? *Indira es la India y la India es Indira*... pero ¿no es posible que ella leyera la carta de su propio padre a un hijo de la medianoche, en la que se le negaba a ella su papel central, ahora convertido en consigna; en la que el papel de espejo-de-la-nación se me daba a mí? ¿Lo veis? ¿Lo *veis*? ... y hay más, hay otra prueba todavía más clara, porque aquí hay otro recorte de *The Times of India*, en el que la propia agencia de noticias de la Viuda, Samachar, cita unas palabras suyas en que habla de su «determinación de combatir la profunda y extensa conspiración que ha ido creciendo». Os lo aseguro: ¡no se refería al Janata Morcha! No, la Emergencia

tuvo una parte negra además de una blanca, y éste es el
secreto que ha estado oculto demasiado tiempo bajo la
máscara de aquellos días sofocados: el más auténtico, el
más profundo motivo de la declaración del Estado de
Emergencia fue el aplastamiento, la pulverización, el
irreversible desbaratamiento de los hijos de la medianoche. (Cuya Conferencia, desde luego, se había dis-
persado años antes; pero la mera posibilidad de nuestra
reunificación era bastante para provocar la alerta roja.)

Los astrólogos —no tengo la menor duda— hicieron sonar la alarma; en una carpeta negra con el rótulo
M.C.C. se reunieron nombres de los archivos existentes;
pero hubo más que eso. Hubo también traiciones y confesiones; hubo rodillas y una nariz... una nariz, y también rodillas.

Recortes, jirones, fragmentos: me parece que, inmediatamente antes de despertar con el olor del peligro en
mis narices, soñé que estaba durmiendo. Me despertaba, del más desconcertante de los sueños, y encontraba
a un extraño en mi choza: un tipo de aspecto poético,
con un pelo lacio que le asomaba por encima de las orejas (pero que le clareaba mucho en la nuca). Sí: durante
mi último sueño antes de-lo-que-hay-que-describir,
me visitó la sombra de Nadir Khan, que miraba perplejo una escupidera de plata, incrustada de lapislázuli, y
me preguntaba absurdamente: «¿Has robado esto...?
Porque, de otro modo, debes de ser... ¿es posible...? ¿el
chico de mi Mumtaz?» Y cuando yo se lo confirmé:
«Sí, ni más ni menos, soy yo...», el espectro-soñado de
Nadir-Qasim me hizo una advertencia: «Escóndete.
Todavía hay tiempo. Escóndete ahora que puedes.»

Nadir, que se escondió bajo la alfombra de mi
abuelo, vino para aconsejarme que hiciera lo propio;
pero demasiado tarde, demasiado tarde, porque enton-

ces me desperté del todo, y olí el perfume del peligro resonando como trompetas en mi nariz... temeroso, sin saber por qué, me puse de pie; y ¿es imaginación mía, o abrió Aadam Sinai sus ojos azules para mirar seriamente los míos? ¿Estaban también llenos de alarma los ojos de mi hijo? ¿Habían oído unas orejas de soplillo lo que había olfateado una nariz? ¿Se comunicaron padre e hijo sin palabras en aquel instante antes de que todo empezara? Tengo que dejar los signos de interrogación flotando, sin respuesta; pero lo que es cierto es que Parvati, mi Laylah Sinai, se despertó también y me preguntó: —¿Qué pasa, señor? ¿Qué es lo que te preocupa...? —Y yo, sin saber muy bien la razón—: Escóndete; quédate aquí y no salgas.

Entonces salí yo.

Debía de ser por la mañana, aunque la penumbra de la medianoche interminable flotaba sobre el gueto como una niebla... a la lóbrega luz de la Emergencia, vi a niños que jugaban a siete-tejas, y a Singh Retratos, con su paraguas plegado bajo la axila izquierda, orinando contra los muros de la Mezquita del Viernes, un diminuto ilusionista calvo se ejercitaba en atravesarle el cuello con cuchillos a su aprendiz de diez años, y un prestidigitador había encontrado ya público, y estaba persuadiendo a grandes pelotas de lana para que salieran de los sobacos de extraños; mientras, en otro rincón del gueto, Chand Sahib, el músico, practicaba la trompeta, colocándose en el cuello la antigua boquilla de un instrumento abollado, y tocándola simplemente mediante el juego de los músculos de su garganta... allí, por allá, andaban las tres trillizas contorsionistas, llevando en equilibrio sobre la cabeza *surahis* de agua al volver a su choza desde la única fuente de la colonia... en pocas palabras, todo parecía tranquilo. Comencé a reñirme a mí mismo por mis sueños y alarmas nasales; pero entonces comenzó.

Las furgonetas y las explanadoras llegaron primero, retumbando por la carretera principal; se detuvieron frente al gueto de los magos. Un altavoz comenzó a
pregonar: «Programa de embellecimiento ciudadano...
operación autorizada del Comité Central Juvenil de
Sanjay... prepárense instantáneamente para su evacuación a un nuevo emplazamiento... este barrio es una
ofensa pública, y no se puede seguir tolerando... todos
deberán obedecer las órdenes sin protesta.» Y mientras
el altavoz atronaba, unas figuras descendían de las furgonetas: se levantó apresuradamente una tienda de colores brillantes, y aparecieron catres de tijera y equipo
quirúrgico... y entonces salió de las furgonetas un torrente de señoritas bien vestidas, de alta cuna y educación extranjera, y luego un segundo río de jóvenes
igualmente bien vestidos: voluntarios, voluntarios de
las Juventudes de Sanjay, haciendo su contribución a la
sociedad... pero entonces comprendí que no, que no
eran voluntarios, porque todos los hombres tenían el
mismo pelo rizado y los mismos labios-como-vulva-
de-mujer, y las elegantes señoritas eran también todas
idénticas, y sus rasgos correspondían exactamente a los
de la Menaka de Sanjay, a la que los recortes de periódico habían descrito como una «belleza larguirucha» y
que en otro tiempo fue modelo de camisones para una
compañía de colchones... de pie en el caos del programa
de eliminación de aquel barrio miserable, pude comprobar una vez más que la dinastía gobernante de la India había aprendido a reproducirse a sí misma; pero entonces no había tiempo de pensar, los innumerables
labios-de-vulva y bellezas-larguiruchas se estaban apo-
derando de magos y viejos mendigos, estaban arrastrando a la gente hacia las furgonetas, y ahora un rumor
se extendía por la colonia de los magos: «¡Están haciendo *nasbandi*... están realizando esterilizaciones!» Y otro
grito: «¡Salvad a vuestras mujeres y vuestros hijos!»...

Y comienza un tumulto, los niños que hace un momento jugaban a siete-tejas les tiran piedras a los elegantes invasores, y ahí está Singh Retratos congregando a los magos a su alrededor, agitando un furioso paraguas, que en otro tiempo sembró la armonía pero ahora se ha transmutado en arma, en una aleteante lanza quijotesca, y los magos se han convertido en un ejército defensor, aparecen mágicamente cócteles Molotov, que son arrojados, se sacan ladrillos de bolsas de prestidigitadores, el aire está lleno de gritos y misiles y los elegantes labios-de-vulva y las bellezas-larguiruchas se retiran ante la violenta furia de los ilusionistas; y allá va Singh Retratos, dirigiendo el asalto a una tienda de vasectomía... Parvati o Laylah, desobedeciendo órdenes, está a mi lado ahora, diciendo: —Dios santo, qué están... —y en ese momento se desencadena un nuevo y más formidable asalto sobre el barrio: se envían soldados contra magos, mujeres y niños.

En otro tiempo, prestidigitadores tahúres titiriteros e hipnotizadores marcharon triunfalmente junto a un ejército conquistador; pero todo eso se ha olvidado ahora, y las armas rusas apuntan a los habitantes del gueto. ¿Qué probabilidades tienen los brujos comunistas frente a los fusiles socialistas? Ellos, nosotros, corren corremos ahora, hacia todos lados, Parvati y yo somos separados cuando los soldados cargan, yo pierdo de vista a Singh Retratos hay culatas de fusil que pegan golpean, veo a una de las trillizas contorsionistas caer bajo la furia de las armas, arrastran a la gente del pelo hacia las bostezantes furgonetas que esperan; y yo también corro, demasiado tarde, mirando por encima del hombro, tropezando con latas de Dalda cajones vacíos y las bolsas abandonadas de los aterrorizados ilusionistas, y por encima del hombro, a través de la lóbrega noche de la Emergencia, veo que todo esto ha sido una pantalla de humo, una cuestión secundaria, porque, como un rayo a través de la confusión del tumulto, llega una figura mítica, una encarnación del destino y de la destrucción: el Mayor Shiva se ha unido a la refriega, y me busca sólo a mí. Detrás de mí, mientras corro, vienen, bombeando, las rodillas de mi perdición...

... Me viene a la mente la imagen de una casucha: ¡mi hijo! Y no sólo mi hijo: ¡una escupidera de plata, incrustada de lapislázuli! En alguna parte, en la confusión del gueto, un niño se ha quedado solo... en alguna parte un talismán, tanto tiempo guardado, ha sido abandonado. La Mezquita del Viernes me mira impasible mientras me desvío me agacho corro entre las chozas inclinadas, mientras los pies me llevan hacia el hijo de orejas de soplillo y la escupidera... pero ¿qué probabilidades tenía contra aquellas rodillas? Las rodillas del héroe de guerra se van acercando mientras huyo, las articulaciones de mi némesis retumban hacia mí, y él da un salto, las piernas del héroe de guerra vuelan por el aire, cerrándose como mandíbulas alrededor de mi cuello, las rodillas expulsan el aire de mi garganta, caigo retorciéndome pero las rodillas se mantienen firmes, y ahora una voz —¡una voz de traición felonía odio!— me dice, mientras las rodillas reposan sobre mi pecho y me mantienen clavado en el espeso polvo del barrio:
—Bueno, muchachito rico: nos encontramos otra vez. *Salaam.* —Yo farfullé algo; Shiva sonrió.

¡Oh botones brillantes del uniforme de un traidor! Centelleando lanzando destellos como la plata... ¿por qué lo hizo? ¿Por qué él, que en otro tiempo había mandado bandidos anarquistas por todos los barrios miserables de Bombay, se convirtió en caudillo de la tiranía? ¿Por qué traicionó un hijo de la medianoche a los hijos de la medianoche, llevándome a mi destino? ¿Por amor a la violencia, y el brillo legitimador de los botones de los uniformes? ¿Por su antigua antipatía ha-

cia mí? O bien —y esto lo encuentro sumamente plausible— a cambio de la inmunidad a las penas impuestas
al resto de nosotros... sí, eso debía de ser; ¡oh héroe de
guerra que negaba los derechos de nacimiento! ¡Oh rival vendido-por-un-plato-de-lentejas! ... Pero no, tengo que cortar todo esto, y contar la historia tan simplemente como pueda: mientras las tropas perseguían
detenían arrastraban a los magos en su gueto, el Mayor
Shiva me dedicó su atención. También yo fui brutalmente empujado hacia una furgoneta; mientras las
explanadoras avanzaban hacia el barrio, una puerta
se cerró de golpe... en la oscuridad grité: —¡Mi hijo...!
Y Parvati, ¿dónde está ella, mi Laylah...? ¡Singh Retratos! ¡Sálvame, Retratos*ji*! —Pero allí estaban las explanadoras y nadie me oyó gritar.

La-bruja-Parvati, al casarse conmigo, fue víctima
de la maldición de la muerte violenta que se cierne sobre mi gente... No sé si Shiva, después de haberme encerrado en una furgoneta ciega y oscura, fue a buscar-
la, o si se la dejó a las explanadoras... porque ahora las
máquinas de destrucción estaban en su elemento, y
las pequeñas casuchas de la ciudad de chabolas se deslizaban resbalaban locamente ante la fuerza de los irresistibles bichos, las chozas se partían como ramas, los
paquetitos de papel de los titiriteros y los cestos mágicos de los ilusionistas eran reducidos a pulpa; la ciudad
estaba siendo embellecida, y si hubo algunos muertos,
si una muchacha de ojos como platos y un pucherito de
pesar en los labios cayó bajo los monstruos que avanzaban, bueno, qué pasa, se estaba eliminando algo
ofensivo del rostro de la antigua capital... y se dice que,
en las ansias de la muerte del gueto de los magos, un gigante barbudo rodeado de serpientes (pero esto puede
ser exageración) corría —¡A TODA MECHA!— por los escombros, corría como un loco ante las explanadoras
que avanzaban, agarrando en su mano el mango de un

paraguas irreparablemente destrozado, buscando buscando, como si su vida dependiera de esa búsqueda.

Al terminar ese día, el barrio miserable que se arracimaba a la sombra de la Mezquita del Viernes había desaparecido de la faz de la tierra; pero no cogieron a todos los magos; no todos ellos fueron llevados al campo de alambradas llamado Khichripur, ciudad-del-batiburrillo, en la orilla más lejana del río Jamuna; jamás cogieron a Singh Retratos, y se dice que, al día siguiente al del arrasamiento del gueto de los magos, se informó de que había un nuevo barrio miserable en el corazón de la ciudad, muy cerca de la estación de ferrocarril de Nueva Delhi. Se llevaron apresuradamente explanadoras al lugar de las supuestas casuchas; no encontraron nada. Después de eso, la existencia del barrio ambulante de los ilusionistas escapados se convirtió en un hecho conocido de todos los habitantes de la ciudad, pero los demoledores nunca lo encontraron. Se informó de que estaba en Mehrauli; pero cuando los vasectomistas y los soldados fueron allí, encontraron el Qutb Minar sin mancillar por las casuchas de la pobreza. Los confidentes dijeron que había aparecido en los jardines de Jantar Mantar, el observatorio mogol de Jai Singh; pero las máquinas de la destrucción, al precipitarse al lugar, no encontraron más que loros y esferas solares. Sólo después de terminar la Emergencia se detuvo el barrio ambulante; pero eso debe esperar para más tarde, porque es hora de hablar, por fin, de mi cautividad en el Albergue de la Viuda en Benarés.

En otro tiempo, Resham Bibi se lamentó: «¡Ai-oaio!»... y tenía razón; yo traje la destrucción al gueto de mis salvadores; el Mayor Shiva, actuando sin duda por instrucciones explícitas de la Viuda, vino a la colonia para apoderarse de mí; mientras tanto, el hijo de la Viuda se encargó de que sus programas de embellecimiento ciudadano y vasectomía realizaran una maniobra de diversión. Sí, naturalmente que todo fue planeado así; y (si se me permite decirlo) de una forma sumamente eficiente. Lo que se logró durante el tumulto de los magos: nada menos que la hazaña de capturar inadvertidamente a la única persona en el mundo que tenía la clave de la situación de cada uno de los hijos de la medianoche... porque, ¿no había sintonizado yo, noche tras noche, con todos y cada uno de ellos? ¿No llevaba, para siempre, sus nombres direcciones rostros en mi mente? Responderé a esta pregunta: los llevaba. Y me capturaron.

Sí, naturalmente que todo fue planeado así. Labruja-Parvati me lo había contado todo sobre mi rival; ¿es verosímil que no le hubiera hablado a él de mí? Responderé también a esa pregunta: no es verosímil en absoluto. De modo que nuestro héroe de guerra sabía dónde se escondía, en la capital, la persona que sus amos buscaban con más ahínco (ni siquiera mi tío Mustapha sabía a donde fui cuando lo dejé; ¡pero Shiva lo sabía!)... y, una vez que se convirtió en traidor, sobornado, no tengo duda alguna, por toda clase de cosas, desde promesas de ascensos hasta garantías de seguridad personal, le fue fácil entregarme en manos de su dueña, la Señora, la Viuda del cabello abigarrado.

Shiva y Saleem, vencedor y víctima; comprended nuestra rivalidad y obtendréis la comprensión de la era en que vivís. (Lo contrario de esta afirmación es también cierto.)

Perdí otra cosa aquel día, además de mi libertad: las explanadoras se tragaron mi escupidera de plata. Privado del último objeto que me conectaba a mi pasado más tangible e históricamente verificable, fui llevado a Benarés para hacer frente a las consecuencias de mi vida interior, recibida de la medianoche.

Sí, allí fue donde ocurrió, en el palacio de las viudas a orillas del Ganges, en la más antigua ciudad contemporánea del mundo, que era ya vieja cuando Buda era joven, Kasi Benarés Varanasi, Ciudad de la Luz Divina, morada del Libro Profético, el horóscopo de los horóscopos, en el que están ya registradas todas las vidas, pasadas presentes futuras. La diosa Ganga fluyó hacia la tierra a través del cabello de Shiva... Benarés, el santuario del dios-Shiva, fue adonde me llevó el héroe-Shiva para afrontar mi destino. En la morada de los horóscopos, llegué al momento profetizado en una azotea por Ramram Seth: «¡los soldados lo juzgarán... los tiranos lo freirán!» había cantado el adivino; bueno, no hubo un juicio formal —las rodillas de Shiva me apretaron el cuello, y eso fue todo— pero sí que olí, un día de invierno, los olores de algo que se freía en una sartén de hierro...

Seguid el río, pasando por delante del *ghat* Scindia, en el que jóvenes gimnastas, con taparrabos blancos, hacen flexiones con un brazo, por delante del *ghat* de Manikarnika, el lugar de los funerales, en el que puede comprarse fuego sagrado a los guardianes del fuego, por delante de los cuerpos flotantes de perros y vacas... desgraciados para los que nadie compró fuego, por delante de brahmines bajo sombrillas de paja en el *ghat* de Dasashwamedh, vestidos de azafrán, repartiendo bendiciones... y ahora se hace audible, un sonido extraño, como el ladrido de podencos distantes... seguid seguid seguid el sonido, y cobrará forma, comprenderéis que son unos lamentos poderosos, incesantes, que salen de las ventanas cegadas de un palacio de la ribera: ¡el Albergue de las Viudas! Hace mucho tiempo, fue la residencia de un maharajá; pero la India es hoy un país moderno, y esos lugares han sido expropiados por el Estado. El palacio es ahora un hogar para mujeres desconsoladas; comprendiendo que su verdadera vida terminó con la muerte de sus maridos, pero sin poder buscar ya la liberación del *sati*, vienen a la ciudad santa para pasar sus días inútiles en medio de sinceras ululaciones. En el palacio de las viudas vive una tribu de mujeres con el pecho irremediablemente magullado por la fuerza de sus golpes continuos, con el cabello arrancado sin remedio y con las voces despedazadas por sus expresiones constantes y agudas de pesar. Es un edificio inmenso, en el que un laberinto de habitaciones diminutas de los pisos superiores es sustituido abajo por grandes salas de lamentación; y sí, allí fue donde ocurrió, la Viuda me chupó hasta el corazón privado de su terrible imperio, me encerraron en una diminuta habitación superior y las mujeres desconsoladas me llevaban la comida de la prisión. Pero también tenía otros visitantes: el héroe de guerra invitó a dos de sus colegas a ir con él, con fines de conversación. En otras palabras: se me animó a hablar. Por una pareja mal armonizada, el uno gordo y el otro delgado, a los que llamé Abbott-y-Costello porque nunca consiguieron hacerme reír.

Aquí dejo constancia de un piadoso vacío en mi memoria. Nada puede inducirme a recordar las técnicas de conversación de aquella pareja uniformada y sin humor; ¡no hay *chutney* ni encurtido capaz de abrir las puertas tras las que he encerrado a aquellos días! No, lo he olvidado, no puedo decir no diré cómo me hicieron descubrir el pastel... pero no puedo eludir el vergonzoso fondo del asunto, que es que, a pesar de las pocas-bromas y del talante en general poco comprensivo de mi inquisidor bicéfalo, hablé sin la más mínima duda. E hice más que hablar: bajo el influjo de sus —olvidadas— presiones innominables, fui en extremo locuaz. Lo que salió, entre gimoteos, de mis labios (y no saldrá ahora): nombres direcciones descripciones físicas. Sí, se lo dije todo, nombré a los quinientos setenta y ocho (porque Parvati, me informaron cortésmente, había muerto y Shiva se había pasado al enemigo, y el número quinientos ochenta y uno estaba llevando el peso de la conversación...)... obligado a ser traidor por la traición de otro, traicioné a los hijos de la medianoche. Yo, el Fundador de la Conferencia, presidí su fin, mientras Abbott-y-Costello, sin sonreír, intercalaban de cuando en cuando: —¡Ajá! ¡Muy bien! ¡No sabíamos nada de ella! —o bien—: Está usted cooperando mucho; ¡a ese tipo no lo conocíamos!

Esas cosas ocurren. Las estadísticas pueden ayudar a situar mi detención en un contexto; aunque hay considerable desacuerdo sobre el número de presos «políticos» durante la Emergencia, o treinta mil o un cuarto de millón de personas perdieron sin duda alguna su libertad. La Viuda dijo: «Es sólo un pequeño porcentaje de la población de la India.» Durante una Emergencia ocurren toda clase de cosas: los trenes llegan a su hora, los acaparadores del mercado negro se asustan y pagan sus impuestos, hasta el tiempo atmosférico es metido en vereda, y se obtienen abundantes cosechas; hay, lo repito, un lado blanco y uno negro. Pero, en el lado negro, yo estaba encadenado a una barra en una habitación diminuta, sobre un colchón de paja que era el único mobiliario que se me permitía, compartiendo mi cuenco diario de arroz con las cucarachas y las hormigas. Y en cuanto a los hijos de la medianoche —aquella temible conspiración que había que frustrar a toda costa... aquella banda de forajidos sanguinarios ante la que la Primera Ministra, dominada por la astrología, temblaba de terror... aquellos monstruos de la independencia, grotescamente aberrantes, con los que un Estado-nación moderno no podía malgastar tiempo ni compasión—, con sus veintinueve años ahora, mes más mes menos, fueron llevados al Albergue de las Viudas, los acorralaron entre abril y diciembre, y sus susurros comenzaron a llenar los muros.

Los muros de mi celda (delgados como el papel, de enlucido desconchado, desnudos) comenzaron a susurrar, en un oído malo y uno bueno, las consecuencias de mis vergonzosas confesiones. Un preso de nariz de pepino, festoneado de barras y grilletes de hierro que hacían imposibles diversas funciones naturales —andar, utilizar el orinal, acurrucarse, dormir— yacía hecho un ovillo contra el desconchado enlucido y susurraba a la pared.

Fue el final; Saleem dio rienda suelta a su pesar. Toda mi vida, y durante la mayor parte de estas reminiscencias, he tratado de tener a mis penas bajo siete llaves, para evitar que mancharan mis frases con sus fluideces saladas y sensibleras; pero se acabó. No me dieron razón alguna (hasta que la Mano de la Viuda...) para mi encarcelamiento: pero ¿a quién, de los treinta mil o del cuarto de millón, se le dijo el cómo y el por qué? ¿A quién había que decírselo? En las paredes, oía las voces enmudecidas de los hijos de la medianoche; sin necesidad de más notas de pie de página, yo gimoteaba contra el enlucido desconchado.

Lo que Saleem le susurró a la pared entre abril y diciembre de 1976:

... Queridos Hijos. ¿Cómo puedo decirlo? ¿Qué es lo que hay que decir? Mi culpa mi avergüenza. Aunque las excusas son posibles: no se me podía echar la culpa de Shiva. Y están encerrando a toda clase de gentes, de forma que ¿por qué no nosotros? Y la culpa es un asunto complejo, porque, ¿no somos todos, cada uno de nosotros responsable en cierto sentido de... no tenemos los gobernantes que nos merecemos? Pero no daré esas excusas. Yo lo hice, yo. Queridos hijos: y mi Parvati ha muerto. Y mi Jamila, desaparecida. Y todo el mundo. El desaparecer parece ser otra de esas características que se repiten a lo largo de mi historia: Nadir Khan desapareció de un inframundo, dejando una nota; Aadam Aziz desapareció también, antes de que mi abuela se levantara para dar de comer a los gansos; ¿y dónde está Mary Pereira? Yo, en un cesto, desaparecí; pero Laylah o Parvati se eclipsaron sin ayuda de encantamientos. Y ahora estamos aquí, desaparecidos-de-la-faz-de-la-tierra. La maldición de las desapariciones, queridos hijos, se ha filtrado evidentemente en vosotros. No, en lo que se refiere a la cuestión de la culpa, me niego en redondo a adoptar el punto de vista más amplio ¡estamos demasiado cerca de lo-que-está-pasando, la perspectiva es imposible, más adelante, quizá, los analistas dirán el cómo y el porqué, aducirán tendencias económicas y evoluciones políticas subyacentes, pero ahora mismo estamos demasiado cerca de la pantalla, y la película se nos descompone en puntos, sólo los juicios subjetivos son posibles. Subjetivamente, pues, bajo la cabeza avergonzado. Queridos hijos. perdonadme. No, no espero que me perdonéis.

La política, hijos: en el mejor de los casos, un asunto malo y sucio. Hubiéramos debido evitarla, no hubiera debido soñar nunca con la finalidad, estoy llegando a la conclusión de que la intimidad, las pequeñas vidas individuales de los hombres, son preferibles a toda esa inflada actividad macrocósmica. Pero demasiado tarde. No se puede hacer nada. Hay que soportar lo que no se puede remediar.

Ésa es una buena pregunta, hijos: ¿qué es lo que hay que soportar? ¿Por qué nos amontonan aquí así, uno a uno, por qué nos cuelgan del cuello barras y grilletes? Y confinamientos más extraños (si hay que creer a un muro que susurra): quien-tiene-el-don-de-levitación ha sido atado por los tobillos a argollas puestas en el suelo, y un hombre-lobo se ve forzado a llevar bozal; quien-puede-huir-a-través-de-los-espejos tiene que beber el agua por un agujero de una lata tapada, a fin de que no pueda desvanecerse por la superficie reflectante del líquido; y aquella-cuya-mirada-mata tiene la cabeza metida en un saco, y las fascinantes bellezas de Baud están igualmente ensacadas. Uno de nosotros puede comer metales; tiene la cabeza sujeta con una abrazadera, que sólo se suelta a la hora de la comida... ¿qué nos preparan? Algo malo, hijos. Todavía no sé qué es, pero se está acercando. Hijos: también nosotros tenemos que prepararnos.

Transmitid el mensaje: algunos de nosotros se han escapado. Huelo ausencias a través de los muros. ¡Buenas noticias, hijos! No pueden cogernos a todos. Soumitra, el-que-viaja-en-el-tiempo, por ejemplo —¡Oh necedad juvenil! ¡Qué estúpidos fuimos, al no creer en él!— no está aquí; vagando, quizá, por alguna época más feliz de su vida, ha escapado para siempre a quienes lo buscaban. No, no lo envidio; aunque también yo, a veces, quisiera escaparme hacia atrás, quizá a la época en que, como niña del ojo universal, hice una triunfal gira de bebé por los palacios de William Methwold... ¡Oh nostalgia insidiosa de épocas de mayores posibilidades, antes de que la Historia, como una calle situada tras la Oficina General de Correos de Delhi, se estrechara hasta este punto final...! pero ahora estamos aquí; esa retrospección socava los ánimos; ¡alegraos, simplemente, de que algunos de nosotros estén libres!

Y algunos de nosotros están muertos. Me lo dijeron de Parvati. A través de cuyos rasgos, hasta el final, se veía el rostro espectral y en ruinas de. No, ya no somos quinientos ochenta y uno. Tiritando en el frío de diciembre, ¿cuántos de nosotros nos sentamos emparedados y esperando? Se lo pregunto a mi nariz; me responde, cuatrocientos veinte, el número de la superchería y el fraude. Cuatrocientos veinte, apresados por viudas; y hay otro más, que se pavonea con sus botas por todo el

Albergue —¡huelo su hedor acercándose alejándose!, ¡el rastro de la traición!— el Mayor Shiva, héroe de guerra, Shiva-el-de-las-rodillas, vigila nuestro cautiverio. ¿Se contentarán con cuatrocientos veinte? Hijos: no sé cuánto tiempo esperarán.

... No, os estáis riendo de mí, basta, no os burléis. ¿Por qué de dónde cómo diablos ese buen humor, esa afabilidad en los susurros que os pasáis? No, tenéis que condenarme, enseguida y sin apelación... no me torturéis con vuestros alegres saludos a medida que, uno por uno, os encierran en celdas; ¿qué clase de momento o de lugar son éstos para *salaams*, *namaskars*, cómo-estás...? Hijos, ¿no lo entendéis? pueden hacernos cualquier cosa, cualquier cosa... no, ¿cómo podéis decir eso, qué queréis decir con eso de qué-nos-pueden-hacer? Dejadme que os lo diga, amigos, las barras de acero hacen daño si se ponen en los tobillos; las culatas de los fusiles dejan magulladuras en las frentes. ¿Qué nos pueden hacer? Alambres con corriente eléctrica en el ano, hijos; y no es ésa la única posibilidad, también está el ser-colgado-de-los-pies, ¡y una vela —¡ah, el resplandor dulce y romántico de las velas!— es muy poco agradable cuando se aplica, encendida, a la piel! Basta ya, dejad toda esa amistad, ¿no tenéis miedo? ¿No tenéis ganas de darme patadas pisarme pisotearme hasta hacerme pedazos? ¿Por qué esas reminiscencias constantemente susurradas, esa nostalgia de viejas disputas, de la guerra de las ideas y las cosas, por qué me echáis en cara vuestra calma, vuestra normalidad, vuestra facultad de elevaros-por-encima-de-las-crisis? Francamente, estoy desconcertado, hijos: ¿cómo podéis, a los veintinueve años, estar ahí susurrando coquetamente unos con otros en vuestras celdas? ¡Maldita sea, esto no es una reunión social!

Hijos, hijos, lo siento. Admito abiertamente que últimamente no he sido yo mismo. He sido un buda, un fantasma encestado, y un supuesto salvador de la nación... Saleem ha estado precipitándose por callejones sin salida, ha tenido problemas considerables con la realidad, desde que una escupidera le cayó como un cachode... compadecedme: hasta he perdido mi escupidera. Pero otra vez voy por mal camino, no quería compasión, iba a deciros que quizá comprendo... era yo, y no vosotros, quien no entendía lo que pasaba. Increíble, hijos: nosotros, que no podíamos hablar cinco minutos sin estar en desacuerdo: nosotros que, de niños, discutíamos nos peleábamos nos dividíamos desconfiábamos nos separábamos, ¡estamos de pronto juntos, unidos, como un solo hombre! ¡Oh ironía maravillosa: la Viuda, al traernos aquí, para deshacernos, nos ha reunido de hecho! ¡Oh paranoia autosatisfecha de los tiranos... porque qué pueden hacernos, ahora que estamos todos del mismo lado, no hay rivalidades de idiomas, no hay prejuicios raciales: después de todo, ahora tenemos veintinueve años, no debiera llamaros hijos...! Sí, aquí está el optimismo, como una enfermedad: un día ella tendrá que dejarnos salir y entonces, ya veréis, quizá debiéramos formar, no sé, un nuevo partido político, sí, el Partido de la Medianoche, ¿qué pueden los políticos contra personas que pueden multiplicar los peces y transformar en oro los metales bajos? Hijos, algo está naciendo aquí, en esta hora oscura de nuestro cautiverio: dejad que las Viudas lo hagan lo peor que puedan; ¡la unidad es invencible! *¡Hijos: hemos ganado!*

Demasiado doloroso. El optimismo, creciendo como una rosa en un montón de estiércol: me duele recordarlo. Basta: me olvidaré de lo demás. —¡No!— No, muy bien, recordaré... ¿Qué es peor que barras grilletes velas-contra-la-piel? ¿Qué es lo que puede más que el arrancar las uñas y el hambre? Revelaré la broma mejor, más delicada de la Viuda: en lugar de torturarnos, nos daba esperanzas. Lo que significa que ella tenía algo, no, más que algo: ¡lo mejor de todo! ... que llevarse. Y ahora, muy pronto ya, describiré cómo se lo llevó.

Ectomía (del griego, supongo): cortar algo. A lo que la ciencia médica añade una serie de prefijos: apendicectomía amigdalectomía mastectomía tubectomía vasectomía testectomía histerectomía. A Saleem le gustaría dar otro elemento más, gratis de balde y de bóbilis bóbilis, a ese catálogo de extirpaciones; se trata, sin embargo, de un término que en realidad pertenece a la Historia, aunque la ciencia médica esté, estuviera complicada.

Esperectomía: el vaciamiento de toda esperanza.

El día de Año Nuevo, tuve una visita. Chirrido de puerta, susurro de gasas costosas. El dibujo: verde y negro. Sus gafas, verdes, sus zapatos más negros que negros... En los artículos de prensa se ha llamado a esta mujer «una muchacha encantadora de anchas caderas ondulantes... dirigió una *boutique* de joyería antes de ocuparse de la labor social... durante la Emergencia fue, semioficialmente, la encargada de la esterilización». Pero yo tengo para ella mi propio nombre: era la Mano de la Viuda. Que uno por uno y los niños mmff desgarrando desgarrando las pelotitas caen... negro-verdosamente, penetró majestuosa en mi celda. Hijos: comienza. Preparaos, hijos. Unidos resistimos. Dejad que la Mano de la Viuda haga el trabajo de la Viuda pero luego, luego... pensad en entonces. El ahora no deja que se piense en él... y ella, suave, razonablemente: —Básicamente, comprende, es sólo una cuestión de Dios.

(¿Escucháis, hijos? Pasad el mensaje.)

—El pueblo de la India —explicó la Mano de la Viuda—, adora a nuestra Señora como a un dios. Los indios sólo son capaces de adorar a un dios.

Pero yo fui educado en Bombay, donde Shiva Vishnu Ganesh Ahuramazda Alá y muchísimos otros tenían sus feligreses... —¿Y qué hay del panteón —aduje—, de los trescientos treinta millones de dioses sólo del hinduismo? ¿Y el Islam, y los *bodhisattvas*...? —Y ahora la respuesta—: ¡Oh sí! ¡Dios santo, *millones* de dioses, tiene razón! Pero todos son manifestaciones del mismo OM. Usted es musulmán: ¿sabe lo que es el OM? Muy bien. Para las masas, nuestra Señora es una manifestación del OM.

Hay cuatrocientos veinte de nosotros; un simple 0,00007 % de los seiscientos millones de habitantes de la India. Estadísticamente insignificantes; aunque se nos considerase como porcentaje de los treinta (o doscientos cincuenta) mil detenidos, ¡sólo formábamos un simple 1,4 (o un 0,168) %! Pero lo que aprendí de la Mano de la Viuda es que nada temen los aspirantes a dios tanto como a las otras deidades potenciales; y por eso, por eso y sólo por eso, es por lo que nosotros, los hijos mágicos de la medianoche, éramos odiados temidos destruidos por la Viuda, que no sólo era Primera Ministra en su aspecto más terrible, poseedora del *shakti* de los dioses, una divinidad multimembre con una raya en medio y un cabello esquizofrénico... Y así fue cómo supe cuál era mi sentido en el palacio en ruinas de las mujeres de pecho magullado.

¿Quién soy yo? ¿Quiénes éramos nosotros? Éramos somos seremos los dioses que nunca tuvisteis. Pero también algo distinto; y para explicarlo, tengo que contar, por fin, la parte difícil.

Todo de un tirón entonces porque, de otro modo, nunca saldrá, os contaré que, el día de Año Nuevo de 1977 una muchacha encantadora de caderas ondulantes me dijo que sí, que se contentarían con cuatrocientos veinte, habían comprobado que ciento treinta y nueve habían muerto, sólo un puñado habían escapado, de forma que comenzarían ahora, ris ras, habría anestesia y cuenta-hasta-diez, los números irían uno dos tres, y yo, susurrando al muro, Dejadlos dejadlos, mientras vivamos y estemos unidos ¿quién podrá oponerse a nosotros...? ¿Y quién nos llevó, uno a uno, a la cámara del sótano donde, porque no somos salvajes, señor, habían instalado aparatos de aire acondicionado, y una mesa con una lámpara colgante, y médicos enfermeras verde y negro, sus batas eran verdes sus ojos eran negros... quién, con rodillas nudosas e irresistibles, me acompañó a la cámara de mi perdición? Pero ya lo sabéis, lo podéis adivinar, sólo hay un héroe de guerra en esta historia, incapaz de discutir con el veneno de sus rodillas, yo fui a donde me ordenó... y entonces estuve allí, y una muchacha encantadora de grandes caderas ondulantes me dijo: —Después de todo, no se puede quejar, ¿no negará que en otro tiempo quiso sentar plaza de Profeta? —porque lo sabía todo, Padma, todo todo, me pusieron en la mesa y la máscara bajó sobre mi rostro y la cuenta-hasta-diez y los números golpeando siete ocho nueve...

Diez.

Y «Dios santo, todavía está consciente, sea bueno, siga hasta veinte...» ... Dieciocho diecinueve veinte.

Eran buenos médicos: no dejaban nada a la suerte. No eran para nosotros las vasectomías y trompectomías simples realizadas en las mesas pululantes; porque había una probabilidad, sólo una probabilidad de que esas operaciones pudieran invertirse... se realizaban ectomías, pero irreversibles; se eliminaban los testículos de sus bolsas, y los úteros desaparecían para siempre.

Testectomizados e histerectomizadas, a los hijos de

la medianoche se les negaba la posibilidad de reproducirse... pero eso era sólo un efecto secundario, porque eran médicos auténticamente excepcionales, y nos quitaron algo más que eso: también la esperanza fue extirpada, y no sé cómo lo hicieron, porque los números habían marchado sobre mí, estaba fuera de cuenta, y todo lo que puedo decir es que, al cabo de dieciocho días en que se realizaron las pasmosas operaciones a una tasa media de 23,33 diarias, no sólo nos faltaban bolitas y bolsas interiores, sino también otras cosas: a este respecto, salí mejor librado que la mayoría, porque el drenaje superior me había robado mi telepatía recibida de la medianoche. No tenía nada que perder, la sensibilidad de una nariz no puede vaciarse... pero en cuanto al resto de ellos, para todos los que habían llegado al palacio de las viudas gimoteantes con sus dones mágicos intactos, el despertar de la anestesia fue realmente cruel, y en susurros, a través del muro, vino la historia de su ruina, el grito atormentado de los hijos que habían perdido su magia: nos la había cortado, encantadoramente, con sus anchas caderas ondulantes, había ideado la operación de nuestra aniquilación, y ahora no éramos nada, quiénes éramos, un simple 0,00007 %, ahora no podían multiplicarse los peces ni transmutarse los metales; desaparecidas para siempre las posibilidades del vuelo y la licantropía y las originalmente-mil-y-una promesas maravillosas de una noche sobrenatural.

Vaciado por abajo: no era una operación reversible.

¿Quiénes éramos nosotros? Promesas rotas; hechas para ser rotas.

Y ahora tengo que hablaros del olor.

Sí, tenéis que saberlo todo por muy exagerado que sea, por muy melodramático-como-una-peliculilla-de-Bombay, tenéis que dejar que penetre, ¡tenéis que *ver-*

lo! Lo que Saleem olió en la noche del 18 de enero de 1977: algo que se freía en una sartén de hierro, unos algos blandos inmencionables condimentados con cúrcuma coriandro comino y alholva... los vapores acres e ineludibles de lo-que-habían-extirpado, cociéndose sobre un fuego suave, lento.

Cuando cuatrocientos veinte sufrieron ectomías, una Diosa vengadora hizo que ciertas partes ectomizadas se preparasen en *curry* con cebollas y pimientos verdes, y se dieran como comida a los perros callejeros de Benarés. (Se realizaron cuatrocientas veintiuna ectomías: porque uno de nosotros, al que llamábamos Narada o Markandaya, tenía la facultad de cambiar de sexo; a él, o a ella, hubo que operarlo operarla dos veces.)

No, no puedo probarlo, nada de ello. Las pruebas se convirtieron en humo: algunas se dieron como comida a los perros; y más tarde, el 20 de marzo, los archivos fueron quemados por una madre de cabello abigarrado y por su amado hijo.

Pero Padma sabe lo que yo no puedo hacer ya; Padma, que una vez, en su cólera, exclamó: —¿Pero para qué me sirves *tú*, Santo Dios, como *amante*? —Esa parte al menos puede verificarse: en la chabola de Singh Retratos, me maldije a mí mismo con la mentira de la impotencia; no puedo decir que no me lo advirtieran, porque él me dijo: «Podría ocurrir cualquier cosa, capitán.» Y ocurrió.

A veces me siento como si tuviera mil años: o (porque, ni siquiera ahora, puedo descuidar la forma), para ser exactos, mil y uno.

La Mano de la Viuda tenía caderas ondulantes y en otro tiempo fue propietaria de una *boutique* de joyería. Yo comencé entre joyas: en Cachemira, en 1915, hubo rubíes y diamantes. Mis bisabuelos tenían una tienda de piedras preciosas. La forma —¡una vez más, la repetición y el molde!—, no hay escapatoria de ella.

En las paredes, los susurros sin esperanzas de los aturdidos cuatrocientos diecinueve; mientras que el cuatrocientos veinte se desfoga —sólo por una vez, un momento de ampulosidad es admisible— con la siguiente pregunta malhumorada... a voz en cuello grito: —¿Y qué pasó con él? ¿Con el Mayor Shiva, el traidor? ¿No os importa? —Y la respuesta, de la encantadora-de-caderas-ondulantes—: El Mayor se ha sometido a una vasectomía voluntaria.

Y ahora, en su celda sin vista, Saleem comienza a reírse, de buena gana, sin contenerse: no, no me reía cruelmente de mi archirrival, ni estaba traduciendo cínicamente la palabra «voluntaria» por otra; no, estaba recordando las historias que me contaron Parvati o Laylah, los cuentos legendarios de los flirteos del héroe de guerra, de las legiones de bastardos que hinchaban las barrigas no ectomizadas de grandes damas y de putas; me reía porque Shiva, destructor de los hijos de la medianoche, había desempeñado también el otro papel escondido en su nombre, la función del Shiva-*lingam*, de Shiva-el-procreador, de forma que, en aquel mismo momento, en los *boudoirs* y las chabolas de la nación, una nueva generación de niños, engendrados por el más oscuro de los hijos de la medianoche, estaba siendo educada para el futuro. Toda Viuda se las arregla para olvidarse de algo importante.

A finales de marzo de 1977, fui inesperadamente liberado del palacio de las viudas aulladoras, y me quedé parpadeando como una lechuza a la luz del sol, sin saber

cómo qué por qué. Después, cuando había recordado cómo formular preguntas, descubrí que el 18 de enero (el día mismo del ris-rás, y de las sustancias fritas en
la sartén: ¿qué otra prueba querríais de que nosotros,
los cuatrocientos veinte, éramos lo que más temía la
Viuda?), la Primera Ministra, para asombro de todos,
había convocado unas elecciones generales. (Pero ahora que sabéis de nosotros, quizá os sea más fácil comprender su exceso de confianza.) Pero ese día yo no sabía nada de su aplastante derrota ni de los archivos
quemados; sólo más tarde supe que las esperanzas en
jirones de la nación habían sido confiadas al cuidado de
un viejo chocho que comía pistachos y anacardos y se
bebía a diario un vaso de «sus propias aguas». Los bebedores de orina habían llegado al poder. El Partido
Janata, con uno de sus líderes atrapado en un riñón artificial, no me pareció (cuando oí hablar de ello) la representación de una nueva aurora; pero quizá había
conseguido curarme por fin de la enfermedad del optimismo... tal vez otros, con la enfermedad todavía en la
sangre, sentían de otra manera. En cualquier caso, he
tenido —había tenido, aquel día de marzo— suficiente,
más que suficiente en materia de política.

Cuatrocientos veinte estaban parpadeando a la luz
del sol y en el tumulto de las callejas de Benarés;
cuatrocientos veinte se miraban mutuamente a los ojos y
veían en los ojos del otro el recuerdo de su castración,
y entonces, incapaces de soportar la vista, musitaron des-
pedidas y se dispersaron, por última vez, en la intimidad
salutífera de las multitudes.

¿Y qué pasó con Shiva? El nuevo régimen arrestó al
Mayor Shiva; pero él no permaneció mucho tiempo en
esa situación, porque se le permitió recibir una visita:
Roshanara Shetty sobornó coqueteó se coló en su celda, la misma Roshanara que había vertido veneno en
sus oídos en el hipódromo de Mahalaxmi y que, desde

749

entonces, se había vuelto loca con un hijo bastardo que se negaba a hablar y no hacía nada que no quisiera hacer. La mujer del magnate del acero sacó de su bolso la enorme pistola alemana propiedad de su esposo, y le disparó al héroe de guerra al corazón. La muerte, como suele decirse, fue instantánea.

El Mayor murió sin saber que en otro tiempo, en una clínica particular de color azafrán-y-verde, en medio del caos mitológico de una noche inolvidable, una mujer diminuta y enloquecida cambió unos rótulos de bebé, negándole lo que por nacimiento le correspondía, que era aquel mundo de lo alto del altozano, envuelto en un capullo de dinero, y ropas blancas almidonadas y cosas cosas cosas... un mundo que le hubiera encantado poseer.

¿Y Saleem? No conectado ya con la Historia, vaciado por-arriba-y-por-abajo, volví a la capital, consciente de que una era, que comenzó aquella medianoche lejana, había llegado a una especie de final. Cómo viajé: aguardé al otro lado del andén en la estación de Benares o Varanasi con nada más que un billete de andén en la mano, y salté al estribo de un compartimiento de primera clase cuando el tren correo arrancó, en dirección oeste. Y ahora, por fin, supe lo que era agarrarse desesperadamente, mientras partículas de hollín polvo cenizas os llenaban los ojos, y gritar: —¡Ohé, maharaj! ¡Abre! ¡Déjame entrar, gran señor, maharaj! —Mientras, dentro, una voz pronunciaba palabras familiares—: Que no abra nadie por ningún concepto. Sólo son tunantes que quieren viajar sin pagar, eso es todo.

En Delhi: Saleem hace preguntas. ¿Habéis visto dónde? ¿Sabéis si los magos? ¿Conocéis a Singh Retratos? Un cartero en cuyos ojos se desvanece el recuerdo de los encantadores de serpientes señala al norte. Y más tarde, un *paan-wallah* de lengua negra me manda por donde he venido. Luego, por fin, la pista deja de serpentear; unos artistas callejeros me ponen en el rastro. Un hombre *Dillidekho* con un titilimundi, un domador de mangostas-y-cobras que lleva un sombrero de papel como un barquito de niño, una chica de una taquilla de cine que conserva la nostalgia de su juventud como aprendiz de bruja... como pescadores, señalan con el dedo. Al oeste oeste oeste, hasta que Saleem llega a la cochera de autobuses de los arrabales occidentales de la ciudad. Hambriento sediento debilitado enfermo, saltando débilmente para esquivar los autobuses que entran y salen retumbando en el depósito —autobuses alegremente pintados, con inscripciones en el capó como *¡Si Dios quiere!* y otros lemas, por ejemplo *¡Gracias a Dios!* en su parte trasera— llega a una confusión de tiendas de campaña desgarradas que se arraciman bajo un puente de ferrocarril de hormigón, y ve, a la sombra del hormigón, a un gigante encantador de serpientes que esboza una enorme sonrisa de dientes podridos, y en sus brazos, con una camiseta decorada con guitarras rosas, a un chico de unos veintiún meses, cuyas orejas son las orejas de los elefantes, cuyos ojos son grandes como platos y cuyo rostro está tan serio como una tumba.

ABRACADABRA

Para decir la verdad, he mentido acerca de la muerte de Shiva. Mi primera mentira absoluta... aunque mi presentación de la Emergencia a modo de una medianoche de seiscientos treinta y cinco días pueda parecer excesivamente romántica y, sin duda alguna, sea contradicha por los datos meteorológicos disponibles. Con todo y con eso, piense quienquiera lo que piense, mentir no le resulta fácil a Saleem, y bajo la cabeza avergonzado mientras confieso... ¿Por qué, entonces, esa única mentira descarada? (Porque, en la actualidad, no tengo ni idea de a donde fue mi rival del cambiazo después del Albergue de la Viuda; podría estar en el infierno o en el burdel del final de la calle y no sabría decirlo.) Padma, trata de comprender: todavía me aterroriza. Hay un asunto no acabado entre los dos, y me paso el tiempo temblando ante la idea de que el héroe de guerra pueda haber descubierto de algún modo el secreto de su nacimiento —¿le enseñaron alguna vez un expediente con tres iniciales significativas?—, y de que, movido a cólera por la pérdida irrecuperable de su pasado, pueda venir a buscarme para tomarse una estranguladora venganza... ¿es así como terminará, me exprimirá la vida un par de rodillas sobrehumanas y despiadadas?

En cualquier caso, por eso dije una mentirijilla; por primera vez, caí en la tentación de todo autobiógrafo, en la ilusión de que, como el pasado sólo existe en el recuerdo de uno y en las palabras que se esfuerzan vanamente por encerrarlo en una cápsula, es posible crear acontecimientos pasados diciendo simplemente que ocurrieron. Mi miedo actual puso la pistola en la mano de Roshanara Shetty; con el fantasma del Comandante Sabarmati mirando por encima de mi hombro, le permití a ella sobornar coquetear colarse en la celda de él... en pocas palabras, el recuerdo de uno de mis delitos más antiguos creó las circunstancias (ficticias) del último.

Fin de la confesión: y ahora me estoy acercando peligrosamente al final de mis reminiscencias. Es de noche; Padma ocupa su puesto; en la pared, sobre mi cabeza, un lagarto acaba de tragarse una mosca; el calor emponzoñado de agosto, capaz de encurtirle a uno los sesos, me burbujea alegremente en los oídos; y hace cinco minutos el último tren de cercanías se abrió un camino amarillo-y-marrón hacia el sur, hasta la estación de Churchgate, de forma que no oí lo que dijo Padma con una timidez que ocultaba una determinación tan poderosa como el petróleo. Tuve que pedirle que lo repitiera, y los músculos de la incredulidad comenzaron a nictitarle en las pantorrillas. Tengo que dejar constancia enseguida de que nuestra flor del estiércol me ha propuesto el matrimonio, «para poder cuidarte sin tener que avergonzarme a los ojos del mundo».

¡Lo que me temía! Pero ahora ha salido a la luz, y Padma (me doy cuenta) no aceptará una negativa. Yo he protestado como una virgen ruborizada: —¡Es tan inesperado...! ¿y qué pasa con la ectomía, y lo que se comieron los perros callejeros: no te importa...? y Padma, Padma, ¡además está lo-que-me-roe-los-huesos, te convertirá en viuda...! y piensa un momento, está la maldición de la muerte violenta, piensa en Parvati... ¿estás segura, estás segura estás segura...? —Pero Padma, con la mandíbula apretada en el cemento de una resolución majestuosamente inconmovible, me replicó—: Escúchame, señor... ¡basta de peros y peroratas! Déjate ya de charlas estrafalarias. Tenemos que pensar en el futuro.

—La luna de miel será en Cachemira.

En medio del ardor de la determinación de Padma, me acomete la idea demencial de que, después de todo, podría ser posible, de que ella pueda ser capaz de alterar el final de mi historia con la fuerza fenomenal de su voluntad, de que las grietas —y la propia muerte— quizá cedan ante el poder de su insaciable solicitud... «Tenemos que pensar en el futuro», me amonestó... y quizá (me permito pensar por primera vez desde que empecé esta narración)... ¡quizá lo haya! Una infinidad de nuevos finales se me arracima en torno a la cabeza, zumbando como insectos del calor... «Casémonos, señor», me propuso, y las mariposas de la excitación se agitaron en mis redaños, como si hubiera pronunciado alguna fórmula cabalística, algún pasmoso abracadabra, liberándome de mi destino... pero la realidad me riñe. El amor no lo conquista todo, salvo en las peliculillas de Bombay; las rajas desgarrones crujidos no serán derrotados por una simple ceremonia; y el optimismo es una enfermedad.

—El día de tu cumpleaños, ¿qué te parece? —sugiere ella—. A los treinta y uno, un hombre es un hombre, y debe tener una mujer.

¿Cómo voy a decírselo? Cómo voy a decirle, tengo otros planes para ese día, siempre he estado en manos de un destino loco por la forma, que disfruta causando sus estragos en días sobrenaturales... en pocas palabras, ¿cómo voy a hablarle de mi muerte? No puedo; en lugar de ello, mansamente y con todas las apariencias de estarle agradecido, acepto su propuesta. Soy, esta noche, un hombre recién desposado; que nadie piense mal de mí por permitirme —y permitir a mi loto prometido— ese último y vano placer inconsecuente.

Padma, al proponerme el matrimonio, reveló estar dispuesta a descartar todo lo que le he contado de mi pasado como otra tanta «charla estrafalaria», y cuando volví y encontré a Singh Retratos radiante a la sombra de un puente de ferrocarril, se me hizo evidente con rapidez que también los magos estaban perdiendo la memoria. En alguna parte, en los muchos desplazamientos de su barrio peripatético, habían extraviado sus facultades de retención, de forma que ahora eran incapaces de juzgar, al haber olvidado todo aquello con lo que podían comparar cualquier cosa que ocurriera. Hasta la Emergencia fue remitida rápidamente al olvido del pasado, y los magos se concentraron en el presente con la monomanía de caracoles. Tampoco se dieron cuenta de que habían cambiado; habían olvidado que hubieran sido alguna vez de otra forma. El comunismo había rezumado de ellos, siendo engullido por la tierra sedienta y rápida como un lagarto; estaban empezando a olvidar sus habilidades en la confusión de hambre, enfermedades, sed y hostigamiento por la policía que constituía (como siempre) su presente. Para mí, sin embargo, ese cambio de mis antiguos compañeros me pareció por lo menos obsceno. Saleem había pasado por la amnesia y había conocido el alcance de su inmoralidad; en su mente, el pasado se hacía cada día más vívido, mientras el presente (del que los bisturíes lo habían desconectado para siempre) le parecía incoloro, confuso, algo sin importancia; yo, que podía recordar cada pelo de la cabeza de mis carceleros y cirujanos, me sentía profundamente escandalizado por la falta de ganas de los magos para mirar hacia atrás. —Las personas son como los gatos —le dije a mi hijo—, no se les puede enseñar nada. —Él me miró de forma apropiadamente seria, pero guardó silencio.

Mi hijo Aadam Sinai, cuando volví a descubrir la colonia fantasma de los ilusionistas, había perdido todo vestigio de la tuberculosis que lo había afectado en sus primeros días. Yo, naturalmente, estaba seguro de que la enfermedad se había desvanecido al caer la Viuda; Singh Retratos, sin embargo, me dijo que el mérito de la curación había que atribuírselo a cierta lavandera, de nombre Durga, que lo había criado durante toda su enfermedad, concediéndole diariamente el beneficio de sus pechos inagotablemente colosales. —Esa Durga, capitán—me dijo el viejo encantador de serpientes, y su voz traicionaba que, en su vejez, había sido víctima de los encantos serpentinos de la *dhoban*—, ¡qué mujer!

Era una mujer de bíceps abultados; de pechos preternaturales que soltaban un torrente de leche capaz de alimentar regimientos; y que, según se rumoreaba misteriosamente (aunque sospecho que el rumor lo inició ella misma), tenía dos úteros. Estaba tan llena de cotilleos y chismorreos como de leche: todos los días salía por su boca una docena de cuentos nuevos. Poseía la energía ilimitada que es común a todas las que ejercen su oficio; mientras les sacaba la vida a golpes a las camisas y saris, sobre su piedra, parecía ir aumentando de fuerzas, como si absorbiera el vigor de las ropas, que terminaban aplastadas, sin botones y muertas a palos. Era un monstruo que olvidaba cada día en el momento en que acababa. Sólo con la mayor resistencia accedí a conocerla; y sólo con la mayor resistencia la admito en estas páginas. Su nombre, incluso antes de que yo la conociera, tenía el olor de las cosas nuevas; representaba la novedad, los comienzos, la llegada de nuevas historias acontecimientos complejidades, y yo no estaba ya interesado en nada nuevo. Sin embargo, una vez que Retratos*ji* me informó de que tenía la intención de casarse con ella, no tuve opción; con todo, me ocuparé de ella tan brevemente como la exactitud me lo permita.

Brevemente, pues: ¡Durga la lavandera era un súcubo! ¡Un lagarto chupador de sangre en figura humana! Y su efecto sobre Singh Retratos sólo fue comparable a su poder sobre las camisas que estrellaba contra la piedra: en una palabra, lo dejó plano. Una vez que la conocí, comprendí por qué Singh Retratos parecía viejo y melancólico; privado ahora del paraguas de la armonía bajo el cual hombres y mujeres se congregaban para recibir consejos y sombra, parecía encogerse diariamente; la posibilidad de que se convirtiera en un segundo Colibrí se desvanecía ante mis ojos. Durga, sin embargo, florecía: sus cotilleos se hicieron más escatológicos, su voz más fuerte y más ronca, hasta que al final me recordaba a la Reverenda Madre en sus últimos años, cuando se iba ensanchando mientras mi abuelo encogía. Ese eco nostálgico de mis abuelos fue lo único que me interesó de la personalidad de la hombruna lavandera.

Pero no se puede negar la generosidad de sus glándulas mamarias: Aadam, a los veintiún meses, seguía chupando satisfecho de sus pezones. Al principio, pensé en insistir en que lo destetaran, pero luego recordé que mi hijo hacía exacta y únicamente lo que quería, y decidí no hacer hincapié en ello. (Y, como se vio luego, hice muy bien en no hacerlo.) En cuanto al supuesto útero doble de ella, no tenía ganas de conocer la verdad o no de la historia, y no hice investigaciones.

Hablo de Durga la *dhoban* principalmente porque fue ella quien, una noche, cuando estábamos comiendo una comida compuesta por veintisiete granos de arroz por cabeza, me predijo por primera vez mi muerte. Yo, exasperado por su chorro constante de noticias y chismorreos, exclamé: —Durga Bibi, ¡tus historias no le interesan a nadie! —A lo que ella, imperturbable—: Saleem Baba, he sido buena contigo porque Retratos*ji* dice que debes de estar hecho pedazos después de tu detención; pero, hablando francamente, no parece preocuparte ahora nada más que hacer el gandul. Tienes que comprender que cuando un hombre pierde el interés por lo nuevo está abriendo la puerta al Ángel Negro.

Y aunque Singh Retratos le dijo, suavemente: —Vamos, *capteena*, no seas dura con el muchacho —la flecha de Durga la *dhoban* dio en el blanco.

En el agotamiento de mi vaciado regreso, sentía cómo la vacuidad de los días me cubría como una película espesa y gelatinosa; y aunque Durga me ofreció, a la mañana siguiente, movida quizá por un auténtico remordimiento a causa de sus ásperas palabras, reponer mis fuerzas dejándome mamar de su pecho izquierdo mientras mi hijo chupaba del derecho, «y después quizá empieces a pensar otra vez como es debido», las insinuaciones de mi mortalidad comenzaron a ocupar la mayor parte de mis pensamientos; y entonces descubrí el espejo de la humildad en la cochera de autobuses de Shadipur, y me convencí de la proximidad de mi fallecimiento.

Era un espejo angular situado sobre la entrada del garaje de autobuses; yo, vagando sin objeto por el antepatio de la cochera, sentí mi atención cautivada por los parpadeantes reflejos del espejo al sol. Me di cuenta de que no me había mirado en un espejo desde hacía meses, tal vez años, y atravesé para situarme bajo él. Mirándome desde abajo en el espejo, me vi transformado en un enano de cabeza gorda y más pesado en la parte superior; en el reflejo de escorzo humillante de mí mismo vi que el pelo de mi cabeza era ahora gris como las nubes de lluvia; el enano del espejo, con su rostro arrugado y sus ojos cansados, me recordó vivamente a mi abuelo Aadam Aziz, el día en que nos dijo que había visto a Dios. En aquellos días, los males curados por la bruja-Parvati habían vuelto todos (a raíz del vaciamiento) a atormentarme; con nueve dedos, sienes como

cuernos, tonsura de monje, cara manchada, piernas torcidas, nariz de pepino, castrado y, ahora, prematuramente envejecido, vi en el espejo de la humildad a un
ser humano al que la Historia no podía hacer nada más,
a una criatura grotesca liberada del destino predeter-
minado que lo había vapuleado hasta dejarlo casi sin
sentido; con un oído bueno y otro malo, oí las blandas
pisadas del Ángel Negro de la muerte.

El rostro viejo-joven del enano del espejo mostró
una expresión de profundo alivio.

Me estoy poniendo melancólico; vamos a cambiar de
tema... Exactamente veinticuatro horas antes de que la
pulla de un *paan-wallah* indujera a Singh Retratos a ir a
Bombay, mi hijo Aadam Sinai tomó la decisión que nos
permitió acompañar al encantador de serpientes en su
viaje; de la noche a la mañana, sin ningún aviso, y para
consternación de la nodriza lavandera, que se vio obligada a trasegar la leche que le sobraba a unas latas de
Vanaspati de cinco litros, el Aadam de orejas planas se
destetó a sí mismo, rehusando silenciosamente el pe-
zón y pidiendo (sin palabras) una dieta de alimentos
sólidos: papilla de arroz lentejas muy cocidas galletas.
Fue como si hubiera decidido permitirme llegar a mi
privada, y ahora-muy-próxima, línea de meta.

Autocracia muda de un niño-de-menos-de-dos-
años: Aadam no nos decía cuándo tenía hambre o sueño o ganas de realizar sus funciones naturales. Esperaba que nosotros lo supiéramos. La perpetua atención
que exigía puede ser una de las razones por las que logré, a pesar de todos los indicios en contra, mantenerme vivo... incapaz de hacer más en los días que siguieron a mi liberación del cautiverio, me concentré en la
observación de mi hijo. —Te lo aseguro, capitán, es una
suerte que volvieras —bromeaba Singh Retratos—, si

no, éste nos hubiera convertido a todos en *ayahs*.
—Comprendí una vez más que Aadam era miembro de
una segunda generación de niños mágicos que se haría
mucho más dura que la primera y no buscaría su destino en la profecía de las estrellas sino que lo forjaría en
el horno implacable de su voluntad. Mirando a los ojos
al niño que era a un tiempo no-mi-hijo y también más
heredero mío que ningún hijo de mi sangre hubiera
sido, encontré en sus pupilas vacías y límpidas un segundo espejo de humildad, que me mostró que, a partir
de ahora, mi papel sería tan periférico como el de cualquier anciano superfluo: la función tradicional, quizá,
del que recuerda, del narrador-de-historias... Me pregunté si, por todo el país, los hijos bastardos de Shiva
ejercían tiranías análogas sobre desventurados adultos
y preví por segunda vez una tribu de chiquillos temi-
blemente potentes, que crecían esperaban escuchaban,
ensayando el momento en que el mundo se convertiría
en su juguete. (Cómo se podrá identificar a esos niños
en el futuro: tienen el *bimbi* hacia afuera en lugar de hacia dentro.)

Pero es hora de que las cosas se muevan: un último
tren que se dirige al sur sur sur, una batalla final... el día
siguiente al destetamiento de Aadam, Saleem acompañó a Singh Retratos a Connaught Place, para ayudar-
lo a encantar serpientes. Durga la *dhoban* accedió a llevar a mi hijo al *ghat* de los *dhobi*: Aadam se pasó el día
observando cómo el poder era sacado a golpes de las
ropas de los acaudalados y absorbido por aquella mu-
jer-súcubo. En aquel día fatal, en que el tiempo cálido
volvía a la ciudad como un enjambre de abejas, yo me
moría de nostalgia de mi escupidera arrasada. Singh
Retratos me había proporcionado un sustitutivo de escupidera, una lata vacía de Dalda Vanaspati, pero aunque yo solía divertir a mi hijo con mi habilidad en el
noble arte del tiro-a-la-escupidera, lanzando largos

chorros de jugo de betel por el aire sucio de la colonia de los magos, no me consolaba. Una pregunta: ¿por qué tanto pesar por un simple receptáculo de jugos? Mi respuesta es que no hay que subestimar a ninguna escupidera. Elegante en el salón de la Rani de Cooch Naheen, permitió a los intelectuales practicar las formas de arte de las masas; lanzando sus destellos en un sótano, transformó el inframundo de Nadir Khan en un segundo Taj Mahal; acumulando polvo en un viejo baúl de lata, estuvo sin embargo presente durante toda mi historia, asimilando furtivamente incidentes en cestas de colada, visiones fantasmales, congelaciones-descongelaciones, drenajes, exilios; cayendo del cielo como un trozo de luna, perpetró una transformación. ¡Oh escupidera talismánica! ¡Oh bello receptáculo perdido de recuerdos y de juegos de escupitajo! ¿Qué persona sensible podría dejar de compadecerme en mi nostálgico dolor por su pérdida?

... A mi lado, en la trasera de un autobús, con su humanidad abultada, Singh Retratos se sentaba con cestos de serpientes inocentemente enroscadas en su regazo. Mientras retumbábamos y traqueteábamos a través de aquella ciudad, llena también de fantasmas que renacían de otras Delhis anteriores y mitológicas, El Hombre Más Encantador del Mundo tenía un aire de marchito descorazonamiento, como si una batalla en un cuarto oscuro distante hubiera ya terminado... hasta mi regreso, nadie había comprendido que el miedo auténtico y no expresado de Retratos*ji* era que se estaba volviendo viejo, que sus fuerzas se iban desvaneciendo, que pronto estaría a la deriva e incompetente en un mundo que no comprendía: como yo, Singh Retratos se aferraba a la presencia del niño Aadam como si el chico fuera una antorcha en un largo túnel oscuro. —Un chico estupendo, capitán —me dijo, un chico con dignidad; apenas se le notan las orejas.

Aquel día, sin embargo, mi hijo no estaba con nosotros.

Los olores de Nueva Delhi me acometieron en Connaught Place: el olor a galleta del anuncio de J. B. Mangharam, la triste cretacidad del yeso que se desmoronaba; y estaba también el rastro trágico de los conductores de *rickshaws* motorizadas, muertos de hambre con fatalismo por el costo creciente de la gasolina; y los olores-a-hierba-fresca del parque circular en el centro del remolino del tráfico, mezclados con la fragancia de estafadores que persuadían a los extranjeros para que cambiaran dinero en el mercado negro de las sombreadas arcadas. Desde la India Coffee House, bajo cuyas marquesinas se podía oír el interminable murmullo de los chismorreos, venía el aroma menos agradable de nuevas historias que empezaban: intrigas matrimonios peleas, cuyos olores se mezclaban totalmente con los del té y las *pakoras* picantes. Lo que olí en Connaught Place: la presencia cercana y suplicante de una muchacha de rostro marcado que fue, en otro tiempo, la-excesivamente-bella-Sundari; y la pérdida-de-memoria, y el mirar-al-futuro, y el nada-cambia-nunca... apartándome de esas insinuaciones olfatorias, me concentré en los olores más simples y que todo lo impregnaban de la orina (humana) y el estiércol animal.

Bajo la columnata de la Manzana F de Connaught Place, cerca de un puesto de libros en el suelo, un *paanwallah* tenía su pequeño nicho. Estaba sentado con las piernas cruzadas, detrás de un mostrador de cristal verde, como una deidad menor del lugar: lo admito en estas últimas páginas porque, aunque despedía los aromas de la pobreza, era, en realidad, una persona de medios, poseedor de un coche Lincoln Continental que aparcaba fuera de la vista en Connaught Circus y que había pagado con las fortunas que había ganado mediante sus ventas de cigarrillos importados de contrabando y radios de transistores; dos semanas al año iba a la cárcel de vacaciones, y el resto del tiempo les pagaba a varios policías un hermoso sueldo. En la cárcel lo trataban como a un rey, pero tras un mostrador de cristal verde parecía inofensivo, corriente, de forma que no era fácil (sin contar con la ventaja de una nariz tan sensible como la de Saleem) saber que era un hombre que lo sabía todo de todo, un hombre cuya infinita red de contactos lo hacía estar al tanto de conocimientos secretos... para mí tenía la resonancia adicional y no desagradable de un personaje similar que conocí en Karachi en la época de mis excursiones en Lambretta; yo estaba demasiado ocupado inhalando los familiares perfumes de la nostalgia y, cuando habló, me cogió por sorpresa.

Habíamos montado nuestro número cerca de su nicho; mientras Retratos*ji* se dedicaba a pulir flautas y ponerse un enorme turbante de color azafrán, yo hacía el papel de pregonero. —¡Vengan vengan... una oportunidad única en la vida como ésta... señoraas, scñoros, vengan ver vengan ver vengan ver! ¿Quién está aquí? No es un *bhangi* corriente; no es un impostor que duerme en la calle; ¡éste, ciudadanos, señoras y caballeros, es El Hombre Más Encantador del Mundo! ¡Sí vengan ver vengan ver: su foto ha sido hecha por la Eastman-Kodak Limited! Vengan cerca y no tengan miedo: ¡SINGH RETRATOS está aquí! —... Y otra basura parecida; pero entonces habló el *paan-wallah*—: Yo conozco un número mejor. Este tipo no es el número uno; oh no, desde luego que no. En Bombay hay otro mejor.

Así fue cómo Singh Retratos supo de la existencia de su rival; y ésa fue la razón de que, abandonando todos sus planes de dar una función, se dirigiera al *paan-wallah*, que sonreía afablemente y, sacando de sus profundidades su vieja voz autoritaria, dijera: —Me vas a decir la verdad sobre ese estafador, capitán, o te haré tragarte los dientes para que te muerdan en el estómago. —Y el *paan-wallah*, impertérrito, consciente de la presencia de los tres policías que acechaban y que actuarían rápidamente para proteger sus sueldos si hacía falta, nos susurró los secretos de su omnisciencia, diciéndonos quién cuándo dónde, hasta que Singh Retratos dijo, con una voz cuya firmeza ocultaba su miedo—: Iré y le demostraré a ese tipo de Bombay quién es el mejor. En este mundo, capitán, no hay sitio para dos Más Encantadores del Mundo.

El vendedor de delicadas golosinas de nuez de betel, encogiéndose de hombros delicadamente, expectoró a nuestros pies.

Como un encantamiento mágico, las provocaciones de un *paan-wallah* abrieron la puerta por la que Saleem volvió a la ciudad de su nacimiento, la morada de su nostalgia más profunda. Sí, fue un ábrete-sésamo, y cuando volvimos a las rasgadas tiendas de debajo del puente del ferrocarril, Singh Retratos escarbó en el suelo y sacó el pañuelo anudado de su seguridad, el trapo sucio-descolorido en el que había atesorado dineros para su vejez; y cuando Durga, la lavandera, se negó a acompañarlo, diciéndole: —¿Qué te has creído, Retratos*ji*, que soy una mujer rica y *crorepati* que se puede tomar unas vacaciones y qué-sé-yo-qué? —se volvió a mí con algo muy parecido a una súplica en los ojos y me pidió que lo acompañara, a fin de no tener que ir a su peor batalla, la prueba de su vejez, sin un amigo... sí, y Aadam lo oyó también, con sus orejas batientes oyó el ritmo de la magia, vi que sus ojos se iluminaban cuando acepté, y entonces nos encontramos en un vagón de tren de tercera clase que se dirigía al sur sur sur, y en la monotonía pentasilábica de las ruedas oí la palabra secreta: abracadabra abracadabra abracadabra cantaban las ruedas mientras nos llevaban a bim-bam-Bombay.

Sí, había dejado atrás para siempre la colonia de los magos, me dirigía abracadabra abracadabra al corazón de una nostalgia que me mantendría vivo el tiempo suficiente para escribir estas páginas (y para crear un número correspondiente de encurtidos); Aadam y Saleem y Singh Retratos, apretujados en un vagón de tercera clase, llevando con nosotros cierto número de cestos atados con cuerdas, cestos que alarmaban con sus continuos silbidos a la humanidad metida con calzador en el vagón, de forma que las muchedumbres se echaban atrás atrás atrás, alejándose de la amenaza de las serpientes, y permitiéndonos cierto grado de comodidad y de espacio; mientras las ruedas cantaban sus abracadabras a las orejas batientes de Aadam.

Mientras nos dirigíamos a Bombay, el pesimismo de Singh Retratos aumentó hasta que pareció convertirse en una entidad física que sólo tenía el aspecto del viejo encantador de serpientes. En Mathura, un joven americano con la barbilla llena de pústulas y la afeitada cabeza tan calva como un huevo, entró en nuestro vagón en medio de la cacofonía de los vendedores ambulantes que vendían animales de barro y vasos de *chaloochai;* se abanicaba con un abanico de plumas de pavo real, y la mala suerte de esas plumas deprimió a Singh Retratos más de lo imaginable. Mientras la monotonía infinita de la llanura indogangética se desplegaba fuera de la ventanilla, enviándonos para atormentarnos la locura del viento templado de la tarde, el afeitado americano instruyó a los ocupantes del vagón en las complejidades del hinduismo y comenzó a enseñarles mantras mientras alargaba un cuenco petitorio de nogal; Singh Retratos era ciego a aquel espectáculo notable y también sordo al abracadabra de las ruedas. —No

servirá de nada, capitán —me confió lúgubremente—.
Ese tipo de Bombay será joven y fuerte, y yo estoy
condenado a ser sólo el segundo hombre más encantador del mundo a partir de ahora. —Para cuando llegamos a la estación de Kotah, los olores de la desgracia
exudados por el abanico de plumas de pavo real se habían apoderado de Retratos*ji* tan absolutamente, lo
habían erosionado tan alarmantemente, que aunque todos los del vagón se dirigieron al lado más alejado del
andén para orinar contra el costado del tren, él no dio
señales de tener que ir. Al llegar al empalme de Ratlam,
mientras mi excitación crecía, él había caído en un trance que no era sueño sino la creciente parálisis del pesimismo. «A este paso», pensé, «no será capaz de desafiar
a ese rival». Pasó Baroda: sin cambios. En Surat, el viejo depósito de la John Company, comprendí que tenía
que hacer algo pronto, porque el abracadabra nos iba
acercando a la estación central de Bombay a cada minuto, y por eso cogí por fin la vieja flauta de madera de
Singh Retratos y, tocando con tan terrible ineptitud
que todas las serpientes se retorcieron de angustia y el
joven americano se quedó en silencio petrificado, produciendo un ruido tan infernal que nadie notó cómo
pasaban Bassein Road, Kurla, Mahim, vencí al miasma
de las plumas de pavo real; finalmente, Singh Retratos
sacudió su desánimo con una débil mueca y me dijo—:
Será mejor que pares, capitán, y me dejes tocar ese chisme; de otro modo, alguien se va a morir de dolor.

Las serpientes se hundieron en sus cestos; y entonces las ruedas dejaron de cantar, y ya estábamos allí:

¡Bombay! Abracé a Aadam fuertemente, y fui incapaz de resistir a la tentación de lanzar un antiguo grito: —¡Bim-bam-Bombay! —vitoreé, con gran desconcierto del joven americano, que nunca había oído ese
mantra: y otra vez y otra y otra—: ¡Bim-bam! ¡Bim-
bam-Bombay!

Bajando en autobús por Bellasis Road, hacia la glorieta de Tardeo, pasamos por delante de parsis de ojos hundidos, por delante de talleres de reparación de bicicletas y cafés iraníes; y entonces Hornby Vellard quedó a nuestra derecha —¡donde los paseantes contemplaron cómo Sherri, la perra mestiza, era abandonada para que echara los bofes! ¡Donde las efigies de cartón de los luchadores seguían alzándose sobre las entradas del estadio de Vallabhbhai Patel!— e íbamos retumbando y traqueteando por delante de guardias de tráfico con sombrillas, por delante del templo de Mahalaxmi... ¡y entonces Warden Road! ¡El balneario de Breach Candy! Y allí, mirad, las tiendas... pero los nombres habían cambiado ¿dónde estaba el Paraíso del Lector con sus montones de historietas de Superman? ¿Dónde la lavandería de Band Box y Bombelli's, con su Una Yarda de Bombones? Y, Dios santo, mirad, en lo alto de un altozano de dos pisos donde en otro tiempo se alzaban los palacios de William Methwold, adornados de buganvillas y mirando orgullosamente al mar... miradlo, un gran monstruo rosado de edificio, el obelisco rascacielos rosáceo de las mujeres de Narlikar, colocado encima, borrándola, de la glorieta de mi infancia... sí, era mi Bombay, pero también no-el-mío, porque llegamos a Kemp's Corner y vimos que las carteleras del pequeño rajá de la Air-India y del Chico de Kolynos habían desaparecido, habían desaparecido para siempre, y que hasta la propia Thomas Kemp and Co. se había desvanecido en el aire... pasos elevados se entrecruzaban donde, hace mucho tiempo, se recetaban medicinas y un duendecillo de gorro clorofílico sonreía radiante al tráfico. Elegíacamente, murmuré para mí: «¡Conserva Los Dientes Limpios Conserva Los Dientes Brillantes! ¡Kolynos Blanquea Tus Dientes Muchísimo Antes!» Pero, a pesar de mi conjuro, el pasado no reapareció; traqueteamos por Gibbs Road y nos apeamos cerca de Chowpatty Beach.

Chowpatty, por lo menos, estaba más o menos igual: una sucia franja de arena que pululaba de rateros, y paseantes, y vendedores de *channa*-caliente-caliente-*channa*, de *kulfi* y *bhel-puri* y *chutter-mutter*; pero más allá de Marine Drive vi lo que habían logrado los tetrápodos. En tierras recuperadas del mar por el consorcio Narlikar, enormes monstruos se elevaban al cielo, con extraños nombres extranjeros: OBEROI-SHERATON me gritaban desde lejos. Y ¿dónde estaba el letrero de neón de Jeep...? —Vamos, Retratos*ji* —le dije al fin, abrazando a Aadam contra mi pecho—. Vamos a donde vamos y terminemos de una vez; a esta ciudad me la han cambiado.

¿Qué puedo decir del Midnite-Confidential Club? Que su ubicación es clandestina, secreta (aunque la conocen los omniscientes *paan-wallahs*); su puerta no está marcada; su clientela es la crema de la sociedad de Bombay. ¿Qué más? Ah, sí: está dirigido por un tal Anand «Andy» Shroff, hombre de negocios-*playboy*, al que se puede encontrar la mayoría de los días bronceándose en el Sun'n'Sand Hotel de Juhu Beach, entre estrellas de cine y princesas destituidas. Y yo me pregunto: ¿un indio tomando el sol? Pero aparentemente es muy normal, las reglas internacionales de la playboyanza deben observarse al pie de la letra, con inclusión, supongo, de la que establece la diaria adoración del sol.

¡Qué inocente soy (¡y solía creer que Sonny, el mellado por los fórceps, era el simple!): nunca sospeché que existieran lugares como el Midnite-Confidential Club! Pero claro que existen; y agarrando nuestras flautas y nuestros cestos de serpientes, los tres llamamos a su puerta.

Movimientos visibles a través de una pequeña rejilla de hierro a la altura de los ojos: una voz femenina baja y meliflua nos pidió que dijéramos qué se nos ofrecía. Singh Retratos anunció: —Soy El Hombre Más Encantador del Mundo. Ustedes tienen aquí contratado como atracción a otro encantador de serpientes; lo desafiaré y demostraré mi superioridad. No quiero que me paguen por eso. Se trata, *capteena*, de una cuestión de honor.

Era por la noche: el señor Anand «Andy» Shroff estaba, por suerte, en la casa. Y, para abreviar una larga historia, el reto de Singh Retratos fue aceptado, y entramos en aquel lugar cuyo nombre me había desconcertado ya un tanto, porque contenía la palabra *medianoche*, y porque sus iniciales ocultaron en otro tiempo mi propio mundo secreto: M.C.C., que corresponde a Metro Cub Club, el Club de Cachorros de la Metro, representó también en otro tiempo a la Midnight Children's Conference, la Conferencia de los Hijos de la Medianoche, y ahora había sido usurpado por aquella sala de fiestas clandestina. En una palabra: me sentí invadido.

Problemas gemelos de la juventud sofisticada y cosmopolita de la ciudad: ¿cómo consumir alcohol en un Estado prohibicionista; y cómo enamorar muchachas en la mejor tradición occidental, llevándoselas de juerga, y guardar al mismo tiempo un secreto total, a fin de evitar la vergüenza, muy oriental, del escándalo? El Midnite-Confidential era la solución del señor Shroff para las desesperadas dificultades de la juventud dorada de la ciudad. En aquella clandestinidad de libertinaje, había creado un mundo de oscuridad estigia, negro como el infierno; en el secreto de la oscuridad de la medianoche, los amantes de la ciudad se encontraban, bebían alcohol importado y galanteaban; envueltos en el capullo de una noche aislante y artificial, se besuqueaban con impunidad. El infierno son las fantasías de los otros: toda saga requiere al menos un descenso al *Ja-*

hannum, y yo seguí a Singh Retratos a la negritud de tinta del Club, sujetando a mi hijo pequeño entre los brazos.

Fuimos conducidos por una lujuriante alfombra negra —negra de medianoche, negra como la mentira, negra de cuervo, negra de ira, el negro de «¡Eh tú, negro!»; en pocas palabras, una alfombra oscura— por una empleada de arrebatadores encantos sexuales, que llevaba el sari eróticamente bajo sobre las caderas y un jazmín en el ombligo; pero cuando descendimos a la oscuridad, se volvió hacia nosotros con una mirada tranquilizadora, y vi que tenía los ojos cerrados; le habían pintado en los párpados unos ojos sobrenaturalmente luminosos. No pude evitar preguntarle: —¿Por qué...? —A lo que ella, simplemente—: Soy ciega; y además, ninguno de los que vienen aquí quiere ser visto. Aquí estáis en un mundo sin rostros ni nombres; aquí la gente no tiene recuerdos, familia ni pasado; esto es para *ahora*, nada más que para ahora mismo.

Y la oscuridad se nos tragó; ella nos guió por aquel pozo de pesadilla en el que la luz llevaba argollas y grilletes, por aquel lugar situado fuera del tiempo, aquella negación de la Historia... —Sentaos aquí —dijo—. El otro hombre de las serpientes vendrá pronto. Cuando sea la hora, una luz os iluminará; empezad entonces vuestra competición.

Nos quedamos allí sentados... ¿cuánto tiempo? ¿minutos, horas, semanas...? y había ojos incandescentes de mujeres ciegas que guiaban a huéspedes invisibles a sus asientos; y gradualmente, en la oscuridad, me di cuenta de que estaba rodeado de blandos susurros amorosos, como el acoplamiento de ratones de terciopelo; oí el tintineo de copas sostenidas por brazos entrelazados, y suaves roces de labios; con un oído bueno y otro malo, oí los sonidos de una sexualidad ilícita que llenaban el aire de la medianoche... pero no, no quería

saber lo que estaba ocurriendo; aunque mi nariz podía
oler, en el silencio susurrante del Club, toda clase
de historias y comienzos nuevos, de amores exóticos
y prohibidos, y pequeños contratiempos invisibles y
quién-iba-demasiado-lejos, de hecho toda clase de ex-
quisitos bocados jugosos, preferí hacer caso omiso de
todos ellos, porque aquél era un nuevo mundo en el
que no había sitio para mí. Mi hijo Aadam, sin embargo, se sentaba a mi lado con las orejas ardiendo de fascinación; sus ojos brillaban en la oscuridad mientras escuchaba, y memorizaba, y aprendía... y entonces se
hizo la luz.

Un solo rayo de luz formó un charco en el suelo del
Midnite-Confidential Club. Desde las sombras, más
allá del borde de la zona iluminada, Aadam y yo vimos a
Singh Retratos sentado rígidamente, con las piernas cruzadas, junto a un guapo joven con el pelo lleno de Bryl-
creem; cada uno de ellos estaba rodeado de instrumentos musicales y de los cestos cerrados de su arte. Un
altavoz anunció el comienzo de aquella legendaria competición por el título de El Hombre Más Encantador del
Mundo; pero ¿quién escuchaba? ¿Prestó alguien atención, o estaban demasiado ocupados con labios lenguas
manos? Éste era el nombre del contrincante de Retratos*ji*: Maharajá de Cooch Naheen.

(No lo sé: es fácil arrogarse un título. Pero quizá,
quizá fuera realmente nieto de aquella vieja Rani que en
otro tiempo, hacía mucho, fue amiga del doctor Aziz;
¡quizá el heredero del partidario-del-Colibrí se enfrentaba, irónicamente, con el hombre que hubiera podido
ser un segundo Mian Abdullah! Todo es posible ¡muchos maharajás han sido pobres desde que la Viuda su-
primió sus sueldos de la casa civil.)

¿Cuánto tiempo lucharon en aquella caverna sin
sol? ¿Meses, años, siglos? No puedo decirlo: yo miraba, hipnotizado, mientras trataban de superarse mu-

tuamente, encantando todas las especies de serpiente imaginables, pidiendo que se les enviasen raras variedades del serpentario de Bombay (donde en otro tiempo el doctor Schaapsteker...); y el Maharajá igualó a Singh Retratos, serpiente por serpiente, logrando incluso encantar a las boas constrictor, lo que sólo Retratos*ji* había conseguido hacer anteriormente. En aquel Club infernal cuya oscuridad era otro aspecto de la obsesión de su propietario por el color negro (obsesión bajo cuya influencia se tostaba la piel más y más todos los días en el Sun'n'sand), los dos virtuosos incitaron a las serpientes a hacer cosas imposibles, obligándolas a hacerse nudos, o arcos, o persuadiéndolas para que bebieran agua de copas de vino y para que saltaran a través de aros de fuego... desafiando la fatiga, el hambre y la edad, Singh Retratos daba la representación de su vida (¿pero miraba alguien? ¿Una sola persona?)... y por fin resultó evidente que el joven se cansaba antes; sus serpientes dejaron de bailar al compás de su flauta; y finalmente, mediante un truco de prestidigitación tan rápido que no vi lo que ocurrió, Singh Retratos consiguió anudar una cobra real en torno al cuello del Maharajá.

Lo que dijo Retratos: —Ríndete, capitán, o le diré que te muerda.

Ése fue el fin de la competición. El humillado principito salió del Club y, según se dijo más tarde, se suicidó en un taxi. Y, sobre el suelo de su última gran batalla, Singh Retratos se desplomó como un *banyan* abatido... unas encargadas ciegas (a una de las cuales le confié a Aadam) me ayudaron a llevármelo del terreno.

Pero el Midnite-Confidential tenía un as en la manga. Una vez cada noche —sólo para dar un poco de sabor a la cosa— un foco errante elegía a una de las parejas ilícitas y la exponía a los ojos ocultos de sus compañeras: un toque de ruleta rusa luminosa que, sin duda alguna, hacía la vida más emocionante para los jóvenes cosmopolitas de la ciudad... y ¿quién fue la víctima elegida esa noche? ¿Quién, con sienes-abultadas rostro-manchado nariz-de-pepino fue inundado por una luz escandalosa? ¿Quién, tan ciego como las encargadas por el voyeurismo de las lámparas, dejó caer casi las piernas de su inconsciente amigo?

Saleem volvió a la ciudad de su nacimiento para quedar de pie iluminado en un sótano, mientras los bombayenses se reían de él desde la oscuridad.

Rápidamente ahora, porque hemos llegado al final de los episodios, dejo constancia de que, en una habitación trasera en que la luz estaba permitida, Singh Retratos se recuperó de su síncope; y mientras Aadam dormía profundamente, una de las camareras ciegas nos trajo una reanimadora comida de felicitación. En el *thali* de la victoria: *samosas*, *pakoras*, arroz, *dal*, *puris*; y *chutney* verde. Sí, un pequeño cacharro de aluminio lleno de *chutney*, verde, santo cielo, verde como los saltamontes... y no pasó mucho tiempo sin que yo tuviera un *puri* en la mano; y sin que el *chutney* estuviera sobre el *puri*; y entonces lo probé, y casi imité la escena del desmayo de Singh Retratos, porque aquello me hizo volver al día en que salí con nueve dedos de un hospital y me encaminé al exilio en casa de Hanif Aziz, y me dieron el mejor *chutney* del mundo... el gusto de este *chutney* era algo más que un eco de aquel gusto de hace mucho tiempo: era el viejo gusto mismo, exactamente el mismo, con el poder de devolverme el pasado como si nunca se hubiera ido... en un frenesí de excitación, agarré del brazo a la camarera ciega; sin poder apenas contenerme, dije bruscamente: —¡El *chutney*! ¿Quién lo ha hecho? —Debí de gritar, porque Retratos—: Silencio, capitán, vas a despertar al chico... y ¿qué pasa? ¡Parece como si hubieras visto el fantasma de tu peor enemigo! —Y la camarera ciega, un tanto fríamente—: ¿No le gusta el *chutney*? —Yo tuve que retener un bramido todopoderoso—. Me *gusta*... ¿quiere decirme de dónde es? —Y ella, alarmada, deseando irse—: Son Encurtidos Braganza; los mejores de Bombay, todo el mundo lo sabe.

Hice que me trajera el tarro; y allí, en la etiqueta, estaba la dirección: de un edificio con una diosa de neón que parpadeaba, azafrán-y-verde, sobre la puerta, una fábrica custodiada por una Mumbadevi de neón, mientras los trenes de cercanías pasaban por delante, amarillos-y-marrones: la Braganza Pickles (Private) Ltd., en el extendido norte de la ciudad.

Una vez más un abracadabra, un ábrete-sésamo: unas palabras impresas en un tarro de *chutney*, que abrían la última puerta de mi vida... Fui acometido por una determinación irresistible de seguir el rastro del fabricante de aquel inverosímil *chutney* de mi recuerdo, y dije: —Retratos*ji*, tengo que irme...

No conozco el fin de la historia de Singh Retratos; se negó a acompañarme cuando se lo pedí, y vi en sus ojos que los esfuerzos de su lucha le habían roto algo por dentro, que su victoria era, de hecho, una derrota; pero si está todavía en Bombay (quizá trabajando para el señor Shroff) o ha vuelto con su lavandera; si está vivo o no, no lo puedo decir... —¿Cómo voy a dejarte? —le pregunté desesperadamente, pero él me contestó—: No seas tonto, capitán; tienes algo que hacer, y no puedes hacer otra cosa que hacerlo. Vete, vete, ¿para qué te quiero yo? Como te dijo la vieja Resham: ¡vete, vete deprisa, vete!

Llevándome a Aadam, me fui.

El final de mi viaje: desde el inframundo de las camareras ciegas, caminé hacia el norte norte norte, llevando a mi hijo en brazos; y llegué por fin a donde las moscas son engullidas por lagartos, y las cubas burbujean, y mujeres de fuertes brazos cuentan chistes verdes; a este mundo de capatazas de labios afilados y pechos cónicos, y del resonar que todo lo llena de los tarros de encurtidos de la planta embotelladora... ¿y quién, al final de mi camino, se me plantó delante, con los brazos en jarras y el vello brillándole de sudor en los antebrazos? ¿Quién, tajante como siempre, me preguntó: «Eh, señor: ¿qué desea?»

—¡Yo! —grita Padma, excitada y un poco turbada por el recuerdo—. Claro, ¿quién si no? ¡Yo yo yo!

—Buenas tardes, Begum —dije—, (Padma intercala: «Tú... ¡siempre tan educado y todo eso!») Buenas tardes: ¿Podría hablar con el director?

¡Oh Padma ceñuda, a la defensiva!: —No es posible, la Directora Begum está ocupada. Concierte una cita, vuelva luego, de manera que, por favor, váyase ahora.

Escuchad: hubiera aguantado, persuadido, intimidado, utilizado incluso la fuerza para atravesar los brazos de mi Padma; pero se oyó un grito que venía de la pasarela —¡esta pasarela, Padma, fuera de las oficinas!— la pasarela desde la que alguien a la que no he querido nombrar hasta ahora miraba hacia abajo, por encima de las gigantescas cubas de encurtidos y *chulneys* hirvientes... alguien que bajaba precipitadamente por los estruendosos escalones metálicos, gritando a voz en cuello:

—¡Dios santo, Dios santo, ay Jesús dulce Jesús, *baba*, hijo mío, mira quién ha venido, *arré baba*, no me conoces, mira qué delgado estás, ven, ven, deja que te bese, deja que te dé bizcocho!

Tal como me había imaginado, la Directora Begum de la Braganza Pickles (Private) Ltd., que se hacía llamar señora Braganza, era naturalmente mi antigua *ayah*, la delincuente de medianoche, la señorita Mary Pereira, la única madre que me quedaba en el mundo.

Medianoche, más o menos. Un hombre que lleva un paraguas negro plegado (e intacto) camina hacia mi ventana viniendo desde las vías del tren, se detiene, se agacha, caga. Entonces me ve silueteado contra la luz y, en lugar de ofenderse por mi voyeurismo, me llama: —¡Mire! —y procede a expulsar el trozo más largo de excremento que he visto nunca—. ¡Quince pulgadas! —me grita—. ¿De qué longitud puede hacerlos usted? —En otro tiempo, cuando yo tenía más energías, me hubiera gustado contar la historia de su vida; la hora y el hecho de poseer un paraguas hubieran sido todas las conexiones que hubiera necesitado para comenzar el proceso de entretejerlo con mi vida, y no me cabe duda de que hubiera acabado por demostrar su indispensabilidad a cualquiera que quisiera comprender mi vida y mis tiempos oscuros; pero ahora estoy desconectado, desenchufado, y sólo me quedan por escribir epitafios. De forma que, saludando con la mano al defecante campeón, le grito a mi vez—: Siete pulgadas los días de fiesta —y lo olvido.

Mañana. O al día siguiente. Las grietas esperarán hasta el 15 de agosto. Todavía tengo algo de tiempo: mañana terminaré.

Hoy me he tomado el día libre y he ido a ver a Mary. Un largo caluroso y polvoriento trayecto en autobús por calles que comienzan a hervir de excitación por el próximo Día de la Independencia, aunque puedo oler otros perfumes, más empañados: desilusión, venalidad, cinismo... el mito de la libertad, con sus casi-treinta-y-nueve-años, no es ya lo que era. Se necesitan mitos nuevos; pero eso no es asunto mío.

Mary Pereira, que ahora se llama la señora Braganza, vive con su hermana Alice, ahora la señora Fernandes, en un apartamento del obelisco rosa de las mujeres de Narlikar, en el altozano de dos pisos donde en otro tiempo, en un palacio demolido, dormía sobre una esterilla de criada. Su dormitorio ocupa más o menos el mismo cubo de aire en el que el dedo indicador de un pescador guiaba a un par de ojos de muchacho hacia el horizonte; en una mecedora de teca, Mary mece a mi hijo, cantando «*Red Sails in The Sunset*». Las velas rojas de los *dhows* se despliegan contra el cielo distante.

Un día muy agradable, en el que se recuerdan viejos días. El día en que me di cuenta de que un viejo macizo de cactus había sobrevivido a la revolución de las mujeres de Narlikar y, pidiéndole prestada una pala al *mali*, desenterré un mundo hacía mucho tiempo enterrado: una esfera de lata que contenía una foto de bebé de tamaño gigante, amarillenta y comida por las hormigas, firmada por Kalidas Gupta, y una carta de un Primer Ministro. Y días más lejanos: por duodécima vez parloteamos del cambio de fortuna de Mary Pereira. De cómo se lo debe todo a su hermana Alice. Cuyo pobre señor Fernandes murió de daltonismo, al haberse confundido, en su viejo Ford Prefect, en uno de los semáforos entonces escasos de la ciudad. De cómo Alice fue a verla en Goa con la noticia de que sus empleadoras, las temibles y emprendedoras mujeres de Narlikar, estaban dispuestas a invertir una parte de su dinero de los tetrápodos en una empresa de encurtidos. «Yo les dije, nadie hace *achar-chutney* como nuestra Mary», había dicho Alice, con total exactitud, «porque los hace con sus sentimientos». De modo que, al final, Alice resultó ser una buena chica. Y *baba*, qué te parece, cómo iba a imaginarme que todo el mundo querría comer mis pobres encurtidos, hasta en Inglaterra se los comen. Y ahora, imagínate, estoy aquí, donde solía estar nuestra casa querida, mientras que sabe Dios todo lo que te ha ocurrido a ti, que has vivido tanto tiempo como un mendigo, ¡*baapu-ré*!

Y lamentaciones agridulces: ¡Oh, tus pobres mamá-papá! ¡Aquella gran señora, muerta! ¡Y su pobre marido, que no supo nunca quién lo quería ni cómo querer! Y hasta el Mono... pero yo la interrumpo, no, ella no está muerta; no, no es verdad, no está muerta. En secreto, en un convento, comiendo pan.

Mary, que ha robado su apellido a la pobre Reina Catalina que dio estas islas a los británicos, me enseñó los secretos del proceso del encurtido. (Terminando así una educación que comenzó en este mismo espacio aéreo cuando yo, de pie en la cocina, la miraba mezclar su culpa con el *chutney* verde). Ahora se queda en casa, retirada en su vejez canosa, una vez más feliz como *ayah* de un niño al que criar. «Ahora que has terminado con tu escribir-escribir, *baba*, deberías dedicar más tiempo a tu hijo.» Pero Mary, si lo hice por él. Y ella, cambiando de tema, porque su mente da ahora toda clase de saltos de pulga: —¡Oh *baba, baba*, mírate, qué viejo eres ya!

La rica Mary, que nunca soñó que sería rica, es todavía incapaz de dormir en una cama. Pero se bebe dieciséis coca-colas diarias, sin preocuparse por sus dientes, que de todas formas se le han caído todos. Un salto de pulga: —¿Por qué te casas tan de pronto tan de pronto? —Porque quiere Padma. No, no está en apuros, ¿cómo iba a estarlo, en mi situación?— Está bien, *baba*, sólo era una pregunta.

Y el día hubiera transcurrido apaciblemente, un día de penumbra cercano al fin del tiempo, si no fuera porque ahora, a la edad de tres años, un mes y dos semanas, Aadam Sinai profirió un sonido.

—Ab... —*Arré*, Dios santo, escucha, *baba*, ¡el chico está diciendo algo! Y Aadam, con mucho cuidado—: *Abba*... —Padre. Me está llamando padre. Pero no, no ha terminado, hay tensión en su rostro, y finalmente mi hijo, que tendrá que ser mago para enfrentarse al mundo que le dejo, termina su pasmosa primera palabra—: ... cadabba.

¡Abracadabra! Pero no ocurre nada, no nos convertimos en sapos, no entran ángeles volando por la ventana: el chaval está simplemente ejercitando sus músculos. Yo no veré sus milagros... Entre fiestas de Mary para celebrar la proeza de Aadam, me vuelvo a Padma y la fábrica; la enigmática primera incursión de mi hijo en el idioma me ha dejado una inquietante fragancia en las narices.

Abracadabra: no es en absoluto una palabra india; una fórmula cabalística derivada del nombre del dios supremo de los gnósticos basílidas, que contiene el número 365, el número de los días del año, y de los cielos, y de los espíritus que emanan del dios Abraxas. «¿Quién», me pregunto y no por primera vez, «se imagina ese crío que es?»

Mis mezclas especiales: las he estado reservando. El valor simbólico del proceso de encurtido: los seiscientos millones de huevos que alumbraron a la población de la India cabrían dentro de un solo tarro de encurtidos, de tamaño normal; se podrían coger de una sola cucharada seiscientos millones de espermatozoos. Todo tarro de encurtidos (me perdonaréis que adopte por un momento un estilo florido) contiene, por consiguiente, la más exaltada de las posibilidades: la viabilidad de la chutnificación de la Historia; ¡la gran esperanza de encurtir el tiempo! Yo, sin embargo, he encurtido capítulos. Esta noche, al enroscar firmemente la tapa de un tarro que lleva el rótulo *Fórmula especial Núm. 30: «Abracadabra»*, llego al final de mi prolija autobiografía; con palabras y encurtidos, he inmortalizado mis recuerdos, aunque las desnaturalizaciones son inevitables con ambos métodos. Tenemos que pechar, me temo, con las sombras de la imperfección.

En estos días, dirijo la fábrica en nombre de Mary.

Alice —la «señora Fernandes»— vigila las finanzas; yo me encargo de los aspectos creativos de nuestro trabajo. (Naturalmente que he perdonado a Mary su delito; necesito madres además de padres, y a una madre no se le puede reprochar nada.) Entre la mano de obra totalmente femenina de los Encurtidos Braganza, bajo el parpadeo azafrán-y-verde de la Mumbadevi de neón, selecciono mangos tomates limas de las mujeres que vienen al alba con cestos en la cabeza. Mary, con su antiguo odio a «los hombres», no admite más machos que yo en su nuevo y confortable universo... que yo y, naturalmente, mi hijo. Alice, sospecho, tiene todavía sus pequeños líos; y Padma se chifló por mí desde el principio, viendo una salida para su inmensa reserva de solicitud contenida; no puedo responder del resto, pero la formidable competencia de las mujeres de Narlikar se refleja, en el suelo de esta factoría, en la aplicación de brazos robustos de las que revuelven las cubas.

¿Qué hace falta para la chutnificación? Materias primas, evidentemente: frutas, verduras, pescado, vinagre, especias. Visitas diarias de mujeres koli con sus saris atados entre las piernas. Pepinos berenjenas menta. Pero también: ojos, azules como el hielo, que no se dejen engañar por los halagos superficiales de la fruta: que puedan ver la corrupción debajo de la piel de los cítricos; dedos que, con el toque más alado, puedan sondear los corazones secretos e inconstantes de los tomates verdes; y sobre todo una nariz capaz de discernir los lenguajes ocultos de lo-que-hay-que-encurtir, sus humores y mensajes y emociones... en los Encurtidos Braganza, yo vigilo la aplicación de las recetas legendarias de Mary; pero también están mis mezclas especiales, en las que, gracias a los poderes de mis drenados conductos nasales, soy capaz de incluir recuerdos, sueños, ideas, de forma que, una vez que se produzcan en masa, todos los que los consuman sabrán lo que hicieron los pimenteros en el Pakistán, o lo que era estar en los Sundarbans... creedlo no lo creáis pero es cierto. Hay treinta tarros sobre un estante, aguardando ser liberados sobre esta nación amnésica.

(Y, junto a ellos, un tarro vacío.)

El proceso de revisión debe ser constante e interminable; ¡no creáis que estoy satisfecho de lo que he realizado! Entre mis infelicidades: un gusto excesivamente áspero en los tarros que contienen recuerdos de mi padre; cierta ambigüedad en el sabor-a-amor de «La Cantante Jamila» (Fórmula especial núm. 22), que podría inducir a los poco perspicaces a sacar la conclusión de que he inventado toda la historia del cambio de bebés para justificar un amor incestuoso; vagas inverosimilitudes en el tarro con la etiqueta: «Accidente en una cesta de colada»: el encurtido sugiere preguntas que no se responden por completo, como: ¿Por qué necesitó Saleem un accidente para adquirir sus poderes? La mayoría de los otros niños no lo necesitaron... O también, en «All-India Radio» y otros, una nota discordante en los sabores orquestados: ¿hubiera sido la confesión de Mary un choque para un auténtico telépata? A veces, en la versión encurtida de la historia Saleem parece haber sabido demasiado poco; otras veces, demasiado... sí, tendría que revisar y revisar, mejorar y mejorar; pero no tengo tiempo ni energías. Me veo obligado a ofrecer sólo esta frase testaruda: sucedió así porque así es como sucedió.

Está también la cuestión de la base de especias. Las complejidades de la cúrcuma, la sutileza de la alholva, cuándo utilizar los cardamomos grandes (y cuándo los pequeños); los innumerables efectos posibles del ajo, el *garam masala*, la canela en rama, el coriandro, el jengibre... por no hablar de las sabrosas aportaciones de alguna partícula ocasional de porquería. (Saleem no está ya obsesionado por la pureza.) En las bases de especias, me reconcilio con las deformaciones inevitables del proceso de encurtido. Encurtir, después de todo, es dar inmortalidad: pescado, verduras, frutas flotan embalsamados en especias-y-vinagre; cierta alteración, una ligera intensificación del gusto, es asunto de poca importancia, ¿no? El arte consiste en cambiar el sabor de grado, pero no de especie; y sobre todo (en mis treinta tarros y un tarro) en dar aspecto y forma... es decir, sentido. (Ya he hablado de mi temor al absurdo.)

Un día, quizá, el mundo probará los encurtidos de la Historia. Pueden resultar demasiado fuertes para algunos paladares, su olor puede ser abrumador, quizá salten lágrimas de los ojos; confío, sin embargo, en que se podrá decir de ellos que tienen el gusto auténtico de la verdad... que son, a pesar de todo, actos de amor.

Un tarro vacío... ¿cómo acabar? ¿Felizmente, con Mary en su mecedora de teca y un hijo que ha empezado a hablar? ¿Entre recetas, y treinta tarros con títulos de capítulo por nombre? ¿Melancólicamente, ahogado en recuerdos de Jamila y Parvati y hasta de Evie Burns? O con los niños mágicos... pero entonces, ¿tendría que alegrarme de que algunos escaparan, o terminar con la tragedia de los efectos desintegrantes del drenaje? (Porque en el drenaje está el origen de mis grietas: mi cuerpo desventurado, pulverizado, vaciado por arriba y por abajo, comenzó a agrietarse porque fue secado por completo. Reseco, cedió por fin a los efectos de la destrucción de toda una vida. Y ahora hay roturas desgarramientos crujidos, y un hedor que sale por las fisuras y que debe de ser el olor de la muerte. Dominio: tengo que conservar el dominio tanto tiempo como pueda.)

O con preguntas: ¿ahora que puedo, lo juro, ver las grietas en el dorso de mis manos, grietas en el nacimiento de mi pelo y entre los dedos de mis pies, por qué no sangro? ¿Estoy ya tan vacío desecado encurtido? ¿Soy ya la momia de mí mismo?

O con sueños: porque la pasada noche se me apareció el fantasma de la Reverenda Madre, mirando hacia abajo por el agujero de una nube perforada, esperando mi muerte para poder llorar un monzón durante cuarenta días... y yo, flotando fuera de mi cuerpo, miraba hacia abajo la imagen en escorzo de mí mismo, y veía a un enano de pelo gris que una vez, en un espejo, pareció aliviado.

No, no vale, tendré que escribir el futuro como he escrito el pasado, anotarlo con la certidumbre absoluta de un profeta. Pero el futuro no puede conservarse en un tarro; un tarro tiene que quedar vacío... Lo que no puede encurtirse, porque no ha ocurrido, es que llegaré a mi cumpleaños, treinta y uno hoy, y sin duda se celebrará una boda, y Padma tendrá dibujos de *henna* en las palmas y las plantas, y también un nuevo nombre, quizá Naseem en honor del fantasma vigilante de la Reverenda Madre, y al otro lado de la ventana habrá fuegos artificiales y multitudes, porque será el Día de la Independencia y las muchedumbres policéfalas estarán en las calles y Cachemira estará esperando. Yo tendré los billetes de tren en el bolsillo, habrá un taxi conducido por un chico del campo que una vez soñó, en el Pioneer Café, con ser artista de cine, que nos llevará al sur sur sur hasta el corazón de las muchedumbres tumultuosas que se lanzarán globos de pintura y los lanzarán contra las ventanillas subidas del coche, como si fuera el día del festival de Holi; y a lo largo de Hornby Vellard, donde se dejó a un perro para que muriera, la multitud, la densa multitud, la multitud sin fronteras, creciendo hasta llenar el mundo, hará imposible avanzar, tendremos que abandonar nuestro taxi y los sueños de su conductor, a pie en la apretada multitud, y sí, me veré separado de Padma, mi loto del estiércol extenderá un brazo hacia mí a través del mar turbulento, hasta que se ahogue en la multitud, y yo me quedo solo en la inmensidad de los números, los números que avanzan uno dos tres, soy zarandeado a izquierda y derecha mientras las roturas desgarraduras crujidos alcanzan su clímax, y mi cuerpo grita, no puedo soportar ya este trato, pero ahora veo rostros conocidos en la multitud, están todos aquí mi abuelo Aadam y su esposa Naseem, y Alia y Mustapha y Hanif y Emerald, y Amina que fue Mumtaz, y Nadir que se convirtió en Qasim, y Pia y Zafar que mojaba la cama y también el General Zulfikar, se amontonan a mi alrededor empujándome apretándome aplastándome, y las grietas se ensanchan, se me caen pedazos del cuerpo, ahí está Jamila que ha dejado su convento para estar presente este último día, la noche cae ha caído, hay una cuenta atrás que hace tic-tac hacia la medianoche, cohetes y estrellas, las siluetas de cartón de los luchadores, y comprendo que nunca llegaré a Cachemira, como Jehangir, el emperador mogol, moriré con Cachemira en los labios, incapaz de ver el valle de las delicias al que van los hombres para disfrutar de la vida, terminarla o ambas cosas; porque ahora veo otras figuras en la multitud, la aterradora figura de un héroe de guerra de rodillas letales, que ha descubierto cómo le estafé sus derechos de nacimiento, se está abriendo paso hacia mí a través de la multitud, que ahora se compone totalmente de rostros conocidos, ahí está Rashid el chico de la *rickshaw*, del brazo de la Rani de Cooch Naheen, y Ayooba Shaheed Farooq con Mutasim el Hermoso, y desde otra dirección, la dirección de la tumba insular del Haji Alí, veo una aparición mitológica que se acerca, el Ángel Negro, pero cuando se aproxima a mí tiene el rostro verde y los ojos negros, una raya en medio del pelo, a la izquierda verde y a la derecha negro, y sus ojos son los ojos de las Viudas; Shiva y el Ángel se acercan, oigo mentiras que se dicen en la noche todo lo que quieras ser lo serás, la mayor mentira de todas, ahora me agrieto, fisión de Saleem, soy la bomba de Bombay, mirad cómo exploto, mis huesos se parten se rompen bajo la presión espantosa de la multitud, un saco de huesos que cae cae cae, como en otro tiempo en Jallainwala, pero Dyer no parece estar presente hoy, no hay mercurocromo, sólo una criatura rota que esparce pedazos de sí misma por la calle, porque he sido tantas demasiadas personas, la vida, a diferencia de la sintaxis, le permite a uno más de tres, y por fin en alguna parte la hora de un reloj, doce campanadas, liberación.

Sí, me pisotearán bajo sus pies, los números avanzarán uno dos tres, cuatrocientos millones quinientos seis, reduciéndome a partículas de polvo mudo, lo mismo que, todo a su debido tiempo, pisotearán a mi hijo que no es mi hijo, y a su hijo que no será el suyo, y al suyo que no será el suyo, hasta la mil y una generación, hasta que mil y una noches hayan concedido sus terribles dones y mil y un niños hayan muerto, porque es privilegio y maldición de los hijos de la medianoche ser a la vez dueños y víctimas de su tiempo, renunciar a la intimidad y ser absorbidos por el remolino aniquilador de las muchedumbres, incapaces de vivir o de morir en paz.

GLOSARIO

El presente glosario, sin pretensiones científicas, no tiene otra finalidad que aclarar el significado de muchas expresiones en hindi, urdu, etc., que aparecen en el texto y cuyo sentido no siempre resulta evidente. Por razones de coherencia, se ha respetado también para el árabe la transcripción del original inglés.

aag: fuego.

aap: usted.

abba (abbi, abboo): padre, papá.

achar: cualquier producto encurtido.

acharya: maestro religioso hindú.

achha: bueno, muy bien.

Allah-tobah!: ¡Dios me perdone!

alm: limosna.

almirah: armario (préstamo tomado por el hindi del portugés "almario").

amma (ammi): madre, mamá.

anna: unidad monetaria equivalente a 1/16 de rupia.

arré!: ¡oh! ¡ah! (*arré baap!*: literalmente, "¡ay padre!").

ayah: criada, aya o enfermera (préstamo tomado por el hindi del portugués "aia").

bapu (baap): padre.

babu: indio de educación inglesa superficial (término despectivo).

badmaash: persona indigna o desalmada.

bajra: panizo negro.

banshee: espíritu femenino que, con sus lamentos, anuncia la muerte.

banyan: árbol cuyas ramas echan raíces, en las que se apoyan («Ficus bengalensis»).

bapu (bap): padre.

barasinha: «Cervus dubaucelli» o antílope de los pantanos.

begum: princesa o señora musulmana de alto rango (título de respeto).

bhai: hermano, amigo.

bhang: mariguana.

bhangi: barrendero (una de las castas más bajas).

bharatanatyam: forma de baile indio tradicional que practican las *devadasi* o bailarinas de los templos.

bhel-puri: especie de galleta ligera de arroz.

bibi: señora.

bimbi: ombligo.

biri: cigarrillo barato de fabricación india.

biriani: plato a base de arroz, con carne, verdura, etc.

bodhi: higuera de gran tamaño («Ficus religiosa»), bajo la que Buda tuvo su iluminación.

bodhisattva: persona venerada como deidad en el budismo mahayana.

brinjal: berenjena.

bulbul: ruiseñor persa («Luscinia golzii»), de frecuente aparición en poesía.

burqa: vestido amplio hasta los pies, con aberturas para los ojos, de algunas mujeres musulmanas de la India y el Pakistán.

capteena: capitana.

chadar: sábana, velo.

chaloo-chai: literalmente, "té ambulante".

chambeli: jazmín.

channa: garbanzos.

chapati: pan de trigo sin levadura, en forma de torta.

chappals: sandalias.

chaprassi: mensajero, conserje.

charas: hachís.

charpoy: cama de cuerdas de yute y armazón de madera.

chavanni: moneda de poco valor.

chawl: gran casa de vecindad.

chick: persiana hecha de listones de bambú y cuerda.

chinar: especie de plátano («Platanus orientalis»).

chiriya: pájaro.

chota peg: «lingotazo»; normalmente, medio whisky.

chugha: abrigo largo.

chutney: condimento de consistencia de jalea, hecho de
frutas ácidas, cebollas, uvas, dátiles, etc., con especias
y vinagre.

chutter-mutter: chucherías.

crorepati: millonario (*crore*: diez millones de rupias).

curry: condimento amarillo consistente en una mezcla
muy molida de distintas especias (cúrcuma, carda-
momo, cilantro, etc.)

cutia: perra.

dahi: cuajada.

dal: semilla comestible del «Cajanus cajan».

dharma-chakra: disco que representa el sol y la soberanía.

deodar: cedro de la India oriental («Cedrus deodara»).

dhobi (dhoban): miembro de una casta baja dedicada a
la lavandería; por extensión, "lavandero".

dhoti: tela de algodón utilizada a modo de taparrabo,
especialmente en Bengala.

dhow: embarcación de vela latina, típica del océano Índico (llamada a veces «dau» o «butre»).

djinn: espíritu que habita en el mundo, según la doctrina islámica; en español se suele llamar yini.

dugdug: fruto del árbol del pan, con el que se fabrica una especie de tambor.

dupatta: velo o chal.

ek dum!: al instante, enseguida.

falooda: jugo de frutas.

fauj: soldado.

feringhee: euroasiático, especialmente el de origen indio y portugués.

funtoosh: liquidado, acabado, hundido.

garam masala: especia que se utiliza en una amplia variedad de platos.

gharry: coche de alquiler tirado por un caballo.

ghat: escalera o plataforma de piedra a orillas de un río.

ghee: manteca clarificada de leche de búfala.

goonda: bandido o terrorista profesional.

gudam: almacén.

gulah-jaman: una especie de ciruelas en almíbar.

gulmohr: flamboyán.

gur: azúcar de caña sin refinar.

gurkha: soldado nepalí.

guru: maestro o guía espiritual en el hinduismo.

haddi: hueso, huesudo.

hadith: relato tradicional de la vida de Mahoma y sus compañeros.

hai!: ¡oh! ¡ay! (expresión de tristeza o dolor);

hai Ram!: ¡Oh Dios!

haji: musulmán que ha hecho su peregrinación a la Meca.

hakim: médico musulmán.

halal: res sacrificada de acuerdo con la ley musulmana.

hamal: chico para recados o pequeños trabajos.

hamsa (parahamsa): ave mitológica, mezcla de cisne y águila.

hartal: cesación del trabajo como protesta (preconizada por Gandhi).

henna: colorante rojizo para el cabello, las manos y los pies, que se obtiene de la «Lawsonia inermis». Se utiliza especialmente en algunas ceremonias.

hijra: travestido.

hookah: especie de narguile.

ikka: tartana tirada por un solo caballo.

inshaallah!: ¡Si Dios quiere!

itr: perfume concentrado.

jahannum: infierno musulmán.

jai!: ¡viva!

juilkhuna: cárcel.

jain: seguidor del jainismo, religión india fundada en el siglo VI por Vardhamana Mahavira.

jamila: hermosa, bella.

janum: mi vida.

jawan: mozo, soldado.

jehad: guerra santa del Islam.

-ji: sufijo que denota respeto y cariño.

jowar: sorgo.

kabaddi: juego infantil parecido a «guardias y ladrones», etc.

kachka: crudo, sin acabar.

kasaundy: verdura o frutas en aceite.

kelim: tipo de alfombra sin pelo y de dibujo igual por ambos lados.

khan: título de respeto que denota jerarquía o rango elevados.

khansama: criado, mayordomo o cocinero.

khichri: especie de gachas de lentejas y arroz; revoltijo (también en sentido figurado).

kismet: destino, suerte.

koli: pueblo indio de casta inferior.

korma: guiso a base de carne, con salsa de semillas de adormidera, coco, etc.

krait: serpiente muy venenosa del género «Bangarus».

kulfi: helado.

kurta: camisa de corte especial.

laad: muchacho.

laddoo: pastelillo de arroz.

lal: rojo.

lala: apodo dado a los hindúes por los musulmanes.

lassi: bebida fría, a base de yogur.

lathi: bastón pesado, generalmente de bambú y de hierro, utilizado por la policía.

lingam: símbolo fálico, emblema de Shiva.

lotah: jarra de cobre o latón para el agua.

lungi: prenda de algodón que se arrolla al cuerpo y se sujeta en la cintura.

maund: unidad de peso india, equivalente a unos 37 kilos.

mahaguru: literalmente, "gran guru".

maharaj: príncipe hindú, de categoría superior al rajá.

mahaseer: gran pez de agua dulce («Barbus mosal»).

mahatma: literalmente, "alma grande"; persona venerada por su sabiduría y virtudes y, por excelencia, Gandhi.

maidan: explanada.

mali: miembro de una casta dedicada a la jardinería.

mamu: tío (materno).

mantra: fórmula mística o de invocación, del hinduismo y el budismo mahayana.

marquee: tienda de campaña o caseta grande utilizada para fiestas.

mata: madre.

maulvi: maestro o doctor de la religión islámica.

maya: poder mágico que crea la ilusión de que el mundo es real.

mehndi: henna.

mela: fiesta religiosa india; por extensión, cualquier reunión social.

memsahib: señora (título de respeto para la mujer europea).

mubarak: bendito.

mufti: traje de paisano; especialmente, el vestido por un soldado.

muhalla: barrio musulmán.

mujahideen: luchador por la libertad, guerrillero.

mullah: maestro de leyes y doctrina islámicas.

mumani: tía (mujer del tío materno).

mynah: variedad de estornino («Acrydotheres tristis»), capaz de hablar.

nagaraj: cobra real.

nakkoo: desvergonzado, entrometido.

namaskar: literalmente, "reverencia" (saludo).

nargisi kofta: albóndigas de carne con huevo.

nasbandi: esterilización.

nastaliq: tipo de escritura árabe utilizada sobre todo en la poesía persa y urdu.

nautch: baile profesional.

nawab: príncipe musulmán, sólo inferior en rango al *nizam*.

nibu-pani: bebida a base de lima y soda.

nizam: título de los soberanos de Hyderabad.

ohé: ¡eh!
OM: mantra para la contemplación mística de la realidad última.

paan: nuez de areca y especias, envuelta en hoja de betel, que se mastica como estimulante.
paisa: pice.
pakora: fruta de sartén, ligeramente picante, que sustituye al pan para acompañar algunos platos.
pallu: ribete o borde del vestido.
paratha: tipo de pan frito.
parsi: seguidor de una religión de origen persa que no entierra ni incinera a sus muertos sino que los deja para alimento de los buitres.
pasanda: carne con *curry*.
pashmina: lana muy suave.
pathan: pueblo indoiraní del Afganistán, con importantes colonias en el Pakistán y la India.
phaelwan: luchador.
pice: unidad monetaria equivalente a 1/4 de *anna* o 1/64 de rupia.
pista-ki-lauz: dulce a base de pistachos.
puja: ceremonia hindú de adoración.
purana: antiguo relato legendario indio.
purdah: reclusión de la mujer musulmana; especialmente, utilización por ésta del velo, o el velo mismo.
puri: especie de galleta ligera.

raga: modo, color; esquema melódico de una composición musical india.
ragi: cantante.
Raj: reino, imperio; por excelencia, el británico en la India.
rakshasa: demonio o espíritu malo.
rani: reina o princesa hindú o esposa de un rajá.
rasgulla: dulce de requesón.

rickshaw: en realidad, contracción del japonés "jinri-kisha"; vehículo de dos ruedas y tracción humana.
rishi: sabio, santo, poeta inspirado.

sadhu: asceta, hombre santo hindú.
sahib: señor (título de respeto).
sahibzada: señorito.
salaam: literalmente, "paz" (fórmula de saludo).
salan: sopa con especias.
samosa: especie de empanadilla de verdura.
sarangi: violín indio, casi rectangular.
sari: vestido típico de la mujer india, especialmente de la hindú.
sarkar: gobierno.
sarod: laúd indio.
sati: cremación voluntaria de la esposa en la pira funeraria del marido.
satyagraha: "confianza en la verdad"; mezcla de tolerancia y resistencia pasiva, preconizada por Gandhi.
seer: unidad de peso india, equivalente a unos 9 Kg.
shahi-korma: literalmente, "*korma* real".
shakti: energía dinámica de un dios hindú, personificada en su consorte.
shalwar: bombachos.
shatranj: ajedrez indio.
shehnai: instrumento de viento, de sonido parecido al del saxofón.
sheikh: jefe de familia, clan o tribu árabes; a veces, gobernador o príncipe musulmán.
shikara: especie de góndola cachemira.
sikh: seguidor de una religión india monoteísta fundada hacia 1500 en el Punjab por Guru Nanak.
sikh-kabab: pinchito de carne.
sitar: instrumento musical indio de cuerdas dobles y mástil ancho de trastes curvos.
sraktya: esquinas.

sundri: árbol de madera rojiza y resistente («Heritiera formes»).
surahi: especie de botija.

tabla: par de tambores de distinto tamaño, percutidos con las manos.
takht: silla o trono.
talaaq!: "te repudio" (fórmula de divorcio).
tamasha: función, representación.
tandoori nan: pan blando y sin levadura, hecho en horno de barro *(tandoori)*.
teetar: ave del desierto, parecida a la perdiz.
thali: comida india vegetariana, compuesta de muchos platos (bandeja en que se sirve).
tola: unidad de peso india, equivalente a unos 12 gr.
tonga: vehículo de dos ruedas, tirado por un caballo.
tubri: gaita de los encantadores de serpientes.
tu: tú.

vina: instrumento de cuatro cuerdas, mástil de bambú y dos cajas de resonancia.

wah: exclamación que denota entusiasmo; más o menos equivalente a un «¡bravo!»
wallah: hombre que realiza cualquier trabajo o presta cualquier servicio; la palabra forma infinidad de compuestos *(rickshaw,* etc.).

yaar (yara): amigo.
yaksa: espíritu tutelar de la riqueza y la fecundidad.

zamindar: terrateniente y recaudador de impuestos.
zenana: parte de la casa reservada a las mujeres en la India.

ÍNDICE

LIBRO PRIMERO

LIBRO SEGUNDO

LIBRO TERCERO